조선의
명문장가들

* 일러두기

이 책은 2008년 출간된 《고전 산문 산책》의 개정판입니다.

품격 있는 문장의 정수,
조선 최고의 문장가 23인을 만나다

조선의
명문장가들

안대회 지음

Humanist

개정판에 부쳐

20세기 이전에 창작된 고전 산문 가운데 많은 작품은 오랜 기간 독자를 잃고 검은 먹물을 뒤집어쓴 채 한지 속에 갇혀 있었다. 뛰어난 작가의 아름다운 산문들이 독자의 손에 들어가기도 전에 급격한 사회 변화와 더불어 말과 글의 생성과 변화 속에 사라졌다. 작가가 심장을 토하듯 창작한 작품들이 그렇게 잊힌 것이다. 그 작품들은 한문으로 쓰이고 현대인의 시각에서 내용이 조금 낡아 보이더라도, 거기에는 현대인의 안목과 기준으로 함부로 재단할 수 없는 높고 멋진 산문의 세계가 펼쳐져 있다.

《조선의 명문장가들》에서는 낡은 사유와 정서와 문체를 답답해하며 낯설고 새롭고 실험적인 창작을 시도한 작가들을 소개했다. 이들의 산문은 치열한 창작 정신으로 상식적이고 상투적인 것들로부터 스스로를 차별화하고 있다. 8년 전 다양한 산문 작품을 선정하고 번역하고 풀이하면서 독자가 이 책을 통해 문장의 정수를 향유하고 더욱 풍부한 고전 산문의 세계로 들어가려는 의욕이 생긴다면 더 바랄 것이 없다고 생각했다.

이 책을 처음 출간한 8년 전과 비교해보면 고전 산문을 감상의 대상으로 보는 독자가 더 늘어났음을 실감한다. 고전을 학습의 대상으로 삼아 읽는 경우도 늘었지만, 예술 작품으로서 아름다움을 기대하며 찾는 사람들이 늘었다는 데 큰 보람을 느낀다. 독자들이 이 책을 통해 문장에 흥미를 느끼고 그 멋스러움을 감상하며 글의 소재와 착상을 즐기기를 기대한다.

개정판에서는 그동안 쇄를 거듭 찍으면서 수정한 오자나 비문, 오역이나 못마땅한 문장 이외에도 내용을 대폭 수정했다. 무엇보다 몇 편의 작품을 덜어내고 10여 편의 작품을 추가한 것이 가장 큰 변화다. 그사이의 연구 성과에 따라 작가에 대한 소개글도 보완하고, 번역도 가다듬었으며, 수록한 순서도 변화를 주었다. 그동안 아쉽게 여기던 점을 적지 않게 보완하여 다행스럽다. 여전히 부족한 점은 앞으로도 수정하고 보완할 것을 약속한다.

2016년 6월 성균관대 퇴계인문관 연구실에서

안대회

1

이 책은 조선 후기, 그중에서도 주로 18~19세기 고전 산문의 세계를 안내한다. 산문가 23인이 쓴 170여 편의 산문을 뽑아 우리말로 옮기고 그 내용과 미학과 의미를 밝혀서, 개성과 감수성이 약동하는 고전 산문의 멋을 감상하고자 한다. 이 책에서 주목한 작가로는, 17세기 초반에는 허균이 있고, 18세기에는 이용휴, 심익운, 박지원, 노긍, 이덕무, 이가환, 유득공, 박제가, 이서구, 유만주, 이옥, 남공철이 있으며, 19세기에는 김려, 강이천, 심노숭, 정약용, 유본학, 장혼, 이학규, 남종현, 홍길주, 조희룡이 있다. 이 작가들의 많은 글에서 뽑은 작품들은 조선 후기 산문과 그 시대 사람들의 정서, 사유의 정채에 해당한다.

조선 후기에는 이루 헤아릴 수 없을 만큼 많은 작가가 이루 헤아릴 수 없을 만큼 많은 산문을 창작했다. 그 많은 작품 가운데 현대의 독자들이 읽고 감상하는 것은 극히 일부다. 특정한 작가의 특정한 작품을 빼놓고는 대부분의 작품이 사장되어 있다. 그 이유는 제각각이다. 한문으로 쓰여서, 작품성이 부족해서, 시대에 뒤처진 낡은 사유가 보여서, 그 작품이 그 작품이어서, 공리공론에 지나지 않아서……. 이런 인식과 인상이 다 틀렸다고 말하기는 어렵다.

그러나 고전 산문에는 지금 읽어도 흥미를 불러일으키고 경탄을 자아내는 뛰어난 작품이 예상외로 많다. 지난날의 지식인과 문인들은 그들의 사상과 정서를 시나 문장으로 표현했기에, 옛사람의 정신적 고갱이가 여기에 담겨 있다 해도 틀린 말이 아니다. 그래서 200~300년 전 구시대 사람의 글인데도 깊은 공감을 자아내는 글이 적지 않고, 같은 인간으로 같은 땅 위에서 살았는데도 현격하게 달라서 오히려 흥미를 끄는 글이 적지 않다. 고전 산문은 낡은 것이로되 새롭게 읽을 수 있고, 읽는 사람과 보는 방법에 따라 상당히 다른 모습으로 다가온다.

이 책을 통해서 나는 내 나름의 기준과 감식안으로 작가와 작품을 재단하여 고전 산문의 한 세계를 엿보려 한다. 고전 산문에는 조선시대부터 지금까지 산문을 읽고 평가하는 틀이 면면하게 이어져 온다. 유구하게 전해오면서 만들어진 명작의 목록도 없지 않다. 그리고 이미 만들어진 목록은 일정한 가치관에 근거를 두고 있다.

그러한 틀과 목록을 참고는 하되, 되도록 내 주견에 의거하여 조선 후기 산문의 멋을 조명하려 한다. 낡은 문체보다는 새로운 문체를, 전형적이기보다는 변화를 추구한 글을, 관념적이기보다는 현실적인 글을, 이념적이기보다는 정서적인 글을, 규범적이기보다는 실험적인 글을 주목했다. 조선 후기 산문의 흐름에서 큰 역할을 한 산문가를 찾아내어, 그들의 문장 가운데 산문사적 가치가 높고 문장

자체의 수준이 높으면서도 내용이 좋은 작품을 뽑고자 애썼다. 고전 산문이 현대의 독자에게도 신선한 느낌으로 다가갈 문체와 내용과 시각을 함유하고 있음을 보여주고 싶다. 자칫 고전에서 느껴지는 상투성, 낡은 사유, 천편일률, 공리공론 따위의 인상이 역전되기를 기대한다.

2

이러한 나의 시도는 200~300년 전 일련의 산문가들이 신선하고 실험적인 산문을 창작하기 위해 애쓴 노력에 힘입어 가능했다. 18~19세기 조선의 문단에는 일종의 문장 개혁이라고 부를 만한 커다란 변화가 있었다. 그것은 작가 한두 명이 시도하다 그친 단발성의 사건이 아니라, 상당히 긴 기간을 두고 부침을 거듭하며 지속되었다. 그들이 추구하던 새로운 문장을 소품문(小品文)이라고 불렀다. 이 소품문은 17세기 초반 허균을 비롯한 일군의 작가들이 시도한 이래 수면 아래 잠복해 있다가 18세기 전반에 들판의 불길처럼 문단에 새로운 글쓰기의 흐름으로 몰려왔다.

낡은 문장을 대체하려고 덤빈 소품문은 대체 무엇인가? 이 소품문은 이름도 생소하고 낯설게 느껴지는 개념이다. 18세기를 전후하여 소품문은 기왕의 글쓰기와는 다른 새로운 문체로 등장했다. 그 이전에는 고문(古文)이란 문체가 있었다. 건국부터 멸망하기까지 조선시대에는 고문 양식이 지배했고, 조선왕조 500년 동안 그 정통성을 강하게 지켜왔다.

고문은 중국의 당송(唐宋) 시대에 마련된 양식으로, 조선의 사대부 문인들은 이러한 양식을 채택하여 자신들의 전형적 관심사를 표현했다. 모든 문인은 이 양식을 이용해 글을 썼고, 이 규범적이고 정통적인 문체로 정치와 철학, 도덕과 삶을 논했다. 조선 선비의 사유와 감정을 담은 글은 특별한 경우가 아니면 고문이었다. 하지만 어떤 양식도 영원한 생명력을 가질 수는 없다. 고문은 오랜 기간 사용되면서 역으로 융통성 없는 틀로 작용했다. 변화를 추구하는 문인들에게 고문은 구속이었다. 형식적 구속은 내용과 정서마저도 제약했다.

　변화를 갈망하는 문단의 욕구가 18세기에 폭발했고, 그 변혁의 흐름 속에서 고전 산문은 새로운 활력을 얻게 되었다. 경직되어 생생한 활력을 잃어가는 고문에 반발하여 새로운 문장을 쓰려는 노력이 더해졌다. 문단에서는 변화의 편에 선 많은 문장가가 소품문을 창작했고, 고문을 창작하면서도 소품문의 영향을 적지 않게 받았다. 이런 소품 창작의 중심에는 이용휴, 박지원, 노긍, 이덕무, 이옥, 홍길주 같은 문사들이 있었다.

　고문에 반발해 등장한 새로운 문장은 18세기와 19세기에 크게 유행했다. 그렇다고 하여, 정통적이고 규범적인 고문이 그 순간 힘을 잃은 것은 결코 아니다. 조선왕조에서 유학과 마찬가지로 제도와 권력과 이데올로기를 통해서 문체를 보호했다. 소품문이 일부 문인들 사이에서 크게 유행하자, 문체의 변화가 체제의 안정에 위협이 될 수도 있다고 판단한 정조는 문체를 지난날의 모범적 상태로 되돌리려는 문체반정(文體反正)을 시도했다. 왕조가 금기시한 새로운 내용을 말하고자 시도하는 것이 위정자에게는 체제 이탈을 부채질하는 불온한 문학사조로 비칠 위험성이 충분히 있기 때문이다. 역사상의 한 사건인 문체반정은 바로 소품문의 유행을 막으려는 체제의 자기 보위 행위였다. 그 시도는 대체로 무위로 돌아갔다.

새로운 문장을 쓰려는 시도는 제도와 체제의 지원을 받은 권위적 문체인 고문의 힘에 눌려 19세기 중반 이후에는 겨우 그 명맥만 유지하다가 근대와 더불어 사라졌다. 소품문이 크게 위세를 떨친 18~19세기 문단에서도 고문의 명가들은 문단의 실세 권력을 장악하고 있었다. 소품문은 평자들의 입에서 대체로 비난을 받거나, 아예 논의의 대상에도 오르지 못했으며 비평가의 비평 대상도 되지 못한 채 이류의 문장으로 취급당했다. 조선시대 내내, 그리고 최근까지도 권위있는 산문집이나 선집에서 작품으로 인정받은 것은 고문 뿐, 소품문을 위한 자리는 없었다. 배워야 할 문학, 보편적 양식으로 확립된 문체로서 고문은 현대까지 확고한 위상을 잃지 않았다.

반면에 소품문은 그것을 창작한 작가들조차 드러내놓고 옹호하지 못했다. 소품문 작가는 비난받기 일쑤였고, 시대가 흐른 뒤에는 문학사에서도 논외로 다루었다. 평자와 독자로부터 냉대와 무시를 당해, 오랜 세월 소품가의 저작은 제대로 정리되지 않았고, 그들의 작품 세계는 정당하게 연구되지 못했다.

3

오랜 세월 폄훼를 당한 18~19세기의 새로운 산문은 이제 복원되어야 한다. 고문이라는 이름에 기생해서가 아니라 어엿한 문장으로서 감상되고 평가되어야 한다. 소품문은 18~19세기 고전 산문의 정채 일부로 충분한 자격을 갖추었기 때문이다.

한문 산문에는 다양한 문체가 있고, 그 가운데 하나가 소품문이다. 소품문은 18세기에서 19세기까지 일부 문인들에게 유행한 역사적 문체로서, 짧은 길이에 서정적 내용과 시적 감수성을 특징으로 삼는다. 그 점에서 현대의 수필이나 단편소설, 콩트와도 견주어 볼 수 있다.

소품문과 고문의 특징을 비교하면 이렇다. 고문은 조선의 사대부가 받아들인 그 특유의 이데올로기와 주제를 표현한다. 또한 조선 유가 사상의 범주를 거의 한 치도 벗어나지 않고 그들의 사유와 정서, 논리와 윤리를 충실하게 지향한다. 조선왕조의 이데올로기를 문체와 내용 면에서 충실하게 투사하는 문장이다.

반면에 소품문은 그 반대의 방향을 취한다. 대체로 탈이데올로기적이어서, 정치나 윤리의 문제보다는 개인의 기호와 소시민주의가 상대적으로 크게 나타나고, 정치 혐오증과 같은 태도를 표명한다. 국가와 백성, 윤리와 심성 같은 보편적 가치, 거대 담론에 억눌려 발산하지 못한 개별적이고 작은 가치에 시선을 던진다. 고문이 보편적 진리를 말하고자 했다면, 소품문은 구체적 진실을 드러내고자 했다. 전형적인 선비들은 말하려 하지 않았던, 현실 세계의 다양한 진실을 말하려 들었고, 당대의 현실을 당대의 시선으로 바라보고 당대의 문체로 묘사하려 했다.

따라서 소품문에는 당대의 구체적 현실이 생생한 언어로 표현되었다. 이전에는 문학의 소재로 잘 다루어지지 않던 것이 소품문에서 즐겨 다루어졌다. 예컨대, 도시 취향의 삶과 의식이 자주 등장하고, 여성과 중인, 평민 같은 소외계층의 일상이 묘사되었다. 담배와 물고기, 새와 바둑, 음식과 화훼 같은 기호품을 당당하게 문학의 영역으로 끌어들였다. 자신의 내면을 스스럼없이 표현하는 것도 가능해졌다. 소품문은 생동하는 인정세태와 지성인들의 의식 세계, 생활 모습과 거기에서 인연한 정서를 매우 진솔하게 드러냈다. 새로운 문장은 고문이 보여주는 세계와는 다른 세계를 보여주었다. 생동감 있고 구체적인 삶의 모습과 지식인의 내면, 사회의 동태가 약동한다.

이러한 개성을 지닌 조선 후기의 새로운 문장은 명말청초(明末淸初)의 소품문과 깊은 관계를 맺고 있다. 조선 후기에 소품문이 본격적으로 발전하게 된 데에는 명말청초의 소품문을 즐겨 읽은 것이 많은 영향을 끼쳤다. 당시 서울과 그 주변의 문인들이 새로운 문장을 시도한 배경에는 명말청초 문학을 쉽게 접한 유리한 환경이 있었다. 원굉도(袁宏道)를 비롯한 공안파(公安派) 작가와 종성(鍾惺), 담원춘(譚元春)의 경릉파(竟陵派), 그리고 진계유(陳繼儒), 장조(張潮)를 비롯한 많은 소품가의 저작이 조선의 소품문 애호가들에게 읽혔다. 그러나 조선의 소품문은 조선 특유의 문학적 개성을 표현함으로써 명·청의 소품문과는 다른 색깔을 지녔다.

4

작가마다, 작품마다 개성이 다르기에 일률적으로 말하기는 곤란하지만, 이 책에 실린 산문의 큰 특징을 말하자면 이렇다. 사변적이고 논쟁적인 성리학자의 글에 견주어 직감적이고 정서적이다. 장황하게 설명하기보다는 짧고 묘사적이다. 이지적이기보다는 감성에 호소한다.

고문의 작법이 보여준 우수한 점을 이어받으면서도 전통적 작법에 매이지 않았다. 전통적 글쓰기에서는 볼 수 없었던 다양한 글쓰기가 시도되고, 파격적 문장이 실험되었다. 한편으로는 경쾌하고, 한편으로는 난삽하며, 한편으로는 기발하다. 극도로 짧으면서 절제된 이용휴의 문장, 지극히 묘사적이면서도 간결한 이덕무의 문장, 비약이 심하고 희작적인 박지원의 문장이 있다. 그리고 노긍과 이옥의 문장은 괴상하고 기발하다. 원문의 작법이 보이는 개성을 번역으로 온전하게 살리기는 어렵지만, 번역만으로도 문장이 지닌 개성을 맛볼 수 있다.

이 책에 실린 산문은 변화하는 사회상을 잘 드러내고, 지식인의 생동하는 사유를 담아냈다. 그 시대의 정신을 흥미롭게 표현했다. 문체의 변화는 곧 삶의 변화다. 전과는 다른 생각과 시선이 있기에 그것을 담는 문체도 변화한다. 이 책에 실린 산문은 그렇게 달라진 생각과 시선을 달라진 문체로 표현했다. 일반 유생의 글과는 생각과 시선이 많이 다르다. 그러한 작가와 작품을 적극적으로 발굴하고 드러내는 의의가 적지 않다.

이 책에 실린 산문은 뛰어난 예술적 산문의 가치를 발산하여 현대인으로 하여금 그 향기와 취향에 감동하게 만드는 매력을 지녔다. 조선 후기에 창작된 산문 예술의 정화라고 평해도 지나치지 않을 것이다. 우리 고전 산문의 세계에 깊고 매력적인 문심(文心)이 발휘된 작품이 많음을 독자들 스스로 확인했으면 싶다.

5

이 책은 계간지 〈문학과경계〉(2001년 가을호~2002년 여름호)와 월간지 〈현대시학〉(2003년 1월호~2004년 11월호)에 연재한 것을 바탕으로 삼아 크게 보완했다.

여기에 수록된 23인의 산문가 중에는 박지원, 이덕무, 정약용처럼 저명한 문인이 포함되기도 했지만, 이 책에서 처음으로 발굴하고 산문가로 조명한 이용휴, 노긍, 남종현 같은 작가도 포함되었다. 그리고 정약용을 소품가로 조명한 것이나, 박지원의 척독소품을 주목한 것, 유만주의 청언소품을 부각시킨 것 역시 이 책에서 처음으로 시도되었다. 이 책을 통해 문학사가 잊고 있었던 작가를 부각시키고, 알려진 작가라 해도 새로운 측면을 조명했다.

나는 2000년대에 들어서면서부터 조선 후기 소품문을 연구하고 소개하는 일을 꾸준히 진행했다. 18세기 한국 문학을 주로 연구해오면서 소품문이 중요한 문학사적 현상임에도 불구하고 무관심의 영역에 방치해놓은 문제를 반성하고, 작가를 발굴하고 작품을 해석하며 가치를 부여하는 작업을 해왔다.

나는 18~19세기 소품문을 연구하는 과정에서 조선 후기 문화의 색다른 모습을 많이 찾을 수 있었다. 새로운 문체의 존재를 찾아내고 그 현상을 이해하는 것은 조선 후기 문화와 문학의 다양한 현상을 해명하는 데 적지 않은 도움이 되리라고 생각한다. 이러한 일련의 작업이 조선 후기에 창작된 산문의 세계를 이해하는 데 기여하기를 기대한다.

2008년 8월 성균관대 퇴계인문관 연구실에서
안대회

차 례

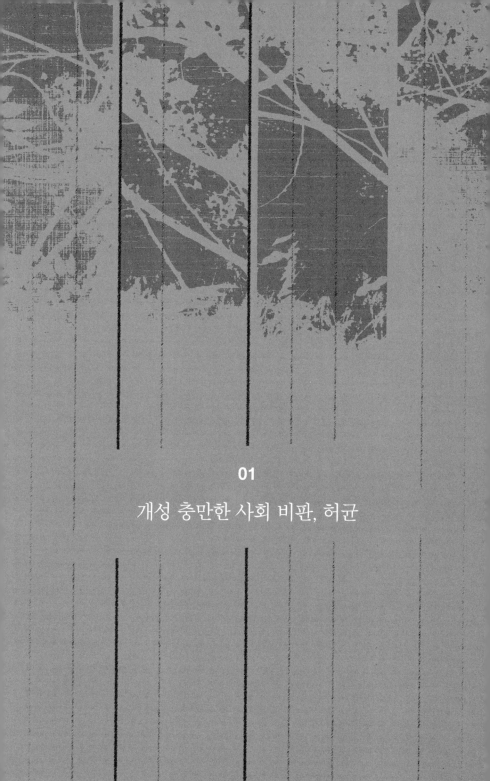

01

개성 충만한 사회 비판, 허균

허균

허균(許筠, 1569~1618)은 조선 중기를 대표하는 문인의 한 사람이다. 시대를 대표하는 뛰어난 시인이자 산문가로서, 또 최고의 감식안을 소유했다는 평을 받은 비평가로서, 그리고 국문소설 《홍길동전》의 저자로서 그는 조선시대의 대표적 문제 작가로 통한다. 그의 남다른 위상은 여기에 그치지 않는다. 시대적 한계를 탈피한 선각적 사상가였던 그는 시대와 불화를 겪다가 왕조에 반역한 죄목으로 처형당했다. 조선왕조가 사라질 때까지 그의 죄는 신원되지 못했다.

허균은 동인(東人)의 영수인 허엽(許曄)의 막내아들로 태어났다. 자는 단보(端甫), 호는 교산(蛟山) 또는 성성옹(惺惺翁)이다. 그의 형제 허성(許筬)·허봉(許篈)·허난설헌(許蘭雪軒)은 하나같이 문명(文名)을 뽐내던 문사였다. 문과에 장원급제한 수재였던 허균은 관료 생활이 평탄치 않아, 파직을 거듭한 끝에 좌참찬으로 그쳤다.

허균은 무엇보다 시인과 비평가로 유명하지만 산문가로도 매우 중요한 위치를 차지한다. 그가 활동한 시기는 산문의 황금기였다. 최립(崔岦)·유몽인(柳夢寅, 1559~1623)·이정귀(李廷龜, 1564~1635)·신흠(申欽, 1566~1628)·장유(張維, 1587~1638)·이식(李植, 1584~1635) 등 쟁쟁한 고문가(古文家)들이 등장하여 산문의 모범을 제시했다. 조선시대를 대표하는 이 고문가들의 이름을 접할 때, 이 시기가 산문사에서 얼마나 중요한지 알 수 있다.

그처럼 산문 창작이 새로운 단계로 진입하는 시기에 허균은 시대적

추세를 무작정 따르기보다는 자신만의 독자적 방향을 세웠다. 많은 작가가 복고적 사조를 따른 데 반하여, 그는 자신의 개성이 마음껏 드러난 문장의 창작을 시도했다. 명대(明代)의 복고적 사조를 충분히 이해하고 창작에 일부 반영하기도 했지만, 복고적 사조를 비판하며 등장한 공안파(公安派)의 정신을 잘 이해하고 창작에 반영했다. 다양한 사조를 흡수한 그는 독자적 세계를 개척하려는 노력 또한 부단히 기울였다.

허균의 산문은 소품문 취향을 강하게 보인다. 산문 가운데 특히 척독(尺牘)은 전형적인 소품문이다. 그의 척독은 길이가 짧고 정서적이며 유머러스하다. 자유분방한 생활을 담고 있을 뿐만 아니라, 냉소적이고 혁명적인 발언까지도 서슴지 않는다. 그의 척독은 우리 산문사에서 독특한 색채를 드러낸 명작이다.

척독소품이 서정적 예술 산문의 특징을 보여준다면, 중세적 사회현상을 질타하고 사회 개조와 국가 혁신을 주장하는 논설을 거침없이 드러내는 산문 또한 주목할 만하다. 이들 성향의 작품은 허균 산문의 강렬한 비판성을 드러낸다. 〈통곡의 집(慟哭軒記)〉, 〈호민론(豪民論)〉, 〈소인론(小人論)〉, 〈유재론(遺才論)〉을 비롯한 많은 글에서 그는 부조리한 현실을 과감하게 폭로하고 그 대안을 제시한다. 이러한 글에서는 비유와 함축을 중시하는 전통적 산문의 특징보다는 직설적인 산문 어법이 두드러진다. 그의 글은 비판적 소품문의 전형을 보여준다.

허균은 소품문이 유행한 18~19세기 이전에 처음으로 그 미학을 이해하고 창작에 옮긴 문인이다. 그의 시도는 100~200년 동안 묻혀 있다가 18세기 이후에야 인정받았다. 18세기 문학을 선도한 존재로서 그는 소품문의 역사에서 매우 소중하다. 그의 시문은 필사본 문집《성소부부고(惺所覆瓿藁)》에 실려 전한다.

1
통곡의 집
慟哭軒記

내 조카 허친(許案)이 집을 짓고서는 통곡헌(慟哭軒)이란 이름의 편액(扁額)을 내다 걸었다. 그러자 사람들이 크게 비웃으며 물었다.

"세상에는 즐길 일들이 정말 많거늘 무엇 때문에 곡(哭)이란 이름을 내세워 집에 편액을 건단 말이냐? 게다가 곡이란 상(喪)을 당한 자식이나 버림받은 여인이 하는 행위다. 세상 사람들은 그런 자들의 곡소리를 몹시 듣기 싫어한다. 남들은 기필코 꺼리는 것을 자네는 일부러 가져다가 집에 걸어두는 이유가 대체 무엇인가?"

그러자 허친이 이렇게 대꾸했다.

"저는 이 시대가 즐기는 것은 등지고, 세상이 좋아하는 것은 거부합니다. 이 시대가 환락을 즐기므로 저는 비애를 좋아하며, 이 세상이 우쭐대고 기분 내기를 좋아하므로 저는 울적하게 지내렵니다. 세상에서 좋아하는 부귀나 영예를 저는 더러운 물건인 양 버립니다. 오직 비천함과 가난, 곤궁함과 궁핍이 존재하는 곳을 찾아가 살고 싶고, 하는 일마다 반드시 이 세상과 배치되고자 합니다. 세상에서 제일 미워하는 것은 언제나 곡하는 행위입니다. 이것을 능가하는 일은 없습니다. 그래서 저는 곡이란 이름을 내세워 제집의 이름을 삼았습니다."

그 사연을 듣고서 나는 조카를 비웃은 많은 사람을 준엄하게 꾸짖었다.

"곡하는 것에도 도(道)가 있다. 인간의 일곱 가지 정[七情] 가운데 슬픔보다 감정을 일으키기 쉬운 것은 없다. 슬픔이 이르면 반드시 곡을 하게 마련인데, 그 슬픔을 자아내는 사연도 복잡다단하다. 그렇기 때문에 시사(時事)가 어떻게 해볼 도리가 없이 진행되는 것을 가슴 아프게 생각하여 통곡한 가의(賈誼)가 있었고, 하얀 비단실이 본바탕을 잃고 다른 색깔로 변하는 것을 슬퍼하여 통곡한 묵적(墨翟)이 있었으며, 갈림길이 동쪽과 서쪽으로 나 있는 것을 싫어하여 통곡한 양주(楊朱)가 있었다. 또 막다른 길에 봉착하자 통곡한 완적(阮籍)[1]이 있었고, 좋은 시대와 좋은 운명을 만나지 못해 스스로 인간 세상 밖에 버려진 신세가 되어서 통곡하는 행위로써 자신의 뜻을 드러내 보인 당구(唐衢)[2]가 있었다. 저 여러 분은 모두가 깊은 생각이 있어서 통곡했을 뿐, 이별에 마음이 상해서나 남에게 굴욕을 느껴 가슴을 부여안은 채 좀스럽게 아녀자가 하는 통곡을 흉내 내

---

1 가의로부터 완적까지는 중국의 전국시대와 한위시대의 인물로, 본문에서 보이는 것과 같은 행동으로 널리 알려져 있다.

2 당구는 당나라 중엽 시인으로, 여러 차례 진사 시험을 보았으나 합격하지 못했다. 그의 시는 감상적인 내용이 많았다. 비통한 내용의 시문을 보면 읽고 나서 반드시 곡을 했다. 일찍이 태원(太原)에서 노닐 때 친구의 잔치 자리에 갔다가 술이 거나해져 어떤 일을 말하다가 목을 놓아 운 적이 있다. 그래서 당시 당구는 울기를 잘한다는 말이 나돌았다.

지 않았다.

저 여러 분이 처한 시대와 비교할 때, 오늘날은 훨씬 더 말세에 가깝다. 국가의 일은 날이 갈수록 그릇되어가고, 선비의 행실은 날이 갈수록 허위에 젖어들며, 친구들끼리 등을 돌리고 저만의 이익을 추구하는 배신 행위는 길이 갈라져 분리됨보다 훨씬 심하다. 또 현명한 선비들이 곤액(困厄)을 당하는 상황은 막다른 길에 봉착한 처지보다 심하다. 그러므로 모두들 세상 밖으로 숨어버리려는 계획을 짜낸다. 만약 저 여러 군자가 이 시대를 직접 본다면 어떤 생각을 품을지 모르겠다. 아무래도 통곡할 겨를도 없이, 모두들 팽함(彭咸)이나 굴원(屈原)이 그랬듯 바위를 가슴에 안고 물에 몸을 던지려 하지나 않을까?

허친이, 통곡한다는 이름의 편액을 내건 까닭이 여기에 있을 것이다. 그러니 너희는 통곡이란 편액을 비웃지 않는 게 좋을 것이다."

내 말을 듣고, 비웃던 자들이 "잘 알았습니다."라며 물러났다. 오간 대화를 정리하여 글로 써서, 뭇 사람이 의아하게 생각하는 심정을 풀어주고자 한다.

통곡의 집

慟哭軒記

놀라운 글이다. 이 시대가 어떠한 시대인가? 어떤 자가 감히 자기 서재의 이름을 '통곡헌'이라 이름 붙일 수 있을까? 통곡헌의 주인은 세상과 겪는 불협화와 대결 의식을 공개적으로 선언했다. 그는 자발적으로 "오직 비천함과 가난, 곤궁함과 궁핍이 존재하는 곳을 찾아가 살고자" 했고, "하는 일마다 반드시 이 세상과 배치되고자" 노력했다. 작자는 조카 허친의 생각에 공감을 표하는 글을 써주었지만, 옛글의 관례로 볼 때, 이 글의 논지는 결국 허균의 생각에서 나온 것이 분명하다. 문제는 이러한 의식을 지니는 것이 가능하고, 그것을 공개적으로 표명하는 것이 가능하냐는 데 있다. 현실의 지배적인 힘과 흐름을 거역하며 살겠다는 의지를 이렇게 거침없이 표명한 용기가 놀랍다. 통곡할 수밖에 없는 부조리한 현실에 대한 혁명적 지식인의 의식을 선언한 이 글은, 허균이 어째서 조선시대에 가장 혁명적인 지식인으로 불리며, 결국에는 형장의 이슬로 사라졌는지를 생생하게 보여준다.

2
푸줏간 앞에서 입맛을 쩍쩍 다시다
屠門大嚼引

우리 집이 비록 한미하고 가난하지만, 선친께서 살아 계실 때에는 각 지방의 특별한 음식을 예물로 보내주는 자가 많아서, 어릴 적에는 진귀한 음식을 골고루 먹을 수 있었다. 장성해서는 큰 부잣집 사위가 되었기 때문에, 또 갖가지 산해진미를 맛볼 수 있었다. 왜란이 발발했을 때에는 북쪽 지방으로 피난했다가 강릉의 외가로 갔기에 낯선 지방의 기이한 음식을 두루 맛볼 기회를 얻었다. 베옷을 벗고 벼슬하기 시작한 뒤로는 남과 북의 임지(任地)로 떠돌아다니면서 더더욱 남들이 해주는 음식을 입에 올리게 되었다. 그 덕분에 우리나라에서 생산되는 음식이라면 조금씩 맛보지 않은 것이 없고, 좋다는 음식이라면 먹어보지 않은 것이 없다.

식욕과 성욕은 인간의 본성이요, 그 가운데 식욕은 특히 목숨과 관련이 깊다. 그럼에도 불구하고 선현들께서 식욕을 천하다고 하신 말씀은, 음식을 지나치게 탐하여 이익에 몸을 버리는 사람을 가리켜 말했을 뿐이다. 성인께서 한 번이라도 음식 먹기를 그만두고 음

식에 대해 언급하기를 회피한 일이 있었던가? 그렇지 않다면 여덟
가지 빼어난 음식을 무슨 이유로 예(禮)를 적은 경서에 기록했고,[1]
맹자(孟子)는 물고기와 곰발바닥 요리를 구분하여 말했으랴?[2]

　나는 예전에 하증(何曾)[3]이 쓴 《식경(食經)》과 서공(舒公)[4]이 쓴
《식단(食單)》을 본 적이 있다. 두 사람 모두 천하의 온갖 음식을 다
거두어서 풍성하고 호사스러움의 극치를 달렸다. 그렇기 때문에 제
시한 음식의 종류가 대단히 많아서 만 단위로 헤아려야 할 지경이
다. 그러나 세심하게 들여다보면, 그저 번갈아 멋들어진 이름을 붙
여서 눈과 귀를 현란하게 만든 자료에 불과하다.

　조선이 비록 외진 나라이기는 하지만, 큰 바다로 둘러싸여 있고,
드높은 산지로 중국과 막혀 있다. 그러므로 생산되는 물산이 풍부
하고 넉넉하다. 만약 하증과 서공, 두 분의 사례를 적용해 명칭을

1　《주례(周禮)》〈천관(天官)〉'선부(膳夫)'에 "진귀한 음식에는 여덟 가지 사물을 쓴다(珍用
　八物)."라는 기록이 있다. 이 팔진미를 《예기(禮記)》〈내칙(內則)〉에서 순오(淳熬)·순모
　(淳母)·포돈(炮豚)·포장(炮牂)·도진(擣珍)·지(漬)·오(熬)·간료(肝膋)라고 했다. 후에는
　진귀한 음식을 가리키는 말로 사용되었다.

2　《맹자》〈고자(告子)〉에 "생선도 내가 먹고 싶어 하는 음식이고, 곰발바닥도 내가 먹고 싶어
　하는 음식이다. 두 가지를 다 얻을 수 없다면 생선을 포기하고 곰발바닥을 취할 것이다."라
　고 했다.

3　하증은 중국 진(晉)나라 사람으로, 중국 역사상 음식에 관한 첫 저술인 《식소(食疏)》를 썼
　다. 한편 《진서(晉書)》〈하증전(何曾傳)〉에는 그가 호사스러운 사람으로 온갖 사치를 부렸
　으며, 특히 한 끼 식사에 만 냥을 쓰면서도 늘 수저를 댈 만한 음식이 없음을 탓했다고 적
　혀 있다.

4　원문은 순공(郇公)인데, 서공(舒公)의 오류로 보인다. 이는 뒤에서 '하위(何韋)'라고 쓴 것
　으로 보아 알 수 있다. 서공은 당나라 사람인 위거원(韋巨源)의 봉호(封號)로, 그는 음식에
　관한 저술인 《소미연식단(燒尾宴食單)》을 남겼다. 이 저술은 《설부(說郛)》에 실려 전한다.

바꾸어 구별하기로 한다면, 얼추 만 단위로 음식의 가짓수를 헤아려야 할 것이다.

내가 죄를 지어 바닷가로 거처를 옮긴 후부터는, 쌀겨나 싸라기조차 제대로 댈 형편이 못 되었다. 밥상에 올라오는 것이라곤 썩은 뱀장어와 비린내 풍기는 물고기, 쇠비름과 미나리에 불과했다. 그조차도 하루에 두 끼밖에 먹지 못하여 밤새 배 속이 비어 있었다. 산해진미를 입에 물리도록 먹어서, 물리치고 손도 대지 않던 옛날의 먹거리를 떠올리고 언제나 입가에 침을 질질 흘리곤 했다. 이제는 아무리 다시 먹고 싶어도, 하늘에 사는 서왕모(西王母)의 천도복숭아인 양 아득히 멀게만 느껴진다. 내가 동방삭(東方朔)이 아니고 보니 무슨 수로 그 복숭아를 몰래 따겠는가?[5]

마침내 그 음식들을 분류하여 기록하고 틈이 날 때마다 살펴봄으로써 고기 한 점 먹은 셈 치기로 했다. 작업을 마치고 나서, 책의 이름을 '푸줏간 앞에서 입을 크게 벌려 입맛을 다신다'는 뜻으로 《도문대작(屠門大嚼)》이라 했다.[6] 세상의 벼슬 높은 자들은 온갖 음식 사치를 다 누리면서 하늘이 낸 물건을 절제함 없이 마구 쓴다. 나는 내 경우처럼 영화와 부귀란 언제나 지속되는 것이 아님을 경

---

5 전설에 선녀인 서왕모가 사는 요지(瑤池)에 복숭아나무가 자라는데 3000년에 한 번 열매가 열린다. 한무제 때 동방삭이 그것을 세 번이나 훔쳐 먹었다고 한다. 《한무고사(漢武故事)》에 나온다.

6 이 말은, 환담(桓譚)이 《신론(新論)》에서 "사람들이 장안(長安)의 음악을 들으면 대문을 나서서 서쪽을 바라보고 웃고, 음식 맛이 좋으면 푸줏간을 바라보고 입맛을 다신다."라고 한 구절과, 조식(曹植)이 〈오계중에게 준다(與吳季重書)〉에서 "푸줏간을 지나면서 입맛을 쩍쩍 다시는 것은 비록 고기를 얻지는 못하지만 기분이나 상쾌하자는 심사입니다."라고 말한 구절에서 나왔다.

계하고자 한다.

신해년(1611) 4월 21일, 성성거사(惺惺居士)가 쓴다.

푸줏간 앞에서 입맛을 쩍쩍 다시다

屠門大嚼引

《도문대작(屠門大嚼)》은 허균이 1611년에 귀양지인 전라도 함열에서 쓴, 음식에 관한 저작이다. 이 서문은 음식을 다룬 책을 짓게 된 개인적인 동기를 흥미롭게 설명했다. 귀양지에 유폐된 채 거칠고 입에 맞지 않은 음식을 억지로 먹다 보니, 지난날 먹었던 풍성하고 맛 좋은 음식과 각 지방의 별미가 더 그립다. 그리하여 지난날 맛보았던 추억의 음식을 떠올리며, 전국적으로 분포한 각종 음식을 풍성하게 채록했다고 동기를 밝혔다. 그가 직접 먹어본 음식 경험을 바탕으로 저작을 썼다는 점에서 큰 의미가 있다. 이 책은 우리나라 식품사(食品史)에서 가장 오래되고 중요한 문헌이다.

선비의 글쓰기는 유가(儒家)의 삶과 잘 부합되는 것이 아니면 저서의 주제가 되기 쉽지 않다. 그런 무언의 관례로 볼 때, 《도문대작》처럼 음식에 관한 내용을 전문적으로 저술하는 것은 쓸데없는 짓이거나 사치를 조장하는 좋지 못한 행위로 간주되기 쉽다. 하지만 허균은 그 저술이 지니는 가치를 중시했다. 이 서문에서는 전통적 관점을 버리고 흥미로운 일상사에 시선을 둔 허균의 개성적 사유가 엿보인다. 그의 사유는 18세기 소품문 작가들에게 적극적으로 계승된다.

3
비방꾼과의 대화
對詰者

키가 훌쩍 크고 멋진 모자를 쓴 사람이 나를 찾아와 따졌다.

"당신은 문장 솜씨가 좋고, 벼슬이 높은 분입니다. 관(冠)을 높이 쓰고 넓은 띠를 두르고 궁궐에서 임금님을 모시는 분이지요. 따르는 사람이 구름처럼 당신을 에워싸 사통팔달의 거리에서 '물렀거라!'를 외칩니다. 따라서 사귀는 사람을 잘 가려서 정승·판서와 한무리가 되고, 그들과 행동을 함께하여 국사를 짜는 데 협력하며, 차례로 권력을 움켜쥐어 창고를 재물로 가득 채워야 어울리지요. 그런데 어째서 조회가 끝나면 바보처럼 문을 닫아걸고, 높은 벼슬아치는 한 사람도 찾아오지 않는 대신에 운명이 기구한 자들하고만 어울린단 말이오?

어울리는 사람을 살펴보니, 얼굴이 검은 자가 있고, 수염이 붉은 자가 있었소. 수염이 붉은 자는 혓바닥을 장난스럽게 놀리고, 얼굴이 검은 자는 술병을 잡고 있더이다. 키 작은 사내도 보이는데, 그 코가 꼭 여우처럼 생겼소. 한 눈이 먼 자도 있고, 속눈썹이 붉은 자도 있더군요. 날마다 그런 자들과 집 안에서 법석대며, 노래도 부르고 소리도 지르면서 온갖 만물을 묘사하는 시를 즐겨 지었소. 그러다 보니 당신을 질투하는 자가 숲 속의 나무처럼 많고, 수많은 선비가 당신을 등지고 떠나갔소. 당신이 진흙 구덩이에 빠져 곤액(困厄)을 당하는 것은 마땅하오. 이제는 그 무리들일랑 버리고 저 요직에 있는 사람들을 찾아가 사귀도록 하시오."

그 말을 듣고 나는 이렇게 답했다.

"아니지요, 아니지요. 당신이야말로 물정 모르는 말을 하고 있군요. 저는 성품이 천박하고 졸렬하며, 세상사에 어둡고 거칠기 짝이 없습니다. 기교도 전혀 부리지 못하고, 남에게 아첨도 하지 못하지요. 마음에 맞지 않는 것이 하나라도 있으면 잠시도 참지를 못합니다. 남을 칭찬하는 이야기를 꺼내려고 하면 금세 말을 더듬거리고, 권세를 잡은 자의 문에 다가서면 발뒤꿈치가 부르트며, 귀하신 분들에게 예를 표하려고 하면 기둥이 박힌 듯 허리가 뻣뻣해집니다. 이런 거만한 태도로 정승을 찾아가 뵈니, 보는 사람마다 미워해서 제 정수리를 내려치려 듭니다. 부득이하여 강호(江湖)로 은퇴할까도 생각했지만, 가난 탓으로 녹봉을 받으려고 물러나려다 망설이지요.

그러나 두세 사람만은 세상이 뭐라 하든지 아랑곳하지 않고 제가 지닌 재능을 좋아하여 한정 없이 제게 사랑을 베풉니다. 저를 찾아와 술을 마셔 취하고, 제가 그들을 부르면 그들도 저를 찾습니다. 제가 시를 지으면 뒤따라 화답시를 짓는데, 작품 한 편 한 편이 빼어난 구슬이라서, 화제(火齊)와 목난(木難)이요,[1] 장미와 산호지요. 제가 지닌 보물을 스스로 소중히 여기면 그뿐이니 남이 인정해주기를 기다리지 않지요. 〈국풍(國風)〉을 친구쯤 여기고 〈이소(離騷)〉를 종으로 알면서, 위대한 문학을 하자 뻐기며 세상을 비좁게 여기지요. 어긋난 방법으로 벼슬하지 말자고 하며, 제게 어울리는 방법으로 몰아갑니다. 하늘이 부여한 성정대로 살다가 늙음을 맞이하렵니다. 권세나 이익을 위해 사귄 벗은 때가 되면 반드시 우정이 변질되지만, 제 우정은 변치 않아 바위인 듯 쇠인 듯 단단하지요. 마음이 맞는 벗에 흠뻑 취해 이 몸이 있는 줄도 모르지요. 잠자는 것도, 밥 먹는 것도 잊을 지경입니다. 그러니 초헌(軺軒)을 탄 높은 벼슬아치를 봐도 못 본 척하지요.

저 부귀한 자들은 붉고 푸른 관복을 늘어뜨리고, 긴 소매와 패옥(佩玉)으로 몸을 치장하고 오로지 집안 여자들이나 만족시키려 들지요. 그런 즐거움에 빠진 자들은 오로지 쾌락만을 도모한답니다. 저는 음악이나 여자도 탐내지 않고, 무서운 형벌도 겁내지 않습니다. 도연명(陶淵明)과 사령운(謝靈運), 이백(李白)과 소식(蘇軾) 따위의 큰 작가와 대등해지기를 바랄 뿐, 영고성쇠(榮枯盛衰)에는 마음을 쓰지 않지요. 많은 사람이 좋아하는 것은 미워하고, 많은 사람이 존중하는 것은 더럽게 여깁니다. 남들은 그런 저를 두고 나쁜 풍조에 물들었다고 비난하지만, 저는 좋아서 껄껄 웃지요. 제가 무거운 죄를 범하기는 하지만, 사귐을 끊느니 차라리 도끼로 죽임을 당하는 편이 나을 겝니다.

세상 인심은 변화무쌍하고 세상 사는 길은 기구하여, 털끝 같은

---

1 화제와 목난은 귀중하고 희귀한 보석의 종류.

시비를 꼬치꼬치 따지고 한 푼어치 이익을 놓고 아웅다웅 다투지요. 세상과 어긋나게 사는 제가 그들에게 진정과 믿음을 주기는 어렵지요. 당신의 말이 옳기는 하지만 제가 미련한 놈임을 살피지는 못했군요. 사람을 아끼기는 하지만 은덕을 베푸는 분은 아니로군요."

내가 말을 마치자 그 사람이 말했다.

"잘 알겠소. 내가 참으로 멍청했소. 당신의 설명을 듣고 보니 용한 무당에게 점을 친 것 같소. 당신이 사귀는 벗은 훌륭하고, 당신이 한 말은 잘못이 없소. 내가 말을 잘못했으니 참으로 소인배입니다."

말을 마치고 물러서는 그의 뒷모습이 비틀거렸다.

　가상의 인물과 문답하는 형식을 빌려 자신의 소신을 밝혔다. 키가 크고 멋진 모자를 쓴 가상의 인물이 허균을 질책하는데, 그는 조정의 고관을 대변하는 사람이다. 그가, 높은 벼슬자리를 차지하고 있는 사람이 무엇하러 같은 부류의 사람들과 어울려 부귀를 누리지 않고 무뢰배와 어울리느냐고 비난했다. 그 비난을 듣고 허균이 변명을 늘어놓았다. 성공한 사람들과는 어울리지 못하는 성품이라서 그렇다고 허균은 변명하지만, 실은 저들과의 교유는 "차례로 권력을 움켜쥐어 창고를 재물로 가득 채우는" 결과가 기다린다. 반면에 진정한 벗은 고관들의 추잡한 행태를 보이지 않는다. 그저 문학이나 즐길 뿐이지만 거기에는 진정한 우정이 있다. 그래서 신분이 미천한 자들과 사귀다 죽어도 기꺼이 감수하겠다고 했다.

　이 글에서도 허균은 "많은 사람이 좋아하는 것은 미워하고, 많은 사람이 존중하는 것은 더럽게 여기는" 신념을 드러냈다. 세상과 불화하고 대결하려는 의식을 분명하게 표현했다. 혁명적 사고의 한 측면을 직설적인 언사로 드러냈다. 허균은 실제로 서얼 출신들과 어울려 지냈고, 조선왕조의 신분 차별 정책에 매우 분노했다.

4

한가함의 열망

閑情錄序

오호라! 이 세상을 살아가는 선비가 벼슬을 하찮게 여겨 내던지고
아예 숲 속으로 숨어들고 싶겠는가? 추구하는 도(道)가 풍속과 어
긋나고, 운명이 시대와 맞지 않을 때에만 고상한 생활에 몸을 던져
숲 속으로 도피한다. 그런 선택을 하는 자의 마음이 가엾다.

요순(堯舜)이 다스리던 세상에서는 요순을 임금으로 모시고 군주
와 신하가 서로 화합하고 도와서 정치와 교화가 잘 펼쳐졌다. 그럼
에도 소부(巢父)나 허유(許由) 같은 무리가 나타나 정사를 맡으라는
더러운 소리를 들었다고 귀를 씻었고, 제 몸이 크게 더러워지기라
도 한 것처럼 표주박을 나뭇가지에 걸어둔 채 세상을 버리고 떠나
버렸다.[1] 이들은 또 무엇을 보여주려는 것인가?

나는 어려서부터 제멋대로여서 아버지나 스승으로부터 제대로
가르침을 받지 못했고, 장성해서는 예의염치를 지키는 행실을 하지
못했다. 세상에 보탬이 못 되는 자질구레한 문장 솜씨로 젊은 시절
부터 조정에 나가 벼슬을 시작했다. 그러나 거침없고 도도한 행동

탓에 권세가로부터 미움을 사서 마침내 노장(老莊)이나 불가의 무리 틈에 스스로 도피했다. 외물과 육신을 하찮게 여기고, 잃고 얻는 문제를 똑같이 보는 태도를 고상하게 보았다. 세상사에 휩쓸려 되어가는 대로 내맡기면서 미치광이나 망령된 자들과 어울렸다.

금년 내 나이 벌써 마흔두 살이다. 머리카락은 듬성듬성하지만 할 수 있는 일이 없다. 저물어가는 세월은 서두르건만 이루어놓은 공훈이나 업적이 없다. 나 자신의 꼴이 적이나 안타깝다.

그러니 제일 낫기로는 사마자미(司馬子微)나 방덕공(龐德公)처럼 산언덕이나 골짜기를 하나씩 차지하여 실컷 즐기고 마음먹은 대로 사는 것이지만 그렇게 하지 못했다. 그다음 낫기로는 상자평(向子平)이나 도홍경(陶弘景)처럼 자식을 다 키워낸 뒤 멀리 은둔하거나 벼슬을 사직하고 영구히 속세를 떠나는 것이지만 그렇게도 하지 못했다. 가장 못하기로는 사강락(謝康樂)이나 백향산(白香山)처럼 벼슬아치들과 뒹굴다가 산수에 오만한 기분을 푸는 것이지만 그렇게도 하지 못했다.

오히려 반대로 권세를 좇는 길 위에서 허둥대느라 한 해 내내 한가로운 때가 없었다. 털끝만 한 이익이나 손해에 넋은 경황이 없었고, 모기나 파리 같은 자들의 칭찬이나 비방에 마음은 요동을 쳤다. 걸음을 멈칫거리고 숨을 죽이면서 함정에 빠지지 않도록 조바심을

---

1 소부와 허유의 이야기는 요임금 때의 고사. 요임금이 허유에게 천하를 주려 하자 거절하고 기산(箕山)에 은거했다. 또 그를 불러 구주(九州)의 장(長)으로 삼으려 한다는 말을 듣자 더러운 소리를 들었다 하여 영수(潁水) 가에서 귀를 씻었다. 그는 기산에 은거하면서 표주박으로 물을 떠먹고 나무 위에 걸어놓았다 한다.

냈다. 큰 기러기가 높이 날고 봉황이 솟아오르며 매미가 허물 벗듯이 시원스럽게 혼탁한 속세를 벗어났던 옛날의 현자와 나 자신을 비교해보았다. 지혜롭고 어리석기가 하늘과 땅 차이보다 훨씬 더 컸다.

근래에는 병으로 휴가를 얻어 두문불출했다. 우연히 유의경(劉義慶)과 하양준(何良俊)이 편찬한 《세설신어(世說新語)》의 〈서일전(棲逸傳)〉과 여조겸(呂祖謙)의 《와유록(臥遊錄)》, 도목(都穆)의 《옥호빙(玉壺氷)》을 읽었다. 쓸쓸하고도 소탈한 심경을 담아낸 글이 가슴에 확 와 닿았다. 마침내 네 분이 간단간단하게 쓴 글을 모으고, 내가 사이사이에 보았거나 기억하고 있던 내용을 덧붙여 책 한 권으로 편찬했다. 또 옛사람의 시부(詩賦)나 잡문 가운데 한가로움과 편안함을 묘사한 글을 가져와 후집(後集)을 만들었다. 모두 10편(編)으로 《한정록(閒情錄)》이라 이름을 붙였으니 이것으로 나 자신의 마음을 씻어 반성하려 한다.

나는 재주가 모자라서 미처 도(道)를 듣지 못했다. 그러나 성인이 다스리는 세상에 태어나 관직은 고위 벼슬아치요, 직책은 임금님의 교서를 짓는 자리에 있다. 어찌 감히 소부나 허유의 자취를 따르고자 요순 같은 임금님과 결별하는 짓을 모질게 해치우고 고상한 척 하겠는가?

다만 시대와 운명에 부합하지 않아서 옛사람이 탄식한 점과 비슷한 구석이 있다. 아직 몸이 건강할 때 조정에서 물러나기를 청하여 내게 주어진 천수(天壽)를 누릴 수만 있다면 그보다 더 큰 행복이 없겠다. 훗날 숲 아래에서 세상을 버리고 속세와 인연을 끊은 선비를 만나게 되거든 이 책을 내어놓고 서로 논평하며 읽고 싶다. 그렇게 하면서 처음 먹은 마음을 저버리지 않기를 바란다.

어떤 인생을 살 것인가? 부자가 되고 권력을 쟁취하며 남들과 경쟁하면서 살 것인가, 아니면 인생의 위의를 지키며 고상하고 한가롭게 살 것인가? 마흔을 넘기고 보니 부귀도 명성도 삶의 본질이 아니라는 판단이 섰지만, 그렇다고 모든 것을 버리고 전원에 은거할 수도 없다. 몸은 여전히 세상 속에서 허둥대며 휩쓸려가는 것이 현실이다. 그러니 몸과 마음이 따로 가는 영혼을 위로하는 책이 필요하다. 바로 《한정록》이다.

이 글은 《한정록》이란 책을 편찬하고 그 동기를 밝힌 서문이다. 《한정록》은 마음에 거슬리는 것 없이 한가롭게 살아가는 인생을 주제로 그 방법과 사례를 모아놓았다. 이 책의 전체 주제는 한 글자로는 '한(閑)'이고, 두 글자로는 '한적(閑適)'이다. 한가하고 마음에 맞는 생활에 대한 열망을 담아 그와 관련한 다양한 주제를 모두 16개 부문으로 분류하여 편집했다. 은둔으로부터 은퇴, 운치 있는 생활 가구, 섭생, 마지막으로 농사짓는 것까지 흥미로운 내용이 많다.

허균은 당시 사회와 정치를 매우 부조리하고 혼탁한 탁세(濁世)로 규정했다. 탁세의 시대에 적당히 타협하지 못하는 국외자로서, 머물 것인가 떠날 것인가 갈등하는 심리를 표출하고 있다. 그의 갈등은 사대부나 현대인이 깊이 공감할 수 있는 정서이다. 한가로움의 이상을 담은 《한정록》은 독서물로서 큰 인기를 얻었다. 이 책은 1606년에 네 권을 1차로 편찬한 뒤 1610년에 열 권으로 증보하여 그가 사망하기 직전인 1617년에 완성했다. 서문은 1610년 열 권으로 증보할 때 썼다.

5
이런 집을 그려주오
與李懶翁 丁未正月

큰 비단 한 묶음에, 노랗고 파란 갖가지 물감까지 종에게 맡겨 서경
(西京, 평양)에 보내니, 산을 등지고 시내를 앞에 둔 집 한 채를 그려
주게. 갖가지 꽃과 천 그루의 긴 대나무를 심게나. 집 중앙에는 남
쪽으로 마루를 내고, 그 앞뜰을 널찍하게 만들어 패랭이꽃과 금선
초(金線草)를 심고, 괴석(怪石)과 예스런 화분을 놓아두게. 동쪽 모
퉁이 구석방에는 발을 거두어 도서 천 권을 진열하고, 구리병에는
공작새 꼬리를 꽂으며, 박산향로(博山香爐)를 탁자 위에 놓아두게.
서쪽 방에는 창을 내어 어린 계집종에게 나물국을 끓이고 손으로
술을 걸러서 신선로에 따르게 하게. 나는 깊은 방 안에서 보료에 기
대어 책을 보고 있고, 그대와 다른 벗은 좌우에 앉아 담소를 나누고
있네. 모두 복건(幅巾)과 버선을 착용하되, 관대(冠帶)를 두르지 않
은 도복 차림일세. 한 오라기 향 연기가 주렴 너머에서 피어오르네.
여기에 두 마리 학이 바위에 낀 이끼를 쪼고 있고, 빗자루를 안고
꽃잎을 쓸고 있는 동자의 모습까지 그려 넣는다면, 인생의 모든 것

이 다 갖추어진 걸세. 그림이 완성되면 태징공(台徵公)[1]이 돌아오는 편에 부쳐주게. 간절히 바라고 또 바라네.

---

1 이수준(李壽俊, 1559~1607)의 자(字)로 선조 연간의 문신이다.

이런 집을 그려주오

與李懶翁 丁未正月

허균이 절친하게 지내던 화가 이정(李楨)에게 보낸 척독으로, 1607년 1월에 썼다. 이정은 이때 평양에 머물고 있었다. 권력에 굴하지 않는 자유분방한 화가의 길을 걷던 이정은 한 정승에게 미움을 사서 평양으로 피신해있었다. 허균은 그에게 배산임계(背山臨溪)의 멋진 가상공간을 그려달라고 부탁했다. 그러나 편지를 보낸 다음 달에 평양에서 온 사람으로부터 이정이 죽었다는 소식을 접하고 허균은 통곡한다. 그해 8월에는 꿈에서 이정을 만났다고 이사상(李士常)에게 편지를 보냈다.

허균이 구상한 집은 규모는 작을지 몰라도 상당한 호사 취미를 구현했다. 괴석을 배치하고 도서 1000권을 수장한 곳, 공작새 꼬리를 꽂은 구리병, 박산향로가 탁자에 놓여 있다. 그 위에 나물국을 끓이는 계집종과 동자의 설정은 한 폭의 신선도를 떠올리게 한다.

이덕무는 〈이목구심서(耳目口心書)〉에서 허균의 척독소품을 대표하는 글로 이것을 뽑고 이렇게 찬탄했다.

"허단보(許端甫, 허균)의 《성소부부고》에 수록된 척독들은 곱고도 기이해서 즐겨 읽을 만하니 동국에서 찾아보기 드문 작품이다. 그는 명(明)의 글을 배웠지만 그가 취하여 쓴 것은 《세설신어》 한 종이다. 따라서 그 맑고 산뜻함을 따르기 어렵다. 그가 나옹(懶翁) 이정에게 준 편지에서 동산의 배치를 묘사한 것은 선명하고도 신묘하여 대단히 기이한 솜씨다."

6
이재영에게 보낸 척독 3제(題)

추녀 끝에서는 빗물이 똑똑 떨어지고, 향로에서는 향 연기가 가늘게 피어오르고 있네. 두세 벗들과 함께 어깨와 맨발을 드러낸 채로 방석에 앉아 연대[藕, 연근]를 씻고 참외를 쪼개 먹으며 번뇌를 씻는 중이라네. 이런 때 우리 여인(汝仁, 이재영李再榮)이 없어서는 안 되지. 자네의 사자 같은 늙은 아내는 필시 으르렁거려¹ 자네 얼굴을 고양이 면상으로 만들겠지만, 늙은 홀아비의 기세 꺾인 꼴일랑 하지 말게. 문지기가 우산을 가지고 갔네. 가랑비를 피해서 어서 빨리 오게. 벗 사이에 모이고 흩어지는 일은 변화가 무상(無常)하다네. 이런 모임을 어찌 자주 하겠는가? 뿔뿔이 흩어진 뒤에는 후회한들 소용

---

1 사자후는 사나운 부인의 잔소리를 비유한다. 중국 송(宋)나라 때 진호(陳慥)의 아내는 성질이 몹시 사나웠다. 소식(蘇軾)이 그를 조롱하여, "문득 하동(河東)의 사자후가 들려오자, 손에서 지팡이를 놓치고 마음이 철렁하네(忽聞河東獅子吼, 扶杖落手心茫然)."라는 시를 지어주었다.

없으리.

자네의 애첩은 몹시 지혜로워 청춘이 순간임을 반드시 알 걸세. 그래, 비구니가 되어 끝내 수절하려 들겠는가? 속담에 "열 번 찍어 안 넘어가는 나무 없다."라는 말이 있더군. 잘해보게. 금박 휘장 아래에서 맛 좋은 고아주(羔兒酒)[2]를 먹는 일에 길든 그이겠지만, 눈을 녹여 차를 끓이는 일도 특별한 운치가 있다네. 그가 나를 찾아온다면 반드시, 하마터면 허송세월할 뻔했다고 말할 걸세. 자네가 그에게 "나는 놈 위에 타는 놈이 있다."라고 하면 그 말에 반드시 마음이 움직일 걸세.

내가 큰 고을의 원님자리를 차지했는데 마침 자네가 사는 곳과 가까우니, 어머니를 모시고 이리로 오게. 봉급 절반을 떼어 대접하리니, 결코 양식이 떨어지는 지경에는 이르지 않을 걸세. 자네는 나와 처지가 다르나 취향은 같고, 재주는 열 배나 뛰어나네. 하지만 세상에서 버림받기는 나보다도 심하네. 나는 항상 기가 막히네. 나는 비록 운수가 기박해도 몇 차례 고을 원님이 되어 달팽이 침처럼 적실 수 있지만, 자네는 사방천지 어디서도 입에 풀칠하기 어렵네. 모든 게 우리 책임일세. 밥상을 대할 때마다, 얼굴에 땀이 흐르고 먹은 것이 목구멍으로 넘어가지 않네. 서둘러 빨리 오게. 설령 이 일로 남들의 비방을 받을지라도, 나는 전혀 개의치 않을 것이네.

---

2 중국 명주(名酒)의 하나.

많은 척독 작품 가운데 이재영(李再榮, 1553~1623)에게 보낸 세 편을 뽑았다. 친구 사이의 각별한 우정과 멋을 느낄 수 있다. 이재영은 서얼 신분으로서 재능이 뛰어난 사람이었다. 허균과 친하게 지냈고, 한리학관(漢吏學官)을 역임했으며, 인조반정 뒤에 이이첨의 막료라 하여 매 맞아 죽었다.

허균의 척독에는 남녀 간 애정에 관한 사연이 심심치 않게 등장하는데, 금기시된 애정 문제가 자연스럽고도 익살스럽게 이야기된다.

안정복(安鼎福)의 《천학문답(天學問答)》에는 다음과 같은 글이 나온다. "허균이, 남녀의 정욕은 하늘로부터 부여받은 것이요, 윤리를 분별하는 것은 성인의 가르침이다, 성인을 위반할지언정 하늘로부터 부여받은 본성을 위반할 수는 없다고 했다." 성대중(成大中)의 《청성잡기(靑城雜記)》에도 똑같은 주장이 실려 있다. 그의 지론으로서 이단아다운 사유를 엿볼 수 있다. 세 번째 편지에는 천대받는 서얼을 동정하고 신분 불평등을 자신의 문제로 인식하는 태도가 잘 나타나 있다.

허균의 척독은 가벼운 필치로 사대부의 일상적 삶과 정서를 표현하고 있다. 그가 시도한 척독의 필치는 18세기 이후 문단에 널리 퍼졌다.

02

일침견혈(一針見血)의 산문, 이용휴

이용휴

이용휴(李用休, 1708~1782)는 18세기를 대표하는 문인이다. 본관은 여주 (驪州)이고, 자(字)는 경명(景命), 호는 혜환(惠寰)이다. 그의 집안은 '정릉 (貞陵) 이씨(李氏)'로 불리는 남인(南人) 명문가다. 저명한 학자인 성호(星 湖) 이익(李瀷)의 조카이고, 정조 대의 저명한 학자인 이가환(李家煥)은 그의 아들이다. 이용휴는 벼슬하기를 포기한 채 일종의 전업 작가로 재 야에서 한평생을 보냈고, 문집으로《탄만집(歎嫚集)》이 있다.

이용휴는 오랜 문학 전통을 묵수(墨守)하지 않고 해체하는 데 진력하 여, 18세기 문학 변화의 최전선에 섰다. 그는 18세기 개성적 산문의 창 작을 선도한 선구자다. 특히, 인생 중반 이후 원숙기에 들어섰을 때 실 험적 시와 산문을 열정적으로 창작했다. 그런 행보를, '옛것과 합치[合 古]'하려고 애쓰지 말고 '옛것과 결별[離古]'하라고 주장한 선언을 통해 선명하게 밝혔다. 이러한 주장을 적극적으로 실천하여 시는 시대로, 산 문은 산문대로 조선 500년의 한문학 유산과는 뚜렷하게 구별되는, 개성 이 풍부한 작품을 창작했다. 소품문 창작은 그러한 문학 혁신의 연장선 에 있고, 그의 문학적 행보는 문단에 큰 영향을 미쳤다.

이용휴는 문단의 거두로서 동시대 젊은 작가들에게 큰 영향을 미쳤 다. 정약용은 그에 대해 이렇게 말했다. "영조 말엽에 혜환의 명성이 한 시대의 으뜸이어서 무릇 글을 갈고 닦아 새롭게 바꾸고자 하는 자들은 모두 그에게 와서 수정을 받았다. 몸은 포의(布衣)의 반열에 있으면서 손으로는 문원(文苑)의 권력을 30여 년 동안 쥐고 있었다. 그런 사례는 예로부터 없었다. 그러나 우리나라 선배의 문자가 지닌 흠집을 너무 심하게 들추어냈기 때문에 한 떼의 무리가 그를 원망했다." 그가 문단에서 얼마나 큰 위상을 지녔는지를 잘 짚어낸 말이다.

주제나 문투, 길이나 소재, 어휘와 발상 등 여러 측면에서 이용휴의 산문은 실험적이고 파격적이다. 한마디로 그의 문장은 기발하다. 무엇보다 그는 짧은 글을 선호했고, 쉬운 어휘를 선택했다. 대신에 발상은 아주 기발하고, 주제는 선명했다. '결단코 일반 문인의 작품과 다른 모습을 갖추고자 노력한' 결과, 남들이 흉내 내기 어려운 독특한 문장을 만들어냈다. 그의 문장은 조선시대의 일반적인 산문과 비교할 때도 그렇고 현대의 산문과 비교할 때도, 실험적이고 독특한 색채를 지녔다는 평가를 서슴없이 내릴 수 있다.

18세기 소품문의 역사에서 이용휴는 누구보다도 소품문 창작에 열의를 보이고 자신만의 독특한 산문 미학을 획득한 작가로 자리매김하고 있다. 그의 글이 때론 과도한 기(奇)로 흐른 감이 없지 않지만, 간결한 문체에 극도로 절제된 언어 구사를 통해 주제를 선명히 구현한 산문은 우리 산문사에서 빛나는 성과다.

1
미인의 얼굴 반쪽
題半楓錄

옛날 어떤 사람이 꿈에 미인을 보았다.

너무도 고운 여인이었으나 얼굴을 반쪽만 드러냈기 때문에 그 전체를 볼 수 없었다.

반쪽에 대한 그리움이 쌓여 병이 되었다.

누군가가 그에게, "보지 못한 반쪽은 이미 본 반쪽과 똑같다."라고 일깨워주었다.

그 사람은 바로 답답증이 풀렸다.

무릇 산수(山水)를 구경한다는 것은 모두 이렇다.

그뿐 아니다.

금강산은, 산봉우리는 비로봉이 으뜸이고, 물길은 만폭동이 최고다.

이제 그 둘을 모두 구경했으므로 반쪽만 보았다고 말하기 어렵다.

이것은 음악을 듣는 것에 비유할 수 있다.

구소곡(九韶曲)[1]을 들은 자라면, 그것으로 그치고 다른 음악은 더 이상 듣지 않을 것이다.

---

1 중국 상고 시절 순(舜)임금 때 지어진 음악으로, 최상의 음악이라고 치켜세워진다.

금강산 여행기를 평한 짧은 글이다. 지인 하나가 금강산을 구경하고 나서 지은 작품집을 그에게 보여주었다. 그는 금강산 전체가 아니라 그 반쯤만 보고 왔다. 그래서 작품집 이름을 《풍악산 반쪽의 기록(半楓錄)》이라고 했다. 이 작품집을 어떻게 평가할 것인가? 이용휴는 대뜸 미인 이야기를 꺼냈다. 미인의 반쪽 얼굴만을 보고서 나머지 반쪽에 대한 그리움으로 병이 들었다는 사람의 이야기다. 비유가 촌철살인(寸鐵殺人)의 힘으로 다가온다.

작품이나 문집을 평가할 때, 직접적으로 작품이나 작가의 세계를 꼬치꼬치 따지지 않는 방법이 있다. 전혀 엉뚱한 사연이나 각도에서 작품과 작가를 바라보고 논하는 방법이다. 그런 은유와 상징의 방법이 18세기에 제법 즐겨 쓰였다. 미인의 비유도 그런 글쓰기의 하나다.

미인의 사연은, 아름다운 금강산을 다 보지 못한 아쉬움과 그리움을 함축적으로 표현했다. 어디 산수뿐이랴? 실은 우리 인생도, 예술도, 사회도 마찬가지 아니겠는가? 이용휴의 소품문은 이렇게 짧은 비유를 통해 인생의 깊은 의미를 음미하게 한다.

2
이 사람의 집
此居記

이 집은 이 사람이 사는 이곳이다.

이곳은 바로 이 나라 이 고을 이 마을이고, 이 사람은 나이 젊고 식견이 높으며 고문(古文)을 좋아하는 기이한 선비다.

만약 그를 찾으려거든 마땅히 이 글 속으로 들어와야 하리라!

그렇지 않으면 아무리 쇠신이 뚫어지도록 대지를 두루 돌아다녀도 끝내 찾지 못하리라!

원제는 〈차거기(此居記)〉로, 한 편의 완전한 글이다. 지나치게 짧아서 현대의 콩트와도 비교가 안 될 정도다. 원문의 글자 수는 겨우 53자로, 56자인 칠언율시보다 3자가 적다. 이보다 짧은 글은 보기 힘들다. 그럼에도 내용은 흠잡을 데 없이 완전하다.

짧은 만큼 주제를 찾기가 쉽지 않으나 행간의 의미는 깊고도 유장하다. 그 깊은 의미는 아홉 번이나 쓰인 '이(此)' 자에 있다. '이(此)' 자의 빈번한 사용은 그 반대어인 '저(彼)'의 존재를 암시한다. '저(彼)'는 신분, 지위, 집안, 경제적 능력, 외모 등의 외면적인 것을 의미하는데, 저것을 가지고 사람을 판단하는 것이 당시 조선 사회의 관례다. 이용휴는 '저것'이 아닌 '이것'으로 사람을 보라고 말한다. 집안이 좋은지, 벼슬이 무엇인지를 가지고 이 사람을 판단하지 말고, 이 사람 자체를 보라는 것이다. 온갖 가식과 외피가 씌워지지 않은 상태에서 인간을 판단하라는 날카로운 독설을 뱉어내고 있다. 인식의 변혁을 꾀하라는 주문을 혁신적이고 실험적인 글로 표현했다. 보통의 글이라면 건물의 외관에 대해 몇 줄을 할애하여 썼을 것이다.

3
살구나무 아래의 집
杏嶠幽居記

늙은 살구나무 아래, 작은 집 한 채!

방은 시렁과 책상 따위가 3분의 1이다.

손님 몇이 이르기라도 하면 무릎이 부딪치는, 너무도 협소하고 누추한 집이다.

하지만 주인은 편안하게 독서와 구도(求道)에 열중한다.

나는 그에게 말했다.

"이 작은 방에서 몸을 돌려 앉으면 방위가 바뀌고 명암이 달라지지. 구도란 생각을 바꾸는 데 달린 법, 생각이 바뀌면 그 뒤를 따르지 않을 것이 없지. 자네가 내 말을 믿는다면 자네를 위해 창문을 밀쳐줌세. 웃는 사이에 벌써 밝고 드넓은 공간으로 올라갈 걸세."

살구나무 아래의 집

杏嶠幽居記

원제는 〈행교유거기(杏嶠幽居記)〉다. 벗이 호젓한 강가 언덕에 집을 짓고 그 옆에 살구나무를 심어놓았나 보다. 그리고 그 초라한 집을 빛내줄 글을 당대의 문장가 이용휴에게 부탁했다.

모두 87자로 짜인 아주 짧은 글이다. 글은, 집과 주인을 묘사한 앞부분과 그 주인에게 작자가 말을 건네는 뒷부분, 이렇게 두 단락으로 나뉜다.

먼저 앞부분이다. 이 집은 몹시 좁다. 손님 몇 명 찾아와 앉으면 서로의 무릎이 부딪칠 만큼 지극히 협소하고 누추하다. 그러나 주인은 전혀 아랑곳하지 않고 독서와 구도를 즐긴다. 현실이 몹시 어려워도 그 현실을 불평하지 않고 감내하며 살아간다.

후반부는 주인에게 건네는 나의 말이다. 불만을 토로해야 할 슬픈 현실을 견디는 집주인에게 작자는, 마음먹기에 따라서는 비좁은 집 안도 광대한 우주 같다고 다독거린다. 사실 우리네 옛집은 좁지만 문만 열면 바라다 보이는 세상이 모두 자신의 소유물처럼 풍성하다. 생활에서 찾아낸 유머와 기지가 넘친다. 군더더기 없는 깔끔한 문장의 전형이다.

4
외안(外眼)과 내안(內眼)
贈鄭在中

눈[眼]에는 두 가지가 있다.

하나는 외부를 보는 눈이요, 다른 하나는 내부를 보는 눈이다.

외부를 보는 눈으로는 외부의 사물을 살피고, 내부를 보는 눈으로는 이치를 살핀다.

그런데 어떤 사물도 이치가 없는 것이 없고, 또 외부를 보는 눈은 현혹되기 쉬우므로 반드시 내부를 보는 눈에 의해 바로잡혀야만 한다. 따라서 내부를 보는 눈이 더 온전하다.

게다가 외물(外物)이 눈앞에 뒤섞여오면 그로 인해 마음이 바뀌게 되므로, 외물이 되레 내면에 해를 끼친다.[1] "장님이던 처음 상태로 나를 돌려다오."라고 말한 옛사람이 있었던 이유가 바로 여기에

---

1 이 구절은 정이천(程伊川)의 〈시잠(視箴)〉에 나오는 "눈앞에서 욕망이 어지럽게 시야를 가리면 마음이 다른 데로 옮아가는 법, 밖에서 욕망을 제어하여 그 내부를 편안히 하자(蔽交於前, 其中則遷. 制之於外, 以安其內)."라는 글귀에서 따왔다.

있다.

재중(在中)은 올해 나이 마흔이 되었다. 40년 세월 동안 눈으로 본 바가 적지 않을 것이다. 비록 지금부터 시작하여 여든 살 노인에 이른다 해도 예전에 본 것과 다르지 않을 터, 뒷날의 재중이 현재의 재중과 다르지 않을 것임을 미루어 알 수 있다.

다행스럽게도 재중은 외부를 보는 눈에 장애가 있어 사물을 보는 데 방해를 받고, 오로지 내부를 보는 능력만을 얻었으므로 더욱 밝게 이치를 터득할 것이다. 그러므로 뒷날의 재중은 오늘날의 재중과는 분명 같지 않을 것이다.

사정이 이렇다면, 눈동자의 백태(白苔)를 없애는 처방은 말할 것도 없고, 금비(金篦)[2]로 각막을 깎아 눈을 뜨게 하는 치료조차도 원하지 않을 것이다.

---

2 금비는 황금으로 만든 작은 칼로, 각막을 깎는 도구다. 《열반경(涅槃經)》에 "맹인이 양의 (良醫)를 찾아가자 의원이 금비로 그 각막을 깎았다."라는 말이 나온다.

外眼(外眼)과 내안(內眼)

贈鄭在中

원제는 〈증정재중(贈鄭在中)〉이다. 정재중의 이름은 문조(文祚)이고 재중은 자나 호로 보인다. 그는 서울 사람이다. 이희사(李羲師)의 《취송시고(醉松詩稿)》에 그를 병문안하러 갔다가 만나지 못하고 돌아와 애달파한 1783년 어름에 지은 시가 있고, 박제가는 〈정문조에게(與鄭生員文祚)〉란 편지글을 쓴 일이 있다.

정재중은 분명 나이 마흔의 시각장애인이었을 것이다. 재중(在中)은 '안에 있다'는 의미로, 이는 그가 장님이란 사실과 관계가 있다. 이용휴는 그를 위로하는 차원에서, 정작 인간에게 중요한 것은 외물을 보는 눈이 아니라 이치를 발견하는 눈, 즉 내부를 보는 눈이라고 했다. 밖을 보지 못하는 불행을 위로하는 말을 절묘하게도 보편적인 논지로 확산시켰다. 즉 구체적 외물에 현혹되어 흔들리는 인간의 판단을, 내부를 응시하는 힘으로 치료한다는 주장을 내세웠다.

이 글에서 그는 "장님이던 처음 상태로 나를 돌려다오."라는 옛사람의 고사를 원용한다. 이 고사는 일종의 역설이다. 이 말은 연암 박지원의 글에 다시 원용되어 중요한 의미를 발산한다. 박지원의 〈창애에게(答蒼厓)〉란 편지에 갑자기 눈을 뜬 장님이 길을 헤매자 길을 제대로 찾기 위해 "도로 눈을 감고 가라."고 한 대목이 보이며, 〈소완정기(素玩亭記)〉에서는 "눈으로 보지 말고 마음으로 비추어 보라!"고 주문했다. 박지원의 산문은 이용휴의 소품 정신과 맥이 닿아 있다. 그 후에 김정희도, 실명한 승려를 위해 써준 〈제월스님의 눈을 위한 게송(霽月老師眼偈)〉에서 이 점을 강조했다.

결국 이 글의 주제는, 세상의 지성은 모두 외안의 압제에서 벗어나지 못하므로 이제는 너만이라도 내안을 위한 공부를 하라는 주장에 실려 있다. 눈을 통한 외부 세계의 유혹에 흔들리지 말고 내부의 주체성과 내면의 진리를 지킬 것을 강조한 글에서 현대적 감각이 느껴진다.

5
나 자신으로 돌아가자
還我箴

처음 태어난 그 옛날에는
천리(天理)를 순수하게 따르던 내게
지각이 생기면서부터는
해치는 것이 분분히 일어났다.

지식과 견문이 나를 해치고
재주와 능력이 나를 해쳤으나
타성에 젖고 세상사에 닳고 닳아
나를 얽어맨 굴레에서 벗어나지 못했다.

성공한 사람을 받들어
어른이니 귀인이니 모시며
그들을 끌어대고 이용하여
어리석은 자를 놀라게도 했다.

옛날의 나를 잃게 되자
진실한 나도 숨어버렸다.
일 꾸미기를 좋아하는 자가 있어
돌아가지 않는 나의 틈새를 노렸다.

오래 떠나 있자 돌아갈 마음 생겼으니
해가 뜨자 잠에서 깨는 것 같았다.
훌쩍 몸을 돌이켜보니
나는 벌써 옛집에 돌아와 있다.

보이는 광경은 전과 다름없지만
몸의 기운은 맑고 평화롭다.
차꼬를 벗고 형틀에서 풀려나서
오늘은 살아난 기분이구나!

눈이 더 밝아진 것도 아니고
귀가 더 잘 들리지도 않으나
하늘에서 받은 눈과 귀가
옛날같이 밝아졌을 뿐이다.

수많은 성인은 지나가는 그림자니
나는 내게로 돌아가리라.[1]
적자(赤子, 갓난아이)와 대인(大人)이란
그 마음이 본래 하나다.

돌아와도 신기한 것 전혀 없어
다른 생각이 일어나기 쉽겠지만
만약 다시 여기를 떠난다면
영원토록 돌아올 길 없으리.

분향하고 머리 조아리며
신에게 하늘에 맹세하노라.
"이 한 몸 다 마치도록
나 자신과 더불어 살겠노라."

---

1   왕양명(王陽明)의 《양명전서(陽明全書)》 권20에 실린, 1527년에 쓴 시 〈장생(長生)〉에 "수
    많은 성인은 모두가 지나간 그림자일 뿐이요, 양지(良知)야말로 내 스승이다(千聖皆過影,
    良知乃吾師)."라는 구절이 나온다.

나 자신으로 돌아가자

還我箴

원제는 〈환아잠(還我箴)〉이다. 이 제목에는 "신득녕을 위해 짓는다(爲申生得寧作)."라는 단서가 첨부되어 있다. 자(字)가 환아(還我)인 신의측(申矣測)이라는 제자에게 준 잠언이다. 신의측은 작자의 아들 이가환(李家煥)이 〈환아소전(還我小傳)〉을 지어주기도 한 인물이다. 그는 포교의 아들로서 남에게 묻기를 좋아한 성품이라 스승의 대답이 신통치 않으면 바로 다른 스승을 찾아갔고, 나중에는 서당의 훈장이 되어 학생을 가르쳤다고 한다. 원래의 문장은 잠(箴)의 형식이므로 운문에 가깝다.

이 글의 요지는 '나 자신에게로 돌아가자(還我).'라는 것이다. 유아기 어린 시절의 순수한 모습은, 성장하면서 문명의 세례와 윤리의 속박을 받고 현세적 출세욕에 사로잡혀 제 모습을 잃어간다. 기성세대들이 바라는 세속적 성공, 그것은 바로 '나 자신의 상실'을 전제로 하여 얻어지는 전리품이다. 현실 사회에서 강요되는 교육과 윤리의 궁극적 목표는 바로 그런 세속적 성공에 맞추어져 있다. 진정 자기다운 삶이란 그런 세속적 성공을 의미하지 않는다는 것이다.

그러므로 순연한 천리를 보전한 '본래의 나[故我]'—'진정한 나[眞我]'를 의미한다—를 되찾자고 했다. 나를 찾았다고 해서 물리적 이득이 생기는 것도 아니고, 신기한 현상이 일어나는 것도 아니다. 그러나 자유롭고 행복한 삶을 누리며 살 수 있다. 그는 외물의 욕망에 흔들려 자기 정체성을 잃지 말고 자신을 지키며 살자고 다짐하는 것으로 글을 맺었다. 자기 존재의 귀중함을 강조한 이 글은 주자학과는 다른 철학(양명학)을 담고 있다.

6

이제는 한가롭겠구려

祭蹗叟文

아무 해 아무 달 아무 날에 정수 노인을 묻었다.

그때 일가로서 나는 술잔을 들어 그를 마지막으로 보내며 말했다.

"공(公)께서는 세상에 있을 때도 늘 세상을 싫어했지요. 이제 영영 가는 곳은 먹을 것 입을 것 마련하는 일도 없고, 혼례나 상례의 절차도 없고, 손님 맞고 편지 왕래하는 예법도 없고, 염량세태(炎涼世態)나 시비 따지는 소리도 없는 곳일 게요. 다만 맑은 바람과 환한 달빛, 들꽃과 산새 들만이 있겠지요. 공께서는 이제부터 영원히 한가롭겠구려."

내 심정을 이해하는 사람의 말이라고 공은 분명 고개를 끄덕이겠지요.

흠향하소서.

원제는 〈제정수문(祭靖叟文)〉으로, 88자에 불과한 짧은 글이다. 정수는 다른 호가 졸은(拙隱)으로, 이용휴·이병휴와 자주 시를 주고받은 친척이 다. 그의 문집 《졸은집(拙隱集)》이 전해진다. 벼슬하지 않은 채 한평생을 한양에서 살았다. 이 제문은 애도하는 말도, 슬퍼하는 마음도 표현하지 않 았고, 흔한 이력이나 행적도 나열하지 않았다. 다만 친척의 입장에서 독 백 비슷한 넋두리를 썼다. 제문으로는 몹시 파격적이다. 영결사는 남들처 럼 상투적이지 않다. 고작 의식주의 해결, 혼상(婚喪)의 처리, 빈객(賓客) 맞 고 서신 왕래하는 일상사, 염량세태라는, 한 인간이 피할 수 없이 겪어야 하는 고단한 재세시(在世時)의 일상을 제시할 뿐이다. 망자는 그런 일상에 부대끼다 죽었고, 그것은 평범한 인간에게 피할 수 없는 운명이다. 작가는 그에게 이제는 "맑은 바람과 환한 달빛, 들꽃과 산새 들"과 어울려 지낼 테 니 영원히 한가롭겠다고 하여, 죽음이 오히려 삶보다 낫다고 했다. 생각해 보면 죽음으로 잃는 것도 많지만 얻는 것도 많다. 그럭저럭 살아가는 인생 의 힘겨움에 깊은 한숨을 내뱉게 하는 글이다.

7
남을 따라 산다
隨廬記

바람이 동쪽으로 불면 나도 동쪽으로 향하고, 바람이 서쪽으로 불면 나도 서쪽으로 향한다. 세상이 휩쓸려가는데 따르지 않고 피할 이유가 어디에 있으랴?

길을 걸으면 그림자가 뒤를 따르고, 소리를 외치면 메아리가 뒤를 따른다. 그림자와 메아리는 내가 있기에 생겨난 것이니 무슨 수로 피하겠는가?

그렇다고 하여 묵묵히 앉은 채 한평생을 마칠 것인가? 그럴 수는 없다.

어째서 까마득한 옛날의 의관(衣冠)을 갖추어 입지 않는 것이며, 중국의 언어를 사용하지 않는 것인가? 요사이 유행하는 옷을 따라 입기 때문이요, 제 나라의 풍속을 따라 말하기 때문이다. 이는 수많은 별이 하늘의 운행에 따라 움직이고, 온갖 냇물이 대지를 따라 흐르는 이치와 같다.

반면에 자연의 추세를 따르지 않고 스스로 운명을 개척하는 경우도 없지 않다. 천하가 모두 주(周)나라를 종주(宗主)로 섬겨 따랐음에도 백이숙제(伯夷叔齊)는 그것을 부끄럽게 여겼고, 모든 꽃이 가을에 시들어 떨어질 때도 소나무와 잣나무는 푸른 빛을 잃지 않는 것이 바로 그런 경우다.

아! 우(禹)임금도 풍속을 따라 바지를 벗었고,[1] 공자도 남을 따라 사냥을 하고 잡은 짐승을 비교해보았다.[2] 대동(大同)하는 마당에 시세를 위배할 수는 없었기 때문이다.

그렇다고 남들 하는 대로 따르기만 할 것인가? 아니다! 마땅히 이치를 따라야 한다. 이치는 어디에 있는가? 마음에 있다. 범사(凡事)에 반드시 자기 마음에 물어보라! 마음이 편안하면 이치가 허락한 것이요, 마음이 편안하지 않으면 이치가 허락하지 않은 것이다. 이렇게만 한다면, 따라서 행하는 일이 올바르고 하늘의 법칙에 절로 부합할 것이며, 마음의 요구에 따라 행동해도 기수(氣數)와 귀신(鬼神)이 모두 그 뒤를 따를 것이다.

---

1 중국 고대의 제왕인 우임금이 나체국에 들어갈 때는 나체였다가 나올 때는 옷을 입었다고 한다. 《여씨춘추(呂氏春秋)》에 나온다.

2 공자가 노나라에서 벼슬할 때, 노나라 사람들이 사냥하고서 잡은 짐승을 비교하자 공자도 그들을 따라서 같이했다. 《맹자(孟子)》〈만장하(萬章下)〉에 나오는 내용이다.

누군가가 자기 집에 '따라서 사는 집'이라는 의미의 '수려(隨廬)'라는 편액을 걸고 작자에게 글을 구했다. 집주인이 세상을 따라서 살겠다고 마음먹었음이 분명하다. 그는 자기 멋대로 살다가 좋은 꼴을 보지 못하고 이제부터는 남들 하는 대로 따라 살 것이라고 다짐하며 이런 이름을 붙였으리라.

그런 그에게 다른 말을 할 수는 없다. 혜환은 세상을 따르지 않을 수 없다고 단언한다. "대동(大同)하는 마당에 시세를 위배할 수는 없는" 일이기 때문이다. 그렇다고 맹목적으로 뒤따라갈 수도 없는 일, 어떻게 해야 하는가? 이치에 합당한 일만을 따라야 한다. 그렇다면 그 이치는 어디에 있는가? 자기 마음에 있다. 곧 양심에 비추어보아 옳은 일이라면 세상의 추이를 따라 행해도 무방하다. 세상사를 따르되 합당한 기준을 가져야 한다는 말이다.

이 글은 처세의 갈등을 요령 있게 전개했다. 세상이 돌아가는 대로 따라서 살 것인가, 아니면 자기 생각대로만 살아갈 것인가? 어느 시대 누구에게나 있을 법한 고민을 잘 읽고서 길을 제시했다.

8
하루가 쌓여 열흘이 된다
當日軒記

사람들이 당일(當日)이 있음을 모르는 데서부터 세도(世道)가 그릇
되었다. 어제는 이미 지나갔고 내일은 아직 오지 않았으므로, 무언가
를 해야 한다면 오로지 당일이 있을 뿐이다. 이미 지난 시간은 회복
할 방법이 없고, 아직 오지 않은 시간은 아무리 3만 6000일이 연이
어 다가온다 하더라도, 그날은 그날에 마땅히 해야 할 일이 있으므
로 실제로는 그다음 날까지 손쓸 여력이 없다.

참으로 이상하게도 저 한가할 한(閑)이란 글자는 경서(經書)에도
실려 있지 않고 성인도 말씀하지 않으셨건만, 그것을 핑계로 사람
들은 세월을 허비한다. 이로 말미암아 우주에는 제 직분대로 일하
지 않는 사람이 많이 생겼다.

또 이렇다. 하늘 자체가 한가롭지 않아서 늘 운행하고 있거늘, 사
람이 어떻게 한가하게 여유를 즐길 수 있단 말인가?

그러나 당일에 행할 일이 사람마다 똑같지는 않다. 착한 사람은
착한 일을 행하고, 착하지 않은 사람은 착하지 않은 일을 행한다.

따라서 운수가 사납건 좋건 간에, 하루는 시간을 쓰는 사람 하기에
달려 있다.

　하루가 쌓여 열흘이 되고 한 달이 되고 한 계절이 되고 한 해가
된다. 한 인간을 만드는 것도, 하루하루 행동을 닦은 뒤에야 크게
바뀐 사람에 이르기를 바랄 수 있다.

　지금 신군(申君)이 몸을 수행하고자 하는데 그 공부는 오직 당일
에 달려 있다. 그러니 내일은 말하지 마라!

　아! 공부하지 않은 날은 아직 오지 않은 날과 한가지로 공일(空
日)이다. 그대는 모름지기 눈앞에 환하게 빛나는 이 하루를 공일로
만들지 말고 당일로 만들어라!

읽으면 읽을수록 깊은 맛이 우러나는 글이다.

신군은 〈나 자신으로 돌아가자(還我箴)〉의 신의측일 것이다. 그런 그가 당일헌이란 이름의 집에 걸어둘 글을 청했다. 작자는 그에게 내일을 핑계대어 해야 할 일을 미루지 말고 오늘 당장 실천하라는 취지의 글을 써주었다. 교훈을 말하되 식상하지 않게 말한 점이 인상적이다.

이용휴의 외손자인 이학규는 김해에서 지인에게 이런 편지를 보냈다.

"오늘은 어제의 내일이요 내일의 어제다. 어제는 이미 지나갔고 내일은 아직 오지 않았다. 네게 진시황이나 한 무제보다도 열 배나 더한 권능과 위력을 넉넉하게 베풀었으므로 결코 한 시각도 미루는 짓을 해서는 안 된다. 우리가 쓸 수 있는 권한은 눈을 꿈적하고 숨을 들이쉬는 찰나의 순간에 불과한 것이다."

외할아버지가 글에서 말하고 있는 태도와 언어가 외손자의 글에도 깊이 배어 있다.

9

살아 있는 벗을 위한 묘지명

許烟客生誌銘

허연객(許烟客)은 이름이 필(佖)이고, 자는 여정(汝正)인데, 공암(孔
巖) 허씨(許氏) 세가(世家) 출신이다. 연객은 젊어서부터 맑고 고왔
고, 자태와 행동거지가 넉넉했다. 성품은 온화하고 논변을 잘했으
며, 소탈하면서도 주견이 있었다. 대화를 나누고 해학을 즐길 때에
는 그 목소리와 기상이 남에게 즐거움을 주어서 그를 사랑하지 않
는 사람이 없다. 형인 자상(子象) 허일(許佾)과는 기질과 취미가 같
아서 한 몸같이 지냈다. 자상은 《주역》 읽기를 좋아한 반면 연객은
시 읊조리기를 좋아한 것이 둘 사이의 다른 점이다. 또 기예(技藝)
에 능해서 전서(篆書)와 예서(隸書)를 잘 썼으며, 사황육법(史皇六法)
에 통달했다. 그러나 그 기예를 깊이 배우려 하지 않고, "이것은 사
람을 종처럼 부리니 나를 고생만 시킬 뿐이야."라고 핑계를 댔다.

집안이 가난하여 쌀독이 자주 비어도 태연자약했다. 반면 고기
(古器)나 명검(名劍)을 만나기만 하면 그 자리에서 입고 있던 옷을
벗어 바꾸었다. 남이 물정을 모른다고 비웃기라도 하면, "나 같은

자가 물정을 모르지 않으면 누가 물정 모르는 사람이 되겠소?"라고 대꾸했다.

뜰에는 오래된 녹나무가 서 있고, 섬돌에는 아름다운 국화가 죽 심어져 있다. 그 사이에서 소요하며 세상사는 묻지를 않았다. 늘 말하기를, "내가 밖에 머물며 안을 돌아보지 않는 것은 처 김씨(金氏)가 있어서요, 안에 머물며 밖을 돌아보지 않는 것은 아들 점(霑)이 있어서라."고 했다. 아내가 죽자 재취(再娶)하지 않고 집안일을 모두 아들 점에게 맡겼다. 연객은 숙종 임금 기축년(己丑年)에 태어나 나이 스물둘에 진사(進士)가 되었다. 지금 나이 쉰셋이다.

어느 날 갑자기 나에게 말하기를, "나는 요행히 자네와 같은 세상에 살고, 또 자네와 친한 사이지. 내가 죽으면 아들놈이 분명 묘비 문자로 자네를 괴롭힐 것이야. 죽어서 묘비 문자로 자네를 괴롭히느니 차라리 살아 있을 때 인생사로 자네를 괴롭히는 게 어떻겠나!" 했다. 그의 말에 동감하고서 드디어 그의 생을 기록하고 명(銘)을 짓는다.

명(銘)에 말한다. 여름 이후로는 점차 음(陰)에 속하고, 오시(午時) 이후로는 점차 저녁에 속하며, 중년 이후로는 점차 죽음에 속하는 법. 연객이 이를 알아 미리 준비를 하는구나. 내 연객에게 고하니, 달관한 듯 달관하지 못하여, 아직도 아는 것으로부터 자유롭지 못했소. 먼 과거로부터 현재까지가 자네의 나이요, 아름다운 산 아름다운 물이 그대의 거처요, 빠지지 않은 치아와 머리털이 그대의 권속(眷屬)이요, 애환(哀歡)과 행불행(幸不幸)이 그대의 이력이라. 이용휴가 명을 짓고 강세황(姜世晃)이 글씨를 썼으니 이것이 죽지 않은 자네일세.

살아 있는 벗을 위한 묘지명

許烟客生誌銘

시인이자 화가인 허필(1708~1768)의 생지명(生誌銘)이다. 생지명은 살아 있는 사람을 위한 묘지명이다. 망자를 위한 묘지명을 살아 있는 사람을 위해 쓴다는 것 자체가 특별한 일인데, 18세기 이후 작가들은 살아 있는 벗의 생지명을 서로 써주는 것을 풍류운사(風流韻事)로 생각했다. 파격과 일탈의 글이기에, 망자에 대한 예찬과 가계 및 행적을 늘어놓는 평범한 묘지명을 답습하지 않았다. 주인공의 특이한 삶과 성격을 잘 부각시키는 생지명의 특징이 잘 나타나 있다.

허필은 임희성(任希聖, 1712~1783)에게도 생지명을 써달라고 부탁했는데, 임희성은 이를 거절했다가 죽기 직전에 〈허여정연객시집서(許汝正烟客詩集序)〉로 대신 써준 일이 있다. 허필은 독특한 예술가였다. 담배를 무척 좋아하여 호를 연객(煙客)이라 했다. 혜환은 허필이 죽은 뒤 여러 편의 시를 지어 그를 추모했다. 그 가운데 한 편을 든다.

허약함은 옷도 추스리지 못하지만
용기는 만 사람을 대적했지.
마음을 정하면 벌떡 일어나
금강산 정상을 바로 올랐다.
弱如不勝衣 勇乃萬夫敵
意決從坐起 直上金剛脊

03

좌절한 영혼의 독설, 심익운

심익운

18세기 후기 손꼽을 만한 작가들 가운데 심익운(沈翼雲, 1734~1783)이 있다. 그는 소론(少論) 명문가 자제로, 문과에 장원급제하여 세인의 주목을 받는 문사로 성장했다. 그러나 가화(家禍)에 연루되어 평생을 평탄치 못하게 살다가 귀양지 제주에서 굶어 죽음으로써 불우한 문사의 전형이 되었다. 그에 따라, 그의 작품은 후세에 제대로 전해지지 못했고, 남은 글에서는 이름이 삭제당하는 운명에 처해졌다.

심익운의 작품은 그가 34세 전후에 스스로 편집한 《백일시집(百一詩集)》, 《백일문집(百一文集)》, 《백일경집(百一庚集)》, 《백일신집(百一辛集)》 각 1책이 전할 뿐, 그 이후에 지은 작품까지 수록한 작품집은 아직 세상에 알려지지 않았다. 다만 34세 이후에 쓴 글이 몇몇 선집에 단편적으로 전해져, 불우한 문인의 영혼을 후세인이 기억하게 만든다.

심익운의 생애는 행불행의 양극단을 오갔다. 그는 청송(青松) 심씨로 자는 붕여(鵬如), 호는 지산(芝山)이다. 21세에 진사에 급제했고, 26세에 열한 명이 합격한 정시 문과에 장원(壯元)으로 급제했다. 문과 장원급제자로서 이조좌랑이라는 요직에 제수된 그는 시기하는 자의 반대에 부딪혔다. 이후 그의 부친 심일진(沈一鎭)이, 영조(英祖)를 반대하여 역적으로 처벌된 심익창(沈益昌)의 아들 심사순(沈師淳)의 양자로 입적되었다는 이유 때문에 공격의 표적이 되었다. 심익운과 그의 형 심상운(沈翔雲)의 벼슬 임명 문제는 영조 말년에 큰 사건으로 실록에 자주 등장한다.

이렇게 심익창의 문제로 집안이 폐족의 위기에 몰리자 심일진은 돌파구를 마련했다. 사실 양부인 심사순이 처벌받은 것은 생부인 심익창이 역모에 연좌된 결과였으나, 그는 이전에 효종의 부마 청평위(靑平尉) 심익현(沈益顯)의 양자로 출계(出系)한 상태였다. 그리하여 심일진은, 자신들이 청평위와 숙명공주(淑明公主)의 제사를 받들 적임자라고 하여, 자신의 생부 심중은(沈重殷)을 청평위의 후계로 바꾸어달라는 단자를 혈서로 써서 예조에 올렸다. 그런데 혈서를 썼다는 것이 조정에서 큰 문제를 야기했고, 이때 심익운이 다시 손가락을 잘라 혈서를 썼는데 이것이 다시 물의를 일으켰다. 홍봉한이 그들을 도와주어 심일진이 청평위의 제사를 받드는 것으로 일단락되었다. 이후 그는 지평(持平) 등의 직책에 임용되었다.

그러나 불운은 여기에 그치지 않았다. 1776년, 그의 형 상운이 대리청정하는 세손(世孫, 후에 정조가 됨)을 문제삼는 글을 올렸다. 그 때문에 이 집안은 청평위의 제사를 받드는 권한을 박탈당했고, 정조가 즉위한 뒤 상운은 국문(鞫問)을 당하고 처형되었다. 심익운은 형의 죄에 연좌되어 흑산도로 유배되었다가 다시 제주도로 유배되어 그곳 대정현 또는 교래촌(橋來村)에서 굶어 죽었다. 이것이 역사에 드러난 생애의 편린이다.

이렇게 심익운은 명교(名敎)의 죄인으로 손가락질을 당했다. 성대중(成大中)은《청성잡기(靑城雜記)》에서 그의 삶과 문학을 이렇게 평가했다.

"심익운은 절세(絶世)의 재사다. 그의 아버지 심일진은 평범한 사람으로 아들 셋을 두었는데, 장자가 상운이고, 둘째가 익운이며, 막내가 영운(領雲)이다. 형제가 서로를 사우(師友)로 삼아 그 시문이 모두 오묘하고 익운이 가장 기묘하다. 상운과 익운 모두 소과와 대과를 합격했으나 집안일에 연루되어 세상에 뜻을 펼치지 못하자 익운은 분함을 못 이겨 드디어 손가락 하나를 찍어서 자포자기했음을 드러내 보였다. 그의 시는 더욱 감개가 담겼고, 험하고 궁벽했으며, 원망하고 불평하는 소리가 많았다. 그의 재주를 사랑하는 많은 사람이 그를 불쌍히 여겼다."

정조 시대에는 재주를 지닌 사람들이 대체로 제 뜻을 펼쳤으나, 심익운 형제만은 재주 탓에 편히 살지 못하고 화를 기다리는 신세가 되었다며 성대중은 애석해했다. 그의 저작으로 조선 후기 상례·제례의 기본서인《상제례초(喪祭禮抄)》가 알려져 있다.

심익운의 산문은 소품문 취향이 완연하다. 장년 이후의 시문은 좌절한 문인의 독설을 표현하고 세태를 날카롭게 풍자한 작품이 많다. 그 글들은 풍자적 문장에 속한다. 젊은 시절의 산문도 소품취가 완연한 글이 적지 않다.

1
네 가지 이야기
雜說四則

(1)

말 한 마리를 세 사람이 함께 사고 보니, 말의 주인을 정하기가 어려웠다. 서로 의논을 하던 중 한 사람이 "내가 말의 등을 사지." 하니, 또 한 사람이 "나는 머리를 사겠네!"라고 했고, 나머지 한 사람은 "그러면 나는 꽁무니를 사겠네."라고 했다.

이렇게 합의를 한 뒤에 말을 타고 거리로 나갔다. 말의 등을 산 사람은 말을 타고, 말의 머리를 산 사람은 앞에서 말을 끌고, 말의 꽁무니를 산 사람은 말 뒤에서 채찍질을 했다. 그러고 보니 영락없이 주인 하나에 종 둘이 따르는 꼴이었다.

간교한 꾀를 부려 어리석은 사람을 속임으로써 제 이익을 도모하는 자는 말 등을 산 인간이다.

(2)

도철(饕餮)[1]의 세상에서 청렴한 사람이 벼락을 맞아 죽었다.

먼 옛날 천제(天帝)가 뇌사(雷師)에게 명을 내려, 천하 사람 중에서 악인 한 명을 골라 벼락을 쳐 죽이라고 했다. 그런데 뇌사가 살펴보니 천하의 모든 사람이 다 탐욕스러웠다. 그렇다고 그들을 다 죽일 수는 없었다. 하는 수 없이 뇌사는 청렴한 사람을 악인이라 하여 벼락을 쳐 죽였다.

미친 사람이 사는 나라에서는 미치지 않은 사람을 미친 사람으로 여긴다는 옛이야기가 있다.[2] 참으로 심하다! 자기 홀로 고고하게 살아가는 사람은 세상에 받아들여지지 못한다.

(3)

어떤 고을에 남편이 죽어서 곡을 하는 노파가 있었다. 노파는 매일 밤마다 "영감! 나도 데려가 주오!"라며 울부짖었다. 어느 날 어떤 사람이 지붕 위에 올라가 죽은 영감의 목소리를 흉내 내어 "할멈! 이제 갑시다."라고 외쳤다. 그러자 노파는 귀신이라고 여겨 퉤침을 뱉어 쫓았다. 왜 그랬을까? 귀신을 싫어해서가 아니라 자기가 죽기 싫어서였다.

지금 저 이익과 욕망이 사람을 죽이는 정도가 귀신이 사람을 잡아가는 것보다 심한데, 부귀를 연모하는 사람이 밤마다 호곡(號哭)하는 노파 같은 여자보다 많다. 얼마나 어리석은가!

---

1 고대 전설에 나오는 짐승으로, 성질이 탐욕스럽고 흉악하다.

2 유만주도 그의 《흠영(欽英)》에 이와 비슷한 사연을 소개하면서 "아! 옛날에 미치광이 나라가 있어 온 나라 사람들이 모두 미쳐서 되레 미치지 않은 사람을 미쳤다고 몰아붙였다는 이야기를 들었다. 어찌 이런 경우와 다르다고 할 수 있으랴?"는 말을 했다.

(4)

도둑들이 다음과 같이 약속했다.

"담을 넘어 도둑질을 할 때에는 두 사람이 한패가 되어 둘이 번갈아 앞장서서 밤마다 그와 같이한다. 문에 구멍을 내고 벽을 뚫어서 얻은 물건을 독차지하지 않는다. 만약 붙잡히게 되어 두 사람이 다 온전할 수 없을 경우, 둘 중 하나가 다른 하나를 죽이되 악귀가 되어 원망하지 말자!"

그 뒤 담을 뚫고 어느 집으로 들어가려 했다. 앞장선 사람이 막 발을 넣으려 하는데 집주인이 안에서 발을 잡아당겨 진퇴유곡(進退維谷)이었다. 그러자 뒤에 오던 도둑이 "날이 곧 밝아올 텐데 이 일을 어찌하면 좋겠소?"라고 하자 앞장선 도둑이 "서두르지 말고 좀 기다려 보자."라고 했다. 잠시 후 다시 말했다.

"알았소. 일이 급하오."

그러자 뒤에 선 도둑이 칼을 뽑아 앞에 선 도둑의 머리를 베고 그 자리를 벗어났다.

이익을 추구하는 사람들은 한마음, 한뜻으로 일하여 함께 죽기를 기약하지만 끝에 가서는 배반하므로 저 도둑들보다도 훨씬 못하다.

네 가지 이야기

雜說四則

짤막한 이야기 네 편이다. 독설의 언사가 독자의 마음에 시리게 다가오는 글이다. 도철의 세상에서 청렴한 사람이 벼락을 맞아 죽었다는 두 번째 이야기에서는, 세상을 향하여 쏘아대는 그의 분노, 악에 물들어 선종(善種)을 찾을 수 없다는 비관주의를 드러낸다. 암울한 절망과 고독을 풍자하는 지독한 역설이다. 그런 의식과 삶을 지녔기에 그들은 미친 사람들이라는 소리를 들을 수밖에 없었다. 청나라 초엽의 문인인 대명세(戴名世)는 "모두가 혹이 달린 나라에서는 혹 없는 사람이 병자로 취급받고, 모두가 검은 얼굴을 한 나라에서는 하얀 얼굴이 이상하다고 평가받는다."라는 말로, 자신을 둘러싼 미친 세상을 조롱한 적이 있다.

말을 산 세 명의 이야기와 호곡하는 노파의 이야기에서 가증스럽고 간교한 세상 사람들의 모습을 발견할 수 있다. 그나마 사람다운 도리는 사대부 세계에서는 찾아볼 수 없고 오직 도둑의 세계에서나 찾아볼 수 있다는 위안을 네 번째 이야기에서 말한다.

날카롭게 세상을 풍자한 심익운의 문학은 시에서도 편린을 드러낸다.

소를 먹이고 빈 여물통 내려놓으니
개 떼들 달려들어 핥아댄다.
"이놈들아 핥지 마라!
소가 남긴 찌꺼기다."
듣고도 못 들은 척
꼬리 흔들며 쉬지 않고 핥는구나.

이 모습 보고 장탄식하노니

개나 소나 똑같은 것이로다.[3]

세태를 풍자하고 정치 현실을 비판한 사대부 문인들의 글이 적지 않지
만, 심익운처럼 간결하면서도 신랄한 글을 만나기는 쉽지 않다.

------

3 "飯牛置空桶, 群犬來舐之. 語犬且莫舐, 此是牛之餘. 聽之若不聞, 搖尾舐不休. 見此起長歎,
  犬牛誠一流."

2
큰 도둑, 작은 도둑
大小說

마포는 가까운 곳에 강이 있어 뱀과 벌레가 많다. 내가 외출했다가 집에 들어오니, 종이 큰 뱀 두 마리를 잡았다가 곧 놓아주며, 작은 뱀 두 마리는 잡아서 죽이는 장면을 보게 되었다. 그 연유를 물었더니 종이 이렇게 말했다.

"큰 뱀은 영(靈)이 있어서 죽일 수 없지요. 죽이면 사람에게 앙갚음을 해요. 작은 뱀은 죽이더라도 사람에게 앙갚음을 못하지요."

뱀은 사악한 짐승이다. 큰 뱀은 사악함도 큰 반면, 작은 뱀은 사악함이 작을 것이다. 그런데 지금 큰 것은 사악함이 커서 죽임을 면하고 작은 것은 도리어 사악함이 작은 연유로 죽임을 당했다. 이러한 일이 어찌 짐승에게만 해당하랴?

사람도 마찬가지다. 크게 사악한 자는 그 악이 크기 때문에 힘을 가지게 되고, 따라서 사악함이 작은 자가 도리어 죽임을 당한다. 그러나 선행의 경우는 반대라서 크게 선한 자는 소문이 나지 않고 작게 선한 자는 소문이 난다. 마찬가지로 크게 충성스러운 자는 보상을 받지 못하고 작게 충성스러운 자가 보상을 받으며, 큰 현자는 기용되지 못하고 작은 현자는 기용된다. 이것이 선과 악, 크고 작은 것의 행불행이 아니겠는가?

말이 나온 김에 몇 마디 덧붙인다. 살인을 많이 한 도척(盜跖)은 멸하지 않고, 담을 넘은 좀도둑은 몸이 찢긴다. 살인자는 버려두고, 베 두 필 훔친 자는 죽인다. 큰 아전이 소리 질러 공갈하면 미천한 백성들은 땅바닥에 뒹군다.

또 덧붙여 말한다. 공자(孔子)와 묵자(墨子)는 조정에 올라가지 못하고 보잘것없는 유생은 성공하며, 예장나무는 버려두고 익나무가 대들보가 된다. 이제 백성들 가운데 어떤 자를 포상하고 어떤 자를 징계할 것인가?

"살인을 많이 한 도척(盜跖)은 멸하지 않고, 담을 넘은 좀도둑은 몸이 찢긴다." 큰 악행을 저지르는 자는 오히려 떵떵거리며 잘 살고, 이른바 생계형 좀도둑은 큰 벌을 받는다는 사실은 사대부 문인들에 의해 종종 논설로 쓰였다. 심익운은 크고 작은 뱀의 경우를 들어 인간 세상의 비정한 진실을 폭로했다. 현장성이 있는 이야기라서 말하고자 하는 사실이 분명하게 떠오른다. 악행을 크게 하면 할수록 잘 살아갈 가능성이 커지는 반면, 비천한 백성들은 그 반대급부를 감내해야만 하는 것이 현실이다. 가치와 질서가 전도된 세상, 이상과 현실은 너무도 괴리가 크다. 냉혹한 현실에 분노하고 증오하는 작가의 심리를 읽을 수 있는 글이다. 심익운이 당시 사회에서 피부로 느낀 현실을 비판한 이야기인데 지금 우리 사회도 그때와 크게 다르지 않다.

3

물정에 어두운 화가

玄齋居士墓志

현재거사(玄齋居士) 심사정(沈師正)을 땅에 묻었다. 그다음 해 경인년(庚寅年)에 나는 돌에 글을 새겨 이곳이 거사의 묘임을 밝힌다. 글은 이러하다.

심씨(沈氏)는 청송(靑松)이 본관이다. 대대로 공훈과 덕망을 드러내다가 우리 만사(晚沙, 심지원沈之源) 할아버지에 이르러서 크게 번창하여 높은 벼슬을 했다. 거사는 그 증손이다. 거사는 태어난 지 몇 해밖에 되지 않았을 때부터 사물의 형상을 그릴 줄 알아, 네모나고 둥근 모양을 잘 묘사했다.

소싯적에 정원백(鄭元伯, 정선鄭敾)을 스승으로 섬겨 수묵산수화를 그렸다. 옛사람의 그림 비결을 깊이 연구하여 눈으로 읽은 것을 마음으로 터득했다. 그런 뒤에 비로소 그동안 그려오던 것을 완전히 바꾸어 유원(悠遠)하고 소산(蕭散)한 형상을 그림으로써 낮은 수준을 씻고자 애썼다.

중년 이후에는 배운 것을 융합하고 소화시켜 천성에서 나오는 대로 그렸는데, 잘 그리는 데 목표를 두지 않아도 잘 그려지지 않은 것이 없었다. 일찍이 관음보살과 관우의 상을 그렸는데 모두 꿈속에서 영감을 얻었다. 북경에 사신으로 갔다가 돌아온 자가 이르기를, 북경의 시장에서 거사의 그림을 매매하는 자가 많다고 했다.

어려서부터 늙어서까지 오십여 년 동안, 우환이 있든지 환락이 있든지 붓을 잡지 않은 날이 없었다. 육체적인 모든 것을 내동댕이치고 물감만을 입에 묻히고 살았다. 궁하고 천하게 사는 것이 괴로운 것이요, 더럽게 사는 것이 부끄러운 것이라는 사실조차 모르는 듯했다. 그러했기 때문에 비밀스런 신명(神明)의 세계와 소통하고, 풍속이 다른 나라에까지 명성이 전파되었다. 거사를 알고 모르고를 막론하고 거사를 사모하고 좋아하지 않는 자가 없었다. 거사는 한평생 모든 힘을 그림에 쏟아서 크게 성공한 분이라고 말할 수 있다.

거사가 죽은 뒤에는 가난하여 염습할 물품조차 없었다. 내가 몇 가지 부의를 모아서 염습에 쓸 물건으로 보태주었다.

아무 달 아무 날에 그의 고아 욱진(郁鎭)이 파주 분수원(分水院)의 아무 자리에 장사를 지냈다. 그 자리는 만사 할아버지의 묘 동편 몇 리 떨어진 곳에 있다.

명(銘)을 뒤에 붙인다.

거사의 이름은 사정(師正)이요 이숙(頤叔)은 자다. 아버지의 이름은 정주(廷冑)요 어머니는 하동 정씨다. 아내는 있었으나 자식을 두지는 못했다. 종형(從兄)의 아들로 후사를 이었다. 예순세 살을 살고서 죽은 뒤에 이곳에서 장사를 지냈다.

아! 뒤에 올 사람들이여, 이 묘를 손상하지 말지어다!

玄齋居士墓志

조선 후기의 걸출한 화가인 심사정(沈師正, 1707~1769)의 묘지명이다. 그
의 묘가 심지원의 묘 부근에 있다고 한 것으로 보아, 경기도 파주군 광탄
면 분수리에 있는 청송 심씨 문중 묘역에 있는 것이 분명하다. 이곳은 윤
관 장군 묘와 가까이 있어서 최근까지도 분쟁이 심했다. 그는 글쓴이인 심
익운에게는 종조가 되며, 이 집안을 폐족으로 만든 장본인 심익창의 손자
다. 글쓴이는 집안 할아버지인 심사정의 생애를 감정적 언사를 쓰지 않고
냉담하게 묘사했다. 폐족이 되어 사대부로 떳떳하게 살아갈 수 없는 많은
사연과 불평의 심사를 애써 감춘 듯한 분위기가 느껴진다. 대신에, 한 시
대를 빛낸 저명한 화가가 세상사에 일체 무관심한 채 그림에만 몰두하여
사는 모습이 선연하게 드러난다. "우환이 있든지 환락이 있든지 붓을 잡지
않은 날이 없는" 화가가 위대한 예술가로 성장한 뒤편에서, 가난이란 형극
의 길을 걷고 자식조차 남기지 못한 채 죽어 작자가 그 뒷감당을 해야만
한 슬픈 인생을 인상 깊게 묘사했다. 심사정의 그림을 사랑하는 사람이 읽
는다면 느낌이 남다르리라. 이 글은 유복열(劉復烈)의《한국회화대관》에서
도,《합경당집(盍耕堂集)》에서 뽑아 인용했다.

4
예술가의 생활
送金督郵序

지난날 내가 진재(眞宰, 金允謙)와 더불어 노닐 때에 그와는 못할 말 없이 온갖 말을 다 하며 지냈다. 그와 나눈 대화 가운데 여항(閭巷) 사람인 유생(劉生)이 때를 넘기고도 아내를 얻지 않은 일을 말한 기억이 난다. 그 형이 유생에게 아내를 얻으라고 종용했으나 그때마다 유생은 거절하고 말을 듣지 않았다. 모두들 그를 미친놈이라고 말했으나 유독 진재만은 그 소문을 듣고 그를 특이한 사람이라고 인정하며 남들에게 몹시 칭찬했다. 진재는 이런 말을 한 적이 있다.

"처자식이 있어서 나는 억지로 녹봉을 얻기 위해 이렇게 구차하게 벼슬을 살고 있다. 그렇지 않다면 어찌 이런 짓을 즐겨 하겠는가?"

그 뒤 진재는 그동안의 공로를 인정받아 영남에 독우(督郵)가 되어 길을 떠나게 되었다. 진재가 나를 찾아와 말했다.

"자네는 무엇으로 나를 보내려나?"

그 말에 나는 이렇게 답했다.

"선생은 예전에 저에게 유생에 관한 이야기를 해주었지요. 독우란 벼슬은 낮은 직책이요, 영남은 먼 지방입니다. 낮은 직책으로 먼 지방에 부임하는 일은 사람들이 하고 싶어 하지 않지요. 그럼에도 불구하고 그 일을 하는 이유는 처자식을 먹여 살릴 봉급이 나오기 때문이겠지요. 이제 선생께서 영남으로 떠나니 유생에게 비웃음을 당하지 않을 도리가 있겠습니까?

그렇지만 저는 선생을 잘 알겠습니다. 만약 선생이 공무를 처리하고 난 뒤에 여유를 조금 남겨두어 동쪽 교외에 묵정밭 몇 이랑을 마련하여 처자식의 의식(衣食)이라도 장만할 수 있다면, 반드시 세상을 헌신짝 벗어버리듯 하고 세상 밖으로 나가 마음껏 방랑하며 토론하고 시를 읊조리고 그림을 그리면서 여생을 마치시겠지요. 그러니 처자식이 인생에 걸림돌이 될 것을 겁내어 인륜을 팽개친 저 유생처럼 사는 것이 옳겠습니까? 세상의 사대부들이 처자식을 돌보고 사랑하느라 금전을 탐하여 그칠 줄을 모르다 때로는 제 한 몸을 망치고 명예를 잃기까지 합니다. 그래서 유생에게 창피함을 느낄 자가 많을 것입니다. 진재가 유생에 대한 칭찬을 그치지 않는다면 그것만으로도 족하겠지요."

진재의 성은 김씨요, 자는 극양(克讓)이다. 그림을 잘 그려 세상에 이름이 높고 시에도 능하다. 을유년(1765) 4월 상순에 나는 전송하는 글을 쓴다.

김윤겸(金允謙, 1711~1775)은 노가재(老稼齋) 김창업(金昌業)의 서자다. 독우(督郵)는 찰방(察訪) 벼슬의 다른 이름으로 요즘의 역장에 해당한다.《병세재언록(幷世才彦錄)》에 그는 사람됨이 소탈하고 호탕하다고 했다. 장동 김씨 벌열 집안에서 서자로 태어나 음직으로 소촌찰방(召村察訪)을 지냈다. 이 글은 그가 소촌찰방으로 떠날 때 주었다.

구복지책으로 찰방이라는 낮은 벼슬을 해야 해서 부득이 먼 영남 지방까지 내려가야 하는 괴로움을 위로했다. 처자식을 부양하며 힘겹게 살아가는, 예술가의 생활고에 대한 갈등이 그 주제다. 그 괴로움을 모면하고자 유생은 아예 미친놈 소리를 들어가며 혼인을 거부하지만, 어떤 자는 처자식을 배불리 먹이기 위해 탐욕스럽게 재물을 모으다 패가망신한다. 작자는 그에게 저 유생의 경우를 잊지 말라고 당부한다. 재물로 몸을 더럽힐까 염려해서다.

심익운은 유난히 화가들과 친분이 깊어 화가의 삶과 그림을 다룬 산문을 다수 남겼다. 이 시기에도 유생처럼 독신으로 살면서 자유로운 생활을 즐기려는 사람이 있었다. 이 글은 그런 독신주의자와 그들의 삶을 인정하는 문화가 존재했음을 보여준다.

5

민노인의 장지
閔老葬誌

노인의 이름은 창후(昌厚)이고, 성은 민씨다. 나이 여든두 살에 죽었다. 젊어서는 충청우도(忠淸右道)¹에 살았고, 늙어서는 강화도에 살았다. 계미년(1763)에 추은(推恩)으로 통정대부(通政大夫)의 품계를 얻어 첨추(僉樞)에 임명되었고, 그 덕분에 그 아내에게 숙부인(淑夫人)을 증직(贈職)했다. 아들 하나에 손자 셋을 두었고, 그 장손 광해(光海)를 내게 맡겼다.

　노인은 나와 수십 년 동안 교유했다. 평생 동안 배운 점술·지리·택일(擇日)·녹명(祿命)을 맞추는 재주를 나를 위해 빠짐없이 말해주었는데, 의롭지 않은 일에는 말이 미치지 않았다. 남을 위해 장지(葬地)를 구해주되 귀천을 따지지 않고 가진 재주를 다 발휘했다. 재물이 없어 군색했다. 남이 복채를 주면 기뻐했으나 약속을 어기

1　현재의 충청남도에 해당하는 조선시대의 행정구역이다.

고 주지 않아도 화내는 법이 없었다.

노인은 얼굴이 길쭉했고 담소를 잘했다. 서울에 들어올 때면 언제나 내 집에 머물렀고, 나를 보면 늘 즐거워했다.

갑신년(1764) 가을, 내가 마침 영남에 나들이할 때 노인이 배를 타고 한강을 거슬러 올라와 배웅했다. 노인이 말했다.

"늙고 병들어서 이제 다시는 뵙지 못하겠군요."

그다음 해 가을, 내가 또 영남에 머무르게 되었을 때 노인이 죽었다. 나는 노인이 내게 보인 도타운 정에 보답하기 위해 노인의 장지(葬誌)를 짓는다.

민노인의 장지

閔老葬誌

　담담한 필치로 죽은 노인의 삶을 추억한 짤막한 글이다. 글은 감정의 표출이 거의 없다. 그렇다고 해서 억지로 쓴 느낌도 없다. 건조하되 그 속에 따뜻한 감정이 드러나 있다.

　민노인은 서민이다. 그의 직업은 점술가인데, 그저 돈을 얻기 위해 점에 의존하는 사람이 아니라, 의로운 삶을 위해 점술을 사용하는 사람이었다. 그가 죽기 전에 얻은 통정대부란 품계는 명예에 불과하다. 본래 서민의 무덤에는 지석(誌石)을 넣지 않기에 서민을 위해 쓴 묘지명은 없다. 그런데 심익운은 의외로 그러한 민노인을 위해 장지를 지었다. 자기에게 도타운 정을 보여주었기 때문이다. 서민을 위한 장지, 그 자체가 벌써 소품 취향이다.

　이 글에서는 민노인의 후한 마음을 읽는 것이 필요하다. 영남으로 떠나는 글쓴이를 배를 타고 와서 배웅하며 마지막 고별인사를 하는 마음씨, 그것이 작자와 독자로 하여금 노인에게 깊은 여운을 갖게 만든다.

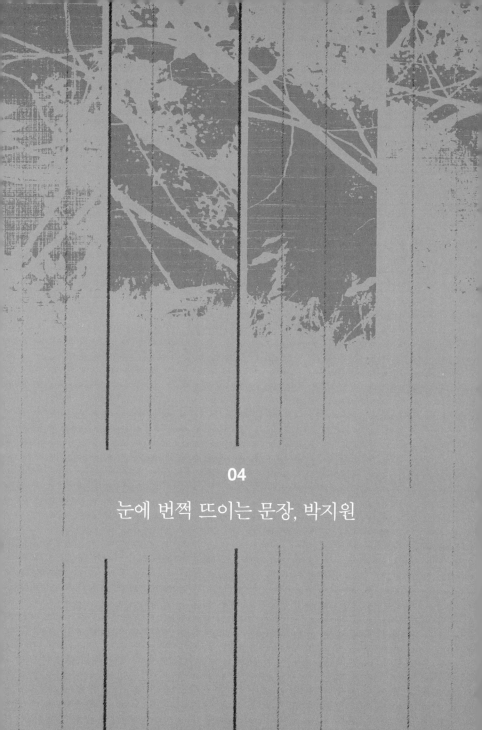

04

눈에 번쩍 뜨이는 문장, 박지원

박지원

박지원(朴趾源, 1737~1805)은 근대 이전 산문의 역사에서 가장 큰 명성과 높은 위상을 차지한 산문가다. 본관은 반남(潘南)이고, 자는 중미(仲美), 호는 연암(燕巖)이다. 살아생전부터 인기를 누린 문제적 작가로서 동시대와 후대의 산문에 큰 영향을 끼쳤다. 문학 분야에서 문호(文豪)로 일컬어질 뿐만 아니라 외국의 선진 문물을 수용하여 부국강병을 꾀할 것을 주장한 북학(北學) 사상가이기도 하다. 노론 명문가 출신으로 과거 보기를 포기하고 연구와 창작에 전념했는데, 그의 문장을 높이 평가한 정조의 특별한 배려로 장년 이후 안의 현감, 면천 군수, 양양 부사를 역임했다. 문집《연암집(燕巖集)》에 작품이 모여 있다.

젊은 시절 종로의 백탑(白塔) 주변에서 이덕무를 비롯한 일군의 지식인 문사들과 어울려 소품문에 심취하고 북학 사상을 교감했다. 특히, 1780년 박명원(朴明源)의 종사관으로 북경을 여행하고 돌아와《열하일기(熱河日記)》를 저술했다. 이 책은 연암의 문학과 사상을 높은 수준으로 보여준 명작이다.

연암 산문은 그만의 개성이 넘치는 문체를 보여 이른바 연암체(燕巖體)라 불렸다. 문체는 매우 다양하지만 다음 몇 가지로 정리해볼 수 있다. 첫째, 대상에 대한 다면적 접근과 입체적 묘사, 둘째, 격식과 투식, 진부하고 상투적인 글자와 어투의 배격, 셋째, 얕고 들뜬 문장, 용렬하고 속된 병통의 제거, 넷째, 비유와 반어, 속어의 빈번한 사용, 다섯째, 장난기와 유머의 분위기가 많은 점을 꼽을 수 있다. 공허하고 화려하기만 한 글과도 구별되고, 격식을 잘 따른 일반 문장과도 다르다. 파격적인 수사와 작법을 구사한 기발한 글이 주축을 이룬다.

연암은 정통적 문장의 법도를 탁월하게 재해석하여 구사함으로써 훌륭한 고문가(古文家)로 대접받았다. 연암의 산문은 틀에 박히고 식상한 내용을 담은 문장과는 크게 다르다. 한편으로는 그 한계를 벗어나 새 주제와 작법을 구사하여 참신한 소품문을 창작함으로써 빼어난 소품가로서도 인정을 받았다. 그는 소품문 작가이면서도 고문가로서 양쪽에서 크게 인정을 받았다. 그가 주장한 법고창신(法古創新)의 논리는 고문과 소품문의 창작을 개성 있게 해석하여 창작하려는 문체 변혁의 시도다.

연암은 소품문을 부정적으로 언급하기도 했으나 젊은 시절 소품 창작에 기운 사실을 스스로 인정했고, 독자들도 그 점을 의심하지 않았다. 연암은 이렇게 고백한 적이 있다. "사람들은 사마천(司馬遷)과 한유(韓愈)를 따른 글을 읽으면 바로 눈꺼풀이 묵직해져 졸음이 오지만, 원굉도(袁宏道)와 김성탄(金聖歎)을 따른 글을 보면 눈이 번쩍 뜨이고 마음이 즐거워 전파하고 칭송한다. 그래서 내 문장을 원굉도와 김성탄의 소품이라고 일컬으니 이는 실상 세상 사람들이 그렇게 만들었다."[1] 여기서 사마천과 한유의 문장은 고문을, 원굉도와 김성탄의 문장은 소품문을 대변한다. 연암이 기대하는 평판과는 무관하게, 그는 소품문을 창작한 작가로 자리매김했다.

이렇듯이 연암은 자신만의 독자적 문체를 구사한 작가다. 고문과 소품문의 구분이라는 것이 무의미하여 연암의 독특한 개성이 담긴 산문으

---

1 유만주, 《흠영》, 제22책, 1786년 11월 26일조.

로 이해하는 것이 바람직하다. 연암 산문의 특징은 다양한 관점에서 논의가 되었으나 구한말 송백옥(宋伯玉)의 다음 글이 간명하게 밝혀놓았다.

"연암 박 선생은 재주와 정감을 종횡으로 펼쳐서 읽지 않은 책이 없고, 탐구하지 않은 이치가 없다. 옛것도 아니고 지금 것도 아닌 문장을 창조했다. 붓이 날래져 먹물을 듬뿍 묻혀 마음을 표현하면 꼽진하게 묘사해 상스러움도 잊었고, 글자를 구사하면 법에 맞지 않아도 문득 고아하게 바뀌었다. 비록 길거리의 상말이나 골목의 속담이라서 남들은 가져다 쓰려 하지 않고 형용하지 못하는 것이라도 연암만은 허황됨을 장식하여 사실로 만들었고, 썩은 것을 변화시켜 새것으로 빛이 나게 했다."[2]

글을 쓰는 소재가 무엇이든지 연암이 그만의 색채를 가지고 참신하고 생생한 문장으로 창조했다는 것이다. 작가로서의 뛰어난 역할에 대해 깊이 찬탄하고 있다. 전체적으로 그의 산문은 분세질속(憤世疾俗, 세상에 울분을 느끼고 풍속을 싫어함)의 감정을 주조로 진실한 생활의 체험이 신선하게 표현되어 있다.

2 〈연암박선생집문초인(燕巖朴先生集文鈔引)〉, 송백옥, 《동문집성(東文集成)》 속3. "燕巖朴先生, 才情橫逸, 書無不讀, 理無不究. 創爲不古不今之文. 當其筆酣墨飽也, 寫意逼眞而忘其俚, 使字不律而忽爾雅. 雖至街談巷諺, 人所不屑取而不能形者, 獨能粧虛爲實, 化腐生新."

1

큰누님을 보내고
伯姊贈貞夫人朴氏墓誌銘

유인(孺人)¹의 이름은 아무개로 반남(潘南) 박씨(朴氏)다. 그 동생 박지원 중미(仲美)²가 묘지명을 지었으니 다음과 같다.

　유인은 나이 열여섯에 덕수(德水) 이택모(李宅模) 백규(伯揆)³에게 시집을 가서 딸 하나 아들 둘을 두었다. 신묘년(1771) 9월 1일에 돌아가 마흔세 살을 살았다. 남편의 선산이 아곡(鴉谷)⁴이라 그곳의 경좌(庚坐) 방향 자리에 장사를 지낼 예정이었다.

　그런데 백규가 어진 아내를 잃은 데다 가난하여 생계를 꾸릴 방

1　남편이 벼슬하지 않은, 죽은 여자를 부르는 명칭이다.
2　중미는 박지원의 자(字)다.
3　이택모(1729~1812)는 연암의 자형으로 백규는 그의 자다. 저명한 학자인 택당(澤堂) 이식(李植, 1584~1647)의 현손이다.
4　현재의 경기도 양평군 양동면에 있는 지명으로, 백아곡(白鴉谷)을 줄인 말이다. 이곳은 택당 이식이 아버지의 묘지를 모신 곳으로, 이후 이 집안의 선산이 되었다.

도가 없는지라, 아예 어린 자식들과 계집종 하나를 데리고 솥과 그 릇가지, 옷상자와 짐 보따리를 챙겨서 배를 타고 그 골짜기로 들어가버렸다. 상여와 함께 일제히 떠나는 새벽, 나는 두모포(斗毛浦)[5]에서 배를 타고 떠나는 그들을 배웅하고 통곡하고서 돌아섰다.

아아! 누님이 시집가던 날 새벽에 몸단장하던 모습이 흡사 어제 일만 같구나! 나는 그때 겨우 여덟 살이라, 벌렁 드러누워 발버둥을 치면서 말을 더듬으며 점잔 빼는 새신랑의 말투를 흉내 냈다. 누님은 부끄러워하다가 그만 빗을 떨어뜨려 내 이마를 때렸다. 나는 화가 나서 울음을 터뜨리고 분가루에 먹을 뒤섞고 거울에 침을 뱉어 문질러댔다. 그러자 누님은 옥으로 만든 오리와 금으로 만든 벌 노리개를 꺼내주면서 울음을 그치라고 나를 달랬다. 지금으로부터 28년 전 일이다.

강가에 말을 세우고 저 멀리 바라보니, 붉은 명정(銘旌)은 바람에 펄럭이고 돛대는 비스듬히 미끄러지는데, 강굽이에 이르러 나무를 돌고 난 뒤에는 모습을 감추어 더 이상 보이지 않았다. 그때 강가에 멀리 나앉은 산은 시집가던 날 누님의 쪽찐 머리처럼 검푸르고, 강물 빛은 그날의 거울처럼 보이며, 새벽달은 누님의 눈썹처럼 보였다. 빗을 떨어뜨리던 그날의 일을 눈물 속에서 생각하니 유독 어릴 적 일만이 또렷또렷하게 떠오른다. 그때는 또 그렇게도 즐거운 일이 많았고, 세월도 길게만 느껴졌다.

그사이에는 늘 이별과 환난에 시달려야 했고, 빈궁에 시름 겨워

5 　중랑천이 한강과 만나는 지점에 있었던 나루터로, 두뭇개라고 불렸다.

했다. 그런 일들이 꿈속인 양 황홀하게 스쳐 지나간다. 형제로 지낸
날들은 어찌도 그렇게 짧았단 말인가?

　　떠나는 이 간곡하게 뒷기약을 남기기에
　　보내는 이 도리어 눈물로 옷깃을 적시네.
　　조각배는 이제 가면 언제나 돌아올까?
　　보내는 이 쓸쓸히 강 길 따라 돌아서네.

큰누님을 보내고

伯姊贈貞夫人朴氏墓誌銘

연암이 큰누님을 잃고 쓴 제문이다. 이 제문은 두어 차례 개작되어, 현재 《연암집》에 실려 있는 것과 《종북소선(鐘北小選)》·《병세집(並世集)》에 실려 있는 것은 문장과 내용이 꽤 다르다. 연암이 쓴 서정적 산문의 대표작으로 손꼽힌다.

이 글은 평범한 묘지명과는 확연하게 다르다. 일반적인 격식을 무시하고, 묘지의 주인공과 사적으로 맺은 사연, 그리고 시신을 보내고 난 뒤에 드는 느낌을 중심으로 구성되었다.

이 글의 핵심은 두 대목에 있다. 하나는 배를 떠나보내고서 홀연히 과거로 시선을 돌려 큰누님이 시집가던 날을 회상하는 대목이다. 누님이 시집가던 날을 군이 회상한 것이 절묘하다. 둘 사이에 큰 이별이 두 번 있었다. 누님의 죽음이 형제간의 마지막 이별이라면, 시집가던 날은 첫 번째 이별이다. 마지막 이별의 순간에 첫 번째 큰 이별 장면이 떠오르지 않을 수 없다. 그날의 정경 묘사가 너무도 선명하게 각인되기 때문에 이덕무가 "정겨운 사연이 눈에 완연히 드러나 남들조차 하마터면 눈물방울이 싸라기눈처럼 쏟아지게 만들 뻔했다."[6]라고 평가한 것처럼, 독자로 하여금 눈물을 쏟게 한다.

다른 하나는 누님의 시신을 태운 배가 사라지고 난 다음 눈앞에 펼쳐진 정경을 묘사한 대목이다. 누님을 보내고 난 뒤 보이는 한강 주변의 풍경이

6 이덕무 평선(評選), 《종북소선(鐘北小選)》, 필사본, 개인 소장. "情事宛然, 幾令它人淚落如霰."

모두 누님의 생전 모습을 떠올리는 장면으로 오버랩된다. 참으로 정경교융(情景交融)의 전형을 보여주는 문장이다. 이덕무가 이 대목에 "지극히 슬프고 처량한 중에도 광경은 진실하고 게다가 새롭다."[7]라고 비평을 가했는데 그 묘미를 잘 짚어냈다.

이 글은 300자도 채 되지 않을 만큼 짧다. 글에 담긴 내용은 간단한 사실의 설명에 이어진 사연 한두 가지에 불과하다. 그러나 필설(筆舌)로 표현하지 못할 하고많은 사연이 담겨 있는 것처럼 느껴진다. 이덕무가 "문장이 300자도 채 되지 않건마는 감정의 실타래가 솟구쳐 나와 문득 수천 글자 문장의 기세가 나타난다. 이것이 바로 겨자씨에 수미산을 집어넣는 형국이라."[8]고 찬탄한 이유다.

한편, 이 글을 읽고 이덕무가 《종북소선》에서 다음과 같은 감상문을 남겼다. 그 또한 걸작이다.

친가의 집안일을 알려면 고모에게 물어보면 되고, 외가의 집안일을 알려면 이모에게 물어보면 된다. 그렇다면 고모나 이모가 없는 사람은 어떻게 해야 할까? 그런 사람에게 만일 누님이 있다면 친가나 외가의 집안일을 모두 알 수 있다.

게다가 만약 늦둥이라서 할머니와 외할머니를 모실 기회가 없었고, 또 불행히도 어려서 어머니를 여읜 사람이라면, 어쩔 도리 없이 누님을 찾아가서 집안의 옛일을 물어볼 수밖에 없다. 그러면 누님은 눈물

7　앞의 책. "極悲愴中, 光景眞而且新."
8　앞의 책. "文不滿三百言, 情緖迸發, 頓有數千言之勢, 是皆芥子納須彌."

을 흘리면서 가르쳐줄 것이고, 또 슬픔에 잠겨서 말해줄 것이다.

그러면서 이렇게 말하리라.

"아무 동생 눈매는 할머니 눈매를 닮았고, 아무 동생 목소리는 외할머니 음성을 닮았지. 우리 어머니의 웃는 모습은 네가 꼭 빼닮았단다."

한편으로 내가 어렸을 때 내 머리를 빗겨준 이도 우리 누님이고, 내 세수를 시켜준 이도 우리 누님이다. 나를 업어준 이도, 나를 안아준 이도 역시 우리 누님이다. 내가 장가를 갔을 때 내 아내를 이끌고 간 이도 우리 누님이다. 누님이 시집을 갔을 때 나는 자형(姊兄)이 된 새신랑에게 절을 했다. 내가 누님을 뵈러 가면, 누님은 반드시 반갑게 맞아서는 배고프겠다고 하면서 밥을 자꾸 퍼주고, 춥겠다고 하면서 술을 데워 내오리라. 이름은 누님이라고 하나 실은 우리 어머니를 뵙는 듯했다.

나는 본래 누님도 없고, 할머니도 외할머니도 뵌 적이 없다. 더군다나 어머니를 어려서 여읜 사람이다. 그래서 일부러 누님이 있는 사람은 그리했으리라 상상하면서 서글퍼하곤 했다.

박지원 선생의 큰누님을 위한 묘지명을 읽고 나자 하마터면 통곡이 터져 나올 뻔했다.[9]

---

9   이덕무, 〈미평(眉評)〉, 앞의 책. "徵吾家閨門之事, 問諸姑焉, 徵吾外家閨門之事, 問諸姨焉. 人無姑姨, 當奈何? 人若有姊, 吾家與吾外家閨門之事, 皆可以徵. 吾或晩生, 不及承事吾王母與外王母, 而又不幸幼失慈母, 不得不拜吾姊而問故事也. 或垂泣而敎之, 惻愴而談之. 且曰: '某弟之眉眼, 王母之眉眼, 某弟之聲音, 外王母之聲音, 吾母之笑貌, 汝則肖之.' 且吾幼時, 櫛我者, 吾姊也, 靧我者, 吾姊也, 負我抱我, 皆吾姊也. 我之娶妻, 導吾妻者, 亦吾姊也. 姊昔嫁夫, 我拜爲兄, 我或謁姊, 姊必歡迎, 飢則添飯, 寒則煖酒. 雖則女兄, 如見吾母. 今吾素無姊, 而不及見王母與外王母, 且早失慈母者也. 故想有姊者而悲焉. 及讀朴子之李孺人誌, 幾欲哭焉."

이 감상문은 박지원의 이 글이 지닌 내면을 자신의 체험에 연결하여 매우 잘 소화했다. 읽는 사람의 처지와 체험에 따라 제각각 다르지만 눈물을 빼게 하는 명문임이 분명하다.

———————————————

2

석치 정철조 제문

祭鄭石癡文

살아 있는 석치라면 함께 모여 곡도 하고, 함께 모여 조문도 하며, 함께 모여 욕도 해대고, 함께 모여 비웃기도 하련만.

몇 섬의 술을 마시고 서로들 벌거숭이가 되어 치고받으면서 고주망태가 되도록 크게 취해 함부로 이놈 저놈 부르다가 먹은 것을 게워내고 머리가 지끈지끈 아프고 속이 뒤집히고 눈이 어질어질하여 거의 죽을 지경이 되어서야 그만두련만.

이제 석치는 진정 죽었구나!

석치는 죽었다. 시신을 에워싸고 곡을 하는 이들은 석치의 처첩과 형제, 자손과 친척 들이니 정녕코 함께 모여 곡하는 이가 적지 않다.

그들의 손을 부여잡고, "귀한 가문의 불행입니다. 훌륭한 분께서 어찌 이런 일을 당하셨단 말입니까?"라며 위로한다. 뭇 형제와 자손들은 절을 하고 일어나 머리를 조아리며, "저희 집안이 흉화(凶禍)를 입었습니다."라고 대꾸한다. 그러면 이 친구 저 친구 이 벗 저

벗 서로서로 탄식하면서 "이 사람은 참으로 쉽게 얻을 수 없는 사람이라"며 한마디씩 한다. 그러니 정녕코 함께 모여 조문하는 이가 적지 않다.

석치에게 원한이 있던 이들은 "석치 이놈, 병들어 뒈져라!" 하고 사납게 욕설을 퍼붓던 터라, 석치가 죽었으니 욕설하던 자들의 원한은 벌써 갚은 셈이다. 죗값을 치르는 벌로 죽음보다 더한 것이 없으니.

세상에는 분명, 이 세상을 꿈인 양 환상인 양 여겨 사람들 틈에서 유희하며 사는 사람들이 있다. 그들이 석치가 죽었다는 말을 들으면, 분명코 그가 진짜 세계로 돌아갔다고 여겨, 크게 웃느라 입에서 밥알이 날아다니는 벌처럼 튀어나갈 테고, 갓끈이 썩은 새끼줄을 잡아당긴 듯 툭 끊어질 것이다.

석치가 정말 죽었구나. 귓바퀴는 벌써 문드러지고 눈알은 벌써 썩어서 정말 듣지도 못하고 보지도 못한다. 술을 따라 바쳐도 정말 마시지도 못하고 취하지도 못한다. 평소에 석치와 더불어 술을 마시던 술친구들은 정말 자리를 파하고 떠나고는 뒤도 돌아보지 않는다. 자리를 파하고 떠나고는 뒤도 돌아보지 않을 것이 분명하다면, 서로서로 모여서 큰 술잔 하나에 술을 따르고 제문을 지어서 읽어나 보세.

연암의 절친한 친구인 정철조는 1781년(정조 5) 12월 5일에 특별한 병도 없이 갑자기 죽었다. 그때 나이 52세였다. 그는 명문가 출신의 양반으로, 본관은 해주(海州)요, 자는 성백(誠伯), 호는 석치(石癡)다. 뛰어난 예술가이자 천문학자요, 수학자이자 지도학자인 정철조가 죽자 친분이 있던 황윤석(黃胤錫)은 사망 소식을 담담하게《이재난고》에 남겨놓았다. 반면에 박지원은 제문을 지었고, 신택권(申宅權)은 〈정성백철조애사(鄭城伯哲祚哀辭)〉를 지어 애도했다. 그의 개성 넘치는 삶은 내가《벽광나치오》에 자세하게 조사해 묘사했다.

현재 남아 있는 박지원의 글은 제문의 내용은 없어지고, 그 도입부만 전한다. 그런데 그 내용이 매우 흥미롭고 파격적이다. 읽어보면 죽은 자를 애도하는 평범한 제문이 아님을 금세 느낄 수 있다. 정인보 선생은 정철조의 삶을 시로 읊은 〈정석치의 노래(鄭石癡歌)〉에서, 정철조를 애도한 연암의 제문이 지나치게 장난기가 있다(太詼宕)고 말했고, 또 그 첫머리가 장난하고 조롱하는 면(詼嘲)이 있다고 지적했다. 정인보 선생의 지적은 타당하다. 내가 조사한 정철조의 삶을 볼 때, 장난기와 조롱의 언사로 쓸 수밖에 없었을 듯하다.

3
형언도필첩서
炯言桃筆帖序

아무리 작은 기예(技藝)일지라도 다른 모든 것을 잊고서 매달려야만 이루어진다. 더구나 큰 도(道)를 이루려면 말해 무엇하랴!

최흥효(崔興孝)는 온 나라에서 글씨를 가장 잘 쓰는 사람이었다. 언젠가 과거에 응시하여 시권(試卷)을 쓰다가 왕희지(王羲之) 서체와 비슷한 글자 하나를 쓰고는 종일토록 그 글자를 들여다보았다. 그 글자를 차마 버리지 못하여 시권을 품에 안고 돌아왔다. 이쯤 되면 이해득실 따위를 마음에 두지 않는 사람이라 할 만하다.

이징(李澄)이 어릴 때 다락에 올라가 그림을 익히고 있었다. 집안 사람들이 그가 어디 갔는지를 몰라서 사흘 동안이나 찾아서 겨우 발견했다. 아버지가 분노하여 종아리를 때렸더니 울면서도 바닥에 떨어진 눈물을 모아다가 새를 그렸다. 이쯤 되면 그림에 푹 빠져 영욕(榮辱)을 잊은 사람이라 할 만하다.

학산수(鶴山守)는 온 나라에서 노래를 가장 잘 부르는 사람이었다. 그런 그가 산속에 들어가 소리를 익힌 적이 있었다. 한 가락을 마치면 모래 한 알을 주워 나막신에 던지기로 하여 모래가 나막신에 가득 차야만 되돌아왔다. 그러던 어느 날 도적을 만나 곧 죽게 되었다. 바람결에 따라 노래를 부르자 뭇 도적이 모두 감동하여 눈물을 흘리지 않는 자가 없었다. 이쯤 되면 생사(生死)를 마음에 두지 않는 사람이라 할 만하다.

그 이야기를 처음 듣고서 나는 감탄이 흘러나왔다.

"큰 도(道)가 흩어진 지 오래다. 어진 사람 좋아하기를 미인 좋아하듯 하는 이를 나는 본 적이 없다. 하지만 저들은 기예를 얻기 위해서라면 자기 목숨마저도 바꾸려들었다. 아! 이것이 바로 아침에 도를 들으면 저녁에 죽어도 좋다는 것이로구나!"

도은(桃隱)이 형암(炯菴)의 《총언(叢言)》 13칙(則)을 써서 한 권의 책자로 만들고서 내게 서문을 써달라고 부탁했다.

저 도은과 형암 두 사람은 오로지 마음이 향하는 것에 집중하는 사람일까? 아니면 기예를 연마하려는 사람일까? 두 사람이 생사와 영욕이 나뉨을 잊고서 이 경지에 이르렀으니 그에 쏟은 공력이 과도하지 않을까? 두 사람이 생사도, 영욕도 잊고 몰두한다면 앞으로는 도덕(道德)을 성취하는 일에 그렇게 하기를 바란다.

이 글은 필첩에 붙인 서문이다. 형암 이덕무가 쓴 《총언》에서 13칙(則)
의 글을 뽑아 도은이란 서예가가 정성 들여 써서 한 권의 필첩을 만들었
다. 이 필첩은 현재 전하지 않으나 《총언》은 잡다한 말을 모았다는 책명에
언(言)이란 글자를 쓴 것으로 보아 청언집(淸言集)에 속하는 성격의 저술로
보인다. 도은은 누구의 호인지 알 수 없다. 이덕무의 청언이라면 대단히
흥미로운 내용일 테고, 도은의 글씨 수준은 매우 높았을 것이다. 한마디로
아름다운 글에 아름다운 글씨로 만들어진 수준 높은 필첩이었을 것이다.
그 필첩에 서문을 써달라는 부탁을 받은 연암은 그들이 도달한 기예를 칭
찬해야만 했다. 어떻게 칭찬할 것인가?

연암은 기예에 능한 세 사람의 사례를 들었다. 최흥효와 이징과 학산수
다. 서예, 회화, 음악 분야의 대가로 인정받은 사람들이다. 그들은 어떻게
대가의 반열에 올랐는가? 이해득실, 영욕, 생사를 잊고 기예를 연마한 결과
로 얻었다. 저들이 형암이나 도은과 무슨 관계인가? 연암은 형암과 도은도
저들처럼 부단한 연마를 통해 그 경지에 도달했다고 평가했다.

그런 최상의 평가를 내렸으면 그만이지만 연암은 글의 앞뒤에서 머리를
치켜들고 꼬리를 흔들었다. 목숨 걸고 기예를 연마한 그 노력을 도의 성취
를 얻는 데 쏟으라는 것이다. 한편으로는 여전히 기예를 낮춰보는 시선이
깔려 있고, 최상의 가치를 도에 두는 태도가 엿보인다. 그 배치가 여운이
깊게 남는 문장의 인상을 자아낸다.

4
말똥구리 시집
蜋丸集序

자무(子務)와 자혜(子惠)가 나가 놀다가 비단옷을 입은 소경을 보았
다. 자혜가 구슬퍼져 탄식하며 말했다.

"슬프다! 제 몸에 걸치고서 제 눈으로 보지도 못하네."

그 말을 듣고 자무가 말했다.

"비단옷을 입고 밤길을 걷는 자하고 견주어보면 누가 나을까?"

드디어 함께 청허 선생(聽虛先生)을 찾아가 누가 나은지 물었다.
선생은 손사래를 치면서 "나는 몰라! 나는 몰라!"라고 했다.

옛날 황희(黃喜) 정승이 퇴근하여 집에 오자 딸이 맞아들이며 물
었다.

"아버지는 이[蝨]를 알지요? 이는 어디서 생기나요? 옷에서 생기
는 거죠?"

정승이 "그렇다."라고 답했다. 딸이 웃으며 "내가 분명 이겼다."라
고 했다. 이번에는 며느리가 물었다.

"이는 살에서 생기는 거 아닌가요?"

정승은 "네 말이 맞는다."라고 답했다. 며느리가 웃으며 "아버님은 내가 맞는다고 하셨다."라고 했다. 그러자 부인이 화를 내며 말했다.

"누가 대감을 지혜롭다고 할까! 옳고 그름을 다투는 일에 양쪽이 다 옳다고 하다니."

정승은 빙그레 웃으며 이렇게 말했다.

"딸애랑 며느리랑 다 이리 와보거라. 대저 이는 살이 아니면 생기지 않고, 옷이 아니면 붙어 있지 않는다. 그래서 양쪽의 말이 다 옳은 것이다. 하지만 장롱에 든 옷에도 이가 있고, 너희가 옷을 벗고 있어도 가려운 때가 있다. 땀 기운이 모락모락 나고, 풀기가 푹푹 찌면 옷과 살의 사이에 떨어지지도 않고 붙어 있지도 않은 곳에서 이가 생긴다."

백호(白湖) 임제(林悌)가 말에 올라타려 할 때 종이 나서서 말했다.

"나으리! 취하셨습니다. 한쪽은 가죽신이고, 한쪽은 짚신을 신으셨네요."

그러자 백호가 냅다 꾸짖었다.

"길 오른쪽을 가는 이는 내가 가죽신을 신었다고 할 테고, 길 왼쪽을 가는 이는 내가 짚신을 신었다고 할 게다. 내가 염려할 게 뭐냐."

이것으로 따져보면, 천하에서 발보다 쉽게 눈에 띄는 것이 없지만 보는 방향이 달라짐에 따라서 가죽신을 신었는지, 짚신을 신었는지도 분간하기 어렵다.

따라서 참되고 올바른 견해는 참으로 옳음과 그름의 중간쯤에 있다. 예컨대, 땀에서 이가 생기는 것은 지극히 미세하여 살펴내기 어렵기는 하지만 옷과 살 사이에 빈 공간이 있어서 떨어져 있지도 않고 붙어 있지도 않으며, 오른쪽도 아니고 왼쪽도 아니니 어느 누가 그 중간을 알아낼 수 있으랴?

말똥구리는 스스로의 말똥을 아낄 뿐 여룡(驪龍)이 머금은 구슬을 부러워하지 않는다. 여룡도 구슬이 있다고 하여 말똥구리의 말똥을 비웃지 않는다.

자패(子珮)가 이 이야기를 듣고서 기뻐하며 "이 말로 내 시집의 이름을 붙이면 좋겠다." 하고 마침내 시집에 낭환집(蜋丸集)이란 이름을 붙였다. 그리고 내게 서문을 지어달라고 부탁했다. 나는 자패에게 이렇게 말했다.

"옛날에 정령위(丁令威)가 학이 되어 고향에 돌아왔을 때 알아보는 이가 아무도 없었으니,[1] 이것이 바로 비단옷을 입고 밤길을 가는 격[2]이 아닌가?《태현경(太玄經)》이 널리 읽혔으나 저자인 양웅(揚雄)은 막상 보지 못했으니, 이것이 바로 소경이 비단옷을 입은 격이 아닌가?

이 시집을 보고서 여룡의 구슬로 여기는 이들은 그대의 짚신을

---

1 정령위는 한(漢)나라 때의 요동 사람으로 신선이 되어 천 년 만에 학으로 변해 고향을 찾아가 화표주(華表柱)에 앉았다. 그러나 학으로 변한 정령위를 알아보지 못하고 젊은이가 활로 쏘려고 하자 탄식하며 고향을 떠났다.(《수신후기(搜神後記)》)

2 항우(項羽)가 진나라의 아방궁을 함락하고 나서 "부귀하게 된 뒤 고향으로 돌아가지 않는다면 비단옷을 입고 밤길을 걷는 것과 같아서 누가 알아주리오?"라고 했다.(《사기(史記)》〈항우본기(項羽本紀)〉)

본 격이고, 말똥으로 여기는 이들은 그대의 가죽신을 본 격이다. 그대의 시를 사람들이 알아보지 못한다면 이는 정령위가 학이 된 것과 같고, 시가 널리 읽히는 것을 자신은 막상 보지 못한다면 이는 양웅이 《태현경》을 지은 것과 같다. 여룡의 구슬이 나을지, 아니면 말똥구리의 말똥이 나을지 오로지 청허 선생만이 판단할 수 있을 것이니 내가 무슨 말을 하겠는가."

말똥구리 시집

蜋丸集序

　　본래 제목은 〈낭환집서(蜋丸集序)〉로, 기하학자이자 시인인 기하(幾何) 유연(柳璉, 1741~1788)의 시집에 붙인 서문이다. 그는 유득공(柳得恭)의 숙부로 박제가의 절친한 친구이며 서유구의 스승이다. 기하의 시집《기하실시고략(幾何室詩藁略)》서두에 같은 내용이 〈길강전서(蛣蜣轉序)〉라는 제목으로 수록되어 있다. 길강전(蛣蜣轉)은 말똥구리의 다른 이름이다.

　　이 글에는 네 명의 인물이 등장하는데, 모두 실명이 아닌 가명을 쓰고 있다. 자무(子務)는 자가 무관(懋官)인 이덕무를, 자혜(子惠)는 자가 혜풍(惠風)인 유득공을, 자패(子佩)는 유연을, 청허 선생(聽虛先生)은 가상의 인물을 가리키는 것으로 보인다. 글은 그들의 대화로 구성되어 있는데, 그중에 또 황희 정승과 백호 임제의 옛이야기가 삽화처럼 들어가 있어 흥미롭고 변화가 있다.

　　이 글은 시집 서문이다. 그런데 일반적인 서문과는 내용과 글쓰기가 현격히 다르다. 작가를 소개하거나 작품의 특징을 평가하거나 작품집을 내는 동기 및 과정을 서술하는 일반적인 방식과는 동떨어져 있다. 대신 마치 장자의 우언(寓言)을 보는 듯이 비유와 대화가 전개되고, 선문답처럼 논리가 비약되고 있어 무엇을 말하려는지 언뜻 알 수 없다. 마지막에 그 비유들이 기하의 작품이 인정받고 기하가 그 현상을 확인하는 문제로 연결된다. 겉으로는 엉성해 보이나 앞뒤로 잘 짜인 구조다.

　　글에는 여러 종류의 비유가 등장한다. 비유는 모두 '사물과 현상을 어떻게 볼 것인가?'라는 관점의 문제와 연결된다. "참되고 올바른 견해는 참으로 옳음과 그름의 중간쯤에 있다."라고 밝혀서 어느 한쪽에 치우치지 않고

제 중심을 지키라고 말한다. "말똥구리는 스스로의 말똥을 아낄 뿐 여룡
(驪龍)이 머금은 구슬을 부러워하지 않는다."라는 말은 명료한 주제 의식을
담고 있다. 남들의 평가에 휘둘리지 않고 전범이나 유행과 무관하게 자기
개성을 지닌 세계를 자긍심을 가지고 구현해가는 시인의 길을 말똥을 굴
리는 말똥구리에 비유하고 있다. 그 때문에 기하는 시집 이름을 말똥구리
시집이라 붙였다.

5

주공탑명

塵公塔銘

주공(塵公) 스님이 입적한 지 엿새째 되는 날 적조암(寂照菴) 동쪽 마당에서 다비식을 거행했다. 장소는 온숙천(溫宿泉) 향나무 아래로부터 열 걸음도 떨어지지 않았다. 밤이면 항상 빛이 나타났는데, 벌레 등에서 나는 푸른빛과 물고기 비늘에서 나는 흰빛, 그리고 썩은 버드나무에서 나는 검은빛을 띠었다. 대비구(大比丘) 현랑(玄朗)이 무리를 이끌고 마당을 돌며 재계를 올리고 두려워 떨면서 공덕(功德)을 쌓겠노라 다짐했다. 그로부터 나흘 밤이 지난 후 대사의 사리 세 매를 얻었다. 그러자 사리탑을 세우고자 하여 글과 폐물을 갖추어 내게 탑명을 써 달라 요청했다.

나는 본디 불가(佛家)의 말을 잘 이해하지 못했다. 하나 그의 끈질긴 요청을 가상히 여겨 그에게 다음과 같은 질문을 던져보았다.

"현랑이여! 내가 예전에 병이 들어 지황탕(地黃湯)[1]을 복용했더랬소! 약탕기의 약을 짜서 사발에 따랐더니 거품이 뽀글뽀글 일어나 금빛 좁쌀 같기도 하고 은빛 별 같기도 하며, 또 물고기 부레나 벌집 같더이다. 거품에는 내 살갗과 머리털이 박혀 있어서 마치 눈동자에 비친 부처처럼 보였소. 거품마다 내 모습이 나타났고, 하나하나가 인성을 지닌 듯했소. 그러나 열이 식자 거품은 꺼져버렸고, 약을 마시고 나자 사발에는 아무것도 남아 있지 않았소. 그렇듯이 옛날 주공이 생생하게 살아 있었다고는 하나 어느 누가 그것을 증명하겠소?"

현랑이 머리를 조아리며 말했다.

"나로써 나를 증명하노니 저 모습과는 아무런 관계가 없습니다."

나는 크게 웃고 말했다.

"마음으로 마음을 본다고 하는데 그러면 마음이 몇 개나 된단 말인가?"[2]

그러고 나서 다음 시를 덧붙였다.

구월이라 하늘에서 서리가 내려
모든 나무는 잎이 시들어 떨어진다.
나무 꼭대기 가지를 언뜻 보니
열매 하나 벌레 먹은 잎에 숨어 있다.
위는 붉고 아래는 누르고 퍼런데
씨가 드러나고 굼벵이가 반을 파먹었다.

---

1 곪아서 염증이 생긴 데 쓰는 한약으로, 숙지황과 구기자 등을 넣어 조제한다.
2 주희(朱熹)는 《회암집(晦庵集)》 권67 〈관심설(觀心說)〉에서 불교가 마음으로 마음을 봄으로써 입이 제 입을 씹고 눈이 제 눈을 보는 것처럼 하여 하나인 마음을 주체로서의 마음과 객체로서의 마음으로 분리했다고 비판했다.

아이들 얼굴 쳐들고 서서
손을 모아 앞다투어 따려 든다.
돌멩이 던지나 멀어서 맞추기 어렵고
장대를 이어도 높아서 닿지 않는다.

문득 바람에 흔들려 떨어졌는데
숲을 아무리 뒤져도 찾을 수 없다.
아이들 나무를 빙빙 돌면서 울고
공연히 까마귀나 까치에게 욕을 퍼붓는다.

내가 지금 아이들에 비유했거니와
그대 눈에서는 나무가 떠오르리라.
그대는 스승을 잃고 우러러만 볼 뿐
땅을 보고 주울 줄을 모르는구나.

열매가 떨어지면 반드시 땅바닥에 있나니
발아래 틀림없이 밟힐 것이다.
어째서 굳이 허공에서 찾으려는가?
참된 이치는 오히려 씨에 있어라.

씨를 일러 인(仁)이니 자(子)니 하는 것은
낳고 낳아 쉬지 않기 때문이다.
만약 마음으로 마음을 전한다면
주공 스님 사리탑에 가서 입증해보라!

연암이 젊은 시절에 지은 작품이다. 주공이란 승려가 사망하여 그 문도들이 다비식을 거행하고 사리를 수습하여 탑을 세우고자 했다. 문도가 사리탑에 쓸 글을 연암에게 요청하자 연암은 헛된 이름의 기념탑을 세울 필요가 없다는 취지로 글을 썼다. 당연히 칭송하는 내용으로 써야 할 글에 완전히 반대되는 취지로 쓴 엉뚱한 글이다. 그 점으로 볼 때 이 글은 실제로 탑에 새길 수 없는 성격이다. 그 때문에 이 글이 주공 문도의 부탁에 따라 지은 것이 아니라 주공에 가탁한 글로 볼 수도 있다.

언뜻 보면 이 글은 탑이란 세속적인 기념물로 주공의 큰 행적을 증명하려는 불가의 관습을 비판하고 있다. 글에 나오는 '입증하다[證]'란 글자가 자안(字眼)에 해당한다. 일차적으로는 불가를 비판했으나 확장하면 유가(儒家)의 행태를 비판한 것으로 이해할 수 있다. 사실 기념비를 세우는 관습은 불가에서는 일부에 불과하고 유가는 크게 만연해 있었다. 이덕무가 "부처의 말을 빌려서 유가의 뜻을 표현했으니 글쓰기가 은밀하고도 완곡하다(假佛語, 寓儒旨, 用筆微而婉)."라고 말한 취지도 여기에 있다. 인간의 실재함과 가치를 탑이니 비석이니 묘지명이니 하는 형식적이고 물질적인 물건이 '입증'할 수 있을까? 연암은 입증한다는 것 자체가 우스꽝스러운 욕망이라고 말한다. 이 글은 기념하려는 물건으로 영원한 이름을 얻고자 하는 세속적 욕망을 비판하는 보편적 주제를 담고 있는 것이다.

그 보편적 주제가 바로 이 글의 핵심인 지황탕 비유와 명(銘)에서 펼쳐진다. 이 글의 주제는 이덕무가 《종북소선》에서 이 작품을 대상으로 가한 절묘한 평문(評文)에 잘 드러나 있다.

나는 〈주공탑명(麈公塔銘)〉의 지황탕 비유를 읽고서 부연하여 다음 게송을 지었다.

"내가 지황탕을 복용하려 했더니 큰 거품이 일어나고 작은 거품이 퍼져서 거품마다 내 광대뼈와 이마가 박혀 있다. 큰 거품 하나에 내가 하나 들어 있고, 작은 거품 하나에 내가 하나 들어 있다. 큰 거품에는 큰 내가 들어 있고, 작은 거품에는 작은 내가 들어 있다. 거품 속의 나는 하나하나 눈동자가 있어서 그 눈동자마다 거품이 박혀 있다. 거품에는 다시 내가 있고 나는 또 눈동자가 있다. 내가 한 번 이맛살 찌푸렸더니 일제히 이맛살을 찌푸리고, 내가 한 번 비웃었더니 일제히 입을 벌려 웃으며, 내가 한 번 화를 냈더니 일제히 팔뚝을 휘두르고, 내가 한 번 잠을 청했더니 일제히 눈을 감는다. 그림 붓으로 묘사하려 한들 어디에 채색을 하고, 박달나무에 새기려 한들 어디에 조각하며, 금과 동으로 주조하려 한들 어디에서 풀무질하고, 몸뚱어리를 소상으로 만들려 한들 어디에 진흙을 붙이며, 얼굴을 자수로 짜려 한들 어디에 바느질을 할까? 나는 큰 거품을 걷어내고 다짜고짜 허리를 잡으려 했고, 나는 작은 거품을 뚫고서 서둘러 머리카락을 잡으려 했다. 순식간에 사발이 깨끗이 비워져 향기는 끊어지고 빛은 사라졌다. 백 개의 나와 천 개의 내가 소리도 형체도 없이 완전히 사라졌다. 아! 저 주공은 과거의 거품이요, 이 글을 지은 사람은 현재의 거품이며, 지금부터 백 년, 천 년 세월이 흐르는 동안 이 글을 읽는 자는 미래의 거품이다. 사람이 큰 거품에 비친 게 아니라 큰 거품이 큰 거품에 비친 것이요, 사람이 작은 거품에 비친 것이 아니라 작은 거품이 작은 거품에 비친 것이다. 큰 거품 작은 거품이 일어났다 사라지는 것이거늘 무엇 때문에 기뻐하고, 무엇 때문에 슬퍼할 것인가?"[3]

연암의 글이 지황탕 비유라면 이덕무의 평문은 거품론이라 할 만큼 거품의 인생철학적 의미를 멋진 글로 완성했다. 멋진 글에 뛰어난 평문이다.

---

3 이덕무 평, 앞의 책. "余讀塵公塔地黃湯喩, 演而說偈曰：'我服地黃湯, 泡騰沫漲, 印我顴頰. 一泡一我, 一沫一吾, 大泡大我, 小沫小吾. 我各有瞳, 泡在瞳中, 泡重有我, 我又有瞳. 我試嚬焉, 一齊蹙眉；我試哂焉, 一齊解頤；我試怒焉, 一齊搤腕；我試眠焉, 一齊闔眼. 謂畫筆描, 安施彩色；謂檀木鐫, 安施彫刻；謂金銅鑄, 安施跋橐. 謂㲲塑身, 安施堊泥；謂㲲繡面, 安施鍼絲？我欲剃泡, 直捉其腰；我欲穿沫, 急持其髮. 斯須器淸, 香歇光定, 百我千吾, 了無聲影. 咦彼塵公, 過去泡沫；爲此文者, 現在泡沫；伊今以往, 百千歲月, 讀此文者, 未來泡沫, 匪人暎泡, 以泡暎泡；匪人暎沫, 以沫暎沫, 泡沫起滅, 何歡何怛？'"

6

하룻밤에 물을 아홉 번 건너다

─夜九渡河記

물은 두 산 사이에서 흘러나와 바위에 부딪혀 무섭게 싸운다. 그 놀
란 파도와 소란스러운 물결, 분노한 물살과 성난 파도, 구슬픈 여울
과 원망하는 급류는 내달리고 충돌하고 말아올리고 거꾸러지며, 흐
느끼고 포효하고 울부짖고 고함쳐서 언제나 만리장성을 밀어 부수
어버릴 기세다. 전차 만 승(乘)과 전기(戰騎) 만 대, 전포(戰砲) 만 가
(架)와 전고(戰鼓) 만 좌(座)로는 무너뜨리고 부수고 터뜨리고 내리
누르는 소리를 표현하기에 넉넉지 않다. 모래밭에 큰 바윗돌은 우
뚝하게 떨어져 서 있고, 강둑에 버드나무는 어둠 속에 거뭇거뭇 보
였다. 마치 물귀신이 앞다퉈 나와서 사람을 놀래주려 하자 좌우에
서 이무기들이 낚아채려고 애쓰는 모양이었다.

　누군가 이렇게 말했다.

　"이곳이 옛날 전쟁터라서 강물이 저렇게 우는 게야."

　하지만 이는 그런 것이 아니다. 강물 소리는 어떻게 듣느냐에 달
려 있다.

내 집은 산중에 있다. 대문 앞에 큰 냇물이 있어 여름철만 되면 소나기가 한 번씩 지나간다. 그러면 냇물이 갑자기 불어서 전차와 전기, 전포와 전고 소리를 내고, 그 소리를 노상 듣다 보니 마침내 귀가 그 소리에 젖어들었다.

내가 언젠가 문을 닫고 누운 채 물건에 빗대서 소리를 들어보았다. 깊은 솔숲에 바람이 이는 소리가 났는데 이는 듣는 이가 고아했을 때이고, 산이 찢어지고 언덕이 무너지는 소리가 났는데 이는 듣는 이가 흥분했을 때이고, 개구리 떼가 다투어 울어대는 소리가 났는데 이는 듣는 이가 교만했을 때이고, 만 개의 축(筑)이 번갈아 연주하는 소리가 났는데 이는 듣는 이가 화가 났을 때이고, 천둥이 치고 번개가 번쩍이는 소리가 났는데 이는 듣는 이가 놀랐을 때이고, 찻물이 보글보글 끓어오르는 소리가 났는데 이는 듣는 이가 아취가 있을 때이고, 거문고가 웅숭깊게 어울려 연주하는 소리가 났는데 이는 듣는 이가 슬플 때이고, 문풍지가 바람에 떠는 소리가 났는데 이는 듣는 이가 의심이 많았을 때이다. 이 모든 소리는 듣는 이가 평정을 얻지 못했을 때 들은 결과로서, 단지 마음속으로 그러리라고 가정한 것을 귀가 소리로 만들어 들었을 뿐이다.

오늘 나는 밤중에 강 하나를 아홉 번 건넜다. 강은 변새 밖에서 나와서 장성을 뚫고 유하(楡河), 조하(潮河), 황화(黃花), 진천(鎭川)의 여러 강과 합해지고 밀운성(密雲城) 아래를 거쳐 백하(白河)가 되었다. 나는 어제 배를 타고 백하를 건넜는데 바로 이 물의 하류였다.

내가 아직 요동에 들어오지 않았을 때는 한창 더운 여름이었다. 뙤약볕 아래 길을 가는데 갑자기 큰 강이 앞을 가로막았다. 황톳물이 산처럼 우뚝 서서 그 끝이 어딘지 보이지 않았다. 다름 아닌 천

리 밖에서 내린 폭우였다. 물을 건널 때 사람들은 모두 머리를 치켜들어 하늘을 보았다. 나는 사람들이 머리를 쳐든 이유가 말없이 하늘에 기도를 올리는 것이라 짐작했다. 한참이 지나서야 알아차렸다. 물을 건너는 사람들은 물이 소용돌이치고 용솟음쳐 흐르는 모양을 보게 되면, 몸은 물을 거슬러 올라가는 것 같고 눈은 물을 따라 내려가는 것 같아서 불쑥 현기증이 일어나 어질어질 물에 빠지게 된다. 그들이 머리를 치켜들고 위를 보는 것은 하늘에 기도하는 것이 아니라 물을 피해 보지 않으려는 것일 뿐이다. 하기는 어느 겨를에 경각에 달린 목숨을 위하여 기도하겠는가! 위험하기가 이와 같기에 물소리가 들리지 않는 것인데도 다들 이렇게 말한다.

"요동은 들이 평평하고 넓어서 물소리가 크게 울지 않는 게지."

하지만 이것은 물을 모르고 하는 말이다. 요하(遼河)는 울지 않은 적이 한 번도 없으나 (울지 않는 것처럼 보인 것은) 단지 밤에 건너지 않아서일 뿐이다. 낮에는 눈으로 물을 볼 수 있어서 눈이 오로지 위험한 것에만 집중되어 한창 벌벌 떠느라고 눈이 붙어 있는 것을 되레 걱정하는 판국이다. 그러니 어떻게 소리가 들리겠는가!

오늘 나는 밤중에 물을 건넜다. 눈으로는 위험한 것을 보지 못하고 위험은 오로지 듣는 것에만 집중되어 귀가 한창 벌벌 떨며 걱정에 휩싸여 있었다. 나는 이제야 도(道)를 알았다! 마음을 고요히 가진 사람은 귀와 눈이 마음에 누(累)를 끼치지 않는 반면에 귀와 눈을 굳게 믿는 사람은 보고 듣기를 한층 자세하게 하므로 그 때문에 병을 일으키는 것이다.

지금 내 마부가 말굽에 발을 밟혀서 뒤 수레에 실려 간다. 나는 드디어 혼자 고삐를 느슨하게 풀고 강에 떴다. 안장 위에서 무릎을 구부리고 발을 모았다. 한 번 떨어지면 바로 물이다. 물로 땅을 삼고, 물로 옷을 삼으며, 물로 몸을 삼고, 물로 성정을 삼았다. 그리하여 마음이 한 번 떨어지리라 정해지자 내 귓속에서 강물 소리가 사라졌다. 무릇 아홉 번 물을 건넜으나 아무 염려가 없었다. 마치 방석 위에서 앉았다 누웠다 일어났다 기대는 것과 다름이 없었다.

옛날 우(禹)임금이 황하를 건널 때 황룡(黃龍)이 배를 등으로 떠받쳐서 몹시 위험했다. 그러나 사생의 판단이 마음속에서 먼저 분명해지자 용이든 지렁이든 크거나 작거나 아무 상관이 없었다.

소리와 빛은 외물(外物)이다. 외물은 늘 귀와 눈에 누를 끼쳐서 이처럼 사람들이 똑바로 보고 듣지 못하도록 방해한다. 하물며 사람이 세상을 살아가자면 험하고 위태롭기가 강물보다 심하여 보는 것과 듣는 것이 툭하면 병을 일으키니 어찌하랴!

나는 곧 내 산속 집으로 돌아가 다시 앞내의 물소리를 들어보고 정녕 그런지 살펴보련다. 그것으로 몸을 굴리는 데 능란하여 총명하다고 자신하는 자들을 깨우쳐주리라.

하룻밤에 물을 아홉 번 건너다

一夜九渡河記

이 글은 《열하일기》의 〈산장잡기(山莊雜記)〉에 실려 있다. 여름철 8월에
연암이 속한 사행단이 북경에서 건륭제가 머물고 있는 열하(熱河)까지 밤
낮으로 일정을 소화하며 서둘러 간 일이 있다. 이 체험을 바탕으로 쓴 글
에는 명문이 많은데, 그중 하나다. 이 며칠간의 여행을 기록한 편목이 〈막
북행정록(漠北行程錄)〉으로 그중 7일자 일기에는 밤중에 말을 타고 위험한
강을 건너면서 겪은 체험이 실려 있다. 일행이 강물을 건너면서 '소경이
눈먼 말을 타고 밤중에 깊은 물가에 서 있는' 듯한 두려움을 느끼자 연암
은 "소경은 결코 위태로움을 모른다. 소경은 어떤 위태로움도 눈에 보이지
않기 때문이다."라고 말하고는 낯선 세계, 미지의 위험에 맞닥뜨려 일어나
는 공포의 감각에 대한 철학적 사변을 글로 구성했다.

큰 강을 말을 타고 건너며 공포를 느끼는 것은 밤낮이 다르다. 낮에는
도도하게 흘러가는 강물을 눈으로 보며 벌벌 떨고, 밤에는 거센 강물 소리
를 귀로 들으며 벌벌 떤다. 시각과 청각이 각각 다르게 반응하여 우리의
눈과 귀가 소리와 빛이란 외물(外物)에 압도당하여 두려움을 느낀다. 그러
면 어찌해야 하나? 소경이 되고 귀머거리가 되어야 한다. 공포의 장면을
보지 못하는 소경처럼, 공포의 소리를 듣지 못하는 귀머거리처럼 외물에
즉각적으로 반응하는 감각의 동요를 차단해야 한다.

그러나 감각이란 외부의 충격에 자동적이고 반사적으로 작동한다. 어떻
게 그 감각을 잘 통제하여 외부의 충격과 공포를 이겨내고 세상을 잘 헤쳐
나갈 수 있을까? 연암은 '마음을 고요히 가지는 것', 즉 명심(冥心)을 제시
한다. 이 명심은 연암이 사물과 현상을 인식하는 문제를 다룰 때 자주 사

용한 말이다. 이것은 사람들이 외부의 현상을 똑바로 보고 듣지 못하도록 방해하는 온갖 잘못된 선입견과 그릇된 가치관의 혼란을 이기려면 꼭 필요한 인식상의 무기다. 뒤에 수록한 편지 가운데서 화담 선생이 소경에게 "네 눈을 도로 감아라!"고 말한 것도 바로 명심의 인식 태도다.

이 글은 구체적 체험을 바탕으로 철학적 사변을 담고 있으면서도 문학적 수사와 논지 전개가 흥미롭다. 작품성이 뛰어난 산문으로 평가할 만하다.

7

영대정잉묵 척독 10제(題)

(1) 아옹과 고양이與雪蕉[1]

무슨 말을 덧붙이리오? 무슨 말을 덧붙이리오? 아계(鵝溪, 이산해李
山海)가 남의 시첩에 글을 쓰면서 아옹(鵝翁)이라 자칭하자 송강(松
江, 정철鄭澈)이 보고서 웃으며 이렇게 말했답니다.

"상공(相公)께서는 오늘에야 제 목소리를 내시는군요!"

아옹이 고양이의 울음소리와 비슷하기에 한 말이지요.

이 사람이 오늘에야 자기 마음을 묘사해냈군요.

두렵습니다, 두렵습니다.[2]

---

1 누구인지 알 수 없는 설초(雪蕉)에게 보낸 편지다. 그가 어떤 사람을 평가한 편지를 보냈
   다. 연암은 그를 평가하지 못하겠다고 하며 그 대신에 아계와 송강의 고사를 등장시킨다.
   엉뚱하고 익살맞은 이 편지의 핵심은 '드디어 오늘에야 자기 본색을 드러냈다'는 것이다.
   기발한 편지다.
2 임천상의 《시필(試筆)》에 비슷한 이야기가 실려 있다.

(2) 빚쟁이與成伯[3]

"문 앞에는 빚쟁이가 기러기 떼처럼 서 있는데
   집 안에서는 술꾼들이 물고기 꿰미처럼 잠자네."[4]
   저들이야말로 당나라 시절의 큰 호걸이요 사나이입니다. 지금 썰렁한 서재에 외로이 앉아 있자니 담박하기가 참선에 든 중과도 같습니다. 다만 문 앞에 기러기 떼처럼 서 있는 자들의 두 눈깔이 미워 죽겠습니다. 비굴하게 저들에게 핑계를 늘어놓을 때마다 큰 나라 사이에 낀 약소국의 벼슬아치 신세[5]가 떠오릅니다.

(3) 문사는 겸손해야與楚岫[6]

족하(足下)는 지혜롭고 영민하다고 하여 교만을 떨거나 남을 멸시하지 마십시오. 저들에게 지혜로운 구석이 하나라도 있다면 어찌 부끄러움이 없겠습니까? 설령 깨우치지 못했다고 칩시다. 그들에게 교만을 떨거나 멸시한들 무슨 도움이 되겠습니까? 우리 족속들

---

3 성백이란 자를 쓰는 친구 정철조에게 보낸 편지다.

4 당나라 시인 이파(李播)의 시 〈뜻을 보이다(見志)〉의 일부다. 시의 전문은 다음과 같다. "작년에 산 금(琴)은 값을 지불하지 않고/올해의 외상 술값은 미처 갚지 못했네./문 앞에는 빚쟁이가 기러기 떼처럼 서 있는데/집 안에서는 술꾼들이 물고기 꿰미처럼 잠자네." 왕사진(王士禛)은 《지북우담(池北偶談)》에 이 시에 얽힌 사연을 소개하고 "이 시는 집안을 망친 사람의 작은 초상화"라는 평을 들었노라고 전했다.

5 춘추시대의 작은 나라인 등나라와 설나라의 벼슬아치는 큰 나라 사이에서 자기 나라를 유지하기 위해 동분서주하는 신세였다.

6 이 편지는 초정(楚亭) 박제가(朴齊家)에게 보낸 듯하다. 글깨나 쓴다고 남을 무시하지 말라고 당부한 편지다. 문사란 "냄새나는 가죽 부대 안에 채워 넣은 글자가 남들보다 몇 자 좀 많은 데 불과하고," 매미나 지렁이도 시를 쓰므로 시인이란 별거 아닌 존재라고 말한다. 지식인 문사에 대한 연암의 표현에는 자조가 짙게 배어 나온다.

이래야 냄새나는 가죽 부대 안에 채워 넣은 글자가 남들보다 몇 자 좀 많은 데 불과한 것 아니겠습니까? 나무에서는 매미가 요란하게 울고, 진흙 속에서는 지렁이가 찍찍 웁니다. 그 소리가 시를 읊조리고 책을 읽는 것이 아니라고 할 수 있겠습니까?

(4) 매사에 꼭 물어보시오與某 1

남을 처음 볼 때는 낯설고 어설픈 태도를 보여야 합니다. 옛 버릇을 드러내지 않다 보면 낯이 익어 다정해질 겁니다.

"손을 씻고 국을 끓여서
시누이에게 맛을 보이네."[7]

이 시를 지은 자는 예절을 아나 봅니다.

공자께서도 "태묘(太廟)에 들어가서 매사에 꼭 물어보았다."[8]라고 하더군요.

(5) 도끼 가진 놈이 바늘 가진 놈을 못 당한다與中 3

아이들 말에 "도끼를 휘둘러 허공을 치느니 차라리 바늘을 잡고 눈동자를 겨누어라."고 했고, 또 시골 속담에 "삼정승과 사귀지 말고

---

7 인용한 시는 왕건(王建)의 〈새색시의 노래(新嫁娘詞)〉다. 시집간 지 사흘 만에 처음 부엌에 들어간 새색시가 정성껏 국을 끓였는데 시어머니의 식성을 모르기 때문에 먼저 시누이에게 맛을 보게 했다는 내용이다. 하고자 하는 내용과 일견 아무 상관도 없어 보이는 시와 속담을 편지에 끌어다 씀으로써 글에 생동하는 빛깔을 내게 하면서 하고자 하는 말을 입체적으로 드러내었다.

8 《논어(論語)》〈팔일편(八佾篇)〉에 나오는 내용이다. 공자는 태묘의 예법을 잘 알면서도 반드시 선배에게 물어서 예를 행했다. 새로 어떤 일을 맡은 사람에게, 잘난 체하지 말고 선임자의 의견을 물어서 일을 처리하라고 충고한 편지다.

네 한 몸 조심하라."고 합디다. 그대는 그 말을 꼭 기억해두십시오. 약하지만 단단한 것이 낫지, 용맹하지만 물러 터져서는 안 됩니다. 더구나 남의 세력은 믿지 못하는 것 아닌가요?

(6) 시골뜨기與某 2

시골 사람이 서울내기 흉내를 내는 것, 그런 짓이 모두 시골뜨기지요. 비유하자면 술 취한 사람이 정색하고 앉은 것 자체가 술에 취해 하는 짓이니 이 점을 몰라서는 안 될 게요.

(7) 그대는 오지 않고答蒼厓 5

저물어 용수산(龍首山)[9]에 올라 그대를 기다렸지만 오지 않았습니다.

강물은 동쪽으로 흘러들지만 가는 모습은 보이지 않았습니다.

밤이 이슥하여 달빛을 받으며 돌아오는데, 정자 아래 늙은 나무가 하얀빛을 띠며 사람처럼 서 있더군요.

또 그대가 저기에 먼저 와 있구나 의심했지요.

(8) 달이 환한 밤에는謝湛軒[10]

어젯밤 달이 환하여 비생(斐生, 박제가朴齊家)을 찾아갔다가 그와 함께 돌아왔더니 집을 지키고 있던 자가 고하기를, "누런 말을 탄 손

---

9 산 이름이나 미상.

10 이 척독은 절친한 친구인 담헌(湛軒) 홍대용(洪大容)이 찾아왔을 때 출타하여 맞이하지 못함을 아쉬워하고 다시 만나기를 기약하고 있다.

님이 오셨는데 키가 크고 수염이 길었으며, 벽에다 무언가를 써놓고 가셨습니다." 하더군요. 촛불을 켜고 비춰 보니 바로 그대의 글씨였습니다. 손님 온 것을 알려주는 학이 없어서[11] 문설주에 봉자(鳳字, 凡鳥)를 써놓고 가시게 하다니![12] 유감입니다. 송구하고 송구합니다. 이후로는 달이 환한 밤에는 절대로 외출하지 않으렵니다.

(9) 도로 눈을 감고 가라答蒼厓二

'자신의 본분으로 돌아가라.'는 말이 어찌 문장에만 해당하리오? 일체의 하고많은 만사가 다 마찬가지지요. 화담(花潭, 서경덕徐敬德) 선생이 외출했다가 집을 잃고 길에서 우는 소경을 만났더랍니다. 그에게 "너는 왜 우느냐?"라고 물었더니 돌아온 대답이 이랬습니다.

"저는 다섯 살에 소경이 되어 이제 스무 해가 되었습니다. 아침에 밖을 나왔다가 문득 눈을 떠서 천지 만물이 환하게 보였습니다. 기뻐서 집에 돌아가려 했더니 밭두둑에는 갈림길이 많고 대문이 다들 같아서 제집을 알 수가 없었습니다. 그래서 울고 있습니다."

화담 선생이 그에게 이렇게 말했습니다.

---

11 송(宋)나라의 임포(林逋)는 학을 자식처럼 길렀는데, 그 학은 손님이 찾아오면 임포에게 알렸다고 한다.

12 중국의 삼국시대 여안(呂安)은 혜강(嵇康)과 친하여, 보고 싶을 때마다 천 리 길을 멀다 않고 찾아갔다. 어느 날 여안이 혜강을 찾아갔을 때 혜강은 출타하고 그의 형 혜희(嵇喜)가 문을 나와 반갑게 맞이했다. 여안은 집에는 들어가지 않고 문설주에 '봉(鳳)' 자를 써놓고 그냥 돌아갔다. 혜희는 자신을 봉황이라 여겼다고 좋아했으나, 혜강이 돌아와서 '범조(凡鳥)' 곧 '평범한 새'를 합자(合字)한 것으로 읽었다. 여안이 '너 같은 평범한 사람과는 어울리지 않겠다.'는 뜻으로 써놓은 것이다. 여기서는 사람을 찾아갔다가 만나지 못하고 돌아가는 상황을 비유했다.

"내가 네게 집으로 가는 길을 가르쳐주겠다. 네 눈을 도로 감아라. 그러면 네 집이 바로 나올 것이다."

그래서 소경이 눈을 감고 지팡이를 더듬어 본래 걸음에 맡겨 걸어서 제집에 바로 도착했답니다. 소경이 길을 잃은 것은 다른 까닭이 아닙니다. 빛깔과 모양이 뒤바뀌고 기쁨과 슬픔이 작동하여 망상(妄想)을 일으킨 때문입니다. 지팡이를 더듬어 본래 걸음에 맡기는 것, 그것이 바로 우리가 분수를 지키는 비결이자 제집으로 돌아가는 신표일 겁니다.

(10) 윤회매를 팔아주오與人

저는 집이 가난한데도 살림 꾸려나가는 재주가 없습니다. 방덕공(龐德公)을 배우고자 하지만 소진(蘇秦) 같은 처지임이 한심스럽습니다.[13] 이슬 마시는 매미보다 탈바꿈하기가 더디고, 흙을 먹는 지렁이보다 지조를 제대로 지키지 못함이 부끄러울 뿐입니다.[14] 옛날

---

13 방공은 중국 후한(後漢) 때의 양양(襄陽) 사람으로, 현산(峴山) 남쪽에 살면서 성안에는 들어가지 않았다. 후에는 처자를 데리고 녹문산(鹿門山)에 들어가 은거했다. 소진은 전국시대의 유세객이다. 소진이 연횡책(連衡策)으로 진(秦)나라 혜왕(惠王)에게 유세했으나 인정받지 못하고 고향으로 돌아왔다. 소진을 보고 가족들이 모두 무시하자 소진이 "아내는 나를 남편으로 여기지 않고, 형수는 나를 시동생으로 여기지 않으며, 부모님은 나를 자식으로 여기지 않는다!"라고 탄식했다.

14 학업에 진전이 없고 남에게 신세 지면서 사는 처지를 토로한 말이다.《순자(荀子)》에 "군자의 배움은 매미가 허물을 벗듯이 빠르게 변한다(君子之學如蛻, 幡然遷之)."라고 했다.《맹자》〈등문공하(滕文公下)〉에 오릉중자(於陵仲子)가 청렴함을 지키려고 인륜마저 저버리는 행위를 하자 맹자는, "오릉중자의 지조를 충족시키려면 지렁이가 된 뒤라야 가능할 것이다. 지렁이는 위로는 마른 흙을 먹고 아래로는 지하수를 마시며 산다(充仲子之操, 則蚓而後可者也. 夫蚓, 上食槁壤, 下飲黃泉)."라고 비판했다.

매화나무 삼백육십오 그루를 심고서 날마다 한 그루 나무로 생활해간 임포(林逋)가 있기는 합니다. 이제 저는 셋집에 몸을 붙여 사는 처지인데다 임포처럼 고산(孤山) 같은 정원을 가지고 있지 못합니다.[15] 이를 어찌하면 좋습니까?

벼루 옆에서 시중 드는 동자가 손재주가 기막히고, 저도 가끔 그를 따라 글씨 쓰는 여가에 매화 절지(折枝)를 완성했습니다. 촛농으로 꽃받침을 만들고, 노루털로 꽃술을 삼고, 부들가루로 꽃심을 만들어 윤회화(輪回花)라고 이름 지었습니다. 어째서 윤회라고 했냐고요? 생화는 나무에 있으니 밀랍이 될 줄을 어찌 알았으며, 밀랍은 벌집에 있으니 꽃이 될 줄을 어찌 알았겠습니까? 하지만 노전(魯錢)·원이(猿耳) 모양의 꽃봉오리는 천연(天然)스럽고, 규경(窺鏡)·영풍(迎風) 모양의 체세(體勢)는 자연스럽기만 합니다.[16] 저것이 땅에 뿌리를 내리지 못했을망정 자연스러움을 드러내 보입니다. 황혼 녘 달빛 아래서 암향(暗香)이 풍겨오지는 않으나, 눈 뒤덮인 산속에서라면 누워 있는 고사(高士)를 상상하기에 충분합니다.

바라건대 그대는 먼저 가지 하나를 사주어 그 값을 매겨주기 바랍니다. 가지가 가지답지 않고, 꽃이 꽃답지 않고, 꽃술이 꽃술답지 않고, 꽃심이 꽃심답지 않고, 책상 위에서 빛이 나지 않고, 촛불 아래서 성근 자취를 드러내지 않고, 거문고 옆에 있을 때 기이하지 않고, 시 속에 들어가서 운치를 발휘하지 않을 때가 있을지도 모릅니

---

15 임포는 항주의 서호(西湖)에 있는 고산(孤山)에 은거했다. 이곳에서 학 두 마리를 기르고 매화나무 360그루를 심고 살았다.

16 노전·원이·규경·영풍은 모두 매화의 모양을 묘사한 것이다.

다. 만약 이 가운데 한 가지라도 해당한다면 영원히 물리쳐 몰아내시더라도 저는 조금도 원망하는 말을 내지 않겠습니다. 이만 줄입니다.[17]

---

17 이덕무(李德懋)가 밀랍으로 매화를 만들어 그 이름을 윤회매(輪回梅)라고 했다. 연암이 그 방법으로 인조 매화를 만들어 친구인 서상수(徐常修)에게 높은 값을 쳐서 사달라고 부탁한 편지가 바로 위의 글이다. 이덕무는 그 사연을 〈윤회매십전(輪回梅十箋)〉이란 괴기영롱(怪奇玲瓏)한 산문으로 쓴 바 있는데, 박지원의 이 편지가 약간 수정을 거쳐 그 속에 수록되었다. 《연암집》에서는 이 편지의 수신자를 구체적으로 밝히지 않았다. 이 편지는 문사들의 풍류와 운치를 멋스럽게 표현했다. 장식적이고 일부러 멋을 부린 문장을 구사한 것은 장난 삼아서 쓴 희문(戱文)이기 때문이다.

척독(尺牘)은 편지 가운데서도 짤막한 것을 이른다. 20, 30대 젊은 시절 연암의 소품문 가운데 《방경각외전(放璚閣外傳)》에 수록된 9편의 전기와 《영대정잉묵(映帶亭賸墨)》에 실린 척독이 눈길을 끈다. 전기는 일반에게 널리 알려져 있지만, 50편의 짤막한 편지글을 모아 엮은 척독집은 상대적으로 큰 관심을 끌지 못했다. 하지만 이 편지글은 젊은 연암의 취향과 사고를 잘 보여주는 멋진 문예물이다.

연암이 편지글을 엮은 이유는 결코 소극적이지 않다. 그는 이러한 짧은 편지를 대하는 일반 문사의 입장과 자신의 입장이 서로 다르다고 말했다. 고문(古文)을 주장하는 사람들은 척독소품을 부정적으로 보았다.

"저 고문사(古文辭)를 한다고 하는 자들은 서(序)와 기(記)를 위주로 하여 글을 쓰되 허황한 글감을 얽고 들뜬 말을 끌어다 쓴다. 그러면서 이러한 글을 손가락질하여 소가(小家)의 묘품(妙品)으로, 볕이 든 창가 정갈한 책상 곁에서 졸음이 몰려올 때 벨 베개쯤으로 여긴다."[18]

그에 반해 연암은 척독소품이야말로 사람의 진실한 정을 표현하기에 적합한 문체라고 주장하며 그 장점을 치켜세웠다.

"부모를 공경함은 예의를 통해 확립된다. 그렇다고 하여 위엄을 갖추어 근엄하게 대하는 것이 부모를 섬기는 올바른 도리는 아니다. 또 소매 긴 도포를 휘휘 저으며, 큰손님을 맞이하듯 안부를 대강 묻고 난 다음 한 마

---

18 박지원, 《영대정잉묵(映帶亭賸墨)》, '자서(自序)'. 《연암집》, "彼一號古文辭, 則但知序記之 爲宗, 架鑿虛誑, 挐挹浮濫. 指斥此等爲小家妙品, 明窓淨几, 睡餘支枕."

디 말도 나누지 않는 것은 어떨까? 부모를 공경한다고 말할 수는 있지만 예를 안다고 말할 수는 없다. 부드러운 낯빛과 밝은 목소리로 격식에 구애받지 않고 부모를 잘 모시는 모습을 어디에서 찾아보겠는가? 따라서 빙그레 웃으시며 '앞에서 한 말은 농담이야.'라고 하신 것은 공자의 멋진 해학이요, 여자가 '닭이 울어요.'라고 하자 남자가 '아직 밤이야.'라고 했다는 것은 《시경》을 쓴 사람의 척독이다."[19]

척독집에 서문을 쓰면서 굳이 부모 봉양을 들고나온 이유가 있다. 부모를 모시는 데 근엄한 자세를 취한다든지, 큰손님을 맞이하듯 예절만 차리는 것은 효도의 격식만을 차리는 것일 뿐 진정 부모를 모시는 방법이 아니라는 것이다. 문학도 그와 마찬가지다. 그렇게 근엄하게 보이는 성인 공자도 제자와 장난기 어린 농담을 주고받은 예가 있는데, 거기에서 공자의 인간미가 생생하게 드러난다. 《시경》의 시 〈정풍〉에서 밤새 사랑을 나눈 남녀가 은밀한 대화를 나누고 있는데 그것이 바로 당시의 척독이라는 것이다. 연암은 문학의 아름다움이 근엄한 격식을 차리는 데 있지 않다고 생각했고, 해학이나 은밀한 대화와 같은 자연스러움과 인간미를 바로 척독에서 찾을 수 있다고 이야기했다.

짧은 편지의 특성상, 척독은 상대와 지식이나 감정을 직접적으로 교환하고, 타인에 대한 관심과 사랑을 농후하게 표현한다. 연암은 젊은 시절, 벼슬에 미련을 버리고 주변 지식인들과 격의 없이 교유하면서 타락한 사회에 대한 분노와 질시의 감정을 즐겨 표현했다. 지인들과의 대화 속에 연

---

19 앞의 글. "夫敬以禮立, 而嚴威儼愨, 非所以事親也. 若復廣張衣袖, 如見大賓, 略叙寒暄, 更無一語. 敬則敬矣, 知禮則未也. 安在其婾色怡聲, 左右無方也. 故曰莞爾而笑, 前言戱耳, 夫子之善謔. 女曰鷄鳴, 士曰昧朝, 詩人之尺牘爾."

암은 그의 인간됨과 관심사, 지식을 골고루 표현했다. 문장으로 장난하기를 즐겨 이문위희(以文爲戱)를 표방한 연암의 창작 특징이 척독에서 더욱 두드러진다. 따라서 척독은 연암이 문학적 재능을 유감없이 발휘한 문체다.

비약이 심하고 강렬한 인상을 주는 삽화를 잘 활용함으로써 독자의 뇌리에 선명한 인상을 심어놓는 연암 산문의 특징은 짧은 편지글에 잘 나타난다. 기지와 해학을 잘 구사하는 연암은 오히려 이렇게 짧은 글을 만나서 그의 문학적 재능을 더욱 잘 발휘했다. 편지글은 구체적인 정황을 바탕으로 사연이 전개된다. 따라서 그 정황을 알아야 제대로 이해할 수 있지만, 연암의 편지를 읽으면 그 정황을 미루어 짐작할 수 있다.

연암의 편지글은《영대정잉묵》외에도 제법 많다. 길이는 척독에 비하여 길다. 하지만 젊은 시절의 편지글과 마찬가지로, 기지와 위트를 잘 살려서 미묘한 인간 심리와 인정물태를 극적으로 잘 묘사했다.

장황하게 학문을 논하고 문안 인사를 늘어놓는 편지글과 비교하면 연암의 척독은 수준 높은 문학 예술로 손색이 없다. 그의 문장은 예술적 깊이가 있을 뿐 아니라 심오한 철학까지 담았고, 그만의 독특한 개성을 유감없이 드러냈다. 허균의 척독소품이 나온 이후 18세기에 이르러 척독 예술은 다른 문체가 흉내 낼 수 없는 격조를 지닌 산문 갈래로 발전했다. 그 과정에서 연암의 척독이 적지 않게 기여했다.

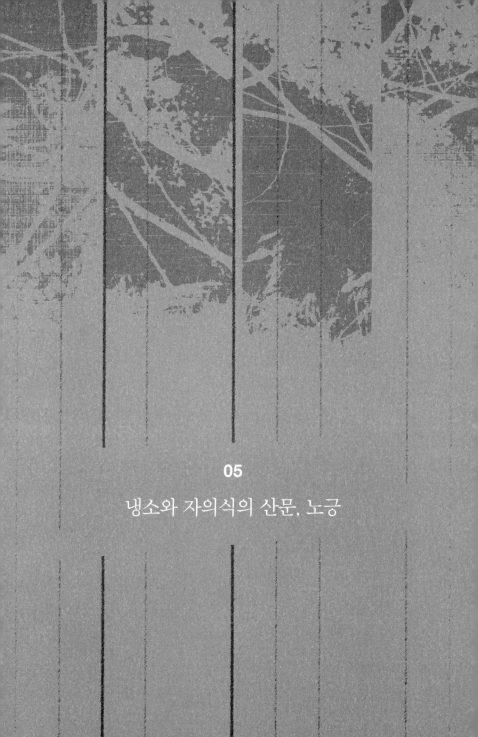

05

냉소와 자의식의 산문, 노긍

노긍

정조 연간에는 기발한 작가가 많이 출현했다. 그중에서도 기이하기 짝이 없는 작가가 바로 노긍(盧兢, 1738~1790)이다. 그는 대중도 잊어버린 작가이자 문학사도 기억하지 못한 작가다. 그가 18세기 후기 문단에서 천재 작가로 명성이 자자한 문인이었음을 떠올리면 망각이 지나치다. 나는 아무도 거들떠보지 않는 그의 문집을 들추어 시와 산문을 읽어보고서 그 이유를 알아냈다. 문집의 겉모습이 볼품없이 초라하다는 것과 그가 관심을 끌 만한 명예나 행적이 없는 진사에 불과했다는 점, 그리고 그가 불온하고 괴기한 소품문을 썼다는 사실이 그 이유다. 특히, 파격적 소품문을 썼다는 사실이 그와 그의 문학을 기피하게끔 한 중요한 요인이었으리라. 그의 문학적 성취를 의도적으로 깎아내리려는 심리가 당시 문단에서 작용한 탓으로 보인다.

노긍은 심익운·이가환과 더불어 천재적인 재능을 발휘한, 18세기 중·후반 문단의 교초(翹楚)였다. 심익운은 귀양 가서 죽고, 이가환은 역적으로 몰려 처형되며, 노긍은 국경지에 유배당한 뒤 불우하게 살다 죽음으로써, 세 사람 모두 불우한 문사의 전형적 사례가 되었다. 그들이 거둔 기괴하면서도 참신한 문학적 성취는 그런 인간적 불행을 배태한 상서롭지 못한 증거라고 사람들은 수군거렸다.

노긍은 청주 사람으로, 자는 여림(如臨), 호는 한원(漢源)·금석(今石)이다. 1777년 1월, 과거 시험장에서 과문(科文)을 팔았다는 죄목으로 평안북도 위원군(渭原郡)에 귀양 가서 6년을 고생했다. 그가 조선 후기를 대표하는 과문의 명수이기는 했지만, 그 죄목은 억울하게 덮어쓴 것이었다. 그와 그의 아버지가 세도가였던 홍봉한(洪鳳漢) 집안의 개인 선생이었던 인연 때문에 그런 죄목을 받았으므로, 세인들은 '남에게 미움을 받은 결과이지 그의 죄가 아니라'며 안타까워했다. 노긍은 천신만고를 겪으며 세상을 향한 울분과 죽음에 대한 유혹으로 번민했다.

몰락을 거듭한 노긍의 집안은 조부 이래로 관계(官界)에 진출하지 못한 채, 문학 실력을 자산으로 삼아 과거 공부를 목표로 하는 학생들을 모아 서당방을 열어 선생 노릇을 했다. 아버지 노명흠(盧明欽)은 야담집 《동패낙송(東稗洛誦)》의 저자였다. 아버지의 처지를 이어받아 홍봉한 집안에 의탁하여 그 집안 자제에게 공부를 가르치는 숙사(塾師)로서 생계를 유지했다. 그는 연암을 비롯한 서울의 문사들과 교유하면서 최신의 문학사조를 흡수했고, 또 신예의 경향을 끌고 나간 작가로 발돋움했다. 과문(科文)으로 이름이 높았던 그는 소품문을 적극적으로 창작한 작가이자 전통적인 문체와는 현격하게 다른 글을 구사한 이단 작가였다.

노긍 문학의 특징은 두 가지로 정리할 수 있다. 우선 매우 기발하고 새로운 문체의 글을 구사했다. 당시 대다수 작가는 말할 것도 없고 소품문 작가라 하더라도 한문 문어(漢文文語)가 아닌 백화문(白話文)을 문장에 구사하기가 쉽지 않았는데, 노긍은 문체의 제약을 과감하게 벗어던지고 신기에 가까운 문체를 실험적으로 썼다. 심지어 백화소설에 나오는 어투나 고사를 그대로 가져다 씀으로써, 점잖은 문장이라면 지켜야 할 최소한의 격식마저도 지키지 않는 파격을 보였다. 다음으로, 몰락한 선비로서 시대와 불화하고 균열을 겪는 자의식을 문학의 전면에 드러냈다. 그럼으로써 벌열이 행세하는 사대부 사회의 주변인으로 겪는 체험과 의식을 서슴없이 폭로했다.

노긍은 소품문을 통해 전통과의 갈등을 그대로 드러냈다. 정범조(丁範祖)는 "그의 시문에는 선배 작가들의 작품을 따르려 하지 않고 독창적 곡조를 만들어 마음껏 역량을 발휘하고자 애쓴 모습이 엿보인다."라고 평가했다. 고문(古文)이라는 시각으로 볼 때 파탄의 글에 속하는 그의 소품문을 통해서, 조선 후기 산문의 자기 분열 현상을 엿볼 수 있다. 조선시대 산문의 테두리를 훌쩍 벗어버린 그의 글은 어떤 작가의 글보다도 참신하고 괴기하다.

노긍의 문장에 대해 헐뜯는 사람도 많았고 인정하는 사람도 많았다. 한마디로, 그는 극단적인 평가의 대상이었다. 그러나 그것도 잠시, 그의 글과 명성은 곧 잊혔다. 이제 그의 글을 보면 그의 불우한 생애에 깊이 동정하게 되고, 문장의 구성과 문자의 구사가 참신하고 빼어나서 우수한 문학작품이라는 평가를 내리지 않을 수 없다.

노긍의 시문은 현재 제대로 전해지지 않는다. 19세기의 저명한 시인인 조수삼(趙秀三)은 그의 시 528편과 산문 215편을 보았다고 기록했으나, 지금은 그가 본 작품집의 종적을 확인하기 어렵다. 1960년대에 노긍의 후손이 전해오던 시문을 모아 《한원유고(漢源遺稿)》 1책으로 묶어낸 영인본이 있다. 나는 《한원영고(漢源零稿)》 1책과 또 다른 필사본 한 권을 가지고 있다.

1
망상
想解

나는 변방 고을에서 죄를 짓고 복역하느라 온갖 어려운 고비를 다 겪으며 심하게 고생했다. 활처럼 몸을 구부려 자는 밤이면 밤마다 온갖 잡념이 이 생각 저 생각으로 번져 얼토당토않은 갖가지 일이 떠올랐다. 잡념은 이런 데까지 번졌다.

'어찌해야 사면을 받아 돌아갈까?'

'돌아간다면 어떻게 고향을 찾아가지?'

'가는 도중에는 무엇으로 견디나?'

'고향에 도착하여 문을 들어설 때는 어떻게 할까?'

'부모님과 죽은 마누라 무덤을 찾아가선 어떻게 하지?'

'친척과 친구 들을 찾아보고 빙 둘러앉아서는 무슨 말, 어떤 표정을 지어야 하지?'

'채소는 어떻게 심으며, 농사는 어떻게 해야 하나?'

잡념은 한층 더 작은 일에까지 이르렀다.

'어린 자식놈들 서캐와 이는 내가 손수 빗질해서 잡고, 곰팡이 피

고 물에 젖은 서책일랑 뜰에서 볕에 말려야지.'

세상 사람들이 응당 해야 할 일체의 일들이 몽땅 가슴으로 빠짐 없이 찾아드는 것이었다. 그렇듯이 몸을 뒤척이다보면 창은 훤히 밝아오고, 일어나면 도무지 실현된 것이라곤 하나 없이 위원군(渭原郡)에서 귀양살이하며 걸식하는 멀쩡한 사내일 뿐이었다. '밤사이에 떠올랐던 생각은 어느 곳으로 돌아갔으며, 대체 나는 누구란 말인가?' 나도 모르는 사이 실소가 터져 나와 이렇게 말하고 말았다.

오늘 밤에도 새벽녘이면 찌그러진 초가집 속에서 다시 몇천 몇만 명의 사람이 다시 몇천 몇만 가지의 잡념을 일으켜 이 세계를 가득 메우겠지. 속으로는 이익을 챙길 생각을 하고 겉으로는 명예를 거머쥘 생각을 하겠지. 귀한 몸이 되어 한 몸에 장군과 재상을 겸직할 생각을 하고, 부자가 되어 재산이 왕공(王公)에 버금가리라는 생각을 하겠지.

그뿐만이 아니야. 첩들로 뒷방을 가득 채울 생각도 할 테고, 아들 손자가 집안에 넘쳐날 생각도 할 것이며, 또 제 힘을 뽐내고 남을 거꾸러뜨리려는 생각도 하고, 남을 밀쳐내 원한을 보복하려는 생각도 하리라. 원래 사람이란 그 누구나 한 가지 생각도 없는 자가 없는 법이잖은가.

하지만 그 사람도 창이 훤하게 밝아오면 실현된 것이라곤 전혀 없다. 가난한 자는 도로 가난한 자로 돌아오고 천한 자는 천한 자로 돌아오며, 이가(李家)는 본래의 이가로 돌아오고 장가(張家)는 도로 본래의 장가로 돌아간다.

전생에 쌓아놓은 근기(根基)를 현세에 받아쓴다고들 한다. 조화옹(造化翁)은 목이 뻣뻣하여 눈곱만큼도 인정을 봐주지 않는다. 인간의 운명을 한 번 결정지어놓은 다음에는 다시금 고쳐서 두 번의 기회를 만들어주는 법이란 결코 없다.

네놈이 아무리 이리 생각하고 저리 궁리하며 요렇게 잔꾀를 부리고 저렇게 수단을 부려서 십 만 팔천 리를 근두운(觔斗雲)을 타고 날아다니는 손오공의 신통한 기량을 발휘한다고 쳐보자. 아무리 날뛰어도 부처님 손아귀를 벗어나지 못하고, 아무리 뚫고 나가도 분수 밖으로는 나가지 못한다. 도리 없이 오늘도 제 본분에 맞는 밥을 씹고, 제 본때에 어울리는 옷가지를 걸친다.

그러다가 염라대왕이 보낸 저승 차사(差使)가 명부를 소지하고 이르면 즉각 길에 올라 한시도 지체할 수 없다. 지금까지의 수천 가지 생각, 수만 가지 상념을 뒤에다 남겨두고, 머리를 수그리고 그 뒤를 따라갈 수밖에 없다.

"제게는 하고많은 숙원이 있지만 생각조차 못했사오니 제발 기한을 늦추어주기 바라옵니다."라는 말을 끝내 입 밖에 내지도 못한 채 말이다.

쯧쯧쯧! 이러한 행로가 정녕 인간이 필경 맞닥뜨릴 종착지다. 인생이 그러함을 인정하고 받아들이는 것, 그것이 미리 짐을 꾸려 할 일을 줄이는 방법이다.

귀양지인 평안북도 위원에서 쓴 작품이다. 과거 시험장에서 글을 팔았
다는 죄로 노긍은 6년 동안이나 극변(極邊)에서 귀양살이를 했다. 귀양지
로 떠날 때 막 부인이 죽어 장사도 치르지 못한 상태였고, 갓난아이까지
포함하여 다섯 아들이 노긍만을 쳐다보는 처지였다. 죄도 없이 억울하게
해야 하는 귀양살이는 감내하기 어려운 고통을 안겨주었고, 그 때문에 술
을 마시고 벌거벗은 채 거리를 헤매고, 길거리에서 죽은 듯이 누워 있기도
하는 광인의 기행(奇行)을 일삼았다. '방외인(方外人)의 광태(狂態)와 기취
(奇趣)'가 극에 이르렀으나, 그런 가운데서도 간혹 빼어난 산문을 써서 세
상을 놀라게 했다. 이 글이 그 하나다.

원제는 〈상해(想解)〉로 '망상에 대한 풀이' 정도의 의미다. 이 글은 새우
잠을 자면서 망상에 빠지는 모습과 그 망상이 아무 쓸모 없으므로 인생에
달관하자는 주장, 이렇게 크게 두 부분으로 나뉜다. 해배(解配)되어 고향에
돌아가는 과정의 묘사가 실감나고, 세상의 모든 궁한 사람이 망상을 꿈꾸
는 모습의 묘사가 매우 핍진하다. 자신의 처지를 묘사한 데서 출발해 다른
인간 군상으로 확대하고, 나아가 인생의 문제를 개괄해낸 이 한 편의 글은
인정세태를 절실하게 묘사한 빼어난 산문이다. 오직 망상으로밖에 풀어볼
길이 없는 절박한 처지의 인간 군상에 대한 연민이 잘 나타나 있다.

2
우렛소리를 듣고 놀라서
驚說

야밤에 우렛소리를 듣고서 벌떡 일어나 곰곰이 생각해보니, 한평생 지은 죄악을 이루 다 헤아리지 못하겠다. 그러다 또 생각이 떠올랐다. 충성하지 않고 효도하지 않고 우애하지 않고 공손하지 않고 간음이나 일삼고 남을 해치기나 하여, 하는 짓거리마다 하늘의 신에게 죄를 얻을 인간들이 그 수를 어찌 헤아릴 수 있으랴? 응당 와르르 쩌렁쩌렁 둥근 쇳덩어리 불덩어리 쏟아져, 그따위 인간들을 그 자리에서 불태워 죽이는 사건이 발생해야 하건만 그런 일이 일어났다는 소문은 끝내 듣지 못했다.

곰곰이 따져보니, 죄 많은 인간들이 지상에 두루 차 있어 가려 뽑아낼 도리가 없는지라, 인간의 운명을 관장하는 신이라 해도 처치할 방도가 없을 것이다. 그저 저들이 하는 대로 내버려둔 채 지은 죄가 가득 차기를 기다렸다 자기가 지은 죄를 자기가 받도록 하는 수밖에 방법이 없을 것 같다.

그런데 내가 호통치고 헐뜯는 말이 하늘의 신을 모독하는 버릇

없는 소행이니, 그 죄가 특히 만 번 죽어 마땅하리라.

이 글은 온 세상이 악한 인간의 소굴로 변했고, 그 누구도 이를 해결하지 못한다는 절망감을 담고 있다. 동시대의 천재 문인 심익운은 세상이 악인으로 가득 찼다는, 비슷한 주제의 글 〈네 가지 이야기(雜說四則)〉를 썼다. 심익운은 모든 세인(世人)이 악하기 때문에 착한 사람 몇을 죽여 세상이 유지되도록 했다고 결론을 맺었다. 반면 노긍은 세상에 가득한 악인을 하늘에 있는 신도 어떻게 해볼 도리가 없다고 했다.

우레가 치는 것을 하늘이 인간에게 경고하는 소리로 듣고 반성한다는 소재는 흔히 발견된다. 노긍은 그 흔한 소재를 가지고 엉뚱한 생각과 말투로 새롭게 글을 전개했다.

이 두 편의 글은 백화투를 산문에 본격적으로 받아들였고, 비속한 표현을 서슴없이 구사하여 패사소품체(稗史小品體)의 면모가 생생하게 나타난다. 조선시대 산문에서 백화투는 아주 제한적으로 사용되었다. 말할 나위도 없이 정식 고문에서는 백화문이 사용되지 않았다. 그러나 노긍은 이 두 편의 글에서 백화문을 거침없이 구사했다. 불평과 냉소가 짙게 풍기는 언사를 숨기지 않았다는 점 역시 큰 특색이다.

3

문장을 쓴 것이 죄다

亡兒勉敬墓誌

노면경(盧勉敬)은 자가 법성(法悍)이다. 그 아비는 문장을 업으로 삼
아 이 세상에서 죄를 얻은 자다. 하지만 면경은 문장을 업으로 삼지
도 않았고, 오로지 부모 형제를 사랑했으므로 뜻을 세움이 구차하
지 않았다.

나이 열아홉에 어미가 죽고 아비가 귀양을 떠나자, 그 아내와 더
불어 번갈아 여러 아우를 업고 안아서 키웠다. 또 세상사를 헤아리
지도 않고서 아비를 돌아오게 하려는 마음 간절하여, 무릇 여섯 해
동안 서울길을 달려서 오간 거리가 거의 수만 리나 되었다. 또 두
종아리에 피를 흘리면서까지 관서 땅 변방으로 아비를 찾아갔다.
또 임금님의 거둥을 막고 아비의 원통함을 호소했다가 도리어 동
해로 귀양을 가 낙산사(洛山寺)에서 해돋이를 구경하게 되었다.

면경이 돌아오자 아비 역시 돌아왔다. 그러나 집은 너무 가난하
고 아비는 병을 잘 앓았다. 밤이고 낮이고 아비를 부둥켜안고 지내
느라 세간에 무슨 다른 일이 있는지 알아차리지 못했다. 그 때문에

병이 누적되어 스물아홉에 전염병을 만나 죽었다. 아우 넷이 모두 울부짖고 통곡하며 까무러칠 지경이었다.

아비가 슬퍼하여 적는다.

선친께서는 효도하고 우애하셨으나 이 아비는 도통 효도하거나 우애하지 못했다. 너는 능히 효도하고 우애했건만 아비의 뻔뻔스런 낯짝으로 귀신이 네게 모질게 구는 것을 보게 되다니! 네 어찌 난영(欒盈)의 신세가 되었더란 말이냐?[1]

---

1 난영의 집안은 중국 춘추시대 진(晉)의 권력을 독점한 권신(權臣) 가문으로 7대 동안 진나라 경상(卿相)을 지냈다. 특히, 할아버지 난서(欒書), 아버지 난염(欒黶), 아들 난영 대에 이르러 극성했다. 기원전 552~기원전 550년에 특별한 죄가 없던 난영이 그 외가와 권력 다툼의 와중에 역적으로 몰려 축출되어 죽임을 당했고 집안이 멸문(滅門)의 화를 당했다. 그 집안의 사적이 《좌전(左傳)》〈양공(襄公)〉 21년과 23년 사이에 나온다. 난영이 몰락하기 전에 순언이, 귀신들이 5년 안에 난서의 자손을 멸망시키라고 명을 내리는 꿈을 꾸었다.

문장을 쓴 것이 죄다

亡兒勉敬墓誌

죽은 맏아들의 묘지명이다. 자식을 위해 쓴 묘지명은 대체로 구구절절한 사연이 많아서 글이 긴 법인데 이 글은 그와는 반대로 지나치게 짧다. 작자의 의도가 투영되어 있다.

"그 아비는 문장을 업으로 삼아 이 세상에서 죄를 얻은 자"라는 첫 대목에, 문학 한다는 아비 때문에 아들이 죽었다는 회한과 냉소를 담았다. 죽은 아들이 부모 형제를 사랑하는 삶 이외에는 살아보지도 못하고, 살아볼 여유조차 갖지 못한 것이 아버지로서 뼈가 저리도록 슬프다.

슬픔의 표현이 일절 없이 냉정하게 글을 썼음에도 눈물을 자아내는 따뜻한 글이다. 피끓는 분노와 슬픔을 토로하는 가운데, 도리어 "낙산사에서 해돋이를 구경하게 되었다."라는 쓸쓸하고 담담한 말을 씀으로써 독자를 어이없게 만드는 기발함을 보였다. "아우 넷이 모두 울부짖고 통곡하며 까무러칠 지경이었다."라는 대목은 독자로 하여금 가슴 저미게 만든다. 가슴 저미는 고통과 슬픔을 역으로 담담하고 쓸쓸하게 표현한 글의 묘미가 일품이다.

4

며느리의 묘지명

子婦高靈申氏墓誌

병오년(1786) 1월, 전염병이 노긍의 집에 침입했다. 맏며느리 신씨
(申氏)가 병에 걸렸을 때는 그 지아비가 먼저 죽은 후라, 신씨는 누
워서 울다가 그마저 사흘 만에 운명하고 말았다. 소식을 듣고 사람
들은 며느리를 열녀(烈女)라고 말했다.

노긍은 시아비로서 감히 뭇 사람이 말하는 대로 말할 수 없는 노
릇이었다. 다만 신씨가 집안사람들에게 늘, "남편이 죽으면 따라 죽
을 것이니 뉘라서 차마 혼자서 살 수 있으랴!"라고 했다는 것으로
보아, 며느리의 죽음이 그런 뜻에서 나온 것이 아닐까 한다.

정유년(1777), 노긍이 아내를 잃고 엎친 데 덮친 격으로 변방으로
귀양을 떠나게 되었다. 그때 신씨가 어린 시동생들을 보살펴 길렀
다. 그 가운데 갓난아이는 어미를 잃고 잘 울어서 늘 등에 업고 서
있어야 했기에 등에서 구더기가 생길 지경이었다. 신씨는 어머니였
지 형수가 아니었다.

밤이 되면 목욕하고 정화수를 손수 떠다놓고 시아버지가 돌아오

기를 신에게 빌었다. 노긍이 돌아온 뒤에는 노쇠하고 병이 많은 처지를 불쌍히 여겨 낯빛에 수심을 띠고 옷이 더러운 것도 개의치 않고 오직 술과 음식 장만하기만을 걱정했다. 밤에도 사랑방에서 기침 소리가 들려오면 바로 문밖으로 달려와 "아버님! 괜찮으세요?"라고 묻고는, 물러나 어린 계집종과 함께 먹을 것을 만들어 올리곤 했다. 그렇게 3년 동안 편한 잠을 이루지 못했다.

노긍이 그를 어여쁘게 여기면서도 "며느리가 의당 할 일을 했을 뿐이야!"라고 말하긴 했으나, 죽고 난 다음에 생각해보니 신씨 같은 사람이 누가 있단 말인가?

효부니 열녀니 하는 말은 노긍이 제 마음대로 쓸 것이 아니다. 하지만 십 년 동안 시아비를 위해 정성과 노력을 다했고, 힘이 다하자 지아비와 함께 죽었다. 소인배들이 하늘과 교감하기도 하므로 노긍이 그래 무슨 말을 하리오.¹

아들 하나를 두었고 겨우 세 살이다.

---

1 왕충(王充)의 《논형(論衡)》〈언독편(言毒篇)〉에 그 내용이 나온다. 재앙을 일으키는 독기를 쏘는 것이 바로 불이고, 그 불은 인간에게는 말이다. 소인들이 재앙을 일으키는 방법이 구설(口舌)로서, 구설의 조짐이 나타나는 것은 인간이 하늘과 교감하고 있기 때문이다. 여기서는 노긍이 무슨 평가를 한다면 또 구설수에 오를 수 있으므로 평가를 하지 않겠다는 뜻으로 한 말이다.

아들을 뒤따라 죽은 맏며느리를 애도한 글이다. 앞에 쓴, 죽은 아들의 묘지명과 비슷하게 아주 간결하고 건조하게 쓴 묘지명이다. 며느리를 잃은 슬픔도 거의 드러내지 않았고, 또 며느리의 덕성을 드러내어 표창하려는 의도도 보이지 않는다. 노긍은 효부니 열부니 하는 세인의 평가는 굳이 하지 못하겠다고 밝히고, 그가 듣고 본 것 한두 가지를 썼다.

하지만 독자의 눈앞에 선연하게 맏며느리의 인성이 드러난다. 평범하기에 오히려 감동적인 여인의 삶이다. 어린 시동생을 업어서 키우느라 등짝에서 구더기가 생길 정도였다는 대목과 시아버지를 문후(問候)한 대목의 서술이 특히 감동적이다. "신씨는 어머니였지 형수가 아니었다."라는 표현으로, 부모를 대신하여 시동생을 건사한 맏며느리에 대한 고마움을 표시했다.

앞서 나온 아들의 묘지명과 함께 이 묘지명도 일반적인 묘지명의 격식을 따르지 않았다. 며느리의 성씨나 친정의 가문, 용모와 덕성 같은 최소한의 이력도 밝히지 않았다. 시아버지로서 본 사실 몇 가지만을 썼다. 그럼에도 신씨의 따뜻한 인성을 효과적으로 드러낸 좋은 작품이다.

5
아내의 묘지명
亡室孺人韓氏墓誌銘

한씨(韓氏)는 진사(進士) 노긍의 아내다. 노긍이 아내가 묻힌 곳에다 묘지(墓誌)를 써서 넣었다.

한씨는 옛날에는 큰 성씨였으나 근세에 와서 가세가 기울었다. 우연히 같은 마을에 살아서 노긍에게 시집을 왔다. 우리 가문에 들어와서는 편안하게 생각했고, 부모님부터 일가친척과 노비들까지 모두 아내의 좋은 표정과 웃는 얼굴을 보며 즐거워했다.

남편과도 이물 없는 사이가 되었고 아들도 여럿을 두었건만, 무엇을 묻기라도 하면 늘 대답이 어렵게 나와 부끄러워하는 기색이었다.

노긍은 술에 탐닉하고 성품이 오만방자하여 길들일 도리가 없었다. 때로는 엉뚱하게 아내한테 화풀이를 해도 따지지 않고 묵묵히 있으면서 저절로 화가 가라앉기를 기다렸다. 화가 가라앉은 뒤에는 또 전혀 모르는 체했다. 그랬기 때문에 노긍은 아내를 편안하게 여겼다.

아내는 열여덟에 자식을 가져 마흔에 죽었다. 아내가 죽은 지 석 달 만에 노긍은 포의(布衣) 주제에 관서 땅 변방으로 귀양을 떠났다. 6년 만에야 돌아왔는데 고생과 재앙이 심하고도 매서웠다. 그렇건만 한씨는 아무것도 듣지를 못했으니 복받은 사람이다. 아들을 둘 만한 사람이로구나. 아들 다섯을 낳았으니 아무개와 아무개다.

다음과 같이 명(銘)을 쓴다.

묻힌 곳이 몸에 딱 맞는 것은 자신을 드러내지 않으려는 심사라. 그 의중을 아는 노긍이 어찌 감히 넘치는 말을 쓰리오.

아내를 애도한 글이다. 자신을 드러내지 않고 묵묵히 바보처럼 희생한 부인의 삶이 주지(主旨)다. 아내의 묘지명에 노긍이 말한 바 '넘치는 말'을 쓰지 않았다. 친정집을 좋은 가문으로 내세우지도 않았고, 부부가 된 것도 우연히 같은 마을에 살았기 때문이라고 했다. 이런 투로 아내와의 인연을 적나라하게 밝힌 글은 만나기 어렵다. 노긍 자신처럼 술꾼에다 성격이 오만방자한 사람의 아내로 산 것과 일찍 죽는 바람에 벼슬도 못한 주제에 귀양 가서 고생한 남편을 보지 못한 것을, 아내의 덕성이요 다복함이라 한 것이 묘미가 있다.

이상 세 편은 가까운 가족을 애도한 묘지문이다. 보통의 묘지문에 견주어 모두 과도하게 짧은 것이 형식적 특징이다. 그 특징은 내용에서 더욱 또렷하게 찾을 수 있다. 묘지문에서 흔히 볼 수 있는 평범하고 상식적인 서술이 없다. 가계와 내력을 포함하여 세상에 귀감이 될 만한 행적을 서술하지 않았다. 세상의 평가가 중요한 것이 아니라, 오직 자기가 접하고 자기가 생각한 사실을 쓰고자 했고, 일화가 모두 눈물겨운 감동을 준다.

6
노비 막돌이의 제문
祭亡奴莫石文

아무 해 아무 달 아무 날에 주인은 글을 지어 죽은 노비 막돌이의 무덤에 고하노라.

안타깝구나! 너는 성이 채씨(蔡氏)로 네 아비는 관동 땅의 양민이었고 네 어미는 내 외가의 여종이었다. 네 아비가 내 말을 끈 지 스무 해 만에 길거리에서 죽어 내가 남원의 만복사(蔓福寺)에 장사를 치렀다. 네 어미는 내 몸을 받들어 기른 지 서른 해 만에 내 집에서 죽어 내가 공수곡(公邃谷) 서산 밑에 장사를 치렀다. 네 형은 나를 위해 수십 년 동안 근면하게 봉사하다가 또 집에서 죽었고, 나는 또 그의 장사를 치렀다. 이제 네가 또 아들도 없이 죽었으니 너희 채씨는 드디어 종자가 없어졌구나!

네가 태어난 지 세 돌 만에 네 아비가 죽었고, 여섯 돌 만에 네 어미가 죽었다. 네 안주인이 너를 거두어 길렀는데, 굶주리고 잘 입지 못한 데다가 병치레를 자주 하여 오래 살지 못할까 염려했다. 네 안주인이 돌아갔을 때 너는 아직 오 척 동자였는데, 고괴(古怪)한 꼴에다 더벅머리를 하고서 깡마른 잔나비처럼 힘든 일도 마다하지 않았다.

내가 또 재앙을 만나 부자(父子)가 흩어지게 되자 너는 만 리 길을 울부짖으며 동해 바닷가로—아들이 간성 땅에 귀양갔다—달려갔다가 또 관서 변방 너머로—아비는 위원 땅에 귀양갔다—달려가는 등, 눈서리를 맞으며 더위와 비를 무릅쓰고 발뒤꿈치가 깨지고 이마가 벗겨져도 후회하는 기색이 없었다.

또 빈한한 집에서 종 노릇하느라 두 눈을 늘 허여멀겋게 뜨고서 하루도 일찍 자거나 늦게 일어나본 적이 없었다. 등짝을 긁적이고 머리를 흔들면서 흥얼흥얼거리며 티없이 즐거워했으니 내 부끄럽기 그지없구나. 네 배를 갈라보면 필시 불덩이같이 붉은 것이 지상 위로 튀어 오를 것이니, 평생토록 주인을 향한 핏빛 정성인 줄 알겠노라.

네가 이제 지하로 들어가면 네 아비, 네 어미와 네 형, 그리고 네 안주인과 작은 주인이 네가 온 것을 보고 깜짝 놀라서 앞 다투어 내 사는 형편을 물을 것이 틀림없다. 근년 이래로 사지가 불편하고 이가 빠지고 머리가 듬성듬성하여 영락없는 늙은이 꼴이라고 너는 고하겠지. 그러면 서로들 얼굴을 쳐다보고 탄식하고 낯빛을 바꾸며 나를 불쌍히 여기리라. 아아!

노비 막돌이의 제문

祭亡奴莫石文

사내종 채막석(蔡莫石)을 위한 제문이다. 막석이지만 실제로는 막돌로 읽었을 것이고, 한자 표기도 막돌(莫乭)이라는 이두식 표기가 더 낫다. 자기 집에서 봉사하다 죽은 종을 위한 제문이 간혹 보이기는 하지만, 보통은 유모를 위한 제문이 많다. 비천한 노비 신분에게는 인간적으로 막역(莫逆)한 정이 없는 한, 제문과 같은 고귀한 글을 바치는 법이 애초에 없다.

그런 종에게 노긍은 비통하기 짝이 없는 제문을 바쳤다. 한편으로는 자신을 위해 일하다 죽은 막돌이의 죽음을 슬퍼하지만, 다른 한편으로는 처량한 자기 신세가 그의 죽음으로 한결 더해졌기 때문이다. 애도의 시선이 막돌의 힘겨운 삶에 주어지지 않은 것은 아니나, 평생토록 주인을 향한 핏빛 정성을 바친 것이 더 실감나게 그려진 이유가 여기에 있다.

"네 배를 갈라보면 필시 불덩이같이 붉은 것이 지상 위로 튀어 오를"것이라고 했는데 섬뜩하면서도 숙연한 느낌을 자아낸다. 지하에서 옛 주인과 상봉하는 장면의 묘사는, 삶의 희망을 잃어버린 작가의 신세 한탄이 막돌이의 죽음으로 촉발되고 있음을 보여주어 깊은 여운을 남긴다.

냉소와 자의식의 산문, 노긍   173

7
뒤뜰에 동생을 묻었더니
禁葬說

노긍이 아우를 잃었는데 가난 때문에 장지(葬地)를 구하지 못하여
집 모퉁이에 구덩이를 파고 넉 자 높이로 무덤을 만들었다. 무덤 남
쪽 가까운 거리에 유씨(柳氏)가 사는 집이 있는데, 가로지른 언덕이
그 사이를 가려주어 어느 쪽에서도 두 집 지붕 끝이 보이지 않았다.
게다가 저쪽 마을은 남향이고 이 무덤은 동향이라서 형국이 다를
뿐 아니라 방향 또한 전혀 달랐다. 그러나 유씨가 무덤의 백 보 이
내에 자기 집이 있다고 주장하며 관아에 소송을 걸었다.

　노긍은 "저쪽 마을에 있는 집에서 이 무덤의 무엇이 보인다고 그
러냐?"고 따졌다. 그러자 관아에서는 "국법에 백 보라는 규정이 있
을 뿐 '서로 보이지 않을 때는 어찌한다'는 조항은 없다."라는 답변
이 돌아왔다. 노긍은 "그렇다면 내가 내 집에다 장지를 썼거늘 그게
저쪽 마을과 무슨 관계가 있느냐?"고 따졌더니, 관아에서는 "국법
에 백 보라는 규정이 있을 뿐 '내 집에 장지를 써도 좋다'는 조항
은 없다. 해당하는 조항이 없을 때는 이치를 따져 문제를 제기하

지 못한다."라고 했다. 결국 노긍은 소송에 져서 무덤을 파헤치고 말았다.

그때 누가 노긍에게 물었다.

"자네가 만난 관리는 국법을 잘 지켜 요동하지 않는 자인가보군."

노긍은 "아닐세."라고 답하고 이렇게 반문했다.

"법을 지켜서 요동하지 않는 자란 왼쪽으로 가지도 않고 오른쪽으로 가지도 않으며, 낮은 데로 가지도 않고 위로 가지도 않는 자를 말하는가?"

"아닐세."

"이것은 바로 자막(子莫)의 중도(中道)라는 것이니,[1] 곱자를 가지고 사방 천하를 공평하게 다스린다는 취지[2]에 어긋나네. 내 이제 시골 마을의 금장법(禁葬法)을 끌어다가 말해봄세. 무릇 큰 마을의 앞

---

1 자막은 중국 노(魯)나라의 현자로 《맹자》 〈진심장구상(盡心章句上)〉에 "자막은 그 중간을 잡았다(子莫執中)."라고 했다. 자막은 양주(楊朱)의 이기설(利己說)과 묵적(墨翟)의 겸애설(兼愛說) 모두를 반대하고 중간적인 입장을 취했다. 그러나 그러한 입장도 변통할 줄 모르면 한쪽에 치우치는 결과를 낳는다고 맹자는 보았다. 노긍이 상대의 태도를 비판적으로 비유한 것이다.

2 곧 혈구지도(絜矩之道)를 말한다. 자기의 처지를 미루어 남의 처지를 헤아리라는 말을 비유하여 말했다. 《대학(大學)》 10장에 다음과 같은 글이 있다. "이른바 천하를 화평하게 하는 것은 나라를 다스리는 것에 달려 있다. 윗사람이 노인을 노인으로 대접하면 백성들 사이에 효도가 흥성할 것이고, 윗사람이 연장자를 연장자로 대접하면 백성들이 연장자를 공경할 것이며, 윗사람이 고아를 긍휼히 여기면 백성들이 배반하지 않을 것이다. 이러한 까닭에 군자는 혈구지도를 지켜야 한다. 위에서 싫어하는 것으로 아랫사람을 부리지 말고, 아래에서 싫어하는 것으로 윗사람을 섬기지 말며, 앞에서 싫어하는 것을 뒷사람의 앞에 놓지 말고, 뒤에서 싫어하는 것을 앞사람이 따르도록 하지 말며, 오른쪽에서 싫어하는 것으로 왼쪽과 사귀지 말고, 왼쪽에서 싫어하는 것으로 오른쪽과 사귀지 마라. 이를 일러 혈구지도라 한다."

산에 어떤 자가 200~300보에서 심지어는 400~500보 밖에 장지를 썼다고 해보세. 그러면 세인들은 반드시 금지하려 할 걸세. 자네의 관아에서도 금지하겠지?"

"아무렴 그들도 금지할 걸세."

"그렇다면 백 보라는 제한 규정은 어디 갔는가? 반드시 백 보의 규정을 지키려 한다면 99보는 마땅히 금해야 하겠지만, 101보 이상은 본래 금해서는 안 되는 걸세. 그런데 어째서 수백 보 밖에 무덤 쓰는 것을 금한단 말인가?"

"무덤이 보이기 때문일세."

"자네 말대로라면 금지하는 근거는 무덤이 보이느냐 여부에 달려 있지, 거리에 있는 게 아니로군. 지금 무덤이 보인다면 백 보를 넘는 거리라 해도 오히려 금하고, 지금 무덤이 보이지 않는다면 백 보가 되지 않는 거리라도 허용해주어야 할 걸세. 똑같이 국법에 조문이 실려 있지 않다면, 어째서 저들에게는 좌우로 움직여주고 이 사람에게는 좌우로 움직여주지 않으며, 저들에게는 오르내리게 하고 이 사람에게는 오르내려주지 않는가?"

노긍은 또 한마디 덧붙였다.

"성인보다 낮은 사람들은 모두 제 주견을 벗어나지 못해서 제 처지에 따라 주견을 먼저 세우지. 무덤이 보이지 않으므로 장사를 지내도 괜찮다고 생각하는 것은 내 주견이고, 보이지 않아도 장사를 지낼 수 없다고 생각하는 것은 벼슬아치의 주견일세. 그래서 서로 의견이 합치될 수 없다네."

그 사람은 더 이상 따지지 못하고 가버렸다.

8
따진들 무엇하랴
後禁葬說

논쟁을 벌였던 사람이 다시 찾아와서 말했다.

"자네가 벼슬아치는 이치로 문제를 제기한다는 말을 꺼냈으니 나도 이치로 제기해보겠네. '군주의 문 앞에서는 말에서 내린다(君門下馬).'라는 법은 경전에도 분명히 있고, 고금에 떳떳한 법일세. 요사이 풍속에 이른바 '말을 피하는 골목'이나 '행랑 뒤'라는 것이 있는데, 그저 담장 하나, 벽 하나, 심지어는 울바자 하나로 큰길과 구분해놓은 것일세. 그래도 높으신 분들은 물렀거라 하면서 가고, 천한 수종꾼들은 채찍을 휘두르며 지나가네. 그들을 그릇되었다고 하거나 금지하는 자는 아무도 없네. 또 누가 이치로 문제를 제기하겠는가?

군주의 문 앞에서 말 타는 것을 금지하는 것은 본래부터 법조문이 있거니와, 보이지 않을 때에는 말 타기를 허락한다는 조문은 어디에도 없다네. 백 보 안에 무덤 쓰는 것을 금지하는 사항은 본래부터 법조문이 있거니와, 보이지 않을 때는 무덤 쓰는 것을 허락한다는 조문은 어디에도 없다네.

이 두 가지 일은 비록 다르기는 하지만 법의 입장에서는 같은 걸세. 그럼에도 불구하고 여전히 말에 앉아가는 것은 어째서인가? 보이지 않으면 그만이기 때문일세. 본래 멀고 가까움을 따질 것 없이 말을 탈 수 있고, 사람을 묻을 수 있다네. 그 사이에서 저절로 이치가 훤하니 굳이 법조문이 있어야 할 필요가 없네.

보이지만 않는다면 군주의 문밖이라도 말을 탈 수 있고, 보이지만 않는다면 촌가의 밖이라고 해서 사람의 묘지를 쓰지 못하겠는가? 군주의 문보다 존귀한 것이 없건만 도리어 촌가의 엄격함보다 못하고, 묏부리보다 눈에 잘 띄는 것이 없건만 오히려 담장과 벽으로 가로막는 것보다 못하다고 주장하니 나는 그 까닭을 모르겠네."

그 말에 노긍은 이렇게 대꾸하고 말았다.

"자네는 참 구변도 좋고 비유도 기막히게 묘하네그려. 하나 깊은 대청에 들어앉아 제 견해가 옳다고 할 것 같으면 장의(張儀)·소진(蘇秦)[3]이라도 주둥아리를 닥쳐야 할 걸세. 자네라면 어쩌겠나?"

노긍의 말에 그 사람은 불쾌한 표정을 짓고 가버렸다.

---

3 중국의 전국시대(戰國時代) 말엽에 활동한 정치가로, 제후에게 합종연횡(合從連橫)의 술책을 조리 있게 설명하여 관철시켰다. 언변이 좋은 인물을 비유한다.

뒤뜰에 동생을 묻었더니
禁葬說
따진들 무엇하랴
後禁葬說

두 편의 글은 서로 간에 논리를 따지는 글이다. 두 편이지만 내용은 서로 연결된 글이다. 그러나 분석 자체보다 몰인정한 세상을 향한 강한 분노가 느껴지도록 쓰였다. 우선 극심한 가난 때문에 아우를 집 뒤뜰에 묻어야 하는 사연 자체가 동정심을 유발한다. 다음에는 그 기막힌 사연을 동정하기는커녕 무덤을 파내라고 관아에 고발한 이웃 사람의 삭막한 인정이 혀를 내두르게 한다. 그다음에는 인정이란 전혀 찾아볼 수 없는, 송사(訟事)를 담당한 관리의 경직된 모습이 절망하게 만든다. 법조문을 경직되게 해석하여 백성을 옴짝달싹 못하게 하는 관리의 모습을 부각시킨다. 노긍의 글은 대부분 자신의 체험에 바탕을 두고 조선 후기 사회의 그럴 법한 한 장면을 잘 재생해냈다. 무덤이 보이느냐 보이지 않느냐 여부와, 백 보 이내냐 이외냐 여부를 놓고 제3자와 벌이는 논쟁이 흥미롭다. 남은 속상해 죽겠는데 옳으니 그르니 따지는 제3자의 존재가 얄밉게 느껴진다.

06

섬세한 감성 치밀한 묘사, 이덕무

이덕무

이덕무(李德懋, 1741~1793)는 조선 정조 연간의 학자이자 시인이며 산문가다. 한성 중부(中部) 관인방(寬仁坊) 대사동(大寺洞, 지금의 종로2가 탑골공원 북쪽)에서 태어나 평생 이곳을 거처로 삼았다. 본관은 전주(全州)이고, 자는 무관(懋官)이다. 영처(嬰處)·청장관(靑莊館)·선귤당(蟬橘堂)·형암(炯菴)·매탕(槑宕)·아정(雅亭) 따위의 호를 번갈아 사용했다. 왕실의 후예이기는 하지만 서얼(庶孽)이기에 벼슬길에 나아가는 데 한계가 있었으나 정조의 특별한 배려로 검서관(檢書官)에 발탁되었다.

이덕무는 유득공·박제가 등과 더불어 그 이전의 시풍과 뚜렷히 구별되는 새로운 시풍을 창출하여 백탑시파(白塔詩派)를 형성했다. 또한 그는 조선 산문사에서도 매우 중요한 위치를 차지하는데, 시인·학자로서 지닌 명성에 가려 산문의 찬란한 세계는 크게 부각되지 못했다.

고문가(古文家)의 입장을 견지한 논자들은 이덕무의 산문을 소품문으로 취급하여 아예 논의 대상에서 제외했다. 조선시대에는 소품문이 산문의 권위적 세계에 한자리를 비집고 들어갈 처지가 못되었다. 그러므로 전형적 소품문인 이덕무의 산문이 감상의 대상이 되거나 미학적 분석의 대상이 되기 어려웠다. 하지만 우리 산문사에서 그의 산문은 결코 도외시할 수 없는 존재다. 그만큼 혁신적이고 아름답다.

이덕무의 산문은 전형적인 소품문이다. 소품을 마뜩잖게 본 정조는 그를 두고 "이덕무·박제가 따위는 그 문체가 완전히 패관소품에서 나왔다. 이들을 내각(內閣)에 두고 있다고 해서 내가 이들의 문장을 좋아한다고 생각하는 모양이다. 이들은 처지가 남과 다르기 때문에 이런 문장으로 자신들의 존재를 드러내고자 했다. 나는 사실 그들을 광대로서 데리고 있다."[1]라고 했다. 여기서 처지가 남다르다는 것은 이들이 서얼 신분임을 염두에 두고 한 말이다. 서얼로서 입신(立身)의 길이 막혀 있어 소품문과 같은, 정통에서 벗어난 글을 써서 자기 존재를 알리려 했다는 지적인데 일리가 있다. 그의 언급에서 주목할 점은 이덕무를 비롯한 박제가 등이 소품문을 적극적으로 창작했다는 사실이다.

이덕무가 소품문을 즐겨 창작한 시기는 20, 30대 젊은 시절이었다. 10대부터 그는 명말청초(明末淸初)의 참신한 문학에 깊이 빠져들었다. 공안파(公安派)와 경릉파(竟陵派)의 글을 비롯하여 이어(李漁) 등의 산문을 폭넓게 흡수했다. 그의 독서 범위는 대단히 넓었으며, 소품문을 창작한 문학 그룹과 작가를 탐독했다. 이덕무는 10대의 습작기를 거쳐 20대에 벌써 자기 고유의 빛깔과 색채를 지닌 독특한 문장을 창작해냈다. 그의 창작열은 대단했고, 문학적 성취는 발군이었다. 20대 초반에 그의 명성은 문단에 가득했다.

소품문을 잘 짓는 작가로서 이덕무의 존재는 문단에 뚜렷하게 부각되었고, 전하는 대부분의 작품은 이렇게 젊은 시절에 창작되었다. 그의 소품문은 영역이 넓어서 주제도, 문체도 다양하다. 《이목구심서(耳目口心書)》, 《선귤당농소(蟬橘堂濃笑)》, 《세정석담(歲精惜譚)》 따위의 청언소품집(淸言小品集)은 맑은 정취를 보여주는 품격 높은 글이고, 〈서해여언(西海旅言)〉과 〈칠십 리 눈길을 걷고(七十里雪記)〉 따위의 유기(遊記)는 여행

---

1 정조, 《일득록》, 《홍재전서》 165권.

의 정취를 잘 살린 빼어난 명작이며, 또 척독은 풍부한 서정과 기지를 담아낸 편지글로 당시에 이름이 높았다. 그리고 〈윤회매십전(輪回梅十箋)〉을 비롯한 〈내게 어울리는 인생의 예찬(適言讚)〉, 〈섭구충 이야기(山海經補)〉 따위의 글은 파격적 희문(戲文)으로서, 기존 문체로 담을 수 없는 관찰과 감성의 세계를 표현해냈다. 그가 개척한 산문 세계는 이후 많은 후배에게 영향을 끼쳐 파생작이 출현했다.

이덕무가 소품문을 창작한 바탕에는 투철한 창작정신이 깔려 있다. 그 정신을 몇 가지로 요약하면 이렇다. 기존의 문학에 얽매이지 말고 자기만의 독특한 세계를 개척하라. 사물을 대상으로 할 때 선입관을 배제하고 치밀하게 관찰하여 글을 써라. 세계의 가상에 빠지지 말고 인정물태의 진실을 드러내도록 하라. 예민하고 감성적인 언어를 구사하라.

이덕무의 이러한 창작정신은 "진실한 기쁨과 진실한 슬픔만이 진실한 시를 만들어낼 뿐이라"는 주장이나, "진짜에 바짝 다가서고 몹시 닮은 것이라 해도 하나같이 제이(第二)의 자리에 머무는 법. 핍진(逼眞)하고 닮았다는 것이 어디서 나왔는지를 다시 한 번 똑똑히 살펴보라! 본연의 바탕을 먼저 볼 수 있어야 가짜에 막힘을 당하지 않는다. 온갖 가지 수많은 물상(物象)은 이 나비의 비유를 법으로 삼을 것이다."에 선명하게 제시되어 있다. '나비의 비유'로 집약되는 그의 창작정신은 '진실의 수립(植眞)'을 향한 그의 치열한 문학정신을 잘 표현했다.

통속문학에 물들지 않고 인간 정신의 순수성을 드러내려는 그의 정신은 산문에서 잘 발휘되었다. 이덕무 소품문은 우리 문학사에서 '제 목소리 내기'의 문제와 '낯설게 하기'라는 문학정신을 실천하여, 우리 자연과 당시의 감성을 살려 새로운 글을 창출했다는 의의를 갖는다. 그의 많은 저술은 《청장관전서(靑莊館全書)》에 정리되어 있다.

1
책벌레의 전기
看書痴傳

목멱산(남산) 아래에 한 바보가 사는데 어눌하여 말을 잘하지 못한다. 성품이 게으르고 서툴러서 시무(時務)를 모르고, 특히나 바둑이나 장기 따위의 잡기를 할 줄 모른다. 남들이 욕을 해도 따지지 않고 칭찬을 해도 우쭐하지 않으며, 오직 책 보는 것을 낙으로 삼아서 추위와 더위, 굶주림과 병에도 전혀 아랑곳하지 않는다. 그는 어린아이 적부터 시작하여 스물한 살이 되도록 하루도 손에서 책을 놓아본 일이 없다.

그의 방은 지극히 협소하다. 하지만 동쪽에도 창이 있고 남쪽에도 창이 있고 서쪽에도 창이 있어, 동쪽에서 떠서 서쪽으로 기우는 해를 쫓아가며 햇볕 아래서 책을 읽는다.

그는 보지 못한 책을 보기라도 하면 좋아서 웃는다. 집안사람들은 그가 웃는 모습을 보고 기이한 책을 얻었다는 것을 알아차린다.

또 두자미(杜子美, 두보杜甫)의 오언율시를 좋아하여 큰 병이 든 것처럼 끙끙대며 읊조리는데, 그러다가 심오한 맛을 터득하여 기쁘기가 한량없으면 일어나서 이리저리 서성댄다.

그가 내뱉는 소리는 갈가마귀가 우는 것과도 같다. 어떤 때에는 조용하게 아무 소리도 없다가 눈을 둥그렇게 뜨고 어딘가를 뚫어지게 보기도 하며, 어떤 때에는 꿈속을 헤매기라도 하듯 혼잣말로 중얼거린다.

사람들은 그를 책만 보는 바보, 간서치(看書痴)라고 손가락질을 한다. 그 역시 그 별명을 기쁜 마음으로 받아들인다. 그의 전기를 짓는 자가 아무도 없기에 붓을 들어서 그의 행적을 기록하여 〈책벌레의 전기(看書痴傳)〉를 짓는다. 그의 이름과 성은 굳이 기록하지 않는다.

간서치(看書痴)는 말주변이 없고, 매사에 서툴며, 세상 물정을 모를 뿐만 아니라, 남들 다 두는 바둑조차 두지 못하는 위인이다. 여기에만 그치지 않는다. 남들이 욕을 해도 화내지 못하고 칭찬을 해도 우쭐하지 못하는 위인이다. 이것이 바로 이덕무의 모습이다. 그가 할 줄 아는 것이라곤 딱 한 가지, 책을 잘 읽는 것이다. 그저 '책만 보는 바보'다. 어떻게 해볼 도리가 없는 이런 위인을 위해 누가 전기를 지어줄 리 없기에 스스로 전기를 지어 자기에게 바친다. 이른바 자서전(自敍傳)이다. 자신의 못난 삶을 폭로하고 조롱하는 자조적인 글이다.

그러나 이 글에는 자조(自嘲)를 넘어서 자부(自負)가 그려진다. 이 글의 묘미 가운데 하나는 억양(抑揚)에 있다. 독자가 처음 읽을 때에는 "세상에 이런 바보가 다 있나!"라고 바보를 볼 때의 우쭐함과 안도감 같은 것을 느끼겠지만, 읽어갈수록 사랑스럽고 한편으로는 그의 집중이 두렵기까지 하다. 그는 이렇게 바보 같은 제 인생의 색채를 아끼고 있다. 남들이 책벌레라고 놀리는 것을 그도 "기쁘게 받아들인다." 그의 성명을 굳이 기록할 필요가 없다. 오직 간서치라는 놀림거리 호(號)가 인해(人海) 속에서 그의 존재를 확인시켜주는 호칭이다.

기왕에도 책에 몰두한 서음(書淫)들이 없었던 건 아니나 이렇게 간소한 글에 자기 특징을 드러낸 글은 드물다. 그는《이목구심서》에서도 자신은 호색한(好色漢)을 비웃지만 거꾸로 호색한도 자신을 책벌레라고 야유할 것이라고, 책벌레 이덕무의 모습을 연민하듯이 조롱했다. 이 글의 문심(文心)을 닮은 글이다.

호색한은 골수가 마르고 살이 빠지다가 임종을 앞둔 날 밤에도 정
욕이 솟구치건만 후회하는 마음은 끝내 들지 않는다. 그가 이룬 것이
라곤 그저 색정의 아귀일 뿐이다. 나는 일찍이 그런 자를 비웃고 연민
하고 두려워하고 경계했다. 그러다 문득 자신을 돌아보니, 불행히도
그런 자에 가까운 면이 있었다. 내가 책을 좋아하는 것이 호색한과 너
무도 비슷하기 때문이다. 요사이 유행하는 풍열(風熱)로 인해 오른쪽
눈까지 가려운데 사람들은 책을 읽은 소치라고 겁을 많이 주었다. 내
가 생각해도 그럴 법하다. 그러나 하루도 책을 차마 벗어나지 못하겠
다. 오라기 같은 실눈을 떠서 검은 글자에 정신을 쏟아, 좀벌레가 신선
이란 글자를 먹어 장생불사하는 방법처럼 책을 읽는다. 저 색에 빠져
죽은 호색한은 응당 나를 야유하리라! 9월 그믐날 오우아거사(吾友我
居士)는 실없이 쓴다.[1]

---

1 "好色者, 髓枯膚削, 至于死之夕, 而慾火上升, 終無悔心, 成就只一色中餓鬼. 余嘗笑之憐之,
   懼之戒之, 忽顧自家, 有不幸而近之者. 余之好書, 太類好色. 近以天行風熱, 右眼亦癢, 人頗
   恐動以書崇, 余稍然之. 然書不忍一日離, 每開眼一線許, 湊集字墨間精華, 用脉望食蠹字法,
   彼殉於色者, 應揶揄我. 九月晦, 吾友我居士戲寫."

2

나를 말한다

自言

사람은 바뀔 수 있을까? 나는 말한다.

"바뀔 수 있는 사람이 있고, 바뀔 수 없는 사람이 있다."

여기에 어떤 사람이 있다 치자. 어린아이 적부터 나가 놀지 않고, 망령된 짓을 하지 않으며, 성실하고 단아했다. 그가 장성하자 사람들은 그에게 "너는 세상과 어울리지 못하니 세상이 너를 용납하지 않을 것이다."라고 유혹했다. 그럴 법한 말이라고 여긴 그가 드디어 입으로는 야비하고 상스러운 말을 내뱉고, 몸으로는 경박한 행동을 자행했다. 그와 같이 사흘을 보내고 난 뒤에 그는 기분이 나빠져 이맛살을 찌푸리며 말했다.

"내 마음을 바꿀 수는 없어. 사흘 전에는 내 마음이 무언가로 충만했는데 사흘 뒤에는 내 마음이 텅 비어버렸어."

그러고는 원래의 모습으로 돌아갔다.

이익과 욕망을 말하면 기가 꺾이지만, 산림(山林)을 말하면 정신이 맑아지고, 문장을 말하면 마음이 즐거워지며, 도학을 말하면 뜻이 차분해진다.

완산(完山, 전주) 이씨(李氏)는 옛것에 뜻을 두어 물정에 어둡다. 산림과 문장, 도학에 관한 말을 듣기 좋아할 뿐, 그 나머지 것들은 들으려는 마음이 없다. 설사 듣는다 해도 마음으로 복종하지 않는다. 제 타고난 바탕을 오로지 지키고자 애쓰는 사람이리라. 이러한 까닭으로 매미와 귤을 좋아한다. 그의 마음이 드러난 말은 고요하고도 담박했다.

나를 말한다

自言

원제는 〈자언(自言)〉으로 '나 자신을 말한다'는 뜻이다. 자신의 본질을 까발려 드러내 보이겠다는 뜻이다. 그렇다면 왜 자신을 말하려 하는가? 세상과의 불협화(不協和)가 너무 심하여 "너는 왜 그렇게 사느냐?"고 묻고 싶기 때문이다. 남들은 변하는 세상에 맞추어 잘도 살건만 왜 자기만은 그렇지 못하는지를 스스로 묻고 답한다. 그는 자신에게 답한다. 남들은 다 변해도 나는 변하지 못하겠고, 그러니 본모습대로 살겠다고. 그 이유는 달리 말할 것이 없다. 그저 본마음을 지키며 사는 것이 마음 편하기 때문이다.

18세기에는 자의식을 강하게 드러내는 문학이 대두했다. 대도시에 인구가 늘면서 고독한 개인의 존재도 부각된다. 화폐가 만능의 힘을 발휘하는 시대에, 그 물결에 동참하지 못하는 자의 자의식이 문제시된다. 이 글에서는 그런 자의식이 묻어난다.

이덕무는 《선귤당농소》에서 다음과 같이 자탄(自歎)한 바 있다. "가난해서 반 꿰미의 돈도 저축하지 못하면서 천하의 가난하고 춥고 병들고 고통받는 자에게 베풀고자 한다. 둔해서 책 한 권 꿰뚫어보지 못하면서 만고(萬古)의 경전과 사서, 총서와 패서(稗書)를 보고자 한다. 오활(迂闊)한 자, 아니면 바보다. 아, 덕무야! 아, 덕무야!" 대중과 구별되는 독특하고 개성 있는 자아를 발견하고 지키려는 의도가 자조적으로 표현되어 있다. 그처럼 오(迂)와 치(痴)의 자기를 폭로하는 것이 이 글의 묘미다.

3
서쪽 문설주에 쓰다
書西廂

종일토록 망령된 말을 하지 말고
종신토록 망령된 생각을 하지 말자!
남들은 대장부라고 안 해도
나는 그를 대장부라고 하리라!

마음에 조바심과 망령됨을 갖지 말자!
오래 지나면 꽃이 피리라.
입에 비루하고 속된 것을 올리지 말자!
오래 지나면 향기가 피어나리라.

이덕무의 나이 18, 19세 때 자기 집 문설주 한쪽에 써놓은 글이다. 일종
의 좌우명이다. 온종일, 한평생 망령된 말이나 생각을 하지 말자고 다짐하
는 따위를 누가 대장부의 목표로 삼겠는가? 하지만 이덕무는 그러한 사람
을 대장부라 부르겠다고 했다. 그는 여기서 한 걸음 더 나아갔다. 망령을
제거할 뿐만 아니라, 마음에 조바심을 내지 말고 입에 비루하고 속된 말을
담지 말자고 했다. 오래 그렇게 실천하다 보면, 마음에서는 꽃이 피고 입
에서는 향기가 피어날 것이라고 했다.

이 짧은 좌우명을 읽으면 단아하고 고고한 이덕무의 심성이 느껴진다.
가장 음미할 부분은 꽃이 피고 향기가 피어난다는 대목이다. 그는 실천의
대가를 벼슬이나 이익의 획득, 도덕적 향상에 두지 않았다. 마음에 꽃이
피고 입에 향기가 난다고 했다. 삶의 꽃과 향기를 위한 목표이기에 아름
답다. 그런 점에서 도덕과 성공을 지향한 일반 좌우명이나 잠언과 다르다.
특히, 논리를 초월한 말이 묘미다. 이 글에, "백양숙이 '꽃이 피고 향기가
피어난다는 말은 부처의 말에 너무 가깝다. 조금 경계하는 마음을 갖는 것
이 어떠한가?'라고 했다(良叔曰, 花發香生, 太近乎佛, 少加警念, 如何)."라는 단
서를 붙였다. 백동수는 아름다운 마음을 느낄 수는 있었지만 다소 비현실
적으로 받아들였던 듯하다. 《이목구심서》에 그의 말을 듣고 서글픈 마음
이 한참 들었다고 고백한 대목이 있다.

4
한가로움
原閒

사통팔달의 큰길 옆에도 한가로움은 있다. 마음이 한가롭기만 하다면 굳이 강호(江湖)를 찾아가고 산림에 은거할 필요가 있으랴?

 내가 사는 집은 저잣거리 바로 옆이다. 해가 뜨면 마을 사람들이 장을 열어 시끌벅적하다, 해가 들어가면 마을의 개들이 떼를 지어 짖어댄다. 그러나 나만은 책을 읽으며 편안하다.

 때때로 문밖을 나가보면, 달리는 자는 땀을 흘리고, 말을 탄 자는 빠르게 지나가며, 수레와 말은 사방팔방에서 부딪치며 뒤섞인다. 그러나 나만은 한 발 한 발 내디디며 천천히 걷는다.

 저들의 소란스러움으로 내 한가로움을 놓치는 일 한 번 없다. 왜 그런가? 내 마음이 한가롭기 때문이다.

 사방 세 치의 마음이 소란스럽지 않은 사람은 드물다. 그들의 마음에는 제각기 영위하는 것이 있다. 장사하는 자는 작은 금전을 놓고 다투고, 벼슬하는 자는 영욕(榮辱)을 다투며, 농사짓는 자는 밭갈이와 호미질하는 것을 다툰다. 바삐 움직이며 날마다 소망하는 것이 있다. 이러한 사람은 아무리 영릉(零陵) 남쪽 소상강(瀟湘江) 사이에 데려다놓는다 해도,[1] 반드시 팔짱을 낀 채 앉아서 눈을 감고 그들이 추구하던 것이나 꿈꾸고 있으리라. 그들에게 한가로움이 무슨 필요가 있으랴?

그렇기에 나는 말한다.

"마음이 한가로우면 몸은 저절로 한가롭다."

---

1 영릉은 중국 호남성(湖南省)의 소강과 상강 사이에 있는 지명으로, 풍경이 아름답기로 이름이 났다.

한가로움

原閒

〈원한(原閒)〉이란 제목은 '한가로움의 근원을 밝혀보겠다'는 뜻으로, 아무 일 없이 한가로운 자신의 삶을 한번 분석해보겠다는 의도다. 오(迂)와 치(痴)의 작자가 이제 다른 쪽으로 자신의 삶을 드러낸다.

이덕무는 서울의 종로 인사동에 살았다. 조선시대에 가장 번화한 곳이 바로 종로 네거리였다. 그는 시끌벅적한 시장 옆에 살면서 바쁘게 살아가는 인간 군상의 삶 가운데서 얻어내는 평화로움을 예찬했다. 그는 그러한 한가로움의 근원을 마음의 여유에서 발견한다. 마음이 소란스러운 사람은 아무리 풍경이 아름다운 곳에 데려다 놓아도 돈 버는 꿈이나 꾸고 권력의 쟁취나 꿈꾼다고 했다.

이 글은 도시에 인구가 급증하고 상업이 발달하면서 인간의 삶도 바빠진 현실을 배경에 깔고 있다. 전에 없이 바빠지고 소란스러운 삶을 경험하면서 여유와 한가로움이 18세기 사람들에게 동경의 대상이 되었다.

5
자(字)를 바꾸며
字懋官說

나 덕무(德懋)는 나이 열여섯에 관(冠)을 쓰고 자(字)를 명숙(明叔)이라 지은 뒤부터 그렇게 불린 지 어느새 12년째다. 그런데 자는 본래 남과 구별하여 서로 혼동을 일으키지 않고, 여러 개가 아닌 한 개만 써야 한다. 자가 같으면 혼동을 일으키고, 혼동을 일으키면 부르기를 꺼리며, 부르기를 꺼리면 여러 개로 파생된다.

그런데 과거의 명사와 현인, 존귀한 정승과 판서, 내가 상대하는 벗들과 신분이 낮은 아전과 백성뿐만 아니라, 열 가구가 사는 우리 마을이나 우리 일족이 모인 자리에도 명숙이란 자를 쓰는 사람이 너무 많다.

언젠가 과거 시험장에 들어갔을 때 "명숙이!" 하고 부르는 자가 있어 불현듯 "날세!" 하고 대답했더니 나를 부른 것이 아니었다. 저 잣거리를 지나갈 적에 "명숙이!" 하고 부르는 자가 있어 돌아보았더니 나를 부른 것이 아니었다. 그래서 어떤 때에는 여러 차례 불러도 일부러 대답하지 않았더니 이번에는 진짜 나를 부르는 소리였다. 대꾸해도 어긋나고 대꾸하지 않아도 어긋나니, '남과 구별하여 서로 혼동을 일으키지 않아야 한다'는 자의 쓰임새가 어디에 있단 말인가?

또 일가친척이나 알고 지내는 사람들이 자기의 부형이나 선조의 자를 기휘(忌諱)하느라고, 나를 부를 때는 반드시 지(之)니 보(甫)니 여(汝)니 중(仲)이니 하는 글자를 넣어 부르되, 명(明) 자를 가지고 앞에도 넣고 뒤에도 넣어 부르기 때문에 내 자가 얼룩덜룩 대여섯 가지나 되는 꼴이다. 그럼에도 불구하고 나를 부르는 자는 주저거리고, 대답하는 나도 어색하기만 하니, '여러 개가 아닌 한 개만 써야 한다'는 자의 쓰임새가 어디에 있는가?

사정이 이러하므로 어떻게 자를 바꾸지 않을 수 있으랴!《서경》에 "덕무는 무관(懋官)이라"고 했으므로 무관이 내 자가 될 수밖에 없다. 이를 곧 족보에도 올리고 도장으로도 새길 것이다. 무릇 내 친족이나 친구 들은 앞으로 나를 무관이라 불러주어야 한다.《서경》에 또 "공무(功懋)는 무상(懋賞)이라"고 했으므로 그것으로 어린 동생의 이름과 자를 삼을 것이다. 무자년 설날에 무관이 쓴다.

자(字)를 바꾸며

字懋官說

이 글은 자설(字說)에 속한다. 그는 28세 되는 새해 첫날, 자를 바꿔 지으며 이 글을 썼다. 어른이 되고 나면 성인의 이름을 함부로 부르기 어려우므로 자(字)를 지어 부른다. 그는 명숙(明叔)이란 자를 지어 사용했다. 그런데 문제가 한둘이 아니었다. 온 세상에 명숙이란 자를 쓰는 사람이 너무 많아, 자를 써야 할지 말아야 할지 기로에 섰다. 그래서 구별하기 위해 '명지(明之)'·'명보(明甫)'·'명여(明汝)'·'명중(明仲)'으로 바꿔 부르기도 하고, 또 명(明) 자를 뒤에다 붙여 부르기도 했다. 이래서야 자를 쓸 가치가 없다고 하여 바꾸기로 마음먹었다. 그래서 남들이 쓰지 않는 희귀한 자를 골라서 무관(懋官)이라 지었다.

사대부들은 이름과 자호(字號)에 큰 의미를 부여하여 자설을 많이 지었다. 특히 사변적 성향을 지닌 송대(宋代)의 고문가(古文家)들에 의하여 본격적으로 지어졌다. 우리나라에서는 고려 후기에 성리학을 수용한 이색(李穡) 같은 작가 이래로 고문가들이 즐겨 지었다. 그들은 대체로 명분과 이념, 봉건적 함의를 담아 자와 호에 중후한 의미를 부여했다. 반면에 이 자설은 다른 각도에서 착안했다. 의미가 아니라 사용의 편의성을 중시하여 기의(記意, signifié)를 앞세우지 않고 기표(記標, signifiant)의 기능을 따라 작명한 것이다. 의미와 명분을 중시한 고문(古文)의 만연에 일종의 안티를 가한 것으로까지 읽을 수 있다.

6
칠십 리 눈길을 걷고
七十里雪記

때는 계미년(1763) 늦겨울 12월 22일이다. 나는 누런 말에 걸터앉아 충주(忠州)로 가기 위해 아침 녘에 이부(利富)고개[1]를 넘었다. 얼어붙은 구름이 하늘을 꽉 메우더니 눈이 펄펄 날리기 시작했다. 가로누워 날리는 눈발은, 마치 베틀 위에 씨줄이 오가는 듯, 어여쁜 눈송이가 귀밑 터럭에 내려앉아 내게 은근한 정을 표하는 듯했다. 앙증맞은 느낌이 들어 머리를 쳐들고 입을 크게 벌려 눈을 받아먹었다.

산속에 난 작은 길들이 가장 먼저 하얗게 바뀌었다. 먼 곳에 있는 소나무는 검은빛을 띠었다. 물이라도 든 양 푸른 소나무는 가까운 곳에 있음을 알겠다.

말라버린 수수깡이 밭 가운데 덩그러니 서 있는데, 눈이 바람을

---

1 남한산성 남쪽에 있는 고개로 이부현(利孚峴)이라 쓰기도 한다.

몰고 스쳐 지나갈 때마다 휘익휘익 휘파람을 분다. 수수깡의 붉은 껍질은 꺾인 채로 거꾸로 매달려 있는데, 그 모양이 초서(草書)를 쓴 듯 자연스럽다.

말라버린 채 뻗은 수풀의 가지에 앉은 암수 까치는 대여섯 마리나 예닐곱 마리쯤 될까. 몹시도 한가로워 보였다. 부리를 가슴에 파묻고는 눈을 반쯤 감은 채 자는 듯 마는 듯한 새도 있고, 가지에 붙어 제 부리를 가는 새도 있고, 목을 에두르고 발톱을 들어 제 눈을 긁는 새도 있고, 다리를 들어 곁에 있는 까치의 날갯죽지 털을 긁는 새도 있다. 어떤 새는 눈이 정수리에 쌓이자 몸을 부르르 떨어 날려 떨어뜨린다. 눈동자를 똑바로 뜨고 한 곳을 주시하다가 날래게 날아가는 모양이 말이 비탈길을 달리듯 빠르다…….

눈이 쌓여 축 처진 가지가 어깨를 친다. 손바닥을 위로 펴서 눈을 받아 씹으니 맑은 향기가 감돈다. 눈에다 침을 뱉자 눈이 파랗게 바뀐다. 팔짱 낀 팔굽에 떨어져 쌓인 눈이 턱까지 닿을 듯하지만 털어버리고 싶지 않다.

따라온 마부는 주름이 잡히지 않은 뺨이 볼그레하고, 왼쪽 구레나룻은 숯검댕이 같은데 오른쪽 구레나룻은 ……과 같다. 눈썹도 마찬가지다.

그 모습을 보고 껄껄껄 웃다가 갓끈이 끊어질 뻔했다. 팔뚝에 쌓인 눈이 말갈기로 쏟아졌다. 나는 또 웃었다. …… 눈이 서쪽으로 날려 그의 오른쪽 눈썹에만 달라붙었다. 구레나룻도 눈썹을 따라 하얗다. 그 사람이 늙어서 하얀 것이 아니다.

다행히도 나는 수염이 없어 눈동자를 굴려서 내 눈썹을 치켜보니 왼쪽에 있는 눈썹이 유독 하얗다. 또 하하하 웃다가 말에서 떨어질 뻔했다. 저쪽에서 오는 사람과 내 쪽에서 가는 사람의 눈썹이 좌우를 바꿔 하얗다.

덤불이 우거진 곳에 쭈그린 암석이 곱사등이가 몸을 구부린 듯 버티고 있다. 정수리는 흰 눈을 이고 있으나 우묵하게 들어간 배는 눈이 쌓이지 않아 살짝 거무스름한 것이 찡그린 꼴이다. 귀신도 아니고 부처도 아닌 모양이 어찌 보면 호랑이를 닮기도 했다. 말이 히히힝 코를 불며 앞으로 가려 들지 않는다. 마부가 냅다 소리를 질러 꾸짖어서야 억지로 걸음을 떼었다.

느긋하게 말이 가는 대로 몸을 맡겼다. 무릇 칠십 리 길을 가는데 두메산골이 아니면 들녘이다. 나무 찍는 소리가 골짜기에 울려 퍼지거늘, 사방을 휘 돌아보아도 나무꾼은 숨어서 보이질 않는다. 하늘과 땅은 맞붙어서 어슴푸레하게 수묵(水墨)을 풀어놓은 듯 드넓게 넘실댄다. 뉘라서 이렇게 짙게 물감을 풀어놓았을까?

넓고 먼 들판이 시야에 들어와, 저문 강의 안개 낀 물가 풍경이 홀연히 산골짜기와 들판 사이에 펼쳐져 저것이 무엇일까 의아한 생각이 들었다. 돛대가 은은하게 안개 너머에서 때때로 출몰하고, 도롱이 입고 삿갓 쓴 노인이 고기를 메고 낚싯대를 끌면서 마을 어귀에 어렴풋이 보인다. 청둥오리가 끼욱끼욱 울면서 떼를 지어 날아와 나무에 모여들고, 저 멀리 햇볕에 말리는 어망(漁網)이 능수버들 숲에서 바람에 흔들거리는 풍경을 분간할 수 있다.

의아함을 견디지 못하여 마부에게 물었지만 마부도 나와 같다. 길 가는 나그네에게 물었더니 나그네는 마부와 같이 빙긋이 웃고는 말을 채찍질하여 이편으로 갔다. 멀리 보였던 풍경이 갑자기 눈 앞에 바짝 다가왔다. 저문 강의 안개 낀 물가 풍경은 다름 아닌 황혼이 어둠으로 변하는 것이요, 돛대가 은은하게 보였던 것은 낡은 초가집이 장마를 겪어서 기둥과 통나무를 드러내놓고 서 있는데 백성이 가난하여 지붕을 이지 못한 모습이다. 도롱이 입고 삿갓 쓴 노인이 고기를 메고 낚싯대를 끌었던 모습은 두메산골에서 나오는 사냥꾼으로, 물고기는 꿩이고 낚싯대는 지팡이였다. 청둥오리는 오리가 아니라 검은 갈가마귀였고, 들에 사는 백성이 짜놓은 울타리가 가로세로 얼기설기하여 어망과 비슷했던 것이다. 빙긋이 웃은 나그네는 내가 잘못 본 것을 비웃은 게로구나!

곤주(昆珠)[2]의 주막집 호롱불 밑에서 쓴다.

---

2 남한산성에서 경안(慶安)을 지나 쌍령(雙嶺)을 넘어 이천으로 가는 길목에 있는 고개 이름이다. 곤주개(昆珠介)라고도 한다.

경쾌한 기분을 만끽하게 하는 감성적인 글이자 묘사가 돋보이는 아름다운 산문이다. 원문에는 군데군데 결자(缺字)가 보인다. 이 글은 이덕무가 23세 때 겨울에 충주로 가는 길에 눈을 만나 목도한 풍경을 기록한 유기(遊記)다. 남한산성에서 광주의 쌍령을 넘어가는 길에서 체험한 것을 묘사했다. 《연보(年譜)》에는 이날 작자가 충주에 가서 중부(仲父)와 계부(季父)를 뵈었다고 했다. 무엇 때문에 갔는지, 가슴에는 무슨 상념을 가지고 누구와 동행했는지, 언제 출발해서 언제 돌아왔는지 등등, 유기에 등장하는 평상적인 내용은 전혀 기록하지 않았다. 다만 칠십 리 길을 가는 동안 폭설을 맞으며 목도한 풍경만이 드러나 있다.

눈이 내리기 시작하는 산골짜기의 고즈넉한 풍경, 내리는 눈송이를 받아먹는 모습, 눈밭에 서 있는 수수깡, 가지에 앉은 대여섯 마리 까치들이 눈을 맞고 있는 갖가지 정경, 팔짱을 낀 팔뚝에 내려 쌓인 눈, 그리고 바람에 날린 눈이 뺨과 눈썹, 구레나룻에 쌓이는 모습, 바위에 눈이 쌓여 범으로 착각하게 만든 정경, 마지막으로 드넓은 평원에서 목도한 풍경의 착각. 대략 열 가지 정도의 일화로 짜여 있다. 특별한 장면이 아니면서도 친근하고 정겨운 느낌을 주지 않는 것이 없다.

각 일화가 독립되어서 문장 전체에 변화를 주고 있다. 특별히 각양의 까치들을 묘사한 대목은 그 섬세한 관찰이 돋보이고, 한쪽 눈썹에만 하얗게 눈이 쌓인 모습을 보면서 웃는 장면은 해학적이면서도 정겹다. 멀리 보이는 풍경을 착각한 마지막 대목은 눈 내린 풍경의 환상을 추체험하게 한다.

7
척독소품 6제(題)

(1) 초정(楚亭)을 질책하여주오與李洛瑞書九書 7

이 못난 사람은 단것에 대해서만은 성성이(오랑우탄)가 술을 좋아하고, 긴팔원숭이가 과일을 좋아하듯이 사족을 못 쓴다오. 그래서 내 동지들은 단것을 보기만 하면 나를 생각하고, 단것만 나타나면 내게 주지요. 그런데 어찌 된 일인지 초정(楚亭, 박제가朴齊家)은 인정머리 없이 세 번이나 단것을 얻고서 나를 생각지도 않았고 주지도 않았소. 그뿐 아니라 다른 사람이 내게 준 단것을 몰래 먹기까지 했소. 친구의 의리란 잘못이 있으면 깨우쳐주는 법이니, 그대가 초정을 단단히 질책하여주기 바라오.

(2) 《맹자》를 팔아 밥을 해먹고與李洛瑞書九書 4

집안에 값나가는 물건이라곤 겨우 《맹자(孟子)》 일곱 권뿐인데 오랜 굶주림을 견디다 못해 이백 전에 팔아 그 돈으로 밥을 지어 꿀꺽꿀꺽 먹었소. 희희낙락 영재(泠齋, 유득공柳得恭)에게 가서 한껏 자랑을 늘어놓았더니 영재도 굶주린 지 오래라, 내 말을 듣자마자 즉각《좌씨전(左氏傳)》을 팔아 쌀을 사고, 남은 돈으로 술을 받아 내가 마시게 했소. 이야말로 맹자(孟子) 씨가 직접 밥을 지어 나를 먹이고, 좌구명(左丘明) 선생이 손수 술을 따라 내게 권한 것이나 다를 바 없지요. 그래서 나는 맹자와 좌구명, 두 분을 천 번이고 만 번이고 찬송했다오.

그렇다오. 우리가 한 해 내내 이 두 종의 책을 읽는다고 해도 굶주림을 한 푼이나 모면할 수 있었겠소? 이제야 알았소. 독서를 해서 부귀를 구한다는 말이 말짱 요행수나 바라는 짓임을. 차라리 책을 팔아서 한바탕 술에 취하고 밥을 배불리 먹는 것이 소박하고 꾸밈이 없는 마음 아니겠소? 쯧쯧쯧! 그대는 어찌 생각하오?

(3) 쌀독은 비었지만與鄭耳玉琇 2

벗의 쌀독이 자주 바닥을 보인다니 나도 모르는 사이 한숨이 나오는군요. 그러나 하늘이 우리 같은 무리를 생겨나게 했을 때 이미 가난할 빈(貧) 한 글자를 점지해주었으니 거기서 도망할 길도 없거니와 원망할 것도 없소.

《설문(說文)》을 빌려주기 바라지만 이런 짓거리야말로 가난뱅이가 살아가는 방법이라오. 시험 삼아《설문》의 글자 모양으로 부자에게 쌀을 꾸는 편지를 써보시오. 쌀을 얻어내기는커녕 큰 욕이나 얻어먹을 게요. 어쩌면 좋단 말이오?

이 아우는 더위가 겁이 나서 보리자루마냥 앉아 있는데, 눈알에만 몇 섬의 졸음을 쌓아두고 있을 뿐, 쟁반에는 물고기 한 마리도 없다오. 괴상한 노릇이지요.

(4) 책을 받아보고與鄭耳玉珗 1

너무도 무료한 시간을 보내고 있을 때 친구가 홀연히 특이한 책을 빌려주었지요. 이야말로 회음후(淮陰侯, 한신韓信)가 낚시터에서 낚싯줄을 드리운 지 정오를 한참 넘기고 있을 때 빨래하던 아주머니가 굶고 있는 왕손(王孫)을 불쌍히 여겨 밥을 준 일과 똑같구려. 어떤 행운이 그보다 낫겠소. 이 아우는 백 가지에 한 가지도 잘하는 것이 없고, 그저 두 눈알만을 갖고 있어 서책만 뚫어져라 보고 있지요. 《준생팔전(遵生八箋)》을 뽑아 보내주면 좋겠소.

(5) 소꿉놀이與徐而中理修

담뱃대 한 자루와 좋은 담배 한 근을 받들어 올립니다. 이 일이 비록 자잘하기는 하지만 정말 재미가 있습니다. 우리가 하는 짓은, 어린아이들이 상수리와 대합 껍데기로 그릇을 삼고, 모래를 모아 쌀로 삼으며, 부서진 사금파리로는 돈을 삼아서 주고받기도 하고 물물교환하기도 하는 소꿉놀이와 너무도 흡사하군요. 그렇지만 거기에는 지극한 즐거움이 있답니다. 노형은 어떻게 생각하시는지요?

(6) 고관에게 전해 주오[1] 與人

제가 근래 들었더니, 아무개 학사(學士)는 풍류와 문채(文彩)가 천고

---

1 이 편지는 문집에는 실려 있지 않고 윤광심(尹光心, 1751~1817)이 편찬한 《병세집(並世集)》에 실려 있다. 수신자를 밝히지 않았는데, 아마도 윤가기 같은 친구에게 보낸 편지로 보인다. 저명한 고관 아무개가 이덕무를 만나고 싶다는 의사를 친구를 통해 전달했다. 친구가 여러 차례 한번 만나보라고 권유하자 이덕무가 거절한다는 분명한 의사와 그 이유를 써서 보냈다.

에 휘황히 빛날 정도로서 하나의 기예를 가진 이라도 더할 나위 없이 아끼어 만나지 못할까 봐 염려한다고 했습니다. 저 같은 모자란 사람에게도 헛된 명성을 잘못 듣고서 크게 칭찬했다 하니 재주 없고 형편없는 제가 어떻게 이런 영예를 얻었을까요? 크게 고무되면서도 부끄럽기도 하여 마음을 추스르기 어렵습니다.

사람과 사람이 만나고 어울리는 것에는 그에 합당한 도리가 있습니다. 제 초라한 집에 귀한 행차가 이른다면 부덕한 제가 감당하기 어려울 뿐만 아니라, 옛날 법도가 아니라서 틀림없이 남들로부터 말을 듣게 되니 양편에 모두 이롭지 않을 것입니다. 이것이 만나서는 안 되는 첫 번째 이유입니다.

저는 친인척 가운데 높은 벼슬한 사람이 하나도 없어 평생토록 담비 꼬리털이나 매미 장식한 갓끈을 본 적이 없고, 대갓집 문에는 발을 들여놓은 적이 없습니다. 지금 으스대고 옷자락 끌고 뻣뻣하게 얼굴을 쳐들고 찾아뵙는 일은 감히 할 수도 없고, 또 차마 할 수도 없습니다. 이것이 만나서는 안 되는 두 번째 이유입니다.

남의 집에서 만나기로 약속하고 상봉하여 교유를 튼다면 서로 왕래했다는 말은 나오지 않아도 대갓집에 옷자락 끌고 찾아가는 것과 뭐가 다르겠습니까? 이것이 만나서는 안 되는 세 번째 이유입니다.

저 해후(邂逅)라는 것은 미리 약속하지 않고 만나는 것을 말합니다. 우연히 만나 자연스럽게 교유를 트는 만남이지만 그와 같은 기막힌 우연은 이루어질 수 없습니다.

이런 몇 가지 장애물에 걸려서 저를 아끼는 그대의 간절한 마음을 저버리기보다는 차라리 왕래도 않고, 딴 곳에 약속도 정하지 않으며, 우연을 바라지도 않는 것이 좋겠습니다. 말똥말똥 서로를 그리워하며 마음에 두고 잊지 않고 영원토록 좋은 마음 갖는 편이 더나을 것입니다.

큰 사귐은 꼭 얼굴을 봐야 하는 것도 아니고, 깊은 우정은 꼭 가깝게 지내야 하는 것이 아닙니다. 황면지(黃勉之)는 오중(吳中)의 포의에 불과하고, 이헌길(李獻吉)은 문장의 대가에다 지위까지 높아서 당세의 귀인으로 거드름을 피울 수 있었습니다. 그래도 천 리 멀리 편지를 보내 결국 마음을 나누는 사이가 되었다 하니 예로부터 드문 성대한 행동이라 하겠습니다.

작자는 많은 편지글을 썼다. 《청장관전서》에는 다섯 권이란 많은 분량
이 편지로 구성되어 있다. 그의 편지는 주제와 문체가 다양한데 그중에서
도 젊은 시절에 쓴 편지가 어떤 문체보다도 아름답다. 기지와 해학, 장난
기가 넘치는 유머러스한 문장에 삶의 정취와 애환이 짙게 풍기는 그의 척
독소품은 예술적 향기가 높다. 그중에서 여섯 편을 뽑았다.

정인(情人) 사이의 치정(稚情)이나 동심을 느끼게 하는 것이 초정에게 보
낸 편지이고, 젊은 학인이 아끼던 책이라도 팔아 굶주림을 모면하려는 곤
궁한 생활상을 고백한 것이 이서구와 정이옥에게 보낸 편지다. 또한 서책
을 빌리고 담배를 선물하는 선비들의 멋스런 유희가 보이는 것이 정이옥
과 서이수에게 보낸 편지다. 마지막으로 고관이 만나자고 청을 넣어도 염
치를 지켜 만나지 않으려는 선비다운 지조와 금도를 보인 편지가 있다.

어떤 편지이든 솔직하게 자신을 드러내고, 은유와 비유가 구사되며, 그
들의 생활과 정서에 깊이 공감하도록 이끈다. 그와 친구들의 생활과 마음
속에 파고든 것 같은 착각마저 들만큼 생활감정을 핍진하게 묘사했다. 그
의 척독소품은 편지가 지닌 산문 예술의 높은 수준을 보여준다.

8

들에서 굶주리는 사람

野餒堂記

야뇌(野餒, 들에서 굶주리는 자)란 누구인가? 내 벗 백영숙(白永叔)의 자호(自號)다. 내가 본 영숙은 기걸(奇傑)하고 준수한 군자이건만 무슨 연고로 더럽고 낮은 자리에 머물기를 자처하는 것인가? 나는 그 이유를 오래전부터 알고 있다.

속티를 벗은 채 무리를 지어 다니지 않는 군자를 보면 사람들은 반드시 "저 사람은 얼굴과 생김새가 고풍스럽고, 옷 입은 품새는 시속을 따르지 않으니 야인(野人)이다. 내뱉는 말은 질박하고 행동은 시속을 따르지 않으니 뇌인(餒人)이다."라며 조롱하고 비웃는다. 그러면서 그와는 친구처럼 어울리지 않는다. 너나 할 것 없이 온 세상이 모두 그렇다.

그러면 야뇌라고 불리는 사람은 쓸쓸하게 홀로 다니며 세상 사람들이 자신을 끼워주지 않는 것을 탄식한다. 그들 가운데에는 후회하여 본모습을 내팽개치는 자도 있고, 괴상한 행동을 하여 제 본바탕을 버리는 자도 있다. 그들은 점차로 각박한 인간으로 변해간다. 이런 자가 어찌 진정한 야뇌겠는가? 야뇌다운 사람을 찾아볼 수 없다.

백영숙은 예스럽고 질박하며 성실한 사람이다. 성실한 사람이어서 세상의 화려함을 사모하거나, 질박한 사람이어서 세상의 속임수를 좇아가는 일을 차마 하지 못하여 뻣뻣하고 굳세게 자립하여 살아간다. 이 세상 밖에 사는 방외인과도 비슷하다. 그러자 세상 사람들이 떼를 지어 그런 그를 비방도 하고 매도도 한다. 그럼에도 불구하고 백영숙은 야인임을 후회하지 않고, 뇌인임을 부끄러워하지 않는다. 그러니 이 사람을 진정한 야뇌라고 할 수 있으리라! 누가 그 실정을 아는가? 내가 잘 안다.

그렇다면 야뇌라고 불리는 자는 세상 사람들이 더럽게 여기고 낮추어보는 대상이지만, 나는 오히려 그대가 야뇌가 될 것을 기대한다. 앞에서 내가 말한, 더럽고 낮은 자리에 머물기를 자처한다는 것은 격한 마음에 내뱉은 말이다.

내가 그의 마음을 이해한다 하여, 백영숙이 지금까지 한 말을 써달라고 하므로 이 글을 써서 그에게 준다. 혹여라도 이 글을 가져다가 말을 간교하게 하고 낯빛을 아름답게 꾸미는 자에게 보인다면, 그들은 반드시 "이 글을 쓴 자는 너보다 더한 야뇌다!" 하면서 비웃고 욕할 것이다. 그렇다고 내가 성을 낼 게 무엇이람!

신사년(1761) 1월 20일에 한서유인(寒棲幽人)은 쓴다.

들에서 굶주리는 사람

野餒堂記

백영숙의 이름은 백동수(白東修)로서 이덕무의 처남이다. 그는 무인으로서 무과에 급제하여 선전관(宣傳官)을 지내고《무예도보통지(武藝圖譜通志)》의 편찬을 주도할 만큼 학식을 겸비한 인물이었다. 많은 기록에 그가 의리 있는 호걸이었다고 전한다.

백동수는 이상한 호를 지어서 썼다. '들에서 굶주리는 사람'이란 자학적 분위기가 풍기는 호다. 그는 태평성대에 여유롭고 화려하게 생을 영위하는 사람들 틈에서 소외된 채 살아가는 지성인임을 자처했다. 그는 야인으로, 뇌인으로 살면서 여세추이(與世推移)하지 않겠다고 했다. 화려함과 거짓으로 가득 찬 세상과 맞서려는 심사다. 사람들이 차츰차츰 맞섬을 피해 세상에 물들어가 진정한 야뇌가 없는 세상에서 이덕무는 백동수야말로 진정한 야뇌라고 생각한다. 마지막으로 "이 글을 쓴 자는 너보다 더한 야뇌다!"라는 말을 덧붙였다. 지식인의 소외와 결벽, 동병상련이 그 주제다.

9

섭구충 이야기

山海經補(東荒) 一

박미중(朴美仲, 박지원朴趾源)은 나와 같은 마을에 산다. 그와는 아침 저녁으로 문아(文雅)한 대화를 주고받으며 지내는데, 간혹 서로 글을 지어 희학하면서 무료한 마음을 기탁하곤 했다. 그런 그가 언젠가 내게 《이목구심서》를 보여달라고 청했다. 편지를 무려 세 번이나 받은 끝에 나는 허락하고야 말았다. 하지만 바로 다음 날 나는 편지를 띄워서 그 책을 돌려달라고 부탁하고 이렇게 말했다.

"저는 귀와 눈은 바늘귀 같고, 입은 지렁이 구멍 같으며, 마음은 겨자씨만 하니 그저 훌륭한 분들의 비웃음이나 자초할 뿐입니다."

그랬더니 박미중이 내 편지의 행간에다 "이 벌레는 이름이 무엇인고? 사물에 해박한 그대가 따져볼지어다!"라고 쓴 것이 아닌가! 나는 또 편지를 띄워 이렇게 대꾸했다,

"한산주(漢山州) 조계종 종본탑(宗本塔) 동쪽에 예로부터 이씨가 살면서 벌레를 한 마리 키웠답니다. 그 벌레는 이름이 섭구(囁思)라 하는데 성질이 양보하기를 잘하고 숨기를 좋아합니다."

그러자 박미중이 장난 삼아 〈산해경보(山海經補)〉라는 글을 지어 나라는 위인을 섭구충(囁思蟲)이란 벌레로 풀이했다. 나는 또 곽경순(郭景純)의 《산해경주(山海經注)》[1]를 흉내 내어 장난 삼아 글을 지어 내 책이 섭구충의 책이라고 해명했다.

그렇다면 섭구란 무슨 말인가? 귀·눈·입·마음[耳目口心]을 일컫는다. 또 섭(囁)은 '감히 말을 함부로 하지 못한다'는 뜻을 가졌고, 구(思)는 구(懼)로 '전전긍긍 조심함'을 뜻한다. 《이목구심서》란 본래부터 이런 취지의 책이다.

어떤 자가 "눈이 두 개에다 입이 하나, 마음이 한 개인 것은 옳다. 그런데 귀가 세 개인 이유는 무엇인가?"라고 물었다. 그 질문에는 귀로 듣는 것이, 눈으로 보고 입으로 말하고 마음으로 생각하는 것보다 낫다고 답하면 될 것이다.

백제의 서울로부터 서북쪽 300리 되는 곳에 탑이 하나 있다. 탑의 동쪽에 벌레가 사는데 그 이름이 섭구다. 그 벌레의 귀와 눈은 바늘귀 같고, 입은 지렁이 구멍 같다. 그 성품이 매우 지혜로운데 양보를 잘하고 숨기를 좋아한다. 팔이 둘이요 다리가 둘이며, 다섯 손가락을 모으면 하늘을 가리킬 수 있다. 그 마음은 겨자씨만 하다. 먹물 먹기를 잘하고, 토끼를 보기만 하면 그 털을 핥아댄다. 그 버릇을 가지고 늘 자기 이름으로 삼았다(또 하나의 이름은 영처嬰處라

---

1 경순은 진(晉)나라의 학자 곽박(郭璞, 276~324)의 자다. 그는 많은 고적에 주석을 달았는데, 그 가운데 《산해경》에 단 주석이 유명하다.

고 한다). 이 벌레가 나타나면 천하가 문명의 세계가 되고, 이 벌레를 먹으면 완악(頑惡)하고 둔하며 은혜를 베풀지 못하는 병을 고칠 수 있으며, 마음과 눈을 밝게 만들어 사람의 지혜와 지식을 더해준다. 미중(美仲)이 장난 삼아 짓는다.

곽경순을 흉내 내어 주를 단다. 내가 살펴보니, 섭구라는 벌레는 몸뚱이는 네모나고 조용하다. 얼굴빛은 하얗지만 헤아릴 수 없이 많은 검은 반점을 갖고 있다. 크기는 주척(周尺)[2]으로 한 자를 넘지 않고 폭은 그 반밖에 되지 않는다. 잘 먹여 길렀더니 책벌레[脉望][3]가 되어 책 상자 가운데 몸을 숨겼다.

옛날에 이씨가 있어 본성이 깊숙한 곳에 숨고 물러나 양보하기를 좋아했다. 자기처럼 몸을 잘 숨기는 벌레를 사랑하여 남몰래 그 벌레를 키워 점차 번식을 시켰다. 보고 듣고 말하고 생각하는 것이 참으로 서로 깊은 관련이 있다.

이제 〈산해경보〉에서 "팔이 둘이요 다리가 둘이며 다섯 손가락에, 먹물을 잘 먹고 토끼털을 핥아대는데 스스로 영처(嬰處)라고도 부른다."라고 한 것은 모두 틀린 말이다. 《산해경》은 백익(伯益)의 저서[4]라고 하지만 황당무계하기 때문에 육경(六經)에 끼이지 않

---

2 자의 하나. 《주례(周禮)》에 규정된 자로서, 한 자가 곱자의 6치 6푼, 즉 23.1센티미터다.

3 좀벌레가 신선(神仙)이란 글자를 세 번 먹으면 맥망(脉望)이란 벌레가 된다고 한다.

4 백익은 하(夏)나라 우(禹)임금 때의 신하로, 우임금을 보좌하여 치수(治水) 사업에 공을 세웠다. 그때 천하를 다니면서 산천과 지리, 초목과 짐승, 풍속 등을 기록했는데, 그것이 《산해경》의 소재가 되었다고 보는 견해가 있다.

는다. 지금 〈산해경보〉를 지은 사람은 아무래도 제(齊) 동쪽에 사는 야인으로 보인다. 섭구충은 내가 일찍이 오유 선생(烏有先生)[5]으로부터 들은 바 있고, 오유 선생은 무하유향(無何有鄕)[6] 사람에게 들었으며, 무하유향 사람은 그것을 태허(太虛)로부터 들었다.

---

5 한(漢)나라 사마상여(司馬相如)의 〈자허부(子虛賦)〉 가운데 나오는 허구의 인명이다. '어디에도 그런 사람이 없다'는 뜻으로, 허구적 인물을 가리킬 때 사용한다.

6 '어디에도 없는 곳'이라는 뜻으로, 현실의 제약을 벗어난 이상향을 가리킨다.

이 글은 희작(戱作)이다. 연암 박지원과 더불어 《이목구심서》를 매개로 하여 장난스럽게 지어본 글이다. 글의 체제는 이덕무의 〈소서(小序)〉－박지원의 〈산해경보〉－이덕무의 〈의곽경순주(擬郭景純注)〉, 3단으로 되어 있다. 이 시기 문인들의 품격 있는 해학과 재치와 상상력을 잘 보여주는 글이다.

《이목구심서》는 청언소품집으로 책의 제목은 '귀로 듣고 눈으로 보고 입으로 말하고 마음으로 생각한 것을 기록했다'는 뜻이다. 이 이(耳)·목(目)·구(口)·심(心)을 합자(合字)하여 섭구(囁䚢)라는 글자를 만들었다. 이 단어는, '말을 조심스럽게 하고, 전전긍긍 두려워하는 사람'이란 뜻이다. 이에 박지원은 장난 삼아 이덕무를 섭구충이란 벌레에 의탁하여 《산해경》 양식으로 글을 꾸며 그의 사람됨을 묘사했다. 그러자 이덕무는 곽박(郭璞)의 《산해경주》 양식으로 글을 써서, 자신이 섭구충이 아니라 자신의 책이 섭구충이라고 변론했다.

이 글은 전체가 모두 가공(架空)의 《산해경》 문체로서, 이덕무의 사람됨을 은연중 드러낸다. 간서치와도 유사한, 특이한 하나의 인간형을 섭구충이라고 명명하여, 조심조심 살면서 책이나 파먹는 존재로 자신을 희화화했다. 이처럼 해학적이고 실험적 문체가 이 시기 소품문의 또 하나의 특징이다.

10

내게 어울리는 인생의 예찬

適言讚幷序

서문

사물은 진짜를 통해 생성되고, 만사는 진짜를 통해 영위된다. 따라서 진짜의 확립을 맨 앞에 두었다. 진짜를 확립한 뒤에 제 운명을 살피지 않으면 적체될 것이다. 따라서 운명의 관찰을 그다음에 두었다. 운명을 관찰한 뒤에 미혹(迷惑)을 병으로 여기지 않으면 방탕에 빠지게 될 것이다. 따라서 미혹의 거부를 그다음에 두었다. 미혹을 거부한 뒤에 남의 훼방으로부터 도피하지 않으면 해코지를 당할 것이다. 따라서 훼방으로부터의 도피를 그다음에 두었다. 훼방으로부터 도피한 뒤에 영혼이 즐겁지 아니하면 몸이 수척하게 될 것이다. 따라서 영혼의 즐거움을 그다음에 두었다. 영혼이 즐거운 뒤에 진부함을 제거하지 않는다면 고루하게 될 것이다. 따라서 진부함의 제거를 그다음에 두었다. 진부함이 제거된 뒤에 벗을 가려서 사귀지 않는다면 방종하게 될 것이다. 따라서 벗의 선택을 그다음에 두었다. 기(氣)가 이 우주에 모여 있기에 사물도 있고 사건도 있어 마치 장난 같은 점이 있다. 따라서 우주의 희롱으로 글을 끝맺었다. 이를 총괄하여 적언(適言)이라 이름했으니 삼소자(三疎子, 윤가기尹可基)를 위한 글이다.

적(適)이란 즐거움이요 편안함이니, '나의 인생을 즐기고 나의 분수를 편안하게 여긴다'는 뜻이다. 또 적언은 '적절하게 말하여 억지를 부리지 않는다'는 뜻이다. 삼소자는 그 태도가 온화하고 순종적이며, 마음가짐이 참으로 작고 내밀하다. 조심스럽게 자기를 지키면서 여유롭게 노닌다. 내가 그를 아름답게 여겨 여덟 개 예찬의 글을 짓는다.

예찬 1. 진짜의 확립

석록(石綠, 녹색 물감)으로 눈동자 새기고, 유금(乳金, 노란색 물감)으로 날개 물들인 나비가

선홍빛 꽃받침을 빨면서 하늘하늘 긴 수염을 말아 올리고 있다.

약삭빠른 날갯짓을 몰래 엿보며 똘똘한 어린애가 오래도록 기다리다가

별안간 쳐 살짝 잡았으나 산 것이 아니라 그림 속의 나비였구나!

진짜에 가깝고 몹시 닮았다 해도 하나같이 제이(第二)의 자리에 머무르는 법.

진짜에 가깝고 몹시 닮은 것이 어디서 나왔는지를 똑똑히 살펴보라!

진짜 물건을 먼저 보아야만 가짜로 인해 속박당하지 않나니

갖가지 수많은 물상(物象)은 이 나비의 비유를 본보기로 삼을 일

이다!

예찬 2. 운명의 관찰

이름은 현부(玄夫)요 자는 조화옹(造化翁)인 분이

크나큰 양성 기관을 도맡아서 하늘을 용광로로 삼았다.

질펀하게 기운을 걸러내고 탁하고 맑은 것을 가려내어

사물마다 운명을 부여했으니 그 오묘한 결과를 순순히 받아들여
야지.

후하다고 은혜랄 것 없으니 박하다고 또 원통해하랴?

운명을 미리 엿보면 조급증에 걸리고, 교묘히 도피하면 흉한 법.

어제 할 일 어제 하고 오늘 할 일 오늘 하며, 봄에는 봄 일 겨울에
는 겨울 일,

이렇게 하고 이렇게 하여 처음처럼 끝을 맺으리라.

예찬 3. 미혹의 거부

인간의 큰 근심은 혼돈이 뚫린 태초부터 발생하여

꾸미고 수식함은 넘쳐나고 진실과 소박함은 사라졌다.

색(色)에 곯고 재물을 탐하며, 눈짓으로 말하고 이마로 꿈쩍이며,

혀를 부드럽게 굴려 달콤한 말 꾸며내고, 뱃속과는 반대의 말로
칼날을 숨긴다.

앞에서는 절을 하고 뒤에서는 비판하며, 벗이라고 끌어다가 면전
에서 망신 주니

빼어난 기상은 허물을 잉태하고 화려한 재능은 횡액을 불러들
인다.

선비가 장사치의 돈 꿰미를 탐내고, 사나이가 아녀자의 수건을 뒤집어쓰고 있다.

어째서 품성의 배양을 잊는 것일까? 복록(福祿)이 사라질까 두려워한다.

예찬 4. 훼방으로부터의 도피

재능이 명성을 부르지 않아도 명성은 반드시 재능을 따르고,

재앙은 재능에 달라붙지 않으나 재능은 반드시 재앙을 초래한다.

재앙을 스스로 길러냈겠는가? 사실은 훼방이 불러들이는 법.

좋은 거문고는 쉽게 상하고 잘 달리는 말이 먼저 들피가 지며,

기이한 책은 좀벌레가 망가뜨리고 아름다운 나무는 딱따구리가 쓰러뜨린다.

빛나는 재주를 자랑하자니 해코지를 재촉하고 귀를 막고 있자니 바보에 가깝다.

바짝 다가가지도 말고 그렇다고 물러서지도 말자. 그러면 복된 세계가 따로 열리겠지.

자연이 준 제 바탕을 지켜서 무고한 시기를 멀리 떠나보내자.

예찬 5. 영혼의 즐거움

물고기는 지혜롭고 새는 신령하며, 바위는 수려하고 나무는 곱다.

내 정신은 저 자연의 경물과 어울려 즐겁고, 정감은 장소를 따라 옮겨간다.

법은 어찌 옛것만을 따르랴? 양식은 속된 것에 이끌리지 않으리라.

오묘하고 빼어난 문심(文心)을 특별히 갖추어 장애와 구속을 시

원스레 벗어나리라.

대지에는 가을 물 흘러가고, 하늘에는 봄 구름 떠 있다.

마음의 지혜와 눈동자는 영롱하기 가이없다.

구태여 술잔을 재촉할 필요 없고 거문고 줄 빠르게 타지 않아도
좋나니

턱을 괴고 낭랑하게 시를 읊조리면 묵은 병조차 어느새 사라질
것을.

예찬 6. 진부함의 제거

표범이 말을 낳고 말이 또 사람을 낳은 일도 있듯이[1]

변화의 계기는 매인 데 없고 계승과 혁신은 늘 새롭게 일어난다.

구속받는 선비는 좁은 문견으로 옛사람이 뱉어놓은 말만을 귀하
게 여기지만

한 단계를 뛰어넘기는커녕 늘 얼마쯤 뒤떨어져 있다.

남의 걸음걸이를 배우다 보면 오히려 절뚝거리게 되고[2] 서시(西
施)를 흉내 내려 이맛살을 찌푸린다.

위대한 작가는 진실을 꿰뚫어보고서 썩은 것과 낡은 것을 씻어
던지니

---

1 《장자》〈지락편(至樂篇)〉에 "표범이 말을 낳고, 말이 사람을 낳으며, 사람은 자연으로 돌아
   간다."라는 내용이 있다.

2 연나라 사람이 조(趙)나라 수도인 한단(邯鄲)에 유학 가서 한단 특유의 걸음걸이를 배웠
   다. 그러다 보니 원래의 걷는 법을 잊어버려 기어서 연나라로 돌아오게 되었다.

말의 외양을 무시하여 천리마를 얻은 구방고(九方皐)[3]처럼

옛것과 지금 것을 저울질하는 그의 눈동자는 크고도 진실하다.

예찬 7. 벗의 선택

옛사람은 보지 못하고 뒤에 올 현인은 만나지 못한다.

멀리 떨어져 어울리지 못하니 속마음을 누구에게 털어놓나?

크나큰 인연으로 같은 세상에 태어난 벗과

화기롭게 얼굴 맞대고서 가슴 활짝 열어 보인다.

안방을 같이 쓰지 않는 아내요 동기가 아닌 형제 사이니[4]

살아서는 괄시하지 않고 죽어서는 뜨거운 눈물 흘린다.

학문은 보태주고 재능은 장려하며, 허물은 질책하고 가난은 구제하건만

기생충 같은 놈들은 뱃속에 시기심 채워 등 뒤에서 헐뜯는다.

예찬 8. 우주의 희롱

내 앞에도 내가 없고 내 뒤에도 내가 없다.

무에서 왔다가 다시 무로 되돌아간다.

---

3 구방고는 춘추시대 사람으로, 말의 우열을 잘 판정했다. 그가 진목공을 위해 좋은 말을 구할 때, 털의 색깔이나 암수 같은 겉모습은 보지 않고 말의 내면을 살펴 천리마를 얻었다고 전한다.

4 원문은 "不室而妻, 匪氣之弟"이다. 친구와의 깊은 우정을 표현하는 말로, 백탑시파 구성원들이 아주 즐겨 썼다. 박제가도 〈밤에 강산 이서구의 집에서 자며(夜宿薑山)〉란 시에서 "형제이지만 동기간은 아니요 / 부부이지만 안방을 같이 쓰지는 않네. / 사람이 하루라도 벗이 없다면 / 왼손이나 오른손을 잃은 것 같네(兄弟也非氣, 夫婦而不室. 人無一日友, 如手左右失)."라고 했다.

많지도 않은 오직 나 혼자이니 얽매일 것도 구속될 것도 없다.
갑자기 젖을 먹던 내가 어느 사이 수염이 자라고,
어느 사이 늙어버리더니, 또 어느 사이 죽음을 맞는다.
큰 바둑판을 앞에 두고 호기롭게 흑백의 돌을 던지는 듯
큰 연희 무대 위에서 헐렁한 옷을 입은 꼭두각시인 듯
조급해하지도 않고 화도 내지 않으며 하늘을 따라서 즐기리라.

내게 어울리는 인생의 예찬

適言讚幷序

《병세집》에 실려 있는 젊은 시절의 글로서《청장관전서》에는 누락되어
실리지 않았다. 삼소자(三疎子)는 절친한 친구인 윤가기(尹可基)의 아호다.
윤가기는 젊은 시절 시인으로 유명했다. 이 글은 윤가기를 위해 지었다.
글은 윤가기에게 주었지만 이덕무 자신의 생각을 담았다.

젊은 시절 이덕무는 다양한 문체를 실험했다. 정서적인 글을 비정서적
형식에 맞추어 쓴 이 글 역시 그중 하나다. 1, 2, 3, 4…… 번호를 매기고 소
제목을 붙여 딱딱한 문서나 식순의 분위기를 풍기지만 사실은 대단히 정
감을 자아내는 글이다. 〈윤회매십전〉도 이러한 양식의 글이다.

이 글은 운(韻)이 있는 4언체(言體)의 정제된 작품으로, 청년 이덕무의
인생관과 처세관, 문학관을 요약적으로 보여준다. 결코 현실에 부화뇌동
하지 않고 가난을 감내하고 여유를 즐기면서 삶을 영위할 것이며, 진부함
을 거부하고 진실에 입각하여 새로운 문학 세계를 개척하겠다는 각오가
담겨 있다. 삶의 목표를 여덟 가지 소주제로 다루고 있는 이 글은 이덕무
의 사람됨과 그 시대 새로운 지식인·문인의 지향점을 특이한 체제와 멋진
운문으로 보여준다.

07

지사의 비애와 결벽의 정서, 이가환

이가환

뛰어난 문사들이 즐비한 18세기 문단에, 시대를 초월하여 섬뜩한 광망(光 芒)을 발하는 문사가 있다. 바로 이용휴와 이가환(李家煥, 1742~1801) 부자 (父子)다. 숱한 세월이 흘렀음에도, 그들의 산문은 강렬한 메시지와 산문 작법을 무기로 우리에게 신선하게 다가온다. 살아 있는 동안 부자는 세 인들의 찬탄과 질시를 받으며 작가로서 명성을 날렸으나, 아들인 이가 환이 역적으로 몰려 죽은 후 문단의 전면에서 자취를 감추었다.

이가환은 자(字)가 정조(廷藻), 호는 금대(錦帶) 또는 정헌(貞軒)이다. 재야에 묻혀 살던 아버지와 달리 그는 정계에 진출했다. 1777년 문과에 급제하여 광주부윤(廣州府尹)·대사성(大司成)·개성유수(開城留守)·형조 판서 등을 역임했다. 출중한 기억력과 재능을 지닌 이가환은 성호 이익 으로부터 내려온 가학(家學)을 이어받아 당대에 짝할 이가 드물다고 할 정도로 학문과 문학에 뛰어났다. 정약용은 그를 몹시 존경하여, 13경(經) 24사(史)부터 제자백가, 온갖 문집, 패관잡서 및 과학기술서, 의약서까 지 포함하여 "문자로 쓰인 모든 학술이 한번 물으면 모조리 술술 쏟아져 나와 막힘이 없었을 뿐 아니라, 각 부분을 전공한 학자처럼 모두 깊이 있게 파악했기 때문에 오히려 질문한 사람이 놀라서 귀신이라고 의아해 할 정도였다."라고 했다. 또 황사영(黃嗣永)은 "문장이 한 나라의 으뜸이 라"고 했고, "문장이 세상을 뒤덮었다."라고 높이 평가했다. 그는 남인 당 파의 지도자로 인정받았으나, 그 때문에 반대파에 의해 신유사옥 때 역 적으로 몰려 죽었다.

이가환이 옥사한 이후, 두 부자의 저작은 간행은커녕 불온한 글로 낙인찍혀 거의 유통되지 않았다. 그들의 뛰어난 산문이 세인들에게 읽히지 않은 주요한 이유 가운데 하나가 이것이다. 폐족(廢族)이 되기는 했으나, 혜환의 외손자 이학규(李學逵)처럼 19세기를 대표할 만한 대시인을 배출했다. 따라서 18세기 후반기의 문학을 거론할 때, 이들 부자의 존재를 무시할 수 없다.

이용휴에 견주어 이가환은 문학에 기울인 공력이 다소 떨어진다. 아무래도 관계(官界)에 진출했기 때문에 문학에만 전념할 수 없었고, 더구나 정치적 갈등의 본류에 있었으므로 이용휴에 견주어 양적·질적인 면에서 부족한 부분이 있다. 그러나 이용휴에 견주어 그렇다는 것이지, 동시대 다른 작가에 견주어볼 때는 매우 우수하다.

이가환의 산문은 대체로 아버지의 자장(磁場)을 크게 벗어나지 않고, 수사나 내용, 주제 면에서 그 특징을 계승했다. 그의 글은 기발한 느낌을 강하게 풍긴다. 그러나 아버지의 아류작을 생산한 작가가 아니라 독특한 그만의 개성을 가졌다. 그의 산문은 지사적(志士的) 비애와 결벽적(潔癖的) 정서를 자아낸다. 수사 면에서는 기벽(奇僻)한 글자와 전고(典故)를 종종 구사하여 난삽하다. 문체는 건조하다. 그러면서도 기발한 착상과 주제의 선명한 부각을 장기로 한다.

이가환은 정조 치세 후반기에 발생한 문체반정의 주 표적이 된 적이 있다. 그를 표적으로 삼은 반대파의 의도는 매우 정치적이었지만, 그의 독특한 문체에도 원인의 일단이 있다. 정치적 문제를 일으킬 만큼 독특한 산문을 썼다는 점은 부정할 수 없다. 명성을 감안할 때 작품 양이 적은 것이 아쉽다. 그의 시문은《금대시문초(錦帶詩文鈔)》에 실려 있다.

1
자연의 빛깔을 닮은 화원
綺園記

자연은 기이한 빛깔을 소유하고, 인간은 그것을 빌려다 쓴다.

자연의 빛깔을 빌려 쓰는 사람 가운데 솜씨가 가장 모자란 자가 바로 비단 짜는 여인이다. 여인은 누에고치 실에서 가늘고 미끈한 것을 고른다. 낮이면 햇볕에 말리고 밤이면 달빛에 말린 뒤, 팔 힘을 뽐내며 북을 던져 날마다 몇 치씩 비단을 짠다. 그다음에는 꼭두서니와 쪽 물감으로 물들이는데, 그 현란한 빛깔이 사람의 눈길을 빼앗는다. 중국의 촉(蜀) 땅 여인네 솜씨가 그중 제일 뛰어나다. 그러나 그 비단을 가져다 옷을 만들면 얼마 지나지 않아 거무튀튀하게 색깔이 바랜다. 만들기는 너무도 힘이 들건만 망가지기는 쉽다. 그래서 실 잣는 여인은 괴롭기만 하다.

자연의 빛깔을 빌려 쓰는 사람 가운데 조금 약은 꾀를 가진 자가 바로 시인(詩人)이다. 봄바람을 불러다 정신을 만든 다음, 밝은 노을로 꾸미고 향수도 뿌리며, 비취새의 깃털과 찰랑거리는 옥구슬로 갖가지 장식을 한다. 그 뒤에는 곱디고운 뱃속에서 시상(詩想)을 찾아내어 부드러운 팔뚝을 휘둘러 시를 쓰되, 감정이 요구하는 대로 매끈하고 멋지게 시를 짓는다. 육조(六朝)시대 시인들의 솜씨가 제일 좋아, 제법 오랜 세월 동안 전해져 명성이 시들지 않을 것만 같다. 그러나 제 심장을 토해서 시를 쓰고 나면, 영락없이 인간들은 시기하고 귀신들은 화를 낸다. 시를 잘 쓰기는 너무도 어렵건만 곤궁한 처지로 전락하기 쉽다. 그래서 시인은 괴롭기만 하다.

그러니 그 누가 기원(綺園)의 주인보다 낫겠는가? 기원의 주인은 몇 이랑의 땅을 개간하여 이름난 화훼(花卉)를 죽 심었다. 붉은색, 녹색, 자줏빛, 비취빛, 옥색, 담황색, 단향목색, 흰색, 얕은 멋, 깊은 멋, 성글게 심은 꽃, 빽빽하게 심은 꽃, 새로운 꽃, 묵은 꽃, 일찍 피는 꽃, 늦게 피는 꽃, 저물 때 피는 꽃, 새벽에 피는 꽃, 갠 날 피는 꽃, 비 올 때 피는 꽃 등등. 온갖 꽃이 찬란하게 어우러져 빛깔을 뽐낸다. 이렇게 진짜 정취(情趣)로 진짜 빛깔을 대하므로 그 무엇과 우열을 다투겠는가?

그렇지만 기원 주인은 화훼의 위치를 안배하고, 심고 접붙이고 물을 뿌리고 물길을 터주며, 흙을 돋우고 가지를 쳐내는 고생을 하지 않을 수 없다. 그러니 기원 주인조차도 멍청하고 완고한 이 늙은이보다는 못하리라. 나는 한 해 내내 목 뻣뻣하게 베개 높이고 누웠다가, 기원 동산에 꽃이 한창 피었다는 소식이 들리면 흔연히 찾아가서는 온종일 마음 편하게 앉아 꽃구경할 것이다!

자연의 빛깔을 닮은 화원

綺園記

　기원(綺園)은 작자의 벗이 만든 화원(花園)이면서 동시에 그 벗의 호다. 동시대에 그 호를 사용한 분이 여럿 있어 누구라고 단정짓기는 어렵다. 그가 화원을 빛낼 글을 지어달라고 부탁했다.

　작자는 매우 독특한 방법으로 기원의 의미를 해석해주었다. 직설적으로 기원의 아름다움을 예찬하지 않고, 특이한 논설로 시작했다. 그는 단도직입적으로 대전제를 내세웠다. 즉, 인간은 광대한 자연의 빛깔을 빌려 사용하는 존재라는 것이다. 자연의 아름다움을 차용하는 사람으로 실 잣는 여인, 시인, 화훼를 가꾸는 원예가를 대표로 꼽았다. 모두 자연의 아름답고 찬란한 빛깔을 잘 살려내는 존재들이다.

　그러나 모두 단점이 있다. 비단은 쉽게 망가지고, 시인은 자신이 곤궁해지기 쉽다. 그중에서 원예가가 가장 낫다. 특히, 화훼를 키우는 이가 천연에 가장 가깝다. 다른 것에는 인위와 인공이 가해지지만 그것은 "진짜 정취(情趣)로 진짜 빛깔을 대하기" 때문이다. 그렇게 원예가의 좋은 점을 말함으로써 기원 주인의 뜻에 부합했다.

　이 글의 정취는 마지막 대목에 있다. 작자처럼 고생하지 않고 아름다운 화원을 즐길 수 있는 행복한 사나이가 기원의 주인보다 낫다고 한 것이 글의 묘미다. 기발한 발상이다. 이 시기에는 이렇게 화원의 경영에 대한 기호가 팽배해 있었고, 이 글은 그러한 취향에 적극적 의미를 부여했다.

2
잠자는 집
睡窓記

허(許) 선생은 몹시 가난하여, 튼튼한 문이 달리고 호젓하게 들어앉을 조용한 집이 없다. 대신 골목에 자그마한 집 한 채를 겨우 갖고 있다. 이 집은 창이 나 있고, 그 창을 열어젖히면 골목이 나오는, 지극히 초라한 집이다.

집은 사방이 한 길쯤 되는 넓이지만, 허 선생은 겨우 칠 척 단신에 불과하므로 방에서 발을 뻗더라도 남는 공간이 있다. 이보다 넓어 비록 천만 칸이 있다 한들 어디에다 쓰랴!

더구나 창 안으로는 먼지가 들어오지 않고 서책이 죽 꽂혀 있어 마음은 즐겁고 기분은 쾌적하다. 창밖에서 무슨 일이 벌어지는지 전혀 모른다. 이 얼마나 상쾌한가!

어떤 분은 이렇게 말한다.

"창밖에서 벌어지는 일은 허 선생이 알 수 있는 것이 아니요, 설사 안다 해도 그가 간여할 일이란 없다. 따라서 잠을 잔다는 핑계를 대고 창 안에 숨어서 '잠자는 창[睡窓]'이라는 이름을 붙였다. 그의

잠을 깨우는 사람으로는 오직 가끔 찾아오는 희황상인(羲皇上人)[1]이
있을 뿐이다."

---

1 진(晉)의 도연명(陶淵明)이 은거하여 한적하게 사는 즐거움을 말할 때, 상상 속의 복희씨
   (伏羲氏) 시대의 인물인 희황상인을 끌어댔다. 후에는 은거하는 즐거움을 비유하는 고사
   로 사용되었다. 여기서는 허 선생과 비슷한 처지의 선비를 가리킨다.

잠자는 집

睡窓記

'잠자는 창[睡窓]'이란 이름의 집에 붙인 기문이다. 이 이름은 집 이름이기도 하고 호이기도 하다. 수창은 허원(許源)의 호다. 작자의 문집에 허원과 주고받은 시 두 편이 전한다. 봄날 서울 주변을 여유롭게 나들이하는 멋을 노래한 시다.

골목길에 붙어 있는 작은 집, 그 속에 웅크리고 앉아 독서하는 가난한 선비의 삶과 정신을 표현했다. 창의 안과 밖은 전혀 다르다. 창밖의 현실에 참여하지 못하므로 창 안에서 잠이나 자겠다는, 뇌락한 선비의 심기를 다독거린 작품이다. 매우 짧고 명징하게 쓴 문장이다.

3
독서하는 곳
讀書處記

세상에 독서하는 사람은 있지만 독서하는 장소란 없다. 독서하고자
한다면 쓰러져가는 초가집이나 부뚜막 위, 부서진 의자나 망가진
담요 위도 모두 책이 쌓여 있는 도서실이다.

반면에 책을 읽고자 하는 마음이 없다면 시원한 누각이나 따뜻
한 저택, 둥근 연못 옆과 네모난 우물가, 찾아오는 이 없어 빗장 닫
아건 집이나 얼음같이 시원한 대자리와 따뜻한 담요 위가 곧잘 바
둑 두고 술잔치 벌이는 장소가 되기 십상이다.

조대구(趙待求) 군이 이러한 사실을 모를 리 없건만 그래도 독서
하는 집을 만든 건 그 아들 길증(吉曾)을 위해서다. 아들을 사랑하
는 부모는 할 수 있는 한 최선을 다하는 법이다.

길증이 부모의 마음을 알고 있다면 비록 무릎이 시리고 눈이 침
침해질 지경이거나 웅얼웅얼 책을 읽어 입술이 바짝 마르더라도
결코 독서를 그쳐서는 안 될 것이다.

만약 책 한 권을 다 마치지도 않고 기지개를 켜고 책을 덮은 다

음, 창문을 열어젖혀 저 멀리 흘러가는 강을 바라보고 구름같이 떠가는 돛배와 모래사장의 새들을 즐긴다면, 나는 더 이상 길중에게 아무런 기대도 걸지 않을 것이다.

독서하는 곳

讀書處記

　조대구란 사람이 경치가 좋은 장소에 아들이 독서할 공부방을 마련해
주었다. 그리고 공부에 도움이 될 글을 써달라고 이가환에게 부탁했다. 이
글은 그 부탁을 받고 써준 것이다.

　독서하는 사람과 독서하는 곳의 설명이 흥미롭다. 독서하려는 마음만
가졌다면 어디라도 독서하는 서재다. 그런 줄 알면서도 조대구는 자식을
위해 독서하는 집을 따로 만들어주었다. 아들을 위해 공부할 수 있는 최상
의 조건을 마련해준 것이다. 이제 남은 건 아들의 몫이다.

　아주 짧지만 공부에 임하는 태도를 명료하게 집어냈다.

4
서울 곳곳은 풍속이 다르다
玉溪淸遊卷序

상말에 "천 리마다 풍습이 다르고, 백 리마다 풍속이 다르다."[1]라는
말이 있거니와, 천 리·백 리마다 다르고 말겠는가? 지척의 거리도
다 다르다.

　현재 도성은 사방 십 리로 뻗어 있는데, 북쪽은 백악(白岳)이요,
남쪽은 목멱산(木覓山, 남산)이며, 중간에는 개천(開川, 청계천)이 있
다. 개천 북쪽에는 운종가(雲從街)가 가로로 뻗어 있고, 길을 끼고
시장이 늘어서 있다. 이 지역에 사는 백성들은 시정인(市井人)으로
이익의 추구에 능란하다. 개천의 남북쪽에는 역관(譯官)과 의원 들
이 거주한다. 높은 벼슬아치가 되는 길이 막혀 있는 그들은 이익을
중시하고 문학을 가벼이 여긴다. 하지만 그들 중에도 대를 이은 명
가가 있어 자중자애할 줄 안다.

1　《한서(漢書)》〈왕길전(王吉傳)〉에 나오는 말이다.

경복궁(景福宮) 남쪽은 육조(六曹) 거리이고 그 서쪽은 빈 땅이다. 따라서 그곳에는 아전들이 많이 살고, 업무에 노련하기는 하지만 질박하고 성실한 자가 적다. 도성의 동남쪽은 땅이 비습하고 평탄하고 넓어서 군인들이 거주한다. 남새밭을 가꾸고 수예(手藝)를 발휘하여 먹고살기 때문에 시골 사람과 비슷하다.

도성의 동북쪽은 성균관 지역으로, 유생들과 친하기 때문에 완악하면서도 의기(義氣)가 있다. 서북쪽에는 내시가 살고 있어 깊은 건물과 꼭 닫힌 문으로 집안을 단속한다. 서남쪽은 삼문(三門)[2]에 가까워서 미천한 백성들이 작은 이익을 영위하기 좋아한다. 사대부들은 곳곳에 섞여 산다.

각 지역 사람들은 제각기 좋아하는 것과 싫어하는 것이 있어 그 기호가 무척이나 다르다. 그들의 차이는 복식과 언어, 행동거지로 구별할 수 있다. 그 가운데 백악 아래 지역이 가장 외지고, 생리(生理)를 영위할 것이 드문 대신 시내와 바위, 숲의 경물이 아름답다. 따라서 이곳에 사는 사람들은 생업에는 별 관심이 없고, 결사를 맺어 동료들과 운을 나누어 시 짓기를 좋아한다. 곧잘 맑고 빼어난 시가 지어져 후세에 전할 만하다. 이 시권은 그중 하나다.

---

2 한양의 사대문 가운데 북문을 뺀 서대문·남대문·동대문을 가리킨다.

서울 곳곳은 풍속이 다르다

玉溪淸遊卷序

18세기에는 여항인들이 집단적으로 문학 활동을 벌여서 적지 않은 시사(詩社)가 만들어졌다. 서울의 도시민들로 구성된 여항인들이 모여 만든 시 모임의 하나가 옥계시사(玉溪詩社)다. 이 시사는 1786년 천수경과 장혼 등의 주도하에 현재의 인왕산 아래 지역인 옥인동 일대에서 결성되었다. 그들이 시집을 엮고 작자에게 서문을 청했다.

작자는 당시 서울이 지역과 신분, 경제력으로 서로 분리되어 구성된 현상을 포착하여, 시사가 그러한 도회지 환경에서 만들어졌음을 밝혔다. 서울이 지역별로 사는 부류와 직업, 기호 등의 차별이 심하지만, 그런 중에 생계거리는 없어도 문학하는 사람들이 모여드는 운치 있는 곳도 있다는 것이 글의 요지다. 정작 시 자체에 관해서는 언급이 없다.

당시 서울의 권역별 문화를 이해하는 데 좋은 글이다. 현재 1791년 유두날 송석원(松石園)에서 시회를 열고 이를 기념하여 엮은 시화첩(詩畫帖)이 남아 있다. 이 글도 그 시화첩에 합철되었을 테지만, 작자가 역적으로 몰려 죽었기에 삭제했을 것이다.

5

시는 신령한 물건이다

率更詩序

시는 신령한 물건이다. 글자가 쌓여 구절을 이루고, 구절이 쌓여 글
월을 이룬다. 글월과 구절이 아니라면 이른바 시란 것은 만들어지
지 않는다. 그러나 그렇게 만들어졌다 해도 시란 특색을 띠는 까닭
은 언제나 글월과 구절을 벗어난 그 너머에 있다. 그런데 그 사실을
작가들은 모르고 독자는 아는 경우가 곧잘 생긴다.

내가 솔경(率更)의 시를 얻어보고 위에서 말한 시각으로 살펴보
았다. 그가 지은 시는 담박하면서도 소박했다. 시맛을 모르는 자는
이런 특색을 가볍게 여기지만 시맛을 아는 자는 깜짝 놀란다. 담박
한 것은 맛이 없고, 질박한 것은 빛깔이 없다. 그러므로 가볍게 여
기는 것이 아주 당연하다. 그의 시는 표돌(趵突)의 샘물[1]처럼 담박

---

1 산동성(山東省) 제남시(濟南市) 서쪽에 있는 샘물로, 《수경주(水經注)》에 등장하는 이름
  있는 샘물이다.

하고, 원객(園客)이 짠 실²처럼 소박하다.

따라서 천하에는 담박한 음식을 만드는 부엌이 없고, 질박한 비단을 만드는 상점이 없다. 자연으로부터 얻은 것이기 때문이다. 그러나 애써 구하거나 지혜를 짜내 찾아내는 물건이 따라잡을 수 있는 것은 아니다.

그대가 그런 자질을 가지고 있다면 다섯 가지 색깔과 다섯 가지 맛이 모두 그 자질로부터 나올 것이다. 《예기(禮記)》에 "단 음식은 다른 맛을 받아들이고, 흰색은 다른 색깔을 받아들인다."라고 했다. 이것은 또 공부하기에 달려 있을 것이다.

---

2 원객은 아름다운 여자로, 남자들이 모두 아내로 삼고 싶어 했지만 끝내 시집가지 않았다. 원객은 10년 동안 늘 오색의 향초를 심고 그 열매를 먹었다. 문득 오색의 나비가 나타나 향초 위에 앉았다. 원객이 베를 깔아주었더니 화려한 누에를 낳았다. 한 여자가 나타나 누에 치는 것을 도와주었다. 향초를 누에에게 먹여서 120개의 고치를 얻었는데 고치가 옹기만 했다. 예닐곱 날은 걸려야 고치 하나에서 실을 짤 수 있었다. 실을 다 잣고 나자 그 여자는 원객과 함께 신선이 되어 떠났다고 《술이기(述異記)》에 전한다.

시는 신령한 물건이다

率更詩序

    이 글은 솔경이란 호를 가진 사람의 시집에 붙인 서문이다. 부친인 이용휴의 시문을 뽑아놓은 다른 책에는 〈연소집서(蓮巢集序)〉라는 제목으로 실려 있다. 작자가 혼동되지만, 문체로 보아 이가환의 작품으로 간주하는 것이 옳다.

    솔경은 규장각 서리를 지내면서 시를 잘 쓴 지덕구(池德龜)의 호다. 앞 글에 소개된 옥계시사의 일원이었다. 지덕구는 연소(蓮巢)와 솔경이란 호를 함께 사용했다. 유득공도 그에게 〈솔경서시고서(率更胥詩藁序)〉란 서문을 써주었다. 모두, 같은 사람의 시집에 붙인 서문이다. 신분은 달랐지만 규장각 각신(閣臣)과 검서관, 서리로서 친숙한 관계였고, 문학에 관심이 깊었기에 서로 서문을 부탁하고 써주었을 것이다.

    지덕구의 시는 소박한 풍미를 가지고 있었던 듯, 작자는 시의 묘미가 수사에 있지 않고 소박미에 있다고 평했다. 시는 글자와 구법(句法)으로 구성되지만, 진정한 시는 글자와 구법 이상의 것에 있다는 주장이 흥미롭다.

    이용휴와 마찬가지로 이가환도 양반 사대부가 아닌 여항인들의 문학 활동을 적극적으로 후원하고 인정했다. 이 글은 그 정황을 잘 보여준다.

6

정주 지방 진사 명단
定州進士題名案序

국가에서는 자오묘유(子午卯酉)가 들어간 해를 식년(式年)[1]으로 삼아 그해에 시부(詩賦)와 삼경의(三經義), 사서의문(四書疑問)[2]을 시험하여 선비 200명을 선발하는데, 뽑힌 이들을 진사(進士)라고 부른다. 이조에서는 그들 가운데 특출난 자를 가려 뽑아 관리에 임용한다.

진사 시험이 끝나 임금님께서 대궐에 임석(臨席)하셔서 합격자를 발표할 때에는 언제나 200명 모두가 대궐 뜰에 들어가 머리를 수그린 채 차례에 따라 호명하는 대로 절하고서 교지(敎旨)를 받는다. 그리고 교지를 가슴에 꼭 껴안고 종종걸음을 쳐서 밖으로 나온다. 모두가 기러기처럼 나란히 걸어서 앞으로 나아갔다가 물고기처럼

---

1 간지(干支)가 자(子)·오(午)·묘(卯)·유(酉)가 되는 해로, 이해에 과거 시험을 치르고 호적을 정리했다.

2 조선시대 과거 시험의 과목이다.

줄지어 뒤로 물러나올 때까지는 서로 아무런 차별이 없다.

그러나 대궐문을 나서면 사정이 다르다. 서울과 서울 부근 고을
에 사는 사람은 대체로 차례대로 관리에 임용되어 현령(縣令)이나
목사(牧使)에 이른다. 그들은 화사한 의복에 힘센 말을 타고 영화와
부를 누리다가 인생을 마친다. 그 반면, 먼 지방에 사는 사람은 바
로 행장을 꾸려 고향으로 돌아간다. 난삼(襴衫) 한 벌을 입고 연건
(軟巾)을 쓰고서³ 집안 어른에게 절하고 조상의 묘에 가서 배알한
다음 친지를 두루 찾아뵙는다. 집안사람들은 즐거워 떠들썩하고,
마을 사람들은 목을 빼고 구경하며 열흘을 보낸다. 그러나 그뿐이
다. 아무리 뛰어난 재능을 가져 출중하다고 해도 하나같이 벼슬 없
이 베옷을 입고 산골짜기에 처박혀 살다 죽는다. 슬픈 일이다.

성상께서 등극하신 지 십 년 되던 해에 나는 정주(定州)의 수령으
로 부임했다. 이 고을에 진사제명안(進士題名案)이란 것이 있어 가
져다 검토해보니 경태(景泰) 경오년(1450)부터 현재까지 이름을 올
린 자가 약간 명이었고, 그 가운데 관리에 임용된 자는 겨우 약간
명이었다. 아! 하늘이 이들을 벼슬자리에 제한하려고 했는가? 그렇
다면 무엇하러 재능을 부여하여 진사의 이름을 얻게 만들었단 말
인가? 국가가 이들의 임용을 막으려 했는가? 법령을 뒤져보았으나
그런 조항은 없다. 게다가 성상께서는 관료를 임용하는 시기가 되
면 언제나 서북 지방의 인재를 거두어 쓰라는 당부를 지극히 간절

---

3 난삼은 생원과나 진사과에 합격했을 때 입던 예복이고, 연건은 소과(小科)에 뽑힌 사람이
   백패(白牌)를 받을 때 쓰는 두건이다.

하게 내리곤 하신다.

따라서 나는 이 책자를 일부러 드러내어 소개함으로써, 하늘은 사사로이 인재를 차별하지 않고, 국가 또한 차별하지 않음을 보이고자 한다. 이를 통해서 관료의 임용을 맡은 사람들이 두려워해야 함을 분명히 알도록 하고 싶다.

이 고을에서 관료에 임용된 자가 약간 명인데, 그들 모두는 백 년 이전에 임용된 자들이요 현재는 전혀 없다. 나는 또 이 사실을 드러내어 소개함으로써, 풍습의 잘못됨이 갈수록 심해지는 조짐을 보여주고자 한다.

현실에 대한 인식의 단면을 엿보게 한다. 진사제명안(進士題名案)이란 한 고을 출신 진사의 명단을 순서대로 기록한 책자다. 작자가 수령으로 재직한 적이 있는, 평안도 정주 출신의 진사 급제자가 모두 그 안에 등재되어 있다. 그 책자를 보고 이가환은 서울로부터 멀리 떨어진 지방의 인재가 얼마나 큰 차별을 받는지 확인한다. 과거에 급제할 때는 똑같은 지위이지만 정작 임용될 때는 서울 지역의 인재만이 자리를 차지할 뿐 지방 사람, 그중에서도 서북 지방 사람은 철저하게 배제되었다. 그 실상을 확인하고 서북 지방 인재에 대한 조선 정부의 차별상을 고발하기 위해 이 글을 썼다. 벌열 집단이 국가의 모든 것을 독점하던 조선 후기에 관료 임용 정책이 얼마나 폐쇄적으로 운영되었는지를 선명하게 폭로한다. 이가환은 이러한 비판적 시각의 소품문을 곧잘 썼다.

7

열녀 임씨의 슬기와 용기

烈女林氏傳

열녀 임씨는 통천(通川) 사람인 이생(李生)의 아내다. 영조 을해년(1755)에 큰 가뭄이 들어서 그 부부가 구걸하러 돌아다니다 고을 부자인 아무개 집에 이르렀다. 그 부자는 그들에게 여러 날 동안 좋은 밥을 대접했다. 그러자 임씨가 남편에게 이렇게 일렀다.

"흉년이 든 해에는 밥 한 그릇에도 낯빛이 달라지거늘 지금 여러 그릇을 축냈음에도 좋은 낯빛을 하고 있어요. 떠나는 것이 어떻겠어요?"

그러나 남편은 아내의 말에 귀를 기울이지 않았다.

하루는 부자가 남편에게 말했다.

"손님이 오랫동안 하는 일 없이 밥을 먹고 있으니 나와 함께 나무를 하러 감이 어떻겠소?"

부자는 남편을 유인하여 산속에 끌고 가서 죽이고는 저물녘에야 돌아왔다. 그러고는 아무것도 모른 체하며 "객은 오셨나요?"라고 물었다. 임씨가 "아직 돌아오지 않았습니다."라고 말하자 부자는 또 놀라면서 찾는 시늉을 했다. 그러나 남편을 찾지 못하자 임씨에게 이렇게 일러두었다.

"바깥양반께선 분명 범에게 죽임을 당하신 것일 게요! 이를 어쩌지요?"

임씨는 그 말을 듣고도 슬퍼하지 않았다. 시간이 흐른 뒤 부자가 임씨에게 말했다.

"아주머니는 젊으니 다른 곳으로 간다 하더라도 정절을 보전할 도리가 전혀 없을 것이오. 내가 막 홀로 되었고, 집안에 노모가 계신데도 봉양할 이가 없으니 내 짝이 됨이 어떠하오?"

임씨가 허락하자 부자가 크게 기뻐하며 합방하기를 요구했다. 그때 임씨가 말했다.

"내 이미 당신께 허락했으나 반드시 날을 가려 주식(酒食)을 갖추고 이웃을 모아야만 그렇게 하겠어요."

부자는 그 말을 듣고 더욱 기뻐했다. 임씨는 부자가 자기를 믿고 있음을 확인하고 은밀히 부자에게 말했다.

"내가 벌써 다 짐작하고 있어요. 죽은 지아비의 시신이나 함께 묻어줍시다. 허락하기를 바라요."

부자는 곧바로 임씨와 더불어 산속에 들어가 시체가 있는 곳을 가리켜주었다. 임씨가 보았더니 남편을 죽여서 큰 바위로 눌러놓았다. 임씨가 "이것 역시 장사를 지낸 것이군요."라고 말하고 함께 돌아왔다.

혼인날이 되자 부자는 사람들을 모아 마음껏 마셨다. 자리가 파하자 임씨가 방에 들어가서 또 술을 권하고는 부자가 만취한 틈을 타 품속의 단도를 뽑아 부자의 배를 찌르고 간과 심장을 꺼내어 씹었다.

다음 날 아침, 부자의 어미가 부자가 오래도록 방에서 나오지 않음을 괴이하게 여겨 문을 두드려 불렀다. 그때 임씨가 벌떡 뛰쳐나오며 노파를 잡고 말했다.

"네 아들이 내 남편을 죽여서 내가 네 아들을 죽였다. 자! 나와 함께 관아에 자수하러 가자."

온 동네에 소동이 벌어지고 나서 모두 관아에 들어갔다. 군수 유정원(柳正源)¹이 검사하여 그 실상을 자세히 파악하고 감영에 보고했다. 관찰사는 다음과 같이 판결했다.

"부자는 사형에 해당하는데 이미 죽었다. 임씨는 지아비의 원수를 갚았으니 죄가 없다. 관아에서 관을 만들어 남편의 시체를 장사 지내줌이 옳다."

그 뒤 임씨는 가위를 들고 스스로 상복을 지었다. 시체가 관에 들어가자 그제야 통곡하며 말했다.

"내가 일찍부터 당신에게 일렀건만 끝내 듣지 않더니 이게 무슨 꼴인가요."

그러고는 칼을 뽑아 자결했다. 군수가 크게 놀라 다시 감영에 보고하니 관찰사는 탄식하고서 다시 부의를 후하게 내려주어 남편과 합장하게 했다.

---

1 유정원(1703~1761)은 자가 순백(淳伯), 호는 삼산(三山), 본관은 전주(全州)다. 그가 통천 군수에 보임된 해는 1754년이다. 문집으로《삼산집(三山集)》4책이 있다.

외사씨(外史氏)[2]는 이렇게 말한다.

"부부는 정이 지극히 가깝다. 아무 까닭도 없이 밥을 잘 대접한 것은 매우 의심스러운 일이다. 사태가 장차 위태로워질 때 지극히 가까운 정을 가지고 매우 의심스러운 사태를 밝혔는데도 끝내 설득하지 못했다. 슬픈 일이다! 슬기와 용기가 저와 같은데도 불행한 때를 만나 끝내 부부가 목숨을 잃고 말았다. 따라서 이를 기록함으로써 그 행적이 사라지지 않도록 한다."

---

2 정식 사관(史官)이 아닌 사람으로 역사를 기술하는 이를 말한다. 보통 전기를 쓰는 작가가 자신을 지칭할 때 쓰는 용어다.

열녀 임씨의 슬기와 용기

烈女林氏傳

영조 을해년은 을해옥사가 일어나 노론 중심의 정국이 형성된 때이자 홍수와 가뭄이 심한 해였다. 이 흉년을 배경으로, 가난한 부부가 구걸하다 남편이 부자에게 살해되고 부인도 죽는 사건이 발생했다. 미모의 임씨를 탐낸 부자가 그녀의 남편을 유인하여 죽인 것으로부터 시작되어 임씨가 기지를 발휘해 남편을 죽인 부자를 잔혹하게 살해하여 복수하고 자신도 자결함으로써 사건이 더 크게 번졌다. 임씨는 부자의 유혹에 자연스럽게 넘어가는 행동을 취해 부자를 안심시킨 뒤 복수를 감행했다. 또 남편의 원수를 죽이고 자신도 따라 죽음으로써 열녀(烈女)의 행동을 취했다.

그러나 임씨가 부자에게 몸을 허락하려 한 행동은 불열(不烈)에 속한다. 그러므로 이 사건 역시 열불열녀설화(烈不烈女說話)에 속한다.

이가환의 문장은 간결하고 담담하다.

08

벽(癖)에 빠진 사람들, 유득공

유득공

유득공(柳得恭, 1748~1807)은 이덕무·박제가·이서구와 함께 정조 연간에 시의 혁신을 주도하며 한 시대를 대표하는 시인으로 군림했다. 그리하여 조선 후기 사가시인(四家詩人)의 한 사람으로 불렸다.

본관은 문화(文化), 자는 혜풍(惠風)이고, 호는 영재(泠齋) 또는 고운거사(古芸居士)다. 관료 활동에 제한을 받을 수밖에 없는 서얼 신분이었지만 규장각 검서관(檢書官)에 기용되어 정조의 문화 정책에 큰 기여를 했다. 그는 역사학자로도 뛰어난 업적을 남겨, 1000여 년 동안 소홀하게 취급된 발해사를 재구한《발해고(渤海考)》를 편찬했을 뿐만 아니라, 한사군(漢四郡)을 역사적·실증적으로 조사했고, 우리나라의 고도(古都)를 소재로《이십일도회고시(二十一都懷古詩)》를 지어 역사와 시를 결합하기도 했다. 한국 한시의 기원을 밝히는《동시맹(東詩萌)》과《삼한시기(三韓詩紀)》같은 저작을 쓴 것도 역사가로서 그의 관심을 보여준다.

유득공이 조선 후기를 대표하는 시인이라는 점에는 누구도 이견이 없지만 산문가로서는 거의 주목하지 않았다. 그러나 백탑시파(白塔詩派)의 구성원으로 평생 같이 활동한 이덕무나 박제가가 그랬듯이, 그 역시 소품문의 특징을 잘 살려서 여러 작품을 창작했다. 물론 작품의 수량이 많지 않아 산문가로서 일가를 이루었다고 평가하기에는 조금 망설여지는 측면도 있다. 현재 전하는《영재집(泠齋集)》이 그의 전작(全作)을 제대로 수록하지 않은 선집이라서 젊은 시기에 지은 다수의 소품문이 누락되었으리라는 점을 예상한다면, 산문가로서의 면모는 현재 확인할 수 있는 것 이상일 것으로 추정한다. 최근 들어 주목을 받은 그의 저작 〈속백호통(續白虎通)〉, 《발합경(鵓鴿經)》, 《동연보(東硯譜)》 등을 비롯하여 남아 있는 작품을 놓고 볼 때 수준 높은 산문가로 평가하기에 부족함이 없다.

유득공의 산문으로 주목할 만한 것은 우선 집안 친지들의 전기다. 그 가운데 한 시대의 이름난 예능인인 해금 명인 유우춘의 예술가적 기질을 잘 살려낸 〈가객 유우춘〉과 재능을 제대로 펼치지 못하고 죽은 숙부 유금의 일생을 기록한 〈숙부 기하 선생의 묘지명〉이 독자로 하여금 그들의 불우함을 연민하게 만들고, 그들의 인간미에 빠져들게 한다. 그 작품들은 천민 출신의 악사와 서얼 지식인이 보여주는 열정적인 삶을 절제된 문장을 구사하여 감동적으로 묘사했다. 인간미를 발견하는 즐거움은 다른 여러 편의 글에서도 맛볼 수 있다.

〈서른두 폭의 꽃 그림(題三十二花帖)〉과 〈백화암 상량문(金谷百花菴上梁文)〉은 모두 꽃 가꾸기에 탐닉한 원예가를 다룬 산문으로, 화훼 취미의 풍속을 전해주는 동시에 예술과 취미에 몰입하는 인생의 즐거움을 묘사함으로써 정취 있는 인생을 지향하는 이 시기 문사들의 취향을 드러낸다.

한편으로, 역사에 대한 예리한 시각을 보여주는 〈발해사를 찾아서(渤海考序)〉를 비롯해, 참신한 시론을 제시한 〈시에는 색깔이 있다(湖山吟稿序)〉, 〈동시맹서(東詩萌序)〉 등 몇 편의 서문도 문장이 좋다. 〈봄이 찾아온 서울을 구경하다(春城遊記)〉나 〈검무부(劍舞賦)〉를 비롯한 각종의 부(賦)는 탁월한 묘사력에 힘입어 아름답고 신선한 산문을 개척했다는 평을 받기에 충분하다.

1
서른두 폭의 꽃 그림
題三十二花帖

초목의 꽃과 공작새의 깃털과 저녁 하늘의 노을과 미인, 이 네 가지가 천하에서 가장 아름다운 색채인데, 그 가운데 꽃이 가장 많은 색깔을 자랑한다.

미인을 그릴 때에는 입술은 붉게, 눈동자는 검게, 두 뺨은 살짝 발그레하게 칠하면 그만이고, 노을을 그릴 때에는 붉은색도 아니고 청록색도 아니게 흐릿하고도 맑게 칠하면 그만이며, 공작새의 깃털을 그릴 때에는 황금빛 바탕에 초록색을 군데군데 찍으면 그만이다. 반면에 꽃을 그릴라치면 도대체 몇 가지 색을 써야 할지 나로서는 알 수가 없다.

김군(金君)이 꽃 그림 서른두 폭을 그렸는데, 전체 화초와 나무 가운데 천 분의 일, 백 분의 일에 불과하다. 그럼에도 불구하고 다섯 가지 색을 몽땅 가져와도 다 표현하지를 못한다. 그러니 공작새의 깃털과 저녁 노을과 미인이 미칠 상대가 아니다.

아! 멋들어진 정자를 한 채 지어놓고, 그곳에 미인을 데려다 놓은 다음, 병에는 공작새 깃털을 꽂고 정원에는 꽃을 심고, 난간에 기대어 석양의 노을을 바라볼 수만 있다면……. 천하에 그렇게 할 수 있는 자가 몇이나 될까?

그러나 미인은 늙기 쉽고 오래된 깃털은 시들기 쉬우며 생생한 꽃은 떨어지기 쉽고 지는 노을은 사라지기 쉬운 법이다. 차라리 나는 김군에게 이 화첩(花帖)을 빌려서 근심을 잊으련다.

　서른두 종의 꽃을 그린 화첩에 부친 제사(題辭)다. 이 제사를 받은 김군
은 다름 아닌 박제가의 〈꽃에 미친 김군(百花譜序)〉의 주인공인 김덕형(金
德亨)이다. 꽃에 미쳐 꽃을 가꾸고 관찰하여 그것을 그림으로 그린 다음 자
신을 이해해줄 만한 박제가와 유득공에게 글을 구한 결과 이러한 글을 얻
었다. 김덕형은 규장각 서리였기에 규장각 검서관인 이덕무·유득공 등과
업무상 가까웠을 테고, 그 친분으로 그림과 시문을 주고받았을 것이다.

　글의 목적은 꽃을 그린 화첩을 찬미하는 것이다. 그러기 위해 공작새의
깃털, 저녁 노을, 미인을 꽃의 아름다움을 부각시키는 비교거리로 내세웠
다. 아주 그럴듯한 비교다.

　유득공은 물감으로는 자연의 무궁한 색채를 그릴 수 없다고 했다. 유한
한 인생에서 아름다운 꽃을 그린 화첩만이 쉽게 사라지는 아름다움을 영원
히 머무르게 하는 수단이라고 했다. 화첩의 예찬으로 적절하다고 하겠다.

　이 글의 유득공 친필이 백두용이 편찬한 필첩 《명가필보(名家筆譜)》에
실려 있다. 글의 끝에 "을사년(1785) 계춘(季春)에 냉재(冷齋)가 쓴다."라고
밝혔다. 친필본에서는 김덕형의 그림이 32폭이 아니라 21폭이라고 했다.

2

백화암 상량문

金谷百花菴上梁文

꽃을 겨우 백 가지로 헤아리면 끝일까? 그저 대강의 숫자를 들어 말했을 뿐.

암자란 이름을 쓴 이유는 무얼까? 실제의 일을 가리켜야 하기 때문이지.

꽃의 주인은 누구인가? 유 아무개 선생이다.

헌원씨(軒轅氏)의 먼 후예로서[1] 조선에 사는 포의(布衣)라네.

적은 녹봉 얻자고 허리 굽히지 않고 귀향하여, 문 앞에 버들을 심은 도연명(陶淵明)을 본받았고,[2]

---

1 헌원씨는 중국 상고의 황제(黃帝)를 가리킨다. 문화(文化) 유씨는 시조가 유차달(柳車達)이고, 유차달은 본래 차씨(車氏)였다. 한국의 차씨는 헌원씨의 후손 사신갑(似辛甲)이 조선으로 망명한 후예라고 가정했다.

2 도연명은 중국 진(晉)의 고매한 선비로, 41세 때 의관을 갖춰 입고 감독관의 순시를 영접해야 하자, 쌀 다섯 말 때문에 향리의 소인에게 허리를 굽히지 않겠다며 그날로 사직했다. 그는 고향에 돌아가 집 근처에 다섯 그루 버드나무를 심고 소요자적했다.

인생 계획 하나가 남아, 홀연히 배를 타고 황금을 남에게 줘버린 범려(范蠡)를 사모했네.[3]

남과 나의 시시비비는 모두 잊었으니 나비가 장자(莊子)가 되고 장자가 나비가 된 격이요,[4]

귀천과 영욕을 입에 올릴 필요가 있으랴, 엄군평(嚴君平)이 세상을 버리고 세상이 엄군평을 버린 것과 같다.[5]

그리하여 소요하고 노닐며 날을 보내는 방법을 얻었네.

화온(和溫)은 돈에 고질병이 있고, 왕제(王濟)는 말에 고질병이 있다지만,[6] 꽃에 고질병이 있는 자는 몇이나 될까?

눈은 시원스러움을, 달은 외로움을 느끼게 하지만, 사람을 운치 있게 하는 건 바로 꽃이지.

남의 집에 기이한 꽃이 있다고 듣기만 하면 천금을 주고라도 반드시 구하고,

외국의 선박에 깊이 숨겨둔 꽃이 있는 걸 엿보면 제 아무리 만

---

3 춘추시대 월(越)나라의 재상이었던 범려는 월 왕 구천(句踐)을 도와 오나라를 멸망시키고 천하를 제패한 뒤 재상 직을 버리고 도(陶) 땅으로 가서 생업에 힘써 거부가 되었다.

4 장자가 꿈에 나비가 되어 즐기는데 나비가 장자인지 장자가 나비인지 분간하지 못했다는 '호접지몽(胡蝶之夢)'이 《장자》에 나온다. 이 고사는 물아(物我)의 구별을 잊음을 비유한다.

5 엄군평은 한(漢)나라 때 촉(蜀)의 은사로 이름은 준(遵)이고, 군평과 자릉(子陵)은 그의 자다. 그는 끝내 세상에 나가지 않고 성도(成都)의 시장에서 점을 치며 생계를 유지하고, 학생들에게 《노자》를 가르쳤다.

6 진(晉) 혜제(惠帝)의 사위인 왕제(王濟)는 말의 관상을 잘 보았을 뿐만 아니라 말을 몹시 사랑하여 두예(杜預)가 늘 "왕제는 마벽(馬癖)이 있다."라고 했다. 동시대의 화교(和嶠)는 재산이 매우 많아 제왕과 부를 견줄 정도였는데, 성품이 지극히 인색하여 세상 사람들로부터 비난을 받았다. 두예가 그를 전벽(錢癖)이 있다고 했다.

리 길이라도 가져온다네.

여름에는 석류, 겨울에는 매화, 봄에는 복사꽃, 가을에는 국화이니 사시사철 꽃이 끊기겠으며,

치자는 흰색, 난초는 푸른색, 접시꽃은 붉은빛, 원추리는 노란빛이니 오색 가운데 검은 꽃이 없는 게 한스럽다.

태곳적 둥지를 엮고서 나무 열매를 씹어 먹기도 힘들고

무하향(無何鄕)[7]에 나무를 심어 그 그늘에서 잠자기도 어려우니 그래서 여기에 낡은 집 지었거니, 옛날 집 그대로라.

낮에는 지붕을 얹고 밤에는 새끼줄을 꼬니, 모든 일에 농사 짓는 여가를 이용했고,

애꾸눈은 수준기(水準器)를 재고 곱사등이는 흙손질을 하니, 멋모르고 일을 시킨다는 비방이 나오랴?

향기롭다, 들보 올리는 제사에는 연주(延州)[8]의 좋은 음식을 장만하고

영롱하다, 왕골자리 까는 재료로는 강서(江西)의 용수초(龍鬚艸)[9]를 엮었네.

숲과 수석(水石)의 아름다움은 우리 당숙이 말씀하던 바요,

시문과 서화가 전해옴은 한 시대의 인물인 아무아무라.

---

7 '어디에도 없는 곳'이라는 의미로 무하유지향(無何有之鄕)의 줄임말이다. 현실의 제약을 벗어난 이상향을 가리킨다.

8 황해도 연안(延安)이다.

9 강서는 평안남도의 지명이다. 용수초는 골풀로서 들의 물가나 습지에서 자라며, 자리를 짜는 데 쓴다.

비록 초가집 한 채에 불과하나

백화암이라 불러도 충분하네.

제자들이 늘어서 혹은 마루에 오르고 혹은 방 안에 들어간 공자
(孔子)의 일과 같지 않은가?

서로들 주인과 손님으로 나뉘어 너는 동쪽 계단에 서고 나는 서
쪽 계단에 서네.

나무를 잘 심는 곽탁타(郭槖駝)[10]를 만나면 상객(上客)으로 모시고,
도화마(桃花馬)를 자랑하던 옛사람[11]과 비교해 어떠한가?

과연 번화하던 금곡(金谷)이 어느새 향기의 나라로 변했구나!

어떤 사람은 "무엇하러 그리 힘들게 하나, 그만 두게나." 하지만
웃고 대꾸하지 않으며 유유자적 지낼 뿐이라.

십 년 세월 강호에 머물러 사람을 꾀는 문 앞에는 발길을 끊었으니
한 봄 내내 그림 속이라, 벌과 나비가 나는 바람 속에 꿈이 잦다.

동으로 들보를 던지네. 벽란도를 오가는 사공들아! 화분을 싣고
금곡으로 가거들랑 뱃삯으로 일 문을 달라고 하지 마라!

서로 들보를 던지네. 돛배가 바람을 받아 떠나면 곧 청주(靑州)와
제주(齊州)라, 우리 동국에는 없어도 중국에는 있는 여지와 종려나

---

10 유종원(柳宗元)의 산문 〈나무를 잘 심는 곽탁타(種樹郭槖駝傳)〉에 나오는 장인이다. 곽
    탁타는 나무 심는 것을 직업으로 삼아 나무를 잘 키웠다. 그는 나무의 천성을 거스르지
    않고 본성 그대로 자라게 하는 방법을 사용했다.

11 도화마는 명마로서 흰색 털 가운데 붉은 점이 있는 말이다. 성호 이익은 "누런 털과 흰 털
    이 섞인 것은 비(駓)라고도 하고 도화마(桃花馬)라고도 한다." 했다.

무를 어떻게 해야 얻나?

남으로 들보를 던지네. 묻노니 뱃사람은 어느 땅 사나인가? 혹시 강진·해남 사는 사람 아닌가? 동백과 치자, 석류, 감자 나무를 가져와다오.

북으로 들보를 던지네. 북으로 가서 꽃을 구하나 꼭 얻지는 못해. 황주(黃州)는 배가 맛이 좋아 큰 나무에 열린 백 덩이를 따서 먹는다네.

하늘 위에다 들보를 던지네. 흰 느티나무 두 그루가 곧추서서 달나라로 들어가 늙은 두꺼비를 걷어차고 붉은 계수나무를 꺾어온들 누가 막으랴?

아래 세상에 들보를 던지네. 세상의 화초를 기르는 자들은 종일토록 명리(名利)를 다투는 시장에서 달리다가 저녁에 들어와 뒷짐지고 우아한 체하지.

엎드려 바라노니, 들보를 올린 뒤로는 새가 꽃술을 쪼지 말고, 벌레가 뿌리를 갉아먹지 않고, 바람이 버팀목을 쓰러뜨리지 않고, 얼음이 화분을 쪼개지 말고, 더위가 국화를 죽이지 않고, 추위가 매화를 병들게 하지 말지어다.

석류에는 향기가 찾아오고, 파초에는 꽃이 피기를 바라노라.

스물네 번 부는 바람 바람마다 좋아서 봄이 왔다 봄이 가고

삼백예순 날 날마다 한가로이 꽃이 피고 꽃이 지기를 바라노라.

백화암 상량문

金谷百花菴上梁文

　문체로는 상량문(上梁文)이다. 대들보를 올릴 때 짓는 글이기에 서정적이기보다는 집을 짓는 동기와 과정을 비롯한 객관적 사실을 나열하기 쉽다. 하지만 이 글은 일종의 희작으로 사실성보다는 서정성을 발휘한 기묘한 문장이다. 상량문의 일반적 관례에 따라 병려문(騈儷文)으로 썼다.

　백화암은, 꽃을 너무도 사랑하여 한평생 꽃을 가꾸고 꽃에 관한 저술을 쓴 유박(柳璞, 1730~1787)이 지은 집으로, 황해도 배천의 금곡에 있었다. 유박은 유득공에게 칠촌 당숙이 된다. 그에 관한 자세한 내용은 정민 교수의 〈〈화암구곡(花庵九曲)〉의 작가 유박과《화암수록(花庵隨錄)》〉과 나의 〈원예가 유박, 번잡한 세상을 등진 채 '꽃나라'를 세운 은사〉에 밝혀져 있다.

　유득공은 백화암의 건축적 구조나 미관을 설명하기보다 꽃을 너무도 사랑하는 유박의 인간됨과 그의 취미, 꽃과 관련한 인생의 의의를 현란하게 밝혔다. 그 결과, 꽃을 향한 열정으로 살아가는 한 마니아의 모습이 잘 부각된다. 글 뒷부분의 과장되고 희화화된 표현을 통해 이 글이 실용성보다는 문예적 아름다움을 추구했다는 점을 알 수 있다.

3

시에는 색깔이 있다

湖山吟稿序

완정(玩亭, 이서구李書九) 씨의 시론은 너무도 특이하다. 시의 성율(聲律)은 말하지 않고 시의 색채만을 말한다. 그가 하는 말을 들어보자.

"시의 글자는 대나무와 부들에 비유할 수 있고, 시의 글월은 엮은 발과 자리에 비유할 수 있다. 잘 생각해보면, 글자는 그저 새까맣게 검을 뿐이고, 대나무는 말라서 누렇고, 부들은 부옇게 흴 뿐이다. 그런데 쪼갠 대나무를 엮어 발을 만들고 부들을 엮어 자리를 만들되, 줄을 맞추고 거듭 겹쳐서 짜면 물결이 출렁이듯 무늬가 생겨나서 잔잔하기도 하고 찬란하기도 하다. 그래서 원래의 누런 빛이나 흰빛과는 다른 빛깔을 만들어낸다. 그렇듯이 글자를 엮어 구절을 만들고 구절을 배열하여 글월을 이루었을 때에는 마른 대나무와 죽은 부들이 만들어내는 조화에 그치겠는가?"

그가 말하는 색채라는 것은 모두 이런 식이었다. 완정 씨가 하는 말을 수긍하지 않는 사람이 많았다. 하지만 나만은 그의 이야기를 즐겨 들었다. 때로는 하루 내내 열심히 이야기하여 그칠 줄 몰랐다.

하지만 나도 그 이야기가 어디에 근거하는지는 몰랐다.

병신년(1776) 여름 완정 씨가 정치적인 사건에 연루되자 서울에 있기가 싫어져 호상(湖上)에 나가 머물다가 거기서 다시 동쪽 산골 짜기로 들어가 지냈다. 여러 달 만에 돌아와 자신이 지은《호산음고(湖山吟稿)》한 권을 꺼내어 보여주었다. 살펴보았더니 모두가 어부의 노래, 나무꾼의 소리로, 밝고 정갈하면서도 가락이 유창했으며, 은은하면서도 생생했다. 손으로 매만지면 만져질 것도 같고 곁눈질하여 살짝 보면 바로 눈앞에 나타날 것만 같았다.

나는 그를 놀려서 "이것은 또 무슨 색깔이지?"라고 물었다. 완정 씨는 웃으며 이렇게 대꾸했다.

"그대는 아직도 이해하지 못하오? 눈을 그리고 달을 그리는 사람은 다만 구름 기운을 펼쳐놓음으로써 눈과 달을 저절로 볼 수 있게 만든다오. 꼭 금빛 물감과 붉은 물감을 발라야만 색채라고 하겠소?"

그 말을 듣고 나는 그제야 뛸 듯이 기뻐하며 말했다.

"그대의 시 이야기는 육서(六書)에 뿌리를 두고 있구려. 육서를 헤아려보면, 첫째는 상형(象形)이고, 둘째는 회의(會意)이며, 셋째는 지사(指事)지요. 그림은 상형에 장기가 있고, 시는 회의에 장기가 있으며, 산문은 지사에 장기가 있지요. 그러나 시가 없는 그림은 메말라서 운치가 없고, 그림이 없는 시는 깜깜하여 빛이 나지 않지요. 시와 산문, 글씨와 그림은 서로 보완하는 것이 되어야지 제각각이어서는 바람직하지 않은데, 그 사실을 그대 시집에서 알았소."

마침내 그와 나눈 대화를 기록하여 서문을 삼는다.

시에는 색깔이 있다

湖山吟稿序

유득공과 이서구는 우리 한시사에서 한 시대의 획을 긋는 이름난 시인이다. 두 시인 사이에 시와 색채의 문제를 두고 오간 대화를 엮어보니 그것이 한 편의 서문이 되었다. 그러므로 글이 자연스럽기도 하고, 글이 나온 배경도 이해할 수 있으며, 생생한 느낌도 살아난다.

문자로 이루어진 시의 색깔은 "그저 새까맣게 검을 뿐이다." 그러나 그 검은 "글자를 엮어 구절을 만들고 구절을 배열하여 글월을 이루었을 때" 그 시는 삼라만상의 찬란한 색채와 다채로운 물상을 독자의 눈에 또렷하게 떠오르게 한다. 검은 문자가 절묘하게 조합되어 좋은 시를 지었을 때 그 시는 "손으로 매만지면 만져질 것도 같고 곁눈질하여 살짝 보면 바로 눈앞에 나타날 것만 같은" 느낌을 독자에게 선사한다. 논지가 신선하고 글이 아름답다.

실제로 이들 시인의 시를 감상하면 독자의 눈에 삼삼하게 실경(實景)을 떠오르게 한다. 대단히 감각적인 이들의 시가 나오게 된 이론적 탐색 과정을 잘 보여준다.

4

발해사를 찾아서

渤海考序

고려가 발해사(渤海史)를 편찬하지 않은 사실을 통해 국세가 크게 펼쳐치지 못할 것임을 짐작할 수 있다.

옛날 고씨(高氏)가 북쪽에 자리를 잡아 고구려라 했고, 부여씨(扶餘氏)가 서남쪽에 자리를 잡아 백제라 했으며, 박씨(朴氏)·석씨(昔氏)·김씨(金氏)가 동남쪽에 자리를 잡아 신라라 했다. 이 세 나라를 일러 삼국이라 한다. 당연히 세 나라의 역사가 있어야 하고, 고려가 《삼국사기(三國史記)》를 편찬했다. 옳은 일이다.

부여씨가 망하고 고씨가 망하자, 김씨는 남쪽을 차지하고 대씨(大氏)는 북쪽을 차지했다. 북쪽의 나라가 곧 발해다. 이 두 나라를 일러 남북국(南北國)이라 한다. 당연히 남북의 역사가 있어야 하건만 고려가 남북국사(南北國史)를 편찬하지 않았다. 잘못된 일이다.

그렇다면 저 대씨는 누구인가? 바로 고구려 사람이다. 대씨가 차지한 땅은 어디인가? 바로 고구려 땅으로서 동으로 넓히고 서로 넓히고 북으로 넓혀서 크게 확장했을 뿐이다. 그러다 김씨가 망하고 대씨가 망한 뒤로 왕씨(王氏)가 통합하여 차지했다. 그 나라가 바로 고려다. 그런데 왕씨는 남쪽의 김씨 땅은 완전히 차지한 반면 북쪽의 대씨 땅은 완전히 차지하지 못하여, 혹은 여진으로 들어가고 혹은 거란으로 들어갔다. 바로 이때 고려를 위해 계책을 세우는 자가 서둘러 발해사를 편찬한 뒤 그것을 근거로 여진에게 "어째서 우리에게 발해 땅을 돌려주지 않는가? 발해 땅은 바로 고구려 땅이다." 라고 따져야 했다. 그러고서 장수 한 사람을 보내 그 땅을 접수하게 했다면 토문강(土門江) 북쪽을 차지할 수 있었다.

또 발해사를 가지고 거란에게도, "어째서 우리에게 발해 땅을 돌려주지 않는가? 발해 땅은 바로 고구려 땅이다."라고 따져야 했다. 그러고서 장수 한 사람을 보내 그 땅을 접수하게 했다면 압록강 서쪽을 차지할 수 있었다.

그러나 끝내 발해사를 편찬하지 않음으로써 토문강 이북과 압록강 이서가 누구의 땅이었는지를 알 수 없게 만들었다. 여진에 따지려 해도 내세울 근거가 없고 거란에 따지려 해도 내세울 근거가 없게 되었다. 고려가 마침내 약한 나라가 되고 만 것은 발해 땅을 얻지 못했기 때문이다. 탄식을 금치 못할 일이다.

어떤 사람은 이렇게 말한다.

"발해가 요(遼)나라에 망했는데 고려가 어떻게 그 역사를 편찬하겠는가?"

그의 말은 옳지 않다. 발해는 중국을 본보기로 삼은 나라이므로 반드시 사관(史官)을 두었을 것이다. 홀한성(忽汗城)[1]이 무너졌을 때 고려로 망명한 사람이 세자를 비롯하여 십여만 명이었다. 그들 가운데 설사 사관은 없었다 해도 역사서는 분명코 있었을 것이다. 사관도 없었고 역사서도 없었다 치자. 세자에게라도 물어보았다면 발해의 세계(世系)를 알 수 있었을 테고, 대부(大夫)인 은계종(隱繼宗)[2]에게 물어보았다면 발해의 예법을 알 수 있었을 터이며, 십여만 명의 백성에게 물어보았다면 모를 것이 없었을 터이다.

장건장(張建章)은 당나라 사람인데도 오히려 《발해국기(渤海國記)》를 지었다.[3] 그런데 고려 사람으로서 발해의 역사를 편찬하지 못한다고 말할 수 있는가? 오호라! 문헌이 흩어져 없어지고 수백 년이 흐른 뒤에는 역사를 편찬하려 해도 할 수 없다.

나는 규장각에 재직하면서 비장(秘藏)된 서적들을 제법 많이 읽어볼 수 있었다. 마침내 발해의 사실을 엮어서, 군(君)·신(臣)·지리(地理)·직관(職官)·의장(儀章)·물산(物産)·국어(國語)·국서(國書)·속국(屬國)에 관한 아홉 개의 고(考)를 지었다. 세가(世家)나 전(傳)·지(志)라 하지 않고 고(考)라 한 것은 역사의 체계를 갖추지 못했기 때문이기도 하고, 감히 역사라고 자처할 수 없어서이기도 하다.

갑진년(1784) 윤3월 25일.

---

1 발해의 수도로, 현재의 길림성(吉林省) 돈화현(敦化縣) 부근이다.

2 고려 태조 11년(928) 9월, 발해에서 고려로 망명한 학자다.

3 장건장은 당나라 때 해(奚)와 거란 지역의 업무를 맡아보던 관리로,《발해국기》를 저술했다. 현재는 전하지 않는다.

발해사를 찾아서

渤海考序

널리 알려진 글이다. 발해의 역사를 우리 역사에 편입시켜 통일신라기를 발해와 함께 남북국(南北國)으로 보자는 획기적인 주장을 내세웠다. 이 주장은 현재 사학계의 정설로 굳어졌다. 발해의 역사를 우리 역사에 편입시키지 않은 고려에 대해 준엄하게 비판하고, 그 결과 저 광활한 옛 고구려와 발해의 영토를 잃게 된 안타까운 역사의 실책을 지적했다. 유득공은 자기 역사를 편찬하지 않았기 때문에 자기 영토를 주장할 근거를 잃었다고 진단했다. 길지 않은 이 글은 간명한 논리에 강렬한 주제를 드러냄으로써 깊은 감명을 준다. 박제가와 성해응이 쓴 〈발해고 서문〉과 함께 읽는다면 그 의의를 한결 잘 이해할 수 있을 것이다.

5

봄이 찾아온 서울을 구경하다

春城遊記

경인년(영조 46년, 1770) 삼월 삼짇날, 연암·청장관과 더불어 삼청동
(三淸洞)으로 들어가 창문(會門) 돌다리를 건너 삼청전(三淸殿) 옛터
를 찾았다. 옛터에는 묵정밭이 남아 있어 온갖 꽃이 흐드러지게 피
어 있다. 자리를 나누어 앉았더니 옷에 녹색 물이 들었다. 청장관은
풀이름을 많이 아는 분이라 내가 풀을 뜯어 물어보았더니 대답하
지 못하는 것이 없다. 수십 종을 기록해두었다. 청장관은 어찌 그리
해박할까? 해가 뉘엿뉘엿 넘어갈 때 술을 사서 마셨다.

　다음 날, 남산에 올랐다. 장흥방(長興坊)을 통해서 회현방(會賢坊)
을 뚫고 지나갔다. 남산 가까이에는 옛 재상의 집이 많다. 무너진
담장 안에는 늙은 소나무와 늙은 느티나무가 의젓한 자세로 곳곳
에 남아 있다. 높은 언덕배기로 올라가서 한양을 바라보았다. 백악
(白岳)은 둥그스름하고도 뾰족하여 모자를 푹 씌워놓은 모양이요,
도봉산은 삐죽삐죽 솟아서 투호 병에 화살이 꽂혀 있고 필통에 붓
이 놓여 있는 모양이다. 인왕산은 인사하는 사람이 두 손을 놓기는

했으나 그 어깨는 아직 구부정하게 구부린 모습이요, 삼각산은 수많은 사람이 공연을 구경하는 자리에 키 큰 사람 하나가 뒤쪽에서 고개를 숙여 내려다보는데 여러 사람의 갓이 그의 턱에 걸려 있는 품새다. 성안의 집들은 검푸른 밭을 새로 갈아서 밭고랑이 줄줄이 나 있는 모양이다. 큰길은 긴 시내가 들판을 갈라놓은 듯 가로지르고 몇몇 굽이마다 그 모습을 드러내는 품새다. 사람과 말은 그 시내 속에서 활개 치는 물고기다.

도성은 팔만 호를 자랑한다. 그 속에서 지금 이 순간, 한창 즐겁다고 노래하고 슬프다고 곡하며, 한창 밥을 먹고 술을 마시며, 한창 노름하고 바둑을 두며, 한창 남을 칭찬하고 헐뜯으며, 한창 어떤 일을 하거나 어떤 일을 꾸미는 중이다. 높은 곳에 있는 사람으로 하여금 그 모든 것을 구경하게 한다면 한바탕 웃음을 터뜨릴 것이다.

또 그다음 날, 태상시(太常寺)[1] 동쪽 언덕에 올랐다. 육조(六曹)의 누각이며 궁궐 안 도랑 옆에 선 버드나무, 경행방(慶幸坊)에 서 있는 백탑(白塔)이며 동대문 밖에 깔린 아지랑이가 은은하게 모습을 드러냈다. 그 가운데 가장 기묘한 것은 낙산(駱山) 일대다. 모래는 하얗고 소나무는 푸르러 그 밝고 교태로운 모습이 그림과도 같다. 거기에 다시 작은 산 하나가 마치 담묵색(淡墨色)의 까마귀 머리와도 같이 낙산 동쪽에 솟아 있다. 그것이 구름 속에 보이는 양주(楊

---

1 조선시대 국가의 제사 및 시호를 의논하여 정하는 일을 관장하기 위해 설치되었던 관서(官署).

州) 고을의 산이라는 생각이 퍼뜩 들었다. 이날 밤 나는 몹시 취해 서여오(徐汝五, 서상수徐常修) 집의 살구꽃 아래에서 잠을 잤다.

또 그다음 날, 폐허로 남아 있는 경복궁으로 들어갔다. 궁궐 남문 안에는 다리가 있고 다리 동쪽에는 돌을 깎아 만든 천록(天祿)[2]이 두 마리 있고, 다리 서쪽에는 한 마리가 있다. 그 비늘과 갈기가 잘 새겨서 생생했다. 남별궁(南別宮) 뒤뜰에는 등에 구멍이 뚫려 있는 천록이 한 마리 있는데, 이것과 너무도 흡사하다. 필시 다리 서쪽에 있었던 나머지 하나임이 분명하다. 하나 그것을 입증할 근거 자료가 없다.

다리를 건너서 북쪽으로 갔는데 근정전(勤政殿) 옛터가 바로 여기다. 전각 섬돌은 3층으로, 섬돌 동쪽과 서쪽 모서리에는 돌로 만든 암수 개가 놓여 있고, 암컷은 새끼를 한 마리 안고 있다. 신승(神僧) 무학(無學)대사가 남쪽 오랑캐가 침략하면 짖도록 만든 조각으로, 개가 늙으면 그 새끼가 뒤를 이어 짖도록 했다고 전해온다. 그렇지만 임진년의 불길을 모면하지 못했으니 저 돌로 만든 개의 죄라고 해야 할 것인가? 전해오는 이야기란 아무래도 믿지 못하겠다. 전각 좌우에 놓인, 돌로 만든 이무기 상 위에는 작은 웅덩이가 패어 있다. 근래에 《송사(宋史)》를 읽어서 그 웅덩이가 임금님 좌우에서 역사를 기록하는 사관(史官)의 연지(硯池)임을 잘 알고 있다.

근정전을 돌아서 북쪽으로 가자 일영대(日影臺)가 나타났다. 일영대를 돌아서 서쪽으로 갔는데 경회루(慶會樓) 옛터가 바로 여기

---

2 전설 속의 짐승으로, 돌로 그 모습을 새겨 궁궐을 장식했다.

다. 이 옛터는 연못 가운데 있어, 부서진 다리를 통해 그리로 갈 수 있다. 다리를 덜덜 떨며 지나가노라니 나도 모르는 사이 땀이 난다. 누각의 주춧돌은 높이가 세 길쯤 된다. 무릇 마흔여덟 개의 기둥으로 되어 있는데, 그중 여덟 개가 부숴졌다. 바깥 기둥은 방주(方柱)요 안쪽 기둥은 원주(圓柱)다. 기둥에는 구름과 용의 형상을 새겼다. 이것이 바로 유구(琉球)의 사신이 말한 세 가지 장관 가운데 하나다. 연못의 물은 푸르고 맑아서 살랑바람에도 물결을 보내온다. 연방(蓮房)과 가시연 뿌리가 가라앉았다 떠오르고 흩어졌다 합해진다. 작은 붕어들이 얕은 물에 모여서 거품을 뽀글뽀글 뿜으며 장난질을 치다가 사람 발자국 소리를 듣더니 숨었다가 다시 나타난다. 연못에는 섬이 두 개 있고 소나무를 심어 쭈뼛 솟은 채 잎이 무성하다. 솔 그림자가 물결을 가르고 있다. 연못 동쪽에는 낚시하는 사람이 있고, 연못 서쪽에는 궁궐을 지키는 내시가 손님과 함께 과녁을 겨누며 활을 쏘고 있다.

　동북쪽 모서리에 있는 다리를 통해서 물을 건너자, 풀은 모두 황정(黃精, 약초 이름)이고 돌은 모두 낡은 주춧돌이다. 주춧돌에는 움푹 파인 데가 있어 기둥을 꽂던 곳으로 보이는데 빗물이 그 웅덩이를 채우고 있다. 간간이 마른 우물이 보인다. 북쪽 담장 안에는 간의대(簡儀臺)가 있다. 이 대 위에는 방옥(方玉) 하나가 놓여 있고, 대 서쪽에는 검은 돌 여섯 개가 놓여 있다. 돌은 길이가 대여섯 자쯤 되고 넓이가 석 자쯤 되는데 연달아 물길을 뚫어놓았다. 간의대 아래의 돌은 벼루 같기도 하고 모자 같기도 하고 한쪽이 터진 궤 같기도 한데 무엇하는 것인지 알 수 없다. 간의대는 참으로 드높고 시원스럽게 트여 있어서 북쪽 동네의 꽃과 나무를 조망할 수 있다.

동쪽 담장을 따라 길을 걸으니 삼청동 석벽(石壁)이 구불구불 나타난다. 담장 안의 소나무는 모두 여든 자나 되고 황새와 해오라기가 깃들어 있다. 순백(純白)인 놈도 있고, 가무스름한 놈도 있고, 연붉은 놈도 있고, 머리에 볏을 드리운 놈도 있고, 부리가 수저 같은 놈도 있고, 꼬리가 솜 같은 놈도 있고, 알을 안고 엎드린 놈도 있고, 나뭇가지를 물고 둥지로 들어오는 놈도 있다. 서로 다투기도 하고 서로 사이좋게 지내기도 하느라 그 소리가 푸드덕푸드덕 소란스럽다. 솔잎은 모조리 말라 있고, 소나무 밑에는 떨어진 깃털과 새알껍데기가 수북하다. 우리를 따라 함께 나온 윤생(尹生)이 돌멩이를 던져 순백색 새 한 마리의 꼬리를 맞추었다. 새 떼가 온통 깜짝 놀라 날아오르자 그 모습이 눈이 오는 것 같다.

　서남쪽으로 걸어가니 채상대(採桑臺) 비가 놓여 있다. 정해년(丁亥年)에 임금님께서 친히 누에를 치던 장소다. 그 북쪽에 쓰지 않는 못이 있는데 내농포(內農圃)에서 벼를 심던 곳이다.

　위장소(衛將所)에 들어가서 찬 샘물을 떠서 마셨다. 뜰에는 수양버들이 많아 땅에 떨어진 버들솜이 비로 쓸 정도다. 이 관아의 선생안(先生案)을 빌려서 보았더니 호음(湖陰) 정사룡(鄭士龍)이 첫머리에 올라 있고, 그 위에 그가 지은 시도 있다. 다시 궁궐도(宮闕圖)를 꺼내어 찾아보니, 경회루는 무릇 서른다섯 칸이었고, 궁궐의 남문은 광화문(光化門), 북문은 신무문(神武門), 서쪽은 연추문(延秋門), 동쪽은 연춘문(延春門)이었다.

봄이 찾아온 서울을 구경하다

春城遊記

   봄날 며칠 동안, 봄이 무르녹은 한양의 명승지를 둘러보고 쓴 유기(遊記)다. 삼청동과 남산, 경복궁이 이들이 노닌 곳이다. 봄날의 정취를 경쾌한 호흡의 산문으로 약동하게 묘사했다. 특히, 풍경 묘사가 일품이다. 남산의 높은 언덕에서 한양을 바라보고 북악과 도봉산, 인왕산과 삼각산을 각양각색의 형상으로 묘사했는데, 아주 그럴싸하다. 인왕산은 "인사하는 사람이 두 손을 놓기는 했으나 그 어깨는 아직 구부정하게 구부린 모습"이라고 했고, 삼각산은 "수많은 사람이 공연을 구경하는 자리에 키 큰 사람 하나가 뒤쪽에서 고개를 숙여 내려다보는데 여러 사람의 갓이 그의 턱에 걸려 있는 품새"라고 했다. 시인의 섬세한 감수성이 느껴진다.

   다음으로, 파괴된 경복궁 안을 여기저기 돌아보며 유적을 감상하고 역사의 옛 자취를 회상하는 대목이 인상 깊다. 그 끝부분에 담길을 따라 삼청동을 거닐다가 드높은 소나무에 앉아 있는 황새와 해오라기의 온갖 모습을 묘사했는데, 앞서 읽은 이덕무의 〈칠십 리 눈길을 걷고(七十里雪記)〉에서 보는 것처럼 감각적이고 신선하다.

6

악사 유우춘

柳遇春傳

서기공(徐旂公, 서상수)은 음악을 훤히 알고 손님을 좋아하는 분이다. 손님이 찾아오면 술상을 내오고 거문고를 뜯고 피리를 불어 주흥을 돋우곤 했다. 나는 그분을 따라 놀면서 그 풍류를 즐겼다. 한번은 해금을 얻어 들고 가서는 소리를 내도록 손을 당겨 벌레와 새가 우는 소리를 내보았다. 서기공은 듣고 있다가 깜짝 놀라 소리쳤다.

"좁쌀이나 한 그릇 퍼줘라. 이건 거렁뱅이의 깡깡이다."

나는 어리둥절하여 물었다.

"무슨 말씀이신지요?"

그러자 서기공은 이렇게 말하는 것이었다.

"자네는 음악을 전혀 모르는군. 우리나라 음악에는 두 가지가 있는데, 하나는 아악이고 다른 하나는 속악이지. 아악은 옛날의 음악이고, 속악은 후대의 음악이네. 사직과 문묘는 아악을 쓰고 종묘는 아악에 속악을 섞어 쓰니 이것이 이원(梨園)의 법부(法府)[1]란 걸세. 군문(軍門)에서 쓰는 음악은 세악(細樂)이니, 사기를 돋우고 승리를 축하하는 음악을 비롯하여 느리고 오묘한 음악에 이르기까지 두루 갖추지 않은 소리가 없기에 놀이나 잔치에는 이 음악을 쓴다네. 그리하여 철(鐵)의 거문고, 안(安)의 젓대, 동(東)의 장구, 복(卜)의 피리가 유명하고,[2] 유우춘(柳遇春)과 호궁기(扈宮其)는 나란히 해금으로 유명하다네. 자네가 해금을 좋아한다면 어째서 그들을 찾아가 배우지 않고 어디서 이 따위 거렁뱅이 깡깡이 소리를 배워왔나? 거렁뱅이는 깡깡이를 들고 남의 문전에서 영감, 할멈, 어린애, 온갖 짐승, 닭, 오리, 풀벌레 소리를 내고는 좁쌀을 던져주면 자리를 뜬다네. 자네의 해금이 바로 이런 것일세."

어느 날 서기공의 말을 듣고 나서 나는 크게 부끄러웠다. 해금을 싸서 치워버리고 풀어보지 않은 지 여러 달째였다.

일가인 금대거사(琴臺居士)[3]가 나를 찾아왔다. 거사는 현감을 지낸 고 유운경(柳雲卿)[4]의 아들이다. 운경 어른은 젊어서 협객의 풍모를 자랑했고, 말달리기와 활쏘기를 잘했다. 영조 무신년(戊申年)에 호서의 도적[5]을 토벌하여 군공(軍功)을 세웠다. 그분은 이 장군 댁

---

1 장악원(掌樂院)을 가리킨다.

2 모두 전공 악기의 연주자 이름이다.

3 《문화유씨세보》에 따르면, 유운경의 아들로는 필(珌, 1720~1782) 한 사람이 있다. 금대거사는 곧 필을 가리키는 듯하다.

4 《문화유씨세보》에 따르면, 유운경은 유시상(柳蓍相, 1681~1742)의 자다. 무과에 급제하여 좌랑과 산음(山陰) 현감을 지냈고, 영조조에 발발한 무신란에서 공을 세웠다고 한다. 그의 서자이고 이 글의 주인공인 유우춘 형제에 대한 언급은 없다.

5 영조 4년(1728)에 청주를 중심으로 이인좌(李麟佐) 등이 난을 일으켰다.

의 여종을 사랑해서 아들 둘을 낳은 일이 있다. 나는 슬며시 거사에게 물었다.

"아우 둘은 지금 어떻게 삽니까?"

"어허! 모두 살아 있다오. 변방의 원으로 나간 친구가 있어, 감발을 하고 이천 리 길을 걸어가서 오천 전을 얻어다가 이 장군 댁에 바치고 그 두 아우를 속량(贖良)시켰다오. 큰 아우는 남대문 밖에 살면서 망건을 팔고, 작은 아우는 용호영(龍虎營)에 적을 두었는데 해금을 잘해서 요새 '유우춘의 해금'이라 일컫는 자가 바로 그이라오."

그제야 서기공의 말을 기억해내고 나는 깜짝 놀랐다. 명가의 후예로서 군졸 사이에 떠도는 것이 가슴 아프기는 했지만, 한편으로는 한 가지 기예의 명인이 되어 생계를 꾸려가는 것이 기쁘기도 했다.

드디어 거사를 따라서 십자교(十字橋) 서편에 있는 유우춘의 집을 찾아갔다. 초가집은 몹시 조촐했다. 노모 홀로 집을 지키고 있다가 눈물을 흘리며 옛일을 이야기하는 것이었다. 그리고 종년을 불러, 우춘을 찾아 손님이 오셨다고 알리라 했다. 이윽고 우춘이 이르렀다. 그와 말을 나눠보니 순순한 무인이었다.

그 뒤, 달 밝은 어느 날 밤이었다. 구등(篝燈)을 켜고 글을 읽고 있는데 검은 조갑(罩甲)을 걸친 네 사람이 헛기침을 하고 들어서길래 보니 그중 한 사람이 우춘이었다. 커다란 술동이에 돼지 다리 한 짝, 남색 전대에 붉게 우린 감 50~60덩이를 담아 세 사람이 나누어 들었다. 우춘은 옷소매를 걷어붙이고 큰 소리로 웃더니, "오늘 밤에는 글방 서생을 좀 놀라게 해볼까." 하고는 한 사람을 시켜 무릎을 꿇고 술을 따르게 했다.

술이 거나해지자 우춘은 좌중을 둘러보고 "잘들 해봅시다."라고 했다. 세 사람은 품속에서 각자 젓대 하나, 해금 하나, 피리 하나를 꺼내어서 함께 연주를 했다. 한 곡이 끝나자 우춘은 해금을 타는 자에게 다가가 그 무릎에서 해금을 빼앗아 들고 말했다.

"유우춘의 해금을 안 들을 수야 있나."

그리고는 손을 뻗어 천천히 켜는데 그 처절하고 강개한 소리는 무어라 말로 표현할 길이 없었다. 그러더니 우춘은 해금을 던지고 큰 소리로 웃으며 돌아갔다.

금대거사가 귀향할 때 마침 우춘의 집에서 행장을 꾸리게 되었다. 우춘은 술상을 차리고 나를 불렀다. 자리에 커다란 구리 대야가 놓여 있길래 무엇이냐 물었더니 "술 취해 토할 때 쓸 것이라오."라고 했다.

술을 따르는데 보니 술잔이 사발이었다. 딴 방에 누군가 있어 소의 염통을 구웠다. 술이 한 순배 돌쯤이면 염통을 베어서 그냥 들고 오지 않고 소반에다 받쳐 젓가락 한 모를 놓고 종년으로 하여금 무릎을 꿇고 올리게 했다. 그 범절이 사대부들이 모여 술을 마시는 법도와 달랐다.

그때 나는 마침 자루에 해금을 넣어가지고 갔는데 꺼내 보여주고 물었다.

"이 해금이 어떤가? 예전에 나도 자네의 특장인 이 해금에 뜻이 있어 내 멋대로 벌레와 새가 우는 소리를 냈다가 남들로부터 '거렁뱅이 깡깡이'라는 비웃음만 샀다네. 너무 마음에 들지 않네. 어떻게 하면 거렁뱅이 깡깡이가 아닌 다른 소리를 낼 수 있겠나?"

우춘은 박장대소하며 말을 이었다.

"그대의 말은 물정에 어둡구려! 모기가 앵앵 우는 소리나 파리가 윙윙 우는 소리, 온갖 장인이 뚝딱대는 소리, 선비들이 개굴개굴 글 읽는 소리를 비롯해서 무릇 천하의 소리란 소리는 다 먹을 것을 구하는 데 뜻이 있지요. 내가 타는 해금이나 거렁뱅이의 해금이 다를 게 뭐가 있으리오? 내가 이 해금을 배운 것은 노모가 계신 때문인데 잘하지 못하면 어떻게 노모를 봉양할 수 있으리오? 하나 나의 해금 솜씨가 묘하다고 해도 묘하지 않은 듯하면서 묘한 거렁뱅이의 해금 솜씨보단 못하답니다.

사실 나의 해금이나 거렁뱅이의 해금은 재질이 매한가지지요. 말 총으로 활을 매고 송진을 발라 꺼칠꺼칠하게 하는데, 현악기도 아니고 관악기도 아니며, 타는 것 같기도 하고 부는 것 같기도 하지요. 내가 해금을 배우기 시작한 지 3년 만에 일가를 이루었을 때는 다섯 손가락에 못이 박혔지요. 하나 기술이 높아갈수록 급료는 늘지 않고 남들이 이해하지 못하기는 갈수록 심하더군요. 반면 거렁뱅이는 망가진 해금 하나를 얻어 몇 달간 연습하고 나면 청중이 벌써 겹겹 에워싸고, 연주가 끝나 돌아갈라치면 뒤따르는 자들만 수십 명이니, 하루벌이가 얼추 좁쌀 한 말에 돈이 한 움큼이지요. 다른 이유가 없고 이해하는 자가 많기 때문이지요.

이 유우춘의 해금으로 말하자면, 온 나라 사람이 다 알고 있다지만 이름을 들어 알 뿐이지, 정작 해금 연주를 듣고 아는 자가 몇이나 될까요? 종친(宗親)이나 대신이 밤에 악공을 부르면 제각기 악기를 안고 종종걸음 쳐 대청으로 올라가 앉지요. 촛불이 휘황히 밝은 중에 집사가 '잘들 하게! 후한 상이 있을 걸세!' 하면 몸을 움직여 '예이.' 하고 답을 하지요. 이어서 현악기는 현악기대로, 관악기는 관악기대로 서로 맞추지 않는데도 길고 짧고 빠르고 느린 것이 아련히 저절로 맞아 돌아갈 때, 가는 숨소리 침 넘기는 소리도 문밖으로 새어나가지 않지요. 곁눈질하여 살짝 훔쳐보면, 어슴푸레 멀리서 안석에 기댄 것이 잠을 자고 있는 꼴입니다. 조금 있다가 기지개를 켜고 '그만두어라.' 하면 '예이~.' 하고 대청을 내려옵니다. 돌아와 생각해보니, 우리가 연주한 음악을 우리만 듣고 왔을 뿐이지요.

귀유공자(貴游公子)와 풍류가 있는 명사들이 청담(淸談)을 나누는 자리에도 해금을 안고 끼지 않은 적이 없지요. 문장을 평하기도 하고 과명(科名)을 견주기도 하면서 술이 거나해지고 등잔불이 가물거릴 때가 되면 기분은 도도하고 자세는 나른한 채로 붓을 휘둘러 시전지(詩箋紙)에 날려 씁니다. 불현듯 나를 돌아보며 이렇게 묻는 겁니다.

'너는 네가 타는 해금의 기원을 아느냐?'

나는 몸을 굽신거리고 '모르옵니다.'라고 대답했지요.

'옛적 혜강(嵇康)[6]이 만들었느니라.'

나는 다시 몸을 굽신거리고 '예예, 알겠습니다.'라고 했지요. 그러자 곁에서 누군가 웃으면서 말했지요.

'아닐세, 해부족(奚部族)의 금(琴)에서 나온 것이네.[7] 혜강의 혜(嵇) 자와는 무관하네.'

이렇듯 좌중이 분분하게 다투지만, 도대체 나의 해금과 무슨 상

---

6 진(晉)의 명사로, 죽림칠현의 한 사람이다.
7 해(奚)는 고대 선비(鮮卑)족의 일파로, 해금은 이 부족이 좋아하던 악기였다.

관이 있는지요?

또 봄바람이 호탕하여 복사꽃 흐드러지고 버드나무 치렁치렁해질 때가 되면, 시종별감(侍從別監)들과 오입쟁이 한량들이 무릉계(武陵溪) 물가에 나가 노닐지요. 침기(針妓)와 의녀(醫女) 들이 트레머리 높이 하고 양산을 쓰고 붉은 언치를 얹은 당나귀에 걸터앉아 줄을 지어 나타납니다. 연희도 하고 풍악도 잡는 중에 익살꾼이 섞여 앉아서 우스갯소리를 늘어놓지요. 처음에는 요취곡(鐃吹曲)[8]을 연주하다 영산회상(靈山會上)으로 바꾸어 탑니다. 분위기가 무르익으면 새로운 곡조를 바삐 연주해서 조였다가 풀고, 자지러지다가 시원하게 트지요. 그러면 쑥대머리 주먹수염에, 쭈그러진 갓과 찢어진 옷을 걸친 꼬락서니들이 머리를 까닥까닥, 눈알을 꿈적꿈적하며 부채로 땅을 치며 '좋다, 좋아!' 합디다. 이자들이 그래도 호탕한 편이지만 보잘것없는 축이라 볼거리가 없지요.

우리 무리 가운데 호궁기란 자가 있는데, 한가한 날에 서로 만나 자루를 풀어 해금을 어루만지며 푸른 하늘에 눈길을 던지고 손가락 끝에 마음을 두지요. 털끝만큼이라도 잘못 켜면 문득 큰 소리로 웃으며 일 전을 내놓습니다. 그러나 두 사람 다 돈을 많이 내논 적이 없지요. 그러니 나의 해금을 알아주는 이는 호궁기 하나뿐입니다. 그러나 호궁기가 나의 해금을 알아준다고는 하지만, 내가 나의 해금을 아는 만큼 깊지는 않지요.

지금 그대는 힘을 적게 들이고도 사람들이 잘 알아주는 것을 버

---

8 군대의 음악을 가리킨다.

리고, 힘은 많이 들지만 사람들이 알아주지 않는 것을 구태여 배우려 하니, 딱한 노릇이구려."

우춘은 노모가 세상을 뜨자 하던 일을 그만두었다. 다시는 내게 들르지도 않았다. 그는 효자로서 악공 사이에 숨은 사람이라 해야 하리라. "기예가 높아갈수록 사람들이 알아주지 않는다."라고 그가 말했거니와, 해금만 그럴 리가 있으랴!

유우춘이라는 해금의 명인을 만나게 된 과정과 그를 만나서 겪고 들은 일을 중심으로 서술한 글로, 문체로는 전(傳)이다. 이른바 예인전(藝人傳)의 영역에 속하는 전기다. 일찍부터 그 소재의 흥미로움과 산문의 아름다움으로 정평이 나 있는 작품이다. 전으로는 분량이 비교적 많다.

이 전은 (1) 유득공 스스로 해금을 한번 연주해볼까 하다가 서상수로부터 면박을 당하다 스쳐가듯 유우춘의 이름을 듣게 되는 장면, (2) 친척인 금대거사의 방문을 받고 가족사를 묻는 중에 우연히 유우춘을 확인하게 되는 장면, (3) 십자각에 있는 그의 집을 찾아가 만나는 장면, (4) 어느 날 밤 유우춘이 동료 악사들과 함께 작자를 찾아와 음악을 연주하는 장면, (5) 금대거사가 귀향하는 날 유우춘의 집에서 듣게 된 음악에 관한 유우춘의 소견, (6) 후일담, 이렇게 여섯 개의 장면으로 짜인다. 이야기의 중심은 전체 분량의 반이 넘는 (5)에 있다.

비천한 유우춘이 노모를 봉양하기 위해 해금의 명수로 이름을 날리게 되는 과정과 음악을 감상하는 자들의 천박한 모습을 묘사한 글을 통해 진정 음악을 이해하는 자가 없다고 말하는 대목이 인상 깊게 남는다. 거렁뱅이의 깡깡이와 유우춘의 해금 연주에서 돋보이는 현격한 수준 차이가 이 전기의 주제를 암시한다. "기예가 높아갈수록 사람들이 알아주지 않는다."라는 유우춘의 비장한 말에 주제가 담겨 있다. 마지막 대목에서 노모의 사후 그가 절현(絶絃)했다는 짧은 설명을 통해, 이 최고의 음악가의 내면에 숨어 있는 고독감과 소외감이 독자의 심금에 잔잔한 여운을 남긴다.

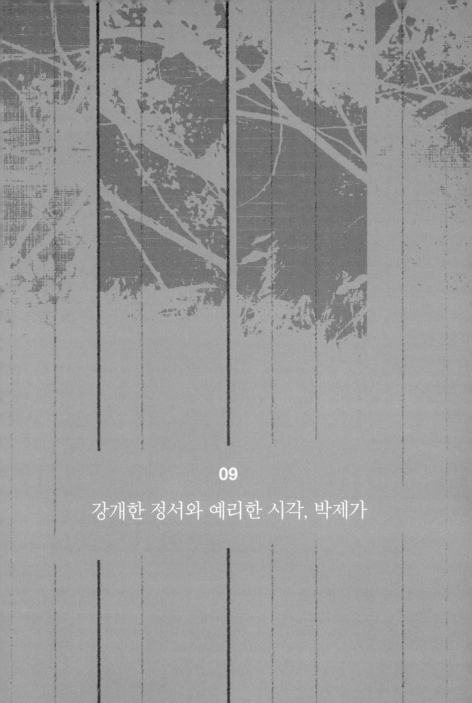

09

강개한 정서와 예리한 시각, 박제가

박제가

박제가(朴齊家)는 본관이 밀양(密陽)이고, 우부승지(右副承旨)를 지낸 박평(朴玶, 1700~1760)의 서자로, 1750년 11월 5일에 태어나 1805년 4월 25일에 죽었다. 자는 재선(在先)·차수(次修)·수기(修其)이며, 호는 초정(楚亭)·정유(貞蕤)·위항도인(葦杭道人)이다.

　박제가는 글씨를 잘 쓰고 시와 문장에 뛰어난 능력을 발휘하여, 18세기 후반 문화계에서 명성이 자자했던 문인이자 학자다. 이덕무·유득공과 더불어 종래의 조선 한시와는 다른 참신한 시를 창작하여 일세를 풍미했고, 19세기와 20세기 전반까지 뛰어난 시인으로 군림했다. 우리 문단의 폐습을 혁신하는 데 열의를 가져, "선입견에 얽매이지 말고 세상의 비난을 두려워 말라! 늘 스스로 깨어 있어 오묘함을 잃지 말자(祭李士敬文)."라고 친구에게 권고한 말에서 알 수 있듯이, 일체의 권위와 관습 및 제도에 도전한 혁명가적 풍모를 지녔다. 실제로 그는 참신한 시와 문장을 창작하여 문단에 커다란 반향을 일으켰다.

　박제가는 문인이자 서예가로서 국내뿐만 아니라 중국에도 널리 명성을 떨쳤다. 또 그는 단순히 문인에 그치지 않고, 경세가(經世家)로서 조선의 부국강병을 주장한 《북학의(北學議)》를 저술함으로써 개혁론자의 선구가 되었다.

　경세가와 시인으로서의 큰 위상 때문에 산문가로서 크게 주목받지 못했지만 실제로는 빼어난 산문을 썼으므로 산문가로 자리매김할 수 있다. 많은 양의 산문 작품을 남기지는 않았지만, 작품 한 편 한 편이 질적으로 우수하다. 그는 이덕무나 김용행, 이진(李璡) 등의 서얼 문사와 어울려 지내던 10대부터 소품취가 완연한 산문을 즐겨 지었다. 문체 파동이 발생하여 1793년 1월, 소품문을 지은 죄를 반성하는 자송문(自訟文)을 바치라고 정조가 하명했을 때 그는 〈비옥희음송인(比屋希音頌引)〉을 지어서 오히려 소품문을 지을 수밖에 없다고 항변하는 글을 올린 일도 있다. 그 글은 그가 소품문의 영향을 깊이 받고 끝까지 독자적인 창작 방향을 지켜왔음을 입증한다.

박제가의 소품 산문 가운데 〈묘향산소기(妙香山小記)〉가 최고의 작품이다. 20세인 1769년에 쓴 이 작품은, 예민한 감수성으로 산수 여행의 멋을 묘사해낸 조선 후기 여행기의 백미다. 이 작품만이 아니라 〈궁핍한 날의 벗(送白永叔其麟峽序)〉, 〈낙향하는 어른을 보내며(送元玄川重擧序)〉와 같이 남을 전송하는 글이나 〈광인의 인생, 장인의 생애(祭外舅李公文)〉 같은 제문, 그리고 〈시의 맛(詩選序)〉과 〈꽃에 미친 김군(百花譜序)〉같이 문집이나 작품에 붙인 서문에서는 인생의 절실한 체험과 풍부한 사고를 표현했고, 문학과 세계에 대한 깊이 있는 식견을 드러내었다.

박제가의 산문 어디에서도 흔해빠진 주제, 식상한 표현, 진부한 사상은 찾아볼 수 없다. 그는 강개한 정서와 예리한 시각, 명징한 논변과 산뜻한 수사를 펼쳐 빼어나고 독특한 산문 세계를 보여주고 있다. 그의 산문은 대부분 《정유각문집(貞蕤閣文集)》에 실려 있다.

1
꽃에 미친 김군
百花譜序

벽(癖)이 없으면 그 사람은 버림받은 자다. 벽이란 글자는 질병과 치우침으로 구성되어 '편벽된 병을 앓는다'는 의미가 된다. 벽이 편벽된 병을 뜻하지만, 고독하게 새로운 것을 개척하고 전문 기예를 익히는 것은 오직 벽을 가진 사람만이 가능하다.

김군은 곧장 화원으로 달려가서 꽃을 주시한 채 하루 종일 눈 한 번 꿈쩍하지 않는다. 꽃 아래에 자리를 마련하여 누운 채 꼼짝도 않고, 손님이 와도 말 한 마디 건네지 않는다. 그런 김군을 보고, 미친 놈 아니면 멍청이라고 생각하여 손가락질하고 비웃는 자가 한둘이 아니다. 그러나 그를 비웃는 웃음소리가 미처 끝나기도 전에 그 웃음소리는 공허한 메아리만 남기고 생기가 싹 가시게 되리라.

김군은 만물을 마음의 스승으로 삼고 있다. 김군의 기예는 천고(千古)의 누구와 비교해도 훌륭하다. 《백화보(百花譜)》를 그린 그는 '꽃의 역사'에 공헌한 공신으로 기록될 것이며, '향기의 나라'에서 제사를 올리는 위인이 될 것이다. 벽의 공훈이 참으로 거짓이 아니다!

아아! 벌벌 떨고 게으름이나 피우면서 천하의 대사를 그르치는 위인들은 편벽된 병이 없음을 뻐기고 있다. 그런 자들이 이 그림을 본다면 깜짝 놀랄 것이다.

을사년(1785) 한여름에 초비당(苕翡堂) 주인이 글을 쓴다.

꽃에 미친 김군

百花譜序

여기서 김군은 김덕형(金德亨)이다. 그는 호가 삼양재(三養齋)이고, 자는
강중(剛仲)이다. 그에 관해《진휘속고(震彙續考)》에는 "김덕형은 글씨와 그
림을 잘했고, 또 시와 부를 잘 지었다. 특히, 화훼(花卉)를 뛰어나게 잘 그
렸다. 그가 화훼를 한 폭 그리면 사람들이 서로 가지려고 다투었다. 그때
표암(豹菴) 강세황 판서가 그를 몹시 소중하게 여겼다. 그는《백화첩(百花
帖)》을 남겼는데 그 집에 보관되어 있다."[1]라고 기록했다. 여기서《백화첩》
이 바로 박제가가 말한《백화보》다. 내 생각에 이 화첩은 20세기 초반까지
전해온 것이 분명한데 현재 그 종적을 알 수 없다.

화훼를 전문적으로 그리는 화가를 평가하는 자리에서, 평범하고 상식적
인 세계에 안주하며 틀에 짜맞춘 규격품 같은 사고를 하는 인간을 혐오하
는 관점을 분명하게 제시했다. 그가 벽이라고 말한 독특한 병은 개성을 창
출하기 위한 기본적인 전제다. 굳이 말하자면 마니아다.

한 가지에 몰두하는 벽에 대한 예찬은 박제가의 소신이다. 이는 명말청
초(明末淸初)의 문인들에게서도 발견되고, 조선의 동시대 문인들에게서도
자주 발견된다. 당시의 대표적인 소품가 장대(張岱)는 〈다섯 이인의 전기
(五異人傳)〉에서 "벽이 없는 사람과는 사귀지 말라. 깊은 정이 없기 때문이
다. 흠이 없는 사람과는 사귀지 말라. 진실한 기운이 없기 때문이다."[2]라

---

1 "金三養齋德亨, 字剛仲, 善書畵, 又善詩賦, 尤工花卉. 每成一幅, 人爭取之. 時豹菴姜尙書, 甚
   珍重之. 有《百花帖》, 藏于家."

2 張岱, 〈五異人傳〉. "人無癖不可與交, 以其無深情也. 人無疵不可與交, 以其無眞氣也."

고 했고, 이덕무는《이목구심서》에서 "기이하고 빼어난 기상이 없으면 어떠한 사물이든지 모두 속됨에 빠진다. 산이 이 기운이 없으면 부서진 기와 조각이요, 물이 이 기운이 없으면 썩은 오줌이요, 학자가 이 기운이 없으면 묶어놓은 꼴이요, 방외인이 이 기운이 없으면 뭉쳐놓은 진흙덩이요, 무인이 이 기운이 없으면 밥 보따리요, 문인이 이 기운이 없으면 때 주머니에 불과하다."[3]라고 했다.

---

3 이덕무,《이목구심서》1,《청장관전서》Ⅷ, 권48. "奇秀之氣寂然, 則無論萬品, 皆墜俗臼. 山無是氣則敗瓦也. 水無是氣則腐溲也. 學士無是氣則束蒭也. 方外無是氣則團泥也. 武夫無是氣則飯袋也. 文人無是氣則垢囊也. 至於虫魚花卉·書畵器什, 無不皆然. 靈淑精英, 天鍾地毓, 得此者貴, 豈與滓穢朽臭駢肩接踵哉!"

2
시의 맛
詩選序

작품을 뽑는 방법은 온갖 맛을 모두 살리되 한 가지 색깔로 만들지 않는 것이 그 요체다. 그렇다면 '뽑는다'는 것은 무엇인가? 선택을 하되 서로 뒤섞이지 않도록 하는 것이다. 온통 한 가지 색깔로 만드는 것은 뽑아서 다시 뒤섞는 것에 불과하므로 애초부터 뽑았다고 할 수 없다.

그렇다면 맛이란 무엇인가? 저 구름과 노을, 비단과 자수를 보지 못했는가? 그것을 보고 있노라면 잠깐 사이에도 마음과 눈이 함께 그리로 쏠리고, 지척의 거리에도 흐리고 맑은 경물이 달라진다. 그 모습을 대충 보아 넘기면 그 실상을 알아볼 수 없지만, 꼼꼼하게 음미하면 그 맛은 무궁하다.

무릇 사물이 갈피를 잡지 못할 만큼 변화하여 마음을 움직이고 눈을 즐겁게 하는 것, 그 모두가 맛이다. 입이 관할하고 있는 것만이 맛은 아니다. 그런데 시를 뽑는 자리에서 굳이 맛을 기준으로 말하는 이유는 무엇인가? 짜고 시고 달고 쓰고 매운 이 다섯 가지 맛은 혀가 느껴서 얼굴에 표현된다. 맛을 속일 수 없는 것이 이와 같다. 이와 같지 않으면 그것은 맛이 아니다. 맛을 느낄 수 없는 음식은 먹지 않는다.

그렇다면 시를 뽑는 방법이 저 맛을 느끼는 것과 다른 점은 무엇이고, 온갖 맛을 모두 함께 살려야 한다고 한 이유는 무엇인가? 선택을 하되 획일적이지 않도록 하고, 또 많은 맛 중에서 각각 하나씩을 뽑아 올리라는 말이다.

신맛은 알면서 단맛은 모른다면 맛을 아는 자가 아니다. 단맛과 신맛을 저울로 달아서 조절하고, 짠맛과 매운맛을 적당히 짜맞추어 옹색하게 채워 넣는 자는 뽑는다는 것의 의미를 모르는 자다. 신맛이 필요할 때에는 극히 신맛을 택하고, 단맛이 필요할 때에는 극히 단맛을 택해야 한다. 그렇게 해야만 맛에 대해 말할 자격이 있다.

공자께서는 "음식을 먹지 않는 사람은 없지만 그 맛을 잘 아는 자는 드물다."라고 말씀하셨다.[1] 이 말씀을 통해서 성인은 꼼꼼한 마음을 가졌음을 알 수 있다. 그렇기 때문에 입에서 느끼는 맛을 통하여 말로 표현하지 못하는 오묘한 이치를 터득한 것이다.

속인들은 온통 한 가지 색깔로 모든 것을 파악하여, 날마다 접촉하면서도 그 맛을 분간할 줄 모른다. 누군가 "물은 어떤 맛인가?"라고 묻는다면 그들은 이렇게 대답할 것이다.

"물은 아무런 맛이 없다."

그러나 목마른 자가 물을 마셔보라! 그러면 천하의 그 어떤 맛난

---

1 《중용(中庸)》에 나오는 구절이다.

것도 이보다 더하지 않으리라.

　지금 그대는 목마르지 않다. 그러니 저 물의 맛을 무슨 수로 알겠는가?

시의 맛

詩選序

시를 뽑아 선집을 만들면서 박제가는 그 기준으로 맛[味]을 제기한다. 맛이란 그것을 느끼는 사람의 주관적인 입맛이 있고, 또 신맛·짠맛 등 객관적인 다섯 가지 맛이 있다. 선집이란 모름지기 그 다채로운 맛을 느낄 수 있어야 한다.

박제가는 〈비옥희음송인〉에서도 시문을 논하며 그 기준을 맛에 두었다. 그 글에서 박제가는, 남과 나는 서로 다른 취향을 가지고 있고, 그것은 입맛의 차이에 비교할 수 있다고 했다. 이것을 박제가의 입맛론 비평이라고 할 수 있겠다. 입맛론에는 획일주의를 극도로 혐오한 관점이 잘 나타나 있다. 학문이고 문학이고 사상이고 사회이고 간에 다양한 가치를 존중해야 한다는, 다원주의에 기초한 그의 열린 관점이 명료하게 드러난다.

3
궁핍한 날의 벗

送白永叔基麟峽序

천하에서 가장 친밀한 벗으로는 곤궁할 때 사귄 벗을 말하고, 우정의 깊이를 가장 잘 말한 것으로는 가난을 상의한 일을 꼽습니다. 아! 청운(靑雲)에 높이 오른 선비가 가난한 선비 집을 수레 타고 찾은 일도 있고, 포의(布衣)의 선비가 고관대작의 집을 소맷자락 끌며 드나든 일이 있기는 합니다. 하지만 그렇게 절실하게 벗을 찾아다니지만 마음 맞는 친구를 얻기는 어려운데 그 이유가 무엇일까요?

벗이란 술잔을 잡고 은근한 정을 나누며 손을 부여잡고 무릎을 가까이하여 앉는 자를 의미하는 것만은 아닙니다.

말하고 싶은 것이 있어도 입 밖으로 꺼내지 않는 벗이 있고, 말하고 싶지 않은 것이 있으나 저도 모르게 저절로 입 밖으로 튀어나오는 벗이 있습니다. 이 두 부류의 벗에서 우정의 깊이를 가늠할 수 있습니다.

아끼는 것이 없는 사람은 없으므로 누구나 사유(私有)하고 싶어 하고, 사유의 대상으로는 재물보다 심한 것이 없습니다. 또한 사람은 남에게 부탁할 일이 생기지 않을 수 없는데 누구나 그런 부탁을 꺼리고, 꺼리는 대상으로는 재물보다 심한 것이 없습니다. 사유한 재물을 논하는 것도 꺼리지 않는 친구라면 다른 것은 오죽하겠습니까!

《시경》에 "옹색하고 가난한 내 처지! 힘든 줄 아는 자 하나도 없네!"라는 시구가 있습니다. 내가 아무리 간구(艱苟)하게 살아가도 남들은 털끝만큼도 제 것을 덜어 보태주지 않습니다. 그렇기 때문에 남이 베푼 은혜에 감동하거나 원한에 사무쳐하는 세상사가 일어납니다.

가난한 사정을 감추고 말을 꺼내기 싫어하는 사람이 있다고 합시다. 그 사람이 어찌 남에게 부탁할 일이 없을까요? 하지만 그는 집 문밖을 나서서는 억지로라도 웃는 얼굴을 하고 만나는 사람과 정담을 나눕니다. 차마 그가 오늘 먹어야 할 밥이나 죽에 대해서 몇 번이나 운을 뗄 수 있을까요?

그는 평소에 하던 이야기를 이것저것 두루 꺼내면서도 정작 지척에 놓여 있는 쌀궤의 자물쇠를 여는 일에 대해서는 감히 묻지 못합니다. 하지만 머뭇머뭇하는 사이에 대단히 꺼내기 힘든 말이 숨어 있습니다. 정말 부득이하기에 조금 운을 떼기 시작하여 잘 끌어가다 쌀이나 돈을 꾸어달라는 본론으로 화제를 돌릴 찰나, 상대방의 미간에 마뜩잖게 여기는 반응이 슬며시 나타나는 낌새를 알아차립니다. 그러면 앞에서 이른바 말하고 싶은 것이 있어도 입 밖으로 꺼내지 못하는 이야기를 설령 꺼낸다 하더라도 실상은 꺼내지 않은 것과 똑같게 됩니다.

그러므로 재물이 많은 사람은 남이 그에게 바라는 것이 싫으면 지레 재물 없음을 말해버리고 남의 기대를 아예 끊기 위해서 일부러 아무 말도 꺼내지 않습니다.

그렇다면 이른바 술잔을 잡고 은근한 정을 나누며 손을 부여잡고 무릎을 가까이하여 앉는 벗이라 해도, 대개는 서글픔에 휩싸여 떨어지지 않는 발걸음을 떼어 실의와 비감(悲感)에 차서 제집으로 돌아갑니다. 그렇지 않을 사람이 드물 것입니다.

저는 이 일을 통하여 알았습니다. 우정의 척도로 가난을 상의한다고 한 말이 쉽게 얻어진 것이 아니고, 무언가에 격분하여 그렇게 말한 것임을…….

곤궁할 때의 벗을 가장 좋은 벗이라고 말하거니와 허물이 없이 막되게 굴기 때문에 그러겠습니까! 또 요행으로 얻을 수 있다고 해서 그러겠습니까! 처한 사정이 같은 고로 지위나 신분에 얽매일 필요가 없고, 근심하는 바가 같은 고로 서로의 딱한 처지를 잘 이해한 것뿐이지요.

손을 맞잡고 노고를 위로할 때에는 반드시 친구가 끼니는 제대로 잇고 있는지, 탈 없이 잘 지내는지를 먼저 묻고 그런 뒤에 살아가는 형편을 묻습니다. 그러면 말하고 싶지 않았던 것인데도 저절로 입 밖으로 튀어나옵니다. 친구의 처지를 안쓰러워하는 진실한 마음과 또 친구가 마음 써준 데 대한 감격이 그렇게 시킨 것입니다.

다른 사람에게는 말을 꺼내기가 지극히 어려웠던 사정도 이제는 망설임 없이 입에서 곧바로 쏟아져 나와 말문을 막을 길이 없습니다. 어떤 때는 친구 집 문을 벌컥 열고 들어가 안부를 묻곤, 하루 종일 아무 말 없이 베개를 청하여 한잠 늘어지게 자고 떠나기도 합니다. 그래도 다른 사람과 십 년간 사귀며 나눈 대화보다 낫지 않습니까?

그 이유는 다른 데 있지 않습니다. 벗을 사귐에 마음이 맞지 않으면 무슨 이야기를 나누어도 말을 꺼내지 않은 것과 같습니다. 벗을 사귐에 간격이 없다면 비록 서로가 묵묵히 할 말을 잊고 있다 해도 좋은 것입니다. "머리가 세도록 오래 사귄 친구라도 처음 만난 것처럼 서먹서먹하고, 길거리에서 우연히 만나 사귄 친구라도 옛 친구와 다름없다!"[1]라고 한 옛말은 바로 이런 경우를 두고 한 것이 아니겠습니까?

저의 벗 백영숙(白永叔)은 재기(才氣)를 자부하며 세상에서 살아온 지 30년이로되 여태껏 세상의 인정을 받지 못하고 곤궁하게 지내고 있습니다. 그분이 이제 양친을 모시고 깊은 골짜기에 들어가 생계를 꾸려가려 합니다. 오호라! 그분과의 사귐은 곤궁함으로 맺어졌고, 그분과의 사귐은 가난함으로 채워졌습니다. 저는 그것이 못내 슬픕니다.

비록 그러하나, 저와 영숙의 사귐이 어찌 곤궁한 자의 우정에나 그치겠습니까? 영숙은 집 안에 이틀 양식이 구비된 것도 아닐 텐데 저를 만나면 오히려 차고 있던 칼을 끌러서 술을 받아 마셨습니다. 마신 술로 거나해지면 소리 높여 노래 부르며 남을 깔보듯 꾸짖고는 껄껄 웃어버립니다. 천지간의 애환, 염량세태의 변화, 인생의 단맛·신맛이 그 속에 모두 담겨 있습니다. 아아! 영숙이 곤궁할 때의 벗에 불과했다면 그렇게 자주 저를 주저없이 따랐겠습니까?

---

1 추양(鄒陽)의 〈옥중에서 양왕에게 올린 글(獄中上梁王書)〉에 나오는 구절이다.

영숙은 일찍부터 세상에 이름이 알려졌습니다. 그분과 우정을 맺은 사람은 나라 안에 두루 퍼져 있습니다. 위로는 정승·판서와 목사·관찰사가 그분의 벗이고, 다음으로 현인(顯人)·명사(名士) 또한 그분을 인정하고 치켜세웠습니다. 그 밖에 친척이나 마을 사람들, 그리고 혼인의 의를 맺은 사람들이 한둘이 아닙니다.

게다가 말을 달리고 활을 쏘며 검(劍)을 쓰고 주먹을 뽐내는 부류와 서화(書畵)·인장(印章)·바둑·금슬(琴瑟)·의술·지리(地理)·방기(方技)의 무리부터 시정의 교구꾼·농부·어부·푸줏간 주인·장사치 같은 천인에 이르기까지 길거리에서 만나서 누구하고나 날마다 도타운 정을 나눕니다. 또 줄을 이어 문을 디밀고 찾아오는 사람들을 상대하여 영숙은 누구냐에 따라 낯빛을 바꾸어 대우하여 그들의 환심을 얻었습니다.

또 각 지방의 산천과 풍속, 명물과 고적뿐만 아니라 수령의 치적과 백성의 숨은 불평, 군정(軍政)과 수리(水利)의 일에 이르기까지 모두 훤히 꿰뚫고 있습니다. 그러한 장기를 가지고, 사귀고 있는 많은 사람 사이에서 노닐고 있으므로, 마음껏 질탕하게 즐길 뜻에 맞는 친구 하나쯤 어찌 없겠습니까? 그런데 때때로 제집 문만을 두드립니다. 이유를 물으면 달리 갈 곳이 없다고 말합니다.

영숙은 저보다 나이가 일곱이 위입니다. 저와 더불어 같은 마을에 살던 때를 회고해보니, 그때는 동자였던 제가 벌써 수염이 나 있습니다. 십 년을 헤아리는 사이에 낯빛의 성쇠가 이와 같은데도 우리 두 사람은 하루와 같이 생각되니 그 사귐이 어떠한지를 알 수 있습니다.

오호라! 영숙은 평생 의기(意氣)를 중히 여겼습니다. 천금(千金)을 손수 흩어서 남을 도운 적이 여러 번이었습니다. 그러나 끝내 우대받지 못하여 사방 어디에서도 입에 풀칠조차 하지 못합니다. 활을 잘 쏘아 과거에 급제하기는 했으나, 녹록하게 세상의 비위를 맞추어 공명을 얻는 데 뜻을 두지 않았습니다.

이제 영숙이 또 집안식구들을 거느리고 기린협(基麟峽, 인제麟蹄)으로 들어갑니다. 기린협은 옛날에는 예맥(濊貊)의 땅이었는데 험준하기가 동해 부근에서 제일이라 합니다. 그곳은 수백 리나 되는 땅이 모두 큰 산봉우리와 깊은 골짜기로, 나뭇가지를 부여잡고서야 들어갈 수 있다 합니다. 그곳 백성들은 화전(火田)으로 곡식을 가꾸며 판자로 집을 짓고 살 뿐이요 사대부는 살지 않는다 합니다. 소식은 겨우 일 년에 한 번 서울에 이를 것입니다. 낮이 되어 문밖을 나서면 열 손가락에 못이 박힌 나무꾼과 봉두난발의 광부(狂夫)만이 화로를 앞에 두고 빙 둘러앉아 있고, 밤이 되면 솔바람이 쏴르르 일어 집을 돌아 스쳐가고, 외로운 산새, 슬픈 짐승이 울부짖어 그 소리가 골짜기에 울려 퍼집니다. 옷을 떨쳐입고 일어나 사방을 휘 둘러볼 때, 눈물이 흘러 옷깃을 적시며 서글프게 서울을 그리워하지 않을 수 있을까요?

오호라! 영숙이여! 거기서는 또 무슨 일을 하렵니까? 한 해가 저물어가면 싸라기눈이 흩뿌리고, 산중이 깊은지라 여우·토끼가 살져 있으리니 활을 당기고 말을 달려 한 발에 맞춰 잡고, 안장에 비껴 앉아 한바탕 웃음을 터뜨린다면, 악착 같던 의지도 속 시원히 풀리고, 고독한 처지도 잊히지 않을까요? 어찌 또 거취(去就)의 갈림길에 연연해하고 이별의 순간에 미련을 가질 필요가 있으리오? 어찌 또 서울 안에서 먹다 남긴 밥이나 찾아다니고, 남들의 싸늘한 눈치를 보아가면서 남에게 하고 싶은 말을 꺼내지 못하는, 말 못할 처지의 꼬락서니를 하며 지낼 필요가 있겠습니까?

영숙이여! 떠나십시오! 저는 지난날 궁핍 속에서 벗의 도리를 깨달았습니다. 그렇지만 영숙과 제 사이가 어찌 궁핍한 날의 벗에 불과하겠습니까?

궁핍한 날의 벗

送白永叔基麟峽序

  백영숙(白永叔)은 백동수(白東修, 1743~1816)의 자다. 호는 인재(靭齋) 또
는 야뇌당(野餒堂)·점재(漸齋)다. 그는 이덕무의 처남으로, 무과에 급제한
무인이고, 의협심이 대단했으며, 사람 사귀기를 좋아한 쾌남아였다. 이덕
무가 그를 위해 지어준 〈들에서 굶주리는 사람(野餒堂記)〉에서 그의 호협
(豪俠) 기질을 엿볼 수 있다. 박제가를 박지원·이덕무에게 처음 소개한 사
람도 바로 백영숙이었다. 그 역시 서얼로, 후에 장용영(壯勇營)의 장관(將
官)을 지냈다.

  그런 그가 현실 세상에 발을 못 붙이고 기린협, 지금의 인제로 들어간
다. 그의 좌절이 박제가는 남의 일 같지 않다. 서울이라는 세속적 도회지
에서 궁핍한 선비가 겪는 염량세태를 통해 당시 서얼 출신 지식층의 고뇌
와 울분을 표현했다.

  이 글에서 독자의 폐부를 찌르는 세 군데 대목을 눈여겨보라! 부자를
찾아간 가난뱅이의 청을 거절하는 대목과 마음 맞는 가난뱅이 친구들의
격의 없는 행동, 그리고 기린협에서 백영숙이 겪을 정경! 미묘한 인간 심
리의 세치(細緻)를 가슴 절절하게 묘사한 일품(逸品)이다. 기린협으로 낙향
할 때 박지원도 송서(送序)를 써서 배웅했으나 이 글의 도도한 파토스에는
미치지 못한다.

4
광인의 인생, 장인의 생애
祭外舅李公文

경인년(1770) 겨울 10월 정축(丁丑)일입니다. 셋째 사위 밀양 박제가는 삼가 향을 사르고 술을 따라 띠풀에 뿌리고서 장인어른이신 고 절도사 이공(李公)의 관에 두 번 절하고 곡을 한 뒤에 아룁니다.

오호라! 천하에 옹서지간(翁婿之間, 장인과 사위 사이)이 무덤덤해진 지가 오래되었습니다. 사람들은 사위를 자랑할 줄 알고 장인을 사랑할 줄 압니다. 그러나 장인을 사랑한다고 해서 장인을 잘 이해하는 것은 아니고, 사위를 자랑한다고 해서 영예로운 것은 아닙니다. 장인과 사위라는 이름은 있으나 장인과 사위 사이의 즐거움은 없습니다.

장인이 사위를 보면 으레 "요새 어떤 책을 읽나?" 하고 묻습니다. 그러면 사위는 으레 "불민하여 독서에 힘을 기울이지 못하고 있습니다."라며 평계를 댑니다. 그러면 장인은 다시 대뜸 "힘을 써야지." 하고 훈계하고, 사위는 또 으레 "예예!" 하고 굽실거립니다. 하지만 입으로는 말하지 않아도 뱃속에서는 벌써 볼멘소리가 싹틉니다. 이는 다른 까닭이 아닙니다. 장인과 사위 사이의 즐거움을 모르는 탓입니다.

무릇 장인과 사위 사이의 즐거움은 서로의 마음을 알아주는 것이 귀할 뿐, 딸자식의 남편이고 아내의 아버지라는 관계에 달려 있는 것은 아닙니다. 서로의 마음을 알아주지는 않고 사위니 장인이니 부르면서 무람없이 집안을 출입합니다. 이것은 가정 안에서 옷과 음식을 떠받들어 모시는 것을 즐기고 만족하는 데 지나지 않습니다. 서로 간에 무덤덤하기가 너무 심합니다.

그렇지만 장가든 그날에는 기러기 아비가 앞에서 길을 안내했고, 수종꾼이 골목을 가득 메웠으며, 신랑을 맞아들이는 이들이 길에 줄 지어 서 있었습니다. 의복과 안장 지운 말, 병풍과 초례상, 온갖 그릇은 모두 금은이나 색채로 화려하게 꾸몄습니다. 사위를 이끌어 대청 위로 오르게 하여 장인에게 절을 시키면 장인은 사위에게 눈길을 고정하여 먹지 않아도 배가 부릅니다. 좌우를 둘러보아도 아낄 물건이 없어 물 쓰듯 사위에게 건네주면서 혹시라도 받지 않을까 되레 걱정이라, 사위가 말 한 마디 꺼내면 거스르는 것이 없습니다. 대관절 이는 누가 베푼 힘입니까? 모두가 장인이 사위를 사랑하여 그런 것입니다.

그렇다가도 장인의 부음을 듣게 되면 창피해 눈물을 흘리지도 않고서 날이 저물어야 조문을 하러 갑니다. 그마저도 겨우 세 번 곡소리를 내면 그만이고, 제삿날이 되면 먼저 고기를 집습니다. 그 때문에 세상에서 자기와 상관없는 일을 비꼬아 장인 제사라고 말합니다. 이것은 살아서는 사랑을 독차지하고 죽어서는 의리를 잊어버리는 짓입니다. 또 어쩌면 그리 무덤덤하단 말입니까!

오호라! 저와 공 사이의 차이로 말하자면 공은 무인이고 저는 문인입니다. 알고 지낸 기간은 고작 세 해밖에 지나지 않고, 가까이 모신 기간은 고작 열흘에 불과합니다. 그럼에도 불구하고 공께서는 아무 말 없이 저를 아껴주셨고, 저는 아무 말 없이 공의 마음을 알았습니다. 살아서는 진정으로 즐거워했고, 죽어서는 진정으로 슬퍼했으니 무슨 까닭이겠습니까? 사람 사이에는 한 번 보아도 바로 알아주는 사람이 있고, 크게 다른데도 그럴수록 더 뜻이 맞는 사람이 있으며, 한 가지 일에도 일생토록 잊지 못하는 사람이 있습니다.

오호라! 저는 세상 물정 어두운 선비입니다. 키는 칠 척이 되지 않고 이름은 동네 밖을 벗어나지 않습니다. 그럼에도 공께서는 한 번 보시고 딸자식을 제 아내로 주셨습니다. 풍류와 기개는 친구를 깊이 사귀듯 했습니다. 제가 껄껄 웃으면 공께서는 제가 생각이 있어서 그런 줄로 아시고 장난친다고 여기지 않으셨습니다. 제가 쿨쿨 잠에 빠지면 공께서는 제가 마음이 편해서 그런 줄로 아시고 게으르다고 여기지 않으셨습니다.

제가 눈 오는 날 벗을 찾아가 밤새도록 돌아오지 않고, 지붕이 헐고 종이창이라 별빛이 몸에 스며들어, 새벽에 일어나 벽을 긁으면 얼음이 손톱에 가득하고, 주인집 방석이 무릎을 가리지 못하고, 한 이불 덮고 누워서는 흥얼거리며 시 짓기를 그치지 않았지요. 공께서는 그 모습을 보시고는 병이 들까 걱정하시면서도 그 즐거움을 알아주셨습니다.

제가 객사에서 독서할 때 밤낮으로 더위가 푹푹 쪄도 토방에 누워 책을 보았습니다. 모기와 파리, 벼룩과 빈대가 물어 온몸이 퉁퉁붓고, 머리를 들어 서까래를 보면 거미줄이 날려 연기와 어울려 매달려 있었습니다. 땅거미 질 때 밥을 끓여 구부러진 수저로 작은 밥사발의 밥을 한 번 씹을 때마다 바윗덩어리 같은 돌이 나오고, 보리밥알이 입안에서 이리저리 구르다가 소금물로 간을 맞춘 생부추가 들쭉날쭉했습니다. 그래도 그런 곳에서 한 달이 넘도록 희희낙락 지내는 것을 공께서 보시고는 그 괴로운 생활을 불쌍히 여기시긴 했어도 그 참을성을 알아주셨습니다.

공께서 언젠가 이런 말씀을 하신 적이 있었습니다.

"갓은 굳이 좋은 것 가릴 것 없이 검고 둥글면 되고, 신은 굳이 꾸밀 것 없이 삼태기만 아니면 끌고 다닌다."

그 말에 저는 일어나 이렇게 대꾸했습니다.

"그러시면 이 사위는 너무 불우한 겁니다. 저는 속으로 늘 침단향(沈檀香)으로 제 소상을 만들고 오색실로 저를 수놓아서 열 겹 보자기에 싸서 영원토록 전하여 사람마다 볼 수 있도록 하고 싶습니다. 저는 산과 물, 구름과 안개가 아름다운 풍경이나 꽃과 나무, 새와 짐승이 고운 것을 보게 되면 불쑥 기쁘고 사랑스러워 저도 그렇게 되기를 바랐습니다. 제가 오늘날 횅뎅그렁하게 아무것도 없는 집에서 주먹밥에 맹물을 마시고 누더기 옷을 입는 꼬락서니라 좋은 것 나쁜 것도 모르는 것처럼 보이지만 속마음까지 설마 그렇겠습니까? 단지 알아주는 이를 만나지 못했을 뿐입니다."

공께서는 쯧쯧 혀를 차며 말씀하셨다.

"자네의 가슴속이 이렇듯이 사치스러운 줄은 몰랐구나!"

공께서 말씀하신 것을 제가 구태여 말 꺼낼 일이 없었고, 제가 한 일을 공께서 구태여 거론할 것 없었습니다. 남들에게는 화낼 일도 제게는 웃어넘기셨고, 남에게는 가식으로 하실 일도 제게는 진정으로 대하셨습니다. 마음에서 서로 통하여 각자가 하지 않아도 된다는 것을 알았기 때문입니다.

오호라! 제가 장가를 든 지 이틀째 되던 날, 공께서는 달빛을 받고 나오셔서 우물 난간 동편에 지팡이를 세워두고 쇄마(刷馬)를 돌보셨습니다. 제가 "한번 타보고 싶습니다."라고 청했더니 공께서는 바로 허락하시고 종을 돌아보며 "어서 안장을 갖춰서 가는 대로 맡겨두거라!"라고 분부하셨습니다. 저는 황급히 그만두라 하고 이렇게 말씀드렸습니다.

"안장을 뭐 하러 메우나요? 제가 말갈기를 잡고 등에 올라타서 채찍을 한 번 치면 말이 달릴 텐데요."

공께서는 놀라고 기뻐하며 직접 술을 따라 마시도록 주시고는 제게 "야심할 때까지 타지는 말게나!"라고 조심시켰습니다. 그리하여 검은 옷을 입은 종에게 술값을 가지고 제 뒤를 따르게 했습니다.

저는 편복을 입고 말에 올라 배오개 시루(市樓)로부터 철교(鐵橋)로 말을 달려 백탑(白塔) 북쪽에 있는 벗들을 방문하고 백탑을 한 바퀴 돌아 나왔습니다. 그때 달빛은 길에 가득하고 꽃나무는 하늘까지 닿았으며, 드문 별빛이 쏟아졌습니다. 말은 고개를 떨구고 천천히 향기를 맡으며 구불구불 걸었는데 발굽이 교만함을 주체 못하여 길을 가는 줄도 느끼지 못했습니다. 제가 돌아와 선잠을 자려니 공께서 술에 취했나 살펴보러 오셔서 제 뺨을 어루만지고 이불을 덮어주시면서 눈치 채지 않도록 하셨습니다.

오호라! 지난해 공께서는 저를 데리고 가서 약산(藥山)의 영변도호부 관아에서 지내게 하셨습니다. 저는 오랜 객지 생활에 몸을 뺄 길이 없었습니다. 그래서 장난질과 방랑하는 꼴을 공에게 보여드렸습니다. 일찍이 나비를 잡으려다 잡지 못하고 화가 나서 꽃—기생—을 꺾은 일이 있었습니다. 기생들이 떠들썩하게 "낭군께서 꽃을 꺾었습니다."라고 고해 바쳤더니 공께서는 "소란 피우지 말거라! 꺾은 꽃을 낭군께 드려라!"라고 하셨습니다. 제가 찾아뵙고 웃었더니 공께서 이렇게 말씀하셨습니다.

"한 해를 마치도록 집에 보내지 않으면 네가 몇 송이 꽃을 더 꺾는 꼴을 보겠구나!"

오호라! 지금 생각해보니 이 일은 끝내 다시 볼 길이 없거니와 그 말씀은 더더욱 잊을 수 없습니다.

오호라! 지난해 공을 따라서 영변의 철옹성 남문을 올라가 술잔을 잡고 시를 지었습니다. 이날은 마침 한가위라 들녘에는 베지 않은 벼들이 널려 있었습니다. 산천은 멀리 펼쳐지고 기러기는 높이 날며 촌락의 울타리에는 날이 저물고 소와 말은 오가며 제사 채비하는 아낙네는 짐을 등에 지거나 머리에 이고 오갔습니다. 공께서는 그 풍경을 구경하셨습니다. 난간에 기대 먼 풍경을 둘러보시다가 동으로 서울 쪽을 바라보며 서글피 언짢은 표정을 한참 지으시더니 이렇게 말을 꺼내셨습니다.

"벼슬살이에 분주하다보니 성묘를 못한 지도 4년째로구나!"

그때 제가 비아냥거렸습니다.

"장인어른! 저를 보세요. 허리 아래에 인끈이 달려 있나요? 저 같으면 훌쩍 돌아갈 텐데요. 누가 말리겠습니까?"

그러자 공은 이렇게 해명했습니다.

"이 인끈을 어찌 내가 차고 싶어 하랴! 이미 나라에 몸을 바치기로 했으니 의리상 사양할 수 없어서지."

오호라! 공께서 인끈 하나를 정말 좋아하셔서 벼슬 구하는 것에 마음을 두셨겠습니까? 벼슬이 절로 이르면 힘을 다 기울일 따름이었습니다. 밤 깊어 등잔불이 가물거릴 때면 저만 따로 불러 앉으라 하시곤 때때로 젊은 시절 전원에서 한가롭게 지내던 일을 말씀하셨습니다. 그때마다 마음이 끝없이 치달려 자식들과 더불어 관직을 버리고 고향에 돌아가 농사를 가르치고, 삼복이나 동지 같은 명절에는 말술을 장만하여 이웃을 부르며, 오리를 사냥하고 농어를 낚시질하면서 여생을 마치고 싶다는 뜻을 밝히셨습니다. 그러고는 다시금 강개한 기분이 들어 한탄하면서 늙어가는 몸을 가슴 아파하시고는, 하신 말씀을 다시는 실행에 옮기지 못할까 봐 염려하셨습니다. 저는 그러면 술병을 당겨 술을 따라드리고 조금 있다가 구슬픈 소리로 《이소(離騷)》의 노래를 암송하여 술맛을 돋우어드렸습니다. 그러면 또 낯빛을 바꾸시며 무릎을 꿇고서 눈물을 줄줄 흘리셨습니다. 이 일은 집안사람이나 측근 누구도 모르는 일입니다.

오호라! 지난해 공께서 관서 영변에 머무르실 때 저는 9월에 태백산으로 들어가서 단풍과 수석(水石)을 보고 여러 절간 사이를 오가며 열흘이나 구경하고 돌아왔습니다. 공께서 산에 들어가 무얼 했느냐고 물으시길래 저는 "불경을 읽었습니다."라고 대꾸했습니다. 그랬더니 공께서는 웃으시며 "늘그막에 고생하며 키운 딸을 시집보냈더니 사위란 것이 부처를 배우다니!"라고 하셨습니다. 이때 저는 서울로 돌아가겠다고 자주 졸랐으나 공께서는 완강히 저를 잡아두셨습니다. 그래서 저는 "부처를 배우는 사위는 아무 짝에도 쓸모없으니 차라리 보내버리는 게 나을 겁니다."라고 했습니다. 오호라! 지금 와서 생각해보니 조금 더 머물러 지금까지 있으면서 공의 임종을 함께 했으면 좋았을 것입니다.

오호라! 공께서는 사람됨이 겉을 꾸미지 않으셨습니다. 진실한 체하면서 가식적인 사람을 보면 대놓고 욕하셨습니다. 이 무렵은 세상이 모두 안일에 젖어 침체되고 문약함이 날이 갈수록 우세했습니다. 무인일지라도 기개와 절도의 행동을 과감히 하지 못해 마치 서생처럼 굴었습니다. 공께서는 이렇게 말씀하셨습니다.

"모두 여기저기 눈치나 잔뜩 보면서 국사에는 힘쓰지 않는 자들이다. 나는 무인이다. 문(文)은 내가 할 일이 아니다."

조정에 서신 지 30년 동안 공을 알아주는 이가 한 사람도 없었습니다. 그래서 공께서는 익살을 즐기고 방종하게 처신하면서 세상을 조롱하는 것으로 세상을 헤쳐 나가는 길로 삼으셨습니다. 그리하여 세상에서는 모두 공을 광인이라 지목했고, 공 또한 광인임을 자처하셨습니다. 지난번에 제가 공으로부터 당신의 사연을 글로 쓰라는 부탁을 받은 적이 있었습니다만 저는 사양했습니다. 공께서는 이렇게 말씀하셨습니다.

"사양하는 까닭은 사위가 광인이란 말을 장인에게 쓰기 거북해서 그런가? 글만 생각하고 사위임을 잊으면 될 걸세."

제 글이 채 이루어지기도 전에 공께서는 세상을 뜨셨습니다.

오호라! 공께서 제게 글을 부탁한 이유는 공의 광인다움을 저만큼 잘 아는 이가 없다고 여기신 때문이 아닐까요? 대저 광인에도 거리낌 없이 행동하는 청광(淸狂)과 미친 척하는 양광(佯狂)이 있고, 술을 잘 마시는 광인이 있고 병이 든 광인이 있습니다. 그리고 뜻이 너무 크거나 행동이 앞서는 광인도 있습니다. 공께서는 어떤 광인에 해당할까요? 사방에 있는 자들이 모두 취해 있으면 깨어 있는 자더러 취했다고 합니다. 취하지 않았음을 따지려 들면 들수록 한층 더 취했다고 합니다. 취한 이는 많고 깨어 있는 이는 적으니 무슨 수로 밝히겠습니까? 저 깨어 있는 사람은 도리 없이 답답하여 미칠 것만 같아서 취했다고 대꾸하지 않을 수 없습니다. 오호라! 공께서는 광인임을 스스로 밝히실 수 없을 겁니다.

옛날 세숫물로 얼굴은 씻지 않고 도리어 들이마신 사람이 있었습니다. 친구가 큰 미치광이라고 요란하게 헐뜯었더니 그 사람이 "남들은 겉을 씻고 나는 안을 씻네."라고 답했답니다. 오호라! 공께서는 안을 씻은 광인인가 봅니다. 마음은 미치지 않았고, 행동은 미치지 않았습니다. 아는 이에게는 미치지 않았고, 오로지 모르는 이에게만 미쳤습니다. 오호라! 공께서는 아는 이를 만나지 못해 광인인 것인가요? 썩은 선비는 글줄이나 읽을 줄 안답시고 활과 화살을 잡은 무인을 업신여깁니다. 무인이라 공을 비웃고, 광인이라 공을 조롱했습니다. 공께서도 광인으로 그들을 대하여 한층 더 광인답게 행동하셨습니다.

오호라! 공께서 선비를 좋아하지 않는 성품이라 그렇게 광인의 행동을 하셨겠습니까? 단지 속된 선비를 좋아하지 않으셔서 그와 같이 행동하셨을 뿐입니다. 여기에 사람이 있어 다소곳이 집 안에 틀어박혀 곁에는 서책을 쌓아두고 온종일 바둑판을 끼고 있으면 남들은 한가롭게 지낸다고 말합니다. 그러나 그 속은 사실 내기 바둑을 두는 것이라 공께서는 그 판국을 간파하고 광인이 되어 판을 쓸어버리셨습니다. 여기에 어떤 사람이 있어 백주 대낮에 부처가 되었다며 먹지 않아도 생생하고 말도 하지 않고 앉아 있으나 실상은 불을 숨긴 채 광채를 내고 밤에는 몰래 고기를 씹어 먹습니다. 공께서는 그 요망한 짓거리를 간파하고 광인이 되어 두들겨 팹니다.

오호라! 사람들은 한가로울 때 악한 짓을 못하는 것 없이 하면서 시치미를 뚝 떼고 남을 속이려 듭니다. 제 딴에는 약은 꾀라 자부하지만 공의 광인다운 눈길에 간파당하지 않을 자 거의 없습니다.

오호라! 죽음이란 잊는 것이고, 잊으면 정이 없어집니다. 죽음이란 깨닫는 것이고, 깨달으면 후회가 없어집니다. 그러니 망자의 처지로 망자를 본다면 어찌 슬프다 말할 것이 있겠습니까? 그러나 종일토록 술잔을 올린들 어찌 한 모금이라도 마시며, 종일토록 관을 어루만진들 어찌 한 마디 말씀을 하시겠습니까? 슬퍼해도 알아차리지 못하시니 곡을 한들 무슨 소용이겠습니까? 그러니 산 자의 입장으로 망자를 본다면 도리 없이 답답하여 다시 곡을 할 수밖에 없습니다.

오호라! 제가 곡하는 것은 사위로서 장인을 슬퍼하는 것만이 아닙니다. 공에게 지기(知己)로서 감회가 있기 때문입니다. 오호라! 슬프도다! 흠향하소서!

작자가 21세(1770)에 쓴 장인 제문이다. 작자는 17세(1766)에 경상좌병사 (慶尙左兵使) 이관상(李觀祥)의 서녀와 결혼했다. 글에도 나오듯이 1769년 에는 영변도호부사로 부임한 장인을 따라 영변에 가서 한참을 머무르며 과거 공부를 했는데 그때 묘향산을 유람했다. 그러나 다음 해 장인은 임지 에서 갑자기 사망했다.

장인이 사망한 뒤 작자는 장인의 행장(行狀)과 혼유석명(魂遊石銘), 그리 고 제문을 지었다. 세 편의 글은 20세 무렵의 예민한 감수성과 참신한 문 체, 진정성 있는 글쓰기가 용해된 명문이다. 보통 망자의 삶을 추억하고 살 아남은 자의 슬픔을 표현하는 글은 상투적이고 형식적 문체로 흐를 수 있 다. 더욱이 그 대상이 장인일 경우에는 한층 더 심해진다. 하지만 작자의 글 은 전혀 딴판의 모습을 보여준다. 다른 어떤 글보다 생동감이 넘치고 흥미 롭다. 그의 많은 작품 가운데서도 명작으로 꼽을 만하다. 매우 긴 편의 글인 데도 따분함을 전혀 느낄 수 없을 만큼 변화와 기복이 있다.

이 글은 인간 사회의 물정과 세태가 생생하게 묘사되고, 놀랍도록 미묘 한 사람들의 행동과 심리가 섬세하게 표현되었다. 장인과 사위 사이, 즉 옹서지간의 농담과 익살, 배려와 진심이 약동하여 제문인데도 슬픔만이 아닌 다양한 감정이 뒤섞여 표현되어 있다.

장인은 충무공 이순신의 후손으로 무인이었다. 가식을 싫어하고 남의 비위를 맞추지 못하는 직선적인 무인 기질이 광인의 행동으로 나타난 점 을 작자는 인상 깊게 묘사했다.

5
연암에게

答孔雀館

열흘 간의 장맛비에 밥 싸들고 찾아가는 벗이 못 되어 부끄럽습니다.

200닢의 공방(孔方, 돈)은 편지 들고 온 하인 편에 보냅니다.

술병은 일없습니다. 세상에 양주(楊州)의 학[1]은 없는 법이지요.

---

1 '양주의 학'이라는 고사가 있다. 여러 사람이 모여 각자의 소원을 이야기했다. 어떤 사람은 양주자사가 되고 싶다고 했고, 어떤 사람은 돈을 많이 벌고 싶다고 했다. 학을 타고 하늘을 훨훨 날고 싶다고도 했다. 그러자 맨 마지막 사람이 말했다. "나는 말일세. 허리에 십만 관의 돈을 두르고 학을 타고 양주로 가서 자사가 되고 싶네." 그러니까 양주의 학이란 말은 이것저것 좋은 것을 한꺼번에 다 누린다는 뜻이다. 남조 때 양(梁)나라 은운(殷芸)이 지은 소설에 나온다.

돈을 꾸어달라는 연암 박지원의 편지에 대한 답장이다. 32자의 척독에 하고 싶은 말을 다 했다. 편지의 내용은, 고생하는 연암의 처지를 먼저 알아 찾아갔어야 하는데 그렇게 하지 못해 부끄럽고, 이제 종을 통해 돈을 보내지만 술까지 보내달라는 부탁은 만족시켜드리지 못한다는 것이다. 실제로는 자기도 술이 없어서 못 보내는 것이지만 있어도 보내선 안 된다고 말했다. 소망하는 것이 모두 이루어지는 건 인생의 순리가 아니기 때문이다. 결국 돈은 보내지만 술은 못 보낸다는 답장이다. 꿔달라는 사람이나 꿔주는 사람이나 피차 구김살이 없다. 연암이 초정에게 보낸, 돈을 꾸는 편지는 이렇다.

공자가 진채(陳蔡)에서 당한 것보다 곤경이 심하나 도를 실천하느라 그런 것은 아닐세.
안회(顔回)의 가난에 망령되이 비교하려들면 무엇을 즐기냐고 묻겠지.
무릎을 굽히지 않은 지 오래인
나처럼 청렴한 인간 없음을 어쩌겠나.
꾸벅꾸벅 절하노니 많으면 많을수록 좋겠네.
여기 술병까지 보내니 가득 채워 보냄이 어떠한가?

《연암집》에는 실리지 않은 일문(逸文)이다. 가난하여 굶는 처지임을 공자와 안연의 사연에 비유했다. 공자가 제자들과 함께 진채 땅에서 이레 간이나 밥을 먹지 못하고 고생한 일과 누항(陋巷)에서 안빈낙도하는 공자의 제자 안회의 생활에 여러 날 굶은 자신의 처지를 빗댔다. 연암은 무슨 거창한 도(道)를 실천하고 안빈낙도를 즐긴다는 명분도 내세울 것이 없는데 그저 가난할 뿐이라고, 자신의 못난 처지를 자조하듯이 썼다. 아무에게도 무릎을 굽히지 않기에 자기만큼 청렴한 사람이 없다는 말은 돈을 빌려달라는 말을 에둘러 표현한 것이다. 염치없이 빈 술병까지 딸려 보낸다는 끝부분의 말이 이 편지의 묘미다. 전부 48자로, 구절마다 모두 전고(典故)를 구사했다.

10

언어 밖으로 넘쳐난 사상과 감정, 이서구

이서구

이서구(李書九, 1754~1825)는 성조와 순조 연간에 활약한 정치가이자 문인 학자로서 자는 낙서(洛瑞), 호는 강산(薑山)이다. 21세에 문과에 급제하여 요직을 두루 거치고, 순조 연간에 우의정을 지내는 동안 강경하고 청렴한 노론청류(老論淸流)의 정치 노선을 견지했다.

문인으로서 이서구의 위상은 정치적 위상에 못지않다. 그는 18세기 후반 새로운 시풍이 성행할 때 선두에 섰던 시인이다. 이덕무·유득공·박제가와 더불어 이른바 '조선 후기 사가(朝鮮後期四家)'로서 그의 시명(詩名)은 당대는 물론 후대에까지 널리 회자되었다. 그의 시는 한시사에서 크게 주목을 받았다.

이렇게 시인으로서 이서구의 위상은 매우 높지만 그의 산문은 그렇지 않다. 정치적 비중이나 시인으로서의 비중에 눌려서 그런 것만은 아니다. 현존하는 그의 문집을 검토할 때, 조정에 복무하는 관료의 입장에서 지은 관각문(館閣文)을 비롯하여, 남들의 요청에 응하여 쓴 이러저러한 응수문자(應酬文字)들은 문예적 취향이 그다지 크지 않다.

그렇다고 이서구가 산문 창작에 등한하거나 재능이 없었던 것은 아니다. 문제는 그의 문집의 편찬 방향에 있다. 현존하는 문집에서는 그의 재기발랄하고 주제 의식이 자유분방한 젊은 시절의 산문을 의도적으로 제외시켰다. 검열이 가해진 결과다. 그의 산문으로 겨우 인구에 오르내리는 〈여름밤에 벗을 방문하다(夏夜訪友記)〉조차 그의 문집에 실리지 못하고 《연암집》에 부록으로 실려 전하는 실정이다.

최근에 발굴된 문집《자문시하인언(自問是何人言)》을 보면, 젊은 시절 이서구의 새로운 산문 창작의 면모를 발견할 수 있다. '이것이 누구의 말이냐고 스스로에게 묻는다'고 번역되는 독특한 제목의 이 산문집은, 박지원을 비롯하여 이덕무·유득공·박제가 등과 활발하게 교유할 때의 그의 산문이 어떠했는지를 보여준다.

　이서구는 10대에 이덕무를 스승으로 섬겼고, 그의 소개로 박지원을 만나 배웠다. 이때 그는 한창 문학에 비상한 관심을 기울였다. 박지원을 비롯하여 이덕무 등의 문사들이 한창 참신한 시를 창작하고 소품문 창작에 열을 올렸을 때, 그들보다 어린 이서구는 그 열기에 열성적으로 동참했다. 시에서 그러한 문학적 행보에 동참한 모습이 보이는 것처럼 산문 쪽에서도 똑같은 행보를 보여준다. 스승이었던 이덕무와 박지원의 행보를 그가 모르고 있었거나 그들과 다른 길을 갔다고는 볼 수 없다. 적어도 10대와 20대에는 그러했다. 만년에는 그의 문학 창작이 상당한 변모를 겪었다.

　한편, 박지원의 〈녹앵무경서(綠鸚鵡經序)〉를 통해 그가 《녹앵무경(綠鸚鵡經)》을 지은 사실을 알 수 있는데, 이 저작은 당시 이들 그룹의 소품문 창작 열기에 그가 동참했음을 드러내는 증거다. 그는 고증학에도 탐닉했는데, 이 성향 또한 소품문 창작 경향과 밀접하게 관련을 맺는다.

　박지원은 이서구가 16세 때 엮은 문집인 《녹천관집(綠天館集)》에 서문을 써주었다. 그 글에 옛 작가와 다른 문장을 쓰기를 갈구하는 그의 의지가 드러나 있다. 여기에서는 의고주의를 거부하고 새로운 글을 쓰려는 의도가 잘 드러난 작품을 중심으로 읽어본다.

1
《연암집》을 뽑고서
手鈔燕巖集序

헛된 명예는 사람을 감동시키지 못하고, 뛰어난 재사는 많은 사람과 사귀지 않는다. 어떤 사람은 "이름이란 실상의 손님이라"고 말하고, 어떤 사람은 "덕이 있는 사람은 외롭지 않다. 반드시 그 이웃이 있다."라고 말한다. 따라서 구름이 뭉게뭉게 일어나면 비가 내리고, 봉황이 날아오르면 뭇 새가 그 뒤를 따르는 법이다.

세상의 이른바 박식한 선비와 뛰어난 학자 들이 경서(經書)의 깊은 뜻을 거칠게 설명하고 문사(文詞)를 대강 읽어낸 다음 바로 연줄을 대어 끌어주어 유유상종하며 명성을 드날리고 서로를 치켜세우다가 끝에 가서는 비슷한 무리가 원수로 바뀌고 높은 명성이 비난거리로 화(化)하는 모습을 나는 숱하게 보아왔다.

그 모습으로 볼 때, 열 사람이 즐거워하는 것이 벗 한 사람이 좋다고 하는 것만 못하다. 자신을 수양하고 덕을 쌓음으로써 저절로 찾아오는 벗을 기다리는 것이 성인의 길이요, 문을 닫아걸고 바깥 출입을 삼감으로써 당세에 이름 날리기를 구하지 않는 것이 달관한 선비의 뜻이다.

나는 스물이 되도록 교유한 사람이 드물어, 옆 골목이나 가까운 마을에도 발길이 미친 적이 없다. 어쩌다가 사람들이 모인 자리에 끼이더라도 자리를 가득 메운 손님들과 일어나 인사를 나누는 법이 한 번도 없다. 그렇지만 연암 박 선생과는 가장 친하게 지낸다.

선생은 오랜 명가(名家)의 후예로서 문장을 잘한다. 출중한 재능을 지니고 세상을 오시(傲視)하는 의지를 지녔다. 30년 세월을 유유자적하면서 마음이 합치되는 사람이 없어 고독하게 지냈다. 현실로부터 물러나 옛 도읍지를 두루 구경했다. 신숭산(神嵩山)은 왼쪽에 솟구쳐 있고 예성강은 동쪽을 감싸고 흘러가며, 서쪽으로는 낙랑 지역을 구경하고 패강(浿江)은 넘실넘실 흘러갔다. 이렇게 옛 수도 두 곳을 방황하는 사이에 초목이 우거지고 전답이 비옥한 땅을 물색하다가 연암이라는 곳을 찾아내어 드디어 거기에 정착했다.

본디 선생은 나와 한마을에 살았다. 당시 나는 몹시도 어려서 박 선생이 어떤 분인지를 몰랐다. 시일이 한참 흐른 뒤 이웃에 사는 이씨에게서 학업을 배웠다.[1] 이씨는 자가 무관(이덕무)인데 나를 볼 때마다 "박 선생은 덕이 있는 어른으로 교유할 만하다."라고 했다. 또 두 집안의 손님들이 날마다 서로 왕래했는데, 그분들은 모두 점차로 "박 선생은 덕이 있는 어른으로 풍채나 범절이 훌륭하고, 문장을 꼼꼼하게 따져서 밝히기를 잘한다."라고 했다. 그러고는 나를 소개

---

1 원문에는 '수업(受業)' 두 글자로 쓰여 있는데, 그 위에 '종유(從遊)'라고 고침이 어떠한가 라는 첨지(籤紙)를 붙여놓았다. 혹시 이서구가 이덕무에게 학업을 배운 사실을 드러내지 않으려는 의도가 아닌지 의문이 든다.

하여 뵙게 했다.

　선생은 나를 맞이하며 인사를 나눴는데 어깨와 등이 둥근 분이었다. 자리를 내어 앉으라고 했는데 방석이 거의 방구석까지 닿을 크기였다. 그분을 뵙자 가슴이 시원하게 씻기고, 수염과 눈썹이 나를 뒤덮는 느낌이 들었다. 그러자 마음속으로 의문이 들었다.

　'박 선생은 참으로 덕이 있는 어른인데 어째서 한 번 본 내게 이렇게까지 후하게 대하는 것일까?'

　드디어 날마다 선생의 뒤를 좇아 노닐었다. 몇 달 사이에 낮에는 대면하지 않는 일이 없었고, 밤에도 걸음하기를 꺼리지 않았다. 눈으로는 그분의 문아(文雅)한 얼굴을 보며 즐거워했고, 귀로는 학문에 관하여 논하는 말씀을 들었다. 게다가 나는 한창 글을 쓰는 데 힘을 기울일 때였는데, 선생은 옛 문장을 비판하고 현재의 문장을 바로잡으며 그 득실을 저울질하는 서문을 써서 나를 가르쳐주셨다.

　그 글은 다음과 같다.

　옛것을 모방하여 글을 짓되 마치 거울이 물건을 비추듯 하고, 수면이 물체를 반사하듯 한다면 비슷하다고 할 수 있을까? 좌우가 반대로 되고 본말이 뒤집혀 보이므로 어찌 비슷하다고 할 수 있으리오?

　그림자가 물체를 따르듯 한다면 비슷하다고 할 수 있을까? 한낮에는 난쟁이 땅딸보가 되고, 저물녘에는 격다리 거인이 되므로 어찌 비슷하다고 할 수 있으리오?

　그림이 형체를 묘사하듯 한다면 비슷하다고 할 수 있을까? 길을 가는 자는 움직이지 않고, 말을 하는 자는 소리가 들리지 않으므로 어찌 비슷하다고 할 수 있으리오?

그렇다면 결국에는 비슷하게 될 수 없다는 말인가? 나는 말한다. 도대체 어째서 비슷하기를 추구하는가? 비슷함을 추구하는 자들이 있지만, 비슷한 것은 진짜가 아니다. 천하에는 이른바 서로 같은 것을 두고 반드시 꼭 닮았다고 하고, 구분하기 어려운 것을 두고는 진짜 같다고들 한다. 대체로 진짜 같다고 하거나 꼭 닮았다고 말하는 순간, 그 말 속에는 가짜요 다르다는 사실이 들어 있다.

따라서 천하에는 이해하기 어려워도 배울 수 있는 것이 있고, 완전히 다르면서도 서로 비슷한 것이 있다. 동서남북 각종 언어의 통역을 통해 이민족과 의사를 통할 수 있고, 전서(篆書)·주문(籒文)·예서(隸書)·해서(楷書)의 각종 글씨체로 모두 문장을 쓸 수 있다. 무엇 때문인가? 다른 것은 겉모습이고, 같은 것은 마음이기 때문이다. 이를 통해 볼 때, 마음이 비슷한 것[心似]이 근본이 되는 취지이고, 겉모습이 비슷한 것[形似]은 껍데기일 뿐이다.

이씨의 아들 낙서(洛瑞)가 못난 나를 좇아 공부한 지 여러 해가 되었다. 언젠가 자기의 문고 《녹천지고(綠天之稿)》를 들고 와서 내게 물었다.

"안타깝습니다. 제가 글을 지은 지 겨우 몇 해에 불과한데 남에게 노여움을 산 적이 많습니다. 한 마디라도 말이 새롭고 한 글자라도 조금 기이하면 곧장 '옛글에 이런 것이 있었느냐?'라고 묻습니다. '없습니다.'라고 답하면 얼굴을 붉히면서 '어찌 감히 그런 짓을 하느냐?'라고 합니다. 아! 옛글에 있는 것이라면 제가 무엇하러 다시 씁니까? 원컨대 선생께서 단안을 내려주십시오."

나는 두 손을 모아 쥐고 이마에 댄 뒤 말했다.

"이 말이 몹시 정확하여 끊어진 학문을 일으킬 수 있겠다. 창힐(蒼頡)

이 처음 글자를 만들 때 옛날의 어떤 것을 모방했던가?[2] 안연(顏淵)은 배우기를 좋아했지만 유독 저서를 남기지 않았다.[3] 그러니 진실로 옛 것을 좋아하는 자로 하여금 창힐이 글자 만들 때를 생각하면서 안연이 드러내지 않은 생각을 저술하게 할 수만 있다면, 문장은 비로소 바로잡힐 것이다. 네 나이 아직 어리니, 남에게 노여움을 사게 되거든 '널리 배우지 못하여 미처 옛것을 살피지 못했습니다.'라고 공손히 사과하거라. 그런데도 캐어묻기를 그치지 않거나 노여움을 풀지 않거든 조심스레 이렇게 대답하거라. 《서경》에 실린 은(殷)나라의 〈고(誥)〉와 《시경》에 실린 주(周)나라의 〈아(雅)〉는 삼대(三代) 적의 현대문(現代文)이고, 이사(李斯)와 왕희지(王羲之)의 글씨는 진(秦)나라와 진(晉)나라 때의 속된 글씨였습니다.'라고."

이 글의 취지가 고매하고 문장이 명료하여 나는 깊이 탄복했다. 그리하여 선생이 지은 글이라면 긴 문장, 짧은 글부터 섬교한 시, 장난스러운 척독까지 모두 손으로 베껴서 보관했다. 나는 이렇게 말한다.

"나는 선생과 이렇게까지 나이가 현격하게 차이 나고, 재능과 덕이 모자라서 이렇게까지 어둡다. 그러나 소리와 빛과 냄새와 맛을 다루는 문예를 논할 때만은 생각에 이견이 없고 취향 또한 같다. 또

---

2 창힐은 중국 고대의 전설적인 제왕 황제(黃帝)의 사관(史官)으로, 새나 짐승의 발자국을 보고 문자를 만들었다고 전한다.

3 안연은 공자의 제자로, 공자로부터 학문을 좋아한다는 칭찬을 들었다. 공자의 가장 우수한 제자였으나 저서를 남기지는 못했다.

뜬세상의 들뜬 분위기를 싫어하여 산림에 자취를 숨기고자 하는 태도가 똑같다.

그뿐만이 아니다. 선생께서 입으로 토해내고 글로 써낸 작품은 지금 시대의 표준이 되기에 충분하다. 그러니 내가 저 진한(秦漢)시대까지 거슬러 올라가고, 한유(韓愈)와 구양수(歐陽脩)를 뒤좇을 필요가 굳이 있겠는가? 이미 먼 과거의 까마득한 인물을 사모하여 현재에 활약하는 어른을 거들떠보지 않을 이유가 어디 있겠는가?

오호라! 같은 시대에 나란히 태어났기에 스승에게 전수받지 않아도 정감에 차이가 없으므로 벗보다 더 의리가 깊다. 백 세대 뒤에 결국 올바른 방향으로 돌아갈 것이니 군자는 이에 자신을 감춘다. 지금을 돌아보며 옛날을 생각해보니 대저 이분은 누구인가?"

문체는 서문이다. 이서구가 직접 연암 박지원의 시문을 베껴 책을 만들고 그 앞에 쓴 글이다. 보통의 서문이라면 글을 뽑아서 손수 베끼는 이유와 그 글의 매력을 밝히는 방향으로 서술했을 것이다. 이 글에도 그러한 내용이 뒷부분에 약간 보이기는 하지만 글의 중심은 그가 연암을 만나게 된 자초지종과 그를 스승으로 따르게 된 이유를 설명하는 데 있다. 더욱 중요한 것은 연암이 자기에게 써준 글의 내용이다. 앞 대목은 그가 이웃에 사는 연암을 이덕무의 소개로 만나고, 연암이 그를 후대하고 그가 연암에게 매료되는 과정을 중심으로 서술되어 있다. 이 대목을 읽다보면 연암에 대한 매료의 과정과 정도가 박제가의 〈백탑청연집서(白塔淸緣集序)〉와 매우 유사하다는 느낌을 받게 된다.

글 전체의 주제는 뜻을 같이한 지기(知己)와의 만남이다. 더구나 스승으로 모실 만한 지기를 얻은 흥분과 그 지기의 생각을 담은 글을 초록하는 기쁨이 잘 드러나 있다.

한편, 이 글에는 연암이 이서구에게 준 문집의 서문 전체가 액자처럼 삽입되었다. 그 서문의 핵심은 옛글에 대한 모방을 반대하고 자기 생각이 담긴 글을 쓰라는 취지다. 현재 《연암집》에도 몇 글자만 바뀌어 〈녹천관집서(綠天館集序)〉란 이름으로 수록되어 있다. 그만큼 이서구가 연암에게 깊이 매료되어 그의 생각을 금과옥조처럼 여겼다는 점을 보여준다.

2
소완정의 새와 곤충과 풀
素玩亭禽蟲草木卷序

나는 도시 한복판에 살고 있어서 이웃한 장소가 모두 드넓은 대로와 좁은 골목길이라, 자연을 즐기고 인생을 구가하기에 적절한 들녘과 산림의 멋이라곤 없다. 오로지 소완정(素玩亭)이 집 안의 중앙에 제법 높다랗게 솟아 있어 시야가 탁 트여 시원스럽다. 담장 뒤편에는 몇 그루 나무가 서 있어 해마다 여름이면 그늘을 만들어서 들보에 그늘이 감돌 때면 푸른빛이 짙게 드리운다. 그때가 되면 나는 날마다 그 속에서 쉬면서 새와 곤충, 풀과 나무에 속하고, 내 눈으로 보고 귀로 들을 수 있는 사물을 하나하나 눈으로는 세밀하게 살피고 귀로는 꼼꼼하게 엿들었다. 알게 된 사실이 한 가지라도 있으면 바로 시로 읊어서 그 내용을 기록했다. 그 결과, 새는 16편을 얻고, 곤충은 10편을, 풀과 나무 역시 각각 9편씩을 얻어 모두 합해보니 44편이었다.

그때 어떤 손님이 이렇게 말했다.

"'이하(李賀)[1]는 문장을 지을 때 꽃과 새, 벌과 나비라는 소재를 벗

어나지 않아서 끝내 사람들의 이목을 놀라게 하지 못했다.'라고 옛
사람들이 말하더군요. 당신은 오로지 지극히 미미한 사물을 관찰하
고, 아무 쓸모 없는 것에 정신을 소모하니, 자칫 저 이하와 가까운
것 아닌가요?"

　그 말에 나는 이렇게 답했다.

　"정말 그렇습니다. 그러나 나도 할 말이 있습니다. 저 바윗돌은
둥그렇게 놓여 있는 단단한 물건에 불과합니다. 그 물건이 산꼭대
기나 바닷가에 아무렇게나 놓여 있으면 사람이 지나가다 보고서는
'저기 둥그렇고 단단한 물건은 바윗돌이야.'라고 아무 생각 없이 대
강 말하고 맙니다. 그들 가운데 조금 특별한 기호가 있는 자는 '저
기 둥그렇고 단단한 물건은 바윗돌인데, 그것은 흙이 뭉쳐서 단단
해진 것이야.'라고 말합니다. 그러고서는 눈썹을 추켜올리고 눈동
자를 크게 굴리면서 사물의 이치를 신통하게 이해한다고 의기양양
해합니다. 하지만 그 이상은 모릅니다.

　사물을 헤아려서 물건을 처음 만드는 학자는 바윗돌의 거칠고
가는 무늬와 옆으로 퍼지고 종으로 가파른 형세를 꼼꼼히 살핍니
다. 그 색깔을 분별할 때에는 나방 눈썹 같은 녹색인지, 쑥 잎 같은
청색인지를 나누며, 그 재질을 구분할 때에는 문리(文梨)가 얼어서
반짝이는 것인지, 거북 등이 터져서 어떤 징조를 나타내는 것인지
를 나눕니다. 한쪽은 움푹 들어가고 한쪽은 돌출한 것 같은 작은 현
상조차 감히 조금도 무시하지 않습니다. 왜냐하면 하늘이 부여한

1　중국 당나라 때의 시인으로, 상상력이 매우 풍부하여 초자연적 제재를 잘 활용했다.

특징을 소홀하게 보아서는 안 되기 때문입니다.

새는 날고 곤충은 구물거리며, 풀은 싹을 틔우고 나무는 우뚝 솟아올라, 수만 가지의 모양이 같지 않고 제각기 그 자태를 뽐냅니다. 그렇지만 눈으로 보고서, 나는 것은 새요 구물거리는 것은 곤충이라 하고, 싹을 틔우는 것을 풀이라 부르고 우뚝 솟아오른 것을 나무라 부른다고 알 뿐입니다. 어째서 그럴까요?

저들의 가슴속에는 새와 곤충, 풀과 나무라는 겨우 네 가지 어휘만이 들어 있기 때문입니다. 만약 저 네 가지 어휘가 옛날에 만들어지지 않았다면 분명 그 이름조차도 알지 못했을 것입니다.

저 새와 곤충, 풀과 나무는 천지의 문장이요, 문장이란 인간을 장식하는 것입니다. 인간이 자기의 문장을 장식하고자 한다면 천지에 있는 문장을 빌려 쓰지 않을 수 있겠습니까?

이러한 까닭에 먼 옛날의 성인께서는 책을 써서 명명하는 것에서부터 가옥이나 의복, 수레, 깃발, 그릇 등을 장식하는 것에 이르기까지 저 네 가지에서 뜻을 취하고 형상을 만들었습니다. 천지를 가득 메운 사물 가운데 이들을 제외하면 다른 사물이 없기 때문입니다.

따라서 전해오는 말에, '새와 짐승, 풀과 나무의 이름을 많이 안다.'는 것이 있고, 사람들이 '높은 산에 올라서는 시를 짓고, 풀을 만나면 반드시 기록해둔다. 이것이 경대부(卿大夫)의 재능'이라고 한 것입니다. 그래서 나도 은연중 그러한 취지에 부응하고자 합니다."

그랬더니 그 손님이 "좋은 말입니다."라고 했다.

드디어 내가 쓴 것을 모아서 《소완정금충초목권(素玩亭禽蟲艸木卷)》을 엮었다.

소완정의 새와 곤충과 풀

素玩亭禽蟲草木卷序

이 글은 이서구가 자신이 쓴 시를 모아 엮고서 붙인 서문이다. 소완정은
그의 서재 이름이고, 금충초목(禽蟲艸木)은 그가 시집에서 다룬 주요한 소
재다. 새와 곤충, 풀과 나무가 시인들에게 널리 사용되는 소재임은 분명하
지만, 이렇게 단행(單行)의 시집으로 엮을 정도로 흔한 것은 아니다. 그는
그 점을 의식하여, 굳이 새와 곤충, 풀과 나무를 묘사하려 한 이유를 해명
했다. 우연이 아니라 의도적인 창작임을 밝힌 것이다.

여기서 이서구는 바윗돌에 대한 사람들의 인식 태도를 거론했다. 자연
물에 대한 일반적인 인식을 먼저 말하고 개명한 시인의 인식은 어떠해야
하는지를 제기했다. 바윗돌을 두고 "바위다."라고 말하거나, 조금 식견이
있다고 하여 "바위인데 흙이 뭉쳐서 된 거야."라고 말해서는 안 된다. 바위
의 무늬가 어떠하고 재질이 어떠하며 요철(凹凸)이 어떠한지를 세심하게
살피는 것이 시인의 자세. 아무리 작고 보잘것없는 사물이라도 치밀하
고 섬세하게 관찰해야 한다는 주장이다. 적어도 시인이라면 그렇게 해야
한다는 것이다. 그런 점에서 이 글은 시사적으로나 지성사적으로 매우 중
요한 의미를 지닌다.

3
여름날의 기억
夏居集序

《하거집(夏居集)》이란 여름철의 환경이 아늑하고 호젓하여 지내기에 알맞다고 여겨서 잠부(潛夫)가 여름철 들어 지은 시를 엮어 만든 시집의 이름이다.

나는 성질이 본래 느려 터지고 아둔하여, 기민하고 날쌘 면이 거의 없다. 남들과 함께 자리에 앉았을 때에는 언제나 입을 놀려 남들처럼 이야기를 꾸며내는 법이 없다. 또 남들이 하는 이야기를 들을 때에도, 말이 나온 지 벌써 오래되어 좌중이 모두 웃고 농담하느라 왁자지껄하지만 나는 여전히 멍청하게 그가 무슨 이야기를 했는지 알아차리지 못한다.

오로지 잠부를 앞에 두고 대화를 나눌 때에만 곧잘 누에고치에서 실을 뽑고 연뿌리를 잘라내듯이 말이 줄줄 이어 나와 그칠 수가 없다. 어떤 때는 입 속에서 말이 뱅뱅 돌면서 아직 튀어나오지 않았는데도, 나는 벌써 그가 말하고자 하는 내용을 대충 깨닫고 먼저 몇 마디 툭 던지는데 정확하게 맞아떨어져 한 번도 잘못 짚은 적이 없다. 그 때문에 둘 사이의 즐거움은 날이 갈수록 더욱 깊어갔다.

　나는 잠부와 소완정에서 더위를 식힌 적이 있다. 그때 날이 몹시 뜨거워 사방을 둘러보아도 구름 한 점 없고, 두 기둥 앞에는 단지 새가 오르락내리락하며 우는 소리가 들려오는데, 마루에 다기(茶器)를 벌여놓고 경서를 펼친 채 한가롭게 시간을 보내고 있었다. 그런데 갑자기 소낙비가 동남쪽 하늘에서 몰려왔다. 서북쪽 산에는 아직도 석양빛이 사라지지 않아 집 안팎의 나무가 푸르고 서늘한 빛을 드리우는데 책상 위의 책은 바람에 갈피가 넘어가며 펄럭펄럭 소리를 그치지 않았다. 그때 잠부가 벌떡 일어나, "이것이 이른바 여름날의 거처가 아니겠는가?"라고 외치는 것이었다. 그러더니 큰 술잔 하나를 들어 마셨다. 나는 묵묵부답할 뿐이었다.

　그로부터 며칠이 지난 뒤 내게 이 시집을 맡기며 서문을 쓰라고 했다. 나는 말했다.

　"서(序)란 실마리[緖]로, 그 실마리로 바탕을 삼아 그 취지를 설명해낸다는 말이다. 이번 여름날의 거처에서 얻은 멋을 지난번 네가 벌써 터득했으니 내가 서문을 써서 무엇하랴?"

　잠부는 아무 말 없이 한참 있다가 빙그레 웃으며 일어났다.

여름날의 기억

夏居集序

문체는 서문이다. 잠부(潛夫)는 그의 사촌 동생인 이정구(李鼎九, 1756~1783)의 호다. 자는 중목(仲牧), 호는 인재(靭齋)다. 이서구보다 두 살 연하로, 일찍 부모를 여읜 이정구는 소년 시절 이서구와 함께 공부하고 시를 주고받으며 성장했다. 두 사람 모두 이덕무를 스승으로 모시고 공부했다.

이정구의 시는 애조를 띠었다. 그의 시집에 붙인 이서구의 〈인재집서(靭齋詩序)〉와 이덕무의 〈선서재시집서(蘚書齋詩集序)〉에서는 이 점을 지적했다. 그는 28세의 이른 나이에 자살로 생을 마쳤다. 그의 시가 애조를 띤 것과 일정한 관계가 있는 것처럼 보인다.

서문은 여름철에 지은 시를 엮은 시집에 붙였다. 보통의 시집 서문이 시의 가치를 평가하는 내용 중심으로 서술되었다면, 이 서문은 창작의 경위를 밝히는 내용으로 구성되어 있다. 사실 이 서문은, 글 앞과 뒤의 내용만 없다면 시집의 서문이라고 하기에는 어울리지 않는다. 그 점이 이 서문의 특징이다. 이 시기에는 이렇게 서문이라 해도 서문의 형식적 요건을 무시하고 자유롭게 썼다.

4
여름밤에 벗을 방문하다
夏夜訪友記

늦여름 반달이 뜨는 날, 이웃한 동쪽 동네로부터 걸어서 연암(燕巖) 어른을 찾아뵈었다. 그때는 마침 옅은 구름이 하늘에 드리웠고, 나무에 걸린 달은 어슴푸레 빛을 뿌리고 있었다. 밤을 알리는 종이 치기 시작했다. 처음에는 은은하게 들려오던 것이 끝에 가서는 아련하게 사라졌다. 마치 물거품이 막 흩어지는 느낌이었다.

이 어른이 집에 계실까 안 계실까 점치면서 골목에 들어서서 먼저 창문을 흘낏 보니 등불 빛이 새어나왔다. 문에 들어서자 어른은 밥을 드시지 않은 지 벌써 사흘째였다!

맨발에다 망건을 벗은 채 방문턱에 엉덩이를 걸치고서 행랑채의 천한 종들과 말을 주고받던 중이었다. 내가 이른 것을 보시더니 옷매무새를 고쳐 입고 앉으셨다. 그러고는 고금의 치란(治亂)을 비롯해 우리 시대 문장과 당론의 파별(派別)이나 이동(異同)에 대해 거침없이 말을 쏟아놓으셨다. 어른이 하시는 말씀을 들으니 몹시 기이했다.

그때 밤은 벌써 삼경(三更)을 넘기고 있었다. 머리를 들어 창밖을 내다보니 하늘빛이 문득 환해졌다가 다시 어두워졌다. 은하수는 흰 빛으로 뻗어 더욱 퍼져가며 멈추지를 않았다. 나는 어른을 쳐다보며 여쭈어보았다.

"저것은 어째서 저럴까요?"

어른이 웃으며 말씀하셨다.

"자네, 그 옆을 한번 보게!"

내가 깜짝 놀라 쳐다보니, 촛불이 꺼지려고 불꽃이 더욱 크게 요동치는 것이었다. 그제야 아까 본 하늘이 이 촛불 빛과 서로 어울려 일어난 현상인 줄을 알아차렸다.

잠시 뒤 촛불이 꺼지고 나는 돌아가려고 종을 기다렸으나 종은 끝내 오지 않았다. 게다가 등잔대에는 촛불을 계속 밝힐 기름이 남아 있지 않았다. 하는 수 없이 깜깜한 방 안에 둘이 앉아서 태연자약하게 담소를 나누었다. 내가 말을 꺼냈다.

"어른께서 저와 같은 마을에 사실 적에, 어느 눈 오는 밤 어른을 찾아뵌 일이 있었지요. 어른께서는 저를 위해 손수 술을 덥히셨고, 저도 손으로 떡을 집어 구웠습니다. 질화로에서 화기가 화끈 올라와 저는 손이 너무 뜨거워 여러 번 재 속에 떡을 떨어뜨렸습니다. 서로 그것을 보면서 정말 즐거워했지요. 그러던 것이 이제 몇 년 사이에 어른께서는 머리가 벌써 하얘졌고, 저도 구레나룻과 수염이 검게 났습니다."

그 말에 서로 구슬퍼져 한참을 비탄에 잠겨 있었다. 밤이 깊어져 그제야 집으로 돌아왔다.

이날 밤부터 열사흗날이 지나서 글을 완성했다.

여름밤에 벗을 방문하다

夏夜訪友記

　어느 더운 여름날 밤, 지기(知己)를 방문했을 때의 일을 가벼운 필치로 묘사한 소품문이다. 주제가 크게 부각되는 것도 아니고 문장에 기교를 부린 것도 아니지만, 그의 붓놀림을 따라가다 보면 행문(行文)의 묘미가 살아나고 잔잔한 감동이 느껴진다.

　전반부에서는 위대한 문인 연암의 격의 없는 생활 모습이 전해오는 동시에 천연스런 인간미가 느껴진다. 사흘을 굶고서 행랑채 사람들과 대화를 나누는 장면이 인상적이다. 어느 겨울날, 촛불이 꺼진 깜깜한 방에서 질화로에 술을 덥히고 떡을 구워 먹던 즐거운 추억을 회상하면서 나이 들어가는 것을 슬퍼한 대목도 그렇다. 이서구에게는 서정적인 글이 많이 남아 있지 않은데 이 글은 대표적인 서정문으로 기억할 만하다.

　이 글은 《연암집》에 〈소완정이 여름밤에 벗을 방문하고 쓴 글에 답하다(酬素玩亭夏夜訪友記)〉의 부록으로도 실려 있다. 연암의 글은 이서구가 쓴 글을 보고 답장 형식으로 썼다. 거기에서는 가족과 떨어진 채 홀로 지내는 연암의 울울답답한 처지가 인상 깊게 묘사되었다.

5

바둑의 명인 정운창
棊客小傳

정생(鄭生)은 전라남도 보성군 사람인데, 바둑의 명인으로 이름이 높았다. 조선조에 바둑의 명인으로는, 사대부를 비롯하여 수레꾼, 시장 사람 들에 이르기까지 모두 덕원군(德源君)을 제일로 치켜세운다. 덕원군이란 사람은 종실(宗室) 출신이다. 정생은 서울에서 멀리 떨어진 시골의 비천한 선비로서 하루아침에 그 명성이 덕원군을 능가했다.

정생은 처음에는 사촌 형인 아무개로부터 바둑을 배웠다. 5, 6년 동안 문밖으로 나가지 않았을 뿐 아니라, 날마다 자고 먹는 것을 잊기 일쑤였다. 사촌 형 아무개는 늘, "이보게, 아우! 그렇게 하지 않아도 세상을 휘어잡기에 넉넉하다네."라고 했으나, 정생은 더욱 열심히 노력하는 자세를 버리지 않았다.

그때는 덕원군이 죽은 지 이미 백여 년이 지난 무렵으로, 김종기(金鍾期)·양익분(梁翊份)의 무리가 서울에서 한창 명성을 떨치고 있었다. 한양의 많은 고관이 하나같이 그들을 국수(國手)로 대우하여,

감히 그들과 기예를 겨루어보려는 자가 없었다. 정생 역시 시골에 처박혀 답답하게 지내는 처지라, 더불어 대국할 자가 없었다. 그리하여 정생은 한양까지 걸어가서 평소 명성을 누리는 국수를 찾아서 한번 대적하고자 했다.

한양에 이른 정생은 "종기(鍾期)가 국수로서 짝할 이가 없다."라고 한양 사람들이 말하는 것을 듣게 되었다. 그러나 공교롭게 관서 땅의 관찰사로 가는 고관이 종기를 불러 데려갔기에 아무리 해도 만날 수 없었다. 종기가 한양으로 돌아오는 기일을 늦추는 바람에 정생은 오래도록 대적할 자가 없었다. 당시에 대장 이장오(李章吾)[1] 와 현령 정박(鄭樸) 역시 바둑을 잘 둔다는 명성을 꽤 누렸는데, 그들은 정생을 보기만 하면 손바닥을 비비면서 물러나며 감히 바둑알을 가지고 맞먹으려들지 않았다.

사정이 이리 되자 정생은 더욱 무료하여 견딜 수 없었다. 드디어 관서 땅으로 종기를 찾아 나섰다. 평양에 이르러 포정문(布政門) 밖에서 사흘을 머물렀으나 아전이 들여보내 주지 않았다. 정생은 한숨을 내쉬며 탄식했다.

"재능 있는 선비가 그것을 알아주는 사람을 만나지 못하는 불운이 그래 이 정도란 말인가? 내 차마 걸음을 되돌릴 수가 없구나! 내가 떠나온 고향 땅에서 평양까지의 거리가 거의 수천 리다. 고갯길의 험준함과 나그네의 고생도 마다하지 않고 어렵사리 여기까지

---

1 이장오(1714~1781)는 영·정조 때의 무신으로, 용감하고 활의 명수로 이름났다. 영조의 신임을 받아 금위대장과 훈련대장을 역임했다.

이른 이유는, 한 가지 기예를 가지고 다른 사람과 자웅을 겨루어 잠깐 상쾌한 기분을 맛보자는 심사다. 끝끝내 사람을 만나지 못하고 돌아간다면 이 어찌 기구하지 않으랴?"

그리고 또 사흘 동안 자리를 뜨지 않았다. 그 사연을 들은 관찰사가 괴상하게 여겨 종기에게 말했다.

"이자는 대체 무엇 하는 사람인가? 기필코 특이한 면이 있을 것이다. 자네는 물러나서 내 하명을 기다리게!"

관찰사는 문을 열어 정생을 들어오라고 불렀다. 그와 몇 마디 말을 주고받은 다음 관찰사가 물었다.

"내가 듣기에 자네는 남쪽 지방에 산다고 하던데, 이제 발이 부르트도록 걸어 이곳까지 와 종기를 한번 만나려는 것을 보니 종기와 구면식인가 보구먼?"

정생이 "아닙니다. 그렇지 않습니다."라고 답하자 관찰사가 말을 이었다.

"그렇다면 자네가 종기를 만나려고 하는 이유를 짐작하겠네. 그러나 종기가 지금 여기에 없으니 어쩐다? 그래도 그만두지 않겠다면, 여기에 종기보다 약간 손색이 있기는 하지만 그와 상하를 다툴 만한 자가 있으니 시험 삼아 먼저 두어보는 것이 어떻겠는가?"

그 말에 정생이 "황공합니다. 삼가 말씀을 받들겠습니다."라고 했다. 그리하여 관찰사가 종기를 그 자리로 불러서 이렇게 분부했다.

"저 사람이 종기와 기예를 다투고 싶어 하지만 지금 종기가 없으니 어쩌겠는가? 자네가 종기를 대신하여 바둑을 두게나!"

관찰사가 종기에게 눈을 끔벅하자 종기가 거짓으로, "황공합니다. 삼가 말씀을 받들겠습니다."라고 대답했다.

드디어 좌우의 시중하는 사람들이 바둑판을 놓고 바둑알을 내어 왔다. 두 사람이 모두 진을 펼치고 고르게 길을 나누었다. 한 번, 두 번 상황이 바뀌자 종기는 바로 자유롭게 움직이지를 못했다. 반면에 정생은 처음과 다름없이 여유만만했다. 관찰사가 성을 내며 말했다.

"지난날은 장기 두는 종놈들과 대국하며 곧잘 손뼉을 치고 기세를 올리면서 온 나라 안에 짝할 이가 없다고 큰소리치더니만, 오늘은 실의한 사람처럼 움츠러들어 손놀림이 시원스럽지 않으니 무슨 까닭이냐?"

그렇게 바둑을 둔 지 한참 지나자 종기는 점차 더욱 두려움에 떨고 길을 몰라 하더니 끝내 정생을 이길 수가 없었다. 정생도 마음속으로 대수롭지 않게 여기며 종기에게 "조금 쉬었다 할까요?"라고 했다. 또 "댁은 종기와 비교해서 어느 정도 수준인가요? 지금 종기는 어디에 있습니까?"라고 물었다.

종기는 묵묵히 응답을 하지 못한 채 얼굴만 벌겋게 달아올랐다. 관찰사는 더욱더 분통을 터뜨리고 성을 내었지만 그도 정생을 어떻게 할 도리가 없었다. 결국에는 사실대로 이야기하고는 백금 스무 냥을 내어 정생에게 사례금으로 주었다.

시일이 흘러 관찰사가 해직되어 서울로 돌아오자 정생과 종기는 모두 서울에 머물면서 날마다 서로 어울려 놀았다. 하루는 날이 몹시 춥고 눈이 크게 내렸다. 종기는 집안사람을 시켜 술상을 성대하게 차리게 한 뒤 밤중에 정생을 불러 술을 마셨다. 술이 거나하게 들어가자 종기는 몸소 칼을 잡아 고기를 썰고 술잔을 들어 권하며 말을 꺼냈다.

"선생께서는 참으로 현명하고도 호걸다운 어른이십니다. 혹시라도 이 술잔을 올리는 제 의중을 짐작하시는지요? 이 제자가 감히 선생을 귀찮게 하는 말씀을 올려도 괜찮겠습니까?"

그러자 정생은 자신의 이름을 말하여 감사를 표하며 답했다.

"운창은 공께서 베푸시는 후의를 감당할 수가 없습니다. 그러나 공의 명성은 한 시대를 드날려 당세의 공경 사대부들 가운데 공을 사랑하고 후대하지 않는 자가 없습니다. 운창이 요행히 공과 더불어 동열에 끼어 있기에 공께서 이 못난 놈에게 하교(下敎)하실 것이 없으리라 생각되기는 합니다만, 감히 가르침을 청합니다."

이에 종기가 말했다.

"그렇습니다. 제자가 일찍부터 바둑을 배워 명성을 독점하며 많은 고관에게 출입한 지 벌써 십 년이 되었습니다. 그런데 선생을 만난 뒤로는 많은 고관과 어른이 이구동성으로 선생을 추대하여, 종기와 같은 놈은 제자의 반열에도 끼지 못하게 되었습니다. 제자가 어찌 감히 선생과 대적하려 하겠습니까마는, 바라건대 선생께서 제게 조금만 양보해주셔서 그저 예전에 누리던 명성을 지니도록 좀 해주실 수 있겠는지요?"

정생은 "좋습니다."라고 수락하고 밤새도록 즐겁게 술을 마시고 헤어졌다. 그로부터 정생은 종기와 만날 때마다, 많은 사람이 자리에 함께 있으면 서로 뒷걸음치면서 맹세코 대적하지 않았다.

정생은 나이 40여 세가 되었을 때 날이 갈수록 기술이 정교해졌다. 침잠하여 머리를 쓰고 묵묵히 헤아려본 뒤 반드시 좋다는 판단이 선 다음에야 돌을 놓았다. 그러므로 여름철일지라도 바둑 두기를 끝내는 것은 겨우 몇 판에 지나지 않았다. 어떤 때에는 바둑을 두다 말고 바둑알을 흩어버리기도 했는데, 다시 둘 때 바둑알을 놓으면 하나도 틀리지 않았다.

정생은 이렇게 말하곤 했다.

"내 사촌 형님은 나보다 여러 길 높은 분으로 창평(昌平)의 어린아이에게 바둑을 배웠다. 창평의 어린아이는 누구에게 전수를 받았는지 알 수 없다."

정생은 내 집에도 왕래한 일이 있다. 그는 성품이 간교하고 그 모습을 보면 바둑을 잘 둘 것 같지 않았다. 나도 그가 바둑을 잘 두는 줄 알고 있기에 그 오묘한 솜씨를 한번 보고 싶었다. 그러나 내가 본래 바둑을 이해하지 못하고, 문하의 많은 손님 가운데 정생과 비슷한 실력을 지닌 사람이 없어 결국 보지 못했다. 정생은 그 뒤에 죄를 얻었다. (이후의 내용은 원본에도 빠져 있다.)

바둑의 명인 정운창

某客小傳

문체는 전(傳)이다. 전의 격식을 완벽하게 갖추지 않고 비교적 가벼운 필치로 써서 소전(小傳)이라 명명했다. 조선시대에 바둑의 명인이 많았지만 그들의 인생과 활동을 기록한 문헌은 그리 많지 않다. 김도수(金道洙, 1699~1733)의 〈기자전(碁者傳)〉 이래, 한 시대에 명성이 있었던 대표적인 국수(國手)는 기록을 통해서 접할 수 있다. 여기에도 나와 있다시피 덕원군(德源君)의 명성이 자자했고, 유찬홍(庾纘洪) 등이 그 명성을 전한다. 이서구는 당대의 국수로 전라남도 보성의 한미한 집안 출신인 정운창이란 기객(碁客)을 부각시켰다. 글의 뒷부분이 약간 누락되긴 했지만 그 양은 미미할 것으로 보인다.

이 글은 삽화 중심으로 전개된다. 한미한 집안의 정운창이 바둑에 뜻을 두어 최고의 수준에 도달하기 위해 노력하는 장인 정신이 이 글의 주제다. 여기에 겨울밤 종기와 술을 마시며 나누는 대화 장면에서는 협기(俠氣)를 드러내기까지 한다. 침식을 잊고 바둑을 연습하는 젊은 시절의 불굴의 정신, 걸어서 한양까지 가 당대 최고의 명인과 대국하고자 하는 의지, 다시 평양에 찾아가 감영 문밖에서 기다리는 모습 등에서는 비장미까지 느껴진다.

이 글에서 멋진 장면은, 정운창이 종기와 겨루기 위해 도보로 한양에 갔다가 다시 평양 감영에 가서 기다리는 대목과 종기를 이기는 대목의 통쾌함이다. 그리고 정운창의 출현으로 명성을 잃은 종기가 어느 눈 오는 날, 정운창에게 술을 따르며 자기 체면을 살려달라고 부탁하는 장면은 이 글의 백미다. 그 둘은 추한 거래가 아니라 아름다운 협객의 면모를 드러

낸다. 문장이 아름다워 이서구의 글 가운데 수준 높은 작품이라고 평가할
만하다.

정운창은 명성이 자자한 국수였으므로 그의 삶은 이옥(李鈺)이 지은 〈정
운창전(鄭運昌傳)〉에도 기록되어 있고, 유본학(柳本學)의 〈바둑에 능한 김
석신에게 주는 글(贈善棋者金錫信序)〉에도 소개되어 있다. 나는 《벽광나치
오》에서 문헌 자료를 바탕으로 그의 삶을 추적하여 복원했다.

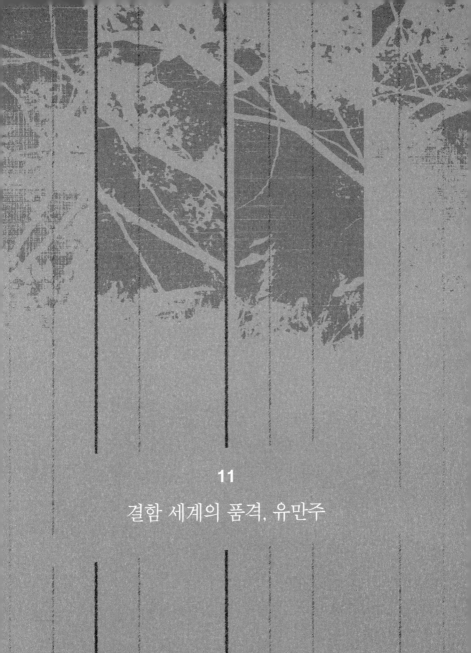

11

결함 세계의 품격, 유만주

유만주

유만주(兪晩柱, 1755~1788)는 자(字)가 백취(伯翠), 호가 통원(通園)이고, 본 관은 기계(杞溪)다. 저명한 문필가인 유한준(兪漢雋)의 외아들이다. 벼슬 하지 않은 채 독서인으로 한평생을 보내며 저술에 힘썼다. 폭넓은 독서 를 하며 많은 저술을 기획했으나 34세로 요절하여, 그가 기획한 방대한 저술을 현실화하지 못했다.

그러나 유만주는 24책이나 되는 방대한 일기 《흠영(欽英)》을 남겼다. 1775년부터 시작하여 1787년까지 13년 동안 하루도 빠짐없이 체계를 잘 갖추어 쓴 일기에 그의 모든 삶과 학문과 문학을 쏟아놓았다. 그가 보고 듣고 경험한 일상의 모든 세세한 사실을 기록했다. 《흠영》은 18세 기 중반기에 벌어진, 정계와 학술계의 동향, 풍속과 문화의 유행을 비롯 한 풍속사적 세부 사항이 풍부하게 실려 있는 생활사의 보고이기도 하 다. 보는 시각에 따라 이 일기는 다채로운 모습으로 바뀌어 나타난다.

동시에 이 일기에는 유만주가 읽은 수많은 책의 줄거리가 담겨 있고, 그의 폭넓고 독특한 사유가 숨김없이 표현되었다. 더욱이 한 개인의 비 밀스런 일상을 기록한 일기의 한계를 벗어나, 한 문학인의 문학 행위를 날짜에 따라 순차적으로 기록한, 독특한 형태의 작품집이다. 자신의 모 든 저작을 한 개인의 생애 주기에 따라 꼼꼼하게 기록한 문학이기에 저 자 자신도 "나는 글을 잘하지 못하지만 내 글은 《흠영》에 들어 있고, 나 는 시를 잘하지 못하지만 내 시는 《흠영》에 들어 있으며, 나는 말을 잘 하지 못하지만 내 말은 《흠영》에 들어 있고, 나는 경제를 잘 알지 못하지만 나의 생각은 《흠영》에 들어 있다. 그러므로 《흠영》이 없으면 내가 없다."라고 말했다.

유만주가 《흠영》에 수록해놓은 저작을 일반적인 문집의 형태로 다시 제작한 것이 바로 《통원문고(通園文藁)》로, 저자 사후에 친구인 임로(任魯)가 편찬했다.

모호한 부분이 있기는 하지만, 유만주의 문학적 성향은 소품문에 기운 것으로 보인다. 그가 활동한 18세기 중·후반은 이용휴·박지원·이덕무 등 소품문을 즐겨 창작한 작가들이 활발하게 활동한 시기였다. 소품문이 활기를 띠던 시기에 유만주도 그들과 직간접적으로 교류했고, 그들의 문학적 동향에 깊은 관심을 표명했다. 그는 동시대 문학의 다양한 조류를 비판적 안목으로 분석하여 일기에 펼쳐놓았는데, 대체로 소품문의 가치를 인정하는 쪽으로 기울었다.

이는 문학을 보는 그의 열려 있는 태도와 관련이 있다. 당시로서는 정통적 문학 범주에 있지 않던 소설이나 희곡, 사를 누구보다 적극적으로 구매하여 독서했고, 자연스럽게 그 문학이 지닌 가치를 인정했다. 특히, 당시 누구보다도 소설의 가치를 인정하여, 소설 문장의 아름다움을 즐겨 감상하고 국문소설의 가치까지 폭넓게 받아들였다.

여행기나 전기소설, 기문 따위의 문체는 소품취가 물씬 풍긴다. 이들 문체는 희작적이고 실험적인 성향을 보인다. 그는 특히 청언소품에 속하는 작품을 많이 지었다. 날마다 단상을 짤막하게 기록한 《흠영》 속 글은 청언소품의 범주에 속한다. 《흠영》은 정리되지 않은 채 숨겨져 있는 빼어난 청언소품집으로 간주할 만하다. 그는 18세기 후반의 독특한 개성을 지닌 산문가로 자리매김했다.

1
청언소품 20칙(則)

(1)

현재는 병이요, 과거는 약이다.

(2)

안 하자니 게으르고, 하자니 괴롭다.

(3)

어찌 남만을 두려워하랴? 나도 내가 두렵다.

(4)

대기만성(大器晚成), 이 한 마디 말이 수많은 용렬한 선비를 죽였다고 옛사람이 말했다. 그 말이 참으로 맞는다.

(5)

마음 맞는 사람과 더불어 맑은 대화를 나누기에는

눈 속이 어울리고

빗속이 어울리며

달빛 속이 어울린다.

비가 눈보다 낫고

달이 비보다 낫다.

(6)

꽃이 핀 동산

달이 뜬 다락

바람 아래 소나무

눈이 쌓인 골짜기

모두가 생활의 여가를 즐길 장소다.

(7)

빼어난 사람은 언제나 멍청함을 달고 살고

아름다운 사람은 대개 졸렬함을 동반한다.

결함 많은 세계의 일이란 늘 이런 것이 걱정이다.

(8)

천하에는 원만한 일이 없다. 따라서 결함이 일상사다.

천하에는 이로운 일이 없다. 따라서 손해가 일상사다.

이 사실을 알면 거의 되었다.

(9)

인간세계에는 천 개, 백 개의 층계가 있다.

가장 나은 것은 벗어나는 것이요

그다음은 지나가는 것이며

그다음은 희롱하는 것이다.

(10)

미인은 구리거울을 사랑하고

명사는 예스런 벼루를 사랑하며

장군은 좋은 말을 사랑한다.

나라면, 노인은 손자를 사랑하고

속물은 동전을 사랑한다고 말하리라.

(11)

고락(苦樂)! 이 두 글자는 인생에서 던지려 해도 던지지 못한다. 물리치려 해도 물리치지 못하므로, 목숨을 걸고 피투성이가 되어 싸우는 짓거리를 쉬지 못한다. 세계는 견디고 참아야 하는 곳, 그럴 수 있는 자 몇이나 될까?

(12)

한 걸음 물러서는 것! 이것이 수월하게 사는 법이다.

옛날에도 그렇게 산 사람은 겨우 조금 있었을 뿐이다.

자취를 거두어 숨어 살기가 어렵고, 망가지고 굽히며 견디고 참아야 하기 때문이다.

(13)

뱃속에는 기이한 글자 하나 들어 있지 않고

입으로는 아름다운 말 하나 뱉어내지 못하며

멍청하고 뚱뚱한 몸으로 남을 보며 마시고 먹는다.

이런 자를 지금 편안하게 살도록 해도 좋은 걸까?

(14)

이 세계는 욕망의 세계다.

기(氣)가 뭉쳐서 욕망으로 시작하여 욕망으로 끝난다.

이 세계를 뛰어넘고 벗어나는 자는 겨우 몇 명이고

머리를 들이밀다 사라지는 자는 넘쳐난다.

이것이 정녕 조물주가 이 세계를 만든 이치다.

(15)

　말해서는 안 될 것을 말한다면 말이 품격을 잃은 것이요, 행해서는 안 될 것을 행한다면 행동이 품격을 잃은 것이다. 다른 것도 모두 이와 비슷하다. 인간으로서 가장 하기 쉬운 것이 품격을 잃는 것이요, 가장 하기 어려운 것이 품격을 잃지 않는 것이다.

(16)

나는 나와 더불어 지내고

나는 녹음과 더불어 지내며

나는 책 속의 옛사람과 더불어 지낸다.

나는 비굴하고 멍청하여 명기(名器)가 없는 자들과는 더불어 지내지 않는다.

그러면 마음이 고요해지고 가슴이 펴지며 시원하고 좋은 일만 생기리라.

(17)

공부하는 사람이라면 마음속에 일이 많아서는 안 된다. 그 무엇에 마음이 붙잡히면 공부를 하지 못한다. 오늘날 선승(禪僧)들이 불경 공부를 폐하는 것은 게송(偈頌)에 대한 일념이 뱃속에 달라붙어 그것에 꽁꽁 묶여 옴짝달싹 못하기 때문인데, 그 사실을 자신은 모르는 것과 같다.

(18)

옛사람의 득의(得意)의 문장을 내가 마음을 기울여 읽으면 천하 만사를 잊어버린다. 그러면 바로 상쾌해진다. 그러나 문장을 읽는 기회를 얻기가 몹시 어렵다. 신령한 마음과 지혜로운 눈이 있어야 읽어서 이해하고, 맑은 시절 한가로운 날을 만나야 읽는 시간을 만들며, 몸의 병이나 집안의 쓸데없는 일이 없어야 읽어서 음미하고, 책갈피와 포갑을 쌓아놓아야 책 읽기의 준비가 끝난다. 어렵구나!

(19)

옛날 어떤 사람이 호숫가에 살았는데 몹시 가난했다. 누군가가 그에게, "그대는 한 이랑의 밭도 없으니 마음이 어찌 괴롭지 않으리오?"라고 물었다. 그의 대꾸는 이랬다.

"내게는 호수 삼만 이랑이 있지요. 그걸로 내 마음을 맑게 하기에 괴로움이 있을 수 없지요."

그러자 어떤 사람이 반문했다.

"호수가 그래 그대의 소유물인가요?"

그는 이렇게 말했다.

"내가 보려는 것을 누가 막을 수 있나요?"

이 말이 너무도 시원하여 속됨을 벗어났다.

(20)

'세상에 구하는 것이 없다.'는 무구어세(無求於世), 이 네 글자는 큰 안락함을 얻는 선가(仙家)의 비결이다. 오호라! 뜬 인생에서 견디고 참아야 할 수많은 일은 모두가 구하는 것이 있기 때문이다. 그때문에 고생 고생 휩쓸려가느라 쉴 틈이 없다. 세상에 구하는 것이 없이 내 온갖 행위가 이루어진다면 편하고 자유자재하여 소요하며 지내리라. 그렇게 백 년을 보내지 못할 이유가 있을까? 다만 그렇게 하지 못하기에 세계는 견디고 참아야 하며, 그 결함을 슬퍼하는 것이다.

《흠영》에는 아포리즘적 성격의 청언소품이 꽤 많아, 곳곳에 정리되지 않은 단상(斷想)으로 실려 있다.《통원문고》에서 다양한 주제의 글을《흠영》으로부터 뽑아 분류할 때, 정통적 문체의 어디에도 속하지 않는 청언 성격의 글을 뽑아 '흠영잡기(欽英雜記)'라는 이름으로 엮었다. 그 분량이 23권의 전체 문집 가운데 17권을 차지한다. 그 가운데 초기(初記)·산기(散記)·만기(漫記)·외기(外記)는 청언소품으로 분류할 수 있는 소품문이다.

학계에서는 유만주의 청언소품을 크게 주목하지 않아, 겨우 내가 쓴 논문〈유만주 청언소품 연구〉(《한문학연구》, 계명한문학회, 2006) 한 편이 있을 뿐이다. 그러나 그의 청언소품은 문학성이 뛰어나고 독특한 인생관을 보여주어 개성적인 문학으로 인정할 만한 가치가 있다.

유만주의 청언소품은 언어 구사가 시적이고 정제되었다. 열거와 대비, 대조법과 같은, 수사에 대한 문학적 고려도 중시하여 독자에게 깊은 인상을 남긴다. 위에 뽑은 20칙은 그 가운데 극히 일부이나, 이것만으로도 그의 청언소품이 지닌 독특한 특징을 엿볼 수 있다.

유만주의 청언소품은 세계와 인간존재에 대한 비관적이고 염세적인 인식이 두드러진다. 조선시대 선비들이 그처럼 소극적이고 비관적 심리를 잘 드러내지 않는 경향에 견주면 이색적이다. 그는 세상을 즐거운 곳, 무언가 해볼 만한 곳이 아니라 고통스러운 곳, 겨우겨우 견디고 참으며 살아나가야 할 곳으로 본다. 사람들은 욕망의 포로가 되었고, 원대한 포부를 지닌 영웅은 뜻을 펴지 못하며, 또 그러한 영웅을 멸시하는 곳이 바로 세상이다. 그는 곧잘 인생이 지닌 허무와 고독을 표현하거나 시시각각으로 겨는 소외감을 숨김없이 고백했다.

　한편으로 유만주가 청언소품에서 지향하는 바는 여유롭고 한가로운 삶
이다. 천박함과 비루함을 벗어나 품격과 아취를 지닌 생활이, 그가 영위하
고자 하는 삶이었다.

2
내 한 몸의 역사
欽英乙未敍

날마다 일기를 쓰는 것은 예나 지금이나 다름이 없다. 사람이 세상에 태어나면 일이 없는 날이 없어서, 내 한 몸에 모여드는 일이 그치는 때가 없다. 따라서 일은 날마다 다르고 달마다 다르다.

이 일이라는 것은 가까우면 자세하고, 조금 멀어지면 헷갈리며, 아주 멀어지면 잊어버린다. 하지만 매일 그것을 기록한다면 가까운 것은 더욱 상세하고, 조금 먼 일은 헷갈리지 않으며, 아주 먼 일이라 해도 잊지 않는다. 법도에 어긋나지 않는 일을 기록해놓으면 따라 행하기에 좋고, 법도에 어긋나는 일이라 해도 기록 덕분에 조심하게 된다. 그렇다면 일기는 이 한 몸의 역사다. 어찌 소홀히 할 수 있으랴?

글을 배운 이후로 지난해까지 나는 3700일 남짓을 살아왔다. 그러나 그동안 있었던 일을 아무것도 기록하지 않았다. 그래서 지나간 옛일을 돌이켜보면, 꿈속에서는 또렷하던 일이 깨고 나면 흐리멍텅하여 아무것도 기억나지 않는 것과 같고, 번개가 번쩍번쩍하여 돌아보면 빛이 이미 사라진 것과도 같다. 이것은 날마다 기록하지 않아서 생긴 잘못이다.

수명이란 하늘에 달려 있어, 늘이고 줄이는 것을 손써볼 도리가 아예 없다. 반면에 일이란 내 몸에 달려 있어, 자세하게 쓰느냐 간략하게 쓰느냐 하는 것은 오로지 나 하기 나름이다. 따라서 올해부터 날마다 하는 일을 기록하려 한다. 그날그날의 일을 날짜에 맞추어 쓰고, 하루하루가 모여 한 달이 되고, 한 달 한 달이 모여 한 해가 될 것이다. 요컨대, 하늘이 정해준 수명이 다하는 그날까지 거르지 않으려 한다.

삼가 세월의 흐름을 기록하고, 사람에게 일어나는 일을 기록하며, 보고 들은 일을 기술하고, 서책을 고르게 평할 것이다. 집안일부터 조정의 일까지 다루되, 삼정승이 임명되고 면직되면 그 사실을 기록하고, 관리의 성적을 매겨서 임용되거나 물러나면 그 사실을 기록하나 그 나머지까지 모두 갖추어 쓰지는 않을 것이니, 이 일기는 집안일을 위주로 하기 때문이다.

하루하루 하늘이 나타내는 재앙을 살펴서, 번갈아 드는 일식과 월식을 기록하고, 물난리와 가뭄이 들거나 바람이 불고 우레가 치면 기록하나 그 나머지까지 모두 기록하지는 않을 것이니, 이 일기는 인간의 일을 자세하게 쓰기 때문이다. 일기의 조목과 범례는 이런 정도에 불과하다.

시헌력(時憲曆)[1]에서 날짜와 간지(干支)만 뽑아 새로 큰 책을 하나 만들어 사실을 기록한다. 가까운 일은 자세하게 알고, 오래된 일은 헷갈리지 아니하며, 멀어진 일은 잊지 않기 위함이니, 뒷날 옛일을 점검하여 열람할 때를 대비하고자 한다.

현재와 현격하게 멀리 떨어진 까마득한 상고 시절로서 삼황오제 (三皇五帝) 시절보다 더 오래된 때는 없다. 그런데도 사람들은 그 시대의 일에 대해 억지로 끌어다 붙이거나 지나치게 파고들어 그 시대와 관련된 발자취를 갖추어놓고자 애쓰면서도, 제 한 몸에 이르러서는 절실히 구하는 것이 그만 못하거나 도리어 소홀하여 일이 일어난 날짜조차 기억하지 못하는 사람이 있다. 너무 이상한 일이다.

그리하여 나는 일기의 큰 경개를 서술하여 일기의 앞머리에 둔다. 때는 지금 임금님 51년이다.

---

1 1653년 이후부터 1910년까지 조선에서 쓰인 역법으로, 여기서는 시헌력에 따른 달력을 가리킨다.

내 한 몸의 역사

欽英乙未敍

이 글은 유만주가 스물한 살 되던 1775년 정월 초하루부터 《흠영》을 쓰기 시작하면서 쓴 서문이다. 그는 각 해의 일기에 모두 서문을 붙였다. 그 일부가 없어지기도 했지만 대체로 남아 있어서 일기를 대하는 그의 태도를 엿볼 수 있다. 이 서문은 일기를 쓰려는 의도를 밝혔다.

유만주는 "일기는 이 한 몸의 역사"라고 하며 일기를 써야 하는 이유를 간명하게 밝혔다. 내게 일어나는 일을 나 자신이 잘 모른다는 것은 말이 되지 않는다. 내게 일어난 일과 내 삶의 소중함은 저 상고적 역사와도, 세상의 큰 사건과도 견줄 상대가 아니다. 나에게 날마다 새로 벌어지는 일이 내게는 가장 소중하다. 그래서 일기는 중요한 의미를 지닌다. 사람들은 상고시대의 알지도 못하는 사적은 견강부회하여 만들어내면서도 정작 자신에게 일어난 일, 그것도 얼마 떨어지지 않은 시기에 일어난 일조차도 잘 기억해내지 못한다.

유만주는 일기를 쓰면서 시간을 세분하여 기억과 기록의 근거로 삼았다. 몇 년, 몇 달이라는 큰 시간 단위를 기억과 기록의 기준으로 삼지 않았다. 그런 태도에서 지난 십여 년의 과거를 3700일이라는 날짜로 계산했다. 그는 시간을 잘게 나누어보고자 했다. 아무리 사소한 일이라도 시시콜콜하게 시헌력, 곧 당시의 달력에 마련된 공란에 기록하여 자신에게 일어난 일을 세밀하게 기록했다. 요즘의 달력에 메모하는 형식과 다르지 않다.

하루하루 지날수록 가물가물해지는, 내게 벌어진 일에 대한 기억을 붙들어매는 '일기'에 관한 새로운 사유를 이 글은 잘 보여준다.

3
임화 제도의 설계
臨華制度序

속된 저잣거리의 더럽고 비좁은 공간이 싫어 그곳에는 거처를 정하지 않고, 바다와 산의 맑고 밝은 곳을 즐기고 싶어 여기에 거처를 장만했다. 편안하고 길지(吉地)라서 아들에게 전하고 손자에게 물려줄 만하다. 마침 꿈속에서 태산(泰山)과 형산(衡山)을 노닐고 난 뒤라 망령되지만 임화(臨華)의 원림(園林)을 마음속에서 설계해보았다.

기이한 봉우리가 모서리를 드러내고 줄지어 솟아 있어 마치 여산(廬山)의 황금빛 부용(芙蓉) 봉우리와 같고, 맑은 호수에는 해와 달이 그 중심에 둥글게 박혀 있어 마치 하지장(賀知章)의 보배로운 감호(鑑湖)와 같다.[1] 들판과 전답이 울창하게 여기저기 펼쳐지고 그

---

1 당나라 현종(玄宗) 때 하지장(賀知章)이 벼슬을 그만두고 향리로 돌아가자, 현종이 경호(鏡湖) 한 굽이를 하사했다. 그 뒤로 이 호수를 감호(鑑湖)라 불렀다.

가운데 길은 육 대주로 통한다. 날아갈 듯한 누정과 주택이 빽빽하
게 늘어서서 하늘 위 별자리를 닮았다.

지관에게 맡겨서 동서남북과 그 중앙을 따져 집자리를 정하고,
《주역》의 괘를 본떠서 삼백육십사 개의 효사(爻辭)를 이용하여 집
을 짓는다. 귤과 유자가 영롱하게 달려 있는 모습은 완연히 형상(荆
湘, 중국 남방 형주와 상주) 일대를 떠올리고, 대나무 숲이 우거진 풍경
은 영락없이 위천(渭川)의 들판이다.

금빛 편액을 화려한 대문에 번듯하게 걸어두니 문안의 깊이가
바다와도 같고, 돌비석은 붉은 전자(篆字)로 이름을 기록해놓으니
글자 하나의 크기가 쟁반만 하다. 책상에는 성인(聖人)의 경전을 놓
아두고 사색하거나 책을 읽으며, 집안일은 주자(朱子)의 예법을 따
라서 촌스럽지도 않고 사치스럽지도 않다. 위공(衛公)[2]과 같은 생
애를 보내며 권세가들이 벼슬아치를 쫓아내거나 등용하는 짓을 웃
어넘기고, 서불(徐市)의 행적을 본받아 어지러운 세상이 하찮고 번
잡한 일로 소란스럽거나 말거나 내버려둔다.

삼한(三韓)은 바다 밖의 이름난 땅을 차지한지라 배 한 번 띄우
면 무릉도원(武陵桃源) 선계로 바로 통한다. 풍속이 달라서 이런저
런 세력가들이 권력을 다투는 일과는 까마득히 떨어져 있고, 지역
이 외지고 마음이 멀어져 크고 작은 나라의 흥망성쇠는 꿈결에서
도 냉담하다.

---

2 당나라 경종(敬宗), 무종(武宗) 때 재상을 지낸 위국공(衛國公) 이덕유(李德裕)를 말한다.
   그는 평천장(平泉莊)이란 별장을 소유했는데 그 둘레가 40리에 100여 개의 누정이 있었
   고, 각종 기이한 화초와 진귀한 나무, 괴석으로 선경을 꾸몄다고 한다.

세상과 인연이 끊어진들 무엇이 아쉬우랴? 내 사는 거처를 그 누가 다투랴? 여기는 참으로 하늘이 내려준 곳이니 어찌 사람이 간여할 수 있으랴?

유만주는 고아하고 품격 있는 인생을 살 것을 꿈꿨는데, 그 인생에 필
수적인 조건의 하나로 아름다운 조경을 꼽았다. 그는 "명원(名園)이야말로
성령(性靈)을 도야시키는 도구다."라면서 20대 이후 끊임없이 집과 정원에
관한 상상과 계획을 이어갔다. 그는 현실에서 아직 구현해놓지는 못했으
나 기회가 닿으면 만들고 싶은 거대한 원림(園林)에 관한 구상을 했다. 그
이상적 거대한 원림을 임화동천(臨華洞天)이란 이름으로 불렀다. 구체적
설계도를 제시하기 이전에 임화동천을 만들고자 하는 동기와 취지의 근간
을 이 글로 밝혀놓았다.

속된 세계를 벗어나 자손 대대로 물려주어 살게 할 만한 공간을 조성하
고자 하는 욕망이 드러나 있다. 규모가 매우 크고 화려하게 지어 살면서
현실과는 관계를 끊고 살겠다는 의지가 엿보인다. 다만 이 글에서는 그 내
부에 어떤 건물과 누정, 연못을 조성하며 어떤 생활을 이어갈 것인지 구체
적으로 밝히지 않고 있으나, 《흠영》 곳곳에 단편적으로 이 임화동천 안에
배치해놓고 거기서 영위할 생활에 대해 써놓고 있다. 비록 30대 사망하여
미완의 설계도로 그치기는 했으나 신선계 쪽으로 거대한 원림을 꾸며놓고
살고 싶어 한 조선 후기 사대부의 이상을 대변한 기이한 문장이다.

4
인지동천기
仁智洞天記

동대문 큰 문을 벗어나 두 번째 돌다리를 채 건너기 전에 북쪽으로 꺾으면 영동별서(穎東別墅)로 들어간다. 큰 버드나무가 수십 그루에서 백여 그루 나타나서 먼지로 뒤덮인 세계를 차단한다. 버드나무를 경계로 삼아, 지나가는 사람들로 하여금 신비한 세계의 근원이 어느 곳에 숨어 있는지 찾아내지 못하게 한다. 버드나무 아래로 오솔길이 하나 뚫려 있어 그리로 따라 들어가면 삼사십 호쯤 모여 사는 작은 마을이 나타난다. 볏짚으로 지붕을 이은 초가집이 구불구불 이어지고, 벚꽃이 집들을 에둘렀다. 앵화촌(櫻花村)이라 부르는 곳으로, 백성들이 질서 있게 사는 살림터다.

울타리가 끝나는 지점 오른쪽에 넓은 연못이 자리를 잡고 있다. 일망무제로 펼쳐진 춘몽지(春夢池)다. 부들과 갈대, 마름과 가시연이 자라서 강호(江湖)의 분위기가 물씬 풍긴다. 제방을 높게 쌓고 그 위에 큰길을 평탄하게 닦았다. 두 줄로 심은 수양버들이 늘어서 그늘을 드리워 길을 덮었다. 이것이 대제지(大堤池)다. 연못 가운데

돌을 쌓아 작은 섬 하나를 만들고 뇌공서(礧空嶼)라 이름 붙였다. 화초와 나무가 울창하게 자라는 곳에 작은 정자가 숨어 있다. 이것이 완재정(宛在亭)으로 작은 배를 대어놓고 오간다. 구경하는 사람들이 다시 큰 제방으로 나오면 그제야 동네 전체의 면세(面勢)를 대충 파악할 수 있다.

산이 삼면을 두르고, 수많은 소나무가 빽빽하게 서 있다. 봉우리와 골짜기가 깨끗하여 기상이 청명하다. 동쪽에는 동고봉(東顧峯)과 동망봉(東望峯)이 있고, 서쪽에는 서고봉(西顧峯)이 있으며, 북쪽에는 만송령(萬松嶺)이 있다. 이 봉우리는 북고봉(北顧峯)이라 불리기도 한다. 동고봉 아래에는 복숭아나무 천 그루를 심어서 붉은 꽃, 푸른 잎이 무성하고, 갖가지 특이한 품종이 모두 있다. 이 동산의 이름이 하원(霞園)이다. 그 안에는 무릉정(武陵亭)이 있어서 아래를 내려다본다. 바위 위에 하원 두 자가 큰 글씨로 새겨져 있다. 동산 오른편에는 계곡이 있어 흠지벽(欽止壁)이라 한다. 미원장(米元章)의 벽과체(擘窠體)[1] 큰 글씨로 이름을 새겼다.

산자락을 따라 북쪽으로 약간 오르면 또 계곡 하나를 만나게 되는데, 앞에 있는 계곡보다 훨씬 크고 물과 바위도 더 아름답다. 이것이 함청벽(涵淸壁)이다. 금낭석(錦浪石)과 방장벽(方丈壁)을 지나쳐 동망봉을 향해 돌아서면 봉우리 허리께에 너럭바위가 나타난다. 바위 넓이는 얼추 십여 길쯤 된다. 바위 위에 다시 바위가 솟아

---

1 미원장은 송대의 저명한 서예가인 미불(米芾)이고, 벽과체는 글씨체의 일종으로 자체(字體)의 크기가 일정한 큰 글씨체를 말한다.

서 절벽도 되고 병풍도 되고 감실(龕室)도 되고 굴도 된다. 괴이하게 생긴 소나무가 바위를 뚫고 솟구쳐 자란다. 절벽 아래로는 평평하고 밝고 깨끗한 땅바닥이 있어 노니는 사람이 앉아 즐기기에 어울린다. 바위 위에는 "응수벽 운화석감 감운굴(凝邃壁 雲華石龕 嵌雲窟)"이란 글자를 새겼다. 절벽을 따라 왼편으로 가면 정상으로 올라가는 길이다. 그곳에 다시 넓은 바위가 가로로 놓여 있다. 둥그스럼하고 평평하며 시원스럽게 넓다.

여기에서 동대문 밖 들녘을 내려다보면 풀 한 포기, 나무 한 그루도 또렷하여 손가락으로 가리킬 정도다. 큰 바위 위에 산봉우리 이름을 새겼다. 그 아래로는 정업원(淨業院) 옛터가 보인다. 봉우리 아래에는 영조(英祖) 임금님께서 쓰신 글씨를 보호한 비각이 보인다. 금자(金字)로 새겨 비단으로 덮어놓은, "전봉후암 어천만년(前峯後巖於千萬年)"이란 글씨를 경건한 태도로 바라본다.[2]

이 비각을 지나쳐 아래로 내려가자, 이어져 내려온 산자락이 갑자기 끊어져 바위가 형성되었다. 바위 아래에는 넓은 바위가 층층이 이어지고 짝짝이 갈라져, 맑은 샘물이 그 위를 흘러간다. 또 바위 틈새와 바위 귀퉁이로부터 구불구불 숨어서 흐르던 물이 솟아

---

2 글에 나오는 정업원 구기(舊基)는 서울특별시 유형문화재 제5호로서 조선 영조 47년 (1771)에 세워진 건물이다. 조선 제6대 단종의 비(妃) 정순왕후(定順王后) 송씨가 단종의 명복을 빌면서 살던 곳에 영조가 추모비를 세우고 직접 '정업원구기 세신묘구월육일 음체서(淨業院舊基歲辛卯九月六日飲涕書)'라는 글과, 비각(碑閣)의 '전봉후암 어천만년(前峯後巖於千萬年)'이란 현판을 새겼다. 또 정순왕후가 영월을 바라보며 기도하던 바위에는 '동망봉(東望峰)'이란 세 글자를 새기게 했다. 큰 바위에 봉우리 이름이 새겨졌다는 것은 이 글씨를 가리킨다.

올라 앞 시내로 흘러 내려간다. 소나무 고목 두 그루가 돌 틈 사이에 삐쭉 솟아 뒤틀리고 구부러진 채 서서 그 아래 수면을 덮고 있다. 그 위치가 빼어나고도 기이하여, 술잔을 돌리기도 좋고 발을 씻기도 좋다. 이곳이 천상암(川上巖)인데, 동쪽 지역에서 경치가 가장 빼어나다.

서고봉(西顧峯) 산자락이 남쪽으로 내려와 조금 낮아진 곳에 언덕배기가 있다. 그 위에 오르면 동대문 성곽과 큰길이 내려다보인다. 언덕배기를 따라가다 방향을 돌려 올라가면 높다란 바위가 비스듬하게 깔려 있다. 그 바위 위에 인지동천(仁智洞天) 네 글자를 새겨놓았다. 글자의 크기가 진주 촉석루의 편액 글자와 형님 동생 할 정도다. 산자락을 안고서 북쪽으로 방향을 돌려 올챙이 모양의 큰 벼루와 완홍석(玩紅石)·천뢰석(天籟石)·유청석(留淸石)을 지나 아래 폭포에 이른다. 푸른 소나무는 고고하게 서 있고, 물소리는 귀에 가득하다. 계곡은 좁고, 골짜기는 작다. 그러나 물 흐름이 빠르고 여울이 깊으며 절벽의 형세가 기이하다. 이곳이 비백포(飛白瀑)다.

드디어 계곡의 근원을 찾아서 위로 올라간다. 계곡이 깊으면 깊을수록 경치는 더 아름답다. 바위를 만나기만 하면 그때마다 이름을 새겨 흠소벽(欽昭壁)·세진암(洗塵巖)·남수대(攬秀臺)·완호석(宛湖石)·독역처(讀易處)·화수원(花水源) 따위의 여러 이름이 있다. 비백포를 지나면 푸른 언덕 하나를 만난다. 폭포를 곁에 두고 계곡을 내려다보며 소나무 푸른빛으로 에워싸여 있는 이 언덕은 백여 명이 앉아도 좋다. 이곳의 이름이 낙유원(樂遊原)이다. 방향을 틀어 취적암(翠滴巖)을 거쳐 위 폭포에 이르면 폭포의 물길이 상당히 웅장하다. 이 폭포의 이름이 수홍포(垂虹瀑)다.

절벽의 형세가 웅장하고도 기이하며, 화초와 나무가 서로 어우러져 슬간벽(瑟澗壁)이라 이름한다. 이 모든 이름을 고전(古篆) 글씨체로 바위에 새겼다.

이제는 물의 근원을 찾으러 간다. 층층 바위가 연달아 이어진 사이로 계곡물이 굽이굽이 흘러나오고, 그 곁에 담화정(澹華亭)이 나타난다. 정자 뒤편으로 보이는 평탄한 산자락은 바둑판 모양을 했고, 푸른 잔디가 뒤덮었다. 그윽하고 호젓하여 인간 세상과는 차단된 듯하다. 이것이 지지대(知止臺)다. 이 대 위에는 소요유관(逍遙遊舘)이 있어 큰 바위가 바둑판처럼 놓여 있고, 여기에 태사천(太史泉)과 풍호석(風乎石)이란 이름을 새겨놓았다. 또 광오경(曠奧境)을 새겼고, 수석도(水石圖)를 새겼다.

마침내 폭포의 좌측을 따라 내려오자 두 개의 큰 바위가 좌우에 좁게 서 있다. 그 아래에도 순석(純石)이 놓여 있고 오래된 비단 같은 이끼가 끼어 있다. 다박솔과 특이한 풀이 바위 틈서리에 줄지어 자란다. 이것이 통선등(通仙磴)이다. 서고봉 절정에 오르자 한양의 성곽을 조망하기에 적합하다. 특히, 연등을 켠 초파일에 어울린다. 이것이 서쪽 지역의 빼어난 경치다. 만송령(萬松嶺) 정상은 평탄하고 널찍하며 높고 멀리까지 툭 트여 있다. 여기에 임취각(臨翠閣)이 있어 더위를 피하는 장소로 이용한다. 물과 바위의 빼어난 경치는 오로지 동쪽과 서쪽의 두 골짜기에 모여 있다.

봉우리와 고개가 돌아서 만나는 중간에 넓은 들이 펼쳐진다. 큰 시냇물이 그 들을 뚫고 아래로 구불구불 내려가서 앵화촌을 지나 동대문 제2교의 뒤쪽에서 만난다. 이곳이 수계원(繡溪原)이다. 여기는 옛날에는 모두 목화밭과 참외밭이었다. 이제 땅을 단단하게 다져 산장(山莊)을 만든다. 봉우리를 등지고 시내를 앞에 두고서 벽돌 담으로 주위를 두른다. 문 앞에는 큰 돌다리를 얹고서 화리교(畵裏橋)라 부른다. 버드나무를 죽 심어서 다리를 에워싼다. 큰길을 닦으면 말을 달릴 수 있다. 산장에는 서늘한 집과 따뜻한 방, 층층 다락과 화려한 건물을 지어서, 오가며 머물거나 먼 곳을 조망하기에 적합한 장소로 만든다. 여기에는 삼함루(三緘樓)·보광루(葆光樓)·집취정(集翠亭) 같은 편액을 걸어둔다.

일만 종의 꽃과 백 가지의 과실수를 심어 동산을 만든다. 큰 연못을 벽돌로 쌓아 만들되, 그 크기는 춘몽지의 3분의 2로 한다. 이것이 야광지(夜光池)다. 연못에는 섬 세 개를 마주 보게 만들고 꽃배를 두어 오가게 한다. 왼편에 있는 섬이 봉도(蓬島)로서 벽오동 여러 그루를 심었고, 요선정(邀仙亭)이 있다. 오른편에 있는 섬이 영도(瀛島)로서 대숲과 매화나무, 파초를 심었고, 협선정(挾仙亭)이 있다. 중앙에는 현도(玄島)가 있고, 이 섬에는 모두 다박솔과 오래된 잣나무와 향기가 나는 약풀을 심었고, 이곳에 있는 정자에는 승선정(勝仙亭)이라는 편액을 걸었다.

연못에는 연꽃이 가득 차서, 향기를 실은 바람이 연꽃을 스쳐 지나간다. 연못에 바짝 붙여서 이향각(邇香閣)을 만들고, 다시 연못의 물을 끌어대어 남쪽으로 흘려보내 집취정 앞에 술잔을 돌리는 물굽이, 곧 유상곡수(流觴曲水)를 설치한다. 여기에서 물을 서쪽으로 돌려 흐르게 하면 청사간(淸斯澗) 위에 걸터앉은 정자가 나타난다. 아스라한 곳에 자리를 잡았고 꽃나무가 사방을 둘러싸고 있는 이곳에 광오정(曠奧亭)이란 편액을 걸었다. 이 정자 뒤에는 징상각(澄爽閣)이 있어 춘몽지와 야광지의 빼어난 경치를 조망하게 했다.

연로정(演露井)이 그 곁에 있다. 징상각으로부터 북쪽으로 가면 반구정(反求亭)이 있어 연회를 베풀거나 활을 쏘는 곳으로 이용한다. 혼한정(渾閒亭)은 삼함루(三緘樓)의 동쪽에 자리를 잡았다.

그 나머지, 굳이 이름 지어 부를 정도가 아닌 산과 물, 그다지 아름답지 못한 누대, 그다지 두드러지지 않은 명칭과 새겨놓은 글씨는 일일이 기록하지 않았다.

옛날에 문징명(文徵明)³은 그림을 그릴 때마다 정운관(停雲館)이란 낙관을 그림에 찍었다. 손님이 그에게 "선생의 정운관은 어디에 있습니까?"라고 물었다. 문징명은 그에게 "내 마음속에 있소."라고 답했다. 또 옛날에 황주성(黃周星)⁴은 〈장취원기(將就園記)〉를 지었다. 그의 마음속에 그려본 거대한 정원의 밑그림이었다.

내가 이제 인지동천(仁智洞天)을 묘사한 작은 글을 쓰거니와, 이 글도 저 두 분의 뜻과 다르지 않다고 해야 하리라.

---

3 문징명(1470~1559)은 명나라의 저명한 화가이자 문인이다. 자는 징중(徵中)이고, 호는 형산(衡山)이며, 정운관이란 낙관을 즐겨 썼다. 동향 사람인 심주(沈周)와 함께 명나라 남종화의 대가로 후대에 큰 영향을 끼쳤다. 문징명이 손님과 주고받은 대화는 황주성의 〈장취원기〉에 부록으로 실린 〈선계기략(仙乩紀略)〉에 나온다.

4 황주성은 정약용의 〈유인(幽人)이 사는 곳〉의 주석을 참조하라.

《통원문고》에 실려 있는 글로 문체는 유기에 속한다. 언뜻 보면 실재하는 경관을 보고서 쓴 유기 같으나 일종의 '상상의 정원'을 묘사한 글이다. 18~19세기에 이러한 성격의 글이 다수 창작되었는데, 그 가운데 하나다.

작자 스스로도 밝히고 있듯이, 황주성(黃周星, 1611~1680)이 쓴 비슷한 주제의 글 〈장취원기〉로부터 일정한 영향을 받은 흔적이 보인다. 이렇게 상상의 정원을 설계한 조선 후기와 명청의 독특한 경향에 대해 나는 〈상상속의 정원〉(《문헌과 해석》 16호, 2001년 가을)에서 처음으로 다루었고, 〈18~19세기의 주거문화와 상상의 정원—조선 후기 산문가의 記文을 중심으로〉(《진단학보》 97, 2004)에서 본격적으로 살펴본 적이 있다. 그러나 〈인지동천기(仁智洞天記)〉는 미처 찾아내지 못하여 중요한 글임에도 불구하고 분석하지 못했다.

이 글은 여러 측면에서 흥미롭다. 무엇보다 대규모의 정원을 조성하면서 장소를 서울 동대문 밖으로 설정했다. 근대까지 동대문 밖은 경치가 아름다운 곳으로 꽤 널리 알려졌다. 특히, 유만주는 동대문 밖 풍경을 매우 사랑하여 자주 감상했다. 그는 실제로 있는 동망봉(東望峰)을 중심으로 가상의 서고봉을 설정했다. 동망봉은 현재 동대문구 흥인문 밖 숭인동에 있는 산이다. 또 〈인지동천기〉에서 묘사한 환경과 모습이 지금도 일부 보존되어 있다.

인지동천이란 명칭은 《논어》에 나오는 "인자요산(仁者樂山) 지자요수(智者樂水)"에서 의미를 취했다. "어진 사람은 산을 좋아하고 지혜로운 사람은 물을 좋아한다."라는 의미로서 인지(仁智)로 명명했다. 이 이름은 정원을 산과 물이 어우러진 경관으로 만든 의도를 구현한다.

이상적인 정원을 도시 공간과 멀리 떨어진 별세계가 아니라 성곽 바로 옆에 조성하여, 서울의 아름다운 풍경을 조망하도록 설정한 것이 흥미롭다.

정원 요소와 식재(植栽), 각종 연못과 조경 구조물은 건축과 조경의 차원에서 흥미로운 주젯거리다.

12

저잣거리의 이야기꾼, 이옥

이옥

이옥(李鈺, 1760~1815)은 18, 19세기를 대표하는 소품가다. 본관은 전주(全州)로, 자(字)는 기상(其相)이며, 문무자(文無子)·매화외사(梅花外史)·화석산인(花石山人)을 비롯한 많은 호를 사용했다. 고조부 이기축(李起築)부터 서얼이 되어 무반(武班) 집안으로 행세했다. 당색은 소북(小北)이다.

이옥은 한평생 소품문 창작에 전념하여, 발랄하고 흥미로운 작품을 많이 남겼다. 성균관 유생으로 있던 1792년, 국왕이 출제한 문장 시험에 소품체(小品體)를 구사하여 정조 임금으로부터 불경스럽고 괴이한 문체를 고치라는 하명을 받기도 했다. 일과(日課)로 사륙문(四六文) 50수를 지어 옛 문체를 완전히 고친 뒤에야 과거에 응시할 것을 허용한다는 징벌을 받았고, 또 경상도 삼가현에 충군(充軍)을 당하는 쓰라린 경험도 했다. 그 때문에 관계(官界)로 진출하는 길이 막혀버려, 이후 문학 창작에만 매달렸다. 자기만의 개성적인 문체와 내용을 고집함으로써 군주로부터 견책을 당할 만큼 독특한 창작 경향을 보였다.

이옥이 교유한 인물은 김려(金鑢)와 강이천(姜彝天)으로, 성균관에 재학할 때부터 사귀었다. 그들 역시 소품문을 창작했다. 또 유득공이 이종사촌이었으므로 박지원이나 이덕무 같은, 문단에서 벌써 명성을 얻은 문인들로부터도 일정한 영향을 받았다. 그렇기는 하지만 그는 문단의 저명한 인물들과 활발하게 교류하지 않은 채 일정한 거리를 두면서 소일거리로 소품문을 창작했다. 문학적 재능을 발휘하여 사회에 진출하고 명성을 얻을 기회를 놓친 그는 불우함과 소외감을 소품문 창작에 쏟았다.

이옥은 동시대 누구보다 본격적으로 소품문을 창작하여 그야말로 소품가의 본색에 충실했다. 그의 작품은 기존 한문 산문의 규범과 주제에서 크게 벗어나 그만의 독특한 개성을 보여준다. 이념의 속박으로부터 벗어나 인정세태의 세밀한 모습과 인간의 진정(眞情)을 작품 속에 구현하고자 했다.

한편, 이옥은 문학의 내용이나 문체, 글쓰기 방식에서 다양한 시도를 했다. 담배와 같이 일상생활에서 사용되는 천근(淺近)한 사실을 《연경(烟經)》이란 저술로 남긴다든지, 시정 생활의 시시콜콜한 국면을 묘사한 다양한 글을 쓴다든지, 또 불경의 문체를 흉내 내기도 하고, 변려문이나 이두문, 백화투의 희곡을 쓰기도 했다.

이옥의 문체는 엄숙하고도 경건한 분위기보다 희작적 필치를 강하게 표출했다. 무료함을 달래기 위해서 쓴다고 밝히기도 하는 등 전통적 글쓰기의 범주에서 벗어나 있다. 여러 면에서 조선 후기 문학사에서 매우 이채로운 작가다.

이옥의 작품은 양적으로도 많을 뿐 아니라 질적으로도 우수하다. 그는 수많은 작품을 창작했으나 체계적으로 정리된 적이 없다. 김려가 《담정총서(潭庭叢書)》에 그의 작품을 거두어 실었으나 그것도 일부일 뿐이다. 최근에 《이옥 전집》이 간행되었으나 그 후에도 새로운 작품이 발견되고 있다.

1

심생의 사랑

沈生傳

심생(沈生)은 서울의 양반이다. 약관의 나이에 용모가 준수하고 풍정(風情)이 넘쳤다.

어느 날 운종가(雲從街)¹에 나가 임금님의 거둥을 구경하고 돌아오던 길이었다. 건장한 여종이 자주색 명주(明紬) 보자기로 한 처녀를 덮어씌워 등에 업고, 머리를 땋은 여종은 주홍색 비단신을 들고 뒤따르는 모습이 눈에 들어왔다.

어림짐작으로 보자기 안의 몸을 재어보니 어린 여자아이는 아니었다. 드디어 심생은 바짝 붙어 뒤를 쫓기로 했다. 멀찍이 따르다가 소매로 스치며 지나가기도 하면서 눈은 한순간도 그 보자기를 떠나지 않았다. 걸음이 소광통교(小廣通橋)에 이르렀을 때, 갑자기 회오리바람이 앞에서 일어나 자주색 보자기를 반이나 들추었다. 아니

나 다를까 처녀가 나타나는데, 복숭아빛 발그레한 뺨에 버들가지 같은 가는 눈썹, 초록 저고리에 다홍치마, 연지분이 몹시 고와 설핏 보아도 절색이었다.

처녀도 보자기 속에서 어렴풋하게, 아름다운 소년이 쪽빛 두루마기에 초립(草笠)을 쓰고 좌우 이쪽저쪽으로 따라오는 것을 보고 있었다. 추파(秋波)²를 보내 보자기 밖의 소년을 한참 주시하던 중에 보자기가 걷혀서 버들 같은 눈과 별 같은 눈동자 네 개가 부딪쳤다. 놀라기도 하고 부끄럽기도 하여 보자기를 당겨 다시 덮어쓰고 자리를 떴다.

심생이 어찌 그대로 놓칠 사람이랴? 곧장 뒤를 쫓아갔다. 소공주동(小公主洞) 홍살문 안에 이르러 처녀는 중문 안으로 들어가버렸다. 심생은 망연자실하여 한참을 배회하다가 이웃 노파를 붙들고 자세히 알아보았다. 늙어서 은퇴한 호조(戶曹) 계사(計士)³의 집이요, 딸 하나만을 두었고, 나이는 열예닐곱이요, 아직 시집가지 않았다 등등. 처녀가 거처하는 곳을 물었더니 노파는 손가락으로 가리키며 말했다.

"좁은 골목을 따라가다 보면 회칠한 담이 하나 나올 거유. 담 안에 작은 집이 한 채 있는데 바로 처자(處子)가 거처하는 곳이라우."

노파의 말을 들은 심생은 아무리 해도 잊을 수가 없었다. 저녁이 다가오자 집에다 거짓말을 꾸며댔다.

---

2 미인의 맑고 아름다운 눈길을 비유함.

3 조선시대에 호조에 속하여 회계 실무를 맡아보던 종8품 벼슬.

"서당 친구가 저랑 밤을 같이 보내자고 하니 오늘 밤부터 가볼게요."

드디어 인정(人定)이 되기를 기다려 그 집으로 가서 담을 넘었다. 초승달이 어스름 빛을 드리운 창밖에는 꽃과 나무 들이 제법 아담하게 가꾸어져 있고, 창호지에 비치는 등불은 아주 환했다. 벽에 등을 대고 처마 밑에 앉아서 숨을 죽이고 기다렸다. 방 안에는 매향(梅香)[4] 둘이 함께 있었다. 처녀는 나직한 목소리로 국문소설을 읽는 중이었는데 꾀꼬리 새끼가 우는 듯 낭랑하게 들려왔다.

삼경(三更) 무렵, 여종들은 깊은 잠에 빠져들었다. 처녀는 그제야 "훅!" 등불을 끄고서 잠자리에 들었다. 하지만 오랫동안 잠을 이루지 못하고 무슨 고민이라도 하는 듯 몸을 뒤척거렸다. 심생은 잠이 들지도 못했고, 숨소리를 낼 수도 없었다. 새벽종이 울릴 때까지 그대로 있다가 담을 타고 나왔다.

그날부터 날이 저물면 가서 파루가 치면 돌아오는 것을 일과로 삼았다. 그렇게 한 지 스무 날이 되었어도 심생은 조금도 게으름을 피우지 않았다. 처녀는 처음에는 소설도 읽고 바느질도 하며, 한밤에 등불이 꺼지면 잠도 잤으나, 번민하며 잠을 이루지 못하기도 했다. 예니레를 넘기자 "몸이 편치 않다."라고 말하고, 겨우 초경(初更)인데도 베개를 베고 누워서는 자주 손으로 벽을 쳤다. 긴 한숨 짧은 탄식이 창을 넘어 들려왔다.

하루하루 밤을 보낼 적마다 상태가 심해지던 스무 날째 저녁, 처

---

4 몸종을 우아하게 가리키는 말.

녀는 홀연히 마루 뒤쪽으로 나와서 벽을 따라 돌아 심생이 앉아 있는 장소에 이르렀다. 심생은 깜깜한 어둠 속에서 불쑥 일어나 처녀를 잡았다. 처녀는 조금도 놀라지 않고 낮은 목소리로 말했다.

"도련님은 소광통교에서 만났던 분이 맞지요? 소녀는 도련님이 여기를 찾아오신 지 벌써 스무 날인 것을 잘 알아요. 저를 잡지 마세요. 소리를 지르기만 하면 다시는 여기를 나가지 못해요. 저를 놓아주시면 제가 틀림없이 문을 열어 맞이할 거예요. 어서 저를 놓아요."

심생은 곧이듣고 뒤로 물러서서 기다렸다. 처녀는 다시 빙 돌아서 방에 들어갔고, 그다음에 여종을 불러 분부했다.

"어머니한테 가서 큰 주석 자물쇠를 달래서 갖고 오너라. 밤이 아주 캄캄하여 겁이 난다."

여종이 안방으로 가더니 오래지 않아 자물쇠를 갖고 왔다. 처녀는 드디어 약속한 뒷문에다 문고리를 아주 분명하게 걸고 손으로 자물쇠를 채우되 일부러 "철거덕!" 거는 소리를 냈다. 그러고는 바로 등잔불을 껐다. 정적에 쌓여 잠이 깊이 든 듯했으나 실은 잠을 이루지 못했다.

심생은 속은 것이 분하기는 했으나 한 번 만나본 것만도 다행이라 생각했다. 그날 밤을 또 자물쇠가 채워진 문밖에서 지새우고 새벽에야 돌아왔다.

이튿날 또 갔고, 그다음 날도 또 갔다. 방문에 자물쇠가 채워졌다 해서 조금도 게으름을 피우지 않았다. 비가 내리는 날이면 유삼(油衫)을 뒤집어쓰고 가 옷이 젖어도 상관하지 않았다. 그렇게 한 지 다시 열흘이 되었다. 밤이 깊어 온 집안이 모두 단잠에 빠져들었다. 그녀 역시 등불을 끈 지 오래였다. 그런데 문득 벌떡 일어나 여종을 불러서 빨리 등불을 켜라고 일렀다.

"너희는 오늘 밤엘랑 윗방에 가서 자고 오려무나!"

매향 둘이 문을 나서자 그녀는 벽에서 열쇠를 가져다 자물쇠를 열어 뒷문을 활짝 열더니 심생을 불렀다.

"도련님! 들어오세요."

심생은 생각할 틈도 없이 저도 모르게 몸이 먼저 방에 들어와 있었다. 그녀는 다시 문을 채우고 심생에게 말했다.

"도련님! 잠깐 앉아 계세요."

마침내 안채로 올라가 부모를 모시고 왔다. 심생을 보고서 그 부모는 크게 놀랐다. 그녀가 말했다.

"놀라지 마시고 제 말을 들어주세요. 소녀의 나이 열일곱, 여태껏 문밖으로 발 한 번 디뎌본 일이 없었어요. 한 달 전, 우연히 거둥을 구경하러 나갔다 돌아올 때 소광통교에 이르자 바람이 불어 덮어쓴 보자기가 걷혔어요. 그 순간 초립을 쓴 도령과 얼굴이 마주쳤어요. 그날부터 도련님은 밤마다 이곳에 오지 않은 때가 없었어요. 이 문 밑에서 숨을 죽이고 기다린 지가 벌써 서른 날이랍니다. 비가 내려도 오고, 날이 추워도 오고, 문에 자물쇠를 채워 거절해도 그대로 왔어요. 소녀는 오래도록 고민했어요. 만일 이 소문이 밖으로 흘러나가 이웃이 알게 된다면 밤에 들어가서 새벽에 나가는 자가 홀로 창문 밖 벽에 기대 있기만 했다고 누가 인정하겠어요? 이야말로 한 일도 없이 악명만 덮어쓴 격이지요. 소녀는 틀림없이 개한테 물린 꿩이 될 거예요.

저분은 사대부가의 낭군으로 나이 한창 젊고 혈기가 미정이라, 벌과 나비처럼 꽃을 탐할 줄만 알 뿐이요 바람과 이슬에 몸 상하는 것을 돌보지 않으니, 며칠 견디지 못하고 발병하지 않을 수 있겠어요? 병이 들면 필시 일어나지 못할 테니 이는 제가 죽인 것은 아니로되 저로 인해 죽은 것입니다. 비록 남이 이 일을 알지 못한다 하더라도 반드시 은밀한 보복이 있겠지요.

또한 소녀의 몸은 중로(中路, 中人) 집안의 처자에 지나지 않고, 성을 기울게 하는 세상에 드문 미인[5]도 아니요 물고기를 도망가게 하고 꽃을 부끄럽게 만드는 미모[6]도 없건마는, 낭군은 올빼미를 매로 잘못 여겨 제게 이렇듯 정성을 지극히 기울이셨어요. 그럼에도 불구하고 낭군을 따르지 않는다면 반드시 하늘이 미워하여 소녀에게는 복이 미치지 않을 거예요. 소녀의 뜻은 정해졌어요. 바라건대 부모님께서는 걱정하지 마세요!

아! 부모님은 늙으셨고 형제 하나 없는 소녀라, 데릴사위를 만나 시집가서 살아 계실 때는 봉양하고 돌아가신 뒤에는 제사를 받들 수만 있다면 소녀는 만족이에요. 그렇건만 일이 문득 여기에 이르렀으니 이는 하늘이 시킨 것, 더 말해서 무슨 소용이 있겠어요?"

그녀의 부모는 묵묵히 말이 없었다. 심생 역시 덧붙일 말이 없었다. 그리하여 그녀와 함께 잠자리에 들었다. 목마르게 연모하던 끝이라 그 기쁨을 얼추 짐작할 수 있다. 이날 밤 처음 방으로 들어간 이후, 밤에 가서 새벽에 돌아오지 않은 날이 하루도 없었다. 그녀의

---

5 경성(傾城). 나라를 위태롭게 할 정도의 미인. 경국지색과 유사한 표현.

6 미인의 얼굴을 보고 물에서 놀던 물고기가 물속 깊이 숨는다는 뜻의 침어낙안(沈魚落雁)과 달이 숨고 꽃도 부끄러워할 만한 미인을 뜻하는 수화폐월(羞花閉月). 매우 아름다운 미인을 비유한 말.

집은 본래 부유했기에 심생을 위해서 화려하고 아름다운 의복을 아주 풍부하게 장만해주었다. 하지만 심생은 자기 식구들이 이상하게 여길까 염려해서 입지를 못했다.

심생이 깊이 비밀에 부치기는 했으나, 밖에서 자고 오래 돌아오지 않는 그를 의심한 집에서는 산사(山寺)에 들어가 학업에 열중하라는 명을 내렸다. 심생은 내키지 않았지만 집에서 내몰리고 동무들에게 이끌려서 서책을 싸들고 북한산성으로 올라갔다. 선방(禪房)에 머문 지 달포가 되었을 때, 하루는 심생을 찾아와 그녀의 언문(諺文) 서찰을 전하는 자가 있었다. 서찰을 열어보니 다름 아닌 영결을 고하는 유서였다. 그녀는 벌써 죽은 것이었다. 그 서찰은 대강 다음과 같았다.

봄인데도 추위가 여전히 기승을 부리네요. 산사에서 공부하시는 몸 내내 평안하신지요? 그립고 보고 싶으니 어느 날인들 잊을 수 있겠어요? 낭군께서 집을 나선 뒤로 소첩(小妾)은 우연히 병을 얻었고, 점차로 골수에 스며들어 약물도 전혀 효험이 없었어요. 필경 죽을 목숨이란 것을 이제는 알겠어요. 소첩 같은 박명(薄命)한 것이 비록 산들 무엇하겠어요? 그러나 세 가지 크나큰 한(恨)이 가슴속에 구차하게 남아 있어 죽으려 해도 눈을 감기 어려워요.

소첩은 본래 무남독녀로서, 부모님이 저를 그리도 귀여워한 이유는 장차 데릴사위를 맞아서 만년의 의지처로 삼고 사후에는 제사를 맡길 요량이었지요. 하지만 뜻밖에도 호사다마(好事多魔)에 악연이 얽힌 탓인지, 담쟁이덩굴이 외람되게 높이 자란 솔에 의탁하려다가 사돈 집안과 오순도순 지내려던 계획이 망가졌어요. 이것이 소첩이 아무런

낙이 없이 시름에 빠져 있다가 끝내는 병을 얻어 죽음에 이른 이유랍니다. 이제는 두 분 늙으신 부모님께서 의지할 곳이 영영 사라졌으니, 이것이 첫 번째 한입니다.

여자가 시집을 가게 되면, 문에 기대어 사내를 맞이하는 창기(娼妓)의 몸이 아닐진댄, 물이나 긷는 종년일지라도 남편이 있으면 당연히 시부모가 있는 법이지요. 세상에 시부모가 알지 못하는 며느리란 없지요. 그렇건만 소첩과 같은 것은 남에게 속임과 숨김을 당해, 그로부터 몇 달째 낭군 집의 늙은 여종 하나조차 만나본 일 없어요. 살아서는 올바르지 못한 소행을 했고 죽어서는 돌아갈 데 없는 귀신이 되었사오니 이것이 두 번째 한입니다.

부인이 남편을 섬기는 일이란 음식을 장만해서 드시게 하고, 의복을 지어 받드는 것에 지나지 않지요. 그렇건만 낭군을 상봉한 세월이 짧지 않고 제 손으로 지은 의복 또한 적지 않건마는, 한 번도 낭군께 제 집에서 밥 한 그릇 드시게 하거나 옷 한 벌 제 앞에서 입으시게 한 일이 없었어요. 낭군을 모신 것이라곤 오직 침석(枕席)뿐이었으니 이것이 세 번째 한입니다.

그 나머지, 상봉한 지 얼마 되지 않아 갑자기 영이별하는 한이나 병들어 누워 죽음을 목전에 두고도 얼굴을 뵙고 떠나지 못하는 한이야 아녀자의 슬픔에 불과하오니 낭군께 말씀 올릴 것까지야 있겠어요?

생각이 여기까지 이르니 애가 벌써 끊어지고 뼈가 당장 녹을 듯하군요. 여린 풀은 바람에 날리고 시든 꽃잎은 진창에 뒹구는 것이 정해진 이치이지만 끝없는 이 한은 언제나 그칠는지요? 오호라! 창 사이의 밀회도 이제는 끝이에요. 다만 바라노니 낭군께서는 비천한 소첩을 괘념치 마시고 글공부에 더욱 힘쓰셔서 청운(靑雲)의 뜻을 일찍 이루소서. 옥체 보중하기를 천만 바라옵고 또 바라옵니다.

심생은 서찰을 받아들고 솟구치는 눈물을 주체하지 못했다. 그러나 아무리 통곡한들 어쩔 도리가 없었다. 그 뒤 심생은 붓을 던지고 무과에 응시하여 벼슬이 금오랑(金吾郞, 의금부 도사)에 이르렀다가 그마저 일찍 죽고 말았다.

매화외사(梅花外史)는 말한다.
"내가 시골 서당에서 공부하던 열두 살 때 날마다 동무들과 옛이야기 듣기를 좋아했다. 하루는 선생님께서 심생의 사연을 아주 자세하게 들려주시면서 '이 사람은 내 소년 시절의 동창이란다. 그가 산사에서 서찰을 읽고 통곡할 때의 장면을 내가 목격했지. 그래서 그 사연을 듣고 지금껏 잊지 않은 것이란다.'라고 하셨다. 그리고 또 말씀하시길, '너희가 이러한 풍류남아를 본받으라는 게 아니다. 사람이 어떤 일이든 반드시 성취하기로 뜻을 세우면 규중의 여자라도 얻을 수 있는 법이다. 하물며 문장이야 말해 무엇하겠느냐? 하물며 과거야 말해 무엇하겠느냐?'라고 하셨다. 우리는 당시 그 사연을 듣고 새로운 이야기라고 생각했다. 뒤에 《정사(情史)》[7]를 읽어보니 이런 부류의 이야기가 많았다. 그리하여 그 이야기를 기록하여 정사보유(情史補遺)로 삼는다."

---

7 명나라 풍몽룡(馮夢龍, 1574~1646)이 남녀 간 사랑에 얽힌 이야기를 모아 엮은 책으로 《정사유략(情史類略)》이라고도 한다. 정절(情節)·정치(情痴)·정연(情緣) 등 24개 주제에 모두 861편을 수록했다. 각 주제의 뒷부분에 정사보유(情史補遺)를 두어 내용을 보충했다.

심생의 사랑

沈生傳

젊은 청년과 처녀 사이에 있었던 우연한 사랑의 열병이 불행으로 끝나는 과정을 시적 언어로 묘사한 빼어난 수작이다. 심생과 처녀의 사랑은 금지된 것이었다. 부모의 허락을 받지 않은 사랑이었고, 사대부와 중인(中人)의, 넘을 수 없는 신분의 차이를 어긴 사랑이었다. 당시의 남녀 간 만남은 그와 같은 우연하고도 순수한 만남이어서는 안 되었다.

하지만 그 둘은 아무도 넘지 않았고 또 넘어서는 안 되는 선을 넘어섰다. 풍정(風情)이 넘치는 심생이 열병에 휩싸여 그 금기를 넘어서 사랑을 쟁취했다. 처녀는 그 금기로 인해 온갖 번민을 겪다가 결국 심생의 사랑을 받아들여 불안한 사랑에 잠깐이나마 도취했다. 그러나 사랑에 도취하자마자 곧 예상한 불행이 찾아와 혈기미정(血氣未定)의 젊은 남녀를 죽음으로 몰아갔다.

이 전(傳)은 봉건사회에서는 허락되지 않은 자유연애라는 금기를 넘은 젊은 남녀의 짧은 사랑을 노래했다. 겉으로의 주인공은 심생이지만 실질적인 주인공은 처녀다. 한편으로는 다가오는 사랑에 이끌려 불안해하면서, 한편으로는 자신의 의무, 정해진 안온한 미래에 충실하고자 하는 갈등과 번민, 그것이 이 전을 주도한다. 처녀가 한밤에 심생과 부모를 앞에 두고 토로한 말과 심생에게 남긴 유서는, 번민하고 갈등하는, 바닥 모를 깊이 있는 내면의 여성 존재를 표현한다. 사랑을 이야기한 가장 아름답고 뛰어난 걸작으로 꼽을 만하다.

2
의협 기생
俠娼紀聞

한양에 기생 하나가 있어 용모와 기예가 한 시대의 최고였다. 그녀
는 몸가짐이 몹시 도도하여, 존귀하고 부유하지 않은 손님에게는
예우를 하지 않았다. 또 존귀하고 부유한 손님일지라도 반드시 용
모와 풍채가 아름답고, 세상에 명성을 떨치며, 풍류를 즐길 줄 아는
자만을 가려서 벗으로 삼았다. 그 때문에 그녀는 가깝게 지내는 사
람이 많지 않았다. 그녀와 한 번이라도 사랑을 나누려면 문관으로
는 옥당(玉堂, 홍문관弘文館)·승정원(承政院)의 관원, 무관으로는 절
도사(節度使) 정도는 되어야 했다. 이들 밖에는 여항의 부잣집 자
제들 가운데 화려한 의상과 명마를 타는 자들이라야 했다. 그 무
렵, 이 기생에게 문전박대를 당한 자들은 사내에게 집착하는 열심
장(熱心臟)이라 그녀를 비꼬았으나 그녀가 실제로는 금도가 있는
줄 몰랐다.

을해년(1755), 나라에 큰 옥사(獄事)가 발생하여[1] 멀리 유배된 자
들이 많았다. 기생이 사랑한 자 가운데 한 사람이 그 형의 일로 연

좌되어 옥당의 반열을 떠나 탐라(耽羅)의 노비가 되어 서울을 떠났다. 기생이 그 소식을 듣고서 가까운 벗들에게 이렇게 말했다.

"저를 위해 속히 행장을 꾸려주세요. 그 사람은 하룻밤을 같이 지낸 평범한 벗에 불과합니다. 제가 이 일을 한 지 마침 십 년째인데 그사이에 친밀하게 지낸 자가 백 명에 가깝습니다. 가만히 들여다보니 모두가 육식을 하고 비단옷을 입으며 살아가는 사람들이라, 한 번도 궁핍을 겪지 않았더군요. 지금 아무개는 곧 제주도에서 굶어 죽게 되었답니다. 소첩의 남자로서 굶어 죽는다는 것은 저의 수치입니다. 제가 그를 따라가겠어요."

그녀는 마침내 많은 재물을 가지고 바다를 건너 그를 따라갔다. 탐라에 이르러서는 지극히 화려하고 융숭하게 그를 대접했다. 기생은 그에게 이렇게 말했다.

"나리가 다시는 북쪽으로 돌아가지 못할 것은 정해진 이치예요. 굴욕적으로 사느니 차라리 즐기다 죽는 것이 낫지요. 그렇게 하지 않으렵니까?"

그러고는 날마다 화주(火酒)를 장만하여 따라 부어 취하게 했고, 취하면 곧 그를 끌어다가 동침했다. 밤이고 낮이고 쉬지 않고 그렇게 지냈다.

얼마 지나지 않아 그 사람은 정말 병이 들어 죽었다. 기생은 그를 위해 관과 수의를 아주 화려하게 갖추어 장례를 치러주었다. 그다

---

1 이른바 을해옥사 또는 나주괘서사건(羅州掛書事件)을 말한다. 영조 31년에 소론 일파가 노론을 제거할 목적으로 일으킨 역모사건이다. 이 사건으로 소론들이 대거 죽임을 당하거나 실각하여 재기가 불가능해졌다.

음에는 또 스스로의 장례를 위한 기물을 장만하고는 십여 폭의 서찰과 쓰다 남은 재물을 이웃 사람에게 맡기고 이렇게 부탁했다.

"제가 죽거들랑 이 기물로 염습해주세요. 이 재물로는 저를 강진(康津) 남쪽 해안으로 보내주시고, 이 서찰은 한양으로 전해주세요."

말을 마치자 통음(痛飮)하고 한바탕 통곡한 뒤에 절명(絶命)했다. 제주도 사람들이 그녀를 불쌍하게 여겨 부탁한 대로 해주었다. 기생이 부친 서찰이 한양의 옛 벗들에게 당도했다. 서찰을 받아 본 벗들은 그녀를 애도하고 그녀가 한 일을 의롭게 여겼다. 금전을 갹출하여 강진까지 가서 시신을 가져와 알맞은 장지를 구하여 장례를 치러주었다. 이 같은 일이 일어난 다음에야, 기생이 의리를 지닌 고매한 사람으로 명예와 금전만을 좇는 여자가 아님을 깨닫게 되었다.

아! 저 기생은 참으로 자중자애(自重自愛)하는 인간이요, 치마 입고 비녀 꽂은 여인 가운데 관부(灌夫)[2]라고 할 인물이다. 오로지 금전과 재물만을 좇는 세상의 기생들이 견줄 수 있으리오? 어떻게 하면 그녀가 남긴 분단장과 향기를 얻어다 시교(市交)[3]를 일삼는 세상 사람들에게 맛을 보일 수 있을지 안타까운 노릇이다. 아!

---

2 한(漢)나라의 인물로 오초(吳楚)의 반란 때 용맹을 떨쳤다. 자신의 위험을 생각지 않고 의협심을 발휘한 인물로 유명하다.

3 시장에서 이익을 위해 사람을 사귀는 것.

의협 기생

俠娼紀聞

　주인공 기생을 원문에서는 협창(俠娼)이라 했다. 곧 '의협심을 가진 창기'라는 의미다. 현대적인 언어로 표현한다면, 도도한 고급 창녀가 곤경에 처한 옛 고객과 생사를 같이한다는 이야기다. 이 기생의 행위가 납득하기 어려운 면이 있기는 하지만, 작자는 금전적 가치로 우정을 계산하는 세인들의 가식적 행태에 경종을 울리는 의미를 이끌어내려 했다. 타락한 세상에서 가장 기대하지 않았던 존재가 보여준 의리와 협객의 정신을 찾아내려 한 것이다.

　이 기생은 삶 자체가 파괴적이다. 최고의 용모를 가졌고 최고 수준의 부와 신분이 아니면 상대하지 않은 창기는, 최고의 인생에서 급전직하한 자기 고객과 단말마적 종말을 스스로 선택했다. 자신들의 삶을 폭력적인 술과 섹스로 파괴하는, 이들 최고의 남자와 창기에게서 퇴폐적·쾌락적 경화사족의 행태를 읽도록 배려한 글이기도 하다. 이야기의 이면에는 허무주의적 색채가 물씬 풍긴다.

　이렇게 남자의 뒤를 따라 죽는 기생의 사연이 많지는 않지만, 18세기에는 여러 사례가 나타난다.

3
벙어리 신씨
申啞傳

탄재(炭齋)는 성이 신(申)으로 청도군의 벙어리 검공(劍工)이다. 이름이 없이 호로만 불린 그는 칼을 잘 만들었다. 그가 만든 칼은 날카롭고 가벼워서 일본도보다 나을 때가 있었다. 평범한 도공(刀工)은 쇠를 고르는 데 정력을 쏟았으나 탄재는 쇠는 묻지 않고 값만 물었다. 이유인즉, 값이 비싼 것이 상등품이기 때문이었다.

탄재는 성격이 몹시 사나워서 뜻에 거슬리는 자가 있으면 칼과 망치를 가지고 대들었다. 언젠가 경상감사가 그에게 명령을 내렸을 때, 명령을 전한 사자를 앞에 두고 자기 상투를 싹뚝 잘라 거절한 일도 있었다.

탄재는 검 이외의 다른 물품에도 해박했다. 고을 군수가 그에게 자기의 구슬갓끈을 감정시킨 일이 있었다. 그는 바로 침(針)으로 선을 긋고 겨자를 꽂아 섬 오랑캐가 호박(琥珀)을 채취하는 시늉을 했다. 군수가 그 물건을 연경(燕京)에서 구입했노라고 말하자, 그는 손을 들어 남쪽으로부터 북쪽으로 가서 다시 동쪽으로 오는 시늉을 했다. 하지만 사람들은 여전히 믿지 못하겠다는 눈치를 보였다. 탄재는 크게 노하여 그 갓끈을 망가뜨려 불에 던지자 송진 냄새가 풍겼다. 그제야 군수가 "네 말에 승복하기는 하겠다. 그러나 갓끈을 성치 않게 만든 것은 어쩌려느냐?"라고 했다. 탄재는 제집으로 달려가 한 줌을 움켜다가 돌려주었다. 모두 같은 물건이었다.

태어날 적부터 벙어리인 자는 반드시 귀까지 먹는다. 탄재는 벙어리이면서 또 귀머거리였으므로 남과 더불어 의사소통할 방법이 없었다. 그 고을 아전 가운데 수화를 잘하는 자가 있어 모양을 흉내 내어 말하면 서로 소상하게 그 내용을 이해했다. 그래서 늘 그를 통해서 탄재의 말을 통역했다.

그 아전이 탄재보다 먼저 죽었다. 탄재는 그의 집에 가서 그의 관을 때리며 종일토록 개가 울부짖듯이 끙끙대었다. 얼마 뒤에 그도 병들어 죽고 말았다. 탄재가 만든 칼은 이제 세상에 드물다.

탄재가 아내를 얻었을 때 처음에는 몹시 사랑했다가 우연히 아내가 월경대 찬 것을 보고는 몹시 더럽게 여겼다. 그로부터 부인이 지은 밥을 일체 먹지 않아서 그의 조카가 쌀을 씻어 밥을 지어 죽을 때까지 봉양했다.

매계자(梅谿子)[1]는 말한다.

그가 상투를 자른 일은 스스로를 지킴의 의미요, 호박을 알아차린 일은 날 적부터 아는 성인과 같다. 이 벙어리는 도를 얻은 자가

---

1 이옥의 호.

아닐까? 그렇다면 그는 한갓 검공에 그치는 자가 아니다. 아! 통역하던 아전이 죽자 애통해한 일은 지음(知音)을 얻기 어려움일 터이니 어찌 그리 하지 않을 수 있으랴?

내가 일찍이 그가 만든 칼을 얻었다. 예리하기가 머리칼을 불면 잘려나갈 정도였고, 날이 엷어서 금세 부서질 것만 같았다. 검을 잘 알아보는 이가 "멋진 검입니다. 살짝 건조시켜 솥에 삶은 고기를 베어보면 참으로 좋을 것입니다."라고 했다.

벙어리 신씨

申啞傳

칼을 만드는 장인의 평범치 않은 삶을 묘사했다. 이 검공이 호를 탄재(炭齋)라고 한 것은 '숯으로 칼을 벼리는 사람'이라는 의미를 취해서였다.

검을 만드는 명장의 독특한 성격과 내면을 부각시키는 데 글의 초점이 맞춰져 있다. 검공의 평범한 이력은 전혀 언급하지 않고, 몇 가지 특별한 일화를 제시함으로써 인물의 특징을 표현했다. 몹시 사나워 남에게 굴복하지 않는 성격과 월경하는 아내를 거부한 것이 매서운 성격을 보여주는 두 가지 삽화다. 두 삽화는 검공의 강인하고 괴팍한 성격을 표현한다. 그렇지만 수화로 의사를 전달해준 아전의 죽음을 슬퍼한 일에서는 매서운 성격의 일면에 도사린 따뜻한 인간미를 보여준다.

빅토르 위고가 기괴한 용모를 가진 노트르담의 꼽추를 통해서 정상적인 인간들이 보여주지 못한 따뜻한 인간미를 드러내고자 했듯이, 이옥은 추악한 외모의 저편에 숨어 있는 천재성과 강인한 정신의 높이를 벙어리 검공에게서 찾아낸다.

경상도 청도는 검을 만드는 명산지였다. 여기에서 만드는 보검은 조선 최고라는 명성을 누렸다. 청도가 이렇게 보검의 명산지로 명성을 누리게 된 계기는 한 벙어리 야장(冶匠)으로부터 시작되었다. 어디서 왔는지 알 수 없는 야장이 쇠를 단련하는 데 기묘한 기술을 가져서 손이 닿기만 하면 좋은 칼이 만들어졌다. 또 그는 검의 가격을 한 번 정하면 바꾸지 않았다. 그로부터 기술을 전수받은 장인이 많아져 명산지가 되었다고 전한다.

4
장터의 좀도둑
市偸

읍의 서문 밖에는 시장이 있다. 장이 서는 날, 생선장수가 이천오백 전을 잃어버렸다. 아무리 찾아도 찾지를 못했고, 물어볼 자도 없었다. 마침 고을 포교가 시장 북쪽의 좁은 골목을 지나가다 옷섶으로 무거운 물건을 싸들고 달려가는 사람을 보았다. 포교가 앞질러 가서 "싼 물건이 무엇이냐?"라고 묻자, "대추요!"라고 대꾸했다.

"대추면 하나 다오!"

"제사에 쓸 것이오."

"제사 대추는 한 개쯤 맛보지 말란 법 있나?"하고 확 달려들어 더듬으니 돈이었다.

"이것이 대추냐?"

"쉿! 절반을 나눠주리다!"

하지만 포교가 그를 묶어서 관아에 넘겼다. 관아에서는 돈을 생선장수에게 돌려주고 훔친 자는 벌로 곤장 스무 대를 쳤다. 돈을 훔친 자는 밖으로 나와 웃으면서 말했다.

"평지에서 다리가 부러진다더니, 큰장을 출입한 지 십여 년에 넘어진 적 한 번 없었거늘. 창피해 죽겠구나! 명일은 의령 장이렷다. 이제 가면 얼추 닿겠군."

그러고는 성큼성큼 걸어갔다. 도둑질에 대한 처벌이 무거워야 하건만 무겁지 못한 결과다.

장터의 좀도둑

市儈

　　포교를 속이는 기지(機智)나 훔친 돈을 반분하자고 포교를 꾀는 수완, "평지에서 낙상(落傷)한다."라는 속담을 구사하면서 투덜거리며 의령 장으로 향하는 대목의 묘사는 도둑의 전신(傳神)을 눈앞에 보는 듯 생생하게 전달한다. 구어의 생생한 감동을 잘 전해주는 문장이다.

5

문학의 신에게 올리는 제문

祭文神文

갑진년(1784)도 저물어 한 해를 마치는 섣달그믐 경금주인(絅錦主人, 이옥의 호)은, 이날 시신(詩神)에게 제사를 올리는 옛사람의 의로운 일을 삼가 본받아, 글을 지어 문학의 신의 영전에 경건하게 고합니다.

아! 아! 문학의 신이여! 내가 그대를 저버린 일이 너무도 많구나! 나는 배냇니(젖니)를 갈기 전부터 글쓰는 일에 종사했으므로 그대가 나와 동무가 된 지도 어느덧 이십이 년이라는 세월이 흘렀다. 내 천성이 게을러 부지런하지 못한 관계로, 전후에 읽은 책 가운데 《서경(書經)》은 겨우 사백 번을 읽었고, 《시경(詩經)》은 백 독(讀)을 했는데 아송(雅頌)[1]은 배를 더 읽었다. 《주역》은 삼십 독을 했고, 공자·맹자·증자·자사가 지은 《사서(四書)》는 그보다 이십 독을 더했다. 내 성품이 〈이소(離騷)〉를 가장 사랑하여 입에서 읽기를 그만둔 적이 없었으나 그조차도 천 독을 채우지 못했다. 그 나머지 책은

대체로 눈으로 섭렵했을 뿐이요 서산(書算)²으로 셈하여 읽지는 않
았다.

또 눈으로 섭렵한 책을 말한다면, 주씨(朱氏)의 《자치통감강목(資
治通鑑綱目)》과 축씨(祝氏)의 《사문유취(事文類聚)》, 유종원(柳宗元)의
문장 약간 편에 다소 힘을 기울였다. 통계를 내보면, 서책이 수레
한 대를 채우지 못할뿐더러 근면한 사람이 몇 해 동안 공부할 양에
견줄 정도다. 그러니 입에서 내뱉는 말은 거칠고, 가슴에서 뽑아내
는 생각은 졸렬하여 문인의 반열에 끼일 수가 없다.

그렇기는 하나 오늘날의 세상을 내 일찍이 깊숙이 들여다보았다.
박학으로 칭송이 자자한 자가 있어 질문을 해보니 독 속에 들어앉
아 별을 세는 꼴이었고, 사부(詞賦)와 고문(古文)을 잘 짓는다고 알
려진 자가 있어 글을 뽑아 읽어보았더니 남의 글을 훔치고 흉내 내
는 꼴이었으며, 시문에 능하여 과장(科場)에서 기예를 뽐내는 자가
있어 구해다 감상해보니 모두 허수아비를 꾸며서 저잣거리에서 춤
추게 하는 꼴이었다.

그럼에도 불구하고 글솜씨가 좋다고 하여 저들 모두가 큰 도읍
에서 명성을 날리고, 태평성대에 활개를 친다. 살아서는 과장과 관
각(館閣)³에서 솜씨를 발휘하여 여유를 부리고, 또 죽어서는 글이

---

1 《시경》에 들어 있는 아(雅)와 송(頌)을 아울러 이르는 말. 아는 주나라 조정의 음악이고,
  송은 조상의 공덕을 찬송하는 음악이다.

2 글을 읽은 횟수를 세는 데 쓰는 물건. 봉투처럼 만들어 거죽에 두 층으로 눈을 다섯 씩 에
  어서 그 눈을 접었다 폈다 하여 책을 읽은 횟수를 센다.

3 조선시대에 홍문관·예문관·규장각을 통틀어 이르던 말. 학문과 문학에 뛰어난 문사들이
  임용되던 부서다.

목판에 새겨지고 빗돌을 수놓는다. 몸은 죽어도 문장은 죽지 않는다. 낮은 것도 그들이 쓰자 높아지고, 자잘한 것도 그들이 쓰자 크게 되어 모두들 제 문학의 신을 저버리지 않는다. 유독 나만이 그렇게 하지 못한다.

아무리 경서에 술인 양 탐닉하고, 서책에 여자인 양 빠진다 해도 마찬가지요, 눈과 귀가 놓친 것을 손으로 베껴 공부해도 나를 박학하다고 칭찬하는 놈 하나 없다. 칭찬은커녕 마을의 멍청한 아이들조차 도리어 모욕한다.

꽃피는 아침, 달 뜨는 저녁에 열린 시회에서나 송별하는 자리, 유람하는 모임에서 사실을 서술하여 산문을 짓고 율격을 넣어 시를 지으니, 크게 애쓰지 않는 사이에도 그 수량이 많아졌다. 당시풍(唐詩風)도 아니고 명시풍(明詩風)도 아니며, 두보풍(杜甫風)도 아니고 소식풍(蘇軾風)도 아니었다. 지음(知音)이 두서넛 있어 분에 넘치게 칭찬하며 마음에 드는 말이 있다고 평하기는 한다. 그러나 슬프다! 한유(韓愈)를 만나지 못했으니 항사(項斯)가 누구에게 하소연하랴![4] 외출할 때에는 이웃 사람의 시통(詩筒)을 쓰고, 집에 있을 때에는 시주머니에 넣으면 되니, 큰 소의 허리를 짓누를 큰 전대가 굳이 필요하랴!

시험장에서 쓰는 문장은 대방가(大方家)가 달갑게 여기는 문학은

---

4 한유와 항사는 당나라의 문사다. 당나라의 양경지(楊敬之)는 무명의 시인인 항사(項斯)를 아꼈다. 항사가 시권(詩卷)을 가지고 양경지를 찾아가자 그에게 "평소에 남의 좋은 점 숨길 줄 몰라, 만나는 사람마다 항사를 말하네(平生不會藏人善, 到處逢人說項斯)."라는 시를 써준 뒤로 명성이 높아졌다.

아니지만 수재(秀才)와 학구(學究)는 그러한 문장에 무게를 둘 수밖에 없다. 그것은 또 성균관 유생들이 조정에 진출하는 길이므로, 토끼 잡는 올가미요 물고기 잡는 통발 격으로 생각하여 반평생 신경을 쓴다. 따라서 과거에 뜻을 둔 지 십육 년 동안 천 편에 가까운 시를 지었고, 그사이 이백 편에 이르는 병려문도 지었으며, 책문(策文) 쉰 편을 채웠고, 부(賦)·논(論)·명(銘)·경의(經義)를 틈틈이 번갈아 지어냈다. 망령되이 "과거에 한 번 합격하기에 부끄럽지 않을 정도다."라고 자부했다. 그러나 나무라는 자는 오히려 "시는 화려해야 하건만 껄껄하고, 병려문은 치밀해야 하건만 노성하고, 책문은 적절해야 하건만 넘친다. 부(賦) 이하는 비판할 가치조차 없다."라고 말한다.

이러한 까닭에 잠시 성균관에서 공부할 적에는 가까스로 장원에 가까웠지만 여러 차례 급제에 미치지 못했고, 일곱 번이나 과장에 들어갔으나 끝내 한 번도 합격하지 못했으며, 한 차례 대궐에서 대책문(對策文)을 썼으나 내쫓김을 당했다. 나이 곧 스물여섯 살이 되려는데 아직도 일개 선비일 뿐이니 그 누가 이 사람이 과체(科體)에 능하다고 평가하겠는가? 설령 그들이 나를 능하다고 해도 나는 자신을 믿지 못하겠다. 자초지종을 묵묵히 따져보니 내가 그대를 저버리지 않은 것이 몇이나 되는가?

아! 똑같은 봄이건만 연꽃과 국화를 만난 봄은 반드시 머뭇머뭇하며 꽃을 피우기 어려워서 일찍이 피는 오얏꽃에 비교할 수가 없다. 이것이 어찌 봄의 잘못이랴! 연꽃과 국화가 봄을 저버린 결과다.

가만히 생각하니 낯이 뜨겁고 창자에 열이 나서 차마 더 말을 늘어놓지 못하겠다. 바라건대, 그대 문학의 신은 나를 비루한 놈이라 여기지 말고 바보 같은 성품의 나를 한 번 더 도와서 예전의 습성을 씻어버리게 해달라. 내 비록 불민하나 새해부터는 조심하여 그대를 저버리지 않도록 노력하리라.

오늘은 세모라, 내 감회가 많이 생겨 붓꽃을 안주 삼아 들고 벼루 샘물을 술 삼아 길어 올리니, 마음의 향기 한 글자가 실낱같이 가늘고 희게 타오르는구나. 글을 잡고 신에게 고하노니 신령은 와서 흠향하시라!

25세의 이옥은 특별하게 제야를 기념했다. 그는 문학의 신에게 제를 올리며 〈문학의 신에게 올리는 제문(祭文神文)〉과 〈섣달그믐의 바람(除夕文)〉을 지었다. 문학의 신에게 제를 올린다는 것 자체가 흥미롭다. 당나라의 시승(詩僧) 가도(賈島)는 섣달그믐날이면 한 해 동안 자신이 쓴 시를 앞에 놓고 술과 포를 차려서 문학의 신에게 제사를 올리며 "내 정신을 지치게 했으니 이것으로 보완하기 바라오."라고 했다. 여기서 문학의 신은 자기 내면의 다른 이름일 것이다. 글을 짓기 위해 갉아먹은 자기 정신에게 사죄하는 의미로 제를 올린 것이다.

가도처럼 이옥도 자기 정신을 위로하기 위해 두 편의 글을 썼다. 문학을 업으로 하여 제 문학의 신을 괴롭혔음에도 출세하지 못했으므로, 고생만 시키고 결과가 좋지 못한 점이 더없이 미안하다고 했다. 그는 이러한 마음을 담아 다음과 같이 기원했다. 글을 쓰되 남에게 인정받지 못한 것은 모두가 내 잘못이니 오늘은 나를 용서하고 남의 인정을 받는 작가가 되려는 노력을 지켜봐달라는 것이다.

이옥의 글은 역설적이고 자조적이다. 글을 쓰는 행위에 대한 자의식이 매우 강한 이옥이기에, 자신의 글쓰기 행위가 시대와 불협화음을 일으키는 데 대해 오직 자기 영혼에게만 하소연할 수밖에 없는 심정을 토로했다. 당나라의 대표적 문인인 한유와 유종원도 자신들의 처지를 우의적으로 표현한 글을 남긴 바 있다. 이옥도 제야에 불우한 문인의 영혼을 스스로 달랬다. 그 괴로운 마음씀이 손에 잡힐 듯하다.

6

《백운필(白雲筆)》을 왜 쓰는가

白雲筆小敍

이 저작에 왜 백운필(白雲筆)이라는 이름을 붙였는가? 백운사(白雲舍)에서 붓을 들어 썼기에 붙였다. 백운필은 무엇 때문에 썼는가? 마지못해서 썼다. 왜 마지못해서 썼는가? 백운사는 본래 외지고 여름날은 한창 지루하다. 외져서 찾는 이가 없고, 지루하여 할 일이 없어서다. 할 일도 없는 데다 찾는 이조차 없으므로, 내 어떻게 본래 외진 곳에서 이 지긋지긋하게 지루한 시간을 보내야 좋단 말인가?

길을 나서고 싶지만 갈 만한 데가 없을 뿐 아니라, 이글거리는 해가 등짝을 달구기 때문에 겁이 나서 감히 나가지 못한다. 낮잠을 자려 하지만 발 사이로 바람이 멀리서 불어오고 풀 냄새가 가까이서 올라온다. 심하면 입이 삐뚤어질까 걱정이고 못해도 학질에 걸릴까 염려되어 겁이 나서 감히 눕지 못한다. 책을 읽고자 하지만 몇 줄 읽으면 입이 마르고 목구멍이 아파서 억지로 읽지를 못한다. 책을 보고자 해도 겨우 몇 장만 보면 책으로 얼굴을 덮고 잠이 드니

이도 할 수 없다. 바둑을 두고 장기를 놓으며 쌍륙(雙陸)과 아패(牙
牌)[1]를 하고자 해도 집 안에 쓸 만한 도구가 없기도 하고 성품에 즐
기지도 않으므로 이도 할 수 없다. 그러니 나는 무엇을 하며 이런
곳에서 이런 날을 그럭저럭 보낸단 말인가? 부득불 손으로 혀를 대
신하여 먹 형님, 붓 동생과 함께 말없이 수작을 나누는 일밖에 딱히
할 일이 없다.

그럴진대 내가 이야기하려는 것은 무엇인가? 내가 하늘에 대해
말하면 사람들이 반드시 천문을 배웠다고 할 텐데, 천문을 배운 자
는 재앙을 입으므로 말할 수 없다. 땅에 대해 말하면 사람들은 반드
시 지리를 안다고 할 텐데, 지리를 아는 자는 남에게 부림을 당하므
로 말할 수 없다. 사람에 대해 말하면 남에 대해 말하는 자를 남들
도 말하므로 이도 말할 수 없다. 귀신을 말하면 사람들은 반드시 내
가 망언한다고 할 테니, 이도 말할 수 없다.

성리(性理)를 말하고자 하나 내가 평소 들은 바가 없고, 문장을
말하고자 하나 문장은 우리 같은 자가 평할 수 있는 것이 아니다.
부처와 도가 및 방술(方術)을 말하고자 하나 내가 배우지 않았을 뿐
만 아니라 내가 말하고 싶은 것도 아니다. 나아가 조정의 이해관계,
지방관의 우열장단, 관직과 재물, 여색과 주식(酒食)은 범익겸(范益
謙, 범충范冲)이 말해서는 안 될 일곱 가지 일이라고 한 것으로서,[2]

---

1   놀이의 명칭. 쌍륙은 여러 사람이 편을 갈라 차례로 두 개의 주사위를 던져 나오는 사위대
    로 말을 써서 먼저 궁에 들여보내는 놀이다. 아패는 곧 골패로서 오락 기구의 일종이다. 한
    벌이 32장으로, 짐승 뼈·상아·대나무로 만들며, 그 조각에 각기 달리 배열된 2~12개의 점
    이 새겨져 있다. 옛날에는 주로 도박 도구로 사용되었다.

내 일찍이 좌우명으로 써두었으므로 이도 말할 수 없다.

그렇다면 나는 또 무엇을 가져다 말하고 붓으로 써야 할 것인가? 내 형편이 부득불 말하지 않을 수 없다. 그럼에도 불구하고 말하지 않는다면 그만이지만, 군이 말해야 한다면 부득불 새를 말하고, 물고기를 말하고, 짐승을 말하고, 벌레를 말하고, 꽃을 말하고, 곡식을 말하고, 과일을 말하고, 채소를 말하고, 나무를 말하고, 풀을 말하는 것 외에는 다른 방도가 없다.

이것이 《백운필》을 마지못해서 쓴 까닭이고, 겨우 이런 것이나 말한 까닭이다. 사람이 말하지 않을 수 없기도 하지만 말해서는 안되는 실정도 이런 지경이로구나! 아! 말을 조심할지어다!

계해년(1803) 5월 상순, 백운사 주인이 백운사의 앞마루에서 쓴다.

---

2 《소학(小學)》에 나오는 내용으로, 선인들이 중시한 덕목이다.

《백운필》에 쓴 자서(自敍)다. 이 책은 상하 두 권으로 〈담조(談鳥)〉, 〈담어(談魚)〉, 〈담수(談獸)〉, 〈담충(談蟲)〉, 〈담화(談花)〉, 〈담곡(談穀)〉, 〈담과(談果)〉, 〈담채(談菜)〉, 〈담목(談木)〉, 〈담초(談艸)〉의 차례로, 모두 열 개 부문에 총 164칙의 기사를 실었다. 소제목에서 보여주듯이 새·물고기·짐승·벌레·꽃·곡식·과일·채소·나무·풀을 소재로 한 경험과 문견을 기록한 책이다.

이 자서는 두 가지 사실을 말하고자 했다. 첫째는 '무엇을 글로 쓸 것인가?'이고, 둘째는 '무엇 때문에 글을 쓰는가?'이다. 선비가 글을 쓰려면 천문(天文)이나 지리(地理), 인사(人事)와 같은 거창하고 보편적인 주제를 다루든지, 아니면 조정의 대사나 지방 고을의 치적에서부터 관직, 이재와 같은 거창하고 실리를 챙기는 주제나 주색잡기와 같은 풍류사를 다루어야 한다. 하지만 이옥은 그러한 주제는 자신이 쓸 것이 아니라고 거부하고, 대신 벌레나 물고기, 나무나 채소 같은 극히 사소하고 주변적인 사물로 눈을 돌린다. 이 자서는 그러한 글쓰기 대상의 남다른 특징을 해명했다. 다음으로 그는 마지못해서 글을 쓴다고 했다. 글을 쓰는 목적이 남들처럼 출세를 위해서나 잘 보이기 위해서가 아니라, 글쓰는 것 외에는 할 일이 없어서라는 고백이다.

이 자서는 소품문 창작의 심리 기저를 이옥 스스로 표명한 글로, 조선 후기 소품문 창작의 한 특징을 잘 드러낸다.

7
장날
市記

내가 머물고 있는 주막은 시장에서 가깝다. 2일과 7일이면 어김없이 시장의 소리가 왁자지껄하게 들려왔다. 시장 북쪽은 바로 내 거처의 남쪽 벽 밑이다. 벽은 오래전부터 창이 없었다. 내가 햇볕을 받아들이기 위해 구멍을 뚫고 종이창을 만들었다. 종이창 밖으로 열 걸음을 채 못 가서 낮은 둑방이 있어 그리로 시장을 출입한다. 종이창에는 또 구멍을 내어 겨우 눈 하나를 붙일만 했다.

12월 27일에 장이 섰다. 나는 너무도 무료해서 종이창의 구멍을 통해 밖을 내다보았다. 그때 하늘에서는 여전히 눈이 쏟아질 태세여서 구름인지 눈기운인지 분간이 가지 않았으나 대략 정오는 이미 넘긴 때였다.

소와 송아지를 몰고 오는 자가 있고, 소 두 마리를 몰고 오는 자가 있고, 닭을 안고 오는 자가 있고, 팔초어(八梢魚, 문어)를 들고 오는 자가 있고, 돼지의 네 다리를 묶어서 둘러메고 오는 자가 있고, 청어를 묶어서 오는 자가 있고, 청어를 주렁주렁 엮어서 오는 자가 있고, 북어를 안고 오는 자가 있고, 대구를 손에 들고 오는 자가 있고, 북어를 안고 대구인지 팔초어인지를 손에 들고 오는 자가 있고, 연초(煙草)를 겨드랑이에 끼고 오는 자가 있고, 미역을 끌고 오는 자가 있고, 섶과 땔나무를 등에 메고 오는 자가 있고, 누룩을 등에 지기도 하고 머리에 이기도 한 채 오는 자가 있고, 쌀부대를 어깨에 메고 오는 자가 있고, 곶감을 안고 오는 자가 있고, 종이 한 묶음을 겨드랑이에 끼고 오는 자가 있고, 접은 종이 한 묶음을 들고 오는 자가 있고, 대광주리에 무를 담아 오는 자가 있고, 미투리를 손에 잡고 오는 자가 있고, 짚신을 들고 오는 자가 있고, 큰 동아줄을 끌고 오는 자가 있고, 무명베를 묶어서 휘두르며 오는 자가 있고, 자기를 안고 오는 자가 있고, 동이와 시루를 등에 메고 오는 자가 있고, 자리를 겨드랑이에 끼고 오는 자가 있고, 나뭇가지에 돼지고기를 꿰어 오는 자가 있고, 오른손에 엿과 떡을 쥐고서 먹고 있는 어린아이를 업고 오는 자가 있고, 병 주둥이를 묶어서 허리에 차고 오는 자가 있고, 짚으로 물건을 묶어서 손에 잡고 오는 자가 있고, 고리짝을 등에 지고 오는 자가 있고, 광주리를 머리에 이고 오는 자가 있고, 바가지에 두부를 담아서 오는 자가 있고, 주발에 술과 국을 담아서 조심조심 오는 자가 있고, 머리에 짐을 얹고서 등짐까지 지고 오는 여자가 있고, 어깨에 짐을 메고 아이를 머리에 이고 오는 남자가 있고, 머리에 이고 또 왼쪽 겨드랑이에 물건을 낀 자가 있고, 치마에 물건을 담아 옷섶을 든 여자가 있고, 서로 만나 허리를 구부려 인사하는 자가 있고, 서로 말을 주고받는 자가 있고, 서로 화를 내며 떠들썩한 자가 있고, 손을 잡아당기며 희롱하는 남녀가 있고, 갔다가 다시 오는 자가 있고, 왔다가 다시 가는 자가 있고,

갔다가 또다시 오며 바삐 서두는 자가 있고, 넓은 소매에 긴 옷자락의 옷을 입은 자가 있고, 위에는 저고리 아래에는 치마를 입은 자가 있고, 좁은 소매에 긴 옷자락의 옷을 입은 자가 있고, 좁고 짧은 소매에 옷자락이 없는 옷을 입은 자가 있고, 방갓[1]을 쓰고 흉복[2]을 들고 있는 자가 있고, 승복과 중모자를 쓴 중이 있고, 패랭이를 쓴 자가 있고, 여자들은 모두 흰 치마를 입었는데 간혹 푸른 치마를 입은 자가 있고, 의관을 갖춘 어린아이가 있다. 남자는 삿갓을 썼는데 자주색 휘항[3]을 십중팔구 썼고 목도리를 한 자가 열 중 두셋이다. 패도(佩刀)[4]는 동자들같이 어린것들도 찼다. 나이 서른 이상 되는 여자는 모두 검은 조바위[5]를 썼는데, 그중 흰 조바위를 쓴 자는 복(服)을 입은 사람이다. 늙은이는 지팡이 짚고, 어린이는 손을 잡고 간다. 행인 가운데 술에 취한 자가 많은데, 가다가 넘어지기도 한다. 급한 자는 달려간다. 구경이 다 끝나지 않았는데 땔나무 한 짐을 진자가 나타나 종이창 밖의 담장 정면에 앉아 쉰다. 나도 그제야 안석에 기대 누웠다. 세모라서 시장은 한결 붐빈다.

---

1 예전에, 주로 상제가 밖에 나갈 때 쓰던 갓.

2 상복(喪服)의 다른 말.

3 추울 때 머리에 쓰던 모자의 하나.

4 노리개에 차는, 칼집이 있는 작은 칼.

5 추울 때에 여자가 머리에 쓰는 물건의 하나.

이옥이 1799년 10월부터 1800년 2월까지 삼가현에 충군 가서 머물렀을 때 지은 글을 모아 《봉성문여(鳳城文餘)》라는 작품집을 엮었다. 이 〈시장(市 記)〉은 그때 겨울에 썼다. 문체파동으로 갑자기 낯선 타지에서 무료하게 시간을 보내는 작자가, 잠시 머문 주막의 창문 틈을 통해서 오가는 이들을 차례대로 기록했다. 그는 '극도로 무료해서' 이 글을 썼다고 했다. 앞의 《백운필》을 쓰는 동기에서도 밝혔듯이, 그가 글을 쓰는 중요한 동기는 바로 이 무료함이다. 어떤 목적의식에서 글을 쓰는 것이 아니라 그저 무료하기 때문에 글을 쓴다는 표명은 곧 그의 희작적 글쓰기의 전제다.

이 글은 의도적 관찰이 아니라 우연히 눈에 들어온 현상을 썼다. 문틈으로 본 사람들을 차례로 기록했고, '누가 있고'를 반복한 아주 단조로운 문체다. 그 단조로움 속에서 생동하고 입체적인 느낌을 주는 것은 한 사람한 사람이 각각의 특색과 변화를 보이기 때문이다. 시골 오일장의 인정물태를 읽는 것이 큰 흥미를 자아낸다. 특히 글의 마지막 대목이 인상적이다. 땔나무를 진 자가 우연히 문틈을 막은 채 쉬고 있기에 작자도 보기를쉰다. 보기를 그친 것도 우연이다.

8
원통경
圓通經

나는 이렇게 생각했다.

날씨가 추운 대한(大寒)·소한(小寒) 절기에, 나는 썰렁하고 냉기가 도는 방구석에서 옷을 벗고 홀로 누웠다.

때는 삼경(三更)이라, 눈보라가 크게 일어나는데, 구들에는 온기라곤 전혀 없었다. 이때 이불은 차츰차츰 얇아지기 시작했다. 나는 추위에 벌벌 떨며 온몸의 피부가 좁쌀 크기로 일어났다. 일어나 앉아 있을 수도 없고, 잠을 이룰 수도 없었다. 긴 몸뚱어리가 갑자기 줄어들고, 모가지는 오므라들어 이불 속으로 들어갔다.

나는 그때 이러한 생각을 떠올렸다.

한양성 안에 사는 가난한 선비가 이러한 밤을 맞이하여, 사흘 동안 쌀 구경을 못하고 열흘 동안 땔나무를 때지 못하고 그저 말똥을 때고 쌀겨를 먹을 뿐이었다. 사람을 따뜻하게 만드는 일체의 물건은 저절로 찾아오지 않는 법이라, 털 빠진 개가죽과 구멍 뚫린 부들자리만 남았다. 휘장도 없고 이불도 없으며, 요도 없고 모포도 없으며, 병풍도 없고 등잔도 없으며, 깨진 화로에는 불씨조차 없다. 그렇지만 어쩔 수 없이, 이 방 안에서 이렇게 혹독한 추위를 견디며 이렇게 긴긴 밤을 보내지 않을 도리가 없다.

그렇다면 또 어쩔 수 없이 오른쪽 어깨를 드러내고, 그저 죽을 생각으로 머리를 바닥에 처박고, 무릎을 가슴에 딱 붙였다. 귀를 젖가슴에 파묻고, 등뼈를 활처럼 둥그스름하게 굽힌 채 손을 새끼로 동여맨 듯 깍지를 끼었다. 처음에는 젖을 먹는 양 같고, 잠자는 소 같기도 하고, 조는 고양이 같기도 하고, 묶어놓은 사슴 같기도 했다. 그 형세가, 살아날 것 같지도 않았지만 그렇다고 죽을 것 같지도 않았다. 단지 한 줄기 따뜻한 숨이 목구멍 틈새로 나왔다 들어갔다 했다. 가깝게는 태양이 속히 나오기만 바라고, 멀게는 따뜻한 봄이 서둘러 돌아오기만 바랐다. 이것을 제외하곤 전혀 눈곱만큼도 다른 생각이 없었다. 이것을 일러 제팔빙상지옥(第八氷床地獄)이라 할 것이다. 그럴지라도 세상에 살아 움직이는 것을 없앨 수는 없다.

내가 처한 처지와 저 선비의 처지를 견주어보니, 여기는 후끈후끈한 방이요 따뜻한 이불에 온돌 위가 아닐 수 없었다. 내가 이러한 생각을 만들어내자 그 즉시 따사로운 바람이 배 속으로부터 일어나서 방 안을 가득 채우는 것이었다. 어느새 내 방 안은 불타는 듯한 큰 화로가 되었다.

이제 나는 이러한 망상을 이용하여 곳곳에서 생각을 만들어낼 것이다. 배 속이 텅 비게 될 때에는 거꾸로 삼순구식(三旬九食)하느라 달력을 보고서 불을 지피는 가난뱅이를 떠올릴 것이다. 집을 오래 떠나 있을 때에는 거꾸로 만리타향에서 십 년이 넘도록 귀향하지 못하는 나그네를 떠올릴 것이다. 너무나도 잠이 몰려올 때에는 거꾸로 파루(罷漏)를 알리는 쇠북이 울리자 신새벽에 닭 우는 소리를 들으며 출근하는 벼슬아치를 떠올릴 것이다. 이제 막 과거에 떨어졌을 때에는 거꾸로 백발이 성성하도록 경서를 공부했으나 한 번도 합격하지 못한 궁상맞은 선비를 떠올릴 것이다. 외로움이 사무칠 때에는 거꾸로 아무도 없는 쓸쓸한 공산에서 홀로 앉아 염불하는 늙은 스님을 떠올릴 것이다. 음욕이 솟구칠 때에는 어쩔 도리가 없어 쓸쓸한 집에서 홀로 자는 내시를 떠올릴 것이다.

이 생각 저 생각 일어나다 수만 가지 생각으로 번지고, 나중에는 아승지겁(阿僧祇劫)[1]의 생각이 떠오르고, 갠지스 강의 모래알같이 많은 생각이 떠오를 때마다 이러한 생각을 떠올릴 것이다. 그러면 목마른 자가 제호탕(醍醐湯)[2]을 마신 듯하고, 병자가 대의왕(大醫王)[3]이 만든 좋은 약을 복용한 듯하리라. 이것을 일러 나무관세음보살(南無觀世音菩薩)의 버들가지 호리병 속에 든 감로법수(甘露法水)라 한다.

---

1 불교 용어로, 헤아릴 수 없이 지극히 긴 시간.

2 우유로 만든 음료.

3 부처를 가리킨다.

　앞서 소개한 〈시장〉과 함께 1799년 10월부터 1800년 2월까지 머문 삼가현에서 지은 글로 《봉성문여》에 실려 있다. 그해 겨울의 체험이 투영되어 있다. 제목 〈원통경(圓通經)〉은 '원만하고 통달한 경지에 관한 불경'이라는 의미로, 불경을 모방한 희작이다. 제목만이 아니라 문체도 불경을 흉내 냈다. "나는 이렇게 들었다(如是我聞)."라는 불경의 서두를 빌려 "나는 이렇게 생각했다(如是我想)."라고 시작한 것이나 원문이 사언구(四言句)로 일관한 것이나 불교 개념이 두루 쓰인 것이 그 증거다. '원만과 통달[圓通]'이란 표제를 단 것은 역설이다. 견딜 수 없는 추위와 가난의 고통을 원통경의 힘을 빌려 벗어나려는 심사다.

　글은 희화적(戱畵的)이지만 그 기반은 몹시 현실적이다. 가난 때문에 긴 긴 겨울밤을 추위에 덜덜 떨며 잠 한숨 못 이루고 새벽을 맞이하는 수많은 가난한 서민의 생활이 이 글의 현실적 기반이다. 그리고 그 고통을 이기는 유일한 방법은 망상이다. 자신보다 더한 고통에 처한, 한양성 안의 허다한 선비를 머릿속에 떠올림으로써 "나는 그들보다 행복하다!"라고 외치는 것이다. 그럼으로써 일시적으로 자신의 불행이 망각될 수 있다. 그러나 불행이 이뿐이랴? 문체 파동으로 인하여 먼 시골에 충군된 자로서 겪는 배고픔, 타향살이, 졸음, 과거 낙방, 외로움, 금욕 등 적지 않다. 이옥은 자기 내부에 도사린 이러한 온갖 욕망과 궁핍의 실상을 드러내면서 돌파구 없는 현실을 폭로한다. 이 글은 역설적으로 자신의 실존적 위기감을 표현한다.

13
소외와 일탈의 인생, 남공철

남공철

남공철(南公轍, 1760~1840)은 18세기 후반에서 19세기 전반까지 활동한 문인이다. 본관은 의령(宜寧)이고, 자는 원평(元平), 호는 금릉(金陵)·사영(思穎)·의양자(宜陽子) 등을 사용했다. 영조 대의 저명한 문인이자 정조의 사부인 남유용(南有容, 1698~1773)의 아들이다. 정조와 순조 시대 내내 조정의 요직을 두루 역임한 대표적 관각문인(館閣文人)이다. 규장각의 초계문신(抄啓文臣)이었고 대제학(大提學)과 영의정을 역임하여, 문학하는 관료로서는 최상의 지위를 한껏 누렸으므로 여타의 많은 소품가와는 처지가 확연히 다르다. 그런 만큼 그의 문학적 행보에는 특이한 면이 많다.

그의 아버지 남유용이 법도를 잘 지킨 전아한 고문의 명가로서 왕조의 이념을 대변한 것처럼, 남공철 역시 고문의 법도를 준수하는 창작론을 표방했다. 그럼에도 불구하고 젊은 시절부터 그는 당시에 만연하던 소품서(小品書)를 열심히 읽어 소품문의 미의식에 깊숙하게 젖어 들어갔다. 더구나 그는 박지원·이덕무·박제가 등과 아주 가깝게 지냈기에 소품문의 영향을 받을 여건이 충분했다. 그래서 고문을 표방하기는 했지만 소품문의 본색을 드러내는 작품을 제법 지었다.

1792년, 남공철은 정조에게 바친 책문에 '고동서화(古董書畫)'라는 말을 썼다가 정조로부터 견책을 받았다. 이 일은 그 유명한 문체반정의 시발점이 되었다. 이 사건을 통해서도 소품문에 기운 취향의 한 측면을 엿볼 수 있다.

남공철은 일상생활에서도 소품가다운 면모를 보였다. 정원을 아름답게 꾸미고, 차를 달이고, 향을 피우고, 고동서화를 집 안에 수장하며 감상하는, 고아하고 멋진 생활을 즐겼다. 이는 이른바 만명소품가(晚明小品家)의 전형적인 생활이다. 서화를 감상하고 느낌을 쓴《서화발미(書畵跋尾)》에서도 그러한 생활과 멋의 추구를 찾아볼 수 있다.

남공철이 지은 소품문의 특징은 인물의 생애를 묘사한 글에 잘 드러난다. 전이나 묘지명 같은 문체를 통해서 성격이나 행위가 매우 독특한 인물의 삶을 살려냈다. 대상이 된 인물 자체가 고문의 묘사 대상에서 벗어나 있고, 묘사 방법 또한 특이하다. 사회로부터 소외되어 고통받은 서얼 김용행, 평생 야인으로 지내며 괴상한 행동을 한 남유두, 미치광이 화가 최북, 요절한 문인 박남수, 천민 시인 이단전, 광산과 방죽에 투자해 패가망신한 안명관 등이 그들이다. 상식을 벗어난 그들의 삶은 기괴하고 우스꽝스러운 데다가 광적인 측면까지 보인다. 체제에 순응하지 못하고 반항하거나 현실 생활에서 벗어나 자유를 구가하려 한 이들을 극단적인 개성의 소유자들로 묘사했다. 인물의 묘사에는 주요한 삽화의 점철을 통해서 인물의 특징을 부각시키는 방법을 구사했다. 이러한 인물 묘사를 통해서 당시 사회상과 인간상을 생생하게 구현한 것이 그의 소품문이 우리 문학사에 기여한 공로다. 그의 시문은《금릉집(金陵集)》에 실려 전한다.

1
불우한 서자 김용행
金舜弼龍行傳

군(君)[1]의 이름은 용행(龍行)이고, 자는 순필(舜弼)이요, 석파도인(石坡道人)이란 자호(自號)를 지어 사용했다. 안동 김씨 집안은 문장과 절의(節義)로 이름이 드높은 명문대가다. 군이 바로 그 좋은 집안 출신으로, 영의정을 지낸 문충공(文忠公) 김수항(金壽恒)의 서증손(庶曾孫)이다. 아버지 김윤겸(金允謙)은 포의(布衣)로서 많은 저명한 명사와 교유했고 진재(眞宰)란 호를 사용했다.

군은 어려서부터 총명했다. 네 살 나던 해, 그가 병이 위독하여 어머니가 언문책(諺文冊)을 외우면서 간호한 일이 있었는데 군은 그때 누운 채 눈을 감고 아무것도 듣지 못했다. 그럼에도 불구하고 그가 병이 나아 병석에서 일어났을 때에는 그 책을 한 자도 틀리지 않고 외웠다. 그의 재능이 이런 정도였다.

---

1 신분이 저자보다 낮은 서얼·중인·평민일 때 보통 군(君)이라 불렀다.

군이 점차 장성하여 아이들과 함께 장난하며 놀 때 우연히 벽 위에 먹을 칠하자 어느새 산수와 초목을 그린 그림이 만들어졌다. 그것을 본 아버지가 매우 기특하게 여기고 마침내 그림을 가르쳤다. 그림을 가르친 뒤에는 또 글씨를 가르쳐서, 이후 글씨와 그림의 오묘한 경지를 모조리 터득했다. 군은 일찍이 〈남정부(南征賦)〉를 지은 일이 있는데, 그 글이 대단히 맑고 빼어났다. 교교재(嘐嘐齋) 김용겸(金用謙)이 "기재(奇才)로다 기재(奇才)로다!" 하며 극찬을 아끼지 않았다.

영조 말엽에 형암(炯菴) 이덕무(李德懋), 영재(泠齋) 유득공(柳得恭), 초정(楚亭) 박제가(朴齊家)가 문사(文詞)에 뛰어나기로 세상에 이름이 널리 알려졌다. 이 세 사람이 모두 군을 좇아 노닐었다. 그들은 날마다 오가며 술을 마시고 서로들 앞서거니 뒤서거니 경쟁하는 것을 즐거움으로 삼았다. 그들은 자기들이 군의 재능에는 미치지 못한다고 생각했다.

군은 벼슬하지 않고 집 안에 머물면서도 생업에는 힘쓰지 않았다. 일찍이 여강(驪江, 여주)에 나그네가 되어 노닐 적에, 한밤중 달이 밝기만 하면 일엽편주에 몸을 싣고 강을 따라서 산천을 두루 구경하곤 했다. 그러다가 문득 퉁소를 잡고 우조(羽調)·치조(徵調)[2]의 곡을 연주하면 그 소리가 매우 비장하여, 강에 있는 어부들이 모두 일어나서 눈물을 흘리며 오래도록 자리를 뜨지 못했다.

그의 성품은 기이한 짓을 좋아했다. 그가 친구에게 "내게 감휴(甘

---

2 동양 음악의 곡조명. 우조는 맑고 씩씩하며, 치조는 구슬픈 느낌이다.

休)라는 이름을 가진 벗이 하나 있는데 호걸일세."라며 감휴의 행적을 소상하게 말해주었다. 그 친구가 크게 기뻐하여 "그 사람을 만나볼 수 있는가?"라고 묻자 군이 "물론이고말고!" 하며 허락했다. 만나자는 약속을 정하고 드디어 함께 남한산성에 들어가 장대(將臺)에 올라 벗이 오기를 기다렸다. 하지만 해가 저물도록 그 사람은 오지 않았다. 친구가 "어째서 그가 오지 않는 건가?"라고 힐책하며 의심의 눈초리를 던졌다. 그제야 군이 크게 웃으며 말했다. "자네에게 장난 좀 쳤네!" 감휴(甘休)란 글자를 파자(破字)하면 모인(某人, 아무개)이었던 것이다.

군은 또 명나라 시인 우동(尤侗)이 지은 제문과 만시(輓詩)를 얻어서 자기 작품이라 칭하며 남에게 보여주었고, 그 작품이 순식간에 인구에 회자되었다. 시간이 흘러 그 사실을 깨달은 사람이 나타나서 군을 찾아가 그 행위를 꾸짖었다. 군이 또 웃으며 "세상에는 글을 아는 사람이 없는지라, 진짜와 가짜를 구별하지 못하지요. 내가 이런 짓을 한 것은 그저 한번 세상을 향해 장난을 치고 사람들을 놀리고자 한 것뿐이오."라고 말하고는 벌떡 일어나 술을 따르고 사죄했다.[3]

이런 일이 있고부터 그를 좇아 노닐던 사람들이 그의 허랑방탕한 행동에 싫증을 내어 차츰차츰 그를 떠나 흩어졌다. 그러나 군을 깊이 이해하는 당시의 현인과 군자 들은 모두, "이러한 일쯤이야 연소(年少)한 시인의 우연한 실수에 불과하지!"라며 한층 현자로 대접하고 그에 대한 기대가 식을 줄 몰랐다.

성균관 좨주(祭酒)[4]인 김양행(金亮行)은 군의 종형(從兄)이었는데 군을 특별히 후대했다. 오랜 세월 뜻을 얻지 못해 답답해하던 군은 서관(西關) 땅 평양을 여행하고 싶어 했다. 길을 떠나기에 앞서 〈낙지도(樂志圖)〉를 그려 좨주 어른에게 바쳤다. 좨주 어른은 손님들과 자리를 같이할 때면 언제나 군이 그린 〈낙지도〉를 내어놓고 가리키며 "이 사람은 기이한 선비인데 세상에서 그를 알아주는 이가 없어요. 이것은 자신의 뜻을 밝힌 그림이지요."라고 했다. 좌중의 손님들은 그 그림을 보고는 낯빛이 바뀌었다.

이런 일이 있기 전, 군이 서울에서 노닐 적에 한 떼의 사람들이 모두 그가 뛰어나고 기이한 인물이라는 사실을 인정했고, 학사대부(學士大夫)들 역시 이구동성으로 그를 칭찬하며 모두들 그의 문하에 출입하고 싶어 했다. 그러나 군은 세상의 평가에 따라 움직이며 남들에게 용납되기를 바라지 않았다. 따라서 군이 세상을 마칠 때까지 세상에는 그 재능 전부를 본 사람이 없었다.

군은 사람됨이 단정하고 고결했으며, 또 인륜을 정성껏 지키며 살았다. 집안이 가난해서 겨울철에도 다 해진 여름옷을 입었지만, 달고 맛있는 음식을 부지런히 마련해 부모를 봉양했기에 마을 사

---

3 그는 의도적으로 당시 조선 사람들이 인정하지 않는 중국의 작품을 자기 작품이라고 속이는 짓을 했다. 유만주는 《흠영》에서 김용행의 이런 행동을 이렇게 평가했다. 《영령쇄쇄집(零零瑣瑣集)》은 태반이 《열조시집(列朝詩集)》에 실려 있는 작품이다. 영령(零零, 곧 김용행을 가리킨다)은 늘 말하기를, '세상 사람들은 명나라 시를 즐겨 공격하지만 명나라 시에도 참으로 아름다운 작품이 있다는 사실은 전혀 모른다. 내가 일부러 명나라 시인의 작품을 내 작품이라 하여 남에게 보여주고 저들이 무어라고 칭송하는지 시험해봐야지.'라고 했다. 이러한 행동은 참으로 풍속을 희롱하고 세상 사람을 업신여기는 생각에서 나온 것이 아닐까?"(1786년 윤7월의 기사) 또 다른 기사에서는 그가 청나라 문사의 글을 훔쳐서 동시대 인사를 기만했다고 말했다. 이 기록을 통해서 볼 때, 김용행의 이러한 행동은 당시의 명사들에게는 비교적 널리 알려져 있었던 듯하다.

4 조선시대에 성균관에 봉직하는 정삼품 벼슬.

람들로부터 칭송을 받았다.

그의 자세와 용모는 기이하고 예스러우며, 말수가 매우 적어 입에서 말이 나오지 않는 듯했다. 사람들이 시험해보려고 일부러 술을 먹였으나 취하지 않았고, 더욱 술을 먹이자 그제야 조금씩 날카로운 언변을 드러냈다. 점차 천하사의 잘잘못과 인물의 옳고 그름에 말이 미치자 비웃고 질타하는 언사가 마구 쏟아져 공명을 세우려는 뜻을 개연(介然)히 드러내기도 했다.

군은 영조 30년 계유생(1753)이며, 정조 2년 무술년(戊戌年, 1778) 병에 걸려 죽으니 나이 26세. 군은 평생 시를 즐겨 지었고, 시는 그의 그림과 똑같다. 지은 책으로는《영령쇄쇄집(零零瑣瑣集)》몇 권이 집에 보관되어 있다.

군은 임종할 때 "넋이여 돌아오라, 강남은 슬프구나!"[5]라는 시를 읊었다고 하는데 그 뜻이 비장하고 강개(慷慨)하다.

---

5 《초사(楚辭)》〈초혼(招魂)〉에 나오는 구절이다.

불우한 서자 김용행

金舜弼龍行傳

영조 말년의 이름난 화가이자 문인이었던 김용행(1753~1778)의 전기다. 26세로 요절한 천재 예술가의 뇌락불기(牢落不羈)한 삶을 몇 개의 일화로 구성했다. 안동 김씨 벌열(閥閱) 집안의 후손으로 천재적 능력을 갖춘 김용행은, 서자라는 천생(天生)의 굴레로 인하여 출세도, 능력 발휘도, 기를 펴는 것도 꽉 막혀버린 운명을 슬퍼하며 좌절했다. 작자는 좌절의 심사를 각각의 일화를 통해 묘사해냈다.

남의 문장을 자기 문장이라고 속여 퍼뜨리기도 하고, 엉뚱한 거짓말을 만들어 친구를 기만하기도 하며, 어른에게 일부러 무례한 짓을 저지름으로써 좌절한 마음을 숨기지 않고 희학(戲謔)과 자학(自虐)의 행동을 벌였다. 글쓴이는 굳이 세상을 향해 펼쳐 보이려 하지 않는, 그의 내면 속에 도사린 고통을 표현하고자 했다. 글을 읽어가다 보면 상식을 벗어난 일탈 행동이 의도적인 것임을 포착할 수 있다.

김용행은 바로, 심익운이 쓴 〈예술가의 생활(送金督郵序)〉의 주인공 김윤겸(金允謙)의 아들이요, 박제가가 쓴 〈김용행에게(與金石坡龍行)〉의 당사자다. 김려(金鑢) 역시 〈김용행전(金舜弼傳)〉을 썼다. 모든 글에서 사회규범을 무시하는 김용행의 의도적 일탈 행위와 그 뒤에 숨어 있는 좌절한 천재의 비애를 읽을 수 있다.

2
광기의 화가 최북
崔七七傳

최북(崔北) 칠칠(七七)은 그 집안 내력과 본관이 세상에 알려지지 않았다. 그는 이름 북(北)을 파자(破字)하여 칠칠(七七)이란 자(字)로 만들어 세상에서 행세했다. 그림을 잘 그린 그는 한 눈이 멀어서 항상 안경 반쪽을 쓴 채 화첩(畵帖)을 임모(臨摹)했다. 술을 즐겼고, 집 밖으로 나가 떠돌아다니기를 좋아했다.

그가 금강산의 구룡연(九龍淵)에 들어가서는 너무 기쁜 나머지 술을 실컷 마셔 잔뜩 취해서 울다가 웃다가는 이윽고 큰 소리로, "천하의 명인(名人) 최북이는 마땅히 천하의 명산에서 죽어야 한다."라고 외치고 몸을 훌쩍 날려 구룡연 벼랑 끝으로 다가섰다. 마침 그를 구해낸 자가 있어 추락은 모면했다. 그 사람이 최북을 떠메고서 산 아래 너럭바위에 갖다 눕혔다. 숨을 헐떡헐떡하며 누워 있던 최북이 벌떡 일어나 휘익 길게 휘파람을 불자, 그 소리가 숲을 뒤흔들어 가지 위에 잠자던 새매들이 푸드덕푸드덕 모두 날아올랐다.

칠칠은 술을 마시되 항상 하루에 대여섯 되씩 마셨다. 저자의 많은 술집 아이들이 술동이를 들고 오기만 하면 그는 바로 집안의 서책과 돈을 몽땅 털어서 술을 샀다. 살림이 갈수록 군색해지자 드디어 평양과 동래를 떠돌아다니면서 그림을 팔았다. 두 고을에서 비단을 가지고 찾아오는 자들이 꼬리를 물고 이어졌다.

그 가운데 산수화를 그려달라고 청한 사람이 있었는데, 칠칠은 산만을 그리고 물을 그리지 않았다. 그 사람이 이상히 여겨 따지자 그는 붓을 던지고 일어나서 "에이! 종이 밖은 다 물이 아니냐!"고 했다. 그림이 마음에 들게 잘 그려졌는데 돈을 조금 내면 그는 당장 성을 내고 욕을 하며 화폭을 찢어버리고 남겨두지 않았다. 그림이 마음에 들지 않게 그려졌으나 값을 많이 치르는 사람이 있으면 껄껄껄 웃고는 그 사람을 주먹으로 때리며 그림값을 도로 주어 문밖으로 내보내고는 다시 손가락질하고 비웃어 "저 애송이는 그림값도 몰라!"라고 했다. 그리하여 스스로 호를 호생자(毫生子, 붓으로 먹고사는 사람)라 했다.

칠칠은 천성이 오만하여 남의 비위를 맞추지 않았다. 하루는 서평공자(西平公子)[1]와 더불어 백금(百金)을 걸고 내기 바둑을 두었다. 그가 승기를 잡는 순간 서평공자가 한 수만 물리자고 청했다. 그는 갑자기 바둑돌을 흩어버리고는 팔짱을 끼고 앉아, "바둑이란 근본이 오락인데 무르기만 한다면 한 해 내내 두어도 한 판도 마

---

1 서평공자(西平公子, 1684~?)는 이요(李橈)로서 선조(宣祖)의 현손(玄孫)이다. 영조 때 큰 권력을 잡고 예술가의 후원자를 자처했으며, 글씨를 잘 써서 대궐 안 열 개 대문의 현판과 많은 신도비(神道碑)가 그의 손에서 나왔다.

칠 수 없소이다."라고 했다. 그 뒤로 다시는 서평공자와 바둑을 두지 않았다.

칠칠이 어떤 귀인(貴人)의 집을 찾아간 일이 있었다. 문지기가 그의 성명을 부르기가 계면쩍어서 안으로 들어가 "최 직장(崔直長)이 왔습니다."라고 했다. 그 소리를 들은 칠칠은 화를 버럭 내며 "어째서 최 정승(崔政丞)이라 부르지 않고 최 직장이라 부르느냐?" 하며 따져 묻자 문지기는 "언제 정승이 되셨소이까?"라고 반문했다. 칠칠은 "그렇다면 내가 언제 직장이 된 적이 있었느냐? 남의 직함을 빌려서 나를 귀하게 부를 양이면 어째서 정승이란 직함을 놔두고 직장이라 부른단 말이냐?" 하고는 주인을 보지도 않고 돌아가버렸다.

칠칠의 그림은 날이 갈수록 세상에 전해져 세상에서는 그를 최 산수(崔山水)라고 불렀다. 그렇지만 사실은 화훼(花卉)나 영모(翎毛), 괴석(怪石), 고목(枯木), 광초(狂草)를 특히 잘 그렸다. 그의 희작(戲作)은 평범한 필묵(筆墨)을 구사하는 화가의 세계를 훌쩍 초월했다.

나는 처음 이단전(李亶佃)의 소개로 칠칠을 만났다. 일찍이 그를 산방(山房)에서 만나 촛불 심지를 사르면서 묵죽(墨竹) 여러 폭을 그린 일이 있었다. 그때 그가 내게 이런 말을 했다.

"우리 조선이 수군(水軍) 몇만 명을 두는 목적은 앞으로 있을지도 모를 왜적의 침략에 대비하자는 것이지요. 그런데 왜적은 수전에 익숙한 반면, 우리는 수전에 익숙하지 않습니다. 왜적이 침입할 때 우리가 응전을 하지 않으면 저들은 제 풀에 물에 빠져 죽을 것입니다. 무엇 때문에 삼남(三南)의 백성들을 괴롭혀서 소요를 일으킬 필요가 있나요?"

말을 마치고 다시 술을 가져와 대화를 나누는 사이에 창문으로 먼동이 터오는 것이었다.

세상에는 칠칠을 술주정뱅이로 보는 사람도 있고, 환쟁이로 보는 사람도 있다. 심지어는 미친놈으로 지목하는 사람까지 있다. 그러나 그의 말 가운데에는 때때로 이치를 환히 꿰뚫어서 쓸 만한 것도 있는데 위에 나눈 대화가 그 하나다.

이단전이 말하기를, "칠칠은 《서상기(西廂記)》와 《수호전(水滸傳)》 같은 책을 읽기 좋아하고, 그가 지은 시 역시 기이하고 예스러워 읊어볼 만하지만 숨기고서 내놓지 않는다."라고 했다.

칠칠은 서울의 어느 여관에서 죽었다. 나이가 얼마인지는 기억나지 않는다.

영조 연간의 저명한 화가 최북(崔北, 1712~1786?)의 오기와 낭만의 삶을 묘사한 유명한 글이다. 이 글은 글쓴이의 친구인 권상신(權常愼)의 《서어유고(西漁遺稿)》에도 수록되었는데 남공철의 작품이 잘못 들어간 것으로 보인다. 거기에는 1788년의 작으로 표시되어 있어, 그것을 인정한다면 남공철이 28세 때 지은 것으로 추정할 수 있다.

최북의 초명은 식(埴)이고, 자는 성기(聖器)·유용(有用), 호는 성재(星齋)·기암(箕庵)·거기재(居其齋)·삼기재(三奇齋)·호생관(毫生館)이다. 산수화를 잘 그렸고, 특히 메추라기에 뛰어났다.

남공철은 여항시인인 이단전의 소개로 최북을 사귀어 그와 친분을 쌓았다. 나이 차가 많았지만 최북의 예술 세계를 인정하여 여러 차례 만났고, 최북의 사후에 전기를 썼다. 글쓴이는 대여섯 가지의 일화를 배치하여, 범상한 인간의 삶을 훌쩍 벗어던진 광기 어린 예술가의 삶을 묘사했다. 술주정뱅이와 환쟁이와 미친놈 사이를 오가며, 일탈적 행동은 말할 나위 없고 자기 파괴적 행동까지도 마다하지 않은 병적인 탐미주의자의 모습이 잘 형용(形容)되어 있다. 하나하나의 삽화가 너무도 인상적이라, 눈앞에 최북의 광기 어린 모습이 생생하게 떠오르는 명작이다.

3

진락 선생 남유두

眞樂先生墓誌銘

선생은 살아서는 벼슬하지 않았고 죽어서는 조정으로부터 추증(追贈)받은 벼슬이 없다. 마음 내키는 대로 행동하며 숲이나 강호에 살면서 초부(樵夫, 나무꾼)라고 자칭했고, 남들도 그 이름으로 불렀다. 선생이 죽어 장사 지내려 할 때 마을의 제자들이 울면서 내게 말했다.

"옛날에는 어진 선비가 죽으면 사사로이 시호(諡號)를 바치는 관례가 있었습니다. 선생께서는 몸소 밭 갈고 독서한 지가 오십 년으로 비록 경세제민(經世濟民)의 학문을 이 시대에 한 번도 펼쳐보지 못하셨지만, 저희는 선생의 사랑을 두텁게 입었습니다. 하지만 돌아가셨는데도 여전히 평소에 불리던 초부라는 호를 답습하고 있으니 앞으로 마을 사람들에게 무어라고 하겠습니까? 청컨대 그 호를 바꿔주십시오."

그 말에 나는 좋다고 했다.

선생은 사람됨이 오만하고 활달하며, 꾸밈이 없고 천진스러웠다.

생업을 꾸릴 자산이 없어 해진 옷을 입고 거친 밥을 먹었다. 남들은 그 괴로움을 감당하지 못하겠지만 선생은 곤궁함을 잘 견디며 한평생을 보내고 그 밖의 다른 것에는 마음을 두지 않았다. 그러니 공자께서 말씀하신, 가난하지만 즐거워할 줄 아는 분이라고 하겠다. 마침내 나는 니금(泥金, 금박가루를 아교에 갠 것)을 붓에 묻혀 선생의 관에다가 진락(眞樂) 선생이라고 썼다.

선생은 이름이 유두(有斗)이고, 자는 자첨(子瞻)이며, 관향은 의령(宜寧)이다. 증조부의 휘(諱)는 용익(龍翼)으로 이조판서를 지냈고 시호는 문헌공(文獻公)이다. 조부의 휘는 성중(聖重)이고 첨사(僉使)를 지냈다. 아버지의 휘는 한종(漢宗)으로 진사였다.

선생은 만년에 지산(芝山)에서 살았다. 자갈밭 몇 이랑을 부치기는 했으나 그 소출로는 일 년을 지탱할 수 없었다. 창호지는 뜯겨나가고, 대나무로 엮은 집은 부서져 비바람을 가리지 못했다. 방 안에 들어가 사는 형편을 보면, 경서와 사서 수십 권이 책상에 어지럽게 놓여 있고, 깨진 벼루 한 방(方)과 몽당붓 몇 자루, 세 치쯤 남은 먹이 방 가운데 흩어져 있었다. 몸에 물 마시는 표주박을 차고 돌아다녔을 뿐 다른 값나가는 물건은 없었다. 처자식이 쌀독이 비었다고 푸념하면 돌아보고 웃으면서 "편안히 생각하라!"고 말했다. 성품이 게으른 데다 몸은 비대하여 겨울철에도 언제나 배를 드러낸 채 누워 지냈다. 한 달 내내 머리를 빗지 않았으며 일 년 내내 발을 씻지 않았다. 딸아이에게 등짝을 긁게 하면 먼지와 때가 손톱에 가득했다. 간혹 친구로부터 성안으로 들어오라는 초대를 받고서야 마지못해 일어나 두건과 옷을 입었으나 그 또한 오래 견디지 못했다.

선생이 살아가는 방법은 평이하고 소탈했기에, 곤궁하다 하여 낯을 찌푸리지 않았고 뜻대로 된다고 하여 희희낙락하지 않았다. 겉치레를 벗어던지고 자유롭고 활기차게 행동하여 남들과 부딪침이 없었다. 간혹 모르는 사람은 오만한 자라고 의심했으나, 실제 행동을 가만히 엿보면 예법을 벗어난 적이 하루도 없었다. 젊었을 때에는 시명(詩名)이 일세를 풍미했으나 이윽고 시를 다 물리치고 말하기를, "나는 이제 말을 잊고자 하노라."고 했다. 정주(程朱)가 지은 책을 즐겨 읽고 침잠·연구하여 거의 침식을 잊을 지경이었다.

일찍이 삼대(三代)의 정사를 시행하고자 하면 정전법(井田法)에서부터 시작하는 것이 옳다 말하고, 책론(策論)을 지어 공경대부를 찾아갔다. 그 글을 읽은 공경대부가 모두 그 말을 기이하다고 여겼으나 그뿐이었다. 또 학생들을 잘 가르쳐, 선생의 문도(門徒)가 되어 몸을 일으켜 명사문인이 된 사람이 수십 인이었다. 저술에《초부언(樵夫言)》몇 권과《국춘추(菊春秋)》몇 권,《속기아(續箕雅)》몇 권,《고금격언(古今格言)》몇 권이 있다.

선생은 연안 김씨를 아내로 맞아들였으나 아들이 없어 집안사람의 아들 공구(公龜)를 데려다 후사로 삼았다. 딸 여섯은 모두 시집갔다. 선생은 영조 원년(1725)에 태어나 지금 임금님(정조) 22년(1798)에 돌아가시니 춘추가 74세였다. 아무개 고을 아무개 동리에 묘를 썼고, 문집을 순장(殉葬)했다.

예전에 선생의 명성이 자자했을 때 대제학 조관빈(趙觀彬)과 정승 유척기(兪拓基)가 선생을 조정에 천거하여 관직을 제수하고자 했으나 성사되지 않다. 충문공(忠文公) 유언호(兪彦鎬)가 정승이 되어 선생에게 당대의 절실한 급선무가 무엇인지를 묻자 선생은 "더욱 독서에 힘쓰고 그런 후에 물으시오."라는 답을 했다. 공이 웃으며 말하기를, "세상 사람들이 초부(樵夫)의 말이 오활(迂闊)하다고 하더니 그 말을 들어보니 간결하고 요령이 있소. 내 비록 늙었으나 마땅히 힘쓰리다."라고 했다.

명(銘)에 이른다.

"의롭지 않으면서 부유하고 귀하게 사는 것은 내게는 뜬구름과 같다.", "아침에 도를 들으면 저녁에 죽어도 좋다."라는 공자의 말씀이 있다. 선생은 늘 그 말씀을 허리띠에 쓰고 나를 위해 읊어주셨다. 병이 위중한 순간에도 낮은 목소리로 음송하다 돌아가셨다. 슬프다. 선생을 통달하지 못한 분이라고 해야 할까? 선비로서 그 말씀을 알았다면 모든 것을 다 안 것이리라.

높은 산과 흐르는 물은 선생의 마음이요, 많은 골짜기에 이는 솔바람 소리는 선생의 가야금 소리일세. 내가 은자를 부르나 그 누가 이 마음을 알아주려나!

저자의 족숙(族叔)인 남유두(南有斗, 1725~1798)의 묘지명이다. 그는 시인
으로 이름이 있었다. 《병세재언록(幷世才彦錄)》에도 시 두 편이 소개되었다.
"한 해가 저무는 사립문에는 달빛만이 쓸쓸하고, 밤 깊어가는 산가에는
솔바람 소리만 들려오네(歲晏柴門留月色, 夜深山閣自松聲)."
그중의 한 연으로, 화려한 세계와 동떨어져 쓸쓸하게 살아가는 남유두
의 모습을 연상시킨다.

첫 대목에서 글쓴이는 벼슬과는 무관한 남유두의 삶을 들어, 살아서나
죽어서나 초부(樵夫)로 불린 그의 처지를 상기시켰다. 그에게 '진정한 즐거
움을 누린 사람'이라는 의미의 진락(眞樂) 선생이라는 사시(私諡)를 바치기
위해서다. 몹시도 가난하고 세속적 성공을 거두지 못했음에도 불구하고
좌절하거나 불평하지 않고 아이처럼 천진하고 바보처럼 순수하게 살았기
에 그 이름을 선물했으리라.

이 글은 남유두의 생애에서 인상적인 장면을 선택하여 제시했다. 비정
상적인 게으름과 지나칠 정도로 물정에 어둡고 우직한 의견 제시는 독자
로 하여금 폭소를 자아내게 한다. 쌀독이 비었다고 하소하는 처자식에게
"편안히 생각하라."고 말하는 것이나, 한 달 내내 머리를 빗지 않고 일 년
내내 발을 씻지 않아서 딸아이에게 등짝을 긁게 하면 먼지와 때가 손톱에
가득한 모습이나, 현실의 급선무를 묻는 정승에게 "더욱 독서에 힘쓰고 그
런 후에 물으시오."라고 답하는 모습은 골계적이다. 작자는 이러한 묘사를
통하여 그의 바보 같은 순수성을 드러내고자 했지만, 역으로 현실에 적응
하지 못하는 우스꽝스러운 시인의 모습을 드러낸다.

이 글은 묘지명으로서 남공철이 자편(自編)한 다른 문집에는 묘지명에 필수적인 명사(銘詞)를 제외한 채 〈지산초부전(芝山樵夫傳)〉이란 이름으로 바꾸어 재수록했다. 남주헌(南周獻, 1769~1821)도 〈남초부유두전(南樵夫有斗傳)〉을 지어 서로 비교해볼 만하다.

4
불우한 친구 박산여
朴山如墓誌銘

죽은 친구 박산여(朴山如)의 상제(祥祭)에 참석했을 때 그의 친척과 친구 들이 내게 말했다.

"산여가 죽었는데 아들이 아직 어려서 산여의 덕을 기록한 글이 아직 지어지지 않았네. 그대만큼 산여를 잘 아는 사람이 없으니 글 한 편을 써서 묘에 남기도록 하세."

오호라! 나는 항상 다른 사람의 좋은 점을 즐겨 말했다. 또 나는 약관의 나이 때부터 문사(文詞)를 배워서 더불어 사귀는 사람 가운데에는 이름이 널리 알려진 명사가 많았다. 그들 가운데 산여가 가장 걸출했고 그가 나를 후하게 대우했으므로, 나의 글로 그의 묘지명을 짓는다면 망자는 필시 지하에서 미소를 머금을 것이다.

산여의 이름은 남수(南壽)다. 일찍이 아버지를 여의고, 어머니 이 숙인(李淑人)을 지극한 효성으로 봉양했다. 숙인은 충절을 지키는 집안에서 생장하여 현숙하고도 식견이 있는 분이셨다. 과부가 되자 숙인은 산여를 위해 눈물을 거두고 살기로 작정했다. 비녀와 귀고리 등속을 팔아서 재물을 마련하여 이름 있는 스승을 맞아들여 산여를 가르쳤다. 산여가 점차 성장하여 문인(文人) 운사(韻士)와 더불어 놀기를 좋아하자, 숙인은 또 자주 술과 음식을 정성껏 장만하여 인색한 기색을 전혀 보이지 않았다.

이에 힘입어 산여의 시와 문장은 나날이 진보되고 사람들과의 교유도 더욱 넓어져 마침내 큰 명성을 떨치게 되었다. 그러자 세상에 산여를 꺼리는 자들이 많아져 무리를 지어 비방하는 말을 만들어 그의 앞길을 막기까지 했다. 그러나 산여는 성품이 본래 강인하여 당세에 한번 큰일을 하고자 했기 때문에 끝내 좌절하지 않았다.

정조 7년, 규장각(奎章閣) 직학사(直學士) 심념조(沈念祖)가 국자시(國子試, 진사시進士試)를 주관할 때, 산여의 문장을 보고 높은 등수로 뽑아서 놓아두고는 자리를 뜨면서 후임자에게 청을 넣었다. 그 때문에 결국에는 급제할 수 있었다. 그로부터 2년 뒤에 진사가 되자 주상께서 함인정(涵仁亭)으로 산여를 불러 보시고, 술을 하사하신 뒤 태학장의(太學掌議)로 삼으셨다. 산여는 성균관 유생을 이끌고 모역(謀逆) 죄인의 토벌을 상소했으나 임금께서 허락하지 않으시자 즉시 대성전 문밖에서 사직하는 절을 올리고 떠났다. 이때 정권을 잡은 재상이 산여의 명성을 듣고 동몽교관(童蒙教官)을 제수하려 했으나, 저지하는 사람이 있어 뜻을 이루지 못했다. 그 후 여러 번 과거 시험에 떨어져 뜻을 펴지 못한 채 오래도록 불우하게 지냈다.

내가 일찍이 연암(燕巖) 박미중(박지원)을 좇아서 벽오동정(碧梧桐亭)에서 산여를 만난 일이 있는데, 청장관(青莊館) 이무관(이덕무)과 정유(貞蕤) 박차수(박제가)가 모두 그 자리에 있었다. 그날 밤, 달이 환했다. 연암은 자신이 지은 《열하일기》를 유장한 소리로 읽었고, 무관과 차수는 둘러앉아 낭독하는 것을 들었다. 그때 산여가 연암에게 이렇게 말하는 것이었다.

"선생은 문장을 잘 쓰시기는 하나 패관기서(稗官奇書)를 좋아하시니 이로부터 고문이 흥성하지 않을까 염려됩니다."

술에 취한 연암이 그 말을 듣고 "네가 무얼 안다고!" 하고서는 다시 그대로 읽어 내려갔다. 그때 산여 역시 취한 상태라서 자리 옆에 있던 촛불을 잡아 그 원고를 태우려고 하길래 내가 급히 만류하여 그만두게 했다. 연암은 화가 나서 몸을 돌려 누워서는 일어나지 않았다. 그러자 무관이 거미 그림 한 폭을 그리고 차수가 병풍에 초서로 〈음중팔선가(飮中八仙歌)〉를 쓰자 종이가 바로 메워졌다. 나는 "글씨와 그림이 지극히 오묘하니 연암께서도 발문 한 편을 지어 삼절(三絶)로 만드심이 좋겠습니다."라고 추어올려 그의 노여운 마음을 풀고자 했으나 연암은 더욱 화를 내며 한사코 일어나지 않았다. 먼동이 트자 연암은 술이 깨어 문득 옷매무새를 단정히 하고 바른 자세로 앉아서 말했다.

"산여야! 이리 앞으로 오너라. 내가 세상에서 궁하게 지낸 지 오래되었다. 문장을 빌려 울컥하는 불평한 기운을 한번 쏟아내어 마음껏 유희한 것에 지나지 않을 뿐이다. 어찌 그것을 즐겨서 했겠느냐? 산여와 원평(남공철)은 모두 나이가 젊고 자질이 아름다우니, 글을 짓되 삼가 나를 배우지 말 것이며, 바른 학문을 흥기시키는 것을 자네들의 임무로 삼아서 후일 왕조(王朝)의 문한(文翰)을 작성하는 신하가 되게나. 내가 마땅히 여러 분을 위해서 벌을 받으리라."

그러고는 술 한 잔을 들어 다시 마시고, 또 무관과 차수에게 마시기를 권하여 마침내 크게 취하고는 와자지껄 즐겼다. 나는 이 일을 통해서 연암이 기이한 기개와 자신을 비우는 도량의 소유자임을 탄복한 한편, 산여의 의론이 올바른 줄을 다시금 깨달았다.

만약 산여에게 몇 년의 수명을 더 허락하여 배움을 충족시켰더라면 반드시 볼 만한 결과가 있었으련만 불행히도 명이 짧아 죽었다. 그렇지만 애석한 것이 이것에만 그치랴?

산여의 집안은 반남(潘南) 박씨 명문가다. 선조 중에 동량(東亮)이란 분은 금계군(錦溪君)에 봉해졌고, 할아버지 도원(道源)은 사헌부 대사헌이었고, 아버지 상면(相冕)은 사간원 정언이었다. 산여의 초취(初娶) 부인은 한산 이씨로 참판 이해중(李海重)의 딸이고, 재취(再娶) 부인은 평산 신씨로 선비 신대현(申大顯)의 딸이며, 삼취(三娶) 부인은 모군(某郡)에 사는 선비 아무개의 딸이다. 아들을 하나 두었는데 어리다. 산여는 정미년 8월 갑자일에 죽으니 나이가 서른이다. 개성부 어화산(魚化山) 기슭에 장사 지냈다. 저서로는 《기소고(寄所稿)》 약간 권이 있어 집안에서 보관하고 있다.

산여가 죽기 5년 전에 나는 산음(山陰)에서 서울로 올라와 산여와 더불어 술을 마시며 복어를 삶았다. 그때 손님 한 분이 "복숭아꽃이 다 떨어졌으니 복어 먹는 것을 마땅히 피해야 합니다."라고 말했다. 그런데 산여는 한 그릇을 다 먹고 나서는 "에잇, 선비가 절개를 지켜 죽을 수 없다면 차라리 복어를 먹고 죽는 것이 녹록하게 사는 것보다 낫지 않겠는가!"라고 했다. 내가 이제 와서 그 말을 생각해 보니, 장난 삼아 한 말 같으면서도 깊은 이치가 담겨 있다. 슬픈 일이다.

명(銘)에 이른다.

산여가 살아서는 나의 문장을 좋아하더니 죽어서는 나의 글로 명을 쓰는구나. 사람들은 그를 헐뜯어 배척했고, 하늘마저 액운을 주어 명을 재촉했다. 끝내 산여로 하여금 그치고 싶은 곳에서 그치지 못하고 여기에서 그치도록 만들었구나!

불우한 친구 박산여

朴山如墓誌銘

글쓴이의 절친한 친구였던 박남수(朴南壽, 1758~1787)의 묘지명이다. 나이 서른에 죽은 불우한 친구의 길지 않은 삶을 인상적으로 부각한 글이다. 일찍 고아가 되어 편모슬하에서 공부하고, 문사들과 교유하여 문학에 뜻을 두었으며, 적당주의와는 타협을 거부한 강인한 정신의 소유자로 묘사했다. 그러한 정신을 부각시키기 위해 특이한 두 가지 일화를 점철했다.

전체 내용의 3분의 1 이상을 차지하는 삽화는 바로 연암의 《열하일기》와 관련한 이야기다. 박남수의 집에서 박지원·이덕무·박제가·남공철 등이 모여 술을 마시다가 취하여 《열하일기》를 촛불로 태우려던 사건이 글의 중심에 놓여 있다. 글쓴이는 그 삽화에서 연암의 도량과 박남수의 올바른 의론을 간취(看取)할 수 있다고 했다.

그러나 그렇게 읽는 것이 옳을지는 의문이다. 이 삽화는 묘지명의 성격에 비추어볼 때 지나치게 장황하고, 묘주(墓主)인 박남수가 아닌 연암이 주인공이다. 연암에게 손자뻘인 박남수와 문단의 거장 연암이 고문과 소품문을 사이에 두고 날카롭게 대립하는 장면의 배치를 통해서 글쓴이는 박남수의 비타협적 젊은 정신을 부각시키려 한 듯하다. 차라리 복어를 먹고 죽는 것이 녹록하게 사는 것보다 낫겠다고 내뱉는 대목 역시 그러한 맥락에서 이해할 수 있다. 이 글에서 밝혔듯이, 박남수의 문집 《수우전집(修隅前集)》이 후손가에 소장되어 있다.

5

패가망신한 안명관

同知中樞府事安君墓誌

안군(安君)은 이름이 명관(命觀)이고, 자가 군빈(君賓)이며, 본관은 순흥(順興)이다. 죽어서 장사 지낸 지 십 년이 지나, 집안사람들이 지관(地官)의 말에 따라 장단(長湍)의 금곡(金谷)으로 이장하려 했다. 나는 이에 글을 짓고 깨진 마간석(馬肝石) 벼루에 써서 묘지에 집어넣었다.

군은 고려의 명유(名儒)인 문성공(文成公) 유(裕)의 후예다. 조부 아무개는 훈련원(訓練院) 봉사(奉事)를 지냈고, 아버지 서붕(瑞鵬)은 오위장(五衛將)을 지냈다. 영조 경인년(1770)에 강한(江漢) 황경원(黃景源) 공이 강화유수로 부임할 때 군을 불러 막료로 삼아 성곽의 축조를 감독하게 했다. 그 공으로 통정대부의 품계에 올라 창덕궁 위장(衛將)에 임명되었다. 그로부터 4년 뒤에는 동지중추부사에 발탁되었다.

군은 사람됨이 호탕하여 남에게 베풀기를 좋아했으며 남을 저자신처럼 믿었다. 또 옷가지와 마구(馬具)가 호사스럽지 않으면 부끄러워했다. 그 때문에 가산을 여러 번 탕진했고, 결국에는 화병이 나서 죽었다.

처음 평안도 성천(成川)에 은점(銀店, 은광)을 열었을 때 동업하기를 권하는 사람이 있었다. 군은 그날로 집의 궤짝을 열어 담비갖옷 한 벌, 가발 두 상자, 말 두 필을 내고, 집 한 채와 밭 200경(頃)을 팔아 수천 금을 마련했다. 그러고는 감사에게 요청하여 차별(差別)[1]을 받아 은점으로 떠났다.

은을 채광하는 방법은, 산골짜기에 광산 굴을 파고 채광꾼이 허리에 두레박줄을 두르고 들어가서 모닥불을 피워놓고 주먹밥을 먹으며 흙과 바위를 몇 리씩 파들어간다. 그러다 보면 왕왕 사람의 형색이 도깨비꼴이었다. 은을 얻기는커녕 벽이 무너져 굴이 막히는 일이 종종 일어났고, 굴 안에 장사를 지내는 이가 열에 여덟아홉이었다.

군이 처음 도착했을 때 은점 사람들은 그를 보고 매우 기뻐했다. 요행수의 이익을 구하는 사방의 무뢰배들이 그에게 몰려들어 "이 은점이 은을 얻기 가장 좋다."라고 꾀어서 군은 가장 많은 돈을 쏟아부었다.

삼 년을 머무르며 광산을 깊이 파들어갈수록 은을 얻기가 더욱 어려웠고, 어쩌다 은을 얻는다 해도 품질이 나빠 여덟 섬의 광석을 녹이면 겨우 한 냥을 얻는 정도였다. 그래서 채굴꾼들은 점차 도망

---

1 차(差)는 '가려 뽑는다'는 뜻으로, 여기서의 차별은 적임자를 가려 뽑는 일을 가리키는 듯하다.

하고 군도 빌어먹으며 집으로 돌아왔다.

그로부터 얼마 후, 관동의 한 아전이 찾아와 귀띔했다.

"인제현에 밭이 있는데 해마다 호수에 잠긴다네. 여기에 방죽을 쌓으면 오백 휘의 도지를 얻을 수 있네. 다만 서울에서 관문(關文, 허가장)을 만들어 와야만 가능하네."

군은 은점 일로 의기소침해 있고 늘 무료하던 터라, 홀연히 이 말을 듣고는 뭔가 이루어질 것 같은 생각이 들었다. 마침내 군은 화협옹주방(和協翁主房)[2]의 도장을 꺼내어 호조(戶曹)의 세포(稅布)를 차지하고, 옆 고을의 부자들을 모았다. 그런데 일을 거의 성사시킬 즈음, 변씨(卞氏) 성을 가진 어떤 이가 방죽이 민가와 무덤에 가까우므로 금하는 것이 마땅하다 고발하는 일이 발생했다. 관에서 포졸들을 보내자 군은 그날 밤을 타서 도망했다. 그 뒤 큰물이 져서 방죽 역시 무너져버렸다.

이때부터 군은 더욱 군색해져서 다시는 밖에 나가 노닐지 않았다. 가을바람이 불어 낙엽이 떨어지고 물이 말라가는 것을 보기만 하면 심경이 더욱 허탈하여 기가 꺾인 그는 얼마 안 가서 병이 들어 죽었다.

그가 태어난 해는 을사년(1725)이고, 수명은 54세다. 자식은 아들, 딸 각각 하나씩을 두었다. 세상에서는 허랑방탕하여 집안을 망친 자제들을 두고 곧잘 은광을 캐고 방죽을 쌓을 놈이라고 말한다. 그럼에도 불구하고 서로 권하여 이 일에 종사하는 자들의 발길이 끊

---

2 영조의 딸로서 신광유(申光綏)에게 하가(下嫁)한 화협옹주의 궁을 말한다.

이지 않는데 참으로 그 이유를 모르겠다.

　사농공상은 백성들의 정해진 직업이요 그중에서도 농업은 또 천하의 큰 근본이건만, 놀면서 먹는 자들은 되레 "지력이 갈수록 소진되어서 수확이 적다."라고 말한다. 모두들 농토를 버리고 머물지 않으면서 위험한 일을 하여 요행히 말단의 이익을 얻기를 바란다. 이런 자들은 반드시 방죽 쌓고 광산 캐는 곳으로 달려가고, 망하고 나서야 후회한다. 그들보다 뒤에 온 자들은 또, "저들이 망한 것은 방법이 틀려서 그렇다. 나는 그렇지 않을 것이다."라고 말한다. 이 사람의 경우를 세상의 경계로 삼을 수 있으리라. 오호라! 광산과 방죽만 그런 것이 아니다.

묘지(墓誌)는 묘지에 아첨한다는 비판이 있을 정도로 묘주(墓主)에 대한 찬미가 특징이다. 하지만 이 묘지는 역으로 묘주에 대한 비판이 특색이다. 실패한 인생인 안군(安君)의 묘사를 통하여 세상 사람을 경계하려 했다. 이 묘지의 서두에, 마간석에 글을 써서 묘에 넣으려 했다는 것은 일종의 장치로 보인다. 이러한 글을 묘에 넣도록 후손이 허락했을 리 없다.

대궐의 위장(衛將)을 지낸 위세와 경제력을 바탕으로 안명관은 은광과 제언(堤堰)에 투자하면 큰돈을 벌 수 있다고 기대하며 덤벼들었다. 하지만 모두 사기에 걸려 실패하고 마는 과정을 소상하게 묘사했다.

글을 쓴 표면적인 주제는, 허황한 재물욕에 눈이 어두워 광산이나 제언 쌓는 일에 투기하지 말고 주어진 생업에 종사하라는 것이다. 당시 큰 사회 문제였던 투기열을 안명관이란 인물의 삶을 통하여 부각시켰는데, 섬세하고 생동하는 묘사의 측면에서 독특한 가치를 가진다. 글의 외면적 형식은 묘지(墓誌)이나 거의 전(傳) 형식을 띠었다.

6
이단전의 시를 읽고
李君詩序

이단전(李亶佃)은 여항인이다. 젊어서 당시(唐詩)를 배운 그는 이윽
고 자기의 시고를 모두 불태우고 시대를 내려와 서위(徐渭)·원굉도
(袁宏道)·종성(鍾惺)·담원춘(譚元春)[1]의 시를 배웠다. 그의 변은 이
러했다.

"시는 당시가 가장 뛰어나다. 그러나 진실한 감정과 경물을 그려
내지 못하면 모의작(摸擬作)이 되어 음식을 죽 늘어놓고 옷감을 덕
지덕지 쌓아놓은 것과 같아서, 붓과 벼루에서 손을 떼자마자 벌써
진부한 말, 죽은 시구가 되어버린다. 차라리 명(明) 이후의 작가를
스승으로 삼아서 가슴속에 쌓인 울분과 기굴(奇崛)한 기상을 쏟아
내는 것이 낫겠다."

---

1 명대(明代) 말엽의 문인들로, 의고적 병폐를 비판하며 참신한 창작을 주창하여 문단에 혁
    신의 바람을 일으켰다.

그는 밤마다 기름을 사서 등불을 밝히고 꼿꼿이 앉아 시를 지었다. 시를 짓고 나서는 또 스스로 베끼되, 세상에서 중원 학자(中原學者)라고 일컫는 학자들에게 보여줄 때는 분전(粉牋) 태사지(太史紙)에 쓰고,[2] 중원 학자를 배척하는 학자들에게 보여줄 때는 보통의 종이에 썼다. 날이 밝기를 기다려 문밖으로 나가 많은 문인과 명사를 두루 찾아보고 비평을 받았다. 이와 같이 십여 년 동안 게을리한 적이 없었다. 이로부터 군의 명성이 세간에 널리 알려졌다.

군이 지은 시에는 영롱한 마음과 지혜가 담겨 있고, 때로는 곤궁함과 불평의 언어를 드러내기도 한다. 따라서 군의 시는 마치 화를 내는 듯하고, 비웃는 듯하기도 하며, 과부가 밤에 곡하는 듯하고, 나그네가 추운 새벽에 일어나는 듯하기도 하다. 비록 일가를 이루지는 못했으나 그 안에는 취할 만한 점이 있다.

군이 역사서를 읽을 때, 충신과 열사가 절개를 지켜 항거하고 의를 좇아 목숨을 버리며 창과 칼날을 밟고 쏟아지는 화살과 바위를 무릅쓰고 나아가는 장면을 보면, 책 위에서 데굴데굴 구르고 펄쩍펄쩍 뛰다가 어떤 때는 하염없이 목을 놓아 통곡하기도 했다. 그러다가 천하가 잘 다스려져 유술(儒術)을 높이고 예악(禮樂)을 일으키는 장면에 이르러서는 걱정이 사라져서 대낮에 꾸벅꾸벅 조는 사람처럼 멍하게 있었다.

나는 기이하고 특이한 것을 기준으로 사람을 찾게 되면 제대로 된 사람을 잃을 우려가 있기는 하지만 왕왕 뛰어난 사람을 얻기도

---

2 중원 학자는 곧 북학파(北學派) 학자이고, 분전 태사지는 중국 종이다.

한다고 생각해왔다. 이 군을 보면 이 사실은 틀림이 없다.

군은 술을 즐겨 했고, 술을 마신 뒤에는 비록 사대부를 만나도 그들의 잘못을 직선적으로 들추어냈으며, 때로는 모욕을 주고도 실수를 깨닫지 못했다. 이로 말미암아 그를 비방하는 사람이 매우 많아 군을 광생(狂生)·망자(妄子)라고 지목했다. 그러나 우리는 모두 그의 재주를 아꼈다.

산수(山水)에서 시(詩)를 짓고 그림을 그리는 우리의 모임에 군이 번번이 뒤를 따라온다.

이단전의 시를 읽고

李君詩序

　영·정조 대에 활동한 이단전(李亶佃, ?~1790)이란 여항시인의 시집에 붙인 서문이다. 시집 서문이면서 전(傳)의 분위기를 풍긴다. 이단전의 자는 운기(耘岐), 호는 필한(疋漢)이다. 그는 유언호(俞彦鎬) 가의 종이었다. 필한의 필(疋)은 하(下)와 인(人)을 합자(合字)하여 만든 글자로, 자신이 하인임을 호를 통해 밝혔다. 작호(作號)에서 짐작할 수 있듯이, 그의 인간됨은 매우 기이했다. 종이란 신분에는 가당치도 않게 시를 짓는다고 문사들을 찾아다니며 시를 배워 결국 일가를 이루었다. 또 청하지도 않은 시회(詩會)를 빠짐없이 찾아다니며, 거침없고 주제넘은 행동을 한 시인이었다. 광생(狂生)·망자(妄子)라는 세인의 지목이 여기에서 만들어졌다. 하지만 그는 개성적인 시인이었다. 앞서 소개한 남유두와 이덕무에게서 시를 배웠다. 위의 글에서 중원 학자는 곧 북학(北學)을 주장하는 이덕무 부류의 학자를 가리킨다.

　이단전의 시집을 보고 이용휴는 "시집을 펼치자 빛이 괴상하고 번쩍번쩍하여 무어라 형용하기 어려웠다. 평범한 시상을 벗어난 것이었다."라고 평한 바 있다. 글쓴이가 이단전의 시를 "마치 화를 내는 듯하고, 비웃는 듯하기도 하며, 과부가 밤에 곡하는 듯하고, 나그네가 추운 새벽에 일어나는 듯하기도 하다."라고 내린 평가는 원굉도가 〈서문장전(徐文長傳)〉에서 서위의 시를 평한 것과 똑같다. 서위의 인간됨과 유사성을 찾아낸 것이다. 조수삼(趙秀三)의 〈이단전전(李亶佃傳)〉이 있다.

14

상처받은 인생 불편한 심기, 김려

김려

김려(金鑢, 1766~1822)는 18세기 후반과 19세기 전반에 활약한 시인이자 산문가이며 우리의 야사(野史)를 대거 정리한 역사학자다. 자는 사정(士精), 호는 담정(潭庭)·귀현자(歸玄子)·해고(海皐) 등을 썼고, 본관은 연안(延安)이다. 그의 7대조가 인목대비(仁穆大妃)의 생부인 김제남(金悌男)이었으므로, 후대에 다소 가세가 기울었다고는 하나 노론 명문가로서 지체를 확고하게 유지한 집안 출신이었다. 정치적으로 김려는 노론 시파(時派) 계열에 속했으나, 억압과 피해를 당한 불우한 사대부로 평생을 보내다 생을 마감했다. 그는 15세에 성균관에 들어가 27세에 생원시에 급제했다. 이 시기에 강이천(姜彝天)·김조순(金祖淳)·이옥·이우신(李友信)·권상신(權常愼)·이안중(李安中) 등과 교유하면서 문학 세계를 구축해갔다. 산문으로는 패사소품을 즐겨 읽고 창작했으며, 시로는 여성을 소재로 여성적 취향을 묘사하는 시풍을 즐겨 창작했다. 신진 문사들과 어울려 지내며 김려는 독특한 문예 취향을 보이는 문사 그룹의 선도적 위치에 있었다. 김조순과 더불어 기문(奇文)을 모은 《우초신지(虞初新志)》를 즐겨 읽고 그와 유사한 작품들을 지어 《우초속지(虞初續志)》를 만들기도 했으며, 동인들의 소품문과 시를 모아 《담정총서(潭庭叢書)》로 묶었다.

  김려는 1797년 친구 강이천의 유언비어 사건에 휘말려 함경도 부령(富寧)으로 유배를 갔고, 다시 신유사옥(辛酉邪獄)에 연루되어 재조사를 받은 뒤 1801년 진해로 귀양을 가서 1806년에야 고향으로 돌아왔다. 그는 30대의 장년기를 국토의 북쪽과 남쪽의 끝에서 유폐 생활을 했다. 이

러한 고난은 경화세족(京華世族)인 그로 하여금 민중의 세계를 체험하게
만든 계기가 되었다. 그는 기구한 운명의 장난으로 정치적 꿈을 접고 말
았다. 유배 생활을 제외한 시기에 주로 서울에서 생활하면서 시대와 문
화의 첨병에 선 문인들과 교유하며 시문 창작에 골몰했다.

　김려는 매우 독특하고 개성이 넘치는 시문을 창작했다. 그의 시는 당
시 사회의 인정물태를 세밀히 묘사함으로써 한시사에서 특별한 위치를
차지한다. 《사유악부(思牖樂府)》 290수와 《황성리곡(黃城俚曲)》과 《상원
리곡(上元俚曲)》 등은 전형화한 한시의 범주로부터 이탈하여 당대 조선
의 현실상을 드러냈다. 특히, 장편고시 〈고시위장원경처심씨작(古詩爲張
遠卿妻沈氏作)〉은 백정의 딸이 양반의 아내가 된다는 파격적 주제를 다
룸으로써 봉건제도의 이완을 반영했다. 문단에 만연하던 소품 취향의
작품 창작 열기에 적극적으로 동참하여 빼어난 소품문을 창작했다. 《단
량패사(丹良稗史)》에 수록된 〈포수 이사룡전(砲手李士龍傳)〉과 〈안황중전
(安黃中傳)〉을 비롯한 전기뿐만 아니라, 특이한 물고기의 생태를 기록한
《우해이어보(牛海異魚譜)》와 유배를 가는 과정의 고난을 기록한 《감담일
기(坎窞日記)》 역시 소품이다.

　김려의 문학은 조선왕조의 정통적 유가 이데올로기나 문학적 주제로
부터 탈피하여 현실 사회의 체험을 담고자 했다. 그의 시와 산문에 일관
하는 주제는 버려지고 상처받은 인생에 대한 따뜻한 시선이다. 그는 불
우하게 살아간 마이너리티 인간의 소중한 가치를 드러내려고 노력했다.
여기에 소개하는 고수재나 김용행·삭낭자·송치관을 비롯하여 장생·이
안민·유구세자 등이 모두 그런 종류의 인간이다. 작자는 그들이 발산하
는 기괴한 행동을 묘사하여, 이 세상에 대한 자신의 불편한 심기를 우회
적으로 표현했다.

1

고수재전

賈秀才傳

고수재(賈秀才)가 어디 사람인지는 잘 모른다. 언제나 적성현(赤城縣) 청원사(淸源寺)[1]를 오가며 건어물을 팔아 생계를 꾸렸다. 키가 팔 척이 넘고 머리를 땋은 데다가 얼굴이 몹시 검었다. 성이 무어냐고 묻기라도 하면, "내 성은 하늘 천(天)이고, 이름은 땅 지(地)이며, 자(字)는 현황(玄黃)이오."라고 대꾸하여 배를 움켜쥐고 웃게 만들었다. 사실대로 말하라고 채근하면, "내가 장사꾼이니 성은 고(賈)라고 해두죠!"라고 얼버무렸다. 그래서 절에 사는 모든 이가 그를 고수재라 불렀다.

그는 언제나 새벽이면 일어나서 건어를 등에 지고 먼 곳이나 가까운 곳이나 가리지 않고 다녔다. 날마다 동전 오십 닢을 얻어서 그

---

1 적성현은 조선시대 경기도 양성현(陽城縣)의 예스런 호칭으로 현재의 안성시 양성면이다. 청원사는 이곳의 주산인 천덕산(天德山)에 있는 고찰로 지금도 당시의 7층 석탑이 남아 있다.

걸로 술을 사서 마셨다. 그는 평생 입에 밥을 넣는 법이 없었다.

절이 적성현 남쪽의 외지고 정갈한 곳에 자리를 잡고 있었기에 고을 선비들이 산방(山房)을 빌려 독서했다. 하루는 내리던 큰 눈이 막 개었을 무렵에, 고수재가 진흙 구덩이에 빠져 흙투성이 발을 한 채로 성큼 올라와 선비들의 옆자리에 풀썩 앉았다. 선비들이 성이 나서 호통을 치자 고수재가 힐끗 쳐다보고는, "너희는 위세가 진시황(秦始皇)보다 세건만 이 몸은 장사 수완이 여불위(呂不韋)보다 못하니[2] 어이구 겁나! 어이구 겁나!"라고 내뱉더니 벌떡 드러누워 코를 골았다. 더욱 성이 난 선비들이 중을 시켜 끌어내게 했지만 바닥에 단단하게 붙어서 떼밀 수가 없었다.

그다음 날, 불전(佛殿) 위에서 누군가가 이백(李白)의 〈원별리(遠別離)〉[3]를 낭송하는 소리가 들려왔다. 그 소리가 너무도 유창하여 선비들이 그리로 가서 살펴보니 다름 아닌 고수재였다. 그제야 무언가 이상하다는 낌새를 차린 선비들이 그에게 "시를 할 줄 아느냐?"라고 물었다. 고수재가 "잘하지!"라고 대꾸하자 또 "붓을 잡을 줄 아느냐?"라고 물었다. "잘하고말고!"라는 대꾸가 돌아왔다. 선비들이 붓과 종이를 주고 시를 지어보라고 했다. 고수재가 벼루에 다가가서 미친 듯이 먹을 간 다음 왼손으로 몽당붓에 먹물을 적셔 종이 위에 나는 듯이 붓을 휘둘러 마구 써 내려갔다. 그가 쓴 시는 이러했다.

---

2 여불위는 중국 전국시대 말기의 진(秦)나라 정치가다. 양책(陽翟)의 큰 상인으로, 곤경에 처한 진시황의 아버지 장양왕(莊襄王)을 도와 왕위에 오르게 했다. 《사기(史記)》에는 진시황이 여불위의 친자식이라는 일설을 기록해놓았다.

3 〈원별리〉는 당나라 악부(樂府)의 가곡 이름으로 이백이 지은 작품이 있다.

청산도 아름답고 녹수도 아름답다.

녹수청산 십 리 길에

물고기 팔아 술을 사서 돌아오노니

한평생 길이길이 산중에서 늙으리라.

　고수재는 붓을 던지고 키득키득 웃기를 그치지 않았다. 글씨의 자획이 고산(孤山) 황기로(黃耆老)[4]의 글씨와 흡사했다. 선비들은 비로소 그에게 경의를 표했다. 그런 일이 있고 나서 고수재에게 다시 시를 써달라고 청했을 때에는 불끈 화를 내고 욕을 해대며 끝까지 쓰지 않았다.

　일찍이 이런 일도 있었다. 고수재가 술에 크게 취해서 복어를 들고 석가여래불의 탁자 앞에 바친 다음 합장하고 예불을 올렸다. 승려들이 깜짝 놀라서 그를 내쫓자, 그가 "너희는 불경도 읽지 않느냐? 불경에는 여래께서 복어를 삼키셨다고 말했다."라고 했다. 그러자 어떤 중이 "어느 경전에 그런 말이 있더냐?"라고 따졌다. 고수재가 《보리경(菩提經)》[5]에 있는 구절로 내가 외울 수 있다."라고 하고 탁자 앞에 가부좌를 한 채 경전을 암송했다.

　"나는 이렇게 들었느니라! 한때에 부처께서 서양해(西洋海) 가운데 계셨는데, 그때에 여래께서 대중들을 앞에 두고 파사국(婆娑國)[6]

4　조선 전기의 명필로, 호는 고산(孤山)이다. 필법이 뛰어났고, 특히 초서를 잘 써서 초성(草聖)이라 불렸다.

5　불경의 일종으로 《잡아함경(雜阿含經)》에 들어 있다. 그러나 고수재가 외운 내용은 패러디로, 본래의 경전과는 무관하다.

에서 바친 큰 복어를 삼키셨다. 부처께서 이마에서 천만 길의 무외광명(無畏光明)을 쏘시자 비구 및 수많은 대중이 부처를 향하여 이마를 바닥에 대고 절하며 자비의 말씀을 삼가 들었다. 부처께서 대중들에게 고하시기를, '이 복어는 큰 바다 가운데 살면서 청정한 물을 마시고 청정한 흙을 먹으니 이것이 여래의 무상묘미(無上妙味)니라.'고 하셨다."

그가 읊은 말을 듣고 사람들이 모두들 크게 웃었다. 고수재는 그 절에 일 년 남짓 살다가 어디론가 떠났다.

이상한 일이다! 저 고수재란 사람은 특이하고 걸출한 재능을 소유하고 탁월하고 불굴의 의지를 지녔다. 그런데도 어째서 저와 같이 미친 짓을 마구 해대어 사람들로 하여금 얼이 빠져 그의 본색이 무엇인지를 모르도록 하는 것일까? 혹시 옛사람들이 말한, 숨어 사는 군자의 부류가 아닐까? 구성(駒城)⁷ 사는 정씨(鄭氏) 아저씨가 내 여릉(廬陵) 집을 찾아와서 그에 얽힌 이야기를 매우 상세하게 말해주셨다. 내가 그를 만나려고 그 절에 이르렀을 때는 그가 떠난 지 벌써 사흘이나 되었다.

---

6 과왜(爪哇) 또는 과와(爪洼)로 인도네시아의 자와 섬이다.

7 경기도 용인의 예스런 이름이다.

    전해 들은 이야기를 바탕으로 쓴 기인전(奇人傳)이다. 건어물을 팔아서 생계를 꾸려가는 특이한 장사치에 관한 몇 가지 일화를 얽어서 글을 만들었다. 그는 이름도 출신도 알 수 없다. 이름을 물으면 《천자문》의 첫 대목인 천지현황(天地玄黃)을 끌어다가 묻는 사람을 황당하게 만들고, 더 캐물으면 장사치이니 장사 고(賈)로 성을 만들어 붙인다. 허울에 집착하는 세상 사람을 비아냥거리는 듯하다. 그는 또 밥도 먹지 않는다. 한편 선비들의 위세를 겁내지도 않고, 부처나 승려의 권위도 깔아뭉갠다. 진흙발로 선비들의 자리를 밟고, 복어를 불전에 바치는 행위는, 그의 안중에는 권위고 위세고 없다는 것을 표현한다. 하지만 시를 짓고, 황기로의 서체를 구사하며, 《보리경》을 날조하는 장면에서는 그의 식견과 깊은 내면을 살짝 드러낸다. 이른바 예법과 질서를 무시하는 그에게서 작자는 기위(奇偉)한 재능과 탁락(卓犖)한 의지를 숨기고 사는 군자의 모습을 찾아낸다.

2

망태기 거지

索囊子傳

망태기 거지의 성은 홍씨(洪氏)인데 견성(甄城)[1]의 거지다. 그는 새끼줄을 꼬아 망태기를 만들어서 돌아다닐 때에는 어깨에 메고, 밤에는 꼭 그 망태기 속에 들어가 잠을 잤다. 스스로 이름을 망태기 거지, 곧 삭낭자라 했고, 남들 역시 망태기 거지라 불렀다. 망태기 거지는 키가 칠 척이었고, 수염이 멋지게 자랐으며, 얼굴이 빙옥(氷玉)같이 잘생겼다. 나이를 물으면 스물이라고 답했고, 그다음 해에 물어도 대답이 같았다. 그로부터 십 년이 지난 뒤에 물었을 때도 마찬가지 대답이었다. 다만 이상하게도 망태기 거지는 얼굴빛이 조금도 노쇠하지 않았다.

늘 해진 무명옷을 입고 큰 나막신을 질질 끌고 서울 길거리를 오

---

1 전라도 전주의 옛 이름이다. 후백제 견훤(甄萱)이 전주에 도읍을 정한 역사가 있기 때문에 전주의 예스런 이름으로 쓰인다.

가며 쌀을 구걸했고, 쌀을 많이 얻으면 다른 거지들에게 나누어주었다. 한평생 남과 더불어 말하기를 내켜하지 않았고, 사람 사는 집에 들어가 잠을 잔 적이 한 번도 없었다.

망태기 거지는 밥보가 대단히 커서 여덟 말의 쌀로 밥을 해서 먹어도 배가 다 차지 않았고, 서너 동이의 술을 마셔도 취하지 않았다. 그렇지만 한 달여를 먹지 않아도 허기를 느끼지 않았다. 망태기 거지는 바둑에 조예가 매우 깊어서 당시에 이름이 있었다. 그러나 남과 승부를 다투기를 즐기지 않았다. 서울 사는 사대부가 그를 불러 바둑을 두게 한 일이 있었다. 그는 제일가는 국수하고 두어도 한 집 차로 이겼고, 가장 못 두는 자하고 두어도 한 집 차로 이겼다. 그래서 당시에 한 집 차이로 이기는 바둑을 망태기 거지 바둑법이라 불렀다.

망태기 거지는 추위를 잘 견뎠다. 바람이 불고 눈이 내려 꽁꽁 얼어붙은 한겨울, 새조차도 모두 얼어 죽을 때인데도 망태기 거지는 나체로 서 있거나, 시냇가 바위에 아무렇지 않게 누워 사나흘 잠을 자곤 했다. 그러다 일어나면 땀이 발꿈치까지 흘러내렸다. 사람들이 그에게 옷을 주어도 받지 않다가 강권에 못 이겨 겨우 입고서는 시장에 가서 다른 거지에게 주어버렸다.

원두표(元斗杓) 어른이 견성 원님으로 있을 때[2] 그를 초치(招致)하여 매우 후하게 대접했다. 주는 음식을 받아먹기는 했으나, 말을 걸

---

2 원두표(1593~1664)는 광해군·인조 때의 문신으로 인조반정에 참가하여 공신이 되었고, 이괄의 난을 평정하는 데 공을 세웠다. 인조 3년(1625)부터 전주 부윤(全州府尹)을 지냈고, 인조 12년에서 20년까지 전라감사를 지냈다.

면 사양하고 어떤 말도 하지 않았다. 그 뒤 어느 날 어디론가 사라졌다. 그로부터 수십 년이 지나서 그를 관서 땅 어느 길에서 만난 사람이 있었는데, 전과 조금도 다르지 않았다고 한다.

내가 야사를 읽다가 망태기 거지의 일에 이르렀을 때, 놀라운 생각이 들어 몸 매무새를 바로잡았다. 그는 중도를 지키는 사람이 틀림없다. 다만 남들이 몰랐을 뿐이다. 그러나 사람에게는 사람 사는 도리가 있는 법이거늘, 구태여 그렇게까지 살 이유가 있었을까? 망태기 거지가 명가의 자제로서 문장을 잘했지만 집안이 화를 당해 세상을 피했노라고 말하는 사람도 있다. 그 말이 실상에 가깝게 들린다.

망태기 거지

索囊子傳

새끼로 엮은 망태기를 메고 다닌다 해서 삭낭자라는 이름으로 불린, 특이한 인물을 묘사한 전기다. 허목(許穆)의 전기를 놓고 볼 때, 그는 17세기 중반의 이인(異人)으로 보인다. 몇 가지 일화를 얽어서 글을 엮었다.

그는 본명을 숨기고 남과 대화하지 않음으로써 인간 세상과 의도적으로 단절하려고 했다. 사람에게는 사람 사는 도리가 있지만 그는 그런 세상으로부터 소극적으로 도피하는 정도에 그치지 않았다. 망태기 거지가 되어 자신을 망가뜨리는 자학 행위까지 한다.

그러나 거지라는 외면을 벗기고 들어가보면, 뛰어난 일면을 숨기고 있다. 뛰어난 바둑 솜씨나 잘생긴 용모, 도인의 능력 등이 그 일면이다. 그런 인물이 도대체 왜 거지라는 더러운 외피를 쓴 채 사람의 도리를 일부러 지키지 않는 걸까? 그가 문장을 잘하는 명가의 자제라는 소문을 소개한 것은 의문을 풀려는 단서다. 비운의 뛰어난 인물로 보려는 의도가 숨겨져 있다.

저자가 밝힌 대로 이 글은 야사에서 소재를 취해 다시 꾸민 이야기다. 허목의 《기언별집(記言別集)》 14권에 같은 제목의 전기가 실려 있다. 이 글과 겸해서 읽어볼 만하다.

완산(完山)에 거지가 사는데, 이름을 물어도 모른다 하고 성을 물어도 모른다 했다. 홍씨(洪氏)라고 부르는 이도 있다. 많이 먹어도 배부르지 않았고, 먹지 않아도 배고프지 않았으며, 눈보라에 나체로 있어도 춥지 않았다. 사람들이 옷가지를 줘도 받지 않고, 쌀을 동냥하여 먹었다. 남는 것이 있으면 굶주린 이에게 주었다. 남과 함께 살지도 않고, 남과 더불어 말을 나누지도 않았다. 거지는 관사 아래에서 잤다. 고을의 노인네들도 거지가 처음 온 해를 모르지만, 용모는 변함이 없었다. 그를 망태기 거지라 부르기도 했다. 새끼를 꼬아 망태기를 만들어서 둘러메고 다니기 때문이었다. 그러나 다른 물건은 없고, 무슨 특별한 일도 없었다.

가끔 서울에 와서 노닐었으나 아무도 종적을 몰랐다. 누더기에 나막신을 신고 저자에서 구걸했다. 현재 정승으로 있는 원두표 공께서 완산 부윤으로 재직할 때, 기이하게 여겨 불러다가 아주 잘 대우했다. 그는 먹을 것을 주면 사양하지 않고 먹었으나, 말을 걸면 대꾸하지 않았다. 어느 날 사라져 간 곳을 알 수 없었다. 그 뒤 남쪽 지방에 큰 흉년이 들었고, 다시 오지 않은 지 몇십 년이라고 한다.

이 사람은 세상 밖에 노닐면서 세사에 얽매이지 않고, 기꺼이 세상을 잊고 흔적을 없애며, 누더기에 빌어먹는 사람이다. 아무래도 광인 접여(接輿)의 무리가 아닐까?

계묘년(1663) 1월에 미수(眉叟)가 쓴다.

3
취련봉기
翠蓮峰記

나는 어릴 때 남공진(南拱辰)과 형제처럼 친하게 지냈다. 언젠가 그
와 함께 있을 때 그의 옆에 있는 사람을 보았는데 뽀얀 얼굴에 약
간 꼽추였고, 눈매가 날렵하여 건들건들 경솔하면서도 시원스러웠
다. 그와 더불어 문장과 서화를 논해보니 입술과 혀 사이에서 말이
술술 파죽지세(破竹之勢)로 쏟아져나와 막힘이 없었다. 나는 마음속
으로 '대단히 기이한 사람이로구나!' 하고 여기던 차에 공진이 나
를 보며, "이 사람은 내 친구 송치관(宋穉貫)이네. 아무개하고는 이
종사촌 간이지. 하나 이 사람은 군자일세."라고 말하는 것이었다.
나는 평소 공진의 말이라면 금석(金石)처럼 굳게 신뢰하는 터여서
치관이 군자임을 바로 인정했다.

　이로부터 내가 공진과 더불어 노닐 적에 치관도 늘 함께하여 즐
겁게 지냈다. 그러나 얼마 지나지 않아 공진이 죽고 그다음 해에
는 내가 유언비어 옥사에 걸려 북쪽 변방으로 유배를 갔다. 신유년
(1801)에는 의금부 옥사에 체포되어 거의 죽을 뻔했다가 다시 남쪽

바닷가로 귀양을 가게 되었다. 십 년 만에 비로소 유배에서 풀려 돌아와보니 평소의 친지들은 영락하여 사방으로 흩어지고 남아 있는 자가 거의 없었다.

하루는 치관이 해진 무명옷을 떨쳐입고 당당하게 들어오는데, 피부는 쭈글쭈글하고 야위었으며, 머리털은 성성하고 눈은 깜빡거려서 옛 모습을 찾아볼 수 없었다. 그러나 행동은 시원스러워서 묻지 않아도 치관임을 알아차렸다. 서로 붙잡고 옛일을 이야기하며 강개한 기분에 사로잡혀 있을 때 치관이 이렇게 말하는 것이었다.

"나는 이미 세상을 버렸다네. 세상 사람들 모두가 나를 미치광이라고 버리니, 구태여 미치광이가 아니라고 거부하며 세상을 버리지 않을 이유가 있겠는가? 지금 나는 고산현(高山縣)의 취련봉 아래에 살고 있는데 우리 선친이 묻힌 곳이라네. 나는 기구한 사람이라, 일체의 세상 사는 맛을 모조리 잊고 사네. 잊을 수 없는 것으로는 오직 문학과 역사가 있을 뿐이네. 여보게! 나를 위해 사는 곳의 기문(記文)을 써주지 않으려는가?"

그 말을 들은 나는 웃으며 이렇게 말했다.

"그런 일이 있었는가? 자네는 광인이로구먼. 대저 기문이란 있는 사실을 기록하는 것일세. 옛사람들 중 산수를 두고 기문을 쓴 이도 있고 누정을 두고 기문을 쓴 이도 있지만, 어느 경우든지 눈으로 직접 보고 몸으로 직접 가보지 않은 것에 대해서는 기문을 쓰지 않았네. 자네가 사는 곳을 내가 일찍이 본 적이 없으니 어떻게 사실대로 기록할 수 있겠는가? 그렇기는 하지만 자네 덕분에 그곳의 바위와 골짜기가 반드시 수려하고, 연못과 소가 반드시 깊고 맑으며, 동산과 골목이 반드시 잘 가꾸어져 있고, 가옥은 반드시 시원스러운 줄을 알겠고, 바람 부는 아침이나 달빛 환한 밤이면 거문고를 뜯고 바둑을 두기도 하고 붓을 찾아 글줄이나 짓기도 하면서 홀로 즐겁게 지내리라는 사실을 알겠네. 이렇게 쓴다면 자네 사는 곳의 아름다움을 다 드러낸 것 아니겠나?"

내 말에 치관은 "그렇구면."이라고 답했다. 아! 나는 공진을 통해 치관을 알았고, 치관을 통해 취련봉의 빼어난 경치를 알았다. 그러나 공진은 지금 없다. 그러니 살고 죽음에 대한 슬픔이 어찌 없을 수 있으랴! 슬픈 일이다. 계유년(1813) 늦겨울 그믐날 아침에 쓴다.

취련봉기

翠蓮峰記

제목을 보면 취련봉이란 산의 승경(勝景)을 예찬한 글이라고 생각하기 쉽다. 옛 문체로는 명승기(名勝記)에 속한다. 하지만 이 글은 그 산 아래에 사는 옛 친구 송치관과 얽힌 이야기를 중심으로 감가불우(轗軻不遇)한 한 사람의 인생을 위로한 글이다.

글 가운데 정의한 대로, 기문은 직접 본 사실과 느낌을 서술해야 하지만, 그는 아무런 견문도 없이 오직 친구가 사는 곳이라는 사실만을 가지고 그곳이 분명 아름다울 것이라고 썼다. 하지만 그것이 중요한 게 아니다.

이 글을 읽고 나면 작자의 비감(悲感)에 감염되기 쉽다. 송치관이란 사람을 만나게 된 동기와 그를 만나게 한 남공진이란 친구의 죽음, 그리고 자신의 불행이 송치관의 등장으로 문면으로 떠오른다. 게다가 어느 날 나타난 옛 친구 송치관이 "나는 이제 세상을 버렸다."라고 하며 전해주는 인생 유전을 서술함으로써, 세상으로부터 버림받은 작자와 그 친우의 비운을 위로한다. 그는 자신과 친우의 기박한 운명을 동병상련의 감회를 섞어 드러내고자 했다.

4

김용행전

金舜弼傳

김용행은 자가 순필(舜弼)이고, 본관은 고창(古昌, 안동의 옛이름)이다. 아버지는 김윤겸(金允謙)으로 영의정을 지낸 문충공(文忠公, 김수항 金壽恒)의 서손(庶孫)이다. 김윤겸은 그림을 잘 그려 명성이 높았다. 김용행은 뇌락불기(磊犖不羈)하고 비분강개한 사람이었다. 용행은 출입할 때 늘 수술이 달린 띠를 찼고, 자기보다 연배가 높은 사람이 지나가면 반드시 그를 따라가 앞을 막아서고 손을 들어 인사하며 "아무개 어르신 아닌가요? 용행이 여기 있습니다."라고 말하곤 했다.

　언젠가 용행이 강을 건널 때의 일이다. 왼손에 〈이소(離騷)〉 한 권을 들고 거세게 흐르는 강물 위 흔들리는 배에 앉아서 오른손으로 무릎을 치면서 소리 높여 읊었다. 물이 철썩철썩 어깨 위로 쏟아져 내려, 함께 건너는 사람들이 아무리 불러도 용행은 아랑곳하지 않고 더욱 맑고 드높게 읊었다. 그런 일이 있고부터 사람들이 모두 그를 광생(狂生)이라고 지목했지만 용행은 개의치 않았다. 그런 일이 있기는 했지만 용행은 차분하면서도 큰 절개를 지니고 있었고, 치밀한 성품이면서도 악착같은 행동을 좋아하지 않았다.

용행은 〈이소〉, 〈구가(九歌)〉, 〈애강남(哀江南)〉, 〈초혼(招魂)〉 따위의 《초사(楚辭)》 작품들을 읽기 좋아했다. 한 편씩 읽을 때마다 슬퍼하고 개탄하면서 눈물을 줄줄 흘렸다. 그러다가 곧 껄껄 웃으며 그칠 줄을 몰랐다.

용행은 일가 사람인 김직순(金直淳, 자는 청부清夫), 여흥(驪興) 민치복(閔致福, 자는 원리元履), 덕수(德水) 이우신(李友信, 자는 익지益之)과 친하게 지냈고, 그 세 사람은 또 나와 매우 친밀하게 지냈다. 따라서 나는 비록 용행과 사귀지는 않았으나 용행에 대해서 잘 알기로는 저 세 사람과 차이가 없었다.

용행이 일찍이 단구자(丹丘子) 이안중과 함께 술을 거나하게 마시고 청심루(清心樓)에 올라 이리저리 배회하더니 홀연히 마음이 비감해져 눈물이 흘러 턱을 적셨다. 곁에서 그 모습을 본 사람조차도 그가 무슨 마음으로 저러는지를 알 수 없었다. 그러나 용행은 자기 신분이 미천한 서자임을 생각하고 늘 울적하게 지내며 뜻을 펼치지 못했다. 술을 마실 때면 언제나 잔 가득 부은 술을 마셔 기분을 풀었다. 술을 꽤 마시면 곧 슬퍼하면서 "쯧쯧! 이 용행이 중국에 태어나지 않아서 이런 꼴이야!"라고 말했다. 그렇지만 용행은 남에게는 선을 행할 것을 즐겨 권했고, 또 후학들을 잘 인도했다. 그래서 그와 함께 노니는 사람들은 오래 지내도 그를 싫어하지 않았다. 그러나 취향이 다른 사람은 그를 물어뜯는 일이 많았다.

용행은 성품이 익살스러운 짓을 잘했다. 언젠가는 심석전(沈石田, 심주沈周)·당육여(唐六如, 당인唐寅)·우동(尤侗)[1]의 시와 문장을 정사

하여 자기 문집 속 이곳저곳에 끼워 넣어서 사람들을 기만했다. 사
람들이 그러한 짓거리를 꾸짖어도 그는 아무렇지도 않고 태연했다.

용행은 양주(楊州)의 석관동(石串洞)에 살면서 오가는 길에 김직
순을 찾아보았다. 무술년에 여사(旅舍)에서 병을 얻어 죽어서 시신
이 여주로 돌아왔다. 그가 죽었을 때 상주는 김직순이었다. 그가 여
사에 병으로 누워 있을 때 김직순과 이우신에게 편지와 시를 보내
어 사별(死別)을 고했다. 그 시는 이러하다.

> 화로를 껴안은 채 꼼작 않고 잠이 들어
> 꿈길에서 고향에 가도 알아보는 이 하나 없네.
> 한밤중에 술이 깨어 객(客)의 처지 돌아볼 때
> 밖에는 낙엽 지고 비 내리는 가을이라.

용행이 스스로 지어 사용한 호에는 석파(石坡)·파황거사(破篁居
士)·육불암(六佛菴)·포도인(泡道人)이 있다. 나이 26세에 죽었다.

---

1 명말청초(明末淸初)의 문인들이다.

김용행(1753~1778)의 삶을 묘사한 전기다. 김용행의 전기를 남공철도 썼고, 박제가와 이안중이 그에게 보낸 편지도 있다. 소품가들이 두루 그에게 관심을 기울인 이유가 궁금하다. 신분의 질곡을 비관하고 속에 담긴 울분을 곧잘 드러내면서 일탈적인 행동까지도 마다하지 않는 그의 심경에 동조하고 연민의 감정을 표출한 때문일 것이다.

김려도 그를, 장동 김씨 벌열가문의 서자로 태어나 문장을 잘하고 그림을 잘 그려 명성이 자자했으나 26세로 생애를 마감한 비운의 문사로 묘사했다. 이 전기를 읽으면, 빼어난 능력을 갖추고도 신분의 굴레를 둘러쓰고 좌절하여 뼈에 사무친 고독감을 발산하는, 18세기 소외된 지성인의 초상화를 보는 듯하다. 그의 절필시에는, 고향에 돌아가보아도 자신을 알아보는 이 없고, 자기 방에 돌아와보아도 나그네에 불과한 자신을 확인하는 쓸쓸함이 배어 있다.

김용행의 자호 가운데 포도인(泡道人)은 곧 '물거품 도인'이란 의미로서 짧고 허망한 자기 인생을 예감한 호처럼 느껴진다. 명대의 시인인 송등춘(宋登春, ?~1644)의 〈술을 마시며(飮酒)〉 가운데 "백 년 인생에 이런 꼴은 / 물거품이 잠깐 모습 드러낸 것이지(百年此形容 / 泡影現斯須)."라는 구절에서 따와 그의 호를 지었다.[2]

성해응은 〈석파 김용행의 그림 뒤에 부친 글〉에 "석파는 부친의 화법을

---

2 유만주는《흠영》에 송등춘의 이 구절을 인용하고서 "어떤 사람이 포현도인(泡現道人)이란 자호를 지었는데 그 의미는 여기에서 나온 듯하다."라고 말했다.

터득했을 뿐만 아니라 또 기이함을 좋아했다. 불평의 심기가 일어나면 바로 그림에다 쏟았다."라고 했다.

한편, 김려는 이안중의 시고(詩稿)에 부친 글에서 이렇게 적었다.

내가 젊은 시절에 여주를 오가며 죽장 이우신(李友信) 선생을 좇아 노닐 때, 단구자 이안중과 석파 김용행이 문장을 잘하는 선비라는 이야기를 자주 들었다. 그들은 만나기만 하면 서로 반가워하며 손을 잡고 청심루에 올라가 술을 거나하게 마셨고, 술을 마시면 곧잘 〈이소〉·〈구가〉·〈애강남〉 따위의 작품을 암송했다. 이리저리 배회하다가 서로를 돌아보며 눈물을 줄줄 흘리고, 곁에 남이 있거나 말거나 괘념치 않았다고 한다. 이제 내가 이안중의 문집을 읽어보니 김용행의 이름은 거의 보이지 않는다. 참으로 괴이한 일이다. 이안중은 시문을 매우 많이 잃어버려 이 문집도 친구의 집에서 수습한 것이다. 그런데 김용행은 아들이 있으나 지혜롭지 못하고 또 집이 빈한하고 영락해서 남아 있는 작품이 없었다. 그래서 자신의 문장도 세상에 한 글자도 전하지 못하거늘, 더욱이 친구의 문장이야 말해 무엇하랴? 그렇다면 김용행은 더욱 불쌍하다.

이안중의 작품이 기구하게 전해진 과정을 적은 글에서 김용행의 더 애달픈 처지에 연민의 정을 표했다.

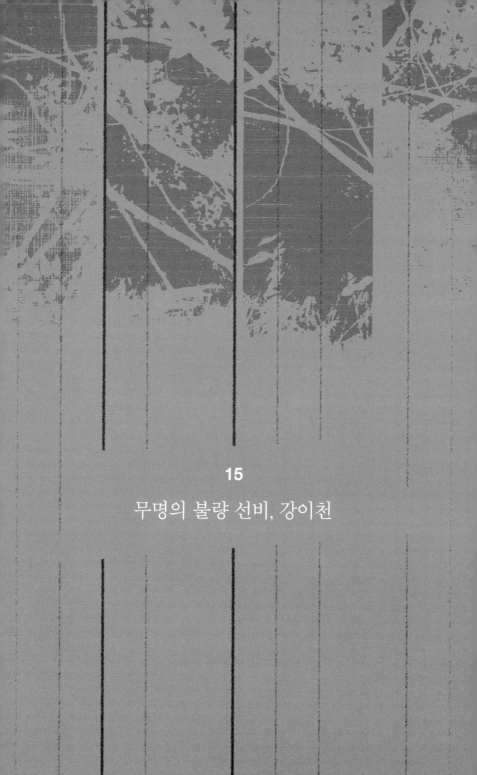

15

무명의 불량 선비, 강이천

강이천

강이천(姜彝天, 1768~1801)은 자는 성륜(聖倫), 호는 중암(重菴)이다. 할아버지는 화가로 저명한 강세황(姜世晃)이고, 아버지는 강흔(姜俒)이며, 어머니는 동래(東萊) 정씨(鄭氏)다. 소북 명문가 출신으로, 어려서부터 문학적 재능을 보여 정조 임금을 여러 차례 배알하는 기회를 얻었다.

18세 이후 강이천은 성균관에서 공부하면서 김려·이옥 등과 친밀하게 지냈다. 특히, 김려와 친하게 지내 그로부터 패사소품집인《우초속지(虞初續志)》를 빌려 읽기도 하고, 김려를 예찬하는 〈김사정가(金士精歌)〉를 짓기도 했다. 이들이 어울린 배경에는 소품문에 깊이 매료된 문인으로서 의기투합한 점이 있다. 하지만 1797년 10월, 커다란 정치적 소용돌이에 휩쓸려 33세의 젊은 나이에 죽임을 당했다. 강이천은 김건순(金建淳)·김려 등이 연루된 비어사건(飛語事件)의 주모자로 몰려 제주도로 귀양을 갔다가 정조가 죽은 뒤 신유박해 때 재심을 받아 옥사(獄死)했다. 천주교 신봉 및 유언비어를 날조했다는 죄목은 정치적인 저의가 의심되는 것이었다. 이 사건으로 그는 옥사하고, 김려는 20년을 오지에서 유배생활을 했다.

강이천은 소품 창작에 기운 작가로 알려졌다. 그의 비어사건이 보고되자 정조가 "이 사건은 참으로 코웃음 한번 칠 거리도 안 된다. 강이천이란 자는 내가 여러 번 본 적이 있거니와, 경박하여 조신하지 않는 무리의 하나에 불과하다. 재능이 좀 있어서 때때로 반시(泮試)에 참여하나 그의 문체를 보면 애절하고 빠르며 들뜨고 경박하여 오로지 소품일 뿐이다."라고 한 데서도 짐작할 수 있다. 또 정조는 그가 전혀 독서를 하지 않아서 소품에 잘못 빠져들게 되었다고 평한 적도 있다. 행적이나 문학을 놓고 볼 때, 강이천이 소품문에 매료되어 작품을 창작한 정황은 부정하기 힘들다. 현재 그의 문집에는 소품문 성향의 글과 정통 고문 성향의 글이 섞여 있다. 그의 사후에 편찬된 문집에는 의심스러운 글이 없지 않은데 그를 순정한 고문 창작자로 보이게 하려는 후손들의 개입이 있는 듯하다.

강이천은 시인으로서도 빼어난 자질을 보이며 18세기 말엽의 독특한 풍정을 잘 묘사했다. 《한경사(漢京詞)》 106수는 한양의 갖가지 풍속과 예술, 시정의 삶을 묘사했다. 또 〈남성관희자(南城觀戲子)〉는 산대도감극을 보고서 쓴 10세 때 시다. 이처럼 그의 시는 시정의 인간과 풍속을 묘사하기를 즐겼다.

강이천의 산문 역시 경쾌하고 신선한 느낌을 주는 소품체. 여행가와 한 시골 아낙을 다룬 서사적인 산문과 이옥의 《남정(南程)》에 쓴 평문이 눈에 띈다. 당시의 예능인과 특이한 인물의 이야기 15편을 모은 《이화관총화(梨花館叢話)》 역시 주목할 만하다. 그의 산문은 이념이나 격식에서 이탈하여 자아를 발산하고 개성을 표출함으로써 새로운 인간 삶을 드러낸다. 비록 33세의 짧은 생애를 살았지만, 강이천은 이 시대 문학의 새로운 경향을 읽을 수 있는 의미 있는 작품을 적지 않게 남겼다. 그의 시문은 《중암고(重菴稿)》에 실려 전한다.

1
창해옹의 산수 여행
記滄海翁遊山事

창해옹(滄海翁)은 성은 정(鄭)이요, 이름은 란(瀾)으로, 영남 사람이다. 옹(翁)이 먼 영남으로부터 와서 남성(南城)¹에 있는 나를 방문했다. 옹을 보니 이마가 넓고 콧날이 우뚝하며 양미간이 시원스럽게 넓고, 의관은 크고 헐렁하여 지금 세상의 복장이 아니었다. 나는 서둘러 뜰로 내려가 맞아들여 절한 후 모시고 앉아 대화를 나누었다. 기이한 인상이 강렬하게 풍겼고, 기세가 당당하고 자신감에 차 있는 분으로 보였다. 옹은 이런 말씀을 했다.

"인간이 자유롭게 노니는 것은 정신이요, 사물과 접하는 것은 눈[眼]일세. 그 정신이 막히면 속이 답답하고, 세상 구경하는 것이 협소하면 시야가 좁아지지. 정신과 세상 구경, 두 가지 다 협소하면 인간의 기운이 크게 펼쳐지지 못하네. 늙은이의 눈으로 이 세상에

---

1 한양성의 남쪽 지역이란 의미다. 그의 집은 남산 북쪽의 회현동에 있었다.

사는 자들을 보니 겨우 진흙 구덩이의 지렁이나 새우젓 속의 등에에 불과하더군."

그 말씀에 나는 이렇게 대꾸했다.

"선생의 말씀이 심한 것 아닙니까? 너무 거침없어서 인정하기 어렵습니다."

그러자 옹은 이렇게 말을 이었다.

"자네가 마땅히 알아야 할 게 있네. 세상에서는 추연(騶衍)이 하는 말을 인간의 사고로는 헤아릴 수 없다고 하면서도 휘둥그레 눈을 뜨고 빨려 들어가지.² 그러나 허황한 세계를 지레짐작하느니 실재하는 세계를 찾아가는 것이 낫고, 말을 과장하여 하느니 안목을 크게 넓히는 것이 낫네.

해동의 나라가 좁기는 하지만, 할 수 있는 만큼 구경한다면 내 정신을 넓게 트이게 할 수 있네. 이 늙은이가 서른이 되어 청노새 한 마리, 아이종 하나, 보따리 하나, 이불 한 채를 가지고 길을 나서서, 남으로는 낙동강을 노닐고 덕유산을 오르고 속리산을 더듬고 월출산을 오르고 지리산을 엿보았네. 서로는 대동강을 굽어보고, 동으로는 태백산과 소백산을 구경하고 단발령을 넘어 금강산을 두 번 들어간 뒤 바닷가를 따라 돌아왔네. 오직 북쪽의 백두산과 남쪽의 한라산에만 아직도 창해옹의 족적이 없단 말씀이야. 하나 이 늙은

---

2 추연은 전국시대의 사상가다.《사기(史記)》〈맹자순경열전(孟子荀卿列傳)〉에 추연이 인간의 상식으로는 파악하기 어려운 허탄(虛誕)하고 괴이한 이야기를 하자 사람들이 빨려 들어가는 정황을 기록했다. 한편, 추연은 중국보다 수십 배나 큰 세계가 중국 바깥에 또 있다는 사실을 말하는 등 드넓은 세계의 존재를 제시했다. 정란이 굳이 추연을 말한 이유는 여기에 있다.

이는 아직 노쇠하지 않았어."

그러면서 유산기(遊山記) 한 권을 꺼내 보여주었다. 무너진 담장 아래나 깎아지른 듯한 벼랑 밑에서 피곤에 지쳐 쉴 적에, 등불을 밝히고 나무껍질을 벗겨 생각나는 대로 가볍게 써 내려간 글이었다. 그의 글은 꾸미기를 일삼지 않고 정사(情思)가 뛰놀아서 구애를 받은 데가 없었다. 또 그림이 중간에 끼어 있는데, 산의 맥을 찾고 물길을 따지며 깊이를 헤아리고 먼 거리를 본떴기에 명백하여 속이 시원했다.

나는 앉은 자리에서 일어나 다시 말씀을 올렸다.

"더럽고 시끄러운 세상의 평범한 인간이라, 선생을 제대로 알아보지 못했습니다. 처음에는 선생을 남과 어울리지 못하고 고상하게 구는 분인 줄로 착각했으니, 창해옹을 잘못 알 뻔했습니다. 이제야 선생을 알겠습니다. 뜻이 크고 기개가 있어서 표연히 훌쩍 세상을 벗어나서 노니는 옛사람이 아닌지요? 선생을 뵙고 나니, 허둥지둥 세상을 출입하며 조그만 이해(利害)를 보기만 하면 황급히 제 갈 길을 잃어버리는 세상 사람을 다시는 감히 선비라고 하지 못하겠습니다."

한 해 남짓 지나 한밤중에 우리 집 문을 두드리는 사람이 있었는데 다름 아닌 창해옹이었다. 백두산에서 오는 길이었다. 내게 오가는 길의 험난함과 유람에서 겪은 풍부한 사연, 산골짜기와 바위 동굴의 기이한 경치, 구름과 안개 초목의 온갖 변화를 말해주었다. 촛불 심지 몇 개가 타들어갈 때까지 흥미진진하게 쉬지 않고 이야기했다. 새벽이 되어 잠에서 깨어나보니 창해옹은 벌써 보이지 않았다.

오호라! 먼 옛날 열어구(列禦寇)³와 장자(莊子) 같은 무리는 입이 닳고 혀가 타도록 도(道)를 지닌 자를 칭찬했지만, 허공을 가르고 깊은 어둠 속에 들어가 빈 세계를 찾아 소요하는 자에 불과했다. 그들이 하는 일은 반드시 기괴하고, 그들의 지향은 반드시 제멋대로여서 성인(聖人)을 따르는 사람들이 모두들 배척한다. 우리 성인께서는 마음으로 얻은 것에 즐거움을 둔다는 사실을 그들은 어째서 듣지 못했을까? 진실로 마음의 즐거움을 즐거움으로 삼는다면, 공자(孔子)와 안연(顏淵)이 즐긴 것이 무엇인지도 알 수 있었으리라.

그러나 굳이 "도(道)는 제각기 같지 않으니, 제가 좋아하는 것을 추구할 뿐"이라고 하지 않으셨던가! 창해옹의 즐거움은 산수 사이에서 얻은 것이 아닌가? 헤아릴 수 없구나!

근래 탐라(耽羅)에서 온 사람이 하는 말을 들으니, 어떤 이가 지팡이를 짚고 짧은 베옷을 입은 채 남해 바닷가에 서 있더라 했다. 아! 분명 창해옹일 것이다.

---

3 전국시대 정(鄭)나라 사람으로, 노자(老子) 계통의 학자다.

정란(1725~1791)이라는 특이한 인물을 만나서 받은 인식상의 충격을 기록한 글이다. 문체는 기사(記事) 또는 서사(書事)로, 한 인물과 한 사건에 대한 보고 형식의 서사체 산문이다.

정란은 조선의 산수를 여행한 전문 여행가라 이름 붙일 만큼 여행에 벽(癖)을 지닌 인물이었다. 금강산을 네 번에 걸쳐 올랐으며, 당시로서는 여행하기 힘들다는 백두산과 한라산까지 오름으로써 전국의 명산을 모두 등반했다. 1780년 56세의 나이로 백두산을 등반한 그는, 산을 오르기 전에 먼 인척 관계에 있는 30여 세 아래의 강이천을 만나 여행에 관한 숨은 생각을 펼쳤다. 나는《벽광나치오》에서 〈천하 모든 땅을 내 발로 밟으리라〉라는 제목으로 그의 독특한 삶을 조명한 바 있다.

현실에서 아등바등 사는 인간의 삶을 '진흙 구덩이의 지렁이나 새우젓 속의 등에'라고 본 그는, 넓은 세계를 여행함으로써 사고와 시야를 넓히는 여행가의 삶을 흥미진진하게 이야기했다. 그의 말과 포부에 강이천은 큰 감동을 받아, "허둥지둥 세상을 출입하며 조그만 이해(利害)를 보기만 하면 황급히 제 갈 길을 잃어버리는 세상 사람을 다시는 감히 선비라고 하지 못하겠다."고 생각을 바꾼다. 이 글은 특별한 인생의 지향을 보여준 정란과 작자의 대화로 구성되어 있다. 마지막 대목이 큰 여운을 남기는 흥미로운 글이다.

2

시골 아낙의 사건

書村民婦事

시골의 한 아낙네가 친정집을 가게 되었다. 닭과 개를 삶고 술을 담그는 등 음식을 장만하여 소에 실었다. 아낙은 소에 타고, 남편은 고삐를 잡고서 뒤를 따랐다. 그런데 도중에 도적을 만나, 남편은 죽고 아낙은 겁탈을 당할 위기에 처했다. 아낙은 망설이지 않고 눈웃음을 치고 아양을 떨며 말했다.

"소첩이 시골 아낙이기는 하지만 젊어서는 예쁘다고 꽤 자부했지요. 장성하여 이 소몰이꾼과 짝이 되었기에, 평소 늘 제 뜻에 맞지 않아 답답했답니다. 지금 호걸스런 대장부를 만났으니, 저를 버리지 않으신다면 정녕 소첩의 영광이요 소원이랍니다. 여기 술과 고기가 있으니 낭군께서 술을 마시고 고기를 먹은 다음 오늘의 즐거움을 다했으면 합니다."

도적은 흔쾌히 겁탈하려는 뜻을 거두었다. 그러자 보따리를 풀어서 내려놓고는 아낙이 말했다.

"칼에 사람을 죽인 피가 묻어 있어 고기를 썰 수가 없네요. 앞에 시내가 있으니 가서 씻어오지 않을래요?"

도적이 칼을 가지고 가자 아낙이 잠깐 틈을 타서 술병을 기울여 바닥에 반쯤 쏟고는 전과 같이 뚜껑을 막았다. 도적이 돌아오자 칼을 받아든 아낙이 술 뚜껑을 열고 닭과 개고기를 썰었다. 도적이 술을 마시려 하다가 "보따리에 술잔이 있소?"라고 물었다. 아낙은 "창졸간에 오느라 그릇을 가져올 틈이 없었어요. 병째로 마시는 게 어때요?"라고 대꾸했다.

도적이 그 말대로 따랐다. 술병의 술이 반밖에 없는지라, 반드시 힘들게 얼굴을 치켜들어야 술이 목구멍으로 들어갈 수 있었다. 그렇게 마시는 사이에 아낙은 일부러 아양을 떨었다. 도적의 턱밑이 점차 올라가자 아낙은 서슴없이 손에 든 칼로 도적의 목을 찔러 거꾸러뜨렸다. 남편의 시체를 싣고 돌아온 아낙은 장사를 치른 다음 곡기를 끊어 스스로 죽었다.

오호라! 열녀가 그런 변고를 당했다면 정녕 죽음이 있을 뿐이다. 그러나 이 아낙이 꾸며낸 말로 그 상황을 벗어나지 않았다면, 죽고 싶어도 죽지를 못하고 결국 더럽힘을 당했을 테고, 죽임을 당하는 일 역시 더럽힘을 당한 후 벌어졌을 것이다. 더럽힘을 당하고 죽는다면 몸을 더럽히는 치욕을 모면하는데 무슨 도움을 주겠는가? 이런 용모와 재간을 가진 아낙이 도적을 몸으로 섬기다가 천천히 원수를 갚을 계획을 세운다면 그 어떤 어려움이 있으리오? 하지만 그 행동을 한 것은 아무래도 예양(豫讓)의 죄인[1]이 되지 않겠는가? 아낙은 다급한 상황에 처해 큰 공을 세우고 절개를 온전히 지키고 돌아왔다. 이러한 재간이 없었다면 무슨 수로 그녀의 매운 절개를 지킬 수 있었으리오?

예양은 나라가 인정한 선비다. 그는 나라의 선비로 대우받은 은혜를 갚으려고 했으나 한 번은 측간에서 일을 그르쳤고, 한 번은 다리 밑에서 일을 그르쳤다. 매서운 독기는 품었으나 재간이 없었다.

《예기(禮記)》에 "임금과 부모의 원수는 무기를 가지러 집으로 가지 않고 즉시 싸운다."라고 했는데[2] 이 아낙이 이 말을 실천했다. 역사가가 이 사연을 기록하여, 충의(忠義)와 지모(智謀)를 겸비한 선비와 함께 전해야 옳다. 아낙은 호서의 제천 사람이라고 한다.

---

1 예양은 중국 전국시대 진(晉)나라의 자객으로 지백(智伯)의 신하가 되어 총애를 받았다. 지백이 조양자(趙襄子)를 공격했으나 도리어 조(趙)·한(韓)·위(魏) 연합군에게 멸망했다. 조양자는 지백을 증오하여 그의 두개골로 술잔을 만들었다. 예양은, "선비는 자기를 알아주는 이를 위하여 죽는다."라고 하며 주군을 위해 보복을 맹세했다. 그리하여 조양자의 측간에 잠입하여 저격하려다 발각되어 실패했다. 또 몸에 옻칠을 하여 나환자로 변장하고 벙어리 행세를 하며 다리 밑에 숨어, 외출하는 조양자를 저격하려 했다. 그러나 조양자의 말이 놀라는 바람에 발각되어 죽임을 당했다. 조양자가 암살하려는 이유를 물었을 때 예양은, "지백이 나를 국사(國士)로 대해주었기에 나도 국사로서 보답할 뿐이라."라고 했다.

2 《예기》〈곡례(曲禮)〉에 나온다. "부친의 원수와는 더불어 같은 하늘을 우러를 수 없고, 형제의 원수는 집으로 돌아가 무기를 가져오지 않고 바로 싸운다."라고 했다.

시골 아낙의 사건

書村民婦事

한 시골 아낙네가 겪은 사건을 이야기로 꾸미고 그 행위에 대한 평가를 덧붙인 글이다. 시골 아낙이 남편을 눈앞에서 죽인 도적을 계교를 꾸며 죽이고 자신도 남편을 따라 죽었다는 것이 사건의 핵심이다. 도적이 남편을 죽이고 자신을 겁탈하려는 위기의 상황에 처해, 아낙은 도적에 반항하다 죽거나, 아니면 겁탈당한 뒤 죽거나 할 위험에 노출되었다. 그 상황에서 아낙은 서슴없이 교태를 부리며 남편을 무시하고 몸을 맡기려 하여 도적을 무장해제시킨 뒤 계교를 꾸며 도적의 목을 찔러 죽였다. 아낙의 평범하지 않은 용기와 기지의 발휘가 사건 전개의 핵심이다.

보통 여자라면 두려움으로 인해 기지와 계교를 발휘하지 못하고 결국 겁탈당하고 죽을 위기에서 그녀는 남편의 원수를 죽인 다음 자살함으로써 열녀의 행동을 취했다. 아낙이 남편을 부정하고 도적에게 몸을 허락하려 한 행동은 불열(不烈)에 속하지만, 불열의 혐의는 이후 열(烈)의 행동에 덮어진다. 그래서 이 이야기는 열불열녀설화(烈不烈女說話)에 속하는데, 이가환의 〈열녀 임씨의 슬기와 용기(烈女林氏傳)〉와 비슷한 전개를 보인다.

작자는 이 시골 아낙을 예양(豫讓)과 비교했다. 예양은 자신의 능력을 인정해준 군주를 죽인 조양자(趙襄子)를 저격하기 위해 처음에는 측간에, 다음에는 다리 밑에 숨었으나 결국 발각되어 죽었다. 아낙은 절의를 지닌 데다가 남편의 원수를 갚는 재간까지 소유했기에 예양보다 낫다고 칭찬했다.

3

경금자의 《남정(南程)》 10편을 읽고서
書絅錦子南程十篇後

대목장이 집을 지으려고 산에 올라가 나무를 구했다. 산에는 나무가 많아 그 나무를 자르고 쪼개서 떠메어 날랐다. 사통팔달의 대로변에 집의 기초를 다지고는 나무를 살펴서 다듬었다. 작은 기둥에 어울리는 것은 작은 기둥으로, 들보에 어울리는 것은 들보로, 대들보로 어울리는 것은 대들보로, 용마루에 어울리는 것은 용마루로, 큰 기둥에 어울리는 것은 큰 기둥으로, 서까래에 어울리는 것은 서까래로, 짧은 서까래에 어울리는 것은 짧은 서까래로, 두공(枓栱)에 어울리는 것은 두공으로, 동자기둥에 어울리는 것은 동자기둥으로, 말뚝에 어울리는 것은 말뚝으로, 문지방에 어울리는 것은 문지방으로, 처마에 어울리는 것은 처마로 목재를 다듬었다. 마음의 도량으로 판단하고, 먹줄과 자로 바로잡아 큰 끌을 이용하여 연결하자 웅장하고 아름다운 저택의 모습을 갖추었다. 사람들이 모두 "대목장이 집을 잘 짓는다."라고 말했다.

연(燕)나라 사람이 목수 일을 배우고자 하여 그 집을 살펴보러 갔다. 그런데 그 집은 이미 오래되어, 반듯하던 것은 쭈그러들고 똑바로 서 있던 것은 비틀려 있었으며, 집을 지탱하던 목재들은 이가 맞지 않을 뿐 아니라 부서져서 땅바닥에 흙과 돌, 목재 들이 수북하게 쌓여 있었다. 연나라 사람은 사흘 동안 그 집에 묵었다가 떠나면서 "나는 목수 일을 모조리 터득했다."라고 말했다. 그가 돌아와 집을 지었는데, 쭈그러든 것은 쭈그러들게, 비틀린 것은 비틀리게, 이가 맞지 않는 것은 이가 맞지 않게, 흙과 돌, 목재 들이 쌓여 있던 땅바닥에는 흙과 돌, 목재 들을 수북하게 쌓아놓았다.

연나라 목수는 심하다 할 만큼 기뻐했고, 당당하고 만족스러워했다. 그때 이웃에 사는 목수가 연나라 목수에게 이렇게 말했다.

"나는 당신이 목수 일을 배운 줄 알았더니, 이제 보니 목수 일을 배운 게 아니군요."

그래서 연나라 목수가 이웃에 사는 목수와 함께 대목장이 지은 집으로 가서 살펴보았다. 이웃 목수가 입을 떡 벌리고 웃으며 말했다.

"나는 당신이 배운 목수 일이 무엇인지를 분명하게 알았소. 잘못된 법을 배웠군요."

그 말에 연나라 목수는 벌컥 화를 내며, "당신이 그것을 어떻게 압니까?"라고 따졌다. 이웃 목수가 "내 당신과 함께 송(宋)나라의 교외로 가서 집을 구경시켜드리리다."라고 답했다. 그래서 연나라 목수는 이웃 목수와 함께 송나라 교외로 집 구경을 갔다. 거기에는 대목장이 지은 새집이 있었다. 그제야 연나라 사람은 비로소 부끄러움을 느꼈다.

화양자상(和陽子常)[1]이 강물을 내려다보며 앉은 채 노래를 부르면

서 즐거워하다가 이윽고 탄식을 뱉으면서 슬퍼했다. 연구자기(延丘
子祈)가 곁에서 모시고 있다가 여쭈었다.

"슬픔과 기쁨은 동시에 일어날 수 없다고 저는 들었는데, 선생께
서는 물을 내려다보면서 즐거워하시다가 어느새 슬퍼하십니다. 선
생께서 병이 드신 게 아닌지요?"

그 말에 자상은 이렇게 답했다.

"아! 내 네게 말해주마. 대저 물이란 아름다우면서도 성대하다.
천하의 온갖 사물을 싣고서도 그 크기를 헤아릴 수 없으며, 천하의
온갖 변화를 드러내면서도 그 끝이 무엇인지를 알 수 없지. 이 물이
란 것이 어떤 때는 계곡을 흘러가기도 하고, 골짜기에 쏟아져 들어
오기도 하며, 드넓은 벌판을 채우기도 하고, 바다로 들어가기도 한
다. 또 어떤 때는 합해져서 모이기도 하고, 나뉘어 섬이 드러나기
도 하며, 바위와 부딪쳐 솟구치기도 하고, 바람과 어우러지기도 한
다. 그러면서 평탄한 물, 수직으로 선 물, 뒤흔드는 물, 넘실대는 물,
구불구불 흐르는 물, 머물러 있는 물, 괴이하게 뒤따르는 물이 생긴
다. 마치 기뻐서 가는 듯이 콸콸 소리를 내고, 보태지는 것이 있는
듯이 우렁우렁 소리를 내고, 우쭐대며 으스대듯이 좍좍 소리를 내
고, 갔다가 돌아오는 듯이 철썩철썩 대고, 서로 마뜩잖은 듯이 쏴쏴
울고, 미련하게 큰 듯이 유유히 흐르며, 화가 나서 일어나듯이 쿵쾅
거린다. 물이 지닌 멋이 여기에 다 있기에 내가 바라보며 즐거워하
고 있다.

---

1 허구의 인물. 연구자기도 마찬가지다.

저 물에 근원이 있다는 말을 너는 듣지 못했느냐? 근원에서 물이 흐르기 시작하여 온갖 오묘한 모습이 생성되어 드넓고 아득하게 흘러 그 끝이 보이지 않는다. 저 물의 근원도 아직 찾아가 보지 못했거늘 하물며 너무 멀리 흘러간 물이야 말할 나위 있겠느냐? 나는 그 때문에 슬퍼하느니라."

　경금자(絅錦子)는 저명한 소품가 이옥의 호다. 문체반정의 여파로 임금에게 견책을 받은 이옥은, 정조 19년(1795) 9월 13일에 서울을 떠나 삼가현(三嘉縣, 현재의 경남 합천)으로 충군되었다가 그곳에서 사흘을 묵고 10월 14일 집으로 돌아왔다. 그는 여행의 체험을 10편의 글로 써서《남정》이라는 작품집을 엮었다. 이 작품집은 〈노문(路問)〉, 〈사관(寺觀)〉, 〈연경(烟經)〉, 〈방언(方言)〉, 〈수유(水喩)〉, 〈옥변(屋辨)〉, 〈석탄(石嘆)〉, 〈영혹(嶺惑)〉, 〈고적(古蹟)〉, 〈면공(綿功)〉, 그리고 〈서문(敍文)〉으로 구성되었다. 이옥과 성균관에서 함께 공부한 친구 강이천이 이 작품집을 보고서 평문(評文)을 썼다.

　이 글은 작품 세계를 소개하고 그 의의를 평하는 상식적인 평문을 벗어나, 이옥 문학의 특징을 우언(寓言)으로 표현했다. 글은 두 개의 일화로 나뉘는데 그 소재는 이옥의 〈옥변〉과 〈수유〉에서 취한 것으로 보인다. 첫 번째 우언은, 집을 짓는 목수들의 대화를 통해, 다른 뛰어난 작가를 본뜬다고 하면서 우수한 장점을 배우지 못하고 도리어 폐단을 흉내 내는 데 머무르는 속물 작가의 행태를 비판했다. 두 번째 우언은, 물의 온갖 다채로운 변화상을 통해서 현상의 다채로움을 묘사해내기가 어려움을 토로했다. 결국은 이옥의《남정》이 이러한 창작의 변화에 대한 생각을 일깨웠고, 성공적인 모습을 보여주었다고 강이천은 평가했다.

4
이화관총화
梨花館叢話

서울의 한 인가에 괴변이 발생하여 가재도구와 골동품, 의복을 비롯하여 손상되거나 부서지지 않은 물건이 없었다. 그러나 궤짝에 보관하던 현재(玄齋) 심사정(沈師正)의 산수화 몇 폭에만은 감히 해를 끼치지 못했다.

윤낙서(尹駱西)[1]는 본(本)을 사용하지 않고도 바둑판 열아홉 줄을 그렸는데 줄이 정확하여 오차가 없었다.

미수(眉叟) 허목(許穆)은 전서(篆書)를 잘 썼다. 글자의 획이 힘이 있고 곧았다. 일찍이 큰 글자를 써서 벽에 붙여놓자 바로 집의 기둥이 조금 기운 것을 알아차릴 수 있었다.

---

1 숙종 연간의 화가로 윤덕희(尹德熙)의 호다. 윤두서(尹斗緒)의 아들로 서화에 뛰어났다.

일찍이 이최지(李最之)[2]가 돌에 새긴 인장을 본 적이 있는데, 사방한 치 크기의 붉은색으로 〈춘야연도리원서(春夜宴桃李園序)〉를 새긴 것이었다. 글자의 획이 굳세고 생동감이 있고, 새긴 법이 노성(老成)하고도 안정되었다.

옛날 여항(閭巷)에 김노인이라는 자가 있었는데 국화를 잘 심어서 꽃을 일찍 피우게도, 늦게 피우게도 했다. 또 몇 치 크기로 키워, 꽃이 손톱처럼 작고 빛깔은 고우며 자태는 간드러지게 하기도 했고, 한 길 넘는 크기로 키워 꽃이 몹시 크게도 했다. 게다가 꽃의 색깔이 옻칠한 듯 검게도 했고, 또 가지 하나에 여러 빛깔의 꽃이 섞여 피우게도 했다. 귀공자들과 높은 벼슬아치들이 앞다투어 그 꽃을 사서 노인은 그 값으로 생계를 꾸렸다. 하지만 그 방법을 비밀에 부쳐 후세에 비방을 전하는 자가 없다.

황화자(黃華子)[3]가 내게 해준 이야기다.
언젠가 시골의 한 장터를 지나가는데 쇠로 만든 농기구를 가져다 파는 장수가 손님과 값을 흥정하는데 비싸니 싸니 결판이 나지 않았다. 드디어 크게 화가 난 장수가 많은 농기구를 집어 나무 자루를 뽑아버리고 손으로 뭉개서 철퇴 하나로 만들고는 고함을 지르며 휘둘러댔다. 그러자 온 장터 사람들이 혼비백산하여 달아나 아

---

2 유명한 화가 이인상(李麟祥)의 아버지로, 도장을 잘 새기는 것으로 유명했다. 황윤석은 삼촌이라 했다.
3 인명이나 구체적 사실은 미상이다.

무도 남지 않았다.

유공(兪公)[4]이 해동의 금석문(金石文)과 현판의 탁본을 수집할 때
한성부(漢城府) 현판은 판서 김진규(金鎭圭)가 팔분체(八分體)[5]로 글
씨를 썼는데 문이 너무 높고 컸다. 최천약(崔天躍)[6]을 불러 방법을
물었더니, 그는 고개를 치켜들고 마치 임모(臨摹)하듯이 베껴 써서
바치는 것이었다. 유공은 자기를 놀린다고 화를 내고는 마침내 사
다리를 걸쳐놓고 탁본을 해서 대조해보니 글자가 조금의 차이나
어긋남이 없었다.

어떤 사대부 집안에 종이 하나 있었는데 말을 잘 다루었다. 그가
일찍이 이런 말을 한 적이 있다.
"노둔한 말이나 준마나 할 것 없이 말은 사람이 어떻게 다루느냐
에 달려 있다. 절뚝거리는 병에 걸리지 않은 말이라면 걸음이 느려
바탕이 좋지 않다 해도 내가 한번 다루면 빨리 달려 따라잡을 수
없을 것이다."
사람들이 그 기술을 물었더니 이렇게 말했다.
"달리는 것은 말의 본성이다. 말 가운데 제 욕심만 도모하는 말이
제일 좋지 않은 종류인데, 지혜로운 자는 그 말을 제압하여 고삐를

4　유공은 유척기(兪拓基, 1691~1767)를 말한다. 영조조의 명신으로 금석학에 조예가 깊었다.

5　서체의 하나로, 예서와 전서를 섞어서 장식적인 효과를 낸 서체다.

6　최천약(崔天若)으로 쓰기도 한다. 영조 때의 기술자로, 손재주가 뛰어나 각종 조각에 능했
　고, 왕명으로 자명종을 만들기도 했다.

잡아 제멋대로 날뛰지 못하게 한다. 나는 오로지 엄하게 말을 부리므로 말이 제 욕심을 부릴 수 없을 뿐이다."

그의 말을 듣고 나는 이렇게 말했다.

"그의 생각을 백성을 부리는 데 적용할 수 있겠다. 선왕이 예법과 형벌을 제정한 이유가 어찌 허황한 것이랴?"

어른들이 이런 이야기를 해주셨다.

옛날 서울에 어떤 거지가 있었는데 구창(口唱)을 잘했다. 크고 작은 피리와 해금, 젓대를 비롯한 온갖 소리를 함께 내어 영산회상(靈山會相) 한 곡을 장엄하고 기묘하게 연주했다. 가만히 들어보니 목구멍에서 나오는 소리일 뿐이었다. 노래를 부를 줄 아느냐고 물었더니 "하지 못합니다."라고 대꾸했다. 피리를 불게 하고 가야금을 타게도 해보았으나 그 역시 하지 못했다. 그저 사람들에게 돈만 구걸할 뿐이었다.

송곡(松谷) 이서우(李瑞雨)는 젊어서 바둑을 둘 줄 몰랐다. 바둑을 잘 두는 자를 찾아가 바둑을 두었는데 열여섯 집 차로 졌다. 세 판을 두었는데도 불구하고 한 판도 이기지 못하자 분함을 이기지 못하고 돌아와서는 종이에 바둑판을 그려 들보에 매달아놓고 누워서 쳐다보았다. 이틀 만에 다시 바둑을 잘 두는 자를 찾아가 도리어 열여섯 집 차로 이겼다.

호서에 사는 한 벗에게 들은 이야기다.

그가 길에서 지아비와 함께 음식을 구걸하는 비구니를 본 적이

있는데 시를 지을 줄 안다고 말하길래 귀(歸) 자를 주고 시를 지어
보라고 했다. 그러자 그 자리에서 절구 한 수를 지어 노래를 불렀
다. 그 시는 이랬다.

　　붉은 널의 큰 다리 아래로 봄물은 넘실넘실
　　햇살은 타오르고 풀빛은 짙푸르다.
　　철을 아는 기러기인 양 이 몸은 또
　　천 리 먼 남으로 왔다 북으로 돌아가네.

　풍원군(豊原君) 조현명(趙顯命)은 술을 잘 마셨다. 당대에 대작할
적수가 없음을 늘 한스럽게 여겼는데, 선혜청(宣惠廳)의 아전 하나
가 술을 잘한다는 소문을 듣고 그를 불렀다. 그를 마루에 앉게 한
다음 청주(淸酒) 예닐곱 종을 골라 그 앞에 큰 술독 일곱 개를 늘어
놓았다. 자기로 만든 술잔으로 잔을 돌렸다. 삼십여 순배 돌았을 때
풍원군은 벌써 술을 이기지 못할 지경에 이르렀다. 그래서 "나는 작
은 잔을 쓸 테니 너는 큰 술잔으로 대작하자꾸나!"라고 하니, 그는
"분부대로 합지요!"라고 했다. 이렇게 마시기를 또 십여 순배 하자
풍원군은 고꾸라졌다. 아전 혼자 마시게 하니 그는 "분부대로 합지
요!" 하더니 모든 술독을 다 비운 다음 인사를 하고 자리를 떴는데,
안색이 전혀 변하지 않았고 걸음걸이도 다름이 없었다.

　서울에 분을 파는 여자가 있는데 본래 사대부가의 계집종이었다.
이 여자는 젊었을 때 미모가 빼어났다. 그 이웃에 멋쟁이 사내가 있
어서 여자의 고운 모습을 연모하여 꾀었다. 그러자 여자는, "소첩

은 예법을 갖추지 않고 사내를 따르는 짓을 부끄러워합니다. 정녕 코 저를 버리지 않으시겠다면 제 부모님이 계시니 반드시 중매를 통해 폐물을 갖추세요. 그러면 따르지요."라고 응수했다. 사내는 그 말을 듣고 여자의 부모에게 청혼했으나 허락을 받지 못했다. 사내 는 연모하는 마음이 병을 만들어 죽었다. 그 소식을 들은 여자가 울 면서 말했다. "내가 그분을 죽게 했구나! 그 사람이 나를 연모해서 죽음에 이르렀으니 나도 그를 저버릴 수 없다. 게다가 내가 마음속 에 이미 그를 받아들였으니 그를 따른 바와 진배없다!" 여자는 결 코 시집을 가려 하지 않았다. 부모가 그녀의 뜻을 빼앗으려 아무리 구박해도 끝내 듣지 않고 늙었다.[7]

평양 전투에서 왜인들이 도망간 진지에 자물쇠를 채운, 붉게 칠 한 궤짝이 놓여 있었다. 우리 군사가 그 물건을 얻고서 열어보려고 했다. 그때 오성(鰲城) 이항복(李恒福) 공이 뒤에 이르러서는 안 된 다고 말하고는 그 위에 구멍을 뚫고 끓는 물을 부은 다음 열어보았 다. 그랬더니 벌거벗은 채 칼을 쥐고 있는 자가 삶아진 채 죽어 있 었다. 군사들이 "이문충공(李文忠公)은 여기서도 적을 알아차렸구 나!"라고 말했다.

고기패(高其佩)[8]는 손가락으로 신선과 부처를 그렸다. 화법이 시 원하고 기이했다. 그 그림을 얻은 어떤 사람이 용렬(庸劣)한 화공을

---

7 이 이야기는 당시 널리 알려졌는데 조귀명(趙龜命)의 〈매분구전(賣粉嫗傳)〉이 유명하다.

시켜 그림 붓으로 보완하게 했더니 그림이 젓가락으로 그린 것처럼 바뀌었다.

---

8   고기패(1660~1734)는 청(清)나라 화가로 화조와 인물, 산수에 뛰어났다. 특히 지두화(指頭畵)로 이름이 높아 기정이취(奇情異趣)를 손 가는 대로 완성했기에 사방에서 그의 그림을 귀중하게 여겼다.

　열다섯 가지 짤막한 이야기를 엮은 모음이다. 이화관은 작자가 잠시 머물렀던 집의 택호(宅號)로 보이나 누구의 소유인지는 알 수 없다. 총화는 '여러 가지 이야기를 모은 것, 또는 그런 책'을 말한다. 여기에 등장하는 이야기는 모두 짤막하지만 일정한 특징이 있다. 예능인에 관한 기록과 이성적이고 상식적인 사고를 벗어난 이야기가 대부분이다. 소재는 작자의 동시대나 그보다 조금 앞선 시기의 이야기에서 취했다. 이야기의 분량이나 특징으로 보아, 비슷한 시기의 문인인 조수삼(趙秀三)의 《추재기이(秋齋紀異)》에 등장하는 이야기들과 깊은 관련이 있다. 시중에 떠돌아다니는 이야기, 선비들의 사랑방에서 오가는 사대부나 민간의 흥미로운 이야기가 그의 손을 빌려 정착되었다는 점에서 패사적(稗史的) 성격이 짙다.

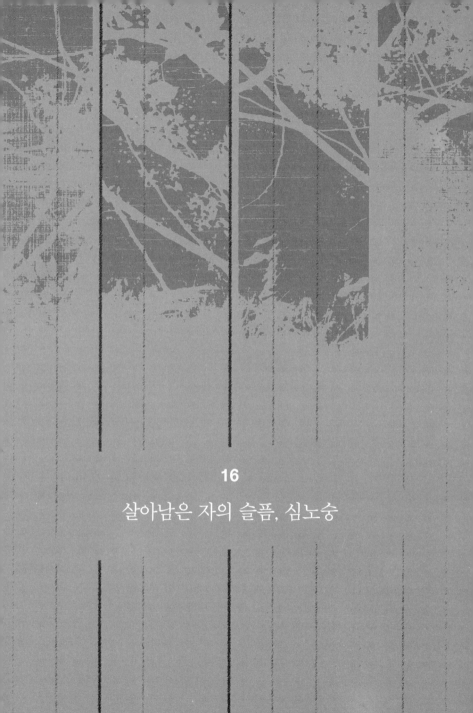

16

살아남은 자의 슬픔, 심노숭

심노숭

심노숭(1762~1837)은 정조, 순조 연간의 학자요 문인이다. 자는 태등(泰
登), 호는 몽산거사(夢山居士), 효전(孝田)이다. 정조 때의 문신 심낙수(沈
樂洙, 1739~1799)가 부친이다. 외가는 한산 이씨로《병세재언록》의 저자
인 이규상(李奎象, 1727~1799)이 그의 외숙이다. 부친은 노론 시파로서 강
경한 정치 노선을 표방하며 노론 벽파인 김종수, 심환지와 크게 반목했
다. 그 때문에 순조 초년 벽파 정국에서 5년 동안 경상도 장기에서 유배
를 살았고, 사면 이후에는 친구인 김조순의 배려로 지방관을 두루 역임
했다. 생애의 대부분은 글을 쓰고 저술하는 데 쏟았다. 저서로는 방대한
문집《효전산고(孝田散稿)》와 방대한 야사 총서《대동패림(大東稗林)》, 그
리고 편집서인《사천시선비(槎川詩選批)》등이 남아 있다.

심노숭은 젊은 시절 김조순, 김려 등과 마찬가지로 명말청초(明末淸
初)의 패관소품에 매료되어 소품을 읽고 창작에 열중했다. 특히, 신변잡
사를 기록하고, 풍속을 묘사하며, 자신의 감정을 적나라하게 표현한 경
쾌하고 산뜻한 산문을 썼는데, 근엄한 고문과는 큰 차이를 보였다. 자신
의 체험과 생각, 정서를 솔직하게 고백하되 감상적 색채가 강렬하게 풍
기고, 내면의 섬세한 측면을 세세하게 표출하는 경향이 그의 산문이 지
닌 독특한 개성이다.

심노숭은 자신이 겪은 남다른 체험을 꼼꼼하게 기록하여 방대한 일기
와 필기(筆記) 저술을 남겼다. 장기에 유배된 5년 동안의 일기인《남천일
록(南遷日錄)》20권 20책과《산해필희(山海筆戲)》3책이 대표적이다. 자

기에게 일어나고 보고 들은 것을 붓을 들어 쓰지 않으면 못 견디는 성미임을 고백했는데, 견문과 연보를 직접 기록한《자저실기(自著實記)》와《자저기년(自著紀年)》이 그에 해당하는 저술이다.

젊은 시절 아내가 죽었을 때 상처로 인한 자신의 슬픈 내면을 묘사한 많은 감상적 산문을 썼고, 그것을 몇 개의 작품집으로 정리하기도 했다. 아내를 잃은 슬픔을 솔직하게 써서 조선시대 사대부의 문학으로서는 매우 색다른 정취(情趣)를 보여주었다. 뿐만 아니라 1818년 금강산을 유람하고 쓴《해악소기(海嶽小記)》는 산수 자연에 대한 정취 있는 여행기로 독특한 개성을 지닌 작품이다.

1

머리맡에서 글을 짓다

枕上集序

작품집 이름을 《침상집(枕上集)》이라 한 이유는 머리맡에서 지은
글을 모았기 때문이다. 아내의 상을 당해 시름에 차 지낸 이후로 시
와 글을 머리맡에서 많이 지었기에 그렇게 이름 지었다.

그전에 나는 잠을 잘 자서 눕자마자 바로 잠이 들었다. 남들은 번
민거리가 있으면 잠을 못 잔다고 하지만 나는 홀로 잠만이 마음의
번민을 이긴다고 생각해온 터다. 그런 것이 근래 들어 갑자기 전과
는 반대로 되어, 자정을 넘겨 삼경·사경·오경이 되어도 잠 한숨 이
루지 못해 촛불 아래서고 이불 속에서고 정신이 말똥말똥했다. 책
을 읽어도 마음이 책에 붙어 있지 않고, 남들과 말을 나누는 것조차
도 괴롭기만 하며, 바둑이나 구경할까 해도 동무가 없고, 거문고를
듣자 하나 상중(喪中)의 예법이 아니었다.

바람벽을 따라 돌면서 혼잣말을 해보려 했으나 상심이 더 지나
치게 되고, 옷을 걸치고 나가 한가로이 걸어보았으나 거의 미친 사
람에 가까웠다. 오로지 술을 마신 뒤라야 취해서 잠들 수 있었다.

·

하지만 술이 깨면 그때는 더욱 잠들기 어려웠다. 잠이 번민을 이긴다고 이전에 말한 까닭은 큰 번민을 겪어본 적이 없기 때문에 그랬구나! 사소한 번민이라면 이길 수 있지만 저처럼 큰 번민이라면 애초에 잠을 전혀 이룰 수 없으니, 무슨 수로 이긴단 말인가? 열흘이 지나고 한 달이 가도록 끝내 잠자는 방법을 찾지 못했다.

파주(坡州)에 머문 뒤로는 만나는 사람도 드물어, 빈산에는 매미 소리만 요란하고 온종일 하늘만 바라보았다. 나 자신을 돌아보면 문득 사람이 아닌 듯 느껴지곤 했다. 낮에도 머리맡에 있는 때가 많으니 밤에야 말할 나위가 있으랴!

어느새 들녘에는 서늘한 바람이 불어와 온갖 벌레가 울어댔다. 그나마 남은 달이 서쪽 숲으로 지면, 적막이 감도는 빈방에는 아무도 없었다. 그때 홀연히 수만 가지 시름이 몽땅 사라지고 오로지 잠을 자야겠다는 일념만이 샘솟았다. 정녕 잠이 들고 그리하여 꿈을 꿀 수만 있다면, 저 죽은 아내는 까맣게 아무것도 모르므로 나는 다시 보고 싶지 않다. 차라리 북쪽 창가로 가서 복희씨(伏羲氏)를 뵙고 다짜고짜 남녀가 혼인하는 관례[1]는 왜 만들어 이러한 화(禍)의 싹을 틔웠는지 물으련다. 그러나 그런 일은 아무리 해도 일어나지 않은 채 그저 혀만 끌끌 차며 허공에 뜻 모를 글자나 쓸 뿐이다. 영락없이 가슴에 병이 깊은 병자의 꼬락서니다.

그때 홀연히 자각하게 되었다.

---

1 중국 고대의 전설에, 복희씨가 혼인의 예를 창시하여 사슴 가죽 한 쌍으로 예물을 삼았다고 했다.

'시와 문장을 써보자! 마음이 손과 함께 움직여서 눈으로 보고 입으로 읊조리면, 시와 문장이 잠과 서로 약속하지는 않겠지만 지은 시와 문장이 많아질수록 잠도 점차 불어나겠지. 그렇게 되면 결국에는 저절로 잠이 시와 문장을 이기게 되어 시문을 지을 때가 없어지리라!'

생각이 여기에 미치자 절로 웃음이 나올 뿐 아니라 기분도 좋아졌다. 드디어 밤이고 낮이고 머리맡에서 시와 문장을 썼다. 처음에는 수심만 보탤 뿐 잠을 이루지 못했으나 그 뒤로는 수심과 잠이 절반씩 되었고, 또 그 뒤로는 잠이 많아지고 수심은 줄어들었다. 이제는 거의 수심을 잊고 잠들 수 있다.

이렇게 하여 쓴 시문이 책을 만들 분량이 되자 그것을 꺼내 사람들에게 보였다. 어떤 이는 이렇게 말했다.

"그대의 운명이 시문 때문에 궁해졌거늘, 억지로 쉬지 않고 시와 문장을 지어 굳이 궁함을 보태는가?"

그 말에 나는 답했다.

"운명이 궁한 것이지 그게 시문의 죄겠는가? 시와 문장 덕분에 궁함을 잊었으니 오히려 공이 있다 해야지요."

삶과 죽음의 갈림길에서 아녀자처럼 감정을 표현했고, 이별을 겪은 이후로 나그네처럼 행동했다. 때로는 슬픔이 지나쳐 과한 감상에 빠지기도 하고, 때로는 후회가 극에 달해 원망하는 일도 있었다. 그 모든 흔적이 여기에 모여 있거니와 이것이 바로 홀아비의 정이다. 비록 홀아비의 처지일지라도 홀아비의 심경을 아는 자가 아니라면 이 작품집의 시와 문장을 함께 읽어서는 안 된다. 임자년(1792) 7월 10일, 태등(泰登)은 파산(坡山) 분암(墳菴)에서 쓴다.

머리맡에서 글을 짓다

枕上集序

심노숭은 1792년 여름에 네 살 난 딸과 아내를 연달아 잃었다. 아내를 잃은 슬픔과 번민으로 인해 잠을 이루지 못하는 세월을 보냈다. 그 기간 동안 잠을 이루지 못하며 머리맡에서 쓴 시문을 모아 《침상집》이란 이름을 붙였다. 이 작품집에 수록된 글들은 모두 아내의 죽음을 기리는 〈상장기(喪葬記)〉, 〈망실언행기(亡室言行記)〉, 〈망실실기(亡室實記)〉, 〈고제문(告祭文)〉 따위다.

글이 잘 씌어지는 침상(枕上)·마상(馬上)·측상(厠上)이란 '세 가지 위[三上]'란 것이 있기는 하지만 그것은 호사가의 말에 불과하다. 심노숭은 아내의 죽음으로 인한 충격과 번민으로 불면증에 시달리며 평상심을 잃고 침상에만 매달리고, 나중에는 번민과 슬픔은 그만두고 오직 어떻게 하면 잠이 들 수 있을까 하는 일념만 남는 상태까지 된다. 그때 아내를 애도하는 시문을 써서, 시문을 쓰는 피곤함으로 인해 잠을 이루는 방법을 찾는다. 그렇게 해서 결국에는 잠이 들 수 있었다.

이 글은 상처한 슬픔 때문에 잠들지 못하다가 시문을 지음으로써 잠을 얻었다는 것이 화제(話題)다. 그러나 그 이면에는 상처한 슬픔과 번민, 고통 때문에 망가진 자신의 생활과 정신 상태를 묘사함으로써 아내를 향한 깊은 사랑과 그리움을 드러내고 있다. 내면의 정신 상태를 묘사한 것이 인상적이다.

2

《미안기(眉眼記)》를 엮고서

眉眼記序

원미지(元微之)[1]가 아내를 애도한 시에 "이 밤이 새도록 눈을 뜬 채 지새워서/평생 이맛살 펴지 못한 당신에게 보답하려오."라는 대목이 있으니 이것이 《미안기(眉眼記)》가 지어진 동기다. 아내가 이맛살을 시원스럽게 펴도록 손을 써보지 못한 남편이 설령 눈을 뜨고 밤을 지새운다 한들 펴보지 못한 죽은 아내의 이맛살에 무슨 보탬이 되리오?

이맛살을 펴지 못한 채 죽음에 이른 아내에게 온몸으로 속죄하려는 자는 또 무엇 때문에 오래도록 눈을 뜬 채 지새우는 것인가? 이렇게 보답해도 부족함을 스스로 잘 알기 때문이다.

이맛살을 펴지 못한 사람은 수심이 한때에 그치고, 밤새 눈을 뜨

---

1 미지는 당나라 시인 원진(元稹, 779~831)의 자다. 미지는 아내 위씨(韋氏)가 죽자 그녀를 애도하는 도망시(悼亡詩)를 여러 편 지었다. 이 시는 그중 하나인 〈슬픈 마음(遺悲懷)〉의 한 구절이다.

고 있는 자는 수심이 종신토록 계속되므로 이렇게라도 보답해야 마음이 충족됨을 스스로 또 알고 있다.

그럴지라도 나의 수심으로 아내의 수심에 보답하면서 충족되거나 모자람을 따질 필요가 있으랴! 옛사람이 "슬픔이 극에 달하면 꾸미는 글이 나오지 않는다."라고 하더니 이 말이 옳다.

나는 올해 딸을 잃고 또 아내를 잃어 슬픔이 극에 달했다. 상장기(喪葬記)와 고제문(告祭文)[2]이 아니라면 글을 짓지 않았으므로 시는 말할 나위 없다. 시간이 흐른 뒤 슬픔을 잊기 위해 시문을 짓기에 노력하여, 문장으로는 서문·기문(記文)·편지·발문·묘지명·묘지·잡문(雜文) 따위를 지었고, 시로는 근체시(近體詩)·고체시(古體詩)·가행(歌行)을 지었다. 이를 모아 한 권으로 엮었다.

아! 이것을 어찌 문장이라 할 수 있으랴? 또 어찌 시라 할 수 있으랴? 하지만 슬픔만은 담겨 있다. 모두가 눈을 뜨고 밤을 지새우는 시간에 얻은 것이라서 합하여 '미안기'라 이름했다. 태등은 쓴다.

---

2 상장기는 초상과 장례 과정에 쓰는 각종 산문이고, 고제문은 망자를 잃은 슬픔을 표현한 제문 따위를 말한다.

《미안기(眉眼記)》를 엮고서

眉眼記序

　심노숭은 아내의 죽음 이후 아내를 그리워하는 글을 많이 썼다. 그 글들을 모아 《미안기》를 엮고 쓴 서문이다. 제목이 가슴 저린 의미를 담고 있다. 평생 고생하다 죽은 아내에게 어떻게 보답해야 할까? 평생 고생하느라 이맛살을 펴지 못한 아내에게 눈을 뜬 채 밤을 새움으로써 미안한 마음을 표현하겠다고 했다. 자신을 가혹하게 학대함으로써 아내가 겪은 고통이 조금이라도 덜어지기를 바랐다. 아내를 그리워하는 마음을 담은 문집을 엮는 동기를 서술하면서, 살아남은 자의 슬픔과 고통을 처절하게 표현한 점이 인상 깊다.

3
아내의 무덤에 나무를 심으며
新山種樹記

나의 남원(南園) 집[1]은 옛날부터 꽃나무가 많았는데 날이 갈수록 황폐해졌다. 내가 주변이 없고 게을러서 가꾸지 않은 탓도 있지만, 한편으로는 집이 낡아서 집 안의 꽃나무까지 가꾸기가 싫어져 그렇기도 하다.

아내가 언젠가 내게 말했다.

"다른 집 남자들을 보면, 꽃나무를 좋아하는 자가 많아 방에 들어가 비녀와 팔찌를 뒤져 사들이기까지 한다는데, 당신은 어째서 그와 반대로 집이 낡았다고 꽃나무까지 팽개쳐두나요? 집은 낡았어도 꽃나무를 잘 가꾸면 우리 집의 좋은 구경거리가 될 거예요."

나는 이렇게 대꾸했다.

"꽃나무를 가꾸려 한다면 집도 손을 봐야 할 게요. 나는 이 집에

---

1 서울의 남산 아래 주자동(鑄字洞, 지금의 필동 부근)에 있던 심노숭의 집이다.

서 오래 살 마음이 없으니 남들 구경거리를 만들어주자고 신경 쓸 필요가 군이 있겠소? 늙기 전에 당신과 고향에 돌아가 집을 짓고 꽃나무를 심어 열매는 따서 제사상에 올리고 부모님이 드시도록 하며, 꽃을 구경하며 머리가 세도록 함께 즐길 생각이오. 내 계획은 이런 것이오."

내 말에 아내는 웃으며 즐거워했다.

지난해 파주에 작은 새집을 짓기 시작하자 아내는 기뻐하며 "이 제야 당신의 뜻을 이루겠어요."라고 말했다. 뜰과 담장을 배열하고 창문과 방의 위치를 잡는 일을 아내와 상의하여 했다. 공사가 끝나기를 기다려 꽃나무를 심으려고 했는데, 미처 공사가 끝나기도 전에 그만 아내가 병들고 말았다. 나는 아내의 병을 간호하다 차도가 있으면 파주로 가서 공사를 감독했다. 공사가 거의 끝날 무렵 아내가 위독해졌다. 임종을 앞에 두고 내게 "파주 집은요? 집 옆에 묻어 줄 거죠?"라고 말하며 눈물을 흘렸다.

온 집안이 파주로 이사 오던 날, 아내는 관(棺)에 실려서 왔다. 집에서 백 보도 떨어지지 않은 곳에 장지를 정하니 기거하고 밥을 먹을 때 아내가 오가는 듯했다.

우리 산에는 아름드리 나무가 많아 울창하기 때문에 서도(西道)의 많은 산 가운데 으뜸이다. 선조고(先祖考) 무덤 아래에 아내의 무덤을 썼기 때문에 군이 나무를 심을 필요가 없었다. 하지만 장례를 치르고 나서 무덤 가까운 곳의 나무를 베어, 칡덩쿨과 나무뿌리가 뻗어 그늘지는 것을 막았다. 또 좋지 못한 나무들을 베어내고 소나무와 삼나무 따위만을 남겨두자 나무들이 듬성듬성 서 있게 되었다. 그래서 다시 나무를 심기로 하여 이듬해 한식날, 삼나무 치목(稚木) 서른 그루를 심었다. 지금부터 내가 죽기 전까지 봄가을에 나무 심는 일을 관례로 할 것이다.

오호라! 이것은 참으로 오래 묵은 계획이었다. 남원을 떠나 파주로 옮기겠다고 떠벌려왔던 지난날의 내 계획은, 아내와 하루도 함께하지 못하고 뒤에 남은 자에게 슬픔만을 더하는 꼴이 되고 말았다. 그러고 보면 인간이 구구하게 살기를 도모하여 장구한 계획을 세우는 것 자체가 미련한 일이 아닌가!

돌아보면 나는 심기가 허약해서 스스로 어떻게 될지 자신이 없다. 여생이라야 수삼십 년을 넘지 않을 것이고, 한 번 죽고 나면 그 뒤로는 천 년 백 년 끝이 없는 세월이다. 그렇다면 내가 어떤 길을 선택해야 할지 잘 알겠다. 남원에서 파주로 집을 옮기는 것은 아무것도 아니다. 살아서는 파주의 집에서 살지 못했지만 죽어서는 영원히 파주의 산에서 함께 살 수 있기에 그 즐거움이 그지없다. 이것이 내가 무덤을 새로 쓴 산에 나무를 심고, 집에 심었던 것을 종류에 따라 하나같이 산에다 옮겨 심는 까닭이다. 그렇게 하여 나의 꿈을 보상받고, 나의 슬픔을 실어 보내며, 또 나의 자손과 후인 들로 하여금 내 마음을 알게 하려는 것이다. 그러니 손상치 말지어다.

누군가는 이렇게 말하리라.

"그대는 앞으로 살아갈 방도는 꾀하지 않고 사후의 일만 계획한다. 죽은 뒤에는 지각이 없으니 계획한들 무슨 소용이 있는가!"

나는 이렇게 말하련다.

"죽은 뒤에 지각이 없다는 말은 내가 차마 들을 수 없는 말이다."

계축년(1793) 4월 3일, 태등은 분암(墳菴)에서 쓴다.

아내의 무덤에 나무를 심으며

新山種樹記

　문체는 기(記)다. 1792년에 아내를 사별한 슬픔 속에서 쓴 글이다. 그는 아내의 무덤을 조성하고 거기에 온갖 꽃나무를 가져다 가꾸고서 그 의미를 되새기는 글을 썼다. 집에 꽃나무를 가꾸는 일은 아내와 심노숭이 소중하게 품어온 소박한 꿈이었다. 그것을 파주의 집에서 이루어보려고 했지만 결국은 아내의 죽음으로 끝을 맺었다. 심노숭은 아내의 무덤에 꽃나무를 심어서 그 꿈을 이루려 했다. 둘 사이에 살아온 삶은 짧지만, 자기가 죽어 아내와 무덤 속에서 누릴 시간은 영원하다는 믿음으로 꽃나무를 가꾸었다. 이 글을 통해 둘 사이의 사랑이 얼마나 깊은가를 드러낸다.

　버넷의《비밀의 화원》에는 죽은 아내를 잊지 못하는 크레이븐이 아내와 즐기던 화원을 굳게 닫아버리는 이야기가 나온다. 하지만 심노숭은 아내와의 추억이 서린 꽃나무를 무덤에 심고 가꿈으로써 영원한 사랑을 이으려 했다. 절절한 사랑 이야기가 가슴 뭉클하게 다가오는 글이다.

4
눈물의 근원
涙原

눈물은 눈 속에 있는가? 아니면 마음속에 있는가? 눈 속에 있다고 한다면 웅덩이에 물이 고여 있는 것과 같을까? 마음속에 있다고 한다면 핏줄을 타고 피가 흐르는 것과 같을까? 눈 속에 있지 않다고 한다면, 눈물이 나오는 것은 다른 신체 부위와는 상관없이 오로지 눈만이 주관하므로 눈 속에 있지 않다고 말할 수 있는가? 마음속에 있지 않다고 한다면, 마음이 움직이지 않고 눈의 작용으로만 눈물이 나오는 일은 없으므로 마음속에 있지 않다고 말하는 것이 가능한가?

그래서 또 눈물이 마음으로부터 눈을 거쳐서 나오는 것이 마치 오줌이 방광으로부터 비뇨기를 거쳐서 나오는 것과 같다고 말할 수 있다. 그러면 눈물이나 오줌은 모두 물이라서 아래로 흐르는 성질을 가지고 있는데 어째서 눈물만은 그렇지 않단 말인가? 마음은 아래에 있고 눈은 위에 있는데, 물이 아래로부터 위로 흐르는 이치가 가능하단 말인가?

이렇게도 생각해보았다. 마음은 땅이고 눈은 구름이라면, 눈물은 그 사이에 있으므로 비다. 비는 구름에 있지도 않고 땅에 있지도 않다. 그러나 비가 구름에서 생겨 땅과는 관계가 없다고 한다면, 하늘 위에는 항상 비가 있다는 것인가? 비가 땅에서 생겨 구름과는 관계가 없다고 한다면, 비는 어떻게 하늘에서 내린단 말인가? 이는 그저 기(氣)의 감응에 따른 일일 뿐이라고 말한다면, 눈물이 마음으로부터 눈을 거쳐서 나오는 것 역시 다를 바 없다.

이른바 감응한다는 것은, 사람과 귀신이 사이가 멀어도 서로 통할 수 있어 제사를 드리면 조상이 내려온다는 것이다. 옛사람들은 모두 성실하고 도타운 마음을 지녀, 까마득한 후손이 먼 조상에게 제사를 지낼 때, 어렴풋하고 숙연한 시간에 눈물이 나오지 않는 것은 사실이나, 눈물이 나오려는 마음이 없지도 않아 눈물이 줄줄 쏟아질 것만 같은 사람도 있다.

후대로 내려올수록 인심이 각박해져 초상을 치르면서도 눈물을 흘리지 않는 자가 있다. 더구나 상례가 지나가고 슬픔도 줄어들어 제사를 치르는 때야 말할 나위가 있겠는가? 제사를 올리며 곡을 하되 눈물을 흘리지 않는 이에게는 아무런 느낌이 없으므로 어찌 귀신의 감응이 있겠는가? 입으로는 부르고 울부짖지만 마음속으로는 기뻐한다. 남들의 눈에도 정성스럽지 않은 모습만을 보이니 귀신이 내려오는 것이야 굳이 말할 필요가 있겠는가?

내게 상사(喪事)가 생겨 초빈(草殯)[1]에서 무덤으로, 무덤에서 신주

---

1 초분. 시체를 풀이나 짚으로 덮어두는 장례 방법.

(神主)로 옮기는 일을 치렀다. 곡(哭)을 한 번 하면 바로 눈물이 날 때도 있지만, 어떤 때는 천 번 백 번 곡을 해도 눈물 한 방울 나오지 않을 때도 있었다. 상주 자리에서 곡을 하므로 슬프지 않아 눈물이 나오지 않을까? 그런데 상주 자리에 있지 않아 곡을 하지 않는데도 홀연히 눈물이 줄줄 흘러내린다. 귀신과 인간 사이는, 그 이치를 알 수 없기는 하지만, 느낌이 감응함이 있거나 느낌이 있는데 감응함이 없는 일은 아직까지 없다. 나의 느낌을 통해서 귀신의 감응함을 알 수 있다.

그러므로 함께하던 장소에서나 음식을 먹을 때에만 감응하는 것이 아니다. 거리로는 천 리가 떨어지고, 시간으로는 몇 해 몇 달이 지나며, 기분을 즐겁게 하는 가야금과 피리를 연주하는 기생이 가득할 때에도, 공무를 처리하느라 문서가 책상 위에 수북할 때에도, 술을 마시느라 나 자신조차 잊고 있을 때에도, 바둑이나 장기에 정신을 팔고 있을 때에도 느낌이 일어나고, 그 느낌이 눈물과 미리 상의한 것도 아닌데 느낌에 뒤이어 눈물이 솟아난다. 귀신은 향을 사르고 슬퍼하는 제사에서만이 아니라 어디에서든 감응한다. 그러니 상주 자리에 있든지 있지 않든지, 곡을 하든지 하지 않든지 따질 필요가 있겠는가?

나는 그 때문에 제사를 올리며 곡을 하되 눈물을 흘리면 "제사를 제대로 지냈다."라고 하고, 그렇지 않으면 "제사를 지내지 않은 것과 같다."라고 하며, 어떤 때 느낌이 일어 눈물이 나면 "귀신이 내 곁에 왔다."라고 하고, 그렇지 않으면 "황천은 멀리 떨어져 있다."라고 했다. 그래서 〈눈물의 근원(淚原)〉을 짓는다.

이 역시 아내를 잃은 뒤에 쓴 글이다. 상을 당한 뒤로 눈물을 흘리는 현상을 분석한 사변적인 글이다. 사변적인 글이면서 동시에 서정적인 요소가 많은 글이다. 상례에서 제도화된 곡을 하는 것이 눈물을 흘리는 것과 다르다는 점에 의문을 느낀 것이 글을 쓴 직접적인 동기다.

곡을 하면 눈물을 흘려야 하는데 천백 번 곡을 해도 눈물이 나오지 않는 경우가 있는 반면, 한 번 곡을 해도 바로 눈물이 터지는 경우도 있다. 도대체 눈물은 어째서 나오는 것일까? 그러면서 심노숭은 눈물은 장소에 구애받지 않고, 곡을 하는 것에 제한받지 않으며, 죽은 자와 감정의 교감이 있기만 하면 언제 어디서나 흘러내린다고 했다. 결국 아내를 잃은 슬픔으로 인하여 언제 어디서고 간에 불쑥불쑥 걷잡을 수 없이 눈물을 쏟는 자신의 모습을 숨김없이 드러냈다.

글의 문체와 발상은 《능엄경》이다. 《능엄경》에서는 '마음은 어디에 있는가?'라는 질문에 대한 문답을 통해 마음이 몸 안, 몸 밖, 감각기관 등등 그 어디에도 있지 않음을 밝혔다. 심노숭은 불교에 심취한 학자였다.

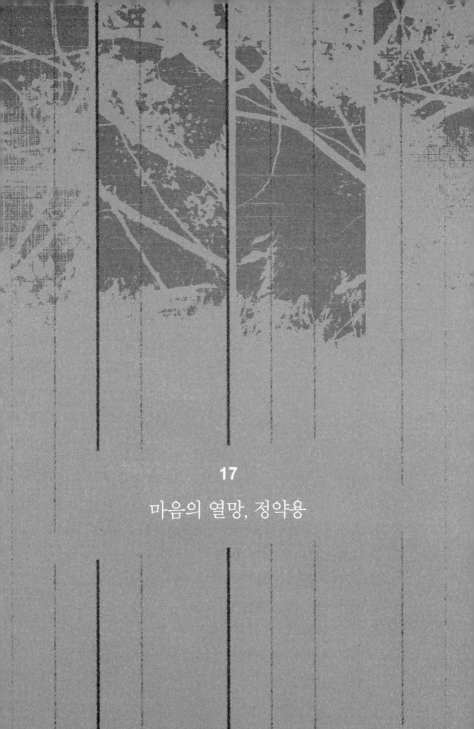

17

마음의 열망, 정약용

정약용

정약용(丁若鏞, 1762~1836)은 자는 미용(美庸), 호는 다산(茶山) 또는 사암
(俟庵)이다. 당파는 남인(南人)으로 젊어서부터 훌륭한 학자로 인정받았
다. 문과에 급제한 이후 정조의 총애를 받으며 형조참의 등의 내직과 곡
산부사(谷山府使) 등의 외직을 맡아서 치적을 쌓았다. 정조 사후에는 18
년 동안이나 강진에서 유배 생활을 했다. 정계에서 완전히 쫓겨난 이후
학문에 몰두하여 수많은 저술을 남겼다. 그의 방대한 저술은 《여유당전
서(與猶堂全書)》에 실려 있다.

정약용은 새삼 설명할 필요가 없는 조선 후기의 대학자이자 문인이
다. 그는 당대 현실을 폭로한 현실주의적 시 작품과 자연과 풍토를 묘사
한 수준 높은 시 작품을 써서 조선 후기를 대표하는 한시 작가로 이름이
높다. 반면에 산문 작가로서 위상은 거의 논의되지 않았다. 하지만 그는
뛰어난 한시 작가일 뿐만 아니라 우수한 산문을 많이 남긴 산문 작가이
기도 하다.

무엇보다 정약용의 산문은 흥미로운 소재, 명쾌한 서사, 풍부한 감성,
선명한 주제를 담아 작품성이 뛰어나다. 정통적 문체로 쓴 산문 작품은
고문가로 이름이 높은 문인들에 비해서 수준이 떨어지지 않는다. 더욱
이 작품의 수량은 어떤 작가보다 많다.

정약용은 정치와 역사, 법제를 논한 논설문의 영역에서 좋은 작품을
다수 지었다. 논변류(論辨類) 계열의 산문은 깊이 있는 통찰과 예리한 분
석력, 명쾌한 논리가 돋보인다. 특히, 서간문은 양노 풍부하고 작품성도

빼어나다. 가족과 친우들 사이에 주고받은 짤막한 서신은 따뜻한 인간미를 풍겨 지금도 널리 읽힌다.

정약용의 산문에서 비교적 덜 알려진 영역이 서정적인 산문이다. 젊은 시절에 쓴 문장 가운데에는 소품취를 띠는 작품이 적지 않다. 길이도 짧고, 서정적 아름다움을 표현한 작품들이다. 그가 소품문을 반대하는 글을 쓰기는 했지만, 실제로는 동시대 문인들의 습기(習氣)에 젖어 소품문의 취향을 발산하는 산문을 적지 않게 창작했다. 유기(遊記)나 잡기(雜記), 제발(題跋), 서신(書信)에서 소품취의 글을 찾아볼 수 있다. 그 산문을 통해서 인생을 바라보는 따뜻한 시선과 인생의 멋을 구가하려는 열망 등 기존에 알려진 것과는 다른 산문 세계를 볼 수 있다.

1
세검정 폭포
游洗劍亭記

세검정의 멋진 풍경은 소나기가 쏟아질 때 폭포를 보는 것, 오로지
그것이다. 그러나 비가 한창 내리는 동안에는 사람들은 비를 맞으
며 말을 타고서 교외로 나서려 하지 않는다. 그러다 비가 걷히면 산
골짜기 물은 벌써 수그러든다. 그러다 보니 세검정이 가까운 곳에
있다 해도, 성 안에 사는 사대부들 가운데 세검정의 멋진 풍경을 제
대로 즐긴 사람이 드물다.

  신해년(1791) 여름, 나는 한혜보(韓傒父, 한치응韓致應)를 비롯한 여
러 벗과 명례방(明禮坊)¹에서 조촐한 모임을 가졌다. 술잔이 이미
돌고 있는데, 혹독한 더위가 푹푹 찌더니 먹장구름이 갑자기 사방
에서 일어나며 마른 우레가 우렁우렁 소리를 냈다. 나는 술병을 차
고 벌떡 일어나면서 말했다.

---

1 지금의 명동 일내.

"이건 폭우가 쏟아질 조짐일세. 자네들, 세검정에 가보지 않겠나? 가지 않을 사람은 벌로 술 열 병을 내서 한 상 차리도록 하게나!"

모두들 "이를 말인가!" 하고 맞장구를 쳤다.

드디어 마부를 재촉하여 말을 타고 길을 나섰다. 창의문(彰義門)을 나서자 주먹만 한 빗방울 서너 개가 벌써 떨어졌다. 말을 재게 달려 정자 아래 이르자, 수문 좌우의 산골짜기는 벌써 고래가 물을 뿜듯 하고, 옷소매도 얼룩덜룩 젖었다.

정자에 올라 자리를 펴고 앉았다. 난간 앞의 나무는 벌써 미친 듯이 흔들리고, 뼈에 사무치도록 바람이 밀려왔다. 그러더니 비바람이 크게 일며 산골짜기 물이 갑자기 몰려와서는 순식간에 계곡을 메우고 골짜기를 울렸다. 물살이 솟구치고 휘돌아 부딪치고 통탕거리며 모래를 뒤흔들고 바위를 굴리며 우르릉 쿵쾅 달아났다. 정자의 주춧돌을 할퀴는 물살은 형세가 웅장하고 소리가 사나워 서까래고 난간이고 마구 흔들었다. 오싹하여 마음 편히 앉아 있을 수가 없었다. 내가 "어떤가?" 하고 묻자, 모두들 "이를 말인가!" 하며 맞장구를 쳤다. 술과 음식을 내오고 웃고 떠드는 소리가 왁자했다.

잠시 후 비가 그치고 구름도 걷히고 산골 물도 점차로 잔잔해졌다. 저녁 해가 나뭇가지에 걸려 자줏빛, 푸른빛 갖가지 빛깔이었다. 서로 뒤섞여서 베고 기대서는 시를 읊조리며 누웠다.

조금 뒤 심화오(沈華五, 심규로沈奎魯)가 이 소식을 듣고 뒤따라 정자에 왔으나 물은 벌써 잔잔해진 뒤였다. 본래 그도 불렀으나 즉시 오지 않은 탓이다. 모두들 그를 조롱하고 화를 냈다. 그와 함께 술을 한 순배 더 마시고 돌아왔다. 그 자리에는 홍약여(洪約汝, 홍시제洪時濟), 이휘조(李輝祖, 이중련李重蓮), 윤무구(尹无咎, 윤지눌尹持訥)도 함께했다.

세검정 폭포

游洗劍亭記

세검정에 소나기가 내릴 때 만들어지는 폭포를 감상한 글로, 문체는 유기(遊記)다. 평소에는 기회가 주어지지 않지만, 특별한 기회에나 감상할 수 있는 자연의 한 현상을 포착한 체험을 썼다. 평소에도 세검정은 아름다운 풍치를 자랑하지만, 소나기가 내려 골짜기에 갑자기 물이 불어 폭포가 형성되고, 계곡 물이 거세게 몰려들면 색다른 장관을 연출한다. 그 장관은 누구나 감상할 수 없다. 그런 장관이 있다는 사실을 안다 해도, 사람들은 비를 맞기 싫어해서 구경하러 가지 않는다. 장관은 아름다움을 감상하려는 욕구를 가진 사람에게만 열려 있고, 아름다움은 오래가지 않는다는 걸 말해주려는 의도가 있다.

이 글은 호쾌한 정서와 경쾌하고 빠른 호흡이 인상적이다. 무더위에 소나기가 내리는 장면의 제시도 그렇지만, 세검정 아래를 흘러가는 거센 물이나 폭포수의 묘사도 그렇다. 문체는 그 호쾌함을 서술하는 데 적절하게 사용되고 있다.

2

죽란시사의 약속

竹欄詩社帖序

예로부터 지금까지 오천 년 시간 속에서 같은 세상에 더불어 사는 것은 단순한 인연이 아니다. 가로세로 삼만 리 공간 속에서 같은 나라에 더불어 사는 것 역시 단순한 인연이 아니다. 그러나 많고 적은 나이 차이가 있고, 사는 곳이 멀리 떨어져 있으면, 서로 만난다 해도 대하기가 거북하여 즐거움이 적거나 한세상 마치도록 서로 모르기도 할 것이다. 이 몇 가지 경우가 아니더라도 또 곤궁하고 현달한 차이가 있거나 취향이 다르면 아무리 나이가 똑같고 이웃에 살더라도 어울려서 즐겁게 지내려 하지 않는다. 이것이 인생에서 교유가 넓지 않은 까닭이다. 특히 우리나라가 더 심하다.

나는 일찍이 채이숙(蔡邇叔, 채홍원蔡弘遠)과 더불어 시사(詩社)를 만들어 모두 함께 즐겁게 지내자고 상의한 일이 있다. 그때 채이숙은 이렇게 말했다.

"나와 자네는 동갑일세. 우리보다 나이가 9년 이상 많은 사람과 우리보다 9년 이상 적은 사람을 나와 자네가 다 친구로 삼을 수 있네. 그러나 우리보다 9년 이상 많은 사람과 우리보다 9년 이상 적은 사람을 만나게 되면, 나이 많은 이에게는 허리를 굽혀 절을 하고 나이 적은 이에게는 자리를 피해주는 탓에, 모임은 벌써 뿔뿔이 흩어질 걸세."

그래서 우리보다 4년 이상 많은 사람으로부터 우리보다 4년 이하 적은 사람까지 동인(同人)을 모아보니 모두 열다섯 사람이었다. 곧 이주신(李舟臣, 이유수李儒修), 홍약여, 이성훈(李聖勛, 이석하李錫夏), 이자화(李子和, 이치훈李致薰), 이양신(李良臣, 이주석李周奭), 한혜보, 유진옥(柳振玉, 유원명柳遠鳴), 심화오(沈華五, 심규로沈奎魯), 윤무구, 신경보(申景甫, 신성모申星模), 한원례(韓元禮, 한백원韓百源), 이휘조와 내 형제, 그리고 채이숙이 바로 동인이었다.

이 열다섯 사람은 서로 비슷한 나이에 서로 바라보이는 가까운 곳에 살면서 태평한 시대에 급제하여 나란히 벼슬아치 명부에 이름이 올라 있다. 지향이 비슷한 데로 귀결되니 시사를 결성하여 즐김으로써 태평 시대를 멋지게 꾸미는 것도 좋지 않겠는가?

모임이 결성되자 다음과 같이 약속했다.

살구꽃이 막 피면 한 번 모이고, 복숭아꽃이 막 피면 한 번 모인다. 한여름에 참외가 익으면 한 번 모이고, 막 서늘해지면 서지(西池)에서 연꽃 구경하러 한 번 모인다. 국화가 피면 한 번 모이고, 겨울철 큰 눈이 내리면 한 번 모이며, 세밑에 분매(盆梅)가 꽃망울을 터뜨리면 한 번 모인다. 모일 때마다 술과 안주, 붓과 벼루를 장만하여 술을 마시고 시를 읊도록 한다.

나이가 적은 사람이 먼저 모임을 마련하여 나이 많은 사람에게 이르되, 한 차례 돌면 다시 반복한다. 아들을 낳은 이가 있으면 모임을 마련하고, 수령으로 나가는 이가 있으면 마련하고, 품계가 올라간 이가 있으면 마련하고, 자제가 과거에 급제한 이가 있으면 마련한다.

그리하여 이름과 약속을 쓰고 죽란시사첩(竹欄詩社帖)이라 제목을 썼다. 이 모임이 우리 집에서 많이 열렸기 때문이다.

번암(樊巖) 채제공(蔡濟恭) 어른께서 이 소식을 듣고 감탄하며 당부하셨다.

"이 모임은 참으로 훌륭하도다! 내가 젊었을 때에는 어찌 이런 일을 할 수 있었으랴! 이것은 모두 우리 성상께서 20년 동안 선비를 기르고 생성하며 도야하고 완성시키신 보람이다. 늘 모일 때마다 성상의 은택을 노래하여 보답할 길을 생각해야지, 술에 몹시 취해 큰소리치는 짓을 하지 마라!"

채이숙이 내게 서문을 쓰라고 청하길래 번암의 훈계까지 아울러 기록하여 서문을 쓴다.

젊은 시절의 발랄하고 경쾌한 문체가 잘 드러난 서문이다. 글에는 죽란시사의 존재와 결성 동기, 의의가 인상적으로 묘사되고 있다. 죽란시사는 1794년 무렵부터 정조 사망 직전까지 유지되었다. 남인 관료 문사들이 결성한 시사로서 중심인물인 다산이 그 의의를 밝힌 글이다.

글은 네 단락으로 나뉜다. 죽란시사 결성 동기를 밝힌 첫 대목은 같은 나이와 같은 취향을 지닌 친구를 만나서 어울리기가 얼마나 힘든가를 밝혀 결사의 필요성을 제시했다. 두 번째 대목은 시사 동인의 구성원을 구체적으로 제시했다. 세 번째 대목은 시사의 규약과 죽란시사로 명명한 근거를 밝혔다. 규약이 조금 장황하지만 그 내용은 매우 낭만적이다. 마지막 대목은 원로로부터 받은 격려와 경계의 말을 덧붙여 시사의 지향과 결성의 의의를 한층 분명하게 밝혔다.

이 서문은 젊은 시절 남인 관료들의 풍류운사(風流韻事)를 아름답게 묘사했다. 사실을 정확하게 밝히는 문서의 기능에도 충실하지만 문예미도 갖춘 글이다. 이 시사의 실제 활동을 보여주는 실물 자료인《익찬공서치계첩(翊贊公序齒稧帖)》과 함께 보면 그 활동상을 더욱 구체적으로 알 수 있다. 그 사실은 나의 글 〈다산 정약용의 죽란시사 결성과 활동양상—새로 찾은 죽란시사첩을 중심으로〉(《대동문화연구》83집)에 자세하게 밝혀져 있다.

3

소내 낚시꾼의 뱃집
苕上烟波釣叟之家記

원굉도는 "천금을 주어 배 한 척을 사고, 배 안에는 북과 피리를 비롯한 갖가지 즐길 거리를 갖추어놓고, 마음속으로 하고 싶은 것을 내키는 대로 실컷 즐기고 싶다. 그 때문에 패가망신할지라도 후회하지 않으련다."라고 말했거니와, 이런 짓은 미치광이나 탕자 들이하는 바일 뿐 내가 하고 싶은 바는 아니다.

대신 나는 이렇게 하고 싶다.

일금(一金)을 들여 배 한 척을 산다. 배 안에는 그물 네댓 장, 낚싯대 한두 대를 놓아둔다. 가마솥과 작은 솥, 술잔과 쟁반을 비롯한온갖 살림살이를 장만하고, 방 한 칸을 만들어 구들을 들인다. 집은 두 아이에게 맡기고, 늙은 처와 어린 아들, 종 하나를 데리고 물위에 뜨는 뱃집을 띄워 수종산과 소내 사이를 오간다. 오늘은 월계(月溪)의 소에서 물고기를 잡고, 다음 날은 석호(石湖)의 물굽이에서 낚시질하며, 또 그다음 날은 문암(門巖)의 여울에서 고기를 잡는다. 바람을 맞으며 밥을 먹고, 물 위에서 잠을 자며, 파도 위의 오리처

럼 둥실둥실 떠다닌다. 때때로 짧은 노래 작은 시를 지어, 기구하고
도 뇌락(牢落)한 심경을 스스로 펼쳐낸다.

이것이 내가 바라는 삶이다.

옛사람 가운데 이런 삶을 실행한 분이 있거니와, 은사 장지화(張
志和)가 바로 그다. 장지화도 본래는 관각(館閣)의 학사(學士)로서
만년에 관직에서 물러나 이렇게 살며 스스로를 '연파조수(烟波釣叟,
물안개 속에서 낚시하는 늙은이)'라 했다. 나는 그의 풍모를 듣고 흠모하
여 '소상연파조수지가(苕上烟波釣叟之家, 소내의 물안개 속에서 낚시하는
늙은이의 집)'라고 쓰고는, 장인을 시켜 문패로 만들어 간직해온 지
몇 해째다. 언젠가 나의 배에 걸고 싶어서다. 여기서 집이란 수상가
옥[浮家]을 일컫는다.

경신년(1800) 첫여름, 처자를 거느리고 소내의 별서(別墅)로 내려
와 막 뱃집을 마련하려던 참이었다. 임금님께서 내가 떠났다는 말
을 들으시고 내각(內閣)에 명하여 부르셨다. 오호라! 또 어쩌면 좋
단 말인가?

서울로 되돌아갈 때 문패를 꺼내어 유산(酉山)의 정자에 걸어두
고 떠났다. 내가 연연해하며 머뭇거리면서도 차마 가진 뜻을 굳게
지키지 못하는 이유가 어디에 있는지를 표하기 위해서다.

소내 낚시꾼의 뱃집

茗上烟波釣叟之家記

1800년 4월 무렵에 쓴 글이다. 이해 6월에 정조가 승하하고 해를 넘겨 신유사옥이 발생하여 정약용은 온갖 고초를 겪는다. 이 글은 정계에서 벗어나 고향인 소내에서 지내고 싶은 열망을 표현했다. 그 집은 땅 위에 지은 집이 아니라 수상가옥이다. 이른바 부가범택(浮家汎宅) 위에서 낚시를 하며 살아가고픈 소망을 피력했다.

정약용은 첫 대목에 명말의 문인인 원굉도가 수상가옥을 장만하여 살겠다고 한 욕구를 소개했다. 중국에서는 그러한 생활을 영위하는 자가 적지 않았다. 그런데 원굉도의 소망은 인생의 쾌락을 추구하는 호사스러운 것이다. 소망의 내용은 비슷하나 규모나 접근하는 마음이 다르다. 정약용은 단호하게 자신의 소망은 그와는 다르다고 했다. 쾌락을 추구하기 위해서가 아니라, 현실의 중압감에서 벗어나 물 위에서 흔들거리고픈 욕구가 배어 있다. 그 점은 정조가 그를 불러서 할 수 없이 다시 서울로 가야 한다는 뒷부분의 이야기가 너무도 쓸쓸하게 쓰인 데서 알 수 있다. 아무래도 그는 한양의 정계에 드리운 암울한 정세 변화를 느끼고, 미래에 불어닥칠 살육의 조짐을 읽은 게 아닐까?

한편, 정약용은 이 글을 쓰기 몇 해 전에, 한강을 따라 올라가는 길에 이렇게 부가(浮家) 생활을 하는 늙은 어부 일가를 만나고 나서 그의 삶을 묘사한 〈양강에서 어부를 만나다(楊江遇漁者)〉라는 시를 쓴 바 있다. 그 시에 자신도 아들 둘을 데리고 소내로 들어가 그렇게 살고 싶다는 바람을 표명했다.

4
유인(幽人)이 사는 곳
題黃裳幽人帖

《주역》 이괘(履卦)가 무망(无妄)으로 변하는 효사(爻詞)에 "유인(幽人)이라야 정(貞)하고 길(吉)하다."라고 했다. 그것을 나는 이렇게 풀이한다.

간산(艮山) 아래와 진림(震林) 사이에서 손(巽)으로써 은둔하여, 천명(天命)을 받들어 순응한다. 간산에는 과일을 심고 진림에는 채소를 심는다. 큰길을 밟으며 탄탄하게 걷고, 하늘이 준 복을 즐기며 산다. 이것이 큰 사람의 넉넉함이니 유인(幽人)의 삶이 참으로 길하지 않은가?

하늘은 청복(淸福)을 매우 아끼기 때문에, 왕후장상 같은 귀족이나 도주(陶朱)·의돈(猗頓)[1] 같은 부자는 거름과 흙처럼 세상에 널려

---

1 도주는 중국 고대의 월(越)나라 범여(范蠡)이고, 의돈(猗頓)은 노(魯)나라의 큰 부자로, 모두 고대의 부호를 가리킨다.

있어도 저 이괘(履卦) 구이(九二)의 길함을 누렸다는 자는 듣지 못
했다. 옛날 〈장취원기(將就園記)〉를 쓴 사람이 있기는 하지만,[2] '장
차 가겠다는[將就]'는 말을 쓴 것으로 보아 아직 가지 않았음이 분
명하다. 강진 사는 황상(黃裳)이 그 세목(細目)을 묻기에 내가 이렇
게 말했다.

땅을 선택할 때에는 반드시 산수가 아름다운 곳을 얻어야 한다.
강을 끼고 있는 산보다는 시내를 끼고 있는 산이 낫다. 동네 입구에
는 반드시 가파른 암벽이 서 있어야 하고, 조금 들어가면 확 트여서
눈을 즐겁게 해주는 곳이 복된 땅이다. 지세(地勢)가 모인 중앙지대
에 초가집 서너 칸을 짓되, 나침반을 똑바로 하여 정남향으로 세운
다. 집을 몹시 정교하게 치장한다. 순창에서 나는 설화지(雪華紙)로
벽을 바르고, 도리 위에는 가로로 담묵(淡墨) 산수화를 걸며, 문에
는 고목이나 대나무, 바위 그림을 걸거나 짧은 시를 써서 건다.

방 안에는 책시렁 두 개를 놓고 서적 천삼사백 권을 꽂는다. 《주
역집해(周易集解)》·《모시소(毛詩疏)》·《삼례원위(三禮源委)》를 포함
하여, 고서·명화·산경(山經)·지지(地志)에다가 역법서(曆法書)·의
약서, 군사 조련법과 군수물자 조달법, 그리고 초목과 금수·어류의
계보와 농정수리(農政水利)의 학설, 기보(棋譜)·금보(琴譜) 따위에

---

2 황주성(黃周星, 1611~1680)을 말한다. 황주성은 적응하지 못하는 현실에서 남과 타협하
   기 싫어, 새로운 세계에 살고자 이상적인 삶의 공간으로 장취원(將就園)을 구상하고 〈장취
   원기(將就園記)〉를 지었다. 그는 명나라에서 진사(進士)에 급제하고 호부주사(戶部主事)
   를 지냈다. 명나라가 망한 후 호주(湖州)에 은거했다. 삼번(三藩)의 난이 평정되어 청(淸)
   을 무너뜨릴 희망이 사라지자 스스로 물에 투신했다. 이 글은 조선 후기 지식인들에게 널
   리 읽혔다.

이르기까지 빠진 것 없이 골고루 갖춘다. 책상 위에는 《논어》를 펼쳐놓고, 곁에는 화리목(花梨木)으로 만든 탁자를 놓아 도연명(陶淵明)·사령운(謝靈運)·두보(杜甫)·한유·소식·육유(陸游)의 시집, 그리고 《중주악부(中州樂府)》《열조시집(列朝詩集)》 따위를 몇 질 올려놓는다. 책상 아래에는 오동(烏銅)으로 만든 향로를 놓아두고, 아침저녁으로 옥유향(玉薤香) 한 판을 피운다.

뜰 앞에는 높이가 몇 자인 향장(響墻)을 하나 치고, 담 안에 갖가지 화분을 놓아둔다. 석류·치자·맨드라미 따위를 온갖 품종으로 갖추되 국화를 가장 많이 준비한다. 모름지기 마흔여덟 가지는 되어야 겨우 구색을 갖추었다고 할 수 있으리라. 뜰 오른편에 작은 연못을 파되, 사방 수십 걸음을 넘지 않을 정도로 한다. 연못에는 연꽃 몇십 포기를 심고 붕어를 기른다. 따로 대나무를 쪼개 홈통을 만들어 산의 물을 끌어다 연못에 대고, 넘치는 물은 담장 구멍을 통해 남새밭으로 흐르게 한다.

남새밭은 수면처럼 고르게 잘 갈아야 한다. 밭두둑을 네모반듯하게 구획해서 아욱·배추·파·마늘 따위를 심되, 종류를 구별하여 서로 섞이지 않게 한다. 고무래를 사용하여 씨를 뿌리되, 싹이 날 때 알록달록 비단 물결이 넘실대어야 남새밭이라 할 수 있다. 조금 떨어진 곳에는 오이도 심고 고구마도 심는다. 남새밭 둘레에 장미 수천 그루를 심어 울타리로 삼는다. 봄과 여름이 교차하는 때 남새밭을 둘러보러 나온 사람의 코를 짙은 향기가 찌를 것이다.

뜰의 왼편에 사립문을 세우고 흰 대나무를 엮어서 문짝을 만든다. 사립문 밖 산언덕을 따라 오십 걸음 남짓 가서 시내를 내려다보는 곳에 초가 한 칸을 세우고 대나무로 난간을 만든다. 집 주위는 온통 숲이 무성하고 대나무가 쭉쭉 뻗어, 가지가 처마로 들어와도 꺾지 않고 그대로 둔다.

시내를 따라 백여 걸음 걸어가서 기름진 논을 수십 마지기 마련한다. 늦은 봄마다 지팡이를 끌고 밭두둑에 나가 가지런히 파랗게 돋은 벼를 보면 푸른빛이 사람까지 물들여 속세의 기운이 한 점도 없을 것이다. 그러나 직접 일을 하지는 마라.

다시 시내를 따라 몇 걸음 더 가면 둘레가 오륙 리쯤 되는 큰 방죽을 만난다. 방죽 안은 온통 연꽃과 가시연으로 덮여 있다. 거룻배한 척을 만들어, 달밤이면 시인 묵객들을 데리고 배를 띄운다. 통소를 불고 거문고를 타며 방죽을 따라 서너 바퀴 돌아 취해서 돌아온다.

방죽으로부터 몇 리를 가면 자그마한 절 한 채를 만난다. 절에는 이름난 승려가 있어 참선도 하고 설법도 하는데, 시도 좋아하고 술도 거리낌 없이 마셔 계율에 얽매이지 않는다. 때때로 그와 더불어 오가며 세상에 나갈 욕심을 내지 않는다. 이렇게 사는 것이 즐겁다.

집 뒤에는 소나무 몇 그루가 있어 용이 잡아당기고 범이 나꿔채는 형상을 하고 있다. 소나무 아래에는 흰 두루미 한 쌍이 서 있다. 소나무가 서 있는 곳으로부터 동쪽으로 작은 남새밭 하나를 마련해 인삼·도라지·천궁·당귀 따위를 심는다.

소나무 북쪽으로는 작은 사립문이 있다. 이 문으로 들어가면 누에를 치는 세 칸짜리 잠실이 나오는데, 이곳에 잠박(蠶箔) 일곱 단을 얹는다. 늘 정오에 차를 마시고 나서는 잠실로 간다. 아내에게 송엽주(松葉酒)를 따르게 하여 몇 잔 마신 뒤, 양잠법이 적힌 책을 가지고 누에를 목욕시키고 실을 잣는 방법을 아내에게 가르쳐주며,

서로 바라보고 싱긋 웃는다.

조정에서 나를 부르는 글이 이르렀다는 소리가 문밖에서 들려오
지만 빙그레 웃을 뿐 나아가지 않는다.

이것이 바로 저 이괘 구이의 길함이다.

유인(幽人)이 사는 곳

題黃裳幽人帖

　강진에서 귀양살이할 때의 제자인 황상(黃裳)의 질문에 답한 글이다. 그는 다산의 제자 가운데 시인으로 명성이 높았다. 호는 치원처사(巵園處士)로, 대구면(大口面)에 일속산방(一粟山房)을 짓고 살았고, 문집으로 《치원유고(巵園遺稿)》를 남겼다.

　이 제자가 다산에게 유인(幽人)의 생활을 읊은 시를 지어 제언(題言)을 구한 모양이다. 다산이 유인의 삶을 묘사한 이괘 구이의 효사를 풀이하여, 이 세상에 진정 유인의 삶을 즐긴 사람이 있을까 하고 의문을 표하자, 제자가 어떻게 사는 것이 진정 유인의 낙을 즐기며 사는 것인지 구체적으로 설명해달라고 한 것이리라. 이에 다산이, 평소 그가 상상하고 있던 유인의 주거지를 소상하게 그려서 그에게 제시해주었다.

　다산은 마음속에 그리던 이상적 생활공간을 설계해 제자에게 제시했는데, 다산의 원림 설계에는 독특한 개성이 엿보인다. 집자리를 잡고 꾸미는 데서부터 가구 배치 등에까지 조선 사대부의 정서가 듬뿍 배어 있다. 서가를 책으로 채우는 것이나, 뜰 앞에 향장(響墻, 기와로 쌓되 무늬를 놓고 동그랗게 구멍을 낸 담)을 세우고 각종 화훼를 심는 것이나, 남새밭과 대밭, 논을 경영하는 것이 그와 같은 특징을 보인다. 그리고 방죽의 뱃놀이와 승려와의 왕래, 아내와의 대화에는 관습적인 은사의 모습이 보이지 않는 것은 아니나 상당히 현실적인 느낌을 자아낸다. 강진에 소재한 다산초당과 황상이 조성한 일속산방은 이 글에서 묘사한 원림의 특징이 어느 만큼 표현되어 있다. 황상은 스승이 해준 설계안을 일속산방으로 구체화한 듯하다.

5
혜장 스님의 병풍에 쓴다
題藏上人屛風

바람은 원거(爰居)새처럼 피하고
비는 개미처럼 피하며
더위는 오(吳)나라 소처럼 피하여
내가 싫어하는 것과 맞닥뜨리지 않는다.

글을 사탕수수처럼 즐기고
거문고를 감람(橄欖)처럼 즐기며
시를 창포 김치처럼 즐겨서
모든 것을 내가 좋아하는 대로 즐긴다.

달이 밝으면 못이 맑고
달이 어두우면 못이 어둡다.
밝으면 내 그림자를 띄우고
어두우면 돌아가서 쉬노니

자연스러워 무엇과도 다투지 않는다.

밀물이 들어오면 물고기가 따라오고
썰물이 빠지면 물고기가 떠난다.
따라오면 낚시질하고
떠나면 뒤쫓지 않노니
이 또한 이렇게 즐기는 거리가 된다.

피리 불고 거문고 타며
시 읊고 그림 그린다.
방탕한 듯 방탕하지 않고
근엄한 듯 근엄하지 않으니
어찌 담박한 생활이 아니랴.

꽃 가꾸고 채소를 심으며
대나무 썻고 찻잎 볶는다.
한가하다 하나 한가하지 않고
바쁘다 하나 바쁘지 않으니
정녕 이야말로 청량한 세계다.

볕이 드는 창가 멋진 책상 위에
독루향(篤耨香, 명향 이름)을 피우고
소룡단(小龍團, 명차 이름)에 불을 붙여
진미공(陳眉公)의《복수전서(福壽全書)》를 상쾌하게 읽는다.

눈이 살짝 내린 대숲 암자에서

오각건(烏角巾) 눌러쓰고

금사연(金絲烟, 최상품 담배)을 입에 물고

역도원(酈道元)의 《수경신주(水經新注)》를 설렁설렁 넘겨본다.

다산은 강진에서 유배 생활을 할 때 승려들과 활발하게 교유했다. 혜장
(惠藏, 1772~1811) 스님 역시 그들 가운데 한 분으로 호는 연파(蓮坡) 또는
아암(兒庵)이다.

혜장이 지닌 병풍에 다산이 글을 써주었다. 병풍은 여덟 폭이었던 듯 여
덟 개의 구로 되어 있고, 두 개의 구가 짝을 이루어 한 연이 되고 있다. 병
풍에 쓴 글에 어울리게 짤막하면서도 산중 생활의 멋을 담아 쓰고 있다.

싫어하는 것과는 부딪치지 않고 좋아하는 일만 하고, 자연스럽게 살면
서도 즐거움을 만끽하며, 담박한 생활과 청량한 세계를 마음껏 누리고, 조
촐하고 한가롭게 차를 마시고 담배를 피우며 하루하루를 살아간다. 부와
권력, 명예가 있는 화려한 인생과는 거리가 먼 생애지만 여유롭고 즐거우
며 맑고 자연스럽다. 전원에 사는 삶의 멋진 생활이란 바로 이런 것이 아
닐까? 다산은 생의 후반에 많은 사람에게 주는 글에서 이런 삶을 즐겨 묘
사했다.

6

장천용
張天慵傳

장천용(張天慵)은 해서(海西) 사람이다. 본래의 이름은 천용(天用)인데, 관찰사 이의준(李義駿) 공이 도내를 순찰하다 곡산(谷山)에 이르렀을 때 그와 어울리고서는 용(用) 자를 바꿔 천용(天慵)이라 불렀다. 그 이후로는 천용이란 이름을 썼다.

내가 곡산부사로 부임한 다음 해에 연못을 파고 정자를 세웠다. 어느 날 달밤에 고요히 앉아 있을 때 통소 소리를 듣고 싶은 생각이 간절했다. 혼잣말을 하며 홀로 탄식하고 있을 때 어떤 자가 앞으로 나서더니, "이 고을에 장생(張生)이란 자가 있는데 통소를 잘 불고 거문고를 잘 탄답니다. 다만 그자가 관아에 들어오기를 좋아하지 않사오니, 이제 급히 이졸(吏卒)을 풀어 그 집에 들이닥쳐 잡아오면 될 것입니다."라고 했다. 나는 이렇게 분부했다.

"아니다. 그 사람이 정녕 고집이 세다면 잡아서 데려올 수야 있겠지만 잡다가 통소를 불도록 해서야 되겠느냐? 너는 가서 내 뜻을 전하되, 내켜하지 않거든 강요하진 마라!"

조금 후, 데리러 갔던 자가 돌아왔고 그 뒤를 따라 장생이 문을 들어섰다. 그런데 문에 들어선 꼴을 보니, 망건은 벗겨지고 맨발에다 옷은 걸쳤으나 띠도 매지 않았다. 고주망태였으나 눈빛은 번득였다. 손에 통소를 쥐었지만 불 생각은 하지 않고 소주만 찾았다. 서너 잔을 주었더니 더욱 취해서 인사불성이 되었다. 좌우에서 부축하여 데리고 나가 바깥채에 재우게 했다.

다음 날 다시 그를 불렀다. 연못가 정자에 이른 그에게 술을 한 잔 권했다. 그러자 천용은 옷매무새를 가다듬고는 "제 장기는 통소가 아니고 그림입니다."라고 말했다. 그래서 비단을 가져오라 하여 그림을 그리게 했더니, 산수·신선·승려·괴조(怪鳥)·늙은 등나무·고목을 비롯해 수십 폭을 그렸다. 수묵화 솜씨가 뛰어나 서툰 흔적이 보이지 않았다. 그림이 다 힘이 있고 괴상하여 보통 사람의 의표를 벗어났다. 사물의 형상을 묘사하는 솜씨는 터럭 하나까지 섬세하고 교묘하게 그려 그 신태(神態)까지 표현했으므로 사람들로부터 그칠 줄 모르고 놀라움과 탄성을 자아냈다.

이윽고 천용은 붓을 내던지고 술을 찾았다. 또 크게 취해, 부축하여 데려가게 했다. 다음 날 또 불렀으나, 벌써 어깨에는 거문고를 메고 허리에는 통소를 차고서 동쪽 금강산으로 들어간 뒤였다.

이듬해 봄 중국에서 사신이 왔다. 그 일행 가운데 일찍이 천용에게 은덕을 입은 사람이 끼어 있었다. 평산부(平山府)의 관아를 보수하는 일을 맡게 되자, 그는 천용에게 단청 칠하는 일을 부탁했다. 그때 천용과 함께 일하던 사람이 부친상을 입었는데, 상주가 짚은 지팡이가 특별한 소리를 내는 기이한 대나무임을 천용은 알아차렸다. 그날 밤, 천용은 그 지팡이를 훔쳐서 구멍을 뚫어 통소를 만들어서 태백산성(太白山城) 중봉(中峰) 꼭대기에 올라가 밤새도록 불고는 돌아왔다. 일을 함께하는 사람이 화가 나서 몹시 꾸짖자 천용은 떠나버렸다.

그로부터 여러 달 뒤에 나는 해임되어 돌아왔다. 다시 몇 달 뒤에 천용은 특별히 가람산수(岢嵐山水)를 그려 보내고는 "올해에는 영동으로 이사해 살 것"이라는 말도 함께 전했다.

천용에게는 아내가 있었는데 몹시 못생겼다. 일찍부터 중풍을 앓아서 길쌈을 하지 못했고, 바느질도 하지 못했으며, 밥을 짓지도 못했고, 자녀를 낳지도 못했다. 게다가 성질이 못돼서 늘 자리에 누운 채 천용을 헐뜯었다. 하지만 천용은 아내를 알뜰히 보살펴 게을리하는 법이 없었다. 이웃 사람들이 모두 신기하게 여겼다.

장천용

張天慵傳

    장천용이라는 특이한 예술가의 삶을 묘사한 글이다. 1797년 다산이 서학을 믿는다는 비난을 받아 곡산부사로 좌천되었을 때 임지에서 만난 기인을 해임되어 돌아온 뒤에 전기로 썼다. 이 기이한 인물에 깊은 인상을 받아 다산은 곡산에서 〈천용자의 노래(天慵子歌)〉라는 장편 고시를 쓴 일이 있다.

    첫 대목에 천용(天用)이란 이름을 천용(天慵)이라 바꾼 사연부터 소개하여, 그가 이 세상에서 제대로 쓰이지 못한다는 사실과 세사에 무관심하다는 사실을 드러내려 했다.

    전체가 네 가지 일화로 구성되어 있다. 첫 번째는 작자가 어느 날 달밤에 그를 불러들이는 장면이다. 술에 취해 부사 앞에서도 인사불성이 되어 안하무인의 행동을 하는 모습과 붓을 휘둘러 그림을 그리고는 또 술에 취해 쓰러지는 모습, 그리고 작자가 다시 그를 불렀을 때 벌써 금강산으로 떠난 대목이다. 두 번째는 친구의 지팡이를 훔쳐 퉁소를 만들어 산꼭대기에서 연주하는 모습이다. 세 번째는 해임되어 돌아온 작자에게 그림을 그려 보내고 영동으로 이사하려 한다고 전갈하는 대목이다. 마지막 대목은 반신불수의 고약한 아내를 알뜰히 보살피는 모습이다.

    일화를 통해서, 현실의 규범과 구속을 벗어난 예술가의 파격과 자유를 드러냈고, 동시에 광기의 이면에 숨겨져 있는 진실한 인간미를 표현했다.

18

고담한 산문 미학, 유본학

유본학

유본학(柳本學, ?~?)은 순조 연간의 문인이다. 문화(文化) 유씨로서, 자는 백교(伯敎)이고, 호는 문암(問菴)이다. 정조 시대의 저명한 문인인 유득공의 맏아들이다. 그의 아우인 유본예(柳本藝)도 문인으로, 서울의 인문 지리를 다룬《한경지략(漢京識略)》의 저자로 이름이 높다. 유본학은 아버지와 그 주변의 학자들로부터 훈도를 받아 젊은 시절부터 문명(文名)이 있었다. 높은 수준의 시와 산문을 창작하여 자하(紫霞) 신위(申緯), 추사(秋史) 김정희(金正喜)를 비롯한 당대의 명사들과 시문을 주고받았을 뿐만 아니라, 서얼과 중인 신분의 문사들과도 활발하게 교유함으로써 이 시기 문단에서 차지하는 위상이 높았다.

한편, 아버지를 이어 규장각 검서관의 직책을 오래 맡아보며 서책의 교열과 간행에 깊숙이 간여함으로써, 이 시기 도서 문화의 발달에도 기여했다. 순조 연간에는 서권기(書卷氣)를 중시한 시풍이 널리 유행했는데, 그도 이러한 시풍에 동참했다.

유본학이 문인으로서 누린 성가(聲價)는 주로 시에서 거둔 성취에 기대고 있다. 그의 산문은 전(傳)이 한두 편 학계에 소개된 것을 제외하고는 지금까지 거의 주목받지 못했다. 그렇지만 그의 산문도 수준이 높다. 그의 산문은 다분히 소품취를 보이며 독특한 개성을 드러낸다. 당시 여항에서 활약하던 기이한 인물을 묘사한 전기인 〈검술가 김광택(金光澤傳)〉, 〈이정해전(李廷楷傳)〉 등이 수작으로 평가되며, 〈바둑을 잘 두는 김석신에게(贈善棋者金錫信序)〉 역시 여항의 생활상을 파악하기에 좋은 산문이다.

저명한 문사들, 특히 여항문사들의 시문집에 써준 서발(序跋)에는 그의 감식안을 엿볼 수 있는 우수한 작품이 많다. 〈왕태집서(王太集序)〉 같은 작품이 여기에 속한다. 〈인왕산 육각봉의 봄나들이(游六角峰記)〉를 비롯한 유기(遊記)도 고담(枯淡)한 풍미의 산문적 아름다움을 지니고 있다. 그의 유기는 독특한 산문의 멋을 선사한다.

유본학은 수사적 기교를 배제하고, 간결하고 담담한 서술을 위주로 한 문체를 구사했다. 윤기 흐르는 문체를 보여주지는 못했으나, 고담하고 평이한 문체 속에 따뜻한 인간미를 묘사하는 데 장기를 보였다. 그의 산문은 이 시대 산문의 특징을 이해하는 하나의 본보기로 주목할 만하다. 그의 산문은 필사본 《문암문고(問菴文藁)》 2책에 모아져 있다.

1
인왕산 육각봉의 봄나들이
游六角峰記

계해년(1803) 봄, 나는 심한 우울증에 시달렸으나 잘 낫지 않았다. 춘삼월 늦봄, 꽃은 흩어져 날리건만 여전히 지게문을 닫아걸은 채 누워 지냈다. 이번 봄처럼 밖에 나가 놀지 못한 적은 처음이었다.

삼월 초열흘날, 선비 한대연(韓大淵)을 찾아갔다. 과거에 떨어진 대연은 하는 일 없이 지내면서도 나처럼 밖에 나가 놀지 못했다. 함께 서대문 성곽에 올라 경치를 구경하기로 했다. 하지만 북산(北山, 인왕산)의 육각봉(六角峰, 인왕산 아래 필운대 옆의 언덕)까지 갈 생각은 미처 하지 못했다.

때마침 밤새 내린 비가 아침나절 개어, 성곽을 등진 인가마다 복사꽃·살구꽃이 한창 곱게 피었고, 성 밑으로 호젓하게 이어진 오솔길에는 향기로운 풀이 뒤덮었다. 따사로운 바람이 산들산들 불어와서 너무도 즐거웠다.

우리는 함께 골짜기 시냇물을 건너고 솔숲을 뚫고서 잰걸음을 뽐내며 놀다보니 모르는 사이 벌써 육각봉에 이르렀다. 잔디 위에 앉아 잠깐 쉬면서 서울 북쪽 동네에 피어 있는 꽃을 구경했다. 또 오씨(吳氏) 집에서 술을 마시고 집으로 돌아왔다.

함께 노닌 사람 모두가 술에 취했지만 나만은 술을 잘 마시지 못해 혼자 취하지 않았다. 그러나 대연이 강권하여 결국 억지로 술 세 종지를 마셨다. 나는 술을 잘 마시지 못하기에 오히려 크게 취했다. 이날의 봄놀이에 나보다 취한 사람은 아무도 없었다.

서대문 성곽부터 육각봉까지는 서울에서 꽃을 구경하기에 가장 빼어난 장소다. 이제 모조리 찾아가 구경했으므로, 곳곳을 찾아다니며 봄놀이를 즐긴 해가 올해보다 나은 때는 없을 것이다.

함께 논 사람은 누구인가? 한대연과 강인백(姜仁伯)이다. 강인백의 자는 유경(酉敬)으로 대연의 조카다. 계행(季行)은 내 막내 동생이다.

이 글은 문체가 유기(遊記)로서, 봄날 꽃구경한 일을 묘사했다. 정조의 사후 벌어진 신유사옥으로 이 무렵은 암울한 분위기가 지배했다. 더구나 신병(身病)까지 겹쳐 작자는 봄날 내내 바깥출입을 하지 않다, 비가 갠 늦봄 어느 날 문을 나섰다. 과거 시험에 낙방하여 우울하게 지내던 친구 한 대연을 찾았다. 그와는 실의낙백(失意落魄)한 점에서 동병상련의 처지를 공유한다.

서대문 성곽을 따라 봄날의 화사한 공기를 호흡하다가 어느새 인왕산에 이르러 즐긴 상춘(賞春)의 과정이 산뜻하게 묘사된다. 그들이 노닌 인왕산의 필운대와 육각봉 지역은 당시 서울 장안에서 첫손가락으로 꼽는 상춘 명승이었다. 특히, 살구꽃이 아름다웠다. 인가마다 꽃나무를 심어 봄날이면 장관을 연출했다.

병으로, 낙방으로 실의한 선비들의 답답하고 울적한 심회와 화사한 봄날의 정취, 그리고 술을 마셔 우울한 회포를 푸는 모습이 대조적으로 부각된다.

술을 가장 못하기에 역으로 가장 취한 유본학이, 최악의 봄날 최고의 봄놀이를 했다는 서술이 인상적이다.

2

금원의 가을 단풍

看上苑秋樹記

이문원(摛文院)은 금원(禁苑)에서 몇 리쯤 떨어져 있다. 깊은 가을만 되면 늘 나무 빛깔이 볼 만했다. 갑술년(1814) 9월 18일, 숙직을 서게 된 나는 누각에 올라 풍경을 멀리 바라보았다. 때마침 석양은 뉘엿뉘엿 내려가고, 하늘빛은 쓸쓸하고 푸르렀으며, 만 그루 나무는 서리를 맞아 세계에 존재하는 모든 빛깔을 얼추 갖추고 있었다. 녹색과 연녹색, 붉은색과 연붉은색, 노란색과 연노란색, 여린 청흑색에 연홍색을 띤 것, 살짝 날려서 푸른빛을 띤 것 등등.

사이사이에 가을 버드나무는 헝클어진 가지를 드리우고, 키 큰 향나무는 정정하게 높이 솟아 있었다. 떨어질락 말락 하는 잎과 반쯤 떨어진 잎에는 바람이 처연하게 불고, 까마귀가 울어대어 너무도 허허로웠다.

정성을 많이도 기울였구나! 이렇게 조물주가 물들여서 천지의 비밀을 누설했구나! 제아무리 교묘한 솜씨로 이 풍경을 그린다 해도 너무 분잡(紛雜)하여 하나하나 눈길 주기 어려울 텐데. 이영구(李

營邱)¹가 〈추수도(秋樹圖)〉를 그린 데에는 참으로 그만한 이유가 있구나!

곁에 있던 사람이 물었다.

"하늘이 낙엽을 떨어뜨리면서 이다지 요란하게 색을 풀어놓은 이유가 무얼까요?"

"봄과 가을은 네 계절의 처음과 끝이요, 무성함과 시듦은 식물의 처음과 끝이 아닌가? 따라서 봄에는 무성하도록 북돋워주고 가을에는 시들도록 북돋워주는 것이지. 이야말로 처음도 잘하고 마지막도 잘하는, 천도(天道)의 올바른 도리일세. 크게는 인공(人工)에서 작게는 초목까지 안 그런 것이 없다네."

이윽고 석양은 점차 내려가고, 수많은 나무는 황혼 녘 어둡고 흐린 땅거미 속으로 모두 사라졌다. 천천히 걸어서 동이루(東二樓)에 올라 그림 상자를 열고 이영구의 〈추수도〉를 찾아 감상했다.

---

1 송의 산수화가인 이성(李成, 919~967)을 말한다.

아버지 유득공의 뒤를 이어 유본학은 오랜 기간 규장각 검서관을 지냈
다. 검서관이 근무하는 이문원은 창덕궁의 정문인 돈화문에서 가까웠다.
그 부속 건물인 동이루까지 검서관이 근무하는 곳이었다. 여기에는 지금
도 거목으로 자태를 뽐내는 향나무와 어구(御溝)를 따라 버드나무가 아름
답게 심겨 있었다. 창덕궁 후원이라 불리는 금원(禁苑)과는 멀리 떨어져
있었다. 이곳을 지금은 비원(秘苑)이라 부른다.

이문원에 숙직하던 어느 깊은 가을날, 궁궐을 물들인 단풍나무를 바라
보고 그 감회를 쓴 글이다. 깊은 가을, 저녁 무렵의 쓸쓸한 분위기와 온갖
빛깔로 물든 단풍의 묘사가 잘 어우러진다.

유본학은 〈이문원에 상직(上直)하면서 쓴 부(摛文院上直賦)〉를 짓기도
했다.

3

옛집을 둘러보다
過舊居靜勝艸堂記

나는 전에 장흥방(長興坊)의 길갓집에 살았다. 그 집은 저잣거리에
제법 가까워서 소란스러웠다. 문 옆에는 볏짚으로 덮고 흙을 쌓아
만든 한 칸짜리 초당(草堂)이 있어 호젓하고 단아하여 살 만했다.
다만 초당은 동쪽으로 치우쳐 햇볕이 들어서 여름이면 너무 더웠
다. 그래서 "고요함이 더위를 이긴다(靜勝熱)."[1]라는 말을 가져다 문
설주에 편액을 해 걸어두고 위안을 삼았다.

대저 고요함에는 두 가지가 있다. 하나는 마음의 고요함이요, 다
른 하나는 몸의 고요함이다. 몸이 고요한 사람은 앉고 눕고 일어나
고 서는 모든 활동에 편하기만 취하지만, 마음이 고요한 사람은 천
하만사가 마치 촛불로 비춰보고 거북으로 점을 치는 듯하기에 시

---

1 《노자(老子)》에 "조급함은 추위를 이기고 고요함은 더위를 이긴다(躁勝寒, 靜勝熱)."라는
  구절이 있다.

원한 날씨, 더운 날씨와는 전혀 상관이 없다. 그러므로 "고요함이 이긴다."라고 지금 한 말은 마음의 고요함을 가리킨다.

그 집에서 이십 년을 살고 이사했다. 그로부터 삼 년이 흐른 뒤 옛집을 찾아가 보았다. 그새 주인이 바뀐 지 여러 번이지만 집은 옛 모습 그대로였다.

은은하게 처마에 들어오는 산빛, 콸콸콸 담을 따라 도는 골짜기 물, 밀랍으로 발라 번들번들한 살창, 쪽빛 물들여 활처럼 구부러진 승진(承塵) 천막.[2]

초목은 내가 심어놓은 것들이고, 네모난 뜰은 내가 빗질하던 곳이다. 벽에 써놓은 낡은 글자는 아직도 생생하고, 호롱불에 그을린 자국은 여전히 남아 있다. 그 모습에 구슬퍼져 떠나지 못하고 한참을 머뭇거렸다.

그때 누군가 위로의 말을 건넸다.

"옛사람은 하늘과 땅조차 여관으로 간주했거늘, 더욱이 사람이 사는 집이야 말할 나위 있겠나? 이 집은 여관 중에서도 여관이야. 여관을 찾아드는 사람은 침상 위에 깔개를 깔기는 하지만, 머슴이 주인일 하듯이 제 것이 아닌 걸 잘 알기에 하룻밤을 자고는 뒤도 돌아보지 않고 떠난다네. 누가 그 집에 연연해하는가?"

오호라! 내가 여기에 거처한 시절은 집안이 번성하던 때였다. 선친께서 승명전(承命殿)에 봉직하실 때라, 퇴근하신 밤이면 소자(小子)의 형제들이 모시고 앉아서 학문과 예술을 담론하고 옛일을 기

---

2 지붕의 안쪽에서 떨어지는 먼지나 흙을 받는 돗자리.

록하거나 시를 읽고 거문고를 듣거나 하면서 은연중 유중영(柳仲郢)이 즐긴 옛일[3]에 비교했다. 그 시절 즐거운 일은 잊을 수 없건만 다시 되찾을 수는 없다!

《서경(書經)》에 "물건은 새것을 찾지만 사람은 오래된 것을 찾는다."라고 했다. 집 역시 물건이기는 하지만, 집이 아니면 사람은 몸을 붙여 머물 데가 없고, 집보다 더 거쳐가기를 많이 하는 것은 없으므로 집은 물건보다 사람에 가깝다 하겠다. 그러니 그리워하지 않을 수 있으랴!

그렇지만 인간사가 벌써 바뀌어, 물건에 접촉하면 슬픔만을 더하므로 이 집에 다시 살고픈 마음까지는 없다. 차라리 전원에 집자리를 보아 집을 짓고 옛 이름의 편액을 걸어 옛일을 잊지 않으려는 내 뜻이나 표현하려 한다.

"전원이 본래 고요한데 이제 다시 '고요함이 이긴다'는 이름을 붙이면 군더더기 아니냐?"고 의아해할 사람도 있으리라. 나는 말하리라. "고요한데 또 고요하니 그것이 바로 고요한 이유라"고.

무인년(1818) 중춘 3일에 유본학은 쓴다.

---

3 《구당서(舊唐書)》〈유공작전(柳公綽傳)〉에서 유공작과 그 아들 유중영이 가풍을 엄하게 지켜 집안을 잘 이끌어갔다고 했다. 특히, 유중영은 퇴근하여 서책을 부지런히 베껴 유씨자비(柳氏自備)를 만들었다고 했다.

옛집을 둘러보다

過舊居靜勝艸堂記

　문체는 기문(記文)이다. 기문은 보통 새로 지은 집에 얽힌 감회를 쓰는데 이 기문은 이미 남의 집이 되어버린 옛집의 추억을 썼다. 오랫동안 살던 집에서 이사하고 난 뒤 우연히 찾아가 보고 느낀 허전함을 담담하게 써 내려갔다. 낡은 집 곳곳에서 손때 묻은 흔적을 찾아내며 감상에 젖는다. 이 집에는 부모 형제들이 단란한 인생을 영위하던 추억이 서렸기에 그에게는 의미가 남다르다.

　유본학의 집은 지금의 서울 남산 밑 회현동 부근에 있었다. 당시에도 번화한 곳이어서 소란스러웠지만, 부모 형제들과 학문을 논하던, 즐겁고 화려한 추억이 서린 곳이다. 옛집을 보면서 번성한 과거와 쓸쓸한 현재의 느낌이 상반되며 인생의 허무를 일깨운다. 집에 붙인 기문이지만 서정적 느낌이 물씬 풍기는 산문이다.

　명의 산문가 귀유광(歸有光)도 낡은 집을 소재로 쓴 기문이 있는데, 유본학의 이 작품 역시 그와 유사한 소재에 비슷한 분위기를 띤다.

4

바둑을 잘 두는 김석신에게

贈善棋者金錫信序

바둑은 작은 기술에 불과하지만, 잘 두면 그것만으로도 세상에서 행세할 수 있다. 또 사람들로부터 사랑을 받는다면 다른 기예를 가진 자와 어깨를 나란히 할 수 있다.

사람들이 사랑하고 숭상하는 기예로 문사(文詞)나 서법(書法)을 능가하는 것은 없다. 지금 여기에 문장이 뛰어나고 필법(筆法)이 뛰어난 사람이 있다고 치자. 그자에게 사람들이 앞 다투어 사모하고 몰려들어 구경하면서, 혹시라도 못 보는 일이 있을까 걱정하는 일은 없을 것이다. 그러나 국사포혁(國師布奕)으로 한번 이름이 나면 그를 초빙해놓고 사람들을 불러 모아서 특이한 구경거리를 했다고 자랑한다. 작은 도(道)에도 볼 만한 것이 있어 무시하지 못한다는 건 이를 두고 하는 말이다. 국기(國棋)¹의 경우에는 더욱이 무시하기 어렵다.

김석신(金錫信) 군이 국기로 세상에 행세한 지 오십여 년이다. 사람됨이 시원스러워 선비의 풍모를 지녔다. 평소 생업에 힘쓰지 않고 바둑을 두고 돈내기를 하여 술과 음식을 마련해 벗들과 함께 술에 취하고 밥을 먹었다. 그는 대국할 때 바둑판을 응시하고 단정히 앉아, 손으로는 바둑알을 쥐고 장난하지 않았고 입으로는 길을 다투지 않는 등, 바둑을 두려는 낌새가 없이 점잖았다. 하지만 상대방에 응수할 때는 딱 하는 소리와 함께 바둑알을 두는 품새가, 마치 토끼가 후다닥 일어나고 새매가 아래로 곤두박질하는 모습과 흡사했다. 그는 "바둑을 둘 때에는 올바른 법을 써야지, 비딱한 길로 남을 속여서는 안 된다."라고 말하곤 했다. 그 때문에 사람들이 그를 칭송했다.

어떤 정승이 설명이 달리지 않은 기보(棋譜) 한 권을 가져다가 김석신을 시켜 풀이하게 한 적이 있었다. 그가 한 수도 틀리지 않자, 정승은 입을 딱 벌린 채 귀신이라고 했다.

중국인이, 일찍이 백제 사람이 바둑을 잘 둔다고 칭송한 일이 있는데, 백제는 현재의 호남 땅이다. 호남 보성 사람인 정운창(鄭運昌)은 바둑 두는 법에 신묘했다. 김석신이 그 정운창과 수천 번의 대국을 하고 난 뒤부터 남들이 그를 대적할 수 없었다고 한다. 그 소문은 정녕 거짓이 아닐 것이다.

김석신 군이 자탄하며 이렇게 말한 적이 있다.

"아이 적에 총명하기가 짝할 자가 없어, 글을 배우면 바로 외울 정도였지요. 바둑을 잘 둔 덕분에 많은 사람에게 휘둘렸고, 결국 공

---

1 국수(國手)와 같은 말로, 나라에서 인정하는 기사(棋士) 또는 한 나라에서 바둑을 가장 잘 두는 사람을 말한다.

부할 기회를 잃고 말았답니다."

　나는 바둑을 두지 못하지만 남들이 바둑 두는 것은 즐겨 구경했
다. 특히, 국기가 두는 바둑을 좋아하고, 또 김석신 군이 선비의 풍
모를 지닌 점을 사랑하여 글을 지어 선물한다.

순조 연간의 국수인 김석신에게 준 글이다. 문체는 증서(贈序)다. 보통의
증서는 타지로 떠나는 사람에게 주나, 이 글은 그러한 목적 없이 순수하게
선물하기 위해 지어졌다. 말미에 밝힌 것처럼 글쓴이가 김석신을 좋아해
서 준 글이다.

18세기 이후 조선 사회에는 바둑 열풍이 불어 많은 전문 기객(棋客)이
등장했다. 기객 가운데 최고의 실력을 가진 사람에게 국수(國手)라는 이름
을 붙여 치켜세웠는데, 그들에 관한 기록이 18세기 이후 간간이 창작되었
다. 김도수·이서구·이옥·김조순·조희룡을 비롯한 여러 문인이 쓴 기객전
(棋客傳)이 남아 있다. 유본학의 이 전기도 전문 기사(碁師)의 인생을 조명
한 소전(小傳)이다.

김석신이란 국수의 독특한 인간미와 비범성을, 몇몇 삽화를 제시하여
드러냈다. 겸해서 바둑의 유행 현상, 바둑 두는 행위의 의미, 국수가 되기
위한 과정을 비롯하여 국수의 내면 갈등을 언급한 기록은 사료적 가치가
매우 크다.

5
검술가 김광택
金光澤傳

김광택은 한성(漢城) 사람이다. 그의 아버지 김체건(金體乾)은 어디에도 얽매이지 않은 호쾌한 선비였다. 숙종 임금 시절에 훈련도감(訓練都監) 병사들에게 무예를 힘껏 연마하게 했다. 섬 오랑캐의 칼 쓰는 법보다 나은 게 없다고 판단한 김체건은 군졸들에게 검법을 익히게 하려 했다. 그러나 왜국이 숨기고 보여주지 않는지라, 배울 길이 없었다.

체건이 그 검법을 터득해오겠다고 자원하여, 마침내 왜관(倭館)에 몰래 들어가 고용살이를 했다. 왜국에는 신검술(神劍術)이 있다. 그 검술을 특별히 비밀로 하여 이웃 나라 사람들이 구경하지 못했다. 체건은 그들이 서로 대련하는 것을 엿보고자 지하에 판 구덩이 속에 숨어서 훔쳐보고 흉내 냈다. 그렇게 여러 해가 지나자 드디어 왜국의 검술을 모두 터득하여 더 이상 배울 것이 없었다.

체건이 일찍이 어전에서 무예를 시험해 보였는데, 현란하고 환상적인 검법이 사람들을 놀라게 했다. 그 한계가 무엇인지 감을 잡을 수 없었다. 또 바닥에 재를 뿌리고서 맨발에 두 엄지발가락으로 재를 밟으며 나는 듯이 칼춤을 추었다. 춤이 끝나고 재에는 발자국이 전혀 보이지 않았다. 그 몸이 이렇듯 가벼웠다. 임금님께서 기특하게 여기시고 그를 훈련도감의 교련관으로 임명하셨다. 현재 여러 군영(軍營)의 군사들이 왜국 칼을 쓰는 법은 체건으로부터 시작되었다.

광택은 태어나면서부터 특이한 자질을 지녔다. 무가(無可)라는 자를 쓰는 김신선(金神仙)으로부터 복식법(服食法)[1]과 몸을 가볍게 만드는 도술을 배웠다. 풍악산은 한양으로부터 사백 리 떨어진 곳인데, 김신선은 삼베 미투리를 신고 세 번을 왕복해도 미투리가 해지지 않았다. 광택도 삼베 미투리를 신고 두 번을 왕복해도 해지지 않았다. 또 태식법(胎息法)[2]을 잘했고, 겨울에도 홑옷을 입고 지냈다. 예닐곱 살 때 체건은 날마다 광택을 데리고 빈 관아에 들어가 붓을 물에다 적셔서 대청마루 위에 있는 큰 글자를 흉내 내어 쓰게 했다. 그래서 광택은 글씨를 잘 썼다. 그의 글씨는 힘이 세고 아름다워 사랑스럽다. 그의 칼춤 솜씨는 입신의 경지에 들어, 땅 가득히 꽃잎이 흩어지는 형세를 취할 줄 알았고, 몸을 숨겨 보이지 않게도 했다.

광택은 나이 여든이 되어서도 얼굴이 동자와 같았다. 그가 죽었을 때 사람들은 그가 시해(尸解)[3]했다고 믿었다. 벼슬은 첨사(僉使)

---

1 도가에서 장생불사의 약을 먹는 것.
2 도가에서 행하는 호흡법의 하나. 기운이 배꼽 아래에 미치게 하여 장생하게 한다.
3 도교에서 몸만 남겨두고 혼백이 빠져나가서 신선이 되는 것.

에 이르렀다.

동방에 승려는 많지만 도사는 거의 없다. 수련으로 명성을 얻은 사람은 오로지 김신선 한 사람뿐이어서, 세상에서 모두 그를 칭송할 뿐 광택이 있다는 사실은 모른다.

체건은 검술에 능했고, 나랏일에 충성을 바쳤다. 만약 그의 재능에 맞게 기용했다면 변방에서 공훈을 세울 인물임이 분명하다. 광택은 또 그 아버지의 기이한 검술을 전수받았으니 특이한 일이 아닌가! 또 이들이야말로 검선(劍仙)의 부류가 아닌가!

판관(判官) 상득용(尙得容)은 기이한 것을 좋아하는 선비로서 광택과 잘 아는 사이라, 일찍이 그에 얽힌 사연을 말해주었기에 이렇게 기록한다.

위항인(委巷人)들 사이에는 기이한 재능과 특별한 절의를 지닌 사람이 있지만 행적이 사라져 전하지 않는 경우가 또 얼마나 많은가? 어찌 체건이나 광택만이 그러하리오! 그들을 위해 거듭 안타까워할 뿐이다.

기인(奇人)의 일생을 서술한 전기다. 김광택에 초점을 맞추고 있지만 그
의 아버지인 김체건 또한 비중 있게 다룸으로써 사실 김체건·김광택의 합
전(合傳)이라 할 만하다. 김체건은 신분이 높지 않은 무인으로 무예 솜씨
가 빼어났고, 아들 김광택은 복식경신(服食輕身)과 시해(尸解)의 신선술을
지녔다. 게다가 김광택은 그 아버지의 검술까지 이어받아, 신선과 검객 두
성격을 공유한 검선(劍仙)이다.

심능숙(沈能淑)이 쓴 〈탁문한의 실상을 기록하다(卓文漢紀實)〉에 어릴 적
부터 검무에 능통한 탁문한이 빼어난 검술을 했다고 하고, 세상에서는 김
광택이 죽은 지 백 년 만에 탁문한이 그 신비한 기술을 터득했다고 말했
다. 김광택의 검무 솜씨가 일세를 풍미했음을 증거하는 글이다.

이 전기는, 특이한 재능을 지녔음에도 불구하고 신분이 낮아 능력을 제
대로 발휘하지 못한 인물을 부각시켰다. 여항인의 처지에 대한 연민이 보
여, 동병상련의 감회가 깊이 배어 있음을 엿볼 수 있다.

19

여항문단의 편집자, 장혼

장혼

장혼(張混, 1759~1828)은 18세기 후반과 19세기 전반에 서울을 배경으로 활동한 문인이다. 자는 원일(元一), 호는 이이엄(而已广), 본관은 결성(結城)이다. 중인 신분의 장혼은 18~19세기 학술사와 문학사에 뚜렷한 족적을 남긴 작가다.

장혼은 전문 편집인이라고 평할 만큼 도서의 편집과 출판에 놀랄 만한 성과를 남겼다. 1790년부터 교서관(校書館) 사준(司準)으로 재직하면서 서책의 교정과 출판에 종사한 이래, 1816년까지 줄곧 수많은 서책을 교감하여 출판했다. 특히, 특이한 목활자를 이용하여 많은 서책을 출간하고, 의뢰를 받아 명문대가의 문집을 출판할 만큼 전문 편집인으로 명성을 떨쳤다. 이렇게 그는 우리 출판문화의 역사에 새로운 이정표를 세운 사람으로 기억된다.

또한 장혼은 여항문단을 이끌어간 주도적인 인물로 평가받고 있다. 그는 북악에서 인왕산에 이르는 북촌(北村) 지역에서 천수경(千壽慶)을 비롯한 여항인들과 시회(詩會) 활동을 왕성하게 전개했다. 1786년에 결성된 옥계사(玉溪社)와 1793년경에 결성된 송석원시사(松石園詩社)는 조선 후기 여항문학사에서 매우 큰 비중을 차지하는 시사(詩社)인데, 장혼과 천수경이 이 시사를 주도했다. 사실상 장혼은 여항문단의 지도자였다. 막중한 위상을 지닌 그였기에, 60년 여항시단의 성과를 결집한 시선집인《풍요속선(風謠續選)》의 편찬과 간행을 주도할 수 있었다.

장혼이 주도한 시사의 동인들은 대부분 인왕산 아래 옥류동에 거주하면서 아회(雅會)를 열었다. 그의 문집에 실려 있는 많은 시는 시사의 동인들과 주고받은 작품으로, 도회지 문사의 미의식과 이상을 표현했다.

장혼을 이해할 때 빠뜨릴 수 없는 사실은 그가 서울에 세거(世居)한 중인 관료로서 조정의 고위 관료를 비롯한 경화세족 문인들과 활발하게 교유했다는 점이다. 그의 문학에는 이러한 생활 경험이 깊이 배어 있어, 그를 통해 당시 사대부 문학의 미학을 읽어낼 수 있다. 그러한 장혼의 미의식과 생활 감각을 대변하는 산문 작품이 바로 〈평생의 소망(平生志)〉이다. 상상의 주거 공간을 설계하고 거기에서 살아가는 자신의 모습을 형용한 이 작품은 이 시기 문인들의 생활과 미의식을 잘 묘사한 빼어난 소품문이다. 생활과 이상이 문학 속에서 어떻게 결합될 수 있는지를 잘 보여준다. 그의 시문은《이이엄집(而已广集)》에 실려 있다.

1
평생의 소망
平生志

옥류동(玉流洞)은 인왕산에서 가장 빼어난 경치를 지닌 곳 중 하나다. 동구는 서북쪽이 아늑하게 숨어 있고, 동남쪽이 입을 쩍 벌린 채 터져 있으며, 뒤쪽으로는 검푸른 벼랑의 늙은 솔이 저 멀리 바라보이고, 앞쪽으로는 천문만호(千門萬戶)가 저 아래에 둥그스름한 창고처럼 벌려 있다. 드넓은 벌판이 오른쪽에 얼기설기 펼쳐져 있고, 긴 묏부리는 왼편에 걸려서 오락가락 서로를 감싸안고 있다. 그 가운데를 맑은 시내가 뚫고 지나가는데, 꼬리 부분이 큰 강으로 굽이쳐 흐르고, 머리 부분이 절벽 아래로 물을 떨어뜨린다. 찰랑찰랑 콸콸콸 흘러가는 소리가 허리에 찬 옥이 울리는 듯, 거문고를 퉁기는 듯하다. 비가 내리면 물이 내달리고 폭포가 만들어져 굽이굽이 흘러가며 장관을 이룬다. 그 흐르는 물에서 아회(雅會)를 연다.

좌우에는 숲과 나무가 우거지고 어우러졌으며, 닭과 개가 그 안에 숨어 있다. 사람들이 그 사이에 집을 짓고 산다. 동구로 들어가는 길은 좁아서 수레를 나란히 해서는 들어가지 못한다. 동구는 깊숙하지만 음습하지 않고 고요하면서도 상쾌하다.

그러나 이 옥류동은 땅이 도심 사이에 끼여 있고 시정의 풍속이 섞여 있어 지나가는 사람들이 그다지 사랑하지 않는다.

동구를 다 지나서 산자락 끝에 바짝 다가서면 아무개 씨의 낡은 집이 옛날부터 있다. 그 집은 비좁고 기울어 보잘것없으나 옥류동에서 가장 아름다운 곳이다. 더러운 것들을 치우고 막힌 것들을 뚫고 나면 네모반듯한 집 삼백 평을 지을 수 있다. 이 집 앞에는 우물이 하나 있어, 직경과 깊이가 각각 한 자 반이요, 둘레는 그 세 배다. 바위를 쪼개서 뚫은 우물로, 샘물이 그 쪼갠 틈에서 솟구쳐나오는데, 맛이 달고도 차다. 가뭄에도 마르지 않는다.

우물에서 서쪽으로 대여섯 걸음 떨어진 곳에 너럭바위가 있는데 평평하여 여럿이 앉을 수 있다. 집 서쪽에는 언덕이 있다. 길고도 넓으며 높고도 평탄한 언덕이 지붕 추녀 끝에 솟아 있다. 풀은 보료를 깐 듯 무성하다. 집 안에는 괴석(怪石)과 검은 바위가 있고, 바둑돌을 놓은 듯한 데가 곳곳에 있다. 참으로 은둔자가 머물러 살 장소로 적합하다.

집값을 물었더니 겨우 오십 쾌¹였다. 그 땅을 사서 면세(面勢)에 따라 몇 칸의 집을 지을 계획을 세웠다. 기와를 덮고 회칠을 하여 꾸미는 일이나 기둥과 들보를 거창하게 마련하여 짓는 일은 하지 않는다. 푸른 홰나무 한 그루를 문 앞에 심어 그늘을 드리우고, 벽오동 한 그루를 바깥사랑채에 심어 서쪽으로 뜬 달빛을 받아들인

---

1 쾌는 엽전을 묶어 세던 단위로, 1쾌는 열 냥이다.

다. 포도시렁을 그 옆에 얹어 햇볕을 막고, 측백나무를 바깥채의 오른편에 심어서 병풍처럼 문을 막는다. 파초 한 뿌리를 그 왼편에 심어서 빗소리를 듣고, 울타리 아래에는 뽕나무를 심으며, 그 사이에 무궁화와 매괴(玫瑰, 해당화)를 심어 빈틈을 메운다.

구기자와 장미는 담장 모서리에 바짝 붙여 심고, 매화는 바깥채에 숨겨 심는다. 작약과 월계(月桂), 사계화(四季花)는 안뜰에 놓아 두고, 석류와 국화는 안채와 바깥채에 나누어 기른다. 패랭이꽃과 맨드라미의 씨를 안채의 섬돌에 뿌리고, 두견화(杜鵑花)와 철쭉, 붓꽃은 정원에 섞어 심는다. 해아국(孩兒菊, 택란澤蘭)과 고의(苦薏, 과꽃) 같은 화초는 언덕에 흩어 피게 한다. 자죽(慈竹)은 자라기에 알맞은 땅을 골라 기르고, 함도(含桃, 앵두)로 안채의 서남쪽 모서리를 둘러친 다음 복숭아와 살구를 그 바깥에 심는다.

햇볕이 드는 곳에는 능금과 단내(丹㮈), 잣나무, 밤나무를 죽 이어 심는다. 남아도는 건조한 땅에 옥수수 씨를 뿌리고, 오이밭 한 뙈기, 동과(冬瓜, 동아) 한 뙈기, 마늘 한 뙈기를 동쪽 담장의 동쪽에 섞어서 간다. 아욱과 개채(芥菜, 겨자와 갓), 자소(紫蘇, 차조기)는 집 앞쪽에 구역을 나누어 가로세로 심는다. 무와 배추는 집 서쪽에 심되, 한두 자리[席]쯤 두둑을 띄운다. 가지를 남새밭 가장자리에 심으면 자줏빛과 흰빛이 눈에 띌 것이다. 참외와 호박은 사방의 울타리에 올려서 나무들을 타고 오르게 한다.

이렇게 하여, 꽃이 피면 구경하고, 나무가 자라면 그 아래에서 쉬며, 과실이 열리면 따고, 채소가 자라면 삶아 먹는다. 참으로 여유로운 생활을 누릴 수 있다.

하지만 숲 속의 정원에서 자연을 즐기는 멋만 있겠는가? 홀로 있을 때에는 망가진 거문고를 어루만지고, 고서를 펼쳐보며, 숲과 집 사이에서 한가롭게 지낸다. 상념이 떠오를 때에는 집 밖을 나서 산 등성이를 오르고, 손님이 찾아올 때에는 술을 내와 시를 읊조리며, 흥이 날 때에는 휘파람을 불고 노래를 부른다. 배가 고프면 내 밥을 먹고, 갈증이 나면 내 우물물을 길어 마신다. 춥거나 더우면 내 옷을 맞추어 입고, 해가 들어가면 내 집에서 쉰다. 비가 내리는 아침, 눈이 오는 한낮, 기우는 저녁의 햇볕, 새벽녘의 달빛은 이 호젓한 집의 신비로운 아취이므로, 다른 사람들에게 말해주기 어렵다. 설사 말해준다 한들 이해하지 못할 것이다.

날마다 그러한 생활을 즐긴 뒤 자손에게 물려주는 것, 그것이 내 평생의 소망이다. 그렇게만 된다면 모든 것이 다 이루어지는 셈이다. 운수의 막히고 형통함과 수명의 길고 짧음은 하늘이 부여한 대로 맡길 뿐이다. 따라서 내 집에 '이이엄(而已广)'이란 편액을 걸어 두리라!

이 땅을 매입하여 내 집을 짓는다면 비용이 겨우 삼백 쾌에 지나지 않으련만, 오매불망 고심한 지 십수 년이 되도록 아직 마련하지 못했다.

오호라! 세상을 가벼이 여기고 고상한 뜻을 지닌 사람이 아니면 이러한 집을 소유해서는 안 되기에 끝내 장만하지 못하는 걸까? 자식들 혼사를 다 마치기를 나는 기다리지 못하겠다. 여생을 보낼 자리는 분명 여기인가 보구나! 옥류동은 인왕산 그늘에 있고, 인왕산은 서울의 서쪽에 있다.

[부록]

깨끗한 행복 여덟 가지

첫째, 태평 시대에 태어난 것

둘째, 서울에 사는 것

셋째, 요행히 선비 축에 낀 것

넷째, 문자를 대충 이해하는 것

다섯째, 산수가 아름다운 곳 하나를 차지한 것

여섯째, 꽃과 나무 천 그루를 가진 것

일곱째, 마음에 맞는 벗을 얻은 것

여덟째, 좋은 책을 소장한 것

깨끗한 물건 팔십 종

옛 거문고, 옛 검, 옛 거울, 옛 먹, 법서(法書), 명화(名畵), 단계(端溪) 벼루, 호주(湖州) 붓, 이름난 향, 이름난 차, 서양 자기 꽃병, 나무의 혹으로 만든 표주박, 화전(花箋), 연적, 붓 시렁, 벼루 갑, 청주와 탁주, 바둑돌, 대나무 호리병, 가래나무 저울, 책상, 책시렁, 약절구, 단약 화로, 차솥, 차 광주리, 목침, 대나무 침대, 갈대 주렴, 지장(紙帳), 부들부채, 깃털부채, 탁관(籜冠), 갈건(葛巾), 약립(篛笠), 도롱이, 명아주 지팡이, 망혜, 납극(蠟屐), 구점(蒻簟), 호로(葫蘆), 안경, 시통(詩筒), 자패(字牌), 금결(琴訣), 기보, 괴석, 청전(靑氈), 늙은 매화, 이름난 국화, 오동, 파초, 포도 시렁, 길백병(桔柏屛), 참동계(參同契), 황정경(黃庭經), 금강경, 능엄경, 한위시(漢魏詩), 당송시(唐宋詩), 양생서(養生書), 종수서(種樹書), 고사전(高士傳), 열선전(列仙傳), 여지도(輿地圖), 역대도(歷代圖), 나무 촛대, 옥 서진(書鎭), 손님을 머물게 하는 고리[留客環], 죽부인, 양금(洋琴), 퉁소, 생황, 비파, 마른 학, 저는 나귀, 뜻이 맞는 벗, 글을 아는 아이종, 도장, 인주.

청아한 일 서른네 가지

향 피우기, 차 달이기, 오수(午睡) 즐기기, 밤에 독서하기, 글 논하기, 책 쓰기, 시 짓기, 그림 그리기, 도장 새기기, 운자 고르기, 거문고 타기, 바둑 두기, 활쏘기, 투호 놀이하기, 검(劍) 보기, 거울 들여다보기, 물고기 기르기, 학(鶴) 보살피기, 폭포 소리 듣기, 답청(踏靑)하기, 꽃 심기, 대나무 모종하기, 샘물 긷기, 소나무 어루만지기, 연꽃 감상하기, 국화꽃 따기, 채소 뽑기, 과일 줍기, 정원에 물 주기, 눈 쓸기, 더위 식히기, 서늘한 바람 쏘이기, 약 말리기, 환약 만들기.

맑은 보물 백 부(部)

주역, 상서, 시경, 논어, 맹자, 중용, 대학, 예기, 주례, 춘추, 효경, 공자가어(孔子家語), 십삼경주소(十三經註疏), 이정전서(二程全書), 주자대전, 근사록(近思錄), 심경(心經), 소학, 좌전, 국어(國語), 전국책, 사기, 한서, 후한서, 진서, 자치통감, 강목(綱目), 당감(唐鑑), 송감(宋鑑), 원사(元史), 명사(明史), 이십사대사(二十四代史), 오대사(五代史), 삼국사, 고려사, 동사(東史), 명일통지(明一統志), 산해경, 도덕경, 남화경(南華經, 莊子), 안자춘추, 열자, 관자, 순자, 여씨춘추, 한시외전(韓詩外傳), 양자법언(揚子法言), 회남자, 세설신어, 한위총서(漢魏叢書), 명세문종(名世文宗), 고문연감(古文淵鑑), 백가류찬(百家類纂), 팔대가(八大家), 당문수(唐文粹), 사문류취, 연감류함(淵鑑類函), 고금

명유(古今名喩), 홍서(鴻書), 설령(說鈴), 설부(說郛), 패해(稗海), 패문운부(佩文韻府), 오거운서(五車韻瑞), 이아(爾雅), 설문, 자휘(字彙), 자전, 초사, 문선, 고시기(古詩紀), 고시소(古詩所), 고시귀(古詩歸), 한위시승(漢魏詩乘), 전당시, 부휘(賦彙), 시수(詩藪), 여문정선(儷文程選), 정절집(靖節集), 청련집(靑蓮集), 소릉집(小陵集), 창려집(昌黎集), 유주집(柳州集), 동파집(東坡集), 송시(宋詩), 명시(明詩), 손무자(孫武子), 소서(素書), 삼략(三略), 장감(將鑑), 소문(素問), 동인경(銅人經), 본초강목, 삼국지, 태평광기, 정사(情史), 금고기관(今古奇觀), 삼재도회(三才圖會), 복수전서(福壽全書), 문원사귤(文苑楂橘).

맑은 풍경 열 가지

작은 화계(花階)에서 닭과 개가 노는 풍경	
골짜기에 논밭이 있는 풍경	이상 인사(人事)
밤낮으로 샘물이 흐르는 풍경	
흐렸다 개었다 이내가 지는 산 풍경	이상 천시(天時)
깎아지른 벼랑에 낀 가벼운 이내	아침
홀로 선 산봉우리에 낙조가 지는 풍경	저녁
아름다운 꽃의 짙은 향기	봄
멋들어진 나무의 짙은 그늘	여름
시냇물 가득한 밝은 달빛	가을
이웃한 마을에 폭 쌓인 눈	겨울

맑은 모임에 필요한 여섯 가지

음식: 뿌리까지 달린 들녘의 나물, 귀인의 맛난 음식에 양보하지

않는다.

장소: 잎이 달린 나뭇가지로 엮은 사립문, 거창한 저택에 꿀릴 게 무어람.

깔개: 떨어진 꽃잎이 수를 놓은 이끼, 비단 보료에 대적할 만하다.

사랑하는 것: 향기로운 풀과 애교스러운 꽃, 교태를 떠는 기생에 대적할 만하다.

기호: 저물녘의 산빛, 막 갠 뒤의 풀빛, 우중(雨中)의 꽃무리, 눈 온 뒤의 눈 쌓인 나뭇가지, 고갯마루 위의 한가로운 구름, 나무 끝의 맑은 달.

풍악: 바위틈에서 떨어지는 샘물 소리, 비췻빛 골짜기에서 들려오는 솔바람 소리, 맑은 대낮에 들려오는 꾀꼬리 노랫소리, 무더운 저녁에 들려오는 매미 울음소리, 이곳저곳의 개구리 울음소리, 한 무리의 귀뚜라미 울음소리.

맑은 경계 네 가지

달팽이집에 살며 좀벌레가 나오는 책을 교정하지만, 내 보잘것없는 삶에 안주한다.

헌 솜옷을 입고 명아주 국을 먹지만, 그 곤궁함을 원망하랴!

한 자 되는 거문고와 한 권의 책은 조상 때부터의 직업이므로 감히 그만두지 못한다.

산꽃과 계곡의 새들이 빈천한 나를 이해하므로 잊어서는 안 된다.

장혼의 〈평생의 소망(平生志)〉은 그의 문집 《이이엄집》의 잡저(雜著)에
실려 있다. 이 글은 상상의 정원을 기록한 의원기(意園記)의 일종이다. 한
평생 어떠한 집을 지어 살 것이며, 그 안에 무엇을 갖추어놓고 무슨 일을
즐기며 살 것인가를 기록했다. 현실에서 이룰 수 없는 허황한 꿈이 아니
라, 매우 구체적이고 그럴 법한 사실들을 말했으면서도 예술적 향기가 풍
겨, 읽는 이로 하여금 고아하고 맑은 정취에 빨려 들어가게 만든다. 장혼
의 생활의 이상을 집약해놓은 글이자 그 시대 문인 예술가의 인생관을 담
은 글이다.

장혼은 인왕산 아래 옥류동 골목 맨 끝에 있는 허름한 집 하나에 마음이
끌려, 늘 그 집을 구입하여 새롭게 꾸미고 싶었다. 주변의 자연환경도 마
음에 들었고, 도심에서 가까우면서 조용한 점도 마음에 들었다. 집값이 50
쾌라서 이를 사서 조촐하게 꾸미는 것을 상상했다. 나무를 심고 꽃을 가꾸
고 채소밭을 일구고 찾아오는 손님들과 시를 수작하는 호젓한 집[幽居]을
꾸민다. 그렇게 하는 비용이 250쾌다. 모두 300쾌면 이이엄(而已广)을 만
들 수 있다. 하지만 그 비용이 없으니 말짱 꿈이다.

장혼의 꿈을 구현할 이 집을 실제로 장만했는지는 분명치 않으나, 그는
이이엄이란 집을 소유하고 살았으며, 그의 집 주변에는 천수경과 왕태(王
太)를 비롯한 여항시인들의 집이 몰려 있었다. 결국 그는 이상을 실현한
것으로 보인다. 규장각에 소장된 장혼의 문집에는 조촐한 집을 그린 그림
이 실려 있어, 그의 이이엄을 스케치한 것으로 추정된다.

장혼의 〈평생의 소망〉에서 더욱 주목할 대목은 바로 그 부록이다. 부록

에서는 앞에서 제시한 이상적 주거 공간에서 어떻게 살겠다는 생활 모습을 제시했다. 내가 누리는 행복, 내가 일상에서 쓰는 도구, 늘 하는 일, 내가 보물로 여기는 책, 내가 즐기는 경치, 내가 벌이는 연회, 내가 경계할 것을 차례대로 나열했다. 하나같이 소품가(小品家)의 기식(氣息)을 느낄 수 있는 내용이다.

장혼이 이이엄에서 살아갈 내용으로 제시한 것은 분수에 맞지 않게 억지를 부려보는 아태(雅態)가 아니다. 당시 지식인이라면 즐겼을 법한 것들임을 충분히 짐작할 수 있다.

태평 시대에 태어나고, 서울에 살며, 요행히 선비 축에 끼였고, 문자를 대충 이해하는 선비로, 산수가 아름다운 곳을 하나 차지하여 꽃과 나무 천 그루를 가진 채 마음에 맞는 벗을 얻고 좋은 책을 소장했다는, 여덟 가지 청복(淸福)은 당시 서울 지식인의 의식 세계를 보여준다. '청연'에는 도회지 옆의 호젓한 장소를 골라 제 분수에 맞는 멋을 부리며 사는 모습이 나타나고, '청계'에는 몇 대를 걸쳐 가난한 편집자로 사는 자신에 대한 위안이 담겨 있다.

장혼의 글을 읽다보면, 고결한 문사의 심경과 인정물태가 드러난다. 흔한 산문 격식을 따르지 않고 자기 내면을 선명하게 드러낸, 품격 높은 글의 하나로 평가할 만하다. 〈평생의 소망〉은 이 부록이 있음으로 해서 18~19세기 서울 지식인의 품격 높은 삶과 아회(雅會) 장면, 청언소품의 정취 있는 삶과 의식이 잘 드러난다.

20

비탄과 인고의 정서, 이학규

이학규

이학규(李學逵, 1770~1835)는 자(字)가 성수(醒叟), 호는 낙하생(洛下生)이
다. 본관은 평창(平昌)으로, 승지를 지낸 이동우(李東遇)가 조부이고, 부
친 이응훈(李應薰)은 그가 태어나기 몇 달 전에 죽었다. 한양 서부에 있
는 황화방(皇華坊) 외가에서 태어나 그곳에서 자랐다. 외조부는 이용휴
(李用休)이고, 이가환(李家煥)이 외숙이다.

　유복자로 태어나 외가에서 성장한 이학규는 18세기를 대표하는 문인
인 외조부와 외숙의 훈도를 받아 10대 때부터 두각을 나타냈다. 18세에
규장각에 들어갔고 운서《규장전운(奎章全韻)》의 편찬에도 참여했다. 정
조가 죽고 순조가 등극하면서 신유박해가 일어나 남인 세력이 대거 몰
락할 때, 외숙 이가환이 모진 고문에 죽고, 친가 쪽에서도 처형당한 사
람이 있었다. 그는 축출당한 인사들과 맺은 인척 관계로 인하여 경상도
김해에 유배 가서 무려 24년 동안이나 억류되었다. 그는 벼슬도 하지 않
은 포의(布衣)였고 정치와 큰 관련이 없었음에도 불구하고 무자비하고
부당한 박해와 혹형(酷刑)을 받았다.

　30세 이후에 겪은 불행의 와중에서 자식과 부인을 잃고 천지간에 마
음 붙일 곳 없는 불행한 사람임을 자처하며 살았다. 김해에 머무른 24년
동안 혹독한 고독에 시달리며 시와 문장의 창작으로 불행한 삶을 풀어
냈다.

　이학규는 다산 정약용과 더불어, 19세기 전반기를 대표하는 남인계(南
人系) 문인이란 평가를 받았다. 연고가 없는 낯선 땅에서 긴 유배 생활

을 하는 동안, 송곳 하나 세울 땅조차 없는 극빈 상태를 감내하며 고독과 고통을 묘사하는 시문을 썼다. 그는 순조 연간의 가장 뛰어난 시인의 한 사람으로 인정받는다.

이학규는 산문가로서도 뛰어난 면모를 보인다. 불행한 삶과 내면을 고백한 그의 산문에는 일반인이 감내하기 어려운 특별한 체험을 담은 내용과 정서가 진하게 배어 있다. 아름다운 정서를 드러내려 하기보다 처절한 정서를 드러내는 지향이 자주 눈에 띄는 것은 체험에서 우러나온 결과다.

이학규는 다양한 산문 문체를 구사했다. 그 가운데에서 특별히 서울과 경기 지역에 살고 있는 친구와 지인 들에게 보낸 편지글이 작품성이 뛰어나다. 그 편지글에서는 척박한 바닷가 고을인 김해 지역의 풍토와 인심을 고발하기도 하고, 울분과 상심, 우수와 고독을 토로하기도 한다. 서문이나 기문은 김해 지역에서 어울린 사람들에게 준 글이 많다. 김해에서 생활하며 느낀 감상을 적은 글에는 서민적 체취가 물씬 풍긴다. 가족의 불행을 묘사한 묘지명이나 제문은 불행의 극치를 달린 참담한 가족사를 눈물겹게 묘사했다.

상심과 우울, 한적함과 비탄의 정서가 스며 있는 이학규의 산문은 19세기 소품문 가운데 특별한 위상을 지닌다. 그의 시문은 《낙하생고(洛下生稿)》에 실려 있다.

1
시 짓기밖에 할 일이 없다
與某人

우리 같은 존재가 하루라도 시를 안 지을 수 있으리오? 시라도 짓지 않는다면 무슨 수로 이다지 허구하게 긴긴 날을 견디며 보내리오?

옛날 서울 살 때에는, 좋은 계절 아름다운 날이 되어 날씨는 맑고 초목은 싱그러워 나무에서 새가 우짖으면, 저도 모르는 사이 마음이 우쭐우쭐 움직이고 감정은 풍경과 어울려, 종이를 펼쳐놓고 붓을 잡아서 기필코 그 장면을 모사하려 했지. 그러다가 때로는 글자 하나가 온당치 않거나 대구(對句) 하나가 지어지지 않아, 결국 자신을 괴롭히는 꼴만 되어 몰취미한 기분을 느끼기도 했지. 그래서 혹은 시구를 완성하지 않기도 하고 혹은 다 짓지도 않은 작품을 곧잘 글상자에 내동댕이치곤 했지. 종이에 쓴 작품들이 점차 많아져 때때로 꺼내 펼쳐보면 거친 탄식이 흘러나왔다네.

남쪽으로 유배 온 이후 십 년 동안, 눈앞에는 마음에 드는 사람이 없고 가슴에는 마음에 드는 일이 없었네. 가슴과 눈이 머무는 곳에 마음에 드는 것이 없으니 마음에 드는 시를 어떻게 쓰겠는가?

이 고을 사람들은 이웃 사람이 죽으면 나무꾼과 소 치는 아이, 떡 장수와 술 파는 노파를 가리지 않고, 걸핏하면 종이 한 묶음을 장만하여 동서로 분주하게 돌아다니며 만시(輓詩)를 구걸한다네. 만시가 그리 쉽게 지을 작품이란 말인가? 어떤 자는 망자의 성명이나 사는 곳도 말하지 않고 대뜸 훌륭한 시구를 지어달라고 하는 바람에 곁에 있던 사람이 실소를 터뜨리기도 하지. 이웃이라 정이 담뿍 들어, 할 수 없이 억지로 써주기는 한다네. 시를 보고도 누구를 읊은 것인지 모르는 일이야 옛날에도 있기는 하네만, 그 사람의 성명도 사는 곳도 모른 채 그를 위해 시를 지어주는 일은 나부터 시작한 것이 분명할 걸세.

나는 평소에 술을 좋아하여 몇 잔 마시면 심중의 울울답답함이 조금씩 수그러들어 마음을 가라앉히고 시를 지을 수 있네. 다만 이 고을은 술값이 너무 올라 술로 입술을 축이는 비용이 툭 하면 수십 전(錢)에 이르네. 귀양 온 사람이 어디에서 그 많은 엽전을 얻어 쓸데없는 일에다 마구 써버릴 수 있겠나?

근래 집에서 부쳐온 서찰을 보았네. 백진(伯津)[1]이 때때로 시를 부쳐오고 몇몇 사람도 때때로 시를 부쳐오네. 그러면 나도 모르게 감정이 움직이고 정신이 들어 하루에 수십 수의 시를 짓기도 하고, 시한 수를 붙잡고 몇 번이고 고치면서도 그칠 줄을 모르네. 이야말로 굶주린 자가 먹을 것을 앞에 두고 목마른 자가 물을 앞에 둔 격이

---

1 이학규의 종형(從兄)인 이명규(李明逵)로 그와 자주 시문과 서찰을 주고받았다.

라서, 양에 넘치는 줄을 저도 모르는 꼴이라네. 이때를 넘기고 나서는 따분하고 무료해져서 축 처져 자리에 쓰러져 드러눕는다네.

남쪽 지방은 겨우 입하(立夏)가 지났을 뿐인데 날씨가 갑자기 후덥지근하고 남풍이 심하게 불어대어 불편한 심회를 사뭇 억제하지 못하네. 이런 때에는 여기를 더듬고 저기를 뒤져서 시료(詩料)를 얻으려고 무진 애를 쓰네. 이는 시를 짓기 위해서가 아닐세. 그저 좋은 시를 쓴다는 핑계로 심심풀이나 하려고 그러는 것일 뿐.

옛 친구인 포원자(蒲園子)가 항상 이런 말을 한 것을 기억하고 있네.

"시골 아낙네들이 산나물을 뜯는 일이 본래 힘들지도 않지만, 온갖 꽃이 싹을 돋우는 현상을 생각하거나 봄철의 멀리 펼쳐진 풍경을 바라보면, 구슬프게 노래를 부르다가 눈물을 흘리기도 한다. 사통오달의 길거리에서 달을 보는 것이 본래 특별한 구경거리가 아니지만, 거리와 저자의 아이들이 팔을 휘젓고 몰려다니면서 떠들썩하며 기분이 들떠, 입에서는 절로 피리 소리, 가야금 소리를 내며 앞에서 메기면 뒤에서 따라 부른다. 어째서 그런가? 가슴속에서 느낀 감동이 밖으로 소리로 변해 표현되는 것을 자신도 깨닫지 못하기 때문이다. 이것이 우리의 변함없는 정(情)으로서 진실한 것이니, 이야말로 천지 사이의 조탁(彫琢)하지 않은 시이자 아직 다듬지 않은 노래다."

이 말은《시경》〈국풍(國風)〉에 실린, 열세 개 나라의 거리와 골목에서 불리던 민요의 근본 취지를 깊이 있게 설명했네. 그렇다면 시란 억지로 애를 써서 지을 것이 아니요, 그리 많은 작품을 지을 것도 아닐세. 가슴속에서 감동이 우러나와 밖으로 표현되기만 하면 좋은 작품이지.

　이런 데 생각이 미치자, 내가 남쪽에 머문 이후에 지은 시는 진정으로 좋은 시가 아니요, 좋은 시를 짓는다는 평계로 소일하려는 것일 뿐이네.

　작품 몇 편을 뽑아서 보내네. 가엾게 여겨 이해해주기를 바랄 뿐, 노형이 품평하고 칭찬하기를 바라지는 않네.

시 짓기밖에 할 일이 없다

與某人

이학규는 권력에 의해 배척당하고 버림받은 지식인의 고뇌와 울분을 시와 산문을 무기로 토로했다. 특히, 편지글은 그의 답답한 심경을 솔직하게 토로한 문체로서, 산문 세계의 멋을 보여준다. 그 편지를 통해서 독특한 개성의 소유자인 이학규의 좌절하고 상처받은 내면을 읽을 수 있다.

이 편지는 이름이 밝혀지지 않은 친구에게 보낸 것이다. 친구에게 근자에 지은 시 몇 편을 보내면서, 작품의 수준을 따지지 말고 이런 시를 지을 수밖에 없는 자신의 처지를 이해해달라고 했다. 그 처지란 시라도 짓지 않으면 허구한 세월을 보낼 길이 없는, 기구하고도 막막한 유배당한 죄인의 삶이다. 그는 김해로 유배된 이후 10년 동안을 되돌아보며, "눈앞에는 마음에 드는 사람이 없고 가슴에는 마음에 드는 일이 없었네. 가슴과 눈이 머무는 곳에 마음에 드는 것이 없으니 마음에 드는 시를 어떻게 쓰겠는가?"라고 했다. 마음에 드는 시를 쓰지 못하고 따분함과 무료함, 그리고 울분을 달래기 위해 시료(詩料)를 찾아내어 일부러라도 시를 짓는, 견딜 수 없이 고통스런 삶을 드러낸다.

이 편지에서는 포원자(蒲園子)가 한 말을 인용하여, 억지로 시를 쓰는 자신과는 반대의 경우를 보여준다. 무어라고 설명하지는 못하면서도 노래하지 않을 수 없어 노래하는 민중들과 시를 짓는 행위 외에는 달리 살아갈 방법이 없는 자신을 대비한다. 좋은 시를 쓰려는 의도 때문에 좋은 시가 아니라는 말이다. 실제로 그는 민요에 깊은 관심을 기울여 시를 창작한 시인이다.

2
망상에 빠진 사람
答某人

우리 같은 존재에게 없어선 안 될 것이라고는 오직 이 망상(妄想) 한 가지뿐이지요. 오늘날 세상에서 우리처럼 남에게 요구하는 것 없고 세상에 바라는 것 없는 사람은 어디에도 없소. 그럼에도 불구하고 한 가닥 망상은 있어서 홀연히 가장 높은 하늘을 올라갔다가 홀연히 가장 깊은 땅속으로 내려가기도 하고, 크게는 드넓은 사해(四海)를 떠돌다가 작게는 미미한 터럭 끝을 헤매기도 하지요. 망상이 몰려드는 모습은 쇠털처럼 빽빽하고, 변화하는 모습은 허공의 꽃[空花][1]보다 재빠르며, 정처 없이 떠도는 모습은 잠자리가 물을 치는 것과도 같고, 아무리 보내도 다시 달려드는 모습은 주마등(走馬燈)이 선회하는 것과 똑같지요. 밤사이에 고개를 처박고 잠자는 때를 제외하곤 망상은 정말 한순간도 떠날 때가 없지요.

---

1 눈앞에 불똥 같은 것이 어른어른 보이는 현상으로 안화(眼花)를 말한다.

나의 이 마음이 생생하게 살아 움직이는 사물이기 때문이지요.
비유하자면 타오르는 불꽃이랍니다. 저 타오르는 불꽃은 어디라도
붙어 당기지 않으면 스스로의 존재를 가질 수 없습니다. 그러니 관
솔가지 끝에 붙지 않으면 등잔 심지에 붙어 있지요. 관솔가지 끝이
나 등잔 심지를 떠나면 그 순간 이 불꽃은 사라집니다.

옛날 가난하고 늙은 선비 한 분이 있었답니다. 그 선비는 늘 이런
이야기를 즐겨했답니다.

"밤마다 잠 한숨 붙이지 못하다가 이런 생각이 들더군요. 자는 집
뒷마당에서 땅을 파 샘을 뚫는데 홀연히 괭이 끝이 들어가지 않고
쟁그렁 소리가 나더군요. 그래서 살펴보니 오래된 솥의 뚜껑이었습
니다. 온갖 힘을 들여 뚜껑을 열고 보니 독 가득히 백금이 차 있는
데 용광로에서 새로 꺼내온 듯 반짝반짝 빛났지요. 주위를 돌아보
니 마침 아무도 없는지라, 바삐 처자식을 불러 서둘러 밀실로 운반
하여 계산해보니 백금의 무게가 모두 삼만 냥에서 사만 냥은 족히
되었지요. 그래서 오늘 한두 덩이를 내다 팔고 다음 날 또 서너 덩
이를 팔고 하여 여러 달을 그렇게 보냈지요. 이번 달에는 빚을 다
갚아버리고 다음 달에는 아들에게 아내를 맞아들이라 했지요. 한
해를 넘기지 않아 전답과 누대, 노비, 소와 말, 의복과 음식을 모
조리 갖추어서 버젓이 부잣집 영감이 되지 않았겠소. 그 즐거움이
짝이 없더이다."

그의 말을 듣고 실소하지 않는 이가 없었지요. 아! 이 사람은 망
상을 넘어뜨리는 방법을 모르는 자이므로, 불쌍히 여길 일이지 비
웃을 일은 아니랍니다.

다시 생각해보면, 망상을 스스로 실행하는 자는 미치광이이고,

망상을 제 입으로 말하는 자는 바보 천치이지요. 통달한 사람이라면 그렇게 하지 않는답니다. 한 가닥 망상이 생기면 바로 한 가닥 바른 생각으로 그 망상을 넘어뜨리고, 두 가닥 망상이 생기면 바로 또 두 가닥 바른 생각으로 그 망상을 넘어뜨립니다. 맹자(孟子)가 말씀하신 "닭이 울면 일어나서 부지런히 이익을 추구하는 자"는 망상을 뒤좇아 실행하는 자를 일컫고, "닭이 울면 일어나서 부지런히 선행을 추구하는 자"는 망상을 넘어뜨린 성인이겠지요.

지금 이 마음속에 한 가닥 망상이 영영 사라지기를 바란다면, 그것은 타오르는 불꽃이 관솔가지와 등잔 심지를 떠나는 것과 똑같아서, 그 사람은 말라비틀어진 나무이자 불씨 죽은 재일 것입니다. 내 마음이 생생하게 살아 움직이는 사물이라고 할 수 없을 것입니다. 족하께서는 한번 생각해보기 바랍니다.

유배지에서 친구에게 답장으로 보낸 편지다. 어떤 친구가 망상이 일어
나는 것을 하소연한 모양이다. 이학규는 그에게, 자신과 같이 유폐된 처지
의 사람들에게는 망상만이 현 상태를 벗어날 수 있는 유일한 길이라고 말
한다. "남에게 요구하는 것 없고 세상에 바라는 것 없는" 가장 불행한 인간
들에게 망상은 유일한 돌파구라는 것이다.

왜 이런 망상이 생기는지에 관해 이학규는 인간의 마음이란 살아 움직
이는 물건이기 때문이라고 하면서 그것을 타오르는 화염에 비유했다. 화
염이 타오르기 위해서는 관솔가지나 등잔 심지가 필요하듯이, 망상만이
탈출구인 사람을 찾아 망상은 이곳저곳 붙어 당긴다. 이학규는 그렇기에
망상을 피하지 말고 받아들이라고 친구에게 권한다. 망상이 오면 망상에
사로잡혀 실행하거나 떠벌리는 미치광이나 바보 천치가 되지 말고, 망상
이 찾아올 때마다 바른 생각으로 극복하자고 한다.

여기서 이학규는 망상에 사로잡힌 사람을 비유하려고 독장수 셈[2]으로 알
려진 망상 이야기를 삽화로 꺼낸다. 이 흥미로운 삽화에 힘입어 이 편지는
읽는 재미를 더한다. 이 편지는 망상이라는 작은 주제를 가지고 친구를 설
득하고, 그 속에서도 고독과 대면하는 불우한 지식인의 내면을 표현한다.

---

2 실현 가능성이 없는 허황된 계산을 하거나 헛수고로 애만 씀을 이르는 말. 옛날에 옹기장
   수가 길에서 독을 쓰고 자다가, 꿈에 큰 부자가 되어 좋아서 뛰는 바람에, 꿈을 깨고 보니
   독이 깨졌더라는 이야기에서 유래한다.

3
고통을 푸는 방법
譬解 八則

(1)

추울 때에는 가난한 집의 거지 아이를 생각해본다. 눈 내리는 밤, 남의 집 낮은 처마 밑에 누워서 솜옷에다 담요를 깔고 손등이랑 정강이는 살이 터진 채 눈물 흘리며 애원한다.

(2)

더울 때에는 잠방이를 걸치고 일하는 머슴을 생각해본다. 한창 정오 무렵, 호미를 쥐고 밭을 가는데 땀이 비 오듯 한다. 잡풀을 헤치며 구부정하게 기어서 대낮이 다 가도록 힘을 다해 일을 한다.

(3)

배가 고플 때에는 이 문 저 문 찾아다니며 구걸하는 거지를 생각해본다. 매미같이 텅 빈 창자에 거북 등처럼 배는 쭈글쭈글하지만 힘을 다해 서둘러 걸음을 재촉한다. 죽이라도 입에 넣지 못할까봐

걱정이다. 기운이 없어 이마에는 땀이 송글송글, 그럭저럭 죽기만
을 기다린다.

(4)

목이 마를 때에는 소금을 갈망하는 사람을 생각해본다. 독이 퍼
져 목구멍이 타들어가는데 그 정상을 표현할 길이 없다. 옷을 잡아
당기고 침상을 더듬는다. 이때 별안간 가슴이 답답하여 폭발할 것
만 같고 눈알은 퉁퉁 부어 굴려지지 않아, 가진 힘을 다해 미친 듯
소리친다.

(5)

수심이 찾아올 때에는 가화(家禍)를 입은 사람을 떠올린다. 피붙
이는 벌써 모두 죽었고, 가산은 보이는 대로 몰수되어 사라졌다. 게
다가 자신은 노비가 되어 외딴 변방에 유배된 신세. 지난날 즐겁게
웃으며 노닐던 일들을 돌이켜 생각하니, 가슴과 창자를 칼로 도려
낸 듯 눈물이 먼저 솟구친다.

(6)

번민이 찾아들 때에는 순장(殉葬) 당하는 사람을 떠올린다. 땅굴
속으로 들어가며 머리를 쳐들어 위쪽을 보니, 칠흙같이 새까만 동
굴 끝에 등불은 가물가물 꺼지기를 기다린다. 그 찰나, 다시 벼락에
맞아 죽을지언정 그저 인간 세상의 이런저런 소리를 한 번만이라
도 듣는다면 가슴이 시원하리라.

(7)

근심스러울 때에는 임종을 앞둔 사람을 떠올려본다. 혀는 꼬부라지고 숨은 헐떡이는데, 아직도 눈은 빛을 잃지 않았고 감정은 뿌리가 끊어지지 않았다. 곁을 보니, 늙으신 부모님이 나를 부르는데 무어라고 대꾸를 해야 하나? 착한 아내는 눈물을 삼키며 흐느껴 우는데 어떻게 부탁을 해야 하나? 자식들을 어떻게 장가보내고 시집보내며, 세간과 전답은 어떻게 처리하라고 해야 하나? 고민하는 사이 저승사자가 도착했다. 손을 내저으며 모든 것을 포기하는 수밖에 도리가 없다.

(8)

병들어 누워 있을 때에는 이미 죽은 옛사람을 생각해본다. 벌써 흙무덤 속에서 뼈는 썩고 몸뚱어리는 사라졌다. 하염없이 이어지는 긴긴 밤, 아침은 언제 다시 찾아올까?

앞에서 망상을 다스리는 내용을 담은 편지를 읽었다. 일정한 문체로 귀속하기 어려운 잡체(雜體)의 소품문으로 〈고통을 푸는 방법(譬解 八則)〉은 앞서 망상을 다스리자고 한 글과 달리 오히려 온갖 상황에서 일어나는 망상을 묘사했다.

고통스런 상황을 극복하기 위한 망상을 묘사함으로써, 어떻게든 긍정적으로 살아보려는 작자의 노력을 읽을 수 있다. 추위와 더위, 배고픔과 갈증, 시름과 고민, 걱정과 질병이라는 여덟 가지 고통스런 상황을 열거하고, 더할 나위 없이 고통스런 장면을 제시한다. 사람들이 힘들어할 때 자기보다 더 힘들어하는 사람을 생각함으로써 고통을 누그러뜨리려는 상식을 이용했다. 단순하게 읽으면 평범한 글로 보이지만, 망상의 묘사가 인정물태를 생생하게 드러내므로 문학적 소품으로 보아도 무방하다. 이와 같은 양식의 글이 조선 후기 소품문에는 적지 않다.

4

김해의 남쪽 포구

遊南浦記

계유년 가을 9월, 비가 막 그쳐서 날씨가 갑자기 서늘해졌다. 김해 부 사람인 김표(金杓)가 문을 밀치고 들어와서는 이렇게 말했다.

"전에 마을 어른들을 따라 남포로 자주 놀러갔는데요, 나갈 적마다 언제나 술과 음식을 가득 장만하고 의관을 제대로 갖추었답니다. 술과 음식을 가득 장만하자 따르는 사람들이 개미 떼처럼 몰려들어 왁자지껄 소란하고 성깔 부리고 화를 내는 일이 생기게 마련이고요, 의관을 갖추고 나서자 뱃사공이나 장사치 들이 의아해 쳐다보기 일쑤여서 다니기가 불편하더라고요. 그렇게 되면 즐길 수 있는 것이 뭐가 있겠습니까? 이제 선생님을 모시고 가려 하는데 예전에 하던 식과는 반대로 하는 게 어떨지요?"

나는 지체하지 않고 바로 "좋네!"라고 대꾸하고는, 저녁밥을 먹고 나서 이웃집에서 갈대로 만든 갓과 짚신을 빌려서 진창길이든 빗길이든 피하지 않고 가기로 약조했다.

동행은 모두 넷이다. 그중 한 사람이 큰 술동이를 등에 졌는데 동이에는 막걸리 두 말이 담겨 있다. 한 사람은 낚싯대 세 개를 어깨에 둘러멨는데 다른 사람 대신 들었다. 또 한 사람은 오리를 쏘아 사냥하는 자로, 실탄을 끼우고 갔다.

해서문(海西門)을 통해 곧장 남으로 사오 리를 걸어 하씨(河氏)의 포구에 도착했다. 하씨는 낚시질하는 사람으로 김표와 잘 아는 사이다. 거룻배 한 척을 빌려서 탔다. 여기서부터는 물길로 가는데 포구와 물길이 갈리는 곳이 꽤 많고 주변이 몽땅 개펄이며 갈대가 자란다. 배가 갈대밭을 뚫고 지나가려니 물은 온통 더럽고 탁하여 비린내가 자욱하다. 갈대의 하얀 꽃과 누런 잎이 옷과 삿갓에 스치면서 바스락거려, 은근하게 헛기침을 하며 누구냐고 묻는 소리를 낸다.

낚시꾼이 앉는 자리는 포구가 구부러져 돌아선 데 있는데, 그곳에서 친구를 기다렸다. 물새가 사람의 기침 소리를 듣고 저 앞에서 모조리 끼룩끼룩 떼 지어 일어난다. 하류에서 배가 나타나 화급하게 외친다.

"상앗대 좀 멈추게! 배가 부딪치겠네!"

누구냐고 물었더니 같은 마을 사람으로 녹산(菉山)에 가서 소금을 사오는데, 성은 심씨(沈氏)요 김표와 잘 아는 사이란다. 관솔불을 주자 불빛을 여러 점 끌면서 떠나갔다.

얼마 있다가 달이 뜨고 서풍이 크게 일어났다. 배 안의 사람들이 모두 몸을 웅크리고 있는 사이 순식간에 포구에 도착했다. 하늘과 물이 크게 환해져 깜짝 놀라 눈이 휘둥그레졌다. 가까운 곳은 솟구치는 황금이자 번쩍이는 거울이고, 먼 곳은 옥으로 만든 밭이자 은빛 바다다. 종합해 말하자면, 달이 물을 만나면 더욱 맑아지고, 물이 바람을 만나면 더욱 일렁거린다. 함께 배에 탄 어부들도 이런 광경은 자주 보지 못한다고 입을 모았다. 대체로 포구의 경치는 가을이 가장 좋고, 가을의 경치는 밤과 새벽이 좋다. 밤에는 달이 뜰 때가, 새벽에는 안개가 낄 때가 가장 좋다. 다만 큰 안개가 낄 때 나가서는 안 된다.

물새가 떼를 지어 밤새도록 울어댄다. 소리가 높고 시원한 새가고니다. 멀리서 들어야 어울리는 그 소리는 횡취곡(橫吹曲)[1]에 뒤지지 않는다. 포구에서 나는 물고기로 갈색에 주둥아리가 큰 것은 상강(霜降)이 지난 후 밤에 잡아야 제격이다. 잘 잡는 사람은 하룻밤에도 수백 마리를 잡는다. 나와 김표, 두 사람은 한 마리도 잡지 못했다. 전날 밤 하씨에게 물고기 한 바구니를 사서 밑판에 놓아두었는데 가져다 회를 쳐서 술안주를 했다.

술을 마시며 김표에게 말했다.

"여기는 물이 아주 광활하게 펼쳐져 있어 가장 깊은 곳이라야 한두 길을 넘지 않네. 물속에 돌을 쌓아 두 길 남짓 높이로 네모난 기단을 만들고 그 위에 기단의 반 높이로 주춧돌을 세우네. 그 위에 누각을 세우고 가로세로 각각 네 개의 기둥을 세우네. 사방에는 갈고리와 난간을 설치하고 가운데에는 곡방(曲房)을 만들어 별 모양의 창을 다네. 모두 운모(雲母)를 붙이고 담황색 비단 주렴을 걸어놓으면 주름무늬 비단처럼 아주 곱겠지. 방 안에는 법서(法書)·명화(名畵)·다기(茶器)·술잔·거문고·바둑·안석(案席) 및 낡은 솥·골

---

1 서역에서 중국 한나라에 전래된 악곡의 하나다. 군악(軍樂) 계통으로 북과 각(角) 따위의 악기로 연주되었다.

동품 같은 물건을 갖추고, 여종 둘과 서동(書童) 둘을 데리고 지낸다네. 모두 귀엽고 나이 어린 아이들로, 시를 지을 줄 알고 노래를 잘 부르지. 누각 아래에 작은 배 두 척을 매어두고 하인 둘에게 관리를 맡겨, 하나는 저자를 오가며 술과 안주를 사오게 하고, 다른 하나는 연안을 두루 다니며 날마다 낚시질을 하여 아침저녁을 대도록 하네. 이렇게 산다면 나는 만족일세."

김표가 벌떡 일어나 말했다.

"누각은 무어라 이름할까요?"

"수심루(水心樓)라 하면 어떻겠나?"

"비용은 얼마면 되겠습니까?"

"십만 냥이 아니면 안 될 걸세."

배에 탔던 사람들이 모두 어이없다는 듯 웃었다.

새벽이 되어 썰물이 빠지자 바람이 더욱 사나워졌다. 배가 바람과 썰물을 거슬러 돌아가려니, 앞으로 한 치를 전진하면 뒤로 한 길을 물러났다. 배 안의 모두가 힘이 빠져 숨을 헐떡였다. 전날 밤 심가(沈家)란 노비가 물고기 통발을 거두러 새벽녘에 나왔다가 우리를 발견하곤 깜짝 놀라서 힘을 합쳐 노를 저었다. 하씨의 포구에 도착하자 해가 중천에 높이 떠 있었다. 서둘러 삿갓을 찾아 얼굴을 가리고 해서문에 이르렀다. 연도(沿途)에는 김해부 사람들이 많이 있었는데 모두 길을 멈춰선 채 손가락질을 하며 비웃었다.

경진년 늦여름, 동쪽 묵정밭의 농가에 머무를 때 김표가 마침 나를 찾아왔다. 대화 중에 지난해 늦가을에 놀았던 일에 말이 미쳤다. 이에 붓 가는 대로 기록한다.

김해의 남쪽 포구

遊南浦記

1813년 늦가을에 이학규가 김해 앞에 있는 남포(南浦)를 배를 타고 노닐고 나서 1년이 지난 뒤 그 과정을 가벼운 필치로 쓴 글이다. 과정을 정감 있게 묘사한 빼어난 소품으로 문체는 유기(遊記)다. 의관을 정제하고 품위를 갖추고 명승지를 찾아가 쓴 일반적인 유기와는 다르다. 밀짚모자에 짚신을 신은, 가벼운 차림을 하고 걸어서 포구에 도착하여 거룻배를 빌려 타고 갯벌과 갈대밭을 지나 낙동강 하구의 바다에서 낚시하고 돌아오는 과정을 묘사했다. 조선시대의 유기는 대체로 유명한 산수를 찾아간 체험담이다. 이렇게 갯벌이나 연안의 풍경과 그곳의 체험을 담은 유기는 극히 드물다. 더욱이 그 묘사가 세밀하고 정취가 있다. 또 갯가 사람들의 서민적 체취가 잘 살려져 있을 뿐 아니라, 갈대밭을 뚫고 가는 장면, 물새들이 나는 장면, 갑자기 달이 떠올라 천지가 온통 환해지는 장면, 돌아오는 길에 썰물을 만나 고생하는 장면 등의 묘사는 일품이다. 참으로 보기 드문 장면 묘사다.

이 글에서 최고의 장면은 드넓게 갯벌이 펼쳐진 바닷가에 돌을 쌓아 수심루(水心樓)라는 누각을 세워 멋있게 살고 싶다는 소망을 피력한 대목일 것이다. 호쾌한 상상도 멋질 뿐 아니라, 해학으로 끝을 맺는 장면 또한 멋들어진다. 경쾌하고 시원한 이 작품은 조선 후기 유기소품 가운데 명작으로 꼽을 만하다.

5

금계의 둥지

錦鷄巢記

권자상(權子相)이 그가 잠자고 거처하는 방에 액자를 걸고 금계소
(錦鷄巢)라는 이름을 붙였다. 내가 그에게 말을 붙였다.

"금계란 산닭으로 준의(駿鷾)라 부르기도 하네. 성질이 깔끔하고
싸움을 잘하기 때문에 집닭에게 싸움을 붙여서 잡을 수 있네."

그러자 자상이 말했다.

"저는 기름칠한 듯 유들유들하게 사는 것을 덕으로 알고, 가죽부
대처럼 늘었다 줄었다 하는 것을 법으로 삼아서 남들과 티 나게 살
지 않습니다. 그러니 남들과 다툴 리가 있겠습니까?"

"금계는 제가 지닌 아름다운 털을 사랑하여 하루 종일 물에 비추
어보다가 빠져 죽기도 하네."

"저는 외진 촌구석에 살면서 쉬운 글자를 겨우 구분할 뿐, 어려운
글자는 분간하지 못합니다. 그러니 떠벌릴 만한 자랑거리가 있겠습
니까?"

"금계에게는 토수(吐綬)[1]가 있는데 모이주머니에 달린 토수를 펼

치면 붉고 푸른 빛깔이 찬란하다네. 때가 지나 모이주머니 아래로 모두 거두어들이면 아무리 털을 헤쳐도 다시 볼 수 없네."

"저는 어려서 가난하여 베옷도 갖추어 입지 못했고 남루한 옷도 넉넉하지 않았습니다. 남들이 모르도록 숨길 저만의 보물을 갖고 있겠습니까?"

"울거나 춤추지 않는 금계가 있어, 큰 거울을 앞에 바짝 놓으면 거울에 비친 제 모습을 보고 춤을 추어 그칠 줄을 모르네."

"저는 얼굴이 못나고 체구도 작습니다. 저 자신을 보고서 사랑하는 마음이 들어 훨훨 춤을 추며 멋을 내겠습니까?"

"금계가 눈이나 비가 내리면 내려와 모이를 쪼지 않는 것은 진흙에 몸을 더럽힐까 걱정해서라네. 어떤 것은 굶어 죽기도 한다네."

그 말에 자상은 이렇게 말했다.

"오호라! 이것이 제 뜻입니다. 저는 예전에 몸을 깨끗이 하고 자신을 닦아 제가 갈 길을 가려서 다니며, 저 유량(庾亮)의 먼지[2]와 배일민(裵逸民)의 여파(餘波)[3]가 제게 누를 끼칠까봐 겁을 냈습니다. 고을 사람들을 위해 일하다가 뜻하지 않게 일이 잘못된 적이 있었

---

1 칠면조 수컷의 앞이마 부분에 있는, 신축성 있는 육질 돌기.

2 중국 진(晉)나라 때 왕도(王導)가 유량(庾亮)의 권세를 미워했다. 서풍(西風)이 불어 먼지가 일어나면 부채를 들어 먼지를 가리면서 "유량의 먼지가 사람을 더럽힌다."라고 말했다. 《진서(晉書)》〈왕도전(王導傳)〉에 나온다.

3 배일민은 배위(裵頠, 267~300)로 자가 일민(逸民)이다. 진(晉) 혜제(惠帝) 때의 중신으로 권력을 휘둘렀다가 조왕륜(趙王倫)에게 해를 입었다. 《진서(晉書)》〈배위(裵頠)〉에 사적이 실려 있다. 당시에 위충(韋忠)을 조정에 추천한 사람이 있었는데, 위충은 "배일민은 탐욕스러워 만족을 모른다. …… 일민이 늘 내게 의탁하려는 마음을 품고 있지만, 그가 깊은 연못에 빠질 때 그 여파가 내게 미칠까 나는 늘 두려워한다."라고 하며 추천을 거부했다.

습니다. 수령은 저를 사기꾼으로 지목하고 고을 사람들은 청렴치
않은 사람이라고 의심하더군요. 하지만 저는 차라리 문을 닫아걸
고 사람을 만나지 않고 굶어 죽는 한이 있더라도 후회하지는 않습
니다."

　그 말을 듣고 나는 그의 생각에 연민을 느끼다가 그가 지닌 절조
를 흠모했다. 자상을 격려하고 다시 자상의 아들과 조카들을 경계
하려고 글을 쓴다.

금계의 둥지

錦鷄巢記

이 글에 나오는 권자상은 김해부의 아전으로 보인다. 그가 거처하는 집의 이름을 금계소(錦鷄巢), 즉 '금계가 사는 둥지'라고 붙였다. 이학규가 이집에 기문을 써주었다. 권자상이 자신의 집에 금계가 사는 둥지라고 이름 붙였기에 이학규는 바로 금계가 이 집의 주인을 비유한다고 생각하고 거듭 금계가 지닌 각각의 특징을 제시하여 권자상이 명명한 의미를 찾아내고자 했다. 이 글은 금계의 특징을 잡아내기 위한, 이학규와 권자상의 문답으로 구성되어 있다.

금계는 금계(金鷄)라고도 하는데, 꿩과 비슷하고 한편으로는 칠면조와도 유사하다. 수컷은 머리 위에 황금빛 관모가 있으며, 목은 황색, 등은 암록색에 자줏빛이 섞여 있다. 꼬리가 아주 길어 완상용으로 기른다. 내용을 보면, 권자상은 부정에 연루되어 칩거하던 중 금계소를 장만한 것으로 보인다. 금계의 아름다운 모습이나 자기를 연민하는 온갖 특징과 습성을 말할 때에는 모두 거부하다가, "금계가 눈이나 비가 내리면 내려와 모이를 쪼지 않는 것은 진흙에 몸을 더럽힐까 걱정해서라네. 어떤 것은 굶어 죽기도 한다네."라는 습성을 말하자, 권자상은 비로소 자신의 뜻에 부합한다고 받아들인다. 신념에 차서 한 행동에는 누가 무어라 해도 굴복하지 않겠다는 의지를 밝힌다. 이 글의 특징은, 집을 세운 취지를 집 주인과의 대화를 통해 우회적으로 드러내는 작법에 있다.

6

한숨을 내쉬는 집

舒嘯記

길에서 짐을 진 자가 무거운 짐을 던지고는 '후유!' 하고 한숨을 내
쉰다. 소를 몰고 고갯길을 가던 자가 평지에 당도하면 '후유!' 하고
한숨을 내쉰다. 쌓였던 고생을 다 마치고 시원스레 한숨을 쉬다보
면 자기도 모르는 사이 목구멍에서 터지듯이 소리가 솟구치는 것이
다. 요새 시골 풍속에 이른바 '한숨 쉰다[舒嘯]'는 것이 모두 이렇다.

무천(茂川) 서생(徐生)은 교외에 전답이 몇 마지기 있어, 밭 가운
데 집을 짓고 여덟 식구가 농사를 짓는다. 일이 없어 틈만 나면 꽃
씨를 뿌리거나 과실수를 심고 서책을 뒤적인다. 고생에 절은 사람
이 아니건만 사는 집에 '한숨 쉰다'는 뜻의 '서소'란 이름을 붙였다.

누가 그 연유를 물었더니 서생이 이렇게 답했다.

"나는 가난하여 젊어서부터 어머니를 모시고 살았네. 게다가 여
러 자매의 조카까지 있어, 아침저녁으로 필요한 물건이나 겨울과
여름에 쓸 것들을 모두 내가 도와주기를 바라네. 나는 시끄럽고 번
잡한 일을 좋아하지 않고 곱고 화려한 물건을 즐기는 사람이 아니

네. 그런데 지금 내가 늙은 아전이 되어 의관을 차려입고 부귀한 집을 드나들며 날마다 비단과 곡물의 출입과 수많은 장부에 쩔쩔매고 있으니 내가 하고 싶어 하는 일이겠나?"

"내가 어쩌다 이 집에 이르러 문 앞에 다다르면 마치 구절양장(九折羊腸)을 가다가 평지를 만난 듯 시원스럽고, 방 안에 누워 있으면 또 몸이 훌쩍 가벼워져 마치 만 근이나 되는 무거운 짐을 벗어놓은 기분일세. 그때 나도 모르게 입에서 '후유' 하는 소리가 터지듯이 나온다네. 숲을 헤치고 산보를 하는 저녁이나 오동나무에 기대앉은 아침이면, 시원스런 소리가 터져나와 고목에 앉은 소리개가 된 듯하고 키 큰 버드나무에 매달린 매미가 된 듯도 하네. 내가 한가로움을 얻어서 비단과 곡물, 장부를 잊어버릴 때를 기다리게. 기장으로 밥을 짓고 이슬 맞은 아욱을 삶아 먹으며 어느 것이 좋은지 자네와 한번 생각해봄세."

가벼운 필치의 소품문이다. 무천(茂川) 서생(徐生)이란 이는 김해부의 아전이거나 부잣집의 집사인 듯하다. 그런 그가 집의 이름을 '한숨 쉰다[舒嘯]'는 취지로 지었다. 집의 명명치고는 아주 특별하다.

가족들을 위해서, 먹고살기 위해서 마음에도 차지 않는 일을 하러 밖으로 나가고, 일을 마친 뒤에는 집으로 돌아와 무슨 큰 짐이라도 부려놓듯 '후유' 하고 한숨을 내쉬는 고달프고 힘든 인생을 이 이름은 적나라하게 드러낸다.

글의 앞부분은 당시 서민들이 고단한 삶을 영위하면서 토해내는 한숨의 의미를 서술했고, 뒷부분은 집주인인 서생의 말로 꾸며져 있다. 짧은 기문이지만 삶에 지친 사람들의 한숨 소리를 잘 살려냈다.

7
작은 연못
記小池

작은 방의 서쪽 창을 열면 오이 넝쿨 시렁이 있다. 길이는 몇 길, 높이는 그 절반으로, 내리쬐는 석양빛을 막기 위해 만들었다. 그 건너편에 작은 연못을 팠다. 넓이와 폭이 각각 세 길이다. 부들을 심어 못을 둘러싸고 수면을 부평초로 덮었다. 그 안에 낚시를 드리우고 즐기기 위해서 가물치를 길렀다. 기운 해가 물을 비춰 물이 맑고 바람이 시원해지는 시간이 되면, 두꺼비와 맹꽁이는 헤엄치고, 잠자리는 오르락내리락 날며, 풀과 꽃은 물속에 그림자를 담그고, 조약돌은 반짝반짝 빛을 발한다. 정신을 집중하여 조용히 관찰하면 참으로 즐겁다. 그때면 물총새란 놈이 어디선가 나타난다. 크기는 때까치만 하고 부리는 딱따구리 같다. 양 날갯죽지는 오이 껍질 빛깔이고, 목덜미는 노란 빛깔, 등줄기 털은 새파랗다. 때때로 물을 스쳐 날며 한 치가 넘는 물고기를 잡아 오이 넝쿨 시렁으로 날아가 앉는다. 거기서 제멋대로 먹고서 가버린다. 날마다 그렇게 한다.

저자는 유배지인 김해에 작은 채마밭을 장만하고 오이와 가지, 참외 따위를 심었다. 채마밭 곁에 작은 연못을 파서 제법 운치 있는 공간을 만들었다.

이 글은 그 작은 연못의 풍경을 묘사했다. 먼저 연못 주변을 묘사하고, 이어서 석양빛이 비치는 저녁 무렵의 한적한 풍경을 묘사했다. 남쪽 지방의 뜨거운 햇살이 사라지고 고즈넉해지는 저물 무렵, 작은 연못을 배경으로 두꺼비와 맹꽁이, 잠자리와 풀꽃, 그리고 조약돌이 저마다 생기를 뿜어내는 장면의 묘사가 한적한 정취를 발산한다.

저자는 이어서 연못에 날아와 물고기를 잡아먹는 물총새에게 눈길을 돌린다. 물총새의 생김새를 요모조모 묘사한 뒤에, 물고기를 잡아 오이 넝쿨로 날아가 제멋대로 먹는 장면을 묘사했다. 물총새의 묘사는 고요하고 적막한 분위기에 동태감과 생명감을 불어넣는다.

집 곁의 작고 고요한 연못에서 날마다 벌어지는 생명의 율동을 포착한 섬세한 필치의 글이다.

21

가난한 서생의 고단한 삶, 남종현

남종현

남종현(南鍾玄, 1783~1840)은 19세기 초반의 시인이자 산문가로, 생존 당시에도 그다지 이름이 알려지지 않았고 사후에는 이름이 완전히 묻혀버린 작가다. 그에 관한 주변 사람의 기록은 거의 없다시피 하고, 문학사에도 이름이 전혀 등장하지 않을 정도로 잊힌 작가다.

남종현은 1810년 진사시에 2등으로 합격했다. 소북(小北)에 속한 그의 집안은 서울에 세거하면서 궁핍을 벗어나지 못했다. 서대문 밖 성벽 아래 현재의 송월동에서 평생을 살았다. 서당 숙사(塾師)로 생계를 유지했고, 장년 이후 능참봉(陵參奉)을 한동안 지냈으며, 말년에는 지방 현감을 지냈다. 문집으로 필사본《월암집(月巖集)》이 현존한다. 그 밖의 저술로는 조선시대의 과체(科體)를 편집한《동시품휘(東詩品彙)》가 있는데, 현재 하버드 대학교 옌칭 연구소에 소장되어 있다. 이 저작은 빼어난 과체시 선집의 하나다.

남종현은 19세기 전반기의 문단 주류에서 벗어나, 독자적이고 고독한 문인 생활을 유지했다. 그는 지체 높은 벼슬을 지내지 않았고, 그의 시와 산문에는 당시 문단의 저명인사가 등장하지도 않는다. 그의 벗으로는《송남잡지(松南雜識)》를 편찬한 조재삼(趙在三)을 제외하면 명망 있는 작가를 찾아볼 수 없다. 그는 서울에 살았지만, 문단의 주류에 끼이지 않은 고독한 무명작가로 한평생을 보냈다.

남종현의 시와 산문은 전통적 산문 문체와 비교하여 색다른 풍모를 지녔다. 고아하고 중후한 풍격을 지향하기보다 평이하고 간결한 문체를 선호했다. 화려하게 조탁하는 맛이 전혀 없는, 매우 메마른 건조체 문장을 구사했다. 글의 호흡이 대단히 짧아 어떤 문장은 과도하게 생략하기도 했다. 지식인의 소외와 세상과의 불협화음을 드러내는 독백과도 같은 짧은 글이 매력이다. 그의 글을 통해, 빈한하고 소외된 도회지 지식인의 진실한 생활 모습을 느낄 수 있다. 그의 시 작품 역시 가난한 서울 서생의 고단한 삶을 묘사했다. 이채를 띤 그의 작품을 통해 19세기 전반기 산문의 한 양상을 엿볼 수 있다.

1
도둑과 가난
敍盜

우리 집안이 이곳에 집을 마련한 지 4대째인데, 가난하기가 4대를 거치며 한결같았다. 거처하는 방은 벽만 덩그렇게 둘러 있고, 먹는 밥은 늘 쌀죽이요, 의복은 몸을 가리지 못했다. 문에는 부릴 아이종 하나 들락날락하지 않고, 집안에는 훔쳐가고픈 물건이 없으므로 도둑을 유혹할 물건이 아예 없었다. 그럼에도 불구하고 집안이 날로 쇠락해갔으니 도둑이 끊이지 않은 것이 원인의 하나라고 아니할 수 없다.

증조할아버지와 할아버지 적 일은 내가 직접 본 것이 아니다. 설사 전해 내려오는 이야기를 한두 가지 듣기는 했어도 대개 상세하지 않다. 어린 시절 눈으로 직접 본 사실을 대충 추려서 글로 쓰되, 특별하지 않은 사소한 도둑은 모두 빼버리고 말하지 않으련다.

갑인년(1794), 만일천 전(錢)으로 우리 집을 산 자가 있었다. 그자는 돈을 주지 않은 채 집을 차지하고서 '기다리라'는 말만 칠 년 넘게 하다가 집값을 채 반도 안 갚고 죽었다. 그자는 아들 넷을 두었고 생계를 잘 꾸려 아주 잘살았기에 그 아들들에게 돈을 요구했다. 그 아들들은, "우리 아버지께서는 돈을 거의 다 갚았다고 늘 말씀하셨소."라고 응수했다. 이야말로 그 아들이 도둑질한 것은 아니지만 제 아비가 도둑임을 입증한 것이다. 같은 해, 도둑이 앞마당에 들어와 무명 열댓 근과 햇볕에 말리려고 걸어둔 빨래 여덟아홉 벌을 가져갔다. 그해 겨울, 추위에 거의 얼어 죽을 뻔했다.

을묘년(1795), 도둑이 사랑채에 들어와 요강과 책 몇 권을 훔쳐 달아났다. 병진년(1796), 도둑이 부엌에 들어와 솥 두 개를 파서 훔쳐갔다. 그중 하나는 주인이 따로 있었다. 주인이 원래보다 높은 가격을 달라고 요구해 가진 돈을 모두 털어서 갚았는데, 그래도 솥 주인은 마땅치 않게 여겼다.

정사년(1797), 도둑이 안채 동쪽 방에 들어와 옷과 이불, 유기로 만든 그릇과 접시, 숟가락, 젓가락 따위를 각각 수십여 개 훔쳐갔다. 임술년(1802), 도둑이 안채 서쪽 방에 들어와 부인네 옷가지와 그릇 십여 개를 훔쳐갔다. 같은 해, 도둑이 안뜰에 들어와 그릇 네댓 개와 솥, 톱, 가래 따위를 훔쳐갔다. 그 물건들은 모두 남에게 빌린 것이라서 돈과 물건으로 대신 갚는 바람에 몹시 힘이 들었다.

경오년(1810), 도둑이 부엌에 들어와 솥 두 개를 파갔다. 그 뒤를 밟아보니 이웃 사람이었다. 을해년(1815), 도둑이 사랑채에 들어와 서적 네 권과 송곳칼, 가죽신발 따위를 훔쳐갔다. 신사년(1821), 도둑이 안채 동쪽 방에 들어와 식기, 그릇, 의복을 훔쳐 달아났다. 같은 해, 도둑이 아랫방에 들어와 비단 휘장을 뜯어갔다. 임오년 (1822), 도둑이 사랑채에 들어와 서적 열두 권을 훔쳐갔는데, 태반이 남에게 빌린 것이었다.

을유년(1825), 도둑이 부엌에 들어와 샅샅이 뒤졌으나 아무것도 얻지 못하자 단 하나 남아 있던 솥을 파갔다. 대엿새 지나서 다시 도둑이 왔다가 발각되어 도망했다. 솥을 다시 달아놓았을 거라 생각한 모양이다.

정해년(1827), 과거가 있어 시골 사는 집안사람 하나가 비를 피하기 위해 우산을 샀는데, 집이 너무 멀어 가져가지 못하고 내게 맡기고 길을 떠났다. 며칠 뒤 도둑이 사랑채에 들어와 그 우산을 등에 지고 가버렸다.

기축년(1829, 원문은 기묘己卯나 착오인 듯함)에 또 과거가 있었다. 경기도에 사는, 알고 지내는 사람이 또 우산을 맡겼다. 내게는 성이 다른 사촌 형제가 있었는데, 내가 없는 틈을 엿보다가 멍청한 집안 조카아이를 속여서 몰래 우산을 가지고 갔다. 그 주인이 와서 우산을 찾기에 나는 어쩔 수 없이 "시장(試場)에서 잃어버렸노라." 하고 평계를 대고 말았다. 주인이 화를 몹시 내면서 마구 욕을 퍼부었다. 나는 망측하게도 도둑질을 하다 들킨 꼴이 되어 남을 대신하여 욕을 당하고 말았다. 아! 도둑도 다루기 편한 사람을 가릴 줄 아는구나!

홍원건(洪元健)이라는 자가 있었는데 본디 성격이 비뚤어진 사람이었다. 경인년(1830), 내 선친께서 자신의 집에 빚을 진 것이 있다고 사칭하고는 그 마누라를 시켜 먼저 서찰을 써서 능멸하고 협박하며 욕보이기를 못하는 짓 없이 다했다. 또 자신의 무뢰배 동생을 보내 내실과 사랑을 모두 뒤지게 했다. 그러나 내실이고 사랑이고 엽전 한 닢 보이지 않자 가마 한 채를 빼앗아 갔으니, 그것은 천오백 전의 값어치가 나가는 물건이었다.

옛말에 "백주 대낮에 사나운 아전이 눈앞에서 도적질을 한다."라고 했거니와, 이런 경우를 당하고 나자 그것이 틀린 말이 아님을 알겠다.

임진년(1832), 도둑이 바깥문에 들어와 쇠로 만든 문고리를 떼어갔다.

도둑과 가난

敍盜

한문 산문에는 도둑을 다룬 글이 적지 않다. 그 글들은 도덕적으로 악한 도둑에게도 의리와 인정이 있다는 점을 부각시킨다. 도둑의 의리를 드러냄으로써 역으로 지도층에는 의리와 인정이 없다는 사실을 말하고자 했다. 그런 글들에는 도둑을 통해 글쓴이의 이념을 말하려는 의도가 숨어 있다.

남종현의 이 글은 도둑 예찬의 전통에서 완전히 벗어나 있다. 철두철미하게 제 본분에 충실한, '치졸하고도 야박한' 좀도둑들이 등장한다. 성벽 밑의 빈촌에 사는 서생의 재산을 도둑들은 야금야금 들어낸다. 빨래나 서책, 요강, 솥, 톱, 송곳, 문고리 등등 세간살이 일체를 남김없이 훔쳐가는 모습과 한결같이 당하기만 하는 무력한 서생의 대조가 도회지 빈촌을 기괴하게 폭로하고 있다.

보통, 산문에서 궁기와 비참한 생활상을 묘사하더라도 그 궁극적 의도는 자신의 결백을 표현하는 데 있다. 하지만 이 글은 무기력한 서생의 모습만이 부각된다는 점에서 독특하다. 19세기를 대표하는 산문의 하나로 이 글을 들고 싶다.

2
월암(月巖)이란 호
月巖序

도성의 서문(西門)을 돈의문(敦義門)이라 한다. 돈의문을 통해 밖으로 나가 성곽을 따라 돌아가면 왼편으로 일 리쯤 되는 곳에, 성곽을 등지고 불쑥 솟은 둥그스럼하고 검은 바위가 있는데 그 바위를 월암(月巖)이라 부른다. 바위의 높이는 한 길쯤 될까? 그 위에는 수십 명이 앉을 수 있다. 지대가 깎은 듯이 높기에 바위 또한 높다랗게 솟아 있다. 그 위에 오르면 시야가 넓게 트여 눈을 돌려 조망하기에 좋다. 그 곁에 초가지붕을 얹고 거적으로 사립문을 한 인가 수십 호가 옹기종기 모여 산다. 어떤 호사가(好事家)가 바위 얼굴에다 '월암동(月巖洞)' 석 자를 크게 새기고 붉은 주사(硃沙)를 채워넣어 도드라져 보이게 했다.

내 집이 그 바위 밑에 있어서 자연스럽게 월암이라는 호를 사용하게 되었다. 그랬더니 이렇게 비난하는 사람이 있었다.

"자네는 일찍이 남이 자호(自號) 짓는 것을 이렇게 비난하지 않았나? '사람이 태어나면 이름을 지어 불러주고 이름이 생기면 자(字)

를 만들어준다. 이름과 자만을 가지고도 세상 살아가기에 충분하다. 호는 아무 도움도 주지 못하고 자신을 과시하는 짓에 불과하다. 나는 흉내 내고 싶지 않다.' 그런데 이제 와서 제 주장을 너무 서둘러 뒤집는 게 아닌가?"

그 말에 나는 이렇게 답했다.

"감히 그럴 리가 있나? 요사이 우리 집을 찾아오는 사람들이 나를 꼭 월암이라 부르고, 이웃집 사람들도 꼭 월암이라 부르네. 내가 남들의 질문에 답할 때면 꼭 월암이라 하고, 남들도 내가 오는 것을 보면 꼭 월암이라고 하지. 월암은 실상을 들어 말한 것이지 감히 호로 쓴 것이 아니요, 편의를 따른 것이지 감히 호로 쓴 것이 아닐세."

월암(月巖)이란 호

月巖序

  현재 서대문구 월암근린공원의 바위 사면에 남종현이 말한 '월암동(月
巖洞)' 세 글자가 옛 모습 그대로 남아 있다. 돈의문 뉴타운 공사가 벌어져
옛모습이 완전히 사라진 을씨년한 풍경이다. 이 '월암동' 각자가 새겨진
바위는 2014년 서울시 문화재로 지정되었다. 초가집 수십 가구가 사는 빈
촌에 솟은 바위였기에 월암은 그곳의 표지가 되고도 남았을 것이다. 작자
는 그 바위 밑에서 생활했기 때문에 '월암동각자(刻字) 아래 사는 남종현'
이라는 의미로 월암이라는 호를 받아들였다. 호에 대한 의미 부여를 경계
하는 작자의 심리를 드러낸 글이다.

3

호를 버린 이유

去號序

나는 일찍이 자호(自號)를 월암(月巖)이라 하여 〈월암이란 호(月巖序)〉라는 글을 쓴 적이 있다. 한참의 시간이 흐른 뒤 이 호를 써서는 안 되겠다고 판단하여 그 호를 버리기로 하고 그 사연을 글로 쓴다.

　몸이 있으면 반드시 이름이 있는 법이다. 천지라 이름을 지은 것은 천지가 있어서요, 산천이라 이름을 지은 것은 산천이 있어서요, 초목이라 이름을 지은 것은 초목이 있어서요, 금석(金石)이라 이름을 지은 것은 금석이 있어서다. 바탕[質]이 갖추어져 있으니 꾸밈[文]이 없을 수 있겠는가? 별이 걸려 있고 바람이 이는 것은 하늘과 대지의 꾸밈이고, 수풀이 우거지고 잔물결이 넘실대는 것은 산천의 꾸밈이고, 꽃이 피고 열매 맺는 것은 초목의 꾸밈이고, 단단하고 흰 것은 금석의 꾸밈이다.

　나에게 이름을 붙이고 그 위에 자까지 지었으므로 그 자체가 꾸밈이 화려하다. 그런데 이름을 붙이고 자를 붙인 데다 또 호까지 지어 붙인다면 꾸밈을 가한 데다 또 꾸밈을 가한 것이다. 꾸밈이 승(勝)하여 바탕을 없애는 지경에 이르렀으므로, 비록 꾸밀 것이 다시 생긴다 한들 더 꾸밀 곳이 있겠는가?

나의 호를 월암이라 지은 것은 내 집이 월암 밑에 있어서 그런 것뿐이다. 나는 생각해보았다. 인생이란 물 위에 뜬 개구리밥이고, 바람 많은 나무에 걸린 버들개지이며, 울타리에 걸리거나 주렴에 날리다가 바닥에 뒹구는 꽃잎이다. 그를 가로막는 철문은 본래 없다. 월암이 내 소유의 창고인가? 알맹이 없이 이름만 소유함은 바탕을 없애고 꾸밈을 더한 것과 같으므로, 이 호를 갖는 것은 옳지 않다.

나는 이름을 갖고 있으나 그 이름이 동네 밖을 나가지 않는다. 비록 호를 가졌다 한들 누가 그 사실을 알아차리고 나를 비난하겠는가? 하나 배움이란 나를 위한 것이지 남을 위한 것이 아니다. 알아주고 알아주지 않음은 남에게 달려 있고, 부끄럽고 부끄럽지 않음은 내게 달려 있다. 따라서 나는 나를 닦아 아무 부끄럼 없기를 바랄 뿐이다. 간사한 짓거리와 위선적 행위를 하여 내심 부끄러우면서도 남이 눈치채지 못함을 다행으로 여기는 세인들처럼 행동해서야 되겠는가?

누군가 "이미 사용한 호인데 어쩌냐?"며 권하기도 했지만, 나는 "잘못이 있으면 고치기를 꺼리지 않는다."라는 말로 대꾸했다.

호를 버린 이유

去號序

《남사(南史)》〈범진전(范縝傳)〉에 "인생이란 비유하자면, 꽃나무에 꽃이
함께 피었다 바람에 흩날려 떨어지는데, 어떤 꽃잎은 주렴에 스쳐서 비단
보료 위에 떨어지고, 어떤 꽃잎은 울타리에 막혀 똥구덩이에 빠지는 것과
같다."라는 글이 있다. 남종현은 이 비유를 빌려다가, 우연에 의해 바뀌는
인생의 의미를 말하고자 했다. 자신이 월암이란 호를 포기하는 이유도 이
인생의 의미와 관련이 있다. 월암 밑에 산다고 하여 자신이 그 이름을 차
지할 순 없다는 것이다.

4
자전
自敍

남종현의 자는 현여(玄汝)다. 그의 집안은 의령(宜寧)을 본관으로 삼아 대대로 벼슬아치를 배출했으나 중엽에 이르러서는 가세가 기울어 부진을 면치 못했다. 태어나면서부터 멍청하여 세상일을 깨우치지 못했고 또 병이 많았다. 선생에게 배울 나이가 되었으나 처음부터 집에서 공부했다. 책은 강송(講誦)하기를 좋아할 뿐 의문 나는 것을 질문하지 않았고, 깊은 뜻을 파고들지 않았으며, 글의 차이를 따지려 들지 않았다. 그의 평계는 이렇다.

"문장은 말이다. 말을 내뱉었는데 듣는 사람이 이해하지 못한다면 그 말은 새가 한 말이다."

구경(九經)과 육예(六藝)의 문장이라 할지라도 스스로 생각하여 이해가 되지 않으면 그 즉시 물리쳐버리고 의문을 남겨두지 않았다.

커서는 과거 공부를 하여 글을 매우 잘 지었다. 그러나 보는 사람들이 물정에 어둡고 실정에 가깝지 않다고들 했으므로 끝내 시험관의 눈에 들지 못했다. 겸해서 고시(古詩)와 고문(古文)에도 힘을 기울였다. 예스러운 말을 구사했으나 그것이 남들의 비위를 더욱 거슬렸다.

본성이 거칠고 구속받지 않아서 물정을 안다고 자부하여, 뻣뻣하고 편벽되게 제멋대로 일을 처리하며, 제 마음껏 행동할 뿐 꾸미는 짓을 하지 않았다. 늘 '개벽 이래 역사책에 써놓고 그림 속에 그려놓은 위인과 지금 내 눈으로 보고 있는 사람 가운데 완벽한 자가 있는가?'라고 생각했다.

다른 사람과 사귀기를 기뻐하지 않았다. 사람들을 몹시 오만하게 대우했지만, 한 번 보기만 하면 그 사람의 속내를 파악할 수 있어 남들이 더욱 꺼리고 가까이하려 들지 않았다. 집안사람들 역시 남과 마찬가지였다. 드디어 마음이 상하고 분해서 정신에 병이 들었다.

더욱더 고문사(古文辭)에 힘써 문장으로 혼자서만 즐기고 문장가로 뽐내고 자처하여 또 십 년이 흘렀다. 그런 뒤에 탄식하면서 이렇게 말했다.

"도(道)에는 올라가고 내려가는 것이 있으며, 정치에는 관례와 혁신이 있다. 사람들은 즐겨 그 추세를 따라가건만 나는 그럴 줄을 모르니 몰락함이 정녕 맞는다."

옛글에 "가장 낮은 수명이 예순이다."라고 했고, 또 "나이 마흔이나 쉰이 되어도 명성이 나지 않는다면 두려워할 필요가 없다."라고 했다. 이제 내 나이 서른하고도 한 살이니 성수(成數, 우수리가 없는 정수)로 치면 마흔이므로 명성이 나기는 글렀다. 비록 "아침에 도를 들으면 저녁에 죽어도 좋다."라고 하지만, 지난 세월의 불민(不敏)한 그를 보고 너무도 짧게 남은 앞으로의 인생을 볼 때 그럴 가능성은 없다. 하물며 수명이란 알 수가 없지 않은가?

31세에 쓴 자전(自傳)으로, 세상과 불협화를 일으키며 살아가는 자기 삶에 대한 변호의 글이다. 남들이 무어라 하든 제멋대로 살아가는 그는, 남들처럼 선생을 통해 배우지도 않고 공부도 깊이 있게 하지 않는다. 경서(經書)조차도 이해할 수 없으면 제쳐버리는 불경한 태도를 보인다. "문장은 말이다. 말을 내뱉었는데 듣는 사람이 이해하지 못한다면 그 말은 새가 한 말이다."라고 하여 말의 권위를 인정하지 않는다. 개벽 이래 현재까지의 인간 가운데 온전한 사람이 없으므로, 자신이 편벽한 행동과 괴팍한 성격을 지니고 살아도 안 될 게 없다고 강변한다. 표면적으로는 자기 비하의 글이지만 내면적으로는 자존과 자긍의 글이다.

5

내 묘지에는 이렇게 써라

自墓誌

아무 해 아무 달 아무 날, 의령(宜寧) 남종현(南鍾玄)이 병들어 죽게
되자, 관도 쓰지 말고, 옷가지도 넣지 말며, 묏자리를 가리지도 말
고, 봉분을 꾸미지도 말며, 묘지명을 장만하여 넣지도 말라고 분부
했다. 그 대신에 스스로 종잇조각에다 사연을 써서 시체를 묻은 구
덩이에 집어넣게 했으니 그 글은 이러하다.

남씨의 시조는 민(敏)으로, 중국으로부터 신라로 와서 대대로 영
양(英陽) 땅에 식읍(食邑)을 두었다. 군보(君甫) 할아버지에 이르러
의령 사람이 되었다. 우리 조선에 들어와 재(在) 할아버지가 태조를
보좌하여 나라를 열고 정승을 지내셨다. 그 손자 지(智) 역시 정승
을 지내셨다. 3대를 지나 세건(世健) 할아버지가 응운(應雲) 할아버
지를 낳으셨는데 모두 참판(參判)을 지내셨다. 또 4대를 지나 선(銑)
할아버지가 계셨는데 감사(監司)를 지내셨고, 아들 일곱을 두셔서
남씨가 비로소 번창하게 되었다. 증조부는 운로(雲老)로 보덕(輔德)

을 지내셨고, 할아버지는 이간(履簡)이다. 아버지는 철중(澈中)이요 어머니는 연안(延安) 이씨(李氏)로 대호군(大護軍)을 지낸 징대(徵大)의 따님이시다.

종현은 자가 현여(玄汝)로, 계묘년 2월 22일에 태어났다. 어려서부터 몹시 아둔한 데다 병치레가 잦았다. 장성해서도 인사를 알지 못하기는 마찬가지였다. 스무 살 때 아버지를 여의어 더욱 가르침을 받지 못했다. 독서하고 글 지을 줄은 알았으나 문장의 도는 알지 못했다. 이럭저럭 또 십 년을 보내며 오래 파고들다 보니 마음의 경계가 갑자기 넓어져서 툭 트였고, 비로소 세상 물정을 조금 알게 되었다. 학문하는 방법을 대충 알았으나 그마저도 그 줄기만을 잡고 있을 뿐 세세하게 파고들지는 못했다. 나이 15, 16세부터 과거 문장을 공부하여 시험장 문을 두드렸으나 합격하지는 못했다. 고문을 삼십 년 동안이나 익혔으나 문장 또한 수준에 이르지 못했다.

그가 늘 하는 말은 이랬다.

"매사에 최선을 다하기는 요순 임금조차도 어렵고, 양지(良知)와 양능(良能)—타고난 지능과 타고난 재능—은 안회(顔回)나 도척(盜跖)[1]이 똑같다. 좋은 시기를 만나야 제 뜻을 펴는 우연은 성현이라도 면할 수 없고, 생각을 잘하고 못하기는 바보나 현자가 마찬가지다. 그러므로 한쪽에 매이게 되면, 끝내는 자기가 옳은 것만을 옳다고 하고 자기가 그른 것만을 그르다고 한다는 깨달음을 장자(莊子)

---

1 안회는 공자의 제자로 선인의 대명사이고, 도척은 고대의 흉포한 도적으로 악인의 대명사다.

로부터 당하게 될 것이며,[2] 지극한 경지를 찾아보면 주공(周公)을 비난하고 탕임금과 무왕도 무시한 혜강(嵇康)의 논의가 없을 수 없다."[3]

또 이러한 말도 했다.

"악인을 보면 같은 나라에 더불어 살려고 하지 않고, 의리를 지키는 자는 죽음을 맹세코 배반하지 않는다."

그는 먼 옛일이 아니면 입을 열지 않고, 먼 옛말이 아니면 글을 쓰지 않았다. 권세를 가진 자에게는 아첨할 줄 모르고, 궁하게 지내도 변치 않았다. 천지 사이에 그 같은 자 하나 없을 수 없겠는가? 말을 꺼내면 반드시 기휘(忌諱)에 저촉되고, 행동을 하면 반드시 풍속과 어긋났다. 제 성질대로 살기 때문에 집안사람조차 가까이하지 않고, 저 혼자 행동하기 때문에 벗들도 버렸다. 문장을 일삼으면서 돼먹지 못한 글쟁이로 지목당하는 것을 감히 사양하지 않았다. 천한 주제에 귀한 자를 섬기지 않으므로 버릇없는 사람이라 비난당하는 벌을 피할 길이 없다. 그러니 천지 사이에 그 같은 자가 있어서야 되겠는가?

---

2 《장자》〈추수편(秋水篇)〉에 나오는, 크고 작은 것과 귀하고 천한 것이 일정한 기준이 없다는 진리를 말한 대목에서 끌어왔다. 해당 대목은 "도의 관점에서 보면, 사물에는 귀천의 구별이 없으나 사물의 관점에서 보면 자신이 귀하기에 다른 것들을 천시한다. …… 취향의 관점에서 보면, 만물의 옳은 일면을 보고 옳다고 인정하면 옳지 않은 것은 하나도 없으며, 만물의 틀린 일면을 보고 틀리다고 인정하면 틀리지 않은 것은 하나도 없다. 요(堯)임금과 걸(桀)임금이 자기가 옳다고 하여 상대를 비난한 것을 알게 되면 만물의 취향과 자질을 찾을 수 있다."라고 했다.

3 혜강(223~262)은 위(魏)나라의 명사로 죽림칠현의 일원이다. 그는 〈관숙과 채숙을 논함(管蔡論)〉에서 성인으로 굳어진 주공과 문왕, 무왕도 오류가 있을 수 있다고 주장했다.

아! 그 같은 자가 있는 것은 오십 년에 불과한 반면, 그 같은 자가 없는 것은 장차 몇천만 년에 이를 것이다. 도리를 지킨 옛사람들은 잠깐의 시간에도 무궁한 세월 동안 누릴 명성을 이루었지만, 지금 그는 오십 년 동안의 세월을 보내고도 오십 년이 지난 뒤 몇 시간 몇 달 동안의 명성을 누릴 행위도 하지 못한 채 끝내 사라져 죽는구나! 슬프도다!

아내는 허씨로, 양천(陽川)이 본관이며, 지평(持平)을 지낸 간(暕)의 딸이다. 아들은 두지 못했다.

명(銘)을 짓는다.

말은 남들이 하지 않는 것만을 했고
행동은 남들이 하지 않는 것만을 했으며
장례는 남들이 하지 않는 방식만을 택했다.
남들이 그의 어짊을 말하지 않으므로
잘 알겠다, 그의 어리석음을.

내 묘지에는 이렇게 써라

自墓誌

묘지(墓誌)는 사후에 살아남은 자가 망자의 생애를 서술하고 예찬하는 말을 적어 무덤에다 넣는 글이다. 남종현은 그 상식을 거부하고 자신의 생애를 스스로 서술하고 평가하여 이 글을 썼다. 자전(自傳)을 쓴 지 20년 만에 이제는 자신의 죽음을 예상하고 자기 생애를 돌아본 것이다. 20년 사이에 달라진 건 아무것도 없다. 세상과의 불협화는 여전하고 편벽한 행동과 괴팍한 성격 역시 마찬가지다. 남들이 하지 않는 짓만을 골라서 하는 삶이 버겁기는 하지만 그렇다고 후회하지는 않는다.

6

작가를 지망하는 동자에게

贈張童子序

동자가 문장을 들고 나를 찾아왔으니 나도 문장으로 동자에게 말
하는 것이 좋겠지. 글을 쓰는 사람들에는 푹 익은 자가 있고, 즐기
는 자가 있으며, 좋아하는 자가 있고, 힘쓰는 자가 있으며, 구하는
자가 있고, 뜻을 둔 자가 있다. 체용(體用)이 완성되어 못할 것이 없
는 것을 푹 익었다 하고, 법칙을 정성스레 갖추어 머무는 것이 편안
하고 바탕이 깊은 것을 즐긴다고 하며, 옛것을 익혀 새로운 것을 알
아 나날이 열심히 하는 것을 좋아한다고 하며, 큰 뜻을 알아 법도로
들어가려 하는 것을 힘쓴다고 하며, 신중히 사고하고 간절하게 질
문하여 올바른 방향을 따라가기에 애쓰는 것을 구한다고 하며, 의
연하게 자립하여 스스로 깨우치고자 애쓰는 것을 뜻을 두었다고
한다. 뜻을 두는 데 따라 이처럼 움직인다. 따라서 한유나 구양수
같은 작가는 되어야 좋아하는 자나 즐기는 자 될 수 있다. 거기에
서 더 크게 확대해 푹 익은 자는 장자나 사마천 이후 몇천 년 동안
해당하는 사람이 없다.

내가 머리를 땋은 어린 시절부터 선생과 어른 들에게 보고 들은 것이 적지 않았다. 그러나 약관(弱冠)이 되기도 전에 세상의 큰 변고를 당하고 보니, 글이 망하지도 않았는데 사람의 의지가 먼저 망하더군. 의지가 망하고서 글을 짓자 수레가 멍에 없이 다니는 것과 똑같았네. 군주를 곁에서 모시며 관각(館閣)의 장이 된 사람들이 금전을 평가의 근본으로 삼은 뒤로는 윗사람들이 고무래 정(丁) 자 하나 모르는 것을 상례로 알게 되었지. 높은 벼슬에 있는 자가 이러하므로 벼슬하지 않는 자들은 그것을 본받고, 지방 고을에는 선생과 학생이 없고, 가숙(家塾)에는 책 읽는 소리가 사라져 머리가 센 사람도 식견이 없어졌네. 어쩌다 식견이 있는 사람이 말하기라도 하면 바로 발끈하고 입을 삐쭉거리면서 이렇게 말하더군. "삼정승도 무식하고 육판서도 무식하며 온갖 벼슬아치가 다 무식하더군요. 책을 읽지 않아도 부귀를 얻기에 걱정이 없거늘, 무엇하러 입이 부르트고 손가락에 피가 나도록 고생하며 공부하나요?"

슬프다! 문장이 사건을 서술하고 뜻을 표현하는 것에 그치고, 바람과 구름, 달과 이슬을 묘사하는 것에만 그치겠는가? 오상(五常)의 본성과 구덕(九德)의 행동[1]은 글이 아니면 기록되지 않고, 글이 아니면 세상에 드러나지 않는다. 지금 사람들의 걱정거리가 문장에 있다고 할 수 있으랴! 나라에서는 군주에 충성하고 윗사람을 섬기며, 집안에서는 어버이를 사랑하고 형을 존경하는 것이건만, 손은 집안 마당 쓰는 예절을 알지 못하고, 입은 충성과 신의의 말을 하지

---

1 오상과 구덕은 사람이 지켜야 할 덕목을 각각 다섯 가지와 아홉 가지로 제시한 것이다.

않는다. 탐욕의 눈길이 외물에만 내달리고, 독 서린 욕망이 마음에서 불탄다. 땅강아지가 화려한 옷을 입고, 새와 짐승이 벼슬아치의 옷을 입고 있다.

이 나라는 백 년을 기다리지 않아도 오랑캐의 땅이 될 터인데[2] 동자는 혼자서 무엇을 하려 하는가? 지금 세상을 살면서 현재를 따르지 않고, 세속과 더불어 살되 세속에 구애받지 않으며, 육예(六藝)를 깊이 탐구하고, 백가(百家)를 두루 본다. 침식을 거르면서 붓과 벼루에 급급하여 시를 쓰고 글을 지어 작품이 상자를 가득 채우고 있으므로 그 의지를 굳게 세웠다고 말할 수 있다. 의지가 선 뒤에 구하면 얻고 힘쓰면 적중하는 것은 극지(極地)에서 한 번 방향을 돌리는 것에 불과하다. 다만 세상의 도도한 탁류 속에 살면서 벗이 없고, 그림자에 짝이 없으니 위태롭구나!

더구나 동자는 낮은 곳에 머물고 나이 또한 어리므로, 힘으로 세상 인심을 바꾸거나 세도를 만회하지 못한다. 그러나 동자가 말하는 것까지 금하지는 못한다. 몸으로 실천하고 말하는 것은 부끄러운 것이 아니요, 몸으로 가르치고 말하는 것은 따지는 것이 아니다. 말할 수 있는 것을 말하지 않는 것 또한 죄다. 세상을 살면서 대화할 만한 자를 만나거든 동자여, 내 말을 전해주게나!

---

2 《춘추좌전》〈희공(僖公) 22년〉에 이런 기사가 나온다. "주(周)나라 평왕(平王)이 수도를 동쪽으로 옮길 적에 신유(辛有)가 이천(伊川) 땅을 가다가, 머리를 풀어헤치고 들에서 제사를 올리는 자를 발견하고는 말했다. '이곳은 백 년이 지나지 않아 오랑캐 땅이 되겠구나! 그 예법이 먼저 망했구나!'"

작가를 지망하는 동자에게

贈張童子序

글을 배우러 온 동자가 습작을 보여주었는지, 그것을 보고 작자가 이 글을 써서 주었다. 문장을 잘 짓기 위해서는 무엇보다 글을 지으려는 의지가 필수적인데 소년은 그 의지를 가지고 있다. 하지만 자신은 소년기에 세변 (世變)을 겪고 뜻을 꺾었다고 했다. 그 세변이란 정조의 죽음을 의미한다. 그 이후, 문장 공부를 할 필요가 없는 세태가 된 정황을 서술했다. 삼정승과 육판서부터 시작하여 모든 관직이 무식한 자로 채워져 더 이상 공부할 필요가 없어졌다. 더 이상 문장 공부는 출세와 무관해 힘을 잃었다.

더욱 걱정스러운 것은 문장이 아니다. 사회가 타락하여 문장으로 묘사할 바람직한 사회상이 없어졌다. 문장의 사회적 위상이 높았고, 문장이 신분 상승에 큰 힘이던 때가 있었지만 현재는 아니다. 그럼에도 불구하고 문장에 의지를 불태우는 소년에게 작자는 권한다. 고독한 네가 세상을 바꿀 힘은 없으나 네가 하는 말을 막을 수는 없다. 말할 것을 말하지 않는 것은 죄이므로 말하라고 했다.

이 글은 19세기 문단의 상황을 이해하는 데 중요한 의미를 던진다. 세상과 문학의 관계에 대한 작자의 인식이 무엇보다 중요하다. 사회에서 차지하는 문학의 위상이 중세 사회와는 현격하게 달라진 것을 드러내 보여준다. 결국 이제부터 문학은 어떤 길을 밟겠는가? 그에 관한 질문을 던진다.

22

천하의 지극한 문장, 홍길주

홍길주

홍길주(洪吉周, 1786~1841)는 19세기 전기를 대표하는 산문가다. 연암 박
지원 이후 가장 크게 부각된 산문가가 바로 홍길주다. 연암에 견주어 턱
없이 덜 알려지기는 했지만 매우 수준 높은 산문을 썼다.

홍길주의 자는 헌중(憲仲)이고, 호는 항해(沆瀣)로 벌열가문 출신이다.
아버지는 홍인모(洪仁謨), 어머니는 서영수각(徐令修閣)이며, 부부가 학
문적으로나 문학적으로 높은 수준을 자랑했다. 그의 형은 저명한 정치
가이자 고문가인 홍석주(洪奭周)요, 그 아우는 정조의 부마인 홍현주(洪
顯周)다. 이렇게 그는 선택받은 가정에서 태어나 안온하게 인생을 보냈
다. 과거에 나가기를 포기하여 만년에 음직(蔭職)으로 잠깐 지방관을 지
낸 초라한 관력이 그의 결함이라면 결함이다.

홍길주의 산문은 19세기 문장에서 새롭고 기발한 문장의 전형을 보여
준다. 그에게 깊은 영향을 끼친 친형 홍석주가 연암 박지원 양식의 참신
한 문장 쓰기에 극력 반대하며 고문의 전통을 유지하려는 태도를 취한
반면, 홍길주는 가형의 노선을 따르면서도 연암이 시도한 참신한 산문
을 창작했다. 또한 그는 이용휴가 시도한 실험적 문장 쓰기의 영향도 받
았다. 그렇다고 해서 그가 남의 문장을 흉내 내기에 바쁜 이류 작가인가
하면 그것은 결코 아니다. 전체적으로는 홍석주와도 박지원과도 다른,
홍길주 특유의 산문 미학을 성취했다.

홍길주는 착상이 기발하고, 온갖 다양한 산문 기법을 시도하는 실험
적 문장을 즐겨 썼다. 그는 평범한 어휘나 행문, 구조를 거부하고 파격

적인 형식과 수사, 어휘를 구사하는, 실험성 짙은 글을 썼다. 그의 산문은 조선시대 산문이 시도할 수 있는 기(奇)의 극치에 달한 느낌을 줄 정도로 기발하다.

　게다가 홍길주는 상상력이 풍부하고 다양한 제재의 글을 소화하여 대가다운 호방한 산문 세계를 구축했다. 남들이 모방하기 힘든 그만의 독특한 산문을 창작했는데, 그의 산문이 거둔 성취는 당시부터 높이 평가받았다. 대산(臺山) 김매순(金邁淳)은 "기이한 발상과 오묘한 구도가 아무것도 없는 땅에서 솟구쳐 일어났다."라고 했고, 송백옥(宋伯玉)은 "작가의 창의가 한껏 발휘된 작품은 마치 공중의 누각에 올라가자 삼라만상이 좌우에 활짝 펼쳐져서 일일이 살펴볼 겨를이 없는 것과 같다."라고 평했다.

　평생 많은 작품을 썼는데, 《숙수념(孰遂念)》, 《현수갑고(峴首甲藁)》, 《표롱을첨(縹礱乙幟)》, 《항해병함(沆瀣丙函)》 따위의 저술에 다수의 산문이 수록되어 있다.

1
《연암집》을 읽고
讀燕巖集

새벽에 일어나 세수하고 머리를 풀어 망건을 짠 다음 이마에 탕건을 올린다. 거울을 가져다 비춰보고 비뚤거나 기운 탕건을 단정히 바로잡는다. 이 일은 사람들이 똑같이 하는 일과다. 나는 어른이 된이래 탕건을 앉힐 때마다 눈썹 위로 손가락 두 개를 얹어 가늠하기에 군이 거울에 비춰볼 필요가 없었다. 열흘이고 한 달이고 거울을 보지 않아서, 젊은 시절의 얼굴 모습을 벌써 잊고 말았다.

벗을 삼을 만한 사람이 있어 한 마을에서 여러 해를 같이 살다가 얼굴도 익히지 못한 채 떠나가면 사람들은 서운하게 여긴다. 나 자신이 나와 가깝기가 한 마을에 살았던 그 사람에 지나지 않으랴? 그렇건만 나는 내 젊을 적 얼굴을 모르면서도 서운하게 여기지 않는다. 왜 그럴까?

천 년 전에 누군가 있어 스승으로 삼을 만한 덕망과 본받을 만한 문장을 지녔다면, 그분과 때를 같이해 살지 못한 것을 나는 한스러워하리라. 백 년 전에 누군가 있어 기상과 의론이 볼 만하다면, 그분과 때를 같이해 살지 못한 것을 나는 한스러워하리라.

수십 년 전에 누군가 있어, 기운은 족히 육합(六合)¹을 횡행할 만하고, 재능은 천고(千古)를 능가할 만하며, 문장은 온갖 부류를 거꾸러뜨릴 만했다. 그가 세상에 살아 있을 때 나는 인사를 나누기는 했다. 그러나 미처 만나보지 못했고, 미처 이야기를 나누어보지 못했다. 그런데도 나는 한스럽게 여기지 않는다. 도대체 어째서인가? 내가 수십 년 전의 나 자신도 알지 못하거늘, 하물며 수십 년 전의 다른 사람이야 말해 무엇하랴?

지금 나는 거울을 꺼내 현재의 나를 살펴보고, 책장을 펼쳐 그 사람의 글을 읽는다. 그 사람의 글은 바로 현재의 나다. 이튿날, 또 거울을 꺼내 살펴보고, 책장을 펼쳐 그의 글을 읽는다. 그랬더니 그의 글은 다름 아닌 이튿날의 나다. 이듬해, 또 거울을 꺼내 나를 살펴보고, 책장을 펼쳐 그의 글을 읽는다. 그의 글은 바로 이듬해의 나다. 내 얼굴은 늙어갈수록 자꾸만 변해가고, 변한 뒤에는 옛 얼굴 모습을 잊어버린다. 그의 글은 변하지 않으나 읽으면 읽을수록 더욱더 기이하고, 내 얼굴(의 변화)을 따라 닮은 모습이다.

---

1 천지와 사방을 통틀어 이르는 말.

《연암집》을 읽고

讀燕巖集

연암의 문집을 읽고 쓴 독후감이다. 독후감·서문·발문·제사 따위의 글은 견문한 책과 서화의 내용에 매일 수밖에 없다. 남의 글을 읽고 난 다음 자기의 생각을 밝혀야 하기 때문이다. 그러나 이 글은 《연암집》의 문장에 대해서는 아무런 언급이 없고, 연암이란 이름조차 등장하지 않는다. 연암의 글과는 관련도 없는 엉뚱한 경험으로부터 출발한다. 엉뚱하고 돌올(突兀)하며 우연스런 출발에서 벌써 기이한 문장의 기미가 보인다.

굳이 이름을 거론할 필요가 없는 연암은, 기운은 육합을 횡행하고, 재능은 천고를 능가하며, 문장은 온갖 부류를 거꾸러뜨린다. 그 수십 년 전 선배를 만나지도 않았고 얼굴도 모르지만 아쉽지 않다. 그런데 그가 쓴 문장은 왜 이렇게도 현재의 내 모습 그대로인가? 그의 문장은 내 앞의 거울보다도 더 현재의 내 모습을 잘 비춰낸다. 거울로 날마다 보고 해마다 확인하면 내 얼굴은 바뀌는데, 왜 그의 글은 시시각각 바뀌는 내 얼굴을 그렇게 잘 표현해내는가? 왜 날마다 새롭고 날마다 가치를 발하는가?

홍길주는 직접 연암을 만나지 못했다. 만년에야 연암의 글 전체를 읽었다고 한다. 그러나 젊어서 읽지 않았다는 말은 믿기 어렵다. 설사 그렇다 해도 그는 연암 문장의 특징을 잘 알고 있었다. 《연암집》을 읽고 그는 말한다. 그의 글은 변하지 않는 항구적인 가치를 지녔으면서 부단히 변하는 우리의 모습을 따라서 변하고 있다. 즉 변하지 않으면서 변하는 글이다. 그는 연암의 글을 읽으면서 언제나 새롭게 변화하는 의미를 던지는 글의 생명력에 감탄했다. 그렇다면 지금은 어떤가? 그가 발한 감탄사를 거둘 수 없다.

2
만남과 인연
偶書綠畵樓詩卷後

박옹(泊翁, 이명오李明五)이 항해(沆瀣)를 모르게끔 하려 했다면 어째서 시대를 달리해서 살도록 하지 않았을까? 박옹이 항해를 알게끔 하려 했다면 어째서 태어난 해를 가까이 붙여놓지 않았을까?

박옹이 태어난 지 서른일곱 해가 되어서 항해가 태어났다. 항해가 한창 젊은 시절이었고, 박옹은 그다지 늙지 않았을 때다. 어째서 서둘러 그들로 하여금 서로 사귀어 붓과 벼루 사이에서 함께 재주를 뽐내게 만들지 않았을까? 오호라! 진정 박옹이 항해를 모르게끔 하려 했던 것일까?

박옹은 올해 나이가 여든둘이요, 또 항해는 벼슬아치가 되어 집에 있지 않았다. 두 사람이 끝내 만나지 못하도록 막지 못하고 이제야 녹화루(綠畵樓)에서 시회(詩會)를 열도록 했단 말인가? 오호라! 진정 박옹이 항해를 알도록 하려 했던 것일까?

둘이 서로 알도록 했으면서도 일찌감치 알도록 허락하지 않았고, 서로 모르도록 했으면서도 또 녹화루의 시회를 모르도록 허락지 않았다. 하늘이여!

일 년 삼백육십 일에 밤마다 모두 달이 있다고 기이한 것이 아니고, 일 년 삼백육십 일에 밤마다 모두 달이 없다고 운치 없는 것도 아니다. 한 달 가운데 달이 뜬 날은 십여 일 밤에 지나지 않는다. 이 십여 일 밤 가운데 둥근 달이 뜰 때는 겨우 몇 밤에 불과하다.

일 년 삼백육십 일에 밤마다 모두 꽃이 있다고 아름다운 것이 아니고, 일 년 삼백육십 일에 밤마다 모두 꽃이 없다고 정이 없는 것도 아니다. 일 년 가운데 꽃이 핀 날은 수십 일 밤에 그치고, 이 수십 일 밤 가운데 달과 만나는 날은 또 겨우 며칠 밤에 불과하다. 또 며칠 밤이라곤 하지만 비바람과 짙은 안개가 없어 상쾌하게 만나도록 훼방을 놓지 않는 경우란 대체로 하루 이틀 밤에 불과하다. 이런 밤에 하루 이틀을 허송하는 것도 불가하고, 이런 밤이 하루 이틀 없는 것도 역시 불가하다.

박옹과 항해의 만남 역시 이와 같다. 하지만 달과 꽃이 만나는 기회가 하루 이틀 밤에 불과하다 해도, 이 하루 이틀 밤이란 해마다 있을 수 있다. 박옹이 비록 늙기는 했지만 기력이 아직 강건하고, 술을 마시고 시를 짓는 것이 조금도 쇠하지 않았다. 지금부터 항해와 만날 수 있는 기회가 또 몇십 번이 될는지 모를 일이다.

속된 선비의 문장은 절반을 채 들춰보지 않아도 전체 모습이 어떤지 알 수 있지만, 웅대하고 거창한 옛사람의 시편은 거의 끝까지 읽고 나서도 그 뒤가 어떻게 전개될지를 좀체로 헤아리지 못한다. 조물주는 위대한 문장이다. 아직 오지 않은 것은 내가 감히 짐작할 바가 아니다.

박옹(泊翁) 이명오(李明五, 1750~1836)를 비롯한 시인 묵객들의 시회(詩會)
에서 만들어진 시집《녹화루시권(綠畵樓詩卷)》에 부친 글이다. 이 글 역시
기발하고 엉뚱한 착상을 문장화하는 홍길주 특유의 솜씨를 보여준다.

박옹은 당대에 시명(詩名)이 대단히 높았던, 유명한 서얼 계층 시인이다.
홍길주보다 나이가 서른일곱이나 많은 선배다. 이번 만남이 있기 전에 숱
한 기회가 있었음에도 만나지 못하고 여건이 좋지 못한 상태에서 그를 만
나게 된 인연을 따져나갔다.

이 글의 핵심은 만남이다. 인간 사회에서 서로 만난다는 것이 얼마나 깊
은 인연인지를 박옹과 항해의 만남, 달과 꽃의 만남으로 대비하여 서술한
다. 결국 녹화루 시회는, 서로 만났어야 할 사람이 수십 년이 넘도록 만나
지 못하다가 이제야 만난, 그야말로 인연 깊은 만남의 시회라는 것을 이렇
게 기발한 문장으로 썼다.

3

일림원기

—林園記

이 정원은 남산 아래에 있어 산과 아주 가깝다. 상약능(尚若能) 군
이 이곳에 머물며 일림원이라 이름을 붙였다. 산에서 기묘하게 생
긴 자잘한 돌멩이를 주워다가 사방 둘레에 죽 꽂아두었다. 중간에
집을 짓고 아이들을 가르치는 일에 열심이다. 봄과 가을, 날씨가 좋
은 날이면 사람들이 남산을 구경하러 부산하게 몰려온다. 그때 상
군(尚君)을 한번 본 사람치고 오래전부터 친하게 지낸 것처럼 즐거
워하지 않는 이가 없다.

　상군은 젊어서부터 경제(經濟)에 뜻을 두었다. 무과(武科)에 급제
하여 군대에 출입한 지 사십여 년인데 뜻을 펴지 못하고 늙어 현재
나이가 육십여 세다. 도회의 골목에 곤궁하게 거처하며 나물밥 끼
니도 제대로 잇지 못하는 처지이나 불평하는 기색을 띤 적이 없다.
재야에서 비쩍 말라가는 처지임에도 즐거워하며 이렇게 만족해하
니, 어허! 기이한 분이다.

　내가 어렸을 때는 세상일을 두루 통하지 못했다. 일찍이 책을 읽

다가 구두(句讀)를 잘못 떼었을 때 상군이 틀린 것을 바로잡아준 적이 있었다. 나는 무인이 글을 잘 아는 것에 크게 놀랐다. 어른이 되고 나서야 비로소 상군이 학문을 좋아하고 아는 것이 많으며 온갖 기예에도 능숙해, 그저 아이들이 틀린 구두나 가려내는 정도가 아님을 깨달았다.

상군은 본래 무인이다. 전에 우리 형님이 그를 불러내어 북경에 데리고 갈 때, 그는 병가서(兵家書)를 가져가자고 청하기도 했다. 그러나 저번에 관서 땅에서 난리가 발생했을 때 상군은 군사 백 명을 거느린 우두머리로 있었으나 전투에서 재능을 발휘하지도 못했고, 계략 하나도 내어놓지 못했다. 그래서 나는 상군의 모자란 곳이 아무래도 무(武)에 있지 문(文)에 있지 않다고 생각하게 되었다.

상군은 언젠가 우리 형제들에게 숲과 계곡 사이에 집을 지어 살기를 권했다. "어디 좋은 데라도 있소?"라고 물었더니 그의 대답인즉 "장흥방(長興坊) 골짜기가 좋습지요!"라고 했다. 장흥방이란 다름 아닌 서울의 지극히 번화한 거리에서 반 걸음도 떨어지지 않은 곳이다. 그가 한 말을 듣고 모두들 폭소를 터뜨렸다. 장흥방을 거쳐 위로 올라가면 얼마 지나지 않아 일림원을 맞닥뜨리게 된다. 상군의 말을 듣고 웃은 자들은, 내 어렸을 적에 그에게 크게 놀란 일과 비슷하다 하겠다.

장난 삼아 그간의 일을 써서 일림원기(一林園記)라 이름 붙이고 상군에게 주거니와, 이 글은 실상 상군의 소전(小傳)이라고 할 수 있다.

글에 등장하는 인물 상약능은 무과에 급제한 무인이자 문장을 쓰며 저
술 활동을 한 저작가다. 홍길주를 비롯하여 유본학 등 당시 저명한 지식인
들 사이에서 명성을 얻었다. 유본학의 〈검술가 김광택(金光澤傳)〉에 나오
는 판관 상득용이 바로 상약능이다. 홍길주와 홍석주 형제의 문집에 그와
관련한 글이 많이 전하는, 흥미로운 인물이다.

그 상약능의 집에 홍길주가 기문을 썼다. 상약능은 장흥동 위쪽 남산 아
래에 일림원이란 집을 갖고 있다. 그런데 그 집에 얽힌 사연은 글의 앞뒤
에 약간만 서술했을 뿐, 글의 대부분은 집주인의 남다른 삶을 묘사했다.
기문이라는 글의 제목에 어울리지 않게 그의 삶을 다루고 있거니와, 홍길
주도 이 글이 사실은 상약능의 소전이라고 했다.

상약능의 삶에서 특이한 것은 무과에 급제한 무인이 통념과 달리 글에
능하고 학문을 하여 세상에 보탬이 되려 한다는 점이다. 여기에는 두 가지
놀라움이 등장한다. 하나는 젊은 시절 상약능이 글을 잘하는 것을 알고 놀
란 것이요, 다른 하나는 도심지 장흥방에 은거할 집을 지으라는 이야기를
해서 사람을 놀라게 한 것이다. 남을 놀라게 한 상약능의 파격적 삶의 의
의가 이 글의 주제다.

4

새우 넓적다리 집

何退軒記

혼돈의 시대에 태어나 지금도 죽지 않은 자가 있으니 요허군(寥虛
君)이다. 요허군이 하는 말을 들어보니, 팽조(彭祖)[1]도 젖먹이 어린
애에 불과했다. 요허군은 이렇게 말했다.

"나는 큰 산 아래에 살고 있는데 큰 산 아래로 큰 언덕이 있다. 언
젠가 아침에 일어나 저 아래를 내려다보았더니 개미 배꼽 같은 구
멍이 있었다. 거기서 풀이 나서 그 이름이 까치뿔이었다. 까치뿔이
물을 만나자 물고기로 변하고, 발이 솟아나 자라서는 고자 수염이
되었다. 이것이 실제로는 지렁이 심장이다. 그 심장을 갈라 먹으니
매우 맛이 있어 마치 바닷속의 꿀과 같다. 이것이 흙 속에 들어가서
모래의 털이 된다. 이것이 변화해서 새가 되는데 그 이름이 얼음파
리다. 얼음파리의 정령이 눈의 우레가 된다. 눈의 우레가 닭 비늘을

---

1 중국 고대의 장수한 사람.

낳고, 닭 비늘이 원숭이 알을 낳고, 원숭이 알이 붉은 대를 낳고, 붉은 대가 불에 탄 물의 뼈를 낳고, 불에 탄 물의 뼈가 새우 넓적다리를 낳는다. 새우 넓적다리 곁에 집을 지은 자가 있거니와 그가 북산자(北山子)다. 북산자가 제집 이름을 하퇴헌(蝦腿軒, 새우 넓적다리 집)이라 지었다."

항해(沆瀣) 선생이 요허군이 하는 말을 듣고 껄껄 웃으며 말했다. "북산자는 눈으로 음식을 먹는가? 아니면 턱으로 뜀박질하는가? 그도 아니라면 젖꼭지로 소리를 듣는가? 엄지손가락으로 숨을 쉬는가?"

그러자 누군가 말했다.

"새우 하(蝦)는 어찌 하(何)가 와전된 것이요, 넓적다리 퇴(腿)는 곁으로 물러난다[退旁]는 뜻이지요. 옛사람이 '내가 바깥 세상으로 나가지 않았거니 어찌 물러날 일이 있으리요?'라 했거니와, 이 말씀이 북산자의 뜻이 아니겠는지요? 이 이야기는 《북화경(北華經)》에 나오고, 그 사실이 범(凡)나라의 도올(檮杌, 역사책)에 등장하며, 그에 대한 주석과 해설은 인황씨(人皇氏)의 벽옹도(辟雍圖)에 상세하게 쓰여 있답니다."

새우 넓적다리 집

何退軒記

이 글은 전체가 유희적 우언(寓言)으로 된 희필(戲筆)이다. 요허군도 가
상의 이름이요, 그가 한 이야기도 모두 거짓이다. 뒷부분의 《북화경》이나
범나라의 도올, 벽옹도 등도 모두 가상의 명칭이다. 이 글의 북산자는 변
사유(卞士裕)로, 홍길주와 가깝게 지내며 희문(戲文)을 주고받았다. 그의
서재가 하퇴헌(何退軒)으로, 이 이름은 《이천격양집(伊川擊壤集)》〈옹유음
(甕牖吟)〉에 나온다.

'어찌 물러남이 있겠는가[何退]'라는 이름의 집에 기문을 쓰되, 직설적
으로 그에 관한 사실을 쓰는 평범한 방법을 사용하지 않고, 전혀 엉뚱하고
기이한 방법으로 글을 썼다. 즉 하퇴헌(何退軒)이라는 집의 이름을 음차(音
借)하여 하퇴헌(蝦腿軒, 새우 넓적다리 집)이라 하고, 상상과 연상을 통해 글을
구성했다. 문인들 사이의 유희적인 말장난을 이용한 글이다. 이미 박지원
과 이덕무가 〈산해경보(山海經補)〉라는 글에서 이러한 기문(奇文)을 실험
한 적이 있다.

5

오로원기

吾老園記

항해자(沆瀣子)의 저택에 들어와 수많은 가옥과 별채를 두루 구경한 사람들은 눈을 휘둥그레 뜨고, 생전 처음 보는 것으로 다른 사람들에게 자랑할 만한 경관이라고 우쭐한다. 잠시 뒤에 그들을 데리고 오로원(吾老園)에 들어가, 연못 두 곳과 폭포, 절벽의 기이한 경관을 구경시킨 다음, 삼광동천(三光洞天)을 엿보게 하고 태허부(太虛府)를 배관(拜觀)시키니, 또 머리가 멍해져 앞서 자랑한 것을 후회한다.

예전에 몰랐던 사실을 알고서는 자신이 아는 것이 많다고 성급하게 판단하는 사람이 있다. 그가 아는 것을 아는 것이 아니라고 하지는 못한다. 그러나 아는 것 외에 또 미처 알지 못한 것이 있음을 그는 모른다. 아는 것에는 그침이 없기 때문이다. 자신이 아는 것이 이미 최고에 도달했다고 스스로 판단하는 자는 아무것도 모르는 자다.

오로원을 보지 않은 사람을 두고 정원을 모른다고 할 수는 없지만, 오로원을 보고 나서야 전에 알던 것이 모든 걸 안 것이 아님을 알게 되리라. 두 연못을 보지 않은 사람을 두고 폭포와 절벽, 연못과 여울을 모른다고 할 수는 없지만, 두 연못을 보고 나서야 전에 알던 것이 모든 걸 안 것이 아님을 알게 되리라. 삼광동천과 태허부를 보지 않은 사람을 두고 신비한 계곡과 대사(臺榭)¹를 모른다고 할 수는 없지만, 삼광동천과 태허부를 보고 나서야 전에 알던 것이 모든 걸 안 것이 아님을 알게 되리라.

그러나 오로원과 두 연못, 삼광동천과 태허부를 이미 구경하고서 이제는 내가 구경할 것을 다 구경했다고 말한다면, 이 사람의 무지(無知)는 또 옛날의 무지와 다름이 없다. 옛날 스스로 잘 안다고 한 판단이 이미 그릇된 것으로 판명되었으므로, 오늘 모든 것을 알았다고 한 판단이 앞으로 또 그릇된 판단이 되지 말란 법이 없겠는가?

오로원 밖에는 북산(北山)이 있는데 북산 밖에는 어떤 경관이 있는지 알 수 없으며, 어떤 경관 밖에는 또 어떤 경관이 있는지 알 수 없다. 면면이 이어져 끝도 없고 최상도 없다. 오호라! 도를 배우는 자라면 성급하게 앎에 대해 말할 수 있겠는가?

오로원은 주인옹(主人翁)이 장차 노년을 보낼 장소다. 그 개략은 원래의 글에 잘 나타나 있다. 글에서 미처 말하지 않은 것은 붓을 휘둘러 묘사할 수 있는 내용이 아니다. 식견이 있는 자에게 청하노니, 삼가 그대들이 이 원림(園林)에 대해 잘 안다고 생각하지 말기를!

---

1 높고 크게 세운 누각이나 정자.

오로원기

吾老園記

《숙수념(孰遂念)》〈제이관(第二觀)〉'갑원거념(甲爰居念)'에 수록된 글이
다. 홍길주는 '누가 내 꿈을 이루어줄까'라는 뜻을 지닌 이 저서를 통해 광
대한 저택을 설계했다. 그는 저택을 생활 공간과 소요 공간으로 나누고 그
사이를 긴 담으로 분리했다. 소요 공간 가운데 첫 번째가 바로 이 오로원이
다. 물론 이곳은 실재하는 정원이 아니라 그의 꿈속에 존재하는 공간인데,
이 상상의 집에 그것을 묘사한 글을 썼다. 참으로 기발하다.

작자는 주거 공간을 구경한 사람들이 눈을 휘둥그레 뜨고 탄사를 연발
하지만 소요 공간인 오로원을 보면 더욱 놀란다고 했다. 이 오로원이, 세
상 사람들이 그동안 보아왔던 정원 개념을 초월한 특별한 정원이기 때문
이다. 저택 내부에서 오로원, 오로원에서 북산, 북산에서 하경(何境)에 이
르는 동안 견문과 인식의 확장은 끝이 없다고 하여, 자신의 견문을 넘어선
세계에 존재할지도 모르는 더 큰 세계의 존재 가능성을 말한다.

정원에 대한 생각을 바탕으로 인식론의 문제까지 논한 것이 하나의 특
징이다. 이 글의 서두에서는 오로원의 개략적인 규모를 설명하고 있다.
"저택의 북쪽에 북산(北山)을 기대어 정원을 조성한다. 동서의 길이가 십
리요 남북의 길이도 그와 같은데 전체의 이름을 오로원(吾老園)이라 한다.
저택의 서북쪽 담장 모서리에 작은 문이 있다. 이 문을 나서서 길을 꺾어
동북쪽으로 2리쯤 가면 숲과 계곡이 울창하여 푸른빛이 엄습해오는데, 이
곳이 바로 정원의 시작이다." 상상을 통해 거대한 자기의 세계를 구축하려
한 홍길주의 원대한 꿈을 엿볼 수 있는 기문(奇文)이다.

6
천문학자 김영
金泳傳

김영(金泳)은 인천(仁川) 사람이다. 신분이 천하고 살림이 곤궁했으며, 용모는 추하고 말이 입 안에서 뱅뱅 돌았다. 그러나 역상(曆象)과 수학의 조예는 거의 하늘이 내린 사람이었다.

그가 학술을 연마할 때에는 스승이 없었다. 모르는 것이 나오면 종횡산(縱橫算)을 펼쳐놓고 홀로 《기하원본(幾何原本)》[1]을 가져다놓고 읽었다. 이윽고 그 책의 이치를 모조리 꿰뚫어 이해했고, 수학에서는 더 이상 익힐 것이 없었다.

세상에서 그를 인정해주는 사람이 없어 갈수록 빈궁이 극심해졌다. 마침내 그는 서울로 올라와 객지 생활을 했다. 때는 정조 임금 치세라 조야에는 큰일이 없었고, 임금님께서는 인재의 발탁을 즐기

---

1 유클리드가 쓴 기하학 저술의 한역서(漢譯書)로, 1605년 이탈리아 선교사 마테오 리치가 구역(口譯)한 것을 중국의 학자 서광계(徐光啓)가 받아 써서 간행했다. 조선에서도 이 책은 기하학을 공부하는 중요한 저작으로 인정받아 널리 읽혔다.

셨다. 무릇 빼어난 기예와 범상치 않은 재능의 소유자로 이름난 자는 아무리 미천한 신분이라 할지라도 버리지 않으셨다.

내각에 봉직하는 신하 서호수(徐浩修)는 산수(算數) 분야에서는 한 시대의 으뜸가는 분이라, 늘 서운관(書雲觀) 제거(提擧)로 있었다. 이 서운관이란 데는 관상감(觀象監)이다. 그가 김영의 소문을 듣고 불러다 몇 마디 대화를 나누어보고 몹시 기이하게 여겼고, 자신도 그에게는 미치지 못한다고 판단했다. 정조 임금님께서는 서호수를 통해서 김영이 기이한 재능의 소유자란 사실을 아시고 매우 특이하게 여기셨다.

나라의 관례에 따르면, 관상감에서는 천문학의 과목을 과거 시험으로 치러 인재를 얻었다. 과거를 치러 벼슬자리에 나오지 않은 자는 남들과 함께 달력을 만드는 관료의 자리를 얻을 수 없었다. 그러나 임금님께서는 특명으로 김영에게 달력을 만들라 하시는 한편 이런 명을 내리셨다.

"김영과 같이 빼어난 재능의 소유자가 아닐진댄 이 사례를 적용하지 마라!"

이렇게 되자 김영의 이름이 세상에 크게 떨쳐졌다. 서운관 사람들은 모두 그 김영을 몹시 질투하고, 또 "이런 일은 우리 관료의 법규를 무너뜨리는 것"이라고 따졌다. 하지만 임금님의 명령이 계셨기에 감히 큰 소리로 주장하지는 못했다.

세월이 흘러 정조 임금님께서 승하하시고 서호수도 죽었다. 김영은 임기가 차서 직책을 옮겨 사재감주부(司宰監主簿)와 통례원인의(通禮院引儀)를 역임했다. 그러나 이제 세상에는 재능 가진 자를 아끼는 사람이 사라졌고, 김영은 성품이 우직하고 뻣뻣해서 높은 벼슬아치에게 아부할 줄 몰랐다. 그 때문에 역말을 다루는 찰방(察訪) 한 자리 임용되지 못하고 끝내 파직당하고 말았다.

지금 임금님께서 등극하신 지 7년에 혜성이 나타났고, 11년에 또 큰 혜성이 나타났다. 혜성이 나타날 때마다 서운관에 명하여 추보(推步, 천문을 추산하는 것)하게 했는데, 추보하는 기술에서 김영에게 비교할 자가 아무도 없었다. 할 수 없이 다시 김영을 불렀다. 그 때문에 서운관 사람들이 더욱 그를 질시했다. 게다가 그들은 두려워할 바가 없어 떼를 지어 몰려와 그를 두들겨 패고 상투를 잡아끌었다.

김영은 관직에서 파직된 이후 더욱 곤궁하게 지냈는데 생계를 마련하지 못해 가정도 지키지 못했다. 남의 집 아동을 가르치는 훈장 노릇도 했다. 서울 안에 있을 때 의식주를 마련하여 자립하지 못했고, 그의 이름을 말하는 사람조차도 사라져 끝끝내 울울답답하게 지내다 죽었다.

김영은 수학에 정통하여 그보다 더 나을 수는 없었다. 그는 일찍이 "음률과 역법(曆法)은 이치가 같다. 역법을 다스릴 능력이 있다면 음률쯤이야 할 수 없을까보냐!"라고 하면서 드디어 율려(律呂)[2]에 마음을 쏟아 그가 터득한 조예를 확고하게 자신했다. 또《주역》을 독실하게 좋아했다. 그가 지은《역설(易說)》,《악률설(樂律說)》은 모두 깊이 있는 연구의 결과물이다. 역법 분야에서는《누주통의(漏籌通義)》,《중성기(中星記)》라는 저서를 남겨놓았다. 그가 죽었을 때에는 나이가 육십여 세였고, 아들 하나를 두었는데 나이가 어렸으

---

2 음악이나 음성의 가락을 이르는 말.

며, 떠돌아다녀서 지금은 어디로 갔는지 알 수 없다.

나는 말한다.

나는 김영의 삶을 보고 쇠퇴한 세상에서는 아무것도 할 수 없다는 사실을 깨달았다. 제아무리 이윤(伊尹)이나 여상(呂尙) 같은 재주를 가졌다손 치더라도 이러한 삶에 그치고 말았을 것이다. 더욱이 김영 같은 사람이야 말해 무엇하랴!

김영이 역서를 만드는 데 참여했을 때 내 할아버지인 효안공(孝安公)께서 관상감을 이끌고 계셨다. 그때 임금님께 힘써 아뢰어 그 일을 성사시키셨다. 그 인연으로 김영은 우리 집안과 아주 사이가 좋았다. 나는 어려서부터 산술을 좋아하여 김영으로부터 구고(句股)³에 관해 한두 가지 학설을 배운 적이 있다. 이 분야에 더 많은 공력을 들인 뒤에 지은 글이 있어서 김영에게 보여주고자 했다. 그러나 미처 보여주기도 전에 김영이 죽었다. 그래서 그에 관한 사연을 기록하고 그의 삶을 슬퍼한다.

---

3 직각삼각형.

천문학자 김영

金泳傳

정조·순조 연간의 저명한 천문학자이자 수학자인 김영의 불우한 삶을, 깊은 연민의 감정을 갖고 쓴 전기다. 비천한 신분의 김영은 스스로 노력하여 천문학과 수학 분야에서 최고의 경지에 도달했다. 그러나 명분과 신분에 매여 사람을 차별하는 폐쇄적인 풍기(風氣)의 당시 사회에서는 성공도 잠시뿐, 능력을 인정받지 못한 채 온갖 멸시를 받는다. 결국 곤궁함 속에서 비참하게 죽는다. 그의 삶은, 자기가 하고자 하는 분야에서 최고가 되려는 벽(癖)의 정신의 진면을 보여준다. 많은 위인전에서 보는 것과 같은, 집안 좋고 인물 좋고 덕망 있고 능력도 뛰어나며 친구도 많은 그런 사람이 아니다. 정형에서 벗어난 인물로서, 그의 불운에 깊이 공감하게 만드는 그러한 인물이다. 홍길주는 이 전기를 통해, 자신과 같은 인재가 수용되지 못하는 비극적이고 암담한 사회에 경종을 울리고, 그런 사회에 울분을 토로한다.

23

유쾌함과 위트의 문장, 조희룡

조희룡

조희룡(趙熙龍, 1789~1866)은 19세기를 대표하는 화가의 한 사람으로 중인문화를 선도했다. 그는 호칭을 아주 다양하게 사용했다. 자는 이견(而見)·치운(致雲)·운경(雲卿)을 썼고, 호는 우봉(又峰)·호산(壺山)·범부(凡夫)·철적도인(鐵笛道人)·단로(丹老)·매수(梅叟) 따위를 사용했다. 신분은 경아전 계통의 중인이다. 추사 김정희(1786~1856)와 생몰 연대가 비슷하고, 그와 같은 시대를 살면서 아주 친밀하게 교류했다. 추사의 예술 세계와 맺은 깊은 연관성과 노년에 추사의 일에 연루되어 임자도(荏子島)에 유배를 당함으로써 추사의 영향권에서 활동한 화가·서예가로 받아들여진다. 그러나 추사와 무관하게 다루는 것도 오류이지만 추사의 아류로 이해하는 것도 오류다. 모두가 조희룡을 제대로 이해하는 방법은 아니다.

화가와 서예가로서 조희룡이 보여준 업적은 진작부터 주목했다. 그러나 그의 문학 세계가 주목을 받은 것은 최근에 들어서다. 그의 저작들을 모아 역주한 《조희룡 전집》이 출간되고 그의 문학을 규명하는 연구물이 속속 발표되면서 그의 시 작품과 산문의 세계는 새롭게 조명되는 계기를 얻었다.

조희룡의 저작에는 필기(筆記) 계통의 《석우망년록(石友忘年錄)》, 《화구암난묵(畵鷗盦讕墨)》이 있고, 제화문(題畵文)을 모은 《한와헌제화잡존(漢瓦軒題畵雜存)》, 시집인 《우해악암고(又海岳庵稿)》, 《일석산방소고(一石山房小稿)》가 있으며, 편지글을 모아놓은 《향설관척독초존(香雪館尺牘鈔

存)》,《우봉척독(又峰尺牘)》,《수경재해외적독(壽鏡齋海外赤牘)》과 중인의
전기를 엮은《호산외기(壺山外記)》따위가 있다. 이렇게 그의 저술은 양
적으로도 적지 않아 다작의 작가로 인정하기에 부족함이 없다. 더욱이
문학적 향취 또한 짙게 풍긴다.

    조희룡의 많은 작품은 대체로 소품문의 특징을 고스란히 풍기고 있
다. 시집을 제외한 대다수 산문은 소품문의 영역에 속한다고 보아도 무
방하다. 그는 형식적으로는 척독소품과 서화제발을 즐겨 썼고, 내용적
으로는 청언소품(淸言小品)에 속하는 글을 주로 창작했다. 그는 호흡이
짧은 산문을 즐겨 썼다. 그의 산문은 우울과 괴로움의 정서를 배격하고
유쾌함과 위트의 정신이 번득여 경쾌한 느낌을 준다. 조선 후기 소품가
들 가운데서도 뚜렷한 개성을 보여주었고, 글을 잘 쓰는 화가로서 그만
의 개성이 넘치는 산문 세계를 구축하고 있다.

1
소꿉놀이 같은 글쓰기
漢瓦軒題畫雜存跋

이러한 산만하고 무료한 말을 이 작은 제목을 빌려 발표하거니와 여기에는 내 마음이 실려 있습니다. 이 책을, 어린애들이 티끌로 밥을 삼고, 흙으로 국을 삼고, 나무로 고기를 삼아 소꿉놀이하는 것에 비유하고 싶습니다. 그런 물건들이 그저 유희에 불과할 뿐, 먹지 못한다는 것은 아이들도 잘 알고 있습니다. 하지만 거기에는 밥이나 국이나 고기로 보는 의미가 담겨 있지요. 이 책은 마땅히 그렇게 보아야 할 것입니다.

소꿉놀이 같은 글쓰기

漢瓦軒題畵雜存跋

　조희룡은 많은 그림에 제화(題畵)의 글을 썼다. 위트가 돋보이는 짤막하고 문학적인 제화를 통해 자신이 문학과 회화, 인생을 바라보는 생각을 표현했다. 체계적이지도 설명적이지도 않은 짤막한 제화에서는 산만하면서도 운치 있는 단상(斷想)과 아포리즘적 언어를 엿볼 수 있다. 그 제화를 만년에 수집하여 엮은 책이 《한와헌제화잡존》이고, 그 제화가 어떠한 의미를 지니는가를 밝힌 것이 이 글이다.

　조희룡은 제화의 글이 아이들의 소꿉놀이와 같은 성격을 지닌다고 했다. 그림을 그리는 일도, 친구들에게 편지를 쓰는 일도, 그림에 제화를 써서 자신의 순간적 생각을 드러내는 일도, 아이들이 하는 소꿉놀이와 근본적으로는 같다는 것이다. 결국 인생도, 예술도 유희라는 독특한 관점을 제시한다. 이미 이덕무가 그러한 관점을 친구에게 편지로 내비친 일이 있다. 이덕무의 관점을 빌려다 쓴 것이지만, 자신의 인생관과 예술관을 한마디로 요약하고 있다.

2
천 년 이전의 사람을 떠올리다
壺山外記序

집에 소장하고 있는 고려(高麗)의 비색(秘色) 자기는 심하게 찌그러져 사용할 수 없음에도 오히려 어루만지며 손에서 놓지 못한다. 그 이유는 그 물건이 오래되었다는 데 있을 뿐이다. 그러니 삼대(三代)와 진한(秦漢) 이래의 청동제 골동품이야 말해서 무엇하랴?

그러자 이런저런 생각이 떠올랐다. 천 년 이전에 살았던 사람을 다시 일으킬 수만 있다면 소 머리를 하고 뱀 몸뚱어리를 가진 이인(異人)도 즐거워할 만하고, 겹눈동자를 하고 네 개의 젖을 가진 사람[1]도 즐거워할 만하다. 또 입이 까마귀 부리와 같거나 턱이 제비와 같은 특이한 용모의 사람[2]도 즐거워할 만하지만, 머리는 둥글고 눈

---

1   순임금은 눈 하나에 눈동자가 두 개씩이었고, 주문왕(周文王)은 젖꼭지가 네 개였다고 한다.
2   월나라 구천(句踐)은 목이 길고 입이 까마귀 부리 같은 용모를 했다고 하며, 동한(東漢)의 명장인 반초(班超)는 제비턱을 가졌다고 한다.

은 가로 찢어진 평범한 백성도 즐거워할 만하다.

《사기(史記)》에 나오는 극맹(劇孟)과 곽해(郭解), 과부(寡婦) 청(淸), 백규(白圭)³ 따위의 사람들은 뒷골목 협객이거나 돈벌이하는 장사치다. 후세에 전할 만한 훌륭한 말이나 행위를 남기지도 않았다. 하지만 그들을 묘사한 글을 읽고 그 사람됨을 상상하면 바로 생생하게 되살아날 것만 같다. 도대체 무엇 때문에 그런 걸까? 그들이 천년 이전의 사람이기 때문이다. 더구나 말과 행위가 후세에 전할 만한 사람이야 말할 나위 있으랴?

내가 집에 틀어박혀 있으면서 무료한 나머지, 귀로 듣고 눈으로 본 몇몇 사람을 찾아내어 그들을 위한 전(傳)을 지었다. 이 전이 요행히 천지 사이에 남아 후세의 독자로 하여금 지금 사람이 옛사람을 대하는 격이 되기를 바란다. 대담하게 서둘러 쓰고 나서 수염을 치켜들고 후세 사람이 고서를 읽는 자세를 취하고 읽어보았다.

그러나 시간이 흐른 뒤에 생각해보니 그것은 어리석고 망령된 짓이었다. 옛사람의 말과 행위 가운데 전할 만한 것을 전하는 것과 굳이 전할 필요가 없는 것을 전하는 것은 모두 큰 사람, 큰 붓의 힘을 빌려야 하는 법이다. 내가 그에 합당한 사람이겠는가! 이 책을 끌어다 불살라버려도 전혀 아깝지 않다.

하나 여기에는 남다른 소회(所懷)가 없지 않다. 비록 도시의 골목 사이에 후세에 전해주어도 좋을 인물이 조금 있다 해도 누구로부

---

3 극맹은 노름을 즐기는 협객이고, 곽해 또한 협객이다. 과부 청은 진시황 시절의 거부이고, 백규는 위문후(魏文侯) 때의 거상이다.《사기》〈유협열전〉과 〈화식열전〉에 나온다.

터 그들에 관한 사연을 얻겠는가? 세상에 큰 사람, 큰 붓이 나타나 그러한 인물을 찾게 될 때면 이 책에서 찾을 것이 없지 않으리라. 그래서 그대로 남겨둔다.

호산거사(壺山居士)가 스스로 쓴다. 금상(헌종憲宗) 10년(1844) 3월 2일.

천 년 이전의 사람을 떠올리다

壺山外記序

《호산외기》는 중인의 전기, 그것도 동시대인의 전기를 엮은 책이다. 조희룡은 이 책에서 사람들이 선망하는, 덕망 있고 훌륭하고 모범적 인간을 전기로 쓰기보다 개성적 인물을 그려내고자 했고, 성공한 인물보다 광기를 발산하는 생생한 인간을 그려내고자 했다. 이 글은 그 전기를 엮는 동기를 밝혔다.

서두가 흥미롭다. 찌그러진 고려청자를 아끼는 이유는 단지 오래된 물건이기 때문이라고 했다. 어떤 측면에서라도 기록할 가치가 있는 인물이기에 기록한다는 보편적인 저술 동기를 쓰지 않고, 그는 오랜 뒤에 읽었을 때 생생한 모습을 느낄 수 있는 사람이면 서술한다고 동기를 밝혔다.

또 조희룡은 뒷부분에서 언행이 전할 만해서 전해지는 사람과 전할 필요가 없는데도 전해지는 사람이라는 두 부류의 인간형을 말했다. 전할 만한 언행이 있어서 전하는 것은 상식이다. 전할 필요가 없는 사람을 후세에 전한다는 그의 저술 동기 역시 특이하다. 천 년 뒤의 사람들이 읽어서 살아 움직이는 느낌을 받을 수 있는 인간의 모습이라면 지나치게 도덕적 가치 기준이나 사회적 성공 여부라는 기준을 적용할 필요가 없을 것이다. 이 생각은 도회지 뒷골목에서 개성 넘치는 삶을 살고 행적을 남긴 여항인을 묘사하는 논리적 근거이기도 하다.

3

김억과 임희지

金檍·林熙之傳

김억(金檍)은 영조 때 사람이다. 천성이 호방하고 사치스러운 데다 집이 부자여서 음악과 여색의 환락을 실컷 즐겼다. 동방 사람들은 흰옷을 입건만, 그만은 홀로 색깔이 있는 비단옷을 입어 휘황찬란 했다. 칼에 벽(癖)이 있어, 칼을 모두 구슬과 자개로 꾸며서 방 안에 죽 걸어놓고는 날마다 한 개씩 바꿔 찼는데 일 년을 채워도 다 차지 못했다.

장악원(掌樂院)에 이육이악식(二六肄樂式)[1]이 거행되어 기녀들이 구름같이 모여들었을 때, 김억이 그 장면을 마음껏 구경했다. 그 때 한 무리의 젊은 것들이 "김억이 집 밖을 나오지도 않고 우리 대접도 않다가 나라 안의 여악(女樂)을 독차지한다. 얄밉기 짝이 없으니

---

1 장악원에서 악공과 의녀에게 음악과 춤을 가르치는 정기 행사. 2와 6이 들어가는 날짜, 곧 2·6·12·16·22·26일에 연습하여 많은 구경꾼이 모였다.

한번 욕 좀 보여주자."라고 말을 주고받고는 김억에게 말을 건네 싸움을 걸어왔다. 김억이 대꾸하지 않자 그들은 주먹으로 때리고 옷을 찢어버렸다. 김억이 한적한 곳으로 가서 옷을 갈아입고 다시 여악을 구경하는데, 앞서 입었던 옷과 품새나 색깔이 조금도 차이가 없었다. 젊은 무리들이 화가 나서 또 옷을 찢었다. 그렇게 반복하여 옷을 갈아입은 것이 세 번이었지만, 전과 다름없이 똑같이 구경했고, 끝내 한 마디 말도 건네지 않았다. 그제야 젊은 무리들이 부끄러워하며 그에게 사과했다.

김억은 총애하는 기생 여덟이 있었는데, 서로를 알지 못하게 했다. 어느 날 저녁, 그 기생 여덟을 불러 술을 마셨을 때, 제각기 '총애하는 것은 나 하나뿐'이라고 생각하여, 여덟 명이 동석하고도 투기할 줄을 몰랐다. 그의 권모술수가 대개 이와 같았다.

동방에 양금(洋琴)이 들어왔으나 소리가 촉급(促急)하여 절조(節調)에 맞추어 노래하는 사람이 없었다. 김억이 처음으로 양금 반주에 맞추어 노래하자 소리가 맑아서 듣기가 좋았다. 현재 양금을 연주하는 사람들은 그 기술이 김억으로부터 시작되었다는 사실을 모른다. 그는 공령문(功令文)까지 잘 지어 성균관 진사에 합격하기도 했다.

임희지(林熙之)는 자호(自號)를 수월도인(水月道人)이라 하고, 중국어 역관(譯官)이다. 사람됨이 강개(慷慨)하고 기개와 절도가 있다. 둥근 얼굴에 창끝 같은 수염을 지녔고, 키는 팔 척이라 훌쩍 크고, 도인(道人)이나 신선의 모습을 보였다. 술을 좋아하여 식사를 폐하고 여러 날 술에 취해 깨어나지 않는 일도 있었다. 대와 난을 잘 그

렸다. 대는 표암(豹庵) 강세황(姜世晃)과 이름을 나란히 했고, 난은
그보다 뛰어났다.

그림을 그리면 바로 수월(水月) 두 글자를 썼고, 반드시 글씨를
이어서 썼다. 간혹 화제(畫題)를 남기면, 신선의 부록(符錄)[2]과 같
아 알아보기 힘들었고, 글자의 획이 기이하고 예스러워 인간 세상
의 글자 같지 않았다. 생황을 잘 불어 배우는 사람들이 많았다. 집
이 가난하여 값나가는 물건이라곤 없었지만 그래도 거문고와 칼,
거울, 벼루는 소장했다. 소장한 물건 가운데 고옥(古玉)으로 만든
필가(筆架)는 그 값이 칠천 전(錢)이나 나가 집값의 두 배에 달했다.
그는 또 첩 하나를 데리고 살았는데, "내 집에 정원이 없어 꽃을 기
르지 못하므로, 이 사람이 좋은 꽃 한 송이에 맞먹을 만하지."라고
했다.

그가 사는 집은 서까래 몇 개로 엮인 것에 불과하고 빈 땅이라곤
열댓 평도 안 되었지만 기필코 사방이 몇 자 되는 못 하나를 팠다.
하지만 샘을 얻지 못하여 쌀뜨물을 모아 물을 대어서 빛깔이 뿌옇
게 흐렸다. 못가에서 늘 휘파람을 불고 노래하며, "내가 수월(水月)
이라 한 뜻을 저버리지 않으리니, 달이야 어찌 물을 가려서 비추리
요?"라고 했다. 그는 다른 책은 소장하지 않고 오직 《진서(晉書)》[3]
한 부만을 가지고 있었다.

일찍이 이런 일이 있었다. 배를 타고 강화도 교동(喬桐)을 향해

---

2 도교에서 전하는 비밀스런 문서.
3 당나라 태종(太宗) 때 방현령(房玄齡) 등이 지은 중국 진왕조의 정사(正史)로, 은둔과 청
   담(淸談)을 즐긴 시대 분위기를 반영하여 많은 고사(高士)가 등장한다.

갈 때, 바다 가운데 이르러 비바람이 크게 몰아쳐 거의 건너지 못할 지경이 되었다. 배 안의 사람들이 모두 정신을 잃고 엎드려 "부처님!", "보살님!", "스님!" 하고 찾았다. 그러나 임희지는 갑자기 크게 웃으며 벌떡 일어나 검은 구름, 흰 파도 속에서 춤을 추었다. 바람이 멎은 뒤에 사람들이 까닭을 물었다. 그의 대꾸는 이랬다.

"죽는 거야 늘 있는 일이오. 그러나 바다 가운데서 비바람 몰아치는 기이하고 장쾌한 장면은 만날 수 없으므로 춤추지 않을 도리가 있겠소?"

또 이웃집 아이에게 거위털을 얻어서 옷을 엮어 만들었다. 밤이 되어 달이 환하게 뜨자, 상투를 두 개로 틀고 신발을 벗고 털옷을 입은 채 생황을 불면서 십자로(十字路)를 다녔다. 그 모습을 본 순라군들이 도깨비로 알고 모두 달아났다. 그의 미치광이 같은 행동이 대개 이런 식이었다.

그가 일찍이 나를 위하여 바위 하나를 그려주었다. 붓을 몇 번 휘두르지 않고도, 주름이 잡히고 결이 있는 영롱한 정취를 갖추었다. 참으로 기이한 솜씨다.

호산거사(壺山居士)는 말한다.

"이 둘은 태평 시대에 하나쯤 있을 만한 사람이다. 세상의 도도한 무리들 가운데 이러한 사람을 다시 볼 수 있을까? 임희지가 바다 위에서 일어나 춤을 춘 행위는 혼백이 힘이 있고 안정된 자가 아니면 불가능한 일이다."

《호산외기》에 기인 두 사람을 함께 실었다. 두 명의 인물을 함께 서술한 합전(合傳)이다. 둘을 합하여 쓴 것은 하나는 음악, 다른 하나는 미술을한 예인(藝人)이기도 해서지만, 두 사람 모두 광기의 인간이라고 할 정도로 평범하지 않은 성격을 지니고 특이한 행동을 했기 때문이다. 세속적 기준에서 보면 물정을 전혀 모르는 인간이기도 하지만, 그들의 내면에는 예술을 향한 열정이 뜨겁게 작동하고 있다. 세상의 누구와도 다른, 그들만의독특하고 개성 넘치는 삶이 엿보인다. 그가 위 글에서 밝혔듯이, 그들의모습이 눈앞에 생생하게 되살아나는 느낌을 받는다.

4
척독 7제(題)

(1)

족자 그림이 겨우 이렇다네. 머리는 대머리이고 이는 빠져서 온갖 일을 전부 물리치는 처지에 손끝을 탓할 수야 있겠나? 그 가운데 가장 안쓰러운 것은 노년을 보내는 소일거리가 오로지 책을 보는 것 한 가지뿐인데, 요즘은 책장을 덮으면 바로 잊어버린다는 걸세. 전에 이야기 하나를 들었네. 한 노인네가 늘 같은 책만 보고 다른 책으로 바꿔보지 않자 누군가가 그 까닭을 물었다네. 그러자, "나는 날마다 새 책을 보는데 어째서 같은 책이라 하는 거요."라고 했다지. 이 말은 소담집에나 들어갈 이야기이지만 오늘날의 내 모습을 잘도 비유했더군. 하하!

(2)

어제 편지는 문장이 종이에 넘쳐흐를 정도라, 병을 무릅쓰고 삼가 읽기는 했습니다만 세세히 검토하지는 못했습니다. 그러나 세간의 문자(文字)는 안개 낀 바다와 같이 무궁하여 사람의 힘으로 다볼 수 있는 것이 아니므로, 어떻게 생긴 문자이든지 간에 한번 읽어 보는 것 자체가 다행스런 일입니다.

과거 답안이나 패관잡서라도 다들 옛사람의 심혈(心血)에서 나왔으므로, 후세 사람이 한번 펼쳐 읽기만 해도 은밀히 평가를 내린 셈입니다. 대체로 이런 문자들을 반 편도 채 읽지 않고 곧장 꾸짖으며 제 안목이 높은 체하는 것은 모두 문인들의 버릇입니다. 저는 이를 언제나 유감으로 여겼습니다. 이 책을 누가 지었는지 알 수는 없으나 문인이 재미 삼아 썼을 것입니다. 지은 사람의 성령(性靈)이 담겨 있음을 확인하면 될 뿐, 굳이 그렇게까지 입에 침이 마르도록 비난하고 반박할 필요가 있겠습니까?

옛날에 왕필(王弼)[1]이 《주역》에 주를 내면서 나무를 깎아 정강성(鄭康成)[2]의 소상을 만들고, 그가 잘못 풀이한 대목에 이르면 바로 그 소상을 꾸짖었답니다. 《주역》에 주를 내는 일은 중대하기에 이런 비정상적인 짓을 했고, 그가 천고에 빼어난 안목을 자부하는 자이므로 그런 짓을 괴이하게 여길 필요가 없지요. 그렇지만 노형께서 무료하여 쓴 가벼운 글을 이렇듯이 각박하게 평하시니 취지가 무엇인지를 모르겠습니다. 이만 줄입니다.

---

1 왕필(226~249)은 중국 위(魏)나라의 저명한 학자로, 《노자주(老子註)》, 《주역주(周易註)》 따위를 지었다.

2 정강성은 한(漢)나라의 저명한 학자인 정현(鄭玄)으로 《주역》에 주를 달았다.

(3)

요즈음 젊은 사람들은 배불리 먹고 따뜻하게 입으면서 글 한 줄 읽지 않습니다. 그런 처지에 곧잘 매화와 난을 그리겠다고 배우기를 청합니다. 그런 젊은이를 꾸짖어 금지하지 않고 때로는 지도까지 하는데 거기에는 제 나름의 의도가 있습니다. 이것이 비록 작은 기예에 불과하지만 붓·벼루와는 거리가 가깝고, 장기·바둑과는 거리가 멉니다. 따라서 이백 금이나 나가는 송판본(宋板本)《사기(史記)》[3]를 가져다 애완용 비둘기 한 쌍과 바꾸거나 백여 금이 나가는 유명한 도요(陶窯)의 자기를 가져다 청루(靑樓) 기생의 한바탕 웃음을 사는 짓거리는 절대 하지 않을 것입니다. 게다가 이로부터 독서하는 맛을 요행히 얻을지도 모릅니다. 그래서 배우기를 허락하는 것이지요. 한바탕 웃습니다.

(4)

이태 동안 개구리와 물고기가 활개 치는 고장에서, 문을 닫고 그림 그리는 작업을 거의 하루도 거르지 않고 해왔네. 간혹 문밖으로 그림이 흘러나가도 그냥 내버려두었네. 이제부터 고기잡이하는 늙은이나 소 먹이는 아이들도 매화와 난초를 말할 수 있을 테니까. 시 한 구절을 지었네.

이제부터 어부도 매화도를 말할 테니

---

3   송나라 때 출간한 《사기》로, 구하기가 어렵고 값이 비쌌다.

유희거리 한 가지를 개시했다 자부하네.

(5)

시와 그림을 어찌 쉽게 말할 수 있겠습니까? 서권(書卷)이 뱃속에 가득 찬 뒤에 그것이 넘쳐흘러 시가 되고, 우주의 기운이 손가락에 들어온 뒤에 그것이 발동하여 그림이 됩니다. 그런데 근래의 젊은 사람들은 《통감절요(通鑑節要)》반 권도 해득(解得)하지 못하면서 곧잘 칠언율시를 짓고, 해서(楷書) 한 줄도 쓰지 못하면서 곧잘 난과 대를 그리고 나서 고아한 사람의 심오한 운치를 얻었다고 자부합니다. 그래, 일곱 글자에 운자(韻字)를 달기만 하면 시가 되고, 먹물을 묻혀 종횡으로 휘두르면 그림이 된답니까?

가소로운 일은 또 있습니다. 두 눈동자가 또랑또랑하여 밤에도 추호(秋毫)를 분간하는 사람이, 항상 안경을 걸치고 종일토록 배를 쓰다듬으며 앉아서 일 한 가지, 농사 한 가지 하지 않습니다. 일체의 세간사를 《서유기(西遊記)》와 《수호전(水滸傳)》 따위의 책을 가져다 곧잘 판가름하고는 옛일에 박식하다고 자화자찬을 늘어놓습니다. 제가 일찍이 그런 자들을 비웃었습니다. 이 말을 내뱉자니 남을 거스르겠고, 품고 있자니 스스로를 거스르게 됩니다. 차라리 남을 거스르더라도 마침내 이 말을 내뱉습니다. 모름지기 제각기 노력하여 이 같은 병에서 벗어난다면 다행이겠습니다.

(6)

나는 근래 옴에 걸렸는데, 무엇이 빌미가 되었는지 모르겠네. 곰곰 생각해보니, 식성이 물고기를 먹지 않고 오로지 닭고기를 즐겨 먹어, 이 섬에 들어온 이태 동안 닭을 거의 몇백 마리쯤 먹었는데 이 때문에 풍병(風病)이 생긴 걸까? 큰 구슬, 작은 구슬이 온몸에 오돌도돌 돋아나 가라앉지를 않고, 근질근질 가려운 곳을 긁느라고 열 손가락 손톱이 다 닳아 무뎌졌네. 그 가려움증을 세밀히 살펴보니 거기에도 섬세한 이치가 숨어 있네. 한 몸에도 가려움이 제각기 달라, 깊고 얕음과 느리고 빠름과 가볍고 무거움과 성글고 빽빽함과 모이고 흩어짐과 뜨고 가라앉음 외에도 갖가지가 있네. 얕으면서도 깊고 깊으면서도 얕은 것이 있고, 깊은 데 더욱 깊고 얕은 데 더욱 얕은 곳이 있고, 한 곳에 두 가지 증세가 있거나 여러 곳이 한 가지 증세인 곳이 있네. 가려움 너머의 가려움이 있고 가려움 내부의 가려움이 있으며, 가려움이 끝났는데 가려움이 끝나지 않은 것이 있고, 가려움이 끝나지 않았는데 가려움이 끝난 것이 있네. 여기저기 흩어져 거둘 수 없는 것이 있고, 불쑥 나타나 정해진 자리가 없는 것이 있네. 가려움이 바닥에 깊이 박혀 있어 땅속을 뚫고 들어가고 싶은 것이 있고, 위로 치솟아 꼭대기에 오르면 높이 훌쩍 날듯한 것이 있네. 혹은 동으로 혹은 서로 퍼지고, 혹은 위로 혹은 아래로 향하네. 척추뼈가 끝나는 곳을 꽁무니라고 하는데, 가려움이 이곳에 이르러서야 증세가 그치네. 이는 언어와 문자로 설명할 수 있는 것이 아니거니와 설명할 수 없는 바로 그곳에서 선(禪)의 이치를 터득할 수 있네. 이것이 철적도인이 옴으로 터득한 삼매경이라고 하는 걸세. 껄껄껄!

(7)

편지가 마침 도착하여 뜯어보고서 한번 웃었습니다. 마음속에 그리던 사람이 이렇게 이르렀으니 무엇으로 보답할까요? 창 모서리에 뜬 봄볕을 오이처럼 따다가 답장 속에 넣어 바로 보내고 싶습니다. 편지를 통해 노형께서 새해를 맞이하여 기쁜 일이 더해졌음을 알고 위안을 받았습니다. 노형의 불우함을 생각하면 언제나 탄식이 터져나옴을 금하지 못합니다. 하나 진평(陳平)처럼 아름다운 분이 끝까지 곤궁하게 사는 법이 있을까요?[4] 객지의 제 형편은 달리 말씀드릴 게 없군요. 쓸데없이 크기만 한 칠 척 몸뚱어리가 달팽이 껍데기 같은 초가집 안에 웅크린 채 처박혀 있자니, 침침한 벽, 기우뚱한 기둥이 기지개를 펴기라도 하면 삐걱삐걱 금세 무너질 것 같다는 점만 말씀드리지요.

---

4 한고조를 도와 한나라를 세운 공신 진평은 소싯적에 매우 가난했지만 용모가 관옥처럼 아름다웠다. 같은 마을에 사는 부자 장부(張負)가 진평에게 과부가 된 딸을 시집보내며, "세상에 진평처럼 아름다운 사람이 오래도록 빈천하게 지낼 리가 있겠는가?"라고 말했다.

척독은 조희룡 산문의 장처(長處)로서 예술성이 풍부하다. 친구들과 주고받은 문안 인사나 예술과 문학, 처세와 인간사를 토로한 편지는 생생한 정취(情趣)가 살아 있다. 그는 장황하게 설명하거나 분석하려 하지 않고, 단상(斷想)을 자유롭게 썼다. 그의 편지에 일관하고 있는 것은 어거지 멋 부림이 아니다. 그 가운데 번득이는 위트와 쾌활한 웃음, 멋스런 내면이 들어 있다. 비슷한 내용과 상투적 어구가 반복되는 단점이 없는 것은 아니지만, 혜안과 멋을 지닌 그의 척독은 19세기 산문의 아름다움을 한껏 보여준다.

조희룡이 쓴 척독 가운데 유배지 임자도에서 쓴 것이 많이 남아 있다. 권돈인과 김정희가 정적의 공격을 받아 정계에서 축출되자, 조희룡은 1851년 8월 22일 임자도로 유배되어 1853년 3월 14일에 해배되었다. 이 섬에서 서울의 친지들에게 보낸 많은 편지에는 그의 예술혼과 일상사가 담겨 있다.

원문

01 개성 충만한 사회 비판, 허균

1 慟哭軒記 통곡의 집

余猶子宷者, 構其室, 扁曰慟哭. 人皆大笑之, 曰:"世間可樂之事甚多
矣, 何以哭爲室扁耶? 況哭者, 非喪之子, 則失恩婦也. 人甚惡聞其聲,
子獨犯人忌而揭其居, 何哉?"曰:"余背時嗜而違俗好者. 時嗜歡, 故吾
好悲, 俗則欣欣, 故吾且戚戚. 至於富貴榮耀世所喜者, 則吾棄之若浼.
唯視賤貧窮約而處之, 必欲事事而違之. 常擇世之所最惡者, 則無踰於
哭, 故吾以額吾之軒也."

余聞而誚諸笑者, 曰:"夫哭亦有道矣. 盖人之七情易動而感發者, 無哀
若也. 哀至則必哭, 而哀之來者亦多端. 故傷時事之不可爲而慟哭者,
賈大傅也; 悲素絲之失其質而哭者, 墨翟也; 厭岐路之東西而哭者, 楊
朱也; 途窮而哭者, 阮步兵也; 悲時命之不偶, 自放於人外而寓情於哭
者, 唐衢也. 之數子者, 皆有懷而哭, 非傷離抱屈而屑屑效兒女子之哭
者也. 今之時, 比數子之時, 又加末矣. 國事日非, 士行日偸. 交朋之背
馳, 有甚於路岐之分, 而賢士之厄困者, 不啻於途窮, 皆有遁居人外之
計. 若使數君者子目擊斯時, 則未知當作何如懷, 而將慟哭之不暇, 皆
欲抱石懷沙如彭咸·屈大夫也. 宷室之扁以哭, 亦出乎玆. 諸君毋笑其
哭, 可也."

笑者喩而退, 因爲之記, 以釋群疑.

2 屠門大嚼引 푸줏간 앞에서 입맛을 쩍쩍 다시다

余家雖寒素, 而先大夫存時, 四方異味禮饋者多, 故幼日備食珍羞. 及長, 贅豪家, 又窮陸海之味. 亂日避兵于北方, 歸江陵外業, 殊方奇錯, 因得歷嘗. 而釋褐後南北官轍, 益以餬其口. 故我國所産, 無不嚼其臠而嚼其英焉.

食色性也, 而食尤軀命之關. 先賢以飲食爲賤者, 指其饕而徇利也, 何嘗廢食而不談乎? 不然, 則八珍之品, 何以記諸禮經, 而孟軻有魚熊之分耶?

余嘗見何氏《食經》及郇公《食單》, 二公皆窮天下之味, 極其豊侈, 故品類甚夥, 以萬爲計. 諦看之, 則只是互作美名, 爲眩耀之具已. 我國雖僻, 環以巨浸, 阻以崇山, 故物産亦富饒. 若用何韋二氏例, 換號而區別之, 殆亦可萬數也.

余罪徙海濱, 糠籺不給, 飣案者, 唯腐鰻腥鱗·馬齒莧野芹, 而日兼食, 終夕枵腹. 每念昔日所食山珍海錯, 飫而斥不御者, 口津津流饞涎. 雖欲更嘗, 邈若天上王母桃, 身非方朔, 安得偸摘也? 遂列類而錄之, 時看之, 以當一嚼焉. 旣訖, 命之曰屠門大嚼, 以戒夫世之達者, 窮侈於口, 暴殄不節, 而榮貴之不可常也如是已. 辛亥四月二十一日, 惺惺居士題.

3 對詰者 비방꾼과의 대화

顑而弁者, 有詰於吾: "君有文章, 官上大夫, 峨冠博帶, 侍于淸都, 從者雲擁, 呵于通衢. 宜其所交, 卿相爲徒, 偕其追逐, 叶其訏謨, 躐取權柄, 以豊其廚. 胡爲朝罷, 閉兌如愚, 無顯者來, 畸人與俱? 有鼃其面, 有赤

其須, 赤者詼舌, 鬚者提壺. 有一短漢, 其鼻如狐, 有眼其眇, 有睫其朱,
日哄其堂, 歌呼嗚嗚, 鎪困萬象, 用以自娛. 嫉者如林, 群士背趨, 宜其
子身, 陌于泥塗. 盍捨此輩, 往締要途?"

余曰:"否! 否! 子言之迂. 吾性鄙拙, 疎而且麤, 無機無巧, 不諂不諛.
有一不協, 不忍須臾, 談及譽人, 口卽囁嚅, 足躡權門, 其跟卒痛, 軒裳
拱揖, 如柱在軀. 將此惰容, 去謁公孤, 見者輒憎, 欲斮其顱. 不得已焉,
思適江湖, 爲貧爲祿, 欲退次且.

唯二三人, 不爲俗拘, 喜我伎倆, 或愛無邪, 來醉我酒, 相招相呼. 有倡
斯和, 篇篇明珠, 火齊木難, 玫瑰珊瑚. 自寶我寶, 非待其沽. 風頌爲伍,
命騷僕奴, 詫爲大業, 隘視寰區, 謂仕毋詭, 範我以驅, 從天所賦, 以至
桑楡. 勢交利交, 有時必渝, 此交不沮, 石耶金乎! 當其得意, 欣欣愉愉,
不知有我, 忘寢及餔. 而況軒貂, 視若有無.

彼富貴者, 紫拖青紆, 長裾佩玉, 只悅婦姑. 此沈冥者, 唯樂是圖. 不耽
聲色, 不怵嚴誅. 曰陶曰謝, 曰李曰蘇, 唯冀其齊, 莫岬榮枯. 衆嗜爲惡,
衆尊爲汚, 人曰病風, 我喜呼盧. 宜其我身, 每陷重辜. 如絶斯交, 身寧
伏鈇. 世情閃歘, 世路崎嶇, 分析毫末, 利害錙銖. 我之齟齬, 難以誠孚.
子言雖是, 不察其駑, 雖其愛人, 非以德夫!"

詰者曰:"唯! 我誠模糊. 聞子之論, 若見大巫. 子交則善, 子言非誣. 吾
失吾言, 眞小人儒."

言訖而退, 其去于于.

4 閑情錄序 한가함의 열망

嗚呼! 士之生斯世也, 豈欲蔑棄軒冕, 長往山林者哉? 唯其道與俗乖,

命與時舛, 則或有托於高尙而逃焉之者, 其志亦可悲也. 唐虞之世, 以堯舜爲君, 都兪贊襄, 治化雍熙, 而有巢父·許由之倫, 洗耳投瓢, 棄去之若浼焉, 此又何見歟? 惺惺翁少躱弛, 乏父師訓, 長爲無町畦之行. 小技不足裨世, 而束髮登朝, 以疏雋忤於時貴, 遂自逃於老佛者流, 以外形骸·齊得喪爲可尙, 浮沈俯仰, 以通狂惑. 今年已四十二, 頭髮種種, 無能爲矣. 近景駸駸, 功業未成, 竊自悼上之不能一丘一壑, 游心縱志, 如司馬子微·龐德公; 次之不能畢娶遠引, 掛冠遯擧, 如向子平·陶弘景; 下之不能混跡簪紳, 寄傲林泉, 如謝康樂·白香山. 而逐逐於形勢之途, 終歲不閑, 利害錙銖, 則志爲之怵; 贊毀蚊黽, 則心爲之動. 蹢足屛氣, 冀免機穽, 其視昔賢鴻騫鳳矯蟬蛻於濁世者, 智愚相去, 奚啻天壤哉! 近以疾移告杜門, 偶閱劉何〈棲逸傳〉, 呂伯恭《臥遊錄》, 都玄敬《玉壺氷》, 其寓情蕭散, 犁然有當於心. 遂合四家所篏, 間附以所觀記, 彙爲一書. 又取古人詩賦雜文詠及於閑逸者, 爲後集, 爲編凡十, 題曰閑情錄, 自以澄省焉. 翁以謏才未聞道, 生當聖世, 官爲上大夫, 職則視草, 詎敢希蹤巢許, 忍訣堯舜之君, 自以爲高也? 顧時命不偶, 有類於昔人所歎, 倘得於康健之日, 乞身退休, 以終天年, 則幸孰大焉? 異日林下, 若値遺世絶俗之士, 出此編以相揚搉, 則庶不負初賦云.

5 與李懶翁 丁未正月 이런 집을 그려주오

大絹一簇, 各樣金靑等彩, 並付家奚, 致之西京, 須繪作背山臨溪舍. 植以雜花修竹千竿. 中開南軒, 廣其前除. 種石竹金線, 列怪石古盆. 東偏奧室, 卷幔陳圖書千卷, 銅甁揷雀尾, 博山尊彝于耒几. 西偏拓囱, 家小娘糝羹茱, 手漉潼醴, 注于仙爐. 吾則隱囊於堂中, 臥看書, 而汝與在左右詼笑, 俱着巾絲履, 道服不帶. 一縷香烟, 颺於箔外. 仍以雙鶴啄石苔, 山童擁箒掃花, 則人生事畢矣. 工訖, 付於台徵公之回, 切望切望.

6 與李汝仁 이재영에게 보낸 척독 3제(題)

簷雨蕭蕭, 爐香細細, 方與二三子袒跣隱囊, 雪藕剖瓜, 以滌煩慮. 此時不可無吾汝仁也. 君家老獅必吼, 令君作猫面郎, 毋爲老鰥畏縮狀. 門者持傘, 足以避霡霂, 亟來亟來! 聚散不常, 此會安可數數? 分離後, 雖悔可追?

君家文君甚警慧, 必知春色片時, 其肯爲沙吒利終守節乎! 諺曰: 十斫木, 無不顚, 君其圖之! 彼熟銷金帳羔兒之味, 雪水煎茶, 殊亦雅事. 使其過我, 必曰: 幾乎虛度此生也. 君語之曰: "飛者上, 有跨者." 則必動於言矣.

吾得大州, 適近汝仁所寓, 可侍母來此. 吾當以半俸餉之, 必至不翳桑也. 君與我, 地雖殊, 而趣則同, 才寔十倍, 而世之棄有甚於僕. 僕之每氣塞者也. 吾雖數奇, 數爲二千石, 猶足以蝸涎自濡, 君則不免糊其口四方, 皆吾輩之責也. 對案顏輒汗, 食不下咽. 亟來亟來! 雖以此得謗, 吾不卹也.

02 일침견혈(一針見血)의 산문, 이용휴

1 題半楓錄 미인의 얼굴 반쪽

昔有人夢見一姝, 艶甚而只露半面, 以未見其全, 念結爲病. 人曉之曰: "未見之半, 如已見之半!" 其人卽念解. 凡看山水皆如此. 且楓嶽, 山以毘盧爲冠, 水以萬瀑爲最, 而今皆觀焉, 則未可謂之半也. 辟觀樂者, 招筒而止, 不觀他樂也.

2 此居記 이 사람의 집

此居, 此人居此所也. 此所卽此國此州此里, 此人年少識高耆古文奇士也. 如欲求之, 當於此記. 不然, 雖穿盡鐵鞋, 踏遍大地, 終亦不得也.

3 杏嶠幽居記 살구나무 아래의 집

古杏樹下有小屋, 椸架几案之屬幾據三之一. 客至數人, 則膝相磕, 至狹陋也. 主人安之, 惟讀書求道. 余謂: "此一室中轉身而坐, 方位易焉, 明暗異焉. 求道只在轉念, 念轉而無不隨者. 君能信我, 爲君推窓. 一笑, 已登昭曠之域矣."

4 贈鄭在中 외안(外眼)과 내안(內眼)

眼有二, 曰外眼, 曰內眼. 外眼以觀物, 內眼以觀理. 而無物無理, 且外
眼之所眩者, 必正於內眼. 然則其用全在內矣. 且蔽交中遷, 外反爲內
害. 故古人願以初瞽還我者, 以此也. 在中今年四十矣. 四十年中所見
不爲不多, 雖從此至大耋, 不過如前. 後之在中, 猶夫今之在中, 可知
也. 幸在中外障, 防視物, 得專內視, 見理益明. 後之在中, 必不爲今之
在中. 如是, 則勿論點睛退瞖之方, 雖金篦刮膜, 亦不願矣.

5 還我箴 爲申生得寧作 나 자신으로 돌아가자

昔我之初, 純然天理, 逮其有知, 害者紛起. 見識爲害, 才能爲害. 習心
習事, 輾轉難解. 復奉別人, 某氏某公. 援引藉重, 以驚群蒙. 故我旣失,
眞我又隱. 有用事者, 乘我未返. 久離思歸, 夢覺日出. 翻然轉身, 已還
于室. 光景依舊, 體氣淸平. 發錮脫機, 今日如生. 目不加明, 耳不加聰.
天明天聰, 只與故同. 千聖過影, 我求還我. 赤子大人, 其心一也. 還無
新奇, 別念易馳. 若復離次, 永無還期. 焚香稽首, 盟神誓天. 庶幾終身,
與我周旋.

6 祭靖叟文 이제는 한가롭겠구려

某年月日, 靖叟老人將大歸, 宗人某擧觴而送之曰:"公雖在世而常厭
世, 今所歸處, 無衣食之營·婚喪之節, 迎候拜揖書牘問遺禮, 又無炎凉

之態·是非之聲, 只有淸風明月·野花山鳥. 公可從此而長閒矣." 知心
之言, 想應頷之. 尙饗.

7 隨廬記 남을 따라 산다

風東與東, 風西與西, 世靡然矣, 惡而欲避之? 行而影隨, 呼而響隨, 是
又在我, 何以得避? 其將默坐以終己耶? 无是理焉. 且何不上古衣冠·
中華言語, 隨時制也, 隨國俗耶? 此衆星隨天·萬川隨地之義. 雖然, 亦
有不隨造化自立性命者, 天下宗周而夷齊恥, 百卉零秋而松栢靑, 是
也. 噫! 禹解下裳, 孔從獵較, 大同處不可違也. 然則惟從衆歟? 否! 當
從理. 理何在? 在心. 凡事必問之心, 心安, 則理所許也. 爲之不安, 則
所不許也. 已之如是, 則所隨者正而自合天則, 壹隨心而氣數鬼神皆隨
之矣.

8 當日軒記 하루가 쌓여 열흘이 된다

自人之不知有當日, 而世道非矣. 昨日已過, 明日未來. 欲有所爲, 只在
當日. 已過者, 無術復之, 未來者, 雖三萬六千日, 相續而來, 其日各有
其日當爲者, 實無餘力可及翌日也. 獨怪夫閒者, 經不載, 聖不言, 而有
托以消日者. 由此而宇宙間事, 多有不得盡其分者矣. 且天不自閒而常
運, 人安得閒哉? 然當日所爲者, 亦不一, 善者爲善, 不善者爲不善. 故
曰無吉凶孤旺, 但在用之者耳. 夫日積爲旬而月而時而歲, 成人亦日修
之, 從可欲至大而化矣. 今申君欲修者, 其工夫, 惟在當日, 來日則不

言. 噫! 不修之日, 乃與未生同, 卽空日也. 君須以眼前之昭昭者, 不爲空日, 而爲當日也.

9 許烟客生誌銘 살아 있는 벗을 위한 묘지명

許烟客, 名佖, 汝正其字, 孔巖世家也. 烟客少淸妍, 饒姿止, 性和而辨, 易而立, 與人談諧, 聲氣可樂, 人無勿善之也. 與其兄佾子象, 同氣味, 若一身也. 然子象好讀易, 烟客喜吟詩, 此其異也. 又多藝, 善篆隷, 兼通史皇六法, 然不竟其學, 曰: "是人役, 徒勞我耳." 家貧屢空, 而有泰色. 或遇古器若良劒, 卽解衣易之. 人笑其迂, 曰: "我不迂, 誰當迂者?" 庭有古楠, 階列佳菊, 逍遙其間, 不問世事. 常曰: "吾外不內顧者, 爲有妻金也; 內不外顧者, 爲有子霱也." 妻亡不再耦, 盡以家屬霱.

烟客以明陵己丑生, 二十七成進士, 今年五十三. 忽謂余曰: "吾幸與子幷世, 而又善子. 我死, 霱必以幽累子, 如其死而幽累子, 曷若生而明累子?" 余感其意, 遂誌而詔之. 銘曰: "自夏而后, 漸屬之陰, 自午而后, 漸屬之暮, 自中身而后, 漸屬之幽. 烟客知之, 豫爲之謀. 余告烟客, 似達未達, 猶爲識累. 往古來今, 子之年也, 佳山好水, 子之居也, 含齒戴髮, 子之眷也, 悲懼否泰, 子之歷履也. 李氏爲之銘, 而姜氏書之, 是子之不死也."

03 좌절한 영혼의 독설, 심익운

1 雜說四則 네 가지 이야기

(1)

有三人共買一馬者, 靡所適主, 相與議. 一者曰: "我買脊." 其一者曰:
"我買首." 又其一者曰: "我買尻." 已而騎而出, 買脊者乘, 使買首者牽
其前, 買尻者鞭其後, 儼然一主而二僕也. 夫設詐而欺愚, 自取其便利
者, 亦是買馬脊之類也.

(2)

饕餮之世, 廉夫震死. 始帝之命雷師也, 求天下之惡者一人而震焉. 天
下擧貪夫也, 不可以盡誅也. 於是以廉夫爲惡者而震之. 是猶狂國之人
以不狂爲狂也. 甚矣哉! 獨行之不用於世也.

(3)

里之人有老而哭其夫者, 每夜則號曰: "翁乎! 以我歸乎!" 他日有升屋
而爲翁呼者曰: "嫗行矣!" 於是以爲鬼也而悴之. 非惡其鬼也, 惡其死
也. 今夫利欲之殺人, 甚於鬼, 而人之慕富貴者, 多於夜號, 則惑矣.

(4)

偸約曰: "凡穿窬者二人爲群, 爾我先後, 更夜則然. 穴戶孔壁, 所得毋
專. 如有拘執, 不兩獲全, 爾我相斬, 鬼神勿怨." 它日鑿壞將入, 前者納

其足未遂, 主人自內鉤且距之, 進退俱谷. 後者曰:"天且曙矣, 事將如何?" 前者曰:"姑徐勿亟!" 少焉曰:"我知之矣, 事急矣!" 於是拔刀斷首而去. 趨利之士, 同心一意, 期與之死, 末乃負之, 曾穿窬之不若也.

2 大小說 큰 도둑, 작은 도둑

西湖近水, 多虫蛇. 余至寓舍, 家僮執二大蛇放之, 執二小蛇殺之. 問其故, 云:"蛇之大者, 有靈, 不可殺, 殺之, 報人. 小者, 殺之, 不能報人." 蛇, 惡物也. 其大者, 惡宜大, 其小者, 惡宜小. 今大者, 以其大免, 小者反以其小見殺, 豈惟虫哉? 凡人之惡大者, 亦其以其大有力, 故惡小者乃誅焉. 至於善, 善大者不聞, 善小者聞. 故大忠不賞, 小忠賞, 大賢不用, 小賢用. 此豈非善惡大小之有幸不幸歟? 乃爲數語曰:"盜跖不滅, 穿窬裂, 舍其屠割, 誅兩匹, 大吏高喝, 小民蹶." 又曰:"孔墨不登, 斗筲與, 棄其豫章, 杙爲梁. 今此下氓, 誰勸誰懲?

3 玄齋居士墓志 물정에 어두운 화가

玄齋居士旣葬之明年庚寅, 翼雲刻石以志其墓. 文曰: 沈氏籍青松, 世著勳德, 至我晚沙府君, 遂大昌顯. 居士其曾孫也. 居士生數歲, 輒自知象物, 畫作方圓狀. 少時師鄭元伯, 爲水墨山水. 旣究觀古人畫訣, 目到心解, 始乃一變其所爲, 爲悠遠蕭散之態, 以力洗其陋. 及夫中歲以來, 融化天成, 不期於工, 而無所不工. 嘗畫觀音大士及關聖帝君像, 皆獲夢感. 有使燕還者云, 燕市中多貨居士畫者. 惟其自少至老, 五十年間,憂患佚樂, 無日不操筆, 遺落形骸, 咀吮丹青, 殆不省窮賤之爲可苦, 汚辱之爲可恥. 故能幽通神明, 遠播殊俗, 知與不知, 無不慕悅者. 居士之於畫, 可謂終身用力, 能大有成者矣. 居士旣卒, 貧無以斂, 翼雲合諸眼贐, 以相厥具用, 某月日, 其孤郁鎭葬之于坡州分水院某坐, 原在晩沙府君墓東某里. 系之以銘曰: 居士諱師正, 頤叔其字. 考諱廷冑, 姒河東鄭氏. 有室無育, 子從兄子. 壽六十三, 死葬于此. 嗟! 後之人, 其勿傷毁!

4 送金督郵序 예술가의 생활

往余與眞宰遊, 語無所不及. 閭巷人劉生過時不娶, 其兄勸之娶, 輒拒絶不聽, 人皆以爲狂, 獨眞宰聞而奇之, 亟稱於人. 眞宰之言曰: "我惟有妻子, 故黽勉於祿仕而爲是區區也. 不然, 我豈樂此者哉!" 旣已, 眞宰以積勞督郵嶺南, 將行, 過語翼雲, 曰: "子何以贈我?" 余曰: "子嘗語余以劉生矣. 夫督郵, 賤職也; 嶺南, 遠地也. 以賤職赴遠地, 是二者非人情之所欲, 而猶且爲之者, 誠以捧祿可以及妻子而勢有所不得已也. 今子之行, 得無爲劉生所笑乎? 雖然, 我知子矣. 使子奉公之外, 稍存贏餘, 置薄田數頃於東郊, 妻子衣資裁足相給. 必將脫屣世外, 放浪自恣, 論吟丹青, 以終餘年. 又何必如劉生之畏其累而廢其倫, 然後爲可也哉? 世之士大夫顧戀妻子, 貪利而不知止, 往往至於傷身敗名, 其有媿於劉生者多矣. 眞宰苟無忘稱道劉生, 則亦可矣." 眞宰姓金氏, 字克讓, 以善畫名世, 亦能於詩云. 乙酉首夏上浣, 沈翼雲序.

老人名昌厚, 姓閔氏, 死時年八十二. 少家湖右, 晚寓江華島中. 癸未歲, 以推恩得通政階, 拜僉樞, 贈其妻淑夫人. 有子男一人, 孫三人, 以其長孫光海托余. 老人與余遊數十年, 凡平生所學卜算地理擇日祿命家言, 無不爲余言, 言不及非義, 爲人卜葬兆, 不擇貴賤, 盡其術. 窘於財, 人與之則喜, 有所負, 亦未嘗怒. 老人脩顔, 善談笑, 每入京城, 必止宿於余, 見必驩如也. 甲申秋, 余適有嶺行, 老人乘舟泝江來送余, 自言老病, 不能復相見. 明年秋, 余又在嶺外, 而老人死矣. 余以老人之於余厚, 爲老人葬誌.

04 눈이 번쩍 뜨이는 문장, 박지원

1 伯姊贈貞夫人朴氏墓誌銘 큰누님을 보내고

孺人諱某, 潘南朴氏. 其弟趾源仲美誌之曰: 孺人十六歸德水李宅模伯
揆, 有一女二男. 辛卯九月一日歿, 得年四十三. 夫之先山曰鴉谷, 將葬
于庚坐之兆. 伯揆旣喪其賢室, 貧無以爲生, 挈其穉弱婢指十, 鼎鎗箱
簏, 浮江入峽, 與喪俱發, 仲美曉送之斗浦舟中, 慟哭而返.

嗟乎! 姊氏新嫁, 曉粧如昨日. 余時方八歲, 嬌臥馬驪, 效婿語口吃鄭
重. 姊氏羞, 墮梳觸額. 余怒啼, 以墨和粉, 以唾漫鏡. 姊氏出玉鴨金蜂,
賂我止啼, 至今二十八年矣.

立馬江上, 遙見丹旐翩然, 檣影逶迤, 至岸轉樹, 隱不可復見. 而江上遙
山, 黛綠如鬟, 江光如鏡, 曉月如眉. 泣念墮梳, 獨幼時事歷歷, 又多歡
樂. 歲月長, 中間常苦離患, 憂貧困, 忽忽如夢中. 爲兄弟之日, 又何甚
促也!

去者丁寧留後期, 猶令送者淚沾衣. 扁舟從此何時返, 送者徒然岸上歸.

2 祭鄭石癡文 석치 정철조 제문

生石癡, 可會哭, 可會吊, 可會罵, 可會笑, 可飲之數石酒, 相嬴體毆擊,
酩酊大醉, 忘爾汝, 歐吐頭痛, 胃翻眩暈, 幾死乃已. 今石癡眞死矣. 石
癡死, 而環尸而哭者, 乃石癡妻妾昆弟·子姓親媼, 固不乏會哭者. 握手

相慰曰: "德門不幸, 哲人云胡至此?" 其昆弟子姓, 拜起頓首, 對曰: "私門凶禍." 其朋朋友友, 相與歎息, 言: "斯人者, 固不易得之人." 而固不乏會吊者. 與石癡有怨者, 痛罵石癡病死. 石癡死, 而罵者之怨已報, 罪罰無以加乎死. 世固有夢幻此世, 遊戲人間, 聞石癡死, 固將大笑, 以爲歸眞, 噴飯如飛蜂, 絶纓如拉杇. 石癡眞死, 耳郭已爛, 眼珠已朽, 眞乃不聞不視. 酌酒醑之, 眞乃不飮不醉. 平日所與石癡飮徒, 眞乃罷去不顧. 固將罷去不顧, 則相與會, 酌一大盃, 爲文而讀之, 曰: (後缺)

3 炯言桃筆帖序 형언도필첩서

雖小技, 有所忘, 然後能成, 而況大道乎? 崔興孝, 通國之善書者也. 嘗赴擧書卷, 得一字, 類王羲之. 坐視終日, 忍不能捨, 懷卷而歸, 是可謂得失不存於心耳. 李澄幼登樓而習畫, 家失其所在, 三日乃得. 父怒而笞之, 泣引淚而成鳥, 此可謂忘榮辱於畫者也. 鶴山守, 通國之善歌者也. 入山肄, 每一闋, 拾沙投屐, 滿屐乃歸. 嘗遇盜, 將殺之, 倚風而歌, 群盜莫不感激泣下者, 此所謂死生不入於心. 吾始聞之, 歎曰: "夫大大道散久矣, 吾未見好賢如好色者也. 彼以爲技足以易其生, 噫! 朝聞道夕死可也." 桃隱書炯菴叢言凡十三則, 爲一卷, 屬余叙之. 夫二子專用心於內者歟? 夫二子游於藝者歟? 將二子忘死生榮辱之分而至此, 其工也, 豈非過歟? 若二子之能有忘, 願相忘於道德也.

子務子惠出遊, 見瞽者衣錦, 子惠喟然歎曰:"嗟乎! 有諸己而莫之見也."子務曰:"夫何與衣繡而夜行者."遂相與辨之於聽虛先生, 先生搖手曰:"吾不知, 吾不知!"

昔黃政丞自公而歸, 其女迎謂曰:"大人知蝨乎? 蝨奚生, 生於衣歟?"曰:"然."女笑曰:"我固勝矣."婦請曰:"蝨生於肌歟?"曰:"是也."婦笑曰:"舅氏是我."夫人怒曰:"孰謂大監智, 訟而兩是."政丞莞爾而笑曰:"女與婦來! 夫蝨非肌不化, 非衣不傅, 故兩言皆是也. 雖然, 衣在籠中, 亦有蝨焉, 使汝裸裎, 猶將癢焉, 汗氣蒸蒸, 糊氣蟲蟲, 不離不襯衣膚之間."

林白湖將乘馬, 僕夫進曰:"夫子醉矣, 隻履鞾鞋."白湖叱曰:"由道而右者, 謂我履鞾, 由道而左者, 謂我履鞋, 我何病哉!"

由是論之, 天下之易見者莫如足, 而所見者不同, 則鞾鞋難辨矣. 故眞正之見, 固在於是非之中, 如汗之化蝨, 至微而難審, 衣膚之間, 自有其空, 不離不襯, 不右不左, 孰得其中.

蜣蜋自愛滾丸, 不羨驪龍之珠, 驪龍亦不以其珠, 笑彼蜋丸, 子珮聞而喜之曰:"是可以名吾詩."遂名其集曰蜋丸, 屬余序之. 余謂子珮曰:"昔丁令威化鶴而歸, 人無知者, 斯豈非衣繡而夜行乎?《太玄》大行, 而子雲不見, 斯豈非瞽者之衣錦? 覽斯集, 一以爲龍珠, 則見子之鞋矣, 一以爲蜋丸, 則見子之鞾矣. 人不知, 猶爲令威之羽毛, 不自見, 猶爲子雲之《太玄》, 珠丸之辨, 唯聽虛先生在, 吾何云乎?

5 塵公塔銘 주공탑명

釋塵公示寂六日, 茶毗于寂照菴之東臺, 距溫宿泉檜樹下不十武. 夜常
有光, 蟲背之綠也, 魚鱗之白也, 柳木朽之玄也. 大比邱玄朗, 率衆繞
場, 齋戒震悚, 誓心功德. 越四夜, 廼得師腦珠三枚, 將修浮圖, 俱書與
幣, 請銘于余. 余雅不解浮圖語, 旣勤其請, 廼嘗試問之曰: "朗! 我疇
昔而病, 服地黃湯. 漉汁注器, 泡沫細張, 金粟銀星, 魚呷蜂房, 印我膚
髮, 如瞳栖佛, 各各現相, 如如含性. 熱退泡止, 吸盡器空, 昔者惺惺,
誰證爾公?" 朗叩頭曰: "以我證我, 無關彼相." 余大笑曰: "以心觀心,
心其有幾!" 乃爲係詩曰: 九月天雨霜, 萬樹皆枯落. 瞥見上頭枝, 一果
隱蠹葉. 上丹下黃靑, 核露蟲半蝕. 群童仰面立, 攢手爭欲摘. 擲礫遠難
中, 續竿高未及. 忽被風搖落, 遍林索不得. 兒來繞樹啼, 空罵鳥與鵲.
我乃比諸兒, 爾目應生木. 爾旣失之仰, 不知俯而拾. 果落必在地, 脚底
應踐踏. 何必求諸空, 實理猶存核. 謂核仁與子, 爲生生不息. 以心若傳
心, 去證塵公塔.

6 一夜九渡河記 하룻밤에 물을 아홉 번 건너다

河出兩山間, 觸石鬪狠, 其驚濤駭浪, 憤瀾怒波, 哀湍怨瀨, 犇衝卷倒,
嘶哮號喊, 常有摧破長城之勢. 戰車萬乘, 戰騎萬隊, 戰砲萬架, 戰鼓萬
坐, 未足諭其崩塌潰壓之聲. 沙上巨石, 屹然離立, 河堤柳樹, 窅冥鴻
濛, 如水祗河神, 爭出驕人, 而左右蛟螭, 試其挐攫也. 或曰: "此古戰
塲, 故河鳴然也." 此非爲其然也, 河聲在聽之如何爾.
余家山中, 門前有大溪, 每夏月急雨一過, 溪水暴漲, 常聞車騎砲鼓之

聲, 遂爲耳祟焉. 余嘗閉戶而臥, 比類而聽之, 深松發籟, 此聽雅也; 裂山崩崖, 此聽奮也; 群蛙爭吹, 此聽驕也; 萬筑迭響, 此聽怒也; 飛霆急雷, 此聽驚也; 茶沸文武, 此聽趣也; 琴諧宮羽, 此聽哀也; 紙牕風鳴, 此聽疑也. 皆聽不得其正, 特胷中所意設而耳爲之聲焉爾.

今吾夜中一河九渡. 河出塞外, 穿長城, 會楡河·潮河·黃花·鎭川諸水, 經密雲城下, 爲白河. 余昨舟渡白河, 乃此下流. 余未入遼時, 方盛夏, 行烈陽中而忽有大河當前, 赤濤山立, 不見涯涘, 蓋千里外暴雨也. 渡水之際, 人皆仰首視天, 余意諸人者仰首默禱于天. 久乃知渡水者, 視水洄馳洶蕩, 身若逆溯, 目若沿流, 輒致眩轉墮溺. 其仰首者, 非禱天也, 乃避水不見爾, 亦奚暇默祈其須臾之命也哉! 其危如此, 而不聞河聲, 皆曰: "遼野平廣, 故水不怒鳴." 此非知河也. 遼河未嘗不鳴, 特未夜渡爾. 晝能視水, 故目專於危, 方惴惴焉, 反憂其有目, 復安有所聽乎!

今吾夜中渡河, 目不視危則危專於聽, 而耳方惴惴焉, 不勝其憂. 吾乃今知夫道矣! 冥心者, 耳目不爲之累, 信耳目者, 視聽彌審而彌爲之病焉. 今吾控夫, 足爲馬所踐, 則載之後車, 遂縱鞚浮河, 攣膝聚足於鞍上. 一墜則河也. 以河爲地, 以河爲衣, 以河爲身, 以河爲性情. 於是心判一墜, 吾耳中遂無河聲. 凡九渡無虞, 如坐臥起居於几席之上.

昔禹渡河, 黃龍負舟, 至危也. 然而死生之辨, 先明於心, 則龍與蝘蜓, 不足大小於前也. 聲與色, 外物也, 外物常爲累於耳目, 令人失其視聽之正如此. 而況人生涉世, 其險且危, 有甚於河, 而視與聽, 輒爲之病乎! 吾且歸吾之山中, 復聽前溪而驗之, 且以警巧於濟身而自信其聰明者.

(1) 與雪蕉 아옹과 고양이

何可言? 何可言? 鵝溪題人帖, 稱鵝翁, 松江見而笑之曰: "相公今日喚出自家聲." 謂其鵝翁與猫聲相類. 此人今日寫出自家心, 可怕, 可怕.

(2) 與成伯 빚쟁이

"門前債客雁行立, 屋裏醉人魚貫眠." 此唐時大豪傑男子漢. 今僕孤棲寒齋, 淡如定僧, 而但門前雁立者, 雙眼可憎. 每卑辭之時, 還念滕薛之大夫.

(3) 與楚幘 문사는 겸손해야

足下無以靈覺機悟驕人而蔑物! 彼若亦有一部靈悟, 豈不自羞, 若無靈覺, 驕蔑何益? 吾輩臭皮佾中裏得幾箇字不過稍多於人耳. 彼蟬噪於樹, 蚓鳴於竅, 亦安知非誦詩讀書之聲耶?

(4) 與某 1 매사에 꼭 물어보시오

初客他人, 須存生澁, 故態勿爲, 練熟多情. "洗手作羹, 先嘗小姑." 作此詩者, 其知禮乎! "入太廟, 每事必問."

(5) 與中 3 도끼 가진 놈이 바늘 가진 놈을 못 당한다

孺子謠曰: "揮斧擊空, 不如持鍼擬瞳." 且里諺有之: "无交三公, 淑愼爾躬!" 足下其志之! 寧爲弱固, 不可勇脆, 而況外勢之不可恃者乎!

(6) **與某 2** 시골뜨기

鄉人京態, 摠是鄉闇. 譬如醉客正色, 無非醉事, 不可不知.

(7) **答蒼厓 5** 그대는 오지 않고

暮登龍首山, 候足下, 不至, 江水東來, 不見其去. 夜深, 泛月而歸, 亭
下老樹, 白而人立, 又疑足下先在其間也.

(8) **謝湛軒** 달이 환한 밤에는

昨夜月明, 訪斐生, 仍相携而歸. 守舍者告曰: "客乘黃馬, 頹而鬐, 壁書
而去." 燭而照之, 乃足下筆也. 恨無報客之鶴, 致有題門之鳳, 慊慊悚
悚. 繼此, 月明之夕, 聊當不堪出.

(9) **答蒼厓二** 도로 눈을 감고 가라

還他本分, 豈惟文章? 一切種種萬事摠然. 花潭出, 遇失家而泣於塗者
曰: "爾奚泣?" 對曰: "我五歲而瞽, 今二十年矣. 朝日出往, 忽見天地
萬物清明, 喜而欲歸, 阡陌多歧, 門戶相同, 不辨我家, 是以泣耳." 先生
曰: "我誨若歸, 還閉汝眼, 卽便爾家." 於是, 閉眼扣相, 信步卽到. 此無
他, 色相顚倒, 悲喜爲用, 是爲妄想. 扣相信步, 乃爲吾輩守分之詮諦,
歸家之證印.

(10) **與人** 윤회매를 팔아주오

僕家貧, 計拙營生, 欲學龐公, 歎同蘇季. 蛻遲吸露之蟬, 操慙飮壤之
蚓. 昔有樹梅三百六十五本, 日以一樹自度者. 今僕寄身傲屋, 園無孤
山, 將若之何? 硯北小僮, 手藝工玄, 僕亦時從, 偸暇硯田. 梅成折枝,
燭淚成瓣, 麕毛爲蘂, 蒲黃爲珠, 爲名輪回花, 何謂輪回? 夫生花在樹,

安知爲蠟, 蠟在蜂房, 安知爲花? 然而魯錢猿耳, 菩蕾天成, 窺鏡迎風, 體勢自然. 惟其不根於地, 乃見其天. 黃昏月下, 雖無暗香之動, 雪滿山中, 足想高士之臥. 願從足下, 先售一枝, 以第其價. 若枝不如枝, 花不如花, 蘂不如蘂, 珠不如珠, 牀上不輝, 燭下不疎, 伴琴不奇, 入詩不韻, 有一於此, 永賜斥退, 終無怨言. 不宣.

05 냉소와 자의식의 산문, 노궁

1 想解 망상

余負罪塞上, 千辛百苦, 無不備焉. 夜或弓臥, 緣妄起情, 懷因轉想, 曲穿旁出, 念到如何被赦去, 如何覓鄉回, 如何在道時, 如何入門時, 如何展省父母亡妻邱壟, 如何團聚家戚故人言笑, 如何種菜, 如何課農. 細至童穉蟻虱, 將手櫛之, 書冊黴漏, 將庭曝之. 一切世人應有事, 悉周於心. 如是展轉, 囟白起來, 都不濟事, 依然是渭原郡編管人乞食漢子. 不知想歸何處, 我却是誰.

遂自失笑道: "今夜五更中破窩裏, 更有幾千萬人, 更起幾千萬想充滿世界? 陰而有射利想, 陽而有噉名想, 貴而有身兼將相想, 富而有貲擬王公想, 亦有姬妾塡房想, 亦有子孫衍宇想, 亦有衒己好勝想, 亦有擠人修隙想. 元無一人初無一想. 渠亦囟白起來, 都不濟事, 依然是貧也還貧, 賤也還賤, 李還他李, 張還他張. 盖宿世根基, 今生受用, 造翁强項, 不着些兒人情, 一次註定, 更無第二次改標. 縱饒你左思右量, 這般狡, 恁般獪, 使出神通十萬八千里筋斗雲伎倆, 跳不出圈子內, 侵不過界分外. 沒奈何, 今日又喫本分飯, 着本色衣. 及至閻王皂快, 持批帖到來, 登時就道, 不敢躊躇. 向來千想萬想, 抛撤在後, 只管低着頭隨去, 終不成道: '我有多多宿願, 想頭未了, 乞緩程期.' 咄! 如此行徑, 政是究竟下落處. 如此認取, 方爲打疊省事法."

2 驚說 우렛소리를 듣고 놀라서

余夜聞雷聲, 蹶然而起, 黙念自身平生, 罪惡不可勝數. 又有一切人不忠不孝不悌不恭奸淫害人, 動輒得罪於天神者, 亦有何限? 應有骨喇喇一響哄一團鐵片火塊下來, 立地燒死, 竟亦不聞. 窃意這箇人遍滿地上, 不可揀擇, 司命者, 沒法處置, 只恁麽繇他做去, 了待其孽滿, 自作自受了. 余雄誹所發, 褻瀆天神, 其罪尤該萬死.

3 亡兒勉敬墓誌 문장을 쓴 것이 죄다

盧勉敬, 字法惺, 其父以業文獲罪於當世者也. 顧勉敬不業文, 獨愛父母兄弟, 爲志不苟而已. 年十九母死父謫, 與其婦更負抱諸弟以育之. 又不量事, 欲還其父切, 凡六歲走京師道路, 往還幾數萬里. 又兩脚流血, 窮西塞, 見其父. 又攔駕告父冤, 反謫東海, 觀日出洛山寺. 及歸, 父亦還. 然家太貧, 父善病, 晝夜擁持其父, 不省世間有他事者. 由此積瘁, 二十九遘瘖以死, 其四弟皆號慟欲絶焉. 其父哀之曰: "吾先人孝友, 吾不孝友甚, 汝能孝友, 而吾覬然見鬼虐汝, 汝其爲欒盈乎!"

4 子婦高靈申氏墓誌 며느리의 묘지명

丙午正月瘟入盧兢家. 冢婦申氏疾病也, 而其夫先歿, 申氏臥嘀三日亦殞, 聞者以爲烈女也. 兢舅也, 未敢同衆人云爾也. 但其常語家人曰: "夫死偕死, 誰忍寡也?" 今其死, 果其志耶! 丁酉歲兢喪妻, 仍謫邊陲,申氏撫養小叔. 其幼者, 失母善哭, 恒負而立, 背幾生蛆, 母焉, 非嫂也.
夜則沐浴, 自汲水, 禱於神, 庸冀舅還. 及還, 悶其衰而多病, 悴色垢衣,
惟酒漿是憂. 夜聞外舍咳聲, 輒至戶外, 問何恙, 退與小婢作食物以饋.
三年不寧寢, 就憐之, 而猶謂子婦職當耳. 旣亡, 念之, 孰如申氏者? 曰
孝曰烈, 非就所能私, 而十年爲舅殫誠力, 力盡而與夫同死. 小人者, 或
憾天焉, 就尚奚言哉! 有一子, 僅三歲.

5 亡室淸州韓氏墓誌銘 아내의 묘지명

韓氏進士盧就之妻也. 就誌其藏曰: 韓舊大姓, 中葉衰. 偶*同里而嫁
于就, 入門休休焉, 自父母宗族婢僕, 咸樂其色笑焉. 夫已昵矣, 子亦
衆矣, 常有問, 其答訒如愧色焉. 就耽酒縱兀, 不可以馴, 或室於怒, 則
默而無辨, 以俟自白也. 旣白矣, 又爲不知也. 由是就安之. 十八而字,
四十歿. 旣歿三月, 就以布衣謫西塞, 七年乃還, 嘗害孔烈, 而韓氏不與
聞, 吉人也. 尙其有後哉! 擧五子, 名某某. 銘曰: 是藏于身約, 而不肯
自耀. 余識其意, 又曷敢以夸詔.

■《한원영고(漢源零稿)》에 "중쇠업유(中衰業儒)"로 되어 있다.

6 祭亡奴莫石文 노비 막돌이의 제문

維年月日, 主人以文告于亡奴莫石之葬, 曰: 嗟乎! 汝姓蔡, 汝父關東
良人, 汝母吾外氏婢也. 汝父牽吾馬二十年, 卒死于途, 吾葬之南原蔓
福寺. 汝母養吾躬三十年, 卒死于家, 吾葬之公邌谷西山下. 汝兄服勤

吾數十年, 又死于家, 吾又葬之. 今汝又無子而死, 汝蔡遂無種矣. 汝生三歲, 汝父死, 六歲汝母死, 汝之內主收而鞠之, 飢寒瘒痔, 恐其不壽. 及汝內主之喪, 汝尙五尺, 古怪骼髊, 僅苦* 瘦猨, 而吾又罹殃, 父子分散, 汝乃呼號萬里, 于東海之濱 -子謫杆城地-, 亦西塞之外, -父謫渭原地- 雪霜暑**雨, 拆趾減頂, 無悔色焉. 又僕於貧家也, 兩目常蒿, 未嘗一日早眠晏起, 搔背搖頭而淸謠, 熙然以樂, 吾其負負矣. 然若破其腹, 則必有丹而如火跳出地上者, 認爲汝平生向主血也. 汝今入地中, 汝父汝母與汝兄, 若汝內主與小主人, 當驚聞汝來, 競問我何狀. 汝告以比年以來, 五體不利, 牙髮滄浪, 甚老翁爲也. 其將相顧齎嗟動色而閔我矣. 嗚呼!

■《한원영고》에는 苦가 若으로 되어 있다.
■■《한원영고》에 暴으로 되어 있다.

7 禁葬說 뒤뜰에 동생을 묻었더니

盧兢喪其弟, 貧無葬地, 坎其屋角而爲塚四尺. 而近其南有柳氏之居, 橫岡翳之, 兩家屋脊不得相望. 彼村南向, 此塚東向, 形局旣殊, 面勢又別. 而柳氏以爲家在百步之內, 訟于官. 兢曰: "彼在彼村, 與此塚有何相見也?" 官曰: "國法只有百步, 無不相見之文." 兢曰: "吾葬吾家, 與彼村有何相關耶?" 官曰: "國法只有百步, 無藏吾家之文. 無其文字, 不可義起也." 於是兢屈而遂發其瘞.

或問於余曰: "子之官, 其守法而不移者歟?" 曰: "非." 曰: "守而不移者, 謂不左而不右, 不低而不昂者歟?" 曰: "非." 曰: "是乃子莫之中, 而非絜矩四方平之意也. 今請以村家禁葬之法引之. 凡大村對山, 有人葬於二三百步, 或四五百步之外, 則世必禁之. 子之官, 亦將禁之歟?" 曰:

"亦將禁之矣."曰:"安在其百步之限也? 必以百步爲守, 則九十九步, 固所當禁, 而自一百零一步以外, 固不當禁也. 今何爲而禁之於數百步之外也?"曰:"爲其見故也."曰:"然則果在見, 非在步也. 今也爲其見也, 則雖過百步, 猶且禁之, 今也爲其不見也, 則雖不滿百步, 顧不可許也? 均爲國典所不載, 則何獨有左右於彼, 而無左右於此也? 有低昂於彼, 而無低昂於此耶?"

余又曰:"聖人以下, 皆不免我見, 隨而先立. 以爲不見而可葬者, 卽我之我見也; 以爲不見而不可葬者, 卽官之我見也. 是以不能相入也."或者不復辨而去.

8 後禁葬說 따진들 무엇하랴

客復來曰:"子之官, 旣而言義起, 吾亦言夫義起. 君門下馬, 經傳明文, 古今彛典也. 今俗所謂避馬巷行廊後者, 不過一墻一壁, 或一笆子之限耳. 而貴者呵殿而去, 賤者揚鞭而過, 莫之或非, 亦莫之或禁焉. 此又誰所義起也? 君門禁馬, 自有其文, 而以不見而許馬, 信無其文也. 百步禁葬, 自有其文, 而以不見而虛葬, 信無其文也. 二事雖殊, 典相同也. 然而猶有馬坐者, 何也? 蓋不見斯已矣. 固不論其遠近, 而馬亦可騎也, 人亦可葬也. 義自起於其間, 不必有其文也. 苟爲不見, 則君門之外, 猶可騎馬; 苟爲不見, 則村家之外, 豈不葬人? 莫尊于君門, 而反不若村家之嚴, 莫顯乎岡阜, 而猶不如墻壁之限者, 吾不識其說也."

余曰:"子則辯矣, 譬則切矣. 然坐堂皇而自是其見, 則儀秦之喙可束矣. 子亦奈何哉!"客不厭于色而去.

06 섬세한 감성 치밀한 묘사, 이덕무

1 看書痴傳 책벌레의 전기

木覓山下有痴人, 口訥不善言, 性懶拙, 不識時務, 奕棋尤不知也. 人辱之不辨, 譽之不矜, 惟看書爲樂, 寒暑飢病殊不知. 自塗鴉之年, 至二十一歲, 手未嘗一日釋古書. 其室甚小, 然有東牖, 有南牖, 有西牖焉. 隨其日之東西, 受明看書. 見未見書, 輒喜而笑, 家人見其笑, 知其得奇書也. 又喜子美五言律, 沈吟如痛疴, 得其深奧, 喜甚, 起而周旋, 其音如鴉叫. 或寂然無響, 瞠然熟視, 或自語如夢寐. 人目之爲看書痴, 亦喜而受之. 無人作其傳, 仍奮筆書其事, 爲看書痴傳, 不記其名姓焉.

2 自言 나를 말한다

人可變乎? 曰: 有可變者, 有不可變者. 若有人於此, 自孩提不戲遊, 不妄誕, 誠信端愨. 及其壯, 人勸之曰: "爾不偕俗, 俗將不容爾." 遂然之, 口談鄙俚之言, 身行輕浮之事, 如是者三日, 瞿然不怡曰: "吾心不可變也. 三日之前, 吾心充然. 三日之後, 吾心枵然." 遂復其初.
談利慾則氣隳, 談山林則神淸, 談文章則心樂, 談道學則志整. 完山李子, 志古而迂, 喜聞山林文章道學之談, 其餘不欲聞, 聞亦心不服, 蓋欲專其質者也. 以是取蟬橘, 發爲言者靜而淡.

3 書西廂 서쪽 문설주에 쓰다

終日無妄言語, 終身無妄心想. 人不謂大丈夫, 吾以爲大丈夫.
心不着躁妄, 可久而花發, 口不載鄙俚, 可久而香生.

4 原閒 한가로움

通衢大道之中, 亦有閒. 心苟能閒, 何必江湖爲, 山林爲? 余舍傍于市,
日出, 里之人市而鬧, 日入, 里之犬羣而吠. 獨余讀書安安也, 時而出
門. 走者汗, 騎者馳, 車與馬旁午而錯. 獨余行步徐徐, 曾不以擾失余
閒, 以吾心閒也. 彼方寸不擾擾者鮮矣, 其心各有營爲. 商賈者(缺)錙
銖, 仕宦者爭榮辱, 田農者(缺)耕鋤, 營營焉, 日有所思. 如此之人, 雖
寘諸零陵之南·瀟湘之間, 必叉手坐睡而夢其所思, 奚閒爲? 余故曰:
"心閒, 身自閒."

5 字懋官說 자(字)를 바꾸며

德懋十六冠, 字以明叔, 以明叔行十二年. 然字固可別而不相混, 壹而
不相岐, 同則混, 混則諱, 諱則岐. 古而名賢, 尊而宰輔, 敵而朋類, 卑
而吏民, 十室之邑·一旅之聚, 以明叔字者, 盖多矣.
嘗入試闈, 有明叔呼者, 瞥然而諾, 匪我也. 歷街市, 有明叔呼者, 幡然
而顧, 匪我也. 或屢呼而故不應, 反眞我也. 應亦錯, 不應亦錯, 烏在其
別而不相混? 戚黨知舊, 爲諱其父兄先祖字, 而呼我者, 必曰之曰甫曰

汝曰仲, 仍以明字焉上下之, 班然字五六也. 而呼者趑趄, 應者岨峿, 烏在其壹而不相岐? 是烏得不改.

書曰德懋懋官是, 懋官, 吾字也. 將書之譜牒, 刻之啁章. 凡我族姻朋輩, 其宜呼我以懋官也. 書又曰功懋懋賞, 將爲穉弟名曁字. 歲戊子元朝李懋官書.

6 七十里雪記 칠십 리 눈길을 걷고

歲癸未季冬二十有二日, 李子跨黃馬, 將往忠州, 朝踰利富之峴. 凍雲枳天, 雪始浮浮而作, 橫臥飛如機上緯, 娥娜棲鬐, 有愍懃意. 余愛之, 仰天張口而吸.

山之細逕最先白, 遠松黑色, 其青青欲染, 知近松也. 敗蜀黍離立田中, 雪挾風獵之, 飀飀然叫嘯, 穎皮倒拖, 爲自然草書.

叢木之挐乾鵲雄雌五六七八, 坐甚閑暇. 或埋味于臆, 半掩眼, 似睡未睡, 或枝之, 又礪厥味, 或匝腔仰爪, 刮其眼胞, 或矯脛, 刷旁鵲之肩羽, 或雪積其頂, 振動之, 使飛墜. 仍定睛凝看, 飛勢斷崖馬赴, 爲(缺)甕, 仄松打肩, 仰手(缺)五粒, 嚼乃淸馨, 咳唾于雪, 雪爲之碧, 投積於拱, 將亘頤, 不忍拂也. 馬頭來者, 頰頪不皴, 左鬐如煤, 右鬐如(缺), 眉亦效之.

余笑啞啞, 欲絕纓. 拱之積, 瀉馬鬣也. 余笑(缺)於雪西向飛, 偏集右眉, 鬐又從眉, 非其人者而皓也.

幸余無鬚, 翻余眸, 瞻吾眉, 居左偏皓. 又笑啞啞幾墜, 彼來余往, 眉易其皓. 叢薄幽幽, 皺石佝僂頂蓋雪, 腹凹不受, 乍黝如嚬, 非鬼非佛, 有時肯虎. 馬鼻不前, 僕夫厲聲叱, 始勉强步, 逌然任蹄.

凡七十里, 非峽則野, 伐木之韻出虛, 四顧而其人翳不見也. 天與地襯, 黯澹歘水墨狀, 滉且漾, 孰爲是濃沫?

入眺平遠, 暮江烟汀之勢, 忽生於峽野之間, 或使人疑之, 帆檣隱隱, 時出烟末, 有曳簑笠, 荷魚曳竿, 隱映村口, 靑鳧咿嘎, 歷飛集樹, 遙辨晒網, 旖旎椏林. 余不堪疑, 咨于僕夫, 僕夫吾同, 詢于旅者, 旅者如僕, 哂然鞭馬而東. 俄之, 遠者迫在睫前, 暮江烟汀, 暗赴暝也, 帆檣隱隱, 敗屋歷霖, 楳楗森立, 民貧不葺. 曳拖簑笠者, 出峽虞人, 魚爲翟也, 竿爲拐也. 靑鳧非鳧, 鴉之黑焉. 野氓織籬, 橫縱文理, 類漁網也. 旅者之哂, 哂余惑也. 書于昆珠店燈.

7 尺牘小品 六題 척독소품 6제(題)

(1) 與李洛瑞書九書 7 초정(楚亭)을 질책하여주오

鄙人之於甘也, 如狌狌之於酒也, 蝯之於菓也. 凡吾同志, 見甘則思之, 有甘則貽之. 楚亭乃忍, 三度當甘, 不惟不思不貽, 有時而儵吃他人遺我之甘. 朋友之義, 有過則規, 願足下深責楚亭.

(2) 與李洛瑞書九書 4 《맹자》를 팔아 밥을 해먹고

家中長物, 只《孟子》七篇. 不堪長飢, 賣得二百錢, 爲飯健噉. 嬉嬉然赴泠齋, 大夸之. 泠齋之飢, 亦已多時. 聞余言, 立賣《左氏傳》, 以餘錢沽酒以飮我. 是何異子輿氏親炊飯以食我, 左丘生手斟酒以勸我? 於是頌贊孟左千千萬萬. 然吾輩若終年讀此二書, 何嘗求一分飢乎? 始知讀書求富貴, 皆僥倖之術, 不如直賣喫圖一醉飽之樸實而不文飾也. 嗟夫嗟夫! 足下以爲如何?

(3) 與鄭耳玉琇 2 쌀독은 비었지만

足下屢空, 不覺太息. 然天之生吾輩, 已注定一貧字, 不可逃而無所怨也. 說文奉借, 此亦貧術. 試以說文字樣, 作書乞米於富人, 不惟不得米, 且遭大罵, 奈何? 弟畏熱塊坐, 眼中貯幾斛睡, 盤裏無一尾魚, 怪哉!

(4) 與鄭耳玉琇 1 책을 받아보고

極寥之時, 故人忽借異書, 政同淮陰磯上竿影過午, 洴澼嫗哀王孫而進食, 何幸如之? 弟百無一長, 只有一雙眼, 透了書光. 八箋抽送可也.

(5) 與徐而中理修 소꿉놀이

烟盃一部·良烟一斤, 奉餽. 此雖零碎, 滋味甚多. 吾輩所爲, 政如小兒以橡實蛤殼爲器皿, 聚沙爲米, 碎磁爲錢, 餽遺市易, 至樂存焉. 兄以爲如何?

(6) 與人 고관에게 전해주오

不佞近聞某學士風流文彩, 照映千古, 凡有一藝, 愛惜融摯, 如恐不及. 至余不佞鰌生, 過聞虛名, 曲加盛獎, 不才無狀, 何以得此. 且激且怍, 無以爲心. 人我合幷, 必有其道. 假使蓬篳之門, 珂馬來摯, 不惟無德以堪之, 古今異宜, 必招人言, 俱涉不利, 此一不可也. 不佞內外姻黨元無達官, 一生目不見貂蟬, 足不到朱門. 今者曳裾揚揚, 抗顔參謁, 不敢而亦不忍也, 此二不可也. 或期會人家, 相逢托契, 雖無來往之名, 是與曳裾朱門, 何異也? 此三不可也. 夫邂逅者, 不期會之謂也. 忽漫相逢, 自然相契, 如此巧湊, 不可得也. 與其坐此數者之枳碍, 孤負愛我之苦心, 無寧不來往、不期會、不邂逅, 炯然相憶, 置心不昧, 永以爲好. 大交不面, 大情不近. 黃勉之, 吳中布衣, 李獻吉有文有位, 貴倨當世. 千里飛書, 竟爲知心, 古來盛擧也.

8 野餒堂記 들에서 굶주리는 사람

野餒誰乎? 吾友白永叔自號也. 吾見永叔, 奇偉之士. 何故自處其鄙夷? 我知久矣. 凡人見脫俗不羣之士, 必嘲而笑曰: "彼人也, 顏貌古樣, 衣服不隨俗, 野人哉! 語言質實, 行之不遵俗, 餒人哉!" 遂不與之偕, 擧世皆然. 其所謂野餒者, 獨行于于, 歉世人之不我與也. 或悔而棄其樣, 或怪而棄其質, 漸趨于薄, 是豈眞野餒哉! 野餒之人, 其亦不可見矣.

永叔古樸質實人也. 不忍以質慕世之華, 以樸趨世之詐, 崛强自立, 有若遊方外之人焉. 世之人羣謗而衆罵, 乃不悔野, 不愧餒, 是可謂眞野餒哉! 孰知之? 吾能知也. 然則野餒云者, 世人之所鄙夷, 吾之所期於君也. 向吾所謂自處其鄙夷者, 激乎心而言也.

永叔以爲吾知其心, 請其說, 書而歸之. 幸以此示巧其言·令其色者, 必笑且詈曰: "作此者, 尤野餒哉!" 吾何慍也? 辛巳月建寅庚申, 寒棲幽人書.

9 山海經補(東荒)一 섭구충 이야기

朴美仲甫, 與不侫同閈, 晨夕談文雅, 或相以文爲謔, 聊自寓心. 嘗要不侫見耳目口心書, 書凡三至, 不侫諾焉. 翌日不侫貽書索之曰: "耳目如鍼孔, 口如蚯蚓竅, 心如芥子大. 只足以取大方之笑." 美仲注不侫書間

曰:"此蟲何名? 博物者辨之!"不佞又貽書曰:"漢山州曹溪宗本塔東,
古有李氏, 蓄一蟲. 蟲名囁嚅, 性善讓而好藏也."於是美仲戲撰山海經
補, 釋不佞之人, 爲囁嚅蟲也. 不佞又戲擬郭景純注, 辨不佞之書, 爲囁
嚅蟲也. 囁嚅者, 何言也? 耳目口心之謂也. 又囁, 不敢肆言之義. 嚅,
懼也, 兢兢持勅之義. 其爲書也, 旣如斯矣. 或曰:"二目而口一心一可
也. 其三耳奈何?"蓋欲耳之聞, 多於目之見·口之言·心之思也云.

百濟西北三百里有塔, 塔東有蟲, 名囁嚅. 耳目如針孔, 口如蚓竅, 其性
甚慧, 好讓而善藏, 雙臂兩脚, 五指會攝指天, 其心芥子大. 善食墨, 見
免則舐其毫, 常自號其名(一名, 或云嬰處), 見則天下文明, 餌之可已頑鈍
不惠之疾, 明心目, 益人慧識. -美仲戲撰-

擬郭景純注(附)

按囁嚅蟲, 形方而帖然, 色白, 有無量黑斑, 長周尺一尺弱, 狹半之, 善
飼養, 脉望隱身巾篋間. 古有李氏, 性蘊藏退讓, 愛蟲之隱身類己也, 潛
蓄而滋蓄之, 視聽言思, 實相關涉. 今補經曰:"雙臂兩脚五指, 食墨舐
兔, 自號嬰處者", 皆非也.《山海經》, 或曰伯益著, 荒唐不根, 而不列六
經. 今補者, 疑亦齊東之人也. 囁嚅蟲, 余嘗聞諸烏有先生, 烏有先生,
聞諸無何有鄉人, 無何有鄉人, 聞諸太虛.

10 適言讚 幷序 내게 어울리는 인생의 예찬

物以眞成, 事以眞行, 故先之以植眞. 眞旣植矣, 而命不觀焉, 斯滯矣,
故次之以觀命. 命旣觀矣, 而豰不病焉, 斯宕矣, 故次之以病豰. 豰旣病

矣, 而毀不遜焉, 斯戕矣, 故次之以遜毀. 毀旣遜矣, 而靈不怡焉, 斯枯矣, 故次之以怡靈. 靈旣怡矣, 而陳不耨焉, 斯孤矣, 故次之以耨陳. 陳旣耨矣, 而遊不簡焉, 而斯橫矣, 故次之以簡遊. 氣聚於寰, 有物有事, 有似乎戲, 故終之以戲寰, 總而名之曰適言, 三疎子之書也. 適者, 樂也, 安也, 樂吾之生, 安吾之分也. 又適言, 適然也. 適然而言, 非勉强也. 三疎子, 其持貌也若和同, 其攝志也實微密, 盖守瞿瞿而遊于于者也. 余迺嘉之, 著八讚.

讚之一 植眞

石綠嵌晴, 乳金暈翅. 唼銀硃尊, 拳鬚旖旎. 點羽潛睨, 慧孺久企. 瞥撲欻捎, 匪活伊紙. 逼眞酷肖, 俱步第二. 且諦逼酷, 緣那以起. 本素先覿, 罔以贋枳. 種種萬品, 準玆蝴蠓.

讚之二 觀命

名曰玄夫, 字曰造翁. 尸大釀局, 天爲瓮中. 篩氣淋漓, 酸醨醇醲. 件件播賦, 順聽玄功. 濃旣無恩, 澆又何痌. 豫覷傷躁, 巧逃涉凶. 今今昨昨, 春春冬冬. 如斯如斯, 緣始抵終.

讚之三 病殼

人有大患, 自混沌鑿. 溢露藻繪, 銷刻眞撲. 殉色饕財, 語目瞬頷. 腴舌醧䛒, 反腹韜鍔. 揖實背評, 引友面謔. 逸氣胎辜, 華才媒厄. 士或商緡, 男堪婦馘. 胡忘培性, 緊恐劉福.

讚之四 遜毀

才不招名, 名必隨才. 災不期才, 才必胎災. 災豈自釃, 毀實爲媒. 良琴易癖, 逸驥先爐. 異書蟬壞, 嘉樹鴛摧. 炫華促戕, 窒聽近獸. 毋卽毋離, 福地別開. 守自然質, 遣無故猜.

讚之五怡靈

魚慧禽靈, 巖秀樹妍. 景與神怡, 情隨境遷. 法豈古襲, 樣不俗牽. 別具妙勝, 快脫障纏. 秋水(原文二字缺), 春雲在天. 心竇眼孔, 玲瓏無邊. 酒不促觴, 琴不繁絃. 支頤朗哦, 痾可以捐.

讚之六耨陳

程旣生馬, 馬又生人. 化機不膠, 沿革常新. 拘儒謏聞, 古唾徒珍. 不長一格, 常隔數塵. 蹇踔趫步, 皺蹙吳嚬. 鴻碩達觀, 潑腐盪陳. 略厭黃玄, 不失騏驎. 衡古尺今, 眼珠孔眞.

讚之七簡遊

先民莫覿, 後賢難逮. 邈然無群, 我衷誰啓. 有大因緣, 幷生斯世. 藹接鬢眉, 洞暎心肺. 不室而妻, 匪氣之弟. 生絶白眹, 死堪熱涕. 學資才獎, 咎箴貧濟. 蟯蛔之倫, 腹猜背毀.

讚之八戲寰

吾前無吾, 吾後無吾. 旣來於無, 復歸於無. 無多有少, 不纏不拘. 俄然而乳, 俄然而鬚. 俄然而耆, 俄然而殂. 如大博局, 憑陵梟盧. 如大戲場, 郎當郭鮑. 無躁無狠, 隨天以娛.

07 지사의 비애와 결벽의 정서, 이가환

1 綺園記 자연의 빛깔을 닮은 화원

天有奇色, 人卽借之. 其最拙者爲織女, 擇蠶絲之勻細紉滑者, 晝暴諸日, 夜暴諸月, 鼓臂投梭, 日若干寸, 染以厄茜若藍, 絢爛奪目, 蜀人能之. 然以之爲衣, 未幾黯然而渝, 苦其難成而易壞.

其稍黠者爲詩人, 取春風爲神, 襯以明霞, 浣以香水, 裸飾以翠羽明璫, 搜於艷腸, 寫之柔婉, 緣情流麗, 六代人能之, 差可以傳久而不變. 然嘔心而出, 出輒人猜鬼怒, 故其難工而易窮.

豈若綺園主人, 闢地數畝, 羅列名品, 紅綠紫翠, 縹緗檀素, 淺深疏密, 新陳早晩, 昏曉晴雨, 斐亹掩映, 以眞趣對眞色哉? 然猶有求覓位置, 栽接澆灌, 培壅扞剔之勞. 又不若癡頑野老, 終歲兀然高臥, 聞園中盛開, 欣然便來, 來便竟日, 安坐而觀也.

2 睡牕記 잠자는 집

許子貧甚, 無深宮固門, 惟委巷一小屋. 屋有牕, 拓牕而巷, 至淺陋也. 然屋可方丈, 許子僅七尺, 以之展足有餘地焉. 過此, 雖千萬間, 奚爲也? 矧牕內塵坌不入, 書史羅列, 心怡意適, 不知牕外有何事, 快哉! 或曰: "牕外事, 非許子所可知. 知之亦無所用之, 故託於睡而逃焉, 題曰睡牕. 攪其睡者, 惟時有羲皇上人云."

3 讀書處記 독서하는 곳

天下有讀書人, 無讀書處. 苟欲讀書, 蓬屋土銼, 壞床敗薦, 悉書林也. 苟不欲讀書, 快閣突廈, 圓淵方井, 交踈屈戌, 氷簟紋茵, 往往爲博奕酒肉之場.

趙君待求, 非不知之, 猶闢此室, 爲其子吉曾也. 卽父母愛子, 無所不用其極也. 吉曾知此矣, 雖膝生酸, 眼生花, 咿唔而口吻爲燥, 必不能已. 若一編未了, 而欠伸掩卷, 拓明牕, 對高江, 賞玩其雲帆沙鳥, 則余不能爲吉曾謀矣.

4 玉溪淸遊卷序 서울 곳곳은 풍속이 다르다

語曰: "千里不同風, 百里不同俗." 豈惟千里百里哉! 雖咫尺亦然. 今都城方十里, 北白岳, 南木覓, 中有開川, 開川之北雲從街緯之, 夾街列肆. 故其人市井善射利, 開川南北, 皆象胥醫司也. 以不許顯仕, 亦重利輕文學. 然有世家, 知自愛. 景福宮之南六曹也, 其西隙地也. 故多吏胥, 習事少愿愨. 城東南, 地卑洿廣衍, 軍伍居之, 治蔬圃, 食手藝, 類村野人. 東北泮界也, 與儒士狎狃而頑然, 亦有氣義. 西北有內侍, 深宮固門, 防閒其家. 西南近三門, 小民喜營錐刀. 士大夫錯居, 然各有好惡, 不同尤甚. 此其人皆可以服飾言語容止辨別. 惟白岳之下最窮僻, 尟生理, 多泉石林木. 故居人無所事, 喜結社, 命侶分韻賦詩, 往往淸絶可傳, 此卷其一云.

5 率更詩序 시는 신령한 물건이다

詩, 神物也. 積字而句, 積句而章, 非章句, 無所謂詩者. 然所以爲詩者,
常在章句之外, 作者或不自知, 而觀者知之. 余得率更詩, 以是法求之.
所以爲詩者, 淡而素. 此味者所狎而易, 識者之所驚也. 淡者無味, 素者
無色, 易之固宜. 然淡如跨突之泉, 素如園客之絲. 故天下無造淡之庖·
染素之坊. 得之自然, 非力求智鑿之所及也. 君旣有是質, 則五色五味
皆從此出. 傳曰: "甘受和, 白受采." 是又在學矣.

6 定州進士題名案序 정주 지방 진사 명단

國家以子午卯酉爲式年, 其年以詩賦三經義四書疑問取士, 凡二百人,
謂之進士, 吏曹拔其尤以注官. 每進士試訖, 上臨殿放榜, 二百人者, 悉
入庭中, 抑首聽臚唱, 拜受敎旨, 懷而趨出. 盖鴈行而進, 魚貫而退, 無
以異也. 及出殿門, 在京若近京者, 大率次第注官, 仕至令長, 或牧伯,
鮮衣怒馬, 享榮利, 終其身. 在遐遠者, 卽促裝還鄕, 不過衣襴衫一領,
戴軟巾一頂, 拜家慶, 省墳墓, 遍謁所親知, 家衆懽笑, 巷陌聳觀, 旬日
而至. 雖有茂才異等, 皆以布衣, 伏死於巖穴. 悲夫!
上之十年, 余來守定州, 州有進士題名案, 取而考之, 自景泰庚午訖于
今, 著名凡若干人, 注官者, 厪若干人. 噫! 天欲限之耶? 何爲賦其才,
使得成名? 國家欲錮之耶? 考纍令無之. 且上每當政注, 以收用西北人
申戒, 至懇惻, 吾故表而出之, 以見天之無私, 國家亦無私, 而爲銓官者
宜知所畏. 州之注官者若干人, 皆在百年上下, 今則絶無. 故吾又表而
出之, 以見俗習之流失, 愈往而愈甚云.

烈女林氏, 通川人李生妻也. 英宗乙亥大饑, 夫婦行乞, 抵郡之富民某
家, 民善飯之. 數日氏曰: "凶歲一椀而色見, 今累椀而色喜, 盍去之?"
生不聽. 民謂生曰: "客久素食, 能與我薪乎!" 誘生至山中殺之, 暮歸,
陽問曰: "客來乎?" 氏應曰: "未也." 卽又陽爲驚求, 旣不得, 謂氏曰:
"若夫必虎死矣, 奈何!" 氏聞之不慽. 稍久, 民謂氏曰: "若少艾, 卽他
往, 萬無全節理. 吾新寡, 家有老母, 無人養奉, 盍與我耦?" 氏許之, 民
大喜, 求合, 氏曰: "業已許君. 然必選日, 具酒食, 會鄕隣, 乃可." 民益
喜. 氏知民信己, 密謂民曰: "吾已有知, 請共掩亡夫屍, 惟命!" 民卽偕
氏至山中, 指示屍處, 乃瘞而巨石壓之. 氏曰: "是亦葬矣." 遂共歸. 及
期, 民會衆, 暢飮. 席散, 氏入房, 又勸酒, 乘民昏醉, 取懷中短刀, 剚民
腹, 剚出肝心齕之. 翌朝, 民母怪民久不出, 叩戶呼之, 氏躍出, 持嫗曰:
"爾子殺吾夫, 吾殺爾子. 今與爾首官!" 一村盡譁, 共入郡, 郡守柳正源
檢驗, 具得狀, 申巡察營. 巡察使斷曰: "民當死, 已死, 氏報夫讐, 無罪.
可官爲棺斂葬生屍." 於是氏執刀尺, 自製衣衾, 旣屍入棺. 始大慟曰:
"我早語君, 君卒不聽, 今何如矣!" 卓刀伏死. 郡守大驚, 復申巡察營.
巡察使嗟嘆之, 復厚賜賻布, 與生合葬.

外史氏曰: "夫婦情至密也, 無故而善飯, 甚可疑也. 事之將殆, 以情之
至密, 明事之甚可疑, 而終不入, 悲夫! 智勇如彼, 遭時不幸, 終於夫婦
倂命. 故志以著之, 毋令其遂湮沒焉.

08 벽(癖)에 빠진 사람들, 유득공

1 題三十二花帖 서른두 폭의 꽃 그림

草木之花也, 孔翠之羽也, 夕天之霞也, 美人也, 此四者天下之至色也, 而花爲多色. 今夫畵美人者, 朱其脣, 漆其瞳, 微紅其頰而止; 畵霞者, 匪紅匪碧, 黯淡然而止; 畵羽者, 暈金點綠而止; 畵花者, 吾未知其用幾色也.

金君所寫三十二本,■ 總計草木之花, 不過千百之一, 而五色不能盡, 非羽也霞也美人也之所可及. 嗟乎! 搆一名亭, 貯美人, 瓶揷孔翠, 庭植花, 倚欄而眺夕天霞, 天下有幾人哉! 然而美人易衰, 古羽易凋, 生花易零, 殘霞易銷. 吾從金君借此帖而忘憂.■■

■《명가필보(名家筆譜)》에 실린 사본에는 '二十一本'으로 되어 있다.
■■《명가필보》에는 글 뒤에 '乙巳季春冷齋題'가 덧붙어 있다.

2 金谷百花菴上梁文 백화암 상량문

花而百而止耶? 蓋欲擧其成數爾. 菴之名之何也? 必須指其實事云. 花主人誰? 柳先生某. 軒轅之苗裔, 朝鮮一布衣. 先五斗而已歸, 學陶門之種柳; 餘一策而遽泛, 慕范舟之散金. 物我是非都相忘, 蝴蝶爲周周爲蝴蝶. 貴賤榮辱何足道, 君平棄世世棄君平. 乃逍遙而游, 有消遣之法. 溫癖錢, 王癖馬, 癖於花者幾人; 雪令曠, 月令孤, 令之韻者此物. 聞人家有異畜, 雖千金而必求; 窺海舶之閟藏, 在萬里者亦致. 夏榴多梅, 春桃秋菊, 寧四時而絶花; 梔白蘭青, 葵赤萱黃, 恨五色之闕黑. 不可構爲太古巢而噉其實, 不可樹之無何鄉而寢其陰. 有敝廬於斯, 仍舊館而已. 畫爾茅, 宵爾索, 無非農隙之功; 眇者準, 偏者塗, 寧有武斷之謗. 馨香上梁之祭, 打延州之粉餐; 玲瓏下莞之資, 織江西之鬚艸. 山林水石之勝, 吾堂叔云云; 詩文書畫之傳, 一時人某某. 雖不過一艸屋, 足可謂百花菴. 無乃若弟子之行, 或升堂而或入室; 自相爲賓主之位, 爾東堨而我西堨. 遇種樹之橐駞, 引爲上客; 詫桃花之驛馬, 何如古人. 果然金谷繁華, 忽成香國世界. 或曰胡爲, 役役亦已焉哉; 笑而不答, 悠悠聊復爾耳. 十年居湖海, 跡掃桃李門前; 一春如畫圖, 夢牽蜂蝶風裏.

抛梁東, 分付碧瀾諸舵工, 有載華盆向金谷, 莫求船價一文銅.

抛梁西, 一帆風去是青齊, 我東不有中原有, 荔芰棕櫚安得兮.

抛梁南, 借問船人何土男, 莫是居生康海邑, 將來多栢梔榴柑.

抛梁北, 北去求花不必得, 只見黃州好生梨, 百拳長木打而食.

抛梁上, 天上白楡立兩兩, 直入月宮蹈老蟾, 折來丹桂誰能當.

抛梁下, 世俗之爲花艸者, 終日去馳名利場, 夕來負手作文雅.

伏願上梁之後, 鳥不啄藥, 蟲不嚙根, 風不棚披, 凍不盆罍, 熱不殺菊, 寒不病梅, 石榴香來, 芭蕉花作. 二十四番風風好, 春去春來; 三百六旬日日閒, 花開花落.

3 湖山吟稿序 시에는 색깔이 있다

異哉! 玩亭氏之言詩也. 不言聲律而言彩色. 其言曰: "字, 比則竹也蒲也, 章, 比則簾也席也. 今夫字, 焦然黑而已, 竹, 萎然黃, 蒲, 皜然白而已. 及夫編竹爲簾, 織蒲爲席, 排比重累, 動蕩成紋, 漪如也, 燦如也,得之於黃白之外. 況乎積字成句, 布句成章, 有非枯竹死蒲而已者邪!」

其所云彩色者, 皆此類也. 人多不以爲然, 而余獨樂聞之, 或終日亹亹不已. 雖然亦不知其言之本於何說也.

丙申夏, 玩亭氏遭罹世故, 不樂居京師, 出寓湖上. 轉而入東峽, 數月而歸. 出其所著湖山吟稿一卷以視之, 率皆漁歌樵唱, 明淨流利, 隱隱爾, 躍躍爾, 有可以摩挲輒得睥睨斯存者.

余戲之曰:「此復何彩色也?」玩亭氏笑曰:「子猶未達耶? 畫雪而畫月者, 只布雲氣而雪月自可見, 何必塗金抹朱, 而後謂之彩色也哉!」余始躍然喜曰:「子之言詩也, 根乎六書. 六書之數, 一曰象形, 二曰會意, 三曰指事. 畫長於象形, 而詩長於會意, 文則長於指事. 不詩之畫, 枯而無韻, 不畫之詩, 闇而無章, 詩文書畫, 可以相須, 不可以單功也, 如是夫!」述其言以爲序.

4 渤海考序 발해사를 찾아서

高麗不修渤海史, 知高麗之不振也. 昔者高氏居于北, 曰高句麗; 扶餘氏居于西南, 曰百濟; 朴昔金氏居于東南, 曰新羅. 是爲三國, 宜其有三國史, 而高麗修之, 是矣. 扶餘氏亡, 高氏亡, 金氏有其南, 大氏有其北, 曰渤海. 是謂南北國, 宜其有南北國史, 而高麗不修之, 非矣.

夫大氏者何人也, 乃高句麗之人也. 其所有之地何地也, 乃高句麗之地也, 而斥其東斥其西斥其北而大之耳. 及夫金氏亡, 大氏亡, 王氏統而有之, 曰高麗. 其南有金氏之地則全, 而其北有大氏之地則不全, 或入於女眞, 或入於契丹.

當是時, 爲高麗計者, 宜急修渤海史, 執而責諸女眞曰:「何不歸我渤海

之地? 渤海之地, 乃高句麗之地也!”使一將軍往收之, 土門以北可有
也. 執而責諸契丹曰:“何不歸我渤海之地? 渤海之地, 乃高句麗之地
也.”使一將軍往收之, 鴨綠以西可有也. 竟不修渤海史, 使土門以北,
鴨綠以西, 不知爲誰氏之地. 欲責女眞而無其辭, 欲責契丹而無其辭,
高麗遂爲弱國者, 未得渤海之地故也, 可勝歎哉!

或曰:“渤海爲遼所滅, 高麗何從而修其史乎?”此有不然者. 渤海憲象
中國, 必立史官. 其忽汗城之破也, 世子以下奔高麗者十餘萬人, 無其
官, 則必有其書矣. 無其官, 無其書, 而問於世子, 則其世可知也; 問於
隱繼宗, 則其禮可知也; 問於十餘萬人, 則無不可知也.

張建章, 唐人也, 尙著《渤海國記》, 以高麗之人, 而獨不可修渤海之史
乎! 嗚呼! 文獻散亡, 幾百年之後, 雖欲修之, 不可得矣.

余以內閣屬官, 頗讀秘書, 撰次渤海事, 爲君臣地理職官儀章物産國語
國書屬國九考, 不曰世家傳志, 而曰考者, 未成史也, 亦不敢以史自居
云. 甲辰閏三月二十五日.

5 春城遊記 봄이 찾아온 서울을 구경하다

庚寅三月三日, 與燕巖·青莊入三淸洞. 渡倉門石橋, 訪三淸殿古址, 有
廢田百卉之所苗. 班而坐, 綠汁染衣. 青莊多識茶名, 余擷而問之, 無不
對者, 錄之數十種. 有是哉! 青莊之博雅也. 日晚沽酒而飮.

翌日登南山, 由長興之坊, 穿會賢之坊. 近山多古宰相居, 頹垣之內, 古
松古檜, 落落存矣. 試陟其崇阜而望, 白岳圓而銳如覆帽, 道峯簇簇如
壺中之矢筒中之筆也, 仁王如人之已解其拱而其肩猶翼如也, 三角如
衆夫觀場, 一長人自後俯而瞰之, 衆夫之笠, 參其頷也. 城中之屋, 如青

黎之田新畛而粼粼, 大道如長川之劈野而露其數曲, 人與馬其川中之魚鰕也. 都之戶號八萬, 其中之此時之方歌方哭方飲食方博奕方譽人毀人方作事謀事, 使高處人總而觀之, 可發一笑也.

又翌日登太常寺之東臺, 六曹樓閣, 御河楊柳, 慶幸坊白墻, 東門外嵐氣, 隱隱呈露. 最奇者駱山一帶, 沙白松靑, 明媚如畫. 復有一小山, 如鴉頭淡墨色, 出于駱山之東, 始疑爲雲, 問之楊州之山也, 是夕余甚醉, 眠於徐汝五杏花之下.

又翌日入景福古宮, 宮之南門內有橋, 橋東有石天祿二, 橋西有一鱗鬣, 蜿然良刻也. 南別宮後庭有穿背天祿, 與此酷肖, 必移橋西之一, 而無掌故可證也. 渡橋而北, 乃勤政殿古址, 其陛三級, 陛東西角有石犬雄雌, 雌抱一子. 神僧無學所以吠南寇, 謂犬老以子繼之云. 然不免壬辰之火, 石犬之罪也歟? 齊諧之說, 恐不可信. 左右螭石上有小窪, 近讀宋史, 知其爲左右史硯池也. 轉勤政殿而北, 有日影臺, 轉日影臺而西, 乃慶會樓古址也. 址在潭中, 有敗橋可通, 兢兢而過, 不覺汗焉. 樓之柱石也, 高可三丈, 凡四十八, 折者八. 外柱方, 內柱圓, 刻雲龍狀, 琉球使臣所謂三壯觀之一也. 潭水綠淨, 微風迭漪, 蓮房茭根, 沈浮散合. 小鯽魚聚水淺處, 呷浪而嬉, 聞人跫, 入而復出. 潭有雙島, 植松竦茂, 其影截波. 潭之東有釣者, 潭之西守宮窆與其客躲帾也.

由東北角橋而渡, 艸皆黃精, 石皆古礎, 礎有窪, 似是受柱處, 雨水盈其中. 往往見瑇井. 北墻之內有簡儀臺, 臺上有方玉一, 臺西有鬺石六, 長可五六尺, 廣三尺, 連鑿水道. 臺下之石如硯如帽如缺櫃, 其制不可考也. 臺殊高朗, 可眺北里花木.

循東墻而行, 三淸石壁迤迤出矣. 墻內之松皆十尋, 鸛雀鷺鶿, 棲宿其上. 有純白者, 有淡黑者, 有軟紅者, 頭垂綬者, 嘴如匙者, 尾如綿者, 抱卵而伏者, 含枝而入者. 相鬪相交, 其聲齁齁. 松葉悉枯, 松下多退羽空卵. 從遊尹生發機石, 中一純白者尾, 舉羣驚翔如雪.

西南行有採桑臺碑, 丁亥親蠶所也. 其北有廢池, 內農種稻處也. 入衛將所, 汲冷泉而飮. 庭多垂楊, 落絮可掃. 借看其先生案, 鄭湖陰士龍爲首, 扁上亦有所題詩. 復出宮圖考之, 慶會樓凡三十五間, 宮之南門曰光化, 北門曰神武, 西曰延秋, 東曰延春.

6 柳遇春傳 악사 유우춘

徐旅公曉樂律, 喜客, 客至, 命酒鼓琴吹笛以侑之. 余從之游而樂之, 得奚琴焉以歸, 含聲引手, 作蟲鳥吟. 旅公聞而大驚曰: "與之粟一溢! 此褐之夫之琴也." 余曰: "何居?" 公曰: "甚矣, 子之不知樂也. 國之二樂, 曰雅樂, 曰俗樂. 雅樂者, 古樂也; 俗樂者, 後代之樂也. 社稷文廟用雅樂, 宗廟參用俗樂, 是爲梨園法部. 其在軍門, 曰細樂, 鼓屬凱旋, 嘽緩要妙之音, 無所不備, 故游宴用之. 於是而有鐵之琴·安之笛·東之腰鼓·卜之觱篥, 而柳遇春·扈宮其, 俱以奚琴名. 子如好之, 何不從而師之, 安得此褐之夫之琴乎? 今夫褐之夫操琴, 倚人之門, 作翁媼嬰兒畜獸鷄鴨百蟲之音, 與之粟而後去. 子之琴, 無乃是乎!"

余聞旅公之言, 大慙, 囊其琴而閣之, 不解者數月. 宗人琴臺居士來訪, 居士爲故縣監柳雲卿子. 雲卿少任俠, 善騎射, 英宗戊申討湖賊, 著軍功, 悅李將軍家婢, 生二子. 余從容問居士: "二弟者, 今皆安在?" 曰: "噫! 皆在爾. 吾故人有爲邊部太守者, 吾裹足踔二千里, 得五千錢, 歸李將軍家, 贖此二弟. 其長居南門外, 販網巾; 其季籍龍虎營, 善於奚琴, 今之稱柳遇春奚琴是已." 余愕然, 始記旅公之言. 旣悲名家之裔, 流落軍伍, 又喜其能名一藝以資生也.

遂從居士, 訪其家十字橋西, 艸屋甚潔, 獨其母在, 涕泣道舊, 呼婢跡遇春, 告有客. 已而遇春至, 與之言, 諄諄然武人也. 後夜月明, 余篝燈讀書, 有衣黑罩甲四人者, 咳而入, 其一乃遇春也. 大壺酒·一巉肩·藍棗帶裏紅沈柿五六十顆, 三人者分持之. 遇春揎袖大笑曰: "今夜且驚書生!" 使一人跪行酒, 半酣, 顧謂之曰: "善爲之!" 三人從懷中出笛一·奚琴一·觱篥一, 合奏. 且闋, 遇春就琴者膝, 奪其琴曰: "柳遇春奚琴, 惡可不聞?" 信手徐引, 悽婉慷慨, 不可名狀. 擲琴, 大笑而去.

琴臺居士將歸, 理裝在遇春家, 遇春具酒, 要余. 坐置大銅盆, 問其故, 曰: "備醉嘔也." 酒行其盃椀也. 有在異室中燒牛心, 度酒一行, 割而不提, 承一盤, 臥一箸, 使婢跪而進之, 其法與士君子相聚會飲酒, 有異也.

是時, 余蓋携囊中琴往, 出而示之曰: "此琴何如? 昔者, 吾有意於子之所善, 臆而爲蟲鳥吟, 人謂之褐之夫之琴, 吾甚病之. 何以則非褐之夫之琴而可乎?" 遇春拊掌大笑曰: "迂哉, 子之言也! 蚊之嚶嚶, 蠅之薨薨, 工之啄啄, 文士之蛙鳴, 凡天下之有聲, 意皆在乎求食. 吾之琴與褐之夫之琴, 奚以異哉? 且吾之學斯琴也, 有老母在爾, 不妙, 何以事老母乎? 雖然, 吾之琴之妙, 不如褐之夫之琴之不妙而妙也. 且夫吾之琴, 與褐之夫之琴, 其材一也. 馬尾爲弧, 澁以松脂, 非絲非竹, 似彈似吹. 始吾之學斯琴也, 三年而成, 五指結疣, 技益進而虜不加, 人之不知益甚. 今夫褐之夫也, 得一破琴, 操之數月, 聞之者已疊肩矣. 曲終而歸, 從之者數十人, 一日之獲粟可斗, 而錢歸撲滿. 毋他, 知之者衆故耳. 今夫柳遇春之琴, 通國皆知之, 然聞其名而知之爾, 聞其琴而知之者, 幾人哉? 宗室大臣, 夜召樂手, 各抱其器, 趨而上堂, 有燭煌煌. 侍者曰: '善且有賞!' 動身曰諾. 於是絲不謀竹, 竹不謀絲, 長短疾徐, 縹緲同歸, 微吟細嚼, 不出戶外, 睨而視之, 邈焉隱几, 意其睡爾. 少焉欠伸曰:

‘止!’諾而下, 歸而思之, 自彈自聽而來爾. 貴游公子, 翩翩名士, 淸談雅集, 亦未嘗不抱琴在坐. 或評文墨, 或較科名, 酒闌燈爐, 意高而態酸, 筆落箋飛. 忽顧而語曰: ‘汝知爾琴之始乎?’俯而對曰: ‘不知.’曰: ‘古嵆康之作也.’復俯而對曰: ‘唯.’有笑而言曰: ‘奚部之琴也. 非嵆康之嵆也.’一坐紛然, 何与於吾琴哉! 至若春風浩蕩, 桃柳向闌, 中涓羽林, 狹斜少年, 出游乎武溪之濱, 針妓醫娘, 高髻油罩, 跨細馬, 薦紅毯, 絡繹而至, 演戲度曲, 滑稽之客, 雜坐詼調. 始奏鐃吹之曲, 變爲靈山之會. 於是焉, 煩手新聲, 凝而復釋, 咽而復通. 蓬頭突鬢, 壞冠破衣之倫, 搖頭瞬目, 以扇擊地, 曰: ‘善哉善哉!’此爲豪暢, 猶不省其微微爾. 吾之徒有宮其者, 暇日相逢, 解囊摩挲, 目捐靑天, 意在指端, 差以毫, 忽大笑而輸一錢. 然兩人未嘗多輸錢, 故曰: ‘知吾之琴者, 宮其而已.’宮其之知吾之琴, 猶不如吾之知吾之琴之爲益精也. 今吾子, 欲捨功易而人之知者, 學功苦而人之不知者, 不亦惑乎!”

遇春母死, 棄其業, 亦不復過余, 蓋孝而隱於伶人者也. 其言技益進而人不知, 則豈獨奚琴也哉!

09 강개한 정서와 예리한 시각, 박제가

1 百花譜序 꽃에 미친 김군

人無癖焉, 棄人也已. 夫癖之爲字, 從疾從辟, 病之偏也. 雖然, 具獨往
之神, 習專門之藝者, 往往惟癖者能之. 方金君之徑造花園也, 目注於
花, 終日不瞬, 兀兀乎寢臥其下, 客主不交一語. 觀之者, 必以爲非狂則
癡, 嗤點笑罵之不休矣. 然而笑之者, 笑聲未絶, 而生意已盡.
金君則心師萬物, 技足千古, 所畵百花譜, 足以冊勳瓶史, 配食香國. 癖
之功, 信不誣矣. 嗚呼! 彼伈伈泄泄誤天下大事, 自以爲無病之偏者,
觀此帖, 可以警矣. 乙巳中夏, 茗翡堂主撰.

2 詩選序 시의 맛

選之法, 要當百味俱存, 不可泯然一色. 夫選者何? 擇之使不相混也.
泯然一色, 則是選而再混也, 初何選之有哉! 味者何? 不見夫雲霞與錦
繡歟? 頃刻之間, 心目俱遷, 咫尺之地, 舒慘異態. 泛觀之, 不足以得其
情, 細玩則味無窮也. 凡物之變化端倪, 有足以動心悅目者, 皆味也, 非
獨在口謂之也. 選奚取乎味? 夫鹹酸甘苦辛五者, 得之於舌, 達乎面目,
其不可欺也如此. 不如是, 則非味也. 非味之食, 猶不食. 然則選之法,
何異哉? 百味俱存者何? 選非一焉, 而又各擧其一也. 夫知酸而不知甘
者, 不知味者也. 秤量甘酸, 間架鹹辛, 而苟充之者, 不知選者也. 方

其酸時極酸之味而擇焉, 其甘也極甘之味而擇焉, 然後可以語於味矣.
子曰:"人莫不飮食也, 鮮能知味也!" 由此觀之, 聖人心細, 故能得不
言之妙於其口. 俗人泯然一色, 日用而不知耳. 或曰:"水何味焉?" 曰:
"水儘無味. 然渴飮之, 則天下之味, 莫過焉. 今子不渴矣, 奚足以知水
之味哉!"

3 送白永叔基麟峽序 궁핍한 날의 벗

天下之至友曰窮交, 友道之至言曰論貧. 嗚呼! 靑雲之士, 或枉駕於蓬
蓽 韋布之流, 或曳裾於朱門, 何其相求之深而相合之難也?
夫所謂友者, 非必含杯酒, 接股勤, 握手促膝而已也. 所欲言而不言, 與
不欲言而自言, 斯二者, 其交之深淺, 可知已. 夫人莫不有怯, 故所私莫
過於財, 亦莫不有求, 故所嫌莫甚於財. 論其私而不嫌, 而况於他乎?
詩云:'終窶且貧, 莫知我艱.' 夫我之所艱, 人未必動其毫髮, 故天下之
恩怨, 從此而起矣. 彼諱貧而不言者, 豈盡無求於人哉? 然而出門強笑
語, 寧能數擧今日之飯與粥乎? 歷陳平生, 而猶不敢問其咫尺之扃鐍,
則幾微之際, 而至難言者, 存焉耳. 必不得已而略試之, 善導而中其穀,
漠然不應於眉睫之間, 則向之所謂欲言而不言者, 今雖言之, 而其實與
不言同. 故多財者, 患人之求, 則先稱其所無; 斷人之望, 則故有所不
發, 則其所謂含杯酒, 接股勤, 握手促膝者, 擧不勝其悲凉躑躅, 而不悵
然失意而歸者, 幾稀矣. 吾於是乎知論貧之爲不可易得, 而向者之言,
蓋有激而云然也.
夫窮交之所謂至友者, 豈其瑣細鄙屑而然乎! 亦豈必僥倖可得而言哉!
所處同, 故無形迹之顧; 所患同, 故識艱難之狀而已. 握手勞苦, 必先

其飢飽寒燠, 問訊其家人生産, 不欲言而自言者, 眞情之惻怛而感激之使然也. 何昔之至難言者, 今之信口直出而沛然, 莫之能禦也? 有時乎入門長揖, 竟日無言, 索枕一睡而去, 不猶愈於他人十年之言乎? 此無他, 交之不合, 則言之而與不言同. 其交之無間, 則雖默然兩相忘言, 可也. 語云: 白頭而新, 傾蓋而故, 其是之謂乎!

吾友白君永叔, 負才氣, 遊於世三十年, 卒困無所遇. 今將携其二親, 就食深峽. 嗟乎! 其交也以窮, 其言也以貧, 余甚悲之. 雖然, 夫吾之於永叔, 豈特窮時之交而已哉! 其家未必有並日之煙, 而相逢, 猶能脫珮刀典酒而飲. 酒酣, 嗚嗚然歌呼嫚罵而嬉笑, 天地之悲歡, 世態之炎涼, 契濶之甘酸, 未嘗不在於中也.

嗟乎! 永叔豈窮交之人歟! 何其數從我而不辭也? 永叔早知名於時, 結交遍國中, 上之爲卿相牧伯, 次之爲顯人名士, 亦往往相推許. 其親戚鄕黨婚姻之誼, 又不一而足, 而與夫馳馬習射擊劍拳勇之流, 書畫印章博奕琴瑟醫師地理方技之倫, 以至市井皁輿耕漁屠販之賤夫, 莫不日逢於路而致款焉. 又踵門而至者, 相接也. 永叔又能隨其人而顏色之, 各得其歡心. 又善言山川謠俗名物古蹟及吏治民隱軍政水利, 皆其所長. 以此而遊於諸所交之人之多, 則亦豈無追呼得意淋漓跌蕩之一人? 而獨時時叩余門, 問之則無他往.

永叔長余七歲, 憶與余同閈而居也, 余尙童子, 而今焉已鬚矣. 屈指十年之間, 容貌之盛衰若斯, 而吾二人者, 猶一日也, 卽其交可知已.

嗟乎! 永叔平生重意氣, 嘗手散千金者數矣, 而卒困無所遇, 使不得糊其口於四方. 雖善射而登第, 其志又不肯碌碌浮沈取功名. 今又絜家屬, 入基麟峽中. 吾聞基麟古獩國, 險阻甲東海. 其地數百里, 皆大嶺深谷, 攀木杪以度. 其民火粟而板屋, 士大夫不居之, 消息歲僅得一至于京. 晝出則惟禿指之樵夫, 鬅髮之炭戶, 相與圍爐而坐耳. 夜則松風

謖謖繞屋而磨軋, 窮禽哀獸, 鳴號而響應. 披衣起立, 彷徨四顧, 其有不
泣下沾襟, 悽然而念其京色者乎?

嗟乎! 永叔又胡爲乎此哉? 歲暮而霰雪零, 山深而狐兎肥, 彎弓躍馬,
一發而獲之, 據鞍而笑, 亦足以快醍齷之志, 而忘寂寞之濱也歟! 又何
必屑屑於去就之分, 而戚戚於離別之際也? 又何必覓殘飯於京裏, 逢他
人之冷眼, 從使人不言之地, 而作欲言不言之狀也?

永叔行矣! 吾向者窮而得友道矣. 雖然, 夫吾之於永叔, 豈特窮時之交
而已哉!

4 祭外舅李公文 광인의 인생, 장인의 생애

維歲次庚寅冬十月丁丑, 第三婿密陽朴齊家, 謹焚香取酒灌茅, 再拜于
外舅故節度使李公之柩, 哭而曰.

嗚呼! 天下之甥舅無聊久矣夫! 俗人猶知誇其壻矣, 亦嘗愛之於其舅
矣. 然而愛之不足爲知, 誇之不足爲榮, 有甥舅之名, 而無甥舅之樂焉.
夫舅見甥, 必例問讀何書, 甥例辭曰: "不敏, 未嘗從事於斯矣." 舅復卒
然敎之曰: "努力!" 甥例唯唯, 口不言而腹已誹矣. 此無他, 不知甥舅之
樂故也.

夫甥舅之樂, 貴相知心, 不在於女之夫與妻之父之故也. 夫不相知心,
而猶且謂甥謂舅, 出入其家者, 此不過宴安乎閨門之內衣食之奉耳. 甚
矣! 其無聊也.

雖然而方其娶婦之日, 執雁前導, 從者塞閭, 迎候之人相屬於道, 凡衣
服鞍馬屏牀几器皿之類, 皆以金銀釆色飾之, 引之升堂, 出拜其舅,
舅注目於甥, 不食而飽, 顧視左右, 無所於惜, 賜之如流, 猶恐其不受,

片言出口, 莫有違者, 是誰之力也, 皆舅之愛之而然也. 及聞舅之訃, 羞不下淚, 日昃乃弔. 哭不過三聲, 祭之日先食肉, 俗相訾不關於己者, 謂之舅之緦. 此生專其愛而死忘其義也, 又何其太無聊也.

嗚呼! 余之於公, 以不同則而武而文, 以久則歲纔三矣, 以從容則曾不能以十日. 然而公能默然愛吾, 吾獨默然知公. 生以眞歡, 死以眞悲者, 何也? 人固有一見而知者, 大異而愈合者, 一事而不可一生忘者.

嗟乎! 余迂士也, 長不滿七尺, 名不出里閭, 公一見, 妻以女焉, 風流氣槩, 若契朋友. 余呵呵而笑, 公知吾寓也, 不以爲謔也; 余昏昏而睡, 公知吾適也, 不以爲懶也. 公見吾雪天尋朋, 經夜不還, 敗屋紙窓, 星光繞身, 晨起爬壁, 氷凘滿爪, 主人蒲團, 臥不掩脛, 聯床而宿, 不廢嘯歌, 嘗憂其病而知其樂也. 公聞吾逆旅讀書, 晝炎夜蒸, 臥看土牀, 蚊蠅蚤蝨, 通身相沸, 仰視屋椽, 蛛繞飛颺, 與烟相懸, 薄暮炊飯, 匙枉盂哨, 一嚼一石, 麥耳觸頰, 鹽水生韮, 長短不齊, 浹月于玆, 處之怡怡, 嘗憫其苦而知其耐也.

公嘗言曰: "笠不必擇, 苟黑而圓; 屨不必飾, 非簧則曳." 余起而對曰: "若是則甥之不遇者, 多矣. 甥之心常欲以沈檀塑我, 色絲繡我, 藏之什襲, 傳之永世, 使人人見之. 甥見山水雲煙之媚者, 花樹羽毛之嫩者, 輒悅而憐之, 欲我之亦然也. 夫甥之今日之空疎亡堂, 簞瓢縕袍, 若不知其好惡者, 豈其心哉! 顧不遇其知者耳." 公噴噴曰: "不知此兒之胷中若是其侈也." 夫公之所言, 余不必云; 余之所行, 公不必爾, 而所怒於人而笑於我, 所假於人而眞於我者. 蓋其中心相感, 各知其有所不爲者耳.

嗚呼! 余甥于公之二日, 公乘月出, 植杖于井欄之東, 觀刷馬. 余請曰: "可取而騎也." 公卽許之, 顧奴曰: "促具鞍, 任其所之." 余急止之曰: "何用鞍爲, 吾據其鬣, 橫跨其脊, 鞭一鳴, 馬走矣." 公驚喜, 自酌酒, 與

之飲, 戒余曰: "毋及夜深." 於是, 奴黑袷持酒錢隨後, 余便衣上馬, 從
黎峴市樓馳至鐵橋, 訪友於白墻之北, 繞墻一匝而出. 時月色滿道, 花
樹際天, 稀星灑之, 馬折頸徐嗅, 盤旋而步, 驕不勝蹄, 不復知其行也.
余歸而假寐, 公覘其醉也, 來撫余頰, 覆之以衾, 不使余知也.

嗚呼! 去季携余, 之藥山之衙留之. 余久客無以脫身, 廼遊戲放浪, 以
示于公. 嘗捕蝶不得, 怒觸一花, 妓譁曰: "郎折花!" 公曰: "無譁, 折花
獻郎!" 余趍而笑, 公曰: "吾將終歲不遣, 看汝折幾花." 嗚呼! 以今思
之, 此事終不可復見, 而其言益不可忘也.

嗚呼! 去年從公上鐵甕南門, 把酒賦詩. 是日中秋, 野有餘禾. 公見山
川之遠也, 鴻雁之高也, 村墟籬落之暮也, 牛馬之去來, 祭女之負戴, 凭
欄送眺, 東望京國, 悽然不樂者久之. 曰: "職事奔走, 墳墓之省四年矣."
余諷之云: "丈人看我! 腰下有綬乎? 吾則浩然歸耳, 誰有止者?" 公解
云: "此綬豈吾欲哉! 業已許身於國, 義不可辭."

嗚呼! 公之心, 豈常以一綬爲苟所, 向人而求之者耶? 蓋其自至, 則盡
其力而已矣. 每夜深燈爐, 獨呼余坐, 有時自說其少時田園閒居之事.
輒意亹亹不已, 思欲與子侄輩棄官歸鄉, 敎其耕鋤, 歲時伏臘, 斗酒聚
隣, 弋鳧釣鱸, 以終餘年而已. 復慷慨歔欷, 自傷其老, 或慮其言之不可
復遂也. 余廼引巵酒進, 少間以楚音誦《離騷》之賦, 以蕩其酒思, 未嘗
不動容膝席, 泣數行下, 雖家人左右, 莫得而知也.

嗚呼! 去年公方西留, 余九月入太白山中, 看楓樹水石, 徘徊諸寺間,
十日而歸. 公問入山何爲, 余曰: "讀佛經." 公笑曰: "晚年辛勤, 嫁與一
女, 壻廼學佛!" 是時余數請歸, 而公挽余行甚力. 余仍曰: "佛壻無用,
不如放而送之." 嗚呼! 以今思之, 其將少留至今, 以與公相終始也歟!

嗚呼! 公爲人不外飾, 見似眞而假者, 故罵之. 當是時也, 世皆姑息不
振, 文日益勝, 雖武人方以氣節爲不敢, 若書生然. 公獨曰: "是皆多顧眄

而不力於國事者也. 吾武人也, 乃文則非吾事也.”立朝三十秊, 無一人知公者. 公迺滑稽跅弛, 以玩世爲涉世, 於是世皆以狂目之, 而公亦自謂之狂. 嚮者余嘗受公托, 爲之說而辭焉. 公曰:“所以辭者, 以爲甥不可以狂也加之於舅者耶? 取其文, 忘其甥, 可也.”余文未成而公逝矣.

嗚呼! 公之所以托於余者, 以爲知公之狂之莫我如也歟! 夫狂有清狂佯狂, 而有酒而狂者, 病而狂者, 有狂狷之狂, 公何狂之居焉? 夫四座皆醉, 指醒爲醉, 辨其不醉, 愈以爲醉. 醉多醒少, 烏能自明? 彼醒者, 未有不鬱然欲狂, 辭之以醉者矣. 嗚呼! 公之狂, 其不能自明者歟!

昔者有不洗面而飮盥水者, 其友咻之以爲大狂, 其人曰:“人洗其外, 我洗其內.”嗚呼! 公之狂, 其洗內者歟! 於心則不狂, 於事則不狂, 於知者則不狂, 獨於不知者狂焉. 嗚呼! 公之狂, 其不遇知者也歟! 腐儒章句以侮弓矢, 以武笑公, 以狂譏公, 公亦以狂待之, 愈益狂.

嗚呼! 公之狂, 豈性不好儒而然哉! 特不好其俗儒而如彼者耳. 有人於此, 端居不出, 圖書在旁, 永日圍碁, 人謂之閒, 內實賭錢, 公覷其局以狂而掃. 有人於此, 白晝成佛, 不食而生, 不言而坐, 匿火放光, 夜私噉肉, 公覷其妖以狂而打. 嗚呼! 人之閒居不善, 無所不至, 厭然欺人, 自以爲得計者, 其不爲公之狂之所覷者, 幾希矣.

嗚呼! 死者忘也, 忘則無情; 死者覺也, 覺則無悔. 以死看死, 何嘗謂之慽慽哉! 然而終日奠觴, 何曾一飮, 終日撫棺, 何曾一言? 哀旣不知, 哭亦何爲? 以生思死, 不得不鬱鬱而復哭矣.

嗚呼! 余之哭, 非獨甥舅之悲, 而蓋於公有知己之感云. 嗚呼! 哀哉!
尙饗.

十日霖雨, 愧非裹飯之朋. 二百孔方, 爰付傳書之僕. 壺中從事烏有. 世間楊州鶴無.

厄甚陳蔡, 非行道而爲然. 妄擬陋巷, 問所樂而何事. 久此膝之不屈, 奈好官之莫如? 僕僕亟拜, 多多益善. 玆又送壺, 滿送如何?

10 언어 밖으로 넘쳐난 사상과 감정, 이서구

1 手鈔燕巖集序 《연암집》을 뽑고서

夫虛譽不動人, 至才無多交. 或曰:"名者, 實之賓." 或曰:"德不孤, 必有隣." 故雲興而雨降, 鳳至而鳥從. 余觀世之所謂通儒碩生, 靐說經旨, 署綴文詞, 輒連茹比類, 飛聲相詡, 終乃儕類成仇疾, 聲譽爲誹謫. 由是言之, 十人之歡, 不如一友之良, 修己敦身, 以待自來之朋, 聖人道也. 杜門掃軌, 不求當世之名, 達士志也.

余年二十, 鮮交遊, 側巷邇里, 足不恒旋. 或入人讌會, 賓客滿座, 無一人起與揖者, 而於燕巖朴先生, 最相善. 先生, 故名家裔, 能文章, 挾不群之才, 有凌世之志. 遨遊三十季, 意落落無所合, 退乃周覽舊都, 神嵩左峙, 禮成東縈, 西臨樂浪, 浿流湯湯, 遲回兩京之閒, 察其草木蒙蘢, 田土膏沃, 地稱燕巖, 遂定居焉.

始先生, 與余同里. 時余甚冲幼, 不識朴先生爲何如人也. 居頃之, 受業于隣之李氏. 李氏, 字懋官, 懋官對余, 輒稱;"朴先生, 長者, 可與交." 又兩家賓客, 日相往來, 皆稍稍稱;"朴先生, 長者, 善容儀, 談文章, 言語斤斤." 因介余以進. 先生迎余而揖, 肩背穹肰, 錫余而坐, 席幾連奧, 有神明之開滌, 若鬚眉之蔭映. 余乃心竊自疑, 以爲:'朴先生, 誠長者, 夫何一見而相厚若是.' 遂日從先生游, 幾月之閒, 晝無罕面, 夜不憚踪, 而目悅文雅之容, 耳順學習之論. 且余方力爲述作, 先生乃議正古今, 斟酌得失, 作序以訓之.

其文曰:「倣古爲文, 如鏡之照形, 如水之寫形, 可謂似歟? 曰左右相反,

本末倒見, 惡得而似也? 如影之隨形, 可謂似歟? 曰午陽則僬僥侏儒,
斜日則龍伯防風, 惡得而似也. 如畫之摸形, 可謂似歟? 曰行者不動,
語者無聲, 惡得而似也? 曰然則終不可得而似歟? 曰夫何求乎似也! 求
似者, 非眞也. 天下之所謂相同者, 必稱酷肖, 難辨者, 亦曰逼眞. 夫語
眞語肖之際, 假與異在其中矣. 故天下有難解而可學, 絶異而相似者,
鞮象寄譯, 可以通意; 篆籀隷楷, 皆能成文. 何則? 所異者形, 所同者心
故耳. 由是觀之, 心似者志意也, 形似者皮毛也.

李氏子洛書, 從不佞學有年矣. 嘗携其綠天之稿, 質于不佞曰: "嗟乎!
余之爲文, 纔數歲矣. 其犯人之怒, 多矣. 片語稍新, 一字涉奇, 則輒問:
'古有是否?' 否則, 艴然于色曰: '安敢乃爾!' 噫! 於古有之, 我何更爲?
願夫子定之也!"

不佞攢手加額曰: "此言甚正, 可興絶學. 蒼頡造字, 倣於何古? 顏淵好
學, 獨無著書. 苟使好古者, 思蒼頡造字之時, 著顏子未發之旨, 文始正
矣. 吾子年少耳, 逢人之怒, 敬而謝之曰: '不能博學, 未攷於古矣.' 問
猶不止, 怒猶未解, 嘵嘵然, 答曰: '殷誥周雅, 三代之時文; 丞相右軍,
秦晋之俗筆.'"

余旣服其旨意高邁, 章句明楚. 於是, 凡先生之所撰記, 自長篇短語, 以
至纖詞戲尺, 擧皆手鈔而藏之, 曰: "余與先生, 季紀之相間, 若是其懸
也; 才德之不逮, 若是其迂也. 惟此聲色臭味之際, 言不牾議, 氣亦從
類, 鞏浮世之悠揚, 欲韜光於山林者, 又若是其同也. 且其發言立辭, 有
足以表式當世, 則吾何必上步秦漢, 追躡韓歐, 閔旣往之夐夐, 畧現在
之翩翩哉? 嗚虖! 生幷一世, 好不阿於師資; 情無外歧, 義彌隆於得朋,
百代歸善, 君子用藏; 躬念古昔, 夫惟是誰?"

余居在城市間, 所與隣, 皆康莊閭里, 無田野山林之趣, 可以娛樂歡怡. 惟素玩亭, 在一室之央, 頗高敞爽塏. 墻北有數株樹, 每當夏生陰, 朶櫨落時之際, 翠色濛濛如也. 卽余日偃息其中, 凡於禽蟲艸木之具吾視聽者, 悉皆細矚而備聆. 一有所得, 輒哦詩以識之, 蓋於禽得十有六焉, 於蟲得十焉, 爲艸爲木者, 又各九焉, 摠爲詩四十有四焉爾.

客曰: "昔人謂: '李賀爲文章, 弗離花鳥蜂蝶, 故終不能震盪人耳目.' 何吾子之專察乎至微, 費神乎無用, 不幾近於是也?"

余曰: "固狀. 然抑有說焉. 今夫石, 塊狀一頑者耳. 顆在於山冢海涯之間, 則人之過而視之者, 泛言曰: '彼塊狀而頑者, 石也.' 其稍欲自好者曰: '彼塊狀而頑者, 石也, 是乃土之結而堅者也.' 迺信眉揚目, 自以爲玅解物理, 不知有測物造峀之士, 審其紋理之粗細·氣勢之盤峭, 分其色, 則蛾眉之綠也, 艾葉之靑也; 區其質, 則文梨之凍而瑩也, 龜背之圻而兆也. 一窪一窿之小, 罔敢或遺者, 以天之所賦, 不可以忽焉也. 彼禽翔而蟲蠕, 艸秀而木挺, 有萬不同, 各極其態. 凡夫人之見之者, 亦但知翔爲禽而蠕爲蟲, 秀者謂之艸而挺者謂之木者, 何也? 彼其胸中, 只有禽蟲艸木四字存焉而已. 若使四字者, 不製於古, 則必幷其名而不之知也.

夫禽蟲艸木者, 天地之文章也; 文章者, 人之飾也. 人之欲飾其文章者, 安得不假文章於天地也哉? 是以古昔聖人, 自著書命名, 以至宮室衣常輿輅旂旐鼎彝之飾, 亦莫不取義成象者, 以其盈天地者, 舍此而無他也. 故傳有之曰: '多識乎鳥獸艸木之名.' 語曰: '登高作賦, 遇艸必識, 卿大夫之才也.' 余於是竊有忖焉." 客曰: "善!" 遂袞其所著, 編爲素玩亭禽蟲艸木卷.

3 夏居集序 여름날의 기억

夏居集者, 潛夫蓋以爲夏之爲境, 幽曠可居, 乃編其入夏所著詩, 曰夏
居集云. 余性素舒魯, 少機警. 每與人坐, 未嘗敢逞口勦言語. 聽人言,
辭出已久, 座皆笑謔紛挐, 猶懜然不識其爲何語. 然惟獨對潛夫, 語若
抽繭折藕, 輒纏迆不能絶. 或言在口中, 回曳未發, 輒已領署其大意. 先
以數語, 迎闒之, 輒屢中無一失, 故鑢日益甚也.
余與潛夫嘗息暑素玩亭, 時天甚熱, 四顧雲氣寂狀, 兩榮前但聞禽啼
相高下, 中堂設茶鑪經卷以自適. 忽驟雨從東南至, 西北諸山夕陽猶
未盡, 室內外樹色蒼凉, 兀上書爲風所翻, 聲聶聶不已. 潛夫急起呼曰:
"此非所謂夏之居者耶!"因自引一大盃, 余亦默然無應.
居數日, 屬余序此集. 余曰: "夫序者, 緖也. 言因其緖而衍其旨也. 今夏
居之趣, 曩者子已得之矣, 何余序爲?"潛夫默然良久, 微笑而起.

4 夏夜訪友記 여름밤에 벗을 방문하다

季夏之弦, 步自東隣, 訪燕巖朴丈人. 時微雲在天, 林月蒼翳, 鍾聲初
起, 其始也殷殷, 其終也泛泛, 若水漚之方散. 意以爲丈人能在家否, 入
其巷, 先覘其牖, 燈照焉. 入其門, 丈人不食, 已三朝矣. 方跣足解巾,
加膝房櫳, 与廊曲賤隷, 相問答. 見余至, 遂整衣坐, 劇談古今治亂, 及
當世文章名論之派別同異. 余聞而甚奇之也.
時夜已下三更, 仰見囪外, 天光烒開熒熒, 輕河亘白, 益悠揚不自定.
余顧謂丈人曰: "彼曷爲而然?"丈人笑曰: "子試觀其側!"余驚視之,
燭火將減, 焰動搖益大, 乃知向之所見者, 與此相映徹而然也. 須臾燭

盡, 余欲歸, 待僕, 卒不至. 且檠上無膏燭可以繼者, 遂兩坐黑室中, 諧
笑猶自若.

余曰: "昔丈人与余同里, 嘗雪夜訪丈人, 丈人爲余親煖酒. 余亦手執餅
爇之, 土爐中火氣烘騰. 余手甚熱, 數墮餅於灰, 相視甚驩. 今幾年之
間, 丈人頭已白, 余亦髭鬚蒼然矣." 因相與悲歎者, 良久. 夜半, 始歸
家. 是夜後十三日, 記成.

5 棊客小傳 바둑의 명인 정운창

鄭生者, 寶城郡人也, 以善棊名. 國朝以來, 善棊者, 自大夫士, 以至興
儓市井, 咸推德源君爲第一, 德源君者, 故宗室子也. 生以遐土賤士, 一
朝名出其右.

初, 生學棊於其從父兄某, 積五六年, 足不履戶外, 輒日忘其寢食. 某每
曰: "弟, 毋多苦! 不若是, 尙足行也." 生猶益勤勵不止.

當是時, 德源君, 死已百年餘, 鍾期·梁翊份之徒, 方擅譽於京師. 京師
諸公, 亦皆以國手待之, 莫敢較訾. 顧生亦鬱鬱鄕里中, 無可与對手者.
於是, 徒步至漢陽, 欲求其素所擅譽者, 一与之敵. 比至, 聞漢陽人稍稍
言: "鍾期, 國手, 無雙也." 然諸公中有巡察關西者, 適呼鍾期以往, 竟
不逢, 遲回久之, 終無可与對手者. 時大將李章吾·縣令鄭樸, 亦稍有能
名, 而見生輒挬指退, 不敢以一子相抗衡也則.

於是, 生益無聊, 不自得. 遂跡期于關西, 至平壤, 留布政門外三日, 吏
不肯納. 生喟然嘆曰: "士之抱才器而不相遇, 猶如是乎? 吾不忍返矣.
夫自吾所去之土, 距平壤幾數千里. 所以不憚亭堠之險·羈旅之勞, 而
艱難到此者, 欲以一藝, 与人決雌雄, 以供少須臾之快. 竟不遇而歸, 豈

不奇哉?"

又三日不去, 巡察使聞而怪之, 謂鍾期曰: "此何爲者? 必有異也, 若其退須我命!" 乃開門招生入, 語數接, 巡察使問曰: "聞生居於南國, 而今繭足踵門, 欲與鍾期一見, 豈生与期有舊乎?" 生曰: "否否." 曰: "果也則, 生之所欲見者, 僕已知之矣. 然柰期不在此何? 無已則, 此中有比期雖少遜, 亦能与期相上下者, 其可与先試之?" 生曰: "皇恐, 謹奉命." 於是, 巡察使呼期謂曰: "彼欲与鍾期角藝, 而今期不在, 將若之何? 而其代期某." 因目之, 期詭對曰: "皇恐, 謹奉命."

於是, 左右設奕具, 進子盒, 兩皆布陳均道. 一再轉, 期輒不自由, 生固晏如也. 巡察使恚曰: "往日与樗蒲奴對局, 輒鼓掌吐氣, 自以爲通國寡二. 今者乃蹙縮若失意人, 手勢不敢快, 何也?" 如是者良久, 期漸益惾惑, 竟莫能輸生. 生亦心異之, 謂期曰: "姑少休." 又問: "君, 較期定何如? 且今期安在?" 期默然無以鷹, 面發赤. 巡察使益憤恚, 亦無柰彼何. 迺告之實, 復以白金二十兩, 敬謝生.

居頃之, 巡察使罷歸. 生与期, 俱在京師, 日相遊衍. 一日天寒, 大雨雪, 鍾期勑家人, 盛置酒, 夜邀鄭生飲. 酒酣, 鍾期親執刀俎, 切肉奉盃而進曰: "先生, 誠賢豪長者, 倘識此盃意乎? 弟子有一言, 敢以累先生." 生稱名謝曰: "運昌不敢當公厚意, 然公名譽悠揚一世, 當今之公卿士大夫, 皆莫不愛厚公. 運昌幸与公同輩行, 竊想公無可以俯教於不肖者, 敢請教!" 期曰: "然! 弟子自早學某, 特專聲譽, 出入諸公閒, 已十年于玆矣. 自得交先生來, 諸公長者, 悉皆翕然推詡, 以爲如期者, 不足預弟子之列. 顧弟子豈敢与先生抗? 願先生少讓我, 但使得有其前名, 可乎?" 生曰: "諾!" 遂竟夕盡歡而去. 自是, 每生与期逢, 若衆人在座, 則輒兩相逡巡, 誓不復相敵.

生年四十餘, 技日益精, 必見其可者, 然後乃敢下子. 故雖夏日所竟, 不過數局, 或中局而㯈之, 更列無一錯也. 生言: "生之從父兄, 高於生數級, 學於昌平之小兒, 昌平之小兒, 蓋不知所授."云.

生亦嘗往來余門下, 性狡詐, 觀其兒, 不似有所能者. 然余亦知其素善棊, 每欲一覲其玅, 而余雅不解棊. 門下諸賓客, 亦皆無与生相差等者, 卒不得見. 後生因得罪於(以下缺).

11 결함 세계의 품격, 유만주

---

1 淸言小品 二十則 청언소품 20칙(則)

---

(1)

見在是病, 過去是藥(4-533)

(2)

無爲則懶, 有爲則惱.(3-106)

(3)

豈徒畏人, 我亦畏我(6-86)

(4)

古人云, 大器晚成一語, 陷殺多少庸儒, 此言寔眞.(4-529)

(5)

共會心人淸話, 宜雪中, 宜雨中, 宜月中. 雨勝雪, 月勝雨.(2-280)

(6)

花一園, 月一樓, 風一松, 雪一壑, 總是生活之有餘地.(6-350)

(7)

駿常駄痴, 美多伴拙, 缺界故事, 每患如此.(6-19)

(8)

天下無圓底事, 故缺爲常事. 天下無利底事, 故害爲常事. 知此則幾
矣.(6-35)

(9)

人之世界, 亦千百層, 太上出, 其次經, 其次玩.(4-218)

(10)

美人愛靑鏡, 名士愛古硯, 大將愛良馬. 余謂老人愛子孫, 俗人愛銅
錢.(6-216)

(11)

苦樂二字, 人生拼棄不得, 拼棄不得, 則捨命血爭, 不得不休, 世界堪
忍, 得者幾何?(6-38)

(12)

退一步, 乃便宜法也. 古之從事于斯者, 絶罕而僅有. 盖以斂藏難而齷
屈堪忍故耳.(6-81)

(13)

腹不能儲一奇字, 口不能吐一佳言, 憃然朧腫向人飮啖而已. 如此者,
還不妨爲見在便宜之法與.(6-351)

(14)

此世界慾界也. 氣以驅之, 以慾終始. 能度能脫者僅僅, 頭出頭沒者滔滔, 此固造化者成此世界之理也.(6-323)

(15)

不當言而言, 是言而失格也, 不當行而行, 是行而失格也, 他皆可類. 人之最易者, 失格也, 而最難者, 不失格也.(5-137)

(16)

我与我周旋, 我与綠陰周旋, 我与書上古人周旋. 我則不与夸毗褻襯沒名器輩周旋, 爰靜爰曠, 以暢以吉.(5-528)

(17)

盖做工夫者, 不可心中使有許多事, 纔一係着, 便下不得. 若今日禪僧廢却經課, 亦由和偈一念着在肚裏, 所以纏繞扎縛, 不自知其然.(5-4)

(18)

古人之得意文, 吾能傾意而讀之, 則忘却天下萬事, 卽此便快. 然能讀之甚難. 有靈心慧眼能解讀, 遇淸時暇日能容讀, 無身病家冗能味讀, 儲牙籤縹帙能備讀. 難矣!(3-19)

(19)

"昔有人家在湖上而貧甚, 或問曰;'公田無一頃, 能無惱心?'曰:'我也有湖水三萬頃, 以淸吾心, 惱于何有?'或曰:'湖水豈公物邪?'曰:'我也欲見, 誰能禁得?'此言極透脫."

(20)

無求於世四字, 乃是仙家大安樂之符. 嗚呼! 人之浮生, 多少堪忍事, 皆
因有求, 役役滾滾, 無有休時: 苟我百爲, 無求於世, 則便宜自在, 逍遙
夷曠, 經度百年, 何所不可. 惟其不能然, 故世界堪忍, 悲其缺陷.(6-68)

2 欽英乙未敍 내 한 몸의 역사

日之有記, 古今之所同也. 凡人生世, 莫不有事. 事集于身而不常止也,
故日異而月殊. 夫是事也, 近則詳, 稍久則迷, 已遠則忘. 苟日記之, 近
者愈詳, 而稍久者不迷, 已遠者不忘. 事之不愆于理者, 可因此而循之,
其失者, 亦因此而警焉. 則日記者, 身之史也, 其可忽耶?
余自學書以後, 至前年, 經三千七百日, 而事皆闕不記. 追思陳往, 如夢
了了, 窅而昧也, 如電閃閃, 顧而滅也, 是不記日之過也. 夫壽在上天,
增縮之固不能也, 事在吾身, 詳略之惟吾所爲焉耳. 故自今年始, 記余
日事, 事繫于日, 日繫于月, 月繫于年, 要以極夫天定之壽而無廢也.
謹天時, 志人事, 述見聞, 平書史. 繇家而推之朝政, 三公拜免而記之,
銓衡進退而記之, 其餘不悉書者, 記主乎家也. 繇日而審乎天災日月適
蝕而記之, 水旱風雹而記之, 其餘不盡錄者, 記詳乎人也. 其條例不過
如斯. 而去時憲日下之註, 別爲一大册以記之, 使事之近者詳而久者不
迷, 遠者不忘, 用備異日之檢閱焉.
夫邃古遼荒, 與今懸遠, 未有上於三皇五帝也. 而人多傅會穿鑿, 以求
備其事蹟, 至於身, 親切莫如也, 而顧或忽焉, 不記其事之月日者有之,
甚可惑也. 余於是乎敍其大致, 以冠于記. 時卽今上五十有一年也.

3 臨華制度序 임화 제도의 설계

厭寰市之湫隘, 不奠厥居; 餉海山之淸昭, 爰得其所. 以安以吉, 傳子
傳孫. 適因泰衡之夢遊, 妄擬臨華之心搆. 奇峰列角削出, 盧山之金蓉;
澄湖印心圓開, 賀老之寶鑑. 鬱乎原疇之交錯, 中通六洲; 翼然亭館之
森羅, 上倣列宿. 依地家, 東西南北中而定位; 象易爻, 三百六十四而
營宮. 橘柚玲瓏, 宛是荊湘之域; 篁竹陰翳, 依然渭川之田. 金扁昭揭
於朱門, 其深若海; 石記庸識於丹篆, 厥大如盤. 案有聖人之經, 且思
且讀; 家用徽公之禮, 不野不奢, 衛公生涯, 堪笑權門之黜陟; 徐市蹤
跡, 一任亂世之塵囂. 三韓占海外之名區, 一帆通武陵之靈境. 風異俗
殊, 塵隔田竇之傾奪; 地偏心遠, 夢寒凡楚之興亡. 何嫌與世絶乎? 誰
歟爭我居者? 玆實天賜, 豈容人爲?

4 仁智洞天記 인지동천기

出大東城門, 未過第二石橋, 北折而入潁東別墅, 有巨柳累十百株, 橫
遮塵陌, 以爲之界, 使過者不辨靈源在何處也. 柳下開一微逕, 循而入,
便有籬落, 計可三數十, 皆茅舍草芠, 曲折相通, 櫻花遶屋, 是名櫻花
村, 紀綱蒼赤之居也.
籬落盡, 而滄池在其右, 一望汪然, 是名春夢池. 蒲葦菱芡, 曠有江湖
想. 峻其堤, 平治大道, 環列兩行垂柳以蔭蔽之, 是名大堤池. 中凳一小
島, 是名礧空嶼. 叢翠蔚然, 而小亭隱焉, 是名宛在亭. 艤小舟以通, 遊
人復自大堤而進, 一洞之面勢, 始可以領畧矣.

山環三面, 萬松森羅, 峯壑陶洗, 氣象淸明, 東曰東顧峯·東望峯, 西曰西顧峯, 北曰萬松嶺, 一稱北顧峯. 東顧峯下種千樹桃, 緋碧鬱含, 異品皆在焉, 是名霞園. 中有武陵亭以臨之, 石上刻霞園二大字. 園右有碉礐, 是名欽止壁, 刻以米元章擘窠大字.

從麓而稍北, 又得一碉礐, 比前頗大, 水石亦佳, 是名涵淸壁. 過錦浪石·方丈壁, 轉向東望峯, 峯腰有石盤陀, 陀下可十餘丈. 其上復有石, 隆起爲壁爲屛爲龕爲窟, 恠松穿石而竦. 壁下有地, 平行明淨, 可坐遊人, 上刻凝溄壁·雲華石龕·嵌雲窟. 循壁而左, 陟于頂, 復有盤石橫鋪, 圓衍潤暢, 俯瞰東城外田園, 草樹歷歷可指也. 刻峯名于大石上. 下見淨業院舊基, 在峯之下, 有英宗御書碑閣, 恭瞻紗籠金字曰, ‘前峯後巖於千萬年.’ 從閣而下, 連麓斗斷爲巖, 巖下盤石層延駢鋪, 淸泉流其上. 而又自巖罅石奧, 透迆隱伏而出, 乃下前溪. 有二古松, 闖生石縫, 蟠屈而起, 下覆水面. 位置絶奇, 可觴可濯, 是名川上巖, 此東之勝也.

西顧峯之支麓, 南下稍低而爲坡陀, 登其上, 卽臨瞰東城門及大道, 緣坡轉陟, 峻巖仄鋪, 上刻仁智洞天四字, 字大可與矗石之扁伯仲也. 抱山麓而北轉, 歷科斗巨研·玩紅石·天籟石·留淸石, 至下瀑, 蒼松落落, 水聲盈耳, 澗狹礐小. 然流駛而滙深, 壁勢又奇, 是名飛白瀑.

遂尋源而上, 愈深愈佳, 遇石輒刻, 有欽昭壁·洗塵巖·攬秀臺·宛湖石·讀易處·花水源諸名. 過飛白瀑, 得一翠阜, 傍瀑臨溪, 環以松翠, 可坐百餘人, 是名樂遊原. 轉從翠滴巖, 至上瀑, 瀑流頗壯, 是名垂虹瀑. 壁勢雄奇, 草樹映帶, 是名瑟澗壁. 皆用古篆刻之石.

迺窮水源, 層石連延, 澗水從而曲折, 傍有澹華亭. 亭之後有平麓如碁盤, 綠莎被之, 窈窕幽夐, 若隔人世, 是名知止臺. 上有逍遙遊舘, 大石碁寘, 刻太史泉·風乎石, 刻曠奧境, 刻水石圖. 遂從瀑左而下, 有兩石狹而左右, 下亦純石而蘚文如古錦. 穉松異草羅生縫罅, 是名通仙磴.

登西顧絶頂, 可望城闕, 燈宵尤宜, 此西之勝也.

萬松嶺, 其頂平廣高迥, 有臨翠閣, 爲避暑之所. 若其水石之勝, 專在東西二谷也. 峯嶺迴合之中, 開平原, 大溪水貫下, 迤邐過櫻花村, 會東城第二橋之背, 是名繡溪原. 舊皆綿田苽圃, 今易而堅之爲山莊. 背峯臨溪, 周以甋垣, 門前駕大石梁, 是名畵裏橋. 列柳環之, 除大道, 可以馳馬. 山莊有涼舘 · 燠室 · 層樓 · 畵堂, 可以居止, 可以臨望. 有三緘樓 · 葆光樓 · 集翠亭諸扁.

園以萬花百果, 甃大池, 大可春夢三之二, 是名夜光池. 三島對起, 有彩舟以通. 左曰蓬島, 栽碧梧數章, 邀仙亭在焉. 右曰瀛島, 有叢篁梅蕉, 挾仙亭在焉. 中之以玄島, 島盡稚松古栢香藥, 而扁其亭曰勝仙.

菡萏滿池, 香風拂之. 臨池起邇香閣, 復引池水而南, 治流觴之曲於集翠亭前. 折而西有亭, 跨淸斯澗, 占勢縹緲, 花木四環, 扁曰曠奧亭. 後有澄爽閣, 以望春夜二池之勝. 演露井在其傍, 自閣而北, 有反求亭, 爲燕射之處, 而渾閒亭在三緘樓之東. 其餘山水之未甚名者, 樓臺之未甚佳者, 題刻之未甚顯者, 不盡錄.

昔文徵仲每畵輒用停雲館印, 客問之曰: '公停雲館安在?' 徵仲曰: '在吾心上耳!' 黃九烟作《將就園記》, 亦其意中之草本也. 余今爲仁智洞天小識, 亦二公之意云.

12 저잣거리의 이야기꾼, 이옥

1 沈生傳 심생의 사랑

沈生者, 京華士族也. 弱冠, 容貌甚俊韶, 風情駘蕩. 嘗從雲從街, 觀駕
動而歸, 見一健婢, 以紫紬袱蒙一處子, 負而行, 一婭鬟, 捧紅錦鞋, 從
其後. 生自外量其軀, 非幼穉者也, 遂緊隨之, 或尾之, 或以袖掠以過,
目未嘗不在於袱. 行到小廣通橋, 忽有旋風, 起於前, 吹紫袱, 褫其半.
見有處子, 桃臉柳眉, 綠衣而紅裳, 脂粉甚狼藉, 瞥見猶絶代色也. 處子
亦於袱中, 依俙見美少年, 衣藍衣, 戴草笠, 或左或右而行, 方注秋波,
隔袱視之. 袱旣褫, 柳眼星眸, 四目相擊, 且驚且羞, 斂袱復蒙之而去.
生如何肯捨? 直隨, 到小公主洞紅箭門內, 處子入一中門而去. 生茫然
如有失, 彷徨者久, 得一隣媼, 而細偵之, 蓋戶曹計士之老退者家, 而只
有一女, 年十六七, 猶未字矣. 問其所處, 媼指示曰: "邐此小衕衕, 有一
粉墻, 墻之內一夾室, 卽處女之住也."
生旣聞之, 不能忘. 夕詭於家曰: "窓伴某, 要余同夜, 請從今夕往." 遂
候人定, 往踰墻而入, 則初月淡黃, 見窓外花木頗雅整, 燈火炤窓紙甚
亮. 靠壁依檐而坐, 屛息以竢. 室中有二梅香, 女則方低聲, 讀諺稗說,
嚦嚦如雛鶯聲. 至三鼓許, 婭鬟已熟寐, 女始吹燈就寢, 而猶不寐者久,
若轉輾有所思者. 生不敢寐, 亦不敢聲, 直至曉鍾已動, 復爬墻而出.
自是習爲常, 暮而往, 罷漏而歸, 如是者二十日, 生猶不怠. 女始則或讀
小說, 或針指, 至半夜燈滅, 則或寐, 或煩不寐矣. 過六七日, 則輒稱身
不佳, 纔初更, 便伏枕, 頻擲手于壁, 長吁短嘆, 聲息聞窓外, 一夕甚於

一夕.

第二十夕, 女忽自廳事後出, 繞壁而轉, 至于生所坐處. 生自黑影中, 突
然起扶持之, 女少不驚, 低聲語曰:"郎莫是小廣通橋邂逅者耶? 妾固
知郎之來已二十夜矣. 毋持我! 一出聲, 不復出矣. 若縱我, 我當開此
戶而迎之, 速縱我!"生以爲信, 却立而竢之. 女復透迤而入, 旣到其室,
呼婭鬟曰:"汝到媽媽許, 請朱錫大屈戌來. 夜甚黑, 令人生怕."婭鬟向
上堂去, 未久以屈戌來. 女遂於所約後戶, 拴上釘弔, 甚分明, 以手安屈
戌籥, 故琅琅作下鎖聲. 隨卽吹燈, 寂然若睡熟者, 而實未嘗睡也.

生痛其見欺, 而亦幸其得一見, 又度夜於鎖戶之外, 晨而歸. 翌日又往,
又翌日往, 不敢以戶鎖少懈, 或値雨下, 則蒙油而至, 不避沾濕, 如是又
十日.

夜將半, 渾舍皆酣睡, 女亦滅燈已久, 忽復蹶然起, 呼婭鬟, 促點燈
曰:"汝輩今夕, 往上堂去睡."兩梅香, 旣出戶, 女於壁上, 取牡籥, 解下
屈戌, 洞開後戶, 招生曰:"郎入室", 生未暇量, 不覺身已入室. 女復鎖
其戶, 語生曰:"願郎少坐."遂向上堂去, 引其父母而至. 其父母, 見
生大驚.

女曰:"毋驚, 聽兒語. 兒生年十七, 足未嘗過門矣. 月前, 偶往觀駕動
歸, 到小廣通橋, 風吹袂捲, 適與艸笠郎君相面矣. 自其夕, 郎君無夜不
至, 屛竢於此戶之下, 今已三十日矣. 雨亦至, 寒亦至, 鎖戶而絶之而亦
至. 兒料已久矣, 萬一聲聞外播, 隣里知之, 則夕而入, 晨而出, 誰知其
獨倚於窓壁外乎? 是無其實而被惡名也. 兒必爲犬咋之雉矣. 彼以士夫
家郎君, 年方靑, 血氣未定, 只知蜂蝶之貪花, 不顧風露之可憂, 能幾日
而病不作耶? 病則必不起, 是非我殺之, 而我殺之也. 雖人不知, 必有
陰報. 且兒身, 不過一中路家處子也, 非有傾城絶世之色·沈魚羞花之
容, 而郎君見鴟爲鷹, 其致誠於我, 若是其勤. 然而不從郎君者, 天必厭

之, 福必不及於兒. 兒之意, 決矣. 願父母勿以憂. 噫! 兒親老而無兄弟, 嫁而得一贅壻, 生而盡其養, 死而奉其祀, 兒之願, 足矣. 而事忽至此, 此天也, 言之何益?"

其父母, 默然無可言. 生亦無可言者, 仍與女同寢, 渴仰之餘, 其喜可知. 自是, 夕始入室, 又無日不暮往晨歸.

女家素富, 於是爲生, 具華衣服甚盛, 而生恐見異於家, 不敢服. 生雖秘之深, 而其家疑其宿於外, 久不歸, 命往山寺做業. 生意怏怏, 而迫於家, 且牽於儕友, 束卷上北漢山城. 留禪房, 將月, 有來傳女諺札於生者, 發之, 乃遺書告訣者也. 女已死矣!

其書略曰: "春寒尙緊, 山寺做工, 連得平善? 願言思之, 無日可忘. 妾自君之出, 偶然一病, 漸入骨髓, 藥餌無功, 今則自分必死. 如妾薄命, 生亦何爲? 第有三大恨, 區區於中, 死猶難瞑.

妾本無男之女, 父母之所以愛憐者, 將以覓一贅壻, 以爲暮年之倚, 仍作後日之計. 而不意好事多魔, 惡緣相絆, 女蘿猥托於喬松, 而朱陳之計, 以此虧望. 則此妾之所以悒悒不樂, 終至於病且死, 而高堂鶴髮, 永無依賴之地矣, 此一恨也.

女子之嫁也, 雖丫鬟桶的, 非倚門倡伎, 則有夫壻, 便有舅姑, 世未有舅姑所不知之媳婦. 而如妾者, 被人欺匿, 伊來數月, 未曾見郎君家一老鬟, 則生爲不正之跡, 死爲無歸之魂矣, 此二恨也.

婦人之所以事君子者, 不過主饋而供之, 治衣服以奉之, 而自相逢以來, 日月不爲不久, 所手製衣服, 亦不爲不多, 而未嘗使郎喫一盂於家, 披一衣於前, 則是所以侍郎君者, 惟枕席而已, 此三恨也.

若其他, 相逢未幾, 而遽爾大別, 臥病垂死, 而不得面訣, 則猶是兒女之悲, 何足爲君子道也? 興念至此, 腸已斷而骨欲銷矣. 雖弱草委風, 殘花成泥, 悠悠此恨, 何日可已? 嗚呼! 窓間之會, 從此斷矣. 惟願郎君,無以賤妾關懷, 益勉工業, 早致靑雲, 千萬珍重, 珍重千萬!"

生見書, 不禁聲淚俱失, 雖哭之慟, 亦無奈矣. 後生投筆, 從武擧, 官至金吾郞, 亦早殀而死.

梅花外史曰: "余十二歲, 游於村塾, 日與同學兒, 喜聽談故. 一日, 先生語沈生事甚詳, 曰: '此吾之少年時窓伴也. 其山寺哭書時, 吾及見之, 故聞其事, 至今不忘也.' 又曰: '吾非汝曹欲效此風流浪子耳. 人之於事, 苟以必得爲志, 則閨中之女, 尙可以致, 況文章乎? 況科目乎?' 余輩其時聽之, 爲新說也, 後讀《情史》, 多如此類. 於是追記, 爲情史補遺."

2 俠娼紀聞 <small>의협 기생</small>

京師有一娼, 姿色技藝, 爲一世最. 律其身甚高, 客非貴與富, 不爲禮. 於其中, 又必擇美容神, 聲名著于世, 閑於風流者, 而後友之. 是故, 暱者不必衆. 其一與押者, 文而或玉堂銀臺, 武則節度使, 外此, 猶閭里富子弟之花衣怒馬行者也. 當是時, 客之得閉門羹於娼者, 皆詈之爲熱心腸, 不知其有守也.

歲乙亥, 國有大獄, 遠謫者衆. 娼之歡一人, 坐其兄, 從館閣班, 爲耽羅奴去. 娼聞之, 告于諸押客曰: "速爲我裝! 我與某, 不過爲尋常一夕友. 我之設此會十年, 所親密亦近百人. 竊計之, 皆肉食衣錦以度世, 未嘗有窮乏. 今某且餓死於濟, 奴之歡而以餓死, 是奴之恥也. 吾將從之."

遂挾厚貲, 浮海從之, 至則供之極華盛. 謂其人曰: "子之不復北, 決矣. 與其困而生, 不若死於樂, 盍圖之?" 乃日具火酒, 灌, 醉之, 醉, 輒引與寢, 不以晝宵間. 居無幾, 果病而死, 爲棺槨衣衾甚美, 以瘞之. 又自置送終具, 以書十餘幅, 及貲之餘, 付隣人, 囑曰: "我死, 以此殮, 以此貲,送我之康津南岸, 以此書, 傳于京師也." 仍痛飮酒, 一慟而絶.

濟人憐之, 依其言, 其所寄書, 皆抵漢陽舊友也. 得書者哀之, 而義其事, 醵金往迎歸, 求其土葬之. 人於是乎知娟之有高義, 而非趨炎者也. 噫! 若而人者, 眞可謂自好, 而亦裙釵中灌夫也. 是豈世俗粉頭之惟錢貨是逐者比也? 嗟乎! 安得其殘粉剩香, 爲世之市交者服哉? 噫!

3 申啞傳 벙어리 신씨

炭齋者, 姓申, 淸道郡之啞劍工也. 無名, 以號行. 善鑄刀, 刀利而輕, 往往出日本右. 刀工皆精擇金, 炭齋不問金, 惟問價, 價重者得上. 炭齋性甚暴, 有拂己者, 以鉗鎚向之. 道監司, 嘗命之, 對使斬頭結謝之. 炭齋博於物, 守使相其瓊纓, 卽畵延植芥, 作島夷釆珀狀. 諭以貨之燕, 擧手自南, 而北, 而東, 衆猶色不信. 炭齋大怒, 毁纓投火中, 有松氣. 守曰: "固服矣. 纓不全, 將若何?" 炭齋走其家, 剜而還之, 皆類也.

生而啞者必聾, 炭齋啞而聾, 與物無以接. 獨郡吏有能手語者, 語以形, 能相悉其委曲, 每從而譯之. 吏先炭齋死, 炭齋往笞其柩, 如狗嘷終日, 尋病死. 炭齋之刀, 今罕於世.

炭齋初娶婦, 甚洽, 偶見婦絆纏, 大汚之. 自是, 不嘗婦人爨, 其侄爲淅炊終養.

梅谿子曰: "斷結, 類自守, 識琥珀, 類生知. 啞其有道者乎! 然則又非徒工也. 噫! 吏死而慟, 知音之難, 不其然乎! 余嘗得其刀, 利可吹髮, 薄乎若將碎者. 相劍家曰: '獲矣微燥, 以試鼎肉, 良.'"

邑之西門外有市, 市之日有貨魚者, 失二千五百錢, 索之不得, 無可詰人. 適邑之校, 過市北小巷, 有人以裾抱重傀而趍. 前行, 問"何抱?"曰: "棗." 曰: "分我一棗." 曰: "祭之用." 曰: "祭棗獨不可嘗一?"急往, 手探之, 錢也. 曰: "是棗乎?"曰: "無耻! 當半之." 校縛而見諸官, 官以錢還魚者, 罪抱錢者二十棍. 抱錢者出而笑曰: "平地固折脚. 出入大市十餘年, 未嘗一蹉, 使人羞欲死. 明日是宜寧市也. 及今行可趍." 仍大步而去. 刑盜宜重, 而不得重故也.

5 祭文神文 문학의 신에게 올리는 제문

維歲次甲辰, 歲除日庚戌, 絅錦主人, 謹用古人除夕祭詩之義, 操文, 敬告于文神之靈曰: 嗟嗟! 文神, 余之負汝, 亦多矣! 余自未齔, 從事于汝, 則汝之伴余, 蓋二十二年有久矣. 然余旣性懶, 不能自勤, 前後所讀書, 書僅爲四百周, 詩前後百周, 而雅頌倍之, 在易三十周, 孔孟曾思書, 多於易二十周. 性最愛離騷, 間未嘗輟於口, 亦未滿千周. 自其外蓋目涉也, 未有以籌擧也. 又就其目涉者言之, 則朱氏《綱目》·祝家《事文聚》·柳州文若干篇, 稍用力焉. 統而計之, 書不滿車, 比勤者數歲工矣. 固宜其出語則蕉, 抽思則拙, 不得與文人之列. 而亦嘗觀今之世矣, 有稱博覽者, 從而質之, 甕中之語星辰也; 有稱善詞賦古文者, 采而聞之, 穿壁而畵葫者也; 有能於時文, 鳴藝於科屋者, 求而玩之, 皆粉飾草偶人, 以舞於市者也. 然而, 彼皆囂名鴻都, 媒跡明時. 其生也, 用之乎科場館閣, 而自以爲綽綽也, 其死也, 又復繡棗板, 剞貞珉. 身死, 而文不死也. 低而用之也高, 纖而用之也鉅, 皆自不負其有神.

而獨余未能, 雖其癖經如酒, 淫書如色, 聰明所漏, 繼以鈔錄, 人未嘗謂余多聞, 而鄉里痴兒, 乃反靳侮. 花曇月社, 與夫送別游賞, 叙者爲文, 律者爲詩. 不勉之地, 其數亦夥, 而不唐不明, 非杜非蘇. 雖或有二三知己, 過加獎詡, 謂有可語. 而嗟乎! 韓愈不逢, 項斯誰說? 出則鄰筒, 處則奚囊, 安用彼橐謾大牛腰?

若其科場文字, 雖是大方家所不屑, 而秀才學究, 必以是歸重. 又是青衿進身之梯, 則半生費心兔蹄魚筌. 故志於科十六年, 有近千詩, 錯之以二百儷文, 緪之以策五十, 賦論銘經義乘隙迭發, 妄自以爲忝一科亦無媿. 而咎之者猶曰: "詩宜華而木, 儷宜細而蒼, 策宜適而富, 自賦以下, 檜無譏焉." 是故, 乍游頖庠, 危居魁, 屢不及. 七入荊闈, 竟孤一解, 一對金殿, 又被見黜. 年將二十有六, 而尙依舊一措大也, 誰謂斯人能乎科體? 雖曰能之, 余亦不自信. 黙念終始, 余之不負汝者, 有何乎?

噫! 同是春也, 遇蓮與菊者, 必遲遲難發, 莫比乎桃李之早, 則豈春之咎耶? 蓮與菊, 負之矣. 靜言思之, 面騂肚熱, 余不忍多其言. 幸汝文神, 不以余卑鄙, 益相余癡性, 俾前者一洒! 則余雖不敏, 亦當自新年, 惕惕惟不負是圖. 今日歲暮, 余庸多感, 肴掇筆花, 尊酎硯池, 心香一字, 細碧如絲, 操文告神. 神其歆玆!

6 白雲筆小敍 《백운필(白雲筆)》을 왜 쓰는가

筆曷爲名白雲? 白雲舍之所筆也. 白雲曷爲筆之? 盖不得已筆也. 曷爲不得已筆之? 白雲素僻, 夏日方遲, 僻故無人, 遲故無事. 旣無事, 又無人, 吾曷爲消此方遲之晷於素僻之地也? 吾欲行, 匪徒無可之, 火傘烘背, 畏不敢出. 吾欲睡, 簾風遠射, 艸氣近薰, 大可喝, 小亦可疷, 畏不敢臥. 吾欲讀書, 讀數行, 便舌涸喉痛, 不可强. 吾欲看書, 不過看數葉, 便以卷掩面而睡, 不可. 睡不可, 吾欲圍棋爭博, 雙陸牙牌, 家旣不居其具, 亦非性所樂也, 不可.

吾將曷爲聊此日於此地耶? 不得不手代舌, 與墨卿毛生酬酢於忘言之境, 而吾又將何所談耶? 吾欲談天, 人必以爲學天文, 學天文者有殃, 不可. 吾欲談地, 人必以爲知地理, 知地理者, 爲人役, 不可. 吾欲談人, 談人者人亦談其人, 不可. 吾欲談鬼, 人必以吾爲妄言, 不可. 吾欲談性理, 吾平生未之聞. 吾欲談文章, 文章非吾人所可評騭. 吾欲談釋老及方術, 非吾學, 亦非吾所願談. 若朝廷利害·州縣長短·官職財利·女色酒食, 范益謙有七不言, 吾嘗書諸座右, 不可談.

然則吾又將曷談而筆之耶? 其勢不得不談, 而不談則已, 談則不得不談鳥·談魚·談獸·談蟲·談花·談穀·談果·談茱·談木·談艸而已矣. 此白雲筆之所不得已也, 亦不得已談此也. 若是乎人之不能不談, 亦不可以談也! 吁! 磨兜鞬. 歲癸亥五月上浣, 白雲舍主人筆于白雲舍之前軒.

7 市記 _{시장}

余所寓店也, 近市, 每二日七日, 市聲囂囂然聞. 市之北, 卽余寓之南壁下也. 壁舊無牖, 余爲納陽, 穴而置紙窓, 窓之外不十步, 有一短堤者, 市之所由出入也. 窓又有穴, 僅容一目. 十二月之二十七日市, 余無聊甚, 從窓穴窺之, 時雪意猶濃, 雲陰不可辨, 而大略已過午矣.

有驅牛若犢而來者, 有驅兩牛來者, 有抱鷄來者, 有拖八梢魚來者, 有縛猪四足擔而來者, 有束靑魚來者, 有編靑魚鞸而來者, 有抱北魚來者, 有持大口魚來者, 有抱北魚而持大口魚或八梢魚而來者, 有挾菸草來者, 有曳海藿來者, 有擔薪若樕而來者, 有負或戴麪而來者, 有荷米槖而來者, 有擁乾柿來者, 有挾一卷紙來者, 有手摺紙一幅來者, 有以竹筐盛蘿葍來者, 有提草不借來者, 有持繩屨來者, 有拖大組來者, 有縮結木棉布揮而來者, 有抱磁器來者, 有荷盆若甑來者, 有挾茵席來者, 有以木叉串彘肉來者, 有負孩兒而兒右手持餳若餠嗽而來者, 有繫瓶項携而來者, 有藁束物提而來者, 有負柳筲來者. 有戴箧若筥而來者, 有以瓢盛豆腐來者, 有梡斟酒若羹謹而來者, 女子任頂而有負而來者, 男子肩任而童子有戴而來者, 有戴而且左挾者, 有女子以裳貯物袺而來者, 有相逢而腰拜者, 有相語者, 有相怒勃豀者, 有男女挽手相戲者. 有去而復來者, 有來而復去, 去而又復來忙忙者, 有衣廣袖長裾者, 有衣上袍下裳者, 有衣窄袖長裾者, 有衣袖窄而短無裾者, 有羅濟笠而持凶服者, 有僧僧袍而僧笠者, 有戴平凉笠者. 女子皆白裙, 有或靑裙者, 有童子而衣帶者, 男子笠則着紫㲨帽者十八九, 圍項者十二三, 佩刀則童子之弱者亦佩. 女子三十以上者, 皆黑帽, 其白者持服者也. 老者杖, 稚者扶. 人行醉者多, 行且仆, 急者走.

觀未止, 有負一擔柴者, 憩于窓外正墻面, 余亦隱几而臥. 歲暮故市益繁也.

8 圓通經 원통경

如是我想. 大寒小寒, 天氣寒時, 我住一處, 疎冷房屋, 解衣獨臥. 是時三更, 風雪大至, 是時突火, 頓無恩情, 是時被衾, 漸皆輕薄. 我時畏寒,遍體生粟, 不得起坐, 亦不得睡. 長躬忽短, 頸縮入被.

我時思想, 漢陽城中, 艱難措大, 當如是夜, 三日不米, 十日不薪, 馬矢稻穰, 一切世間暖人之物, 旣不自來. 狗皮落毛, 蒲席穴穿, 無帳無衾, 無褥無氈, 無屛無燈, 破爐無火. 猶不得不向此室中, 守此至寒, 經此永夜. 乃不得不偏袒右肩, 直一死心, 以頭向地, 膝貼于胸, 耳隱于乳, 脊如彎弓, 手如綁索. 初如乳羔, 復如眠牛, 復如睡猫, 復如縛鹿, 勢不得生, 亦不得死. 只一溫線, 出入喉間. 近則惟願太陽速出, 遠則惟願春和遄歸. 是外更無一點他想, 是謂第八冰床地獄, 猶不得減活動世上. 如我所處, 較彼所處, 卽是燠室, 暖衾溫突.

我作是想, 便有薰風, 起自腹中, 遍滿室中, 卽我室中, 如熾大爐. 我以是想, 隨處起想. 肚裏空時, 却想饑民, 三旬九食, 視曆擧火. 久離家時, 却想遠客, 萬里他鄕, 十年未歸. 甚渴睡時, 却想熱官, 鐘鳴漏盡, 聽鷄霜晨. 初下第時, 却想窮儒, 白首窮經, 未點一解. 嘆孤寂時, 却想老釋, 寂歷空山, 獨坐念佛. 起嫖思時, 却想黃門, 未之奈何, 獨眠孤館. 一想二想, 至于萬想, 阿僧祇想, 恒河沙想. 每起是想, 如渴者飮醍醐湯水, 如病者服大醫王藥. 是謂南無觀音菩薩楊枝瓶中甘露法水.

13 소외와 일탈의 인생, 남공철

1 金舜弼龍行傳 불우한 서자 김용행

君名龍行, 字舜弼, 自號石坡道人. 安東之金, 以文章節義名爲大家, 君
議政府領議政文忠公壽恒之庶曾孫也. 父曰允謙, 以布衣遊諸名公間,
號眞宰.

君幼穎悟, 生四歲, 病篤, 其母孺人爲誦諺書以守病, 君時臥瞑目, 無聽
也. 及瘳遂起, 誦其書, 不錯一字, 其才如此. 稍長, 與羣兒戲嬉, 偶塗
墨壁上, 俄而爲山水草木矣. 於是其父乃大奇之, 遂敎之畵, 已又敎之
書, 其後書與畵, 皆極其妙. 君嘗作〈南征賦〉, 詞甚淸絶, 嘐嘐齋金公用
謙亟歎其奇才奇才.

英宗末年, 炯菴李德懋·泠齋柳得恭·楚亭朴齊家, 俱以文詞知名于世,
三人者皆從君遊, 日往來飮酒, 上下角逐以爲樂, 諸君皆自以其才不
及也.

君家居不治生産. 嘗客遊驪江, 每中夜月明, 挐一葉船, 中流周覽山川.
忽引洞簫爲羽徵之調, 聲甚悲壯, 江上漁父皆起立泣下, 久之, 不能去.

性好奇, 嘗謂其客曰: "吾有友名甘休者, 豪傑士也." 仍具道其事, 客大
喜曰: "可得而見耶?" 君曰: "諾." 業有約, 遂與入南漢城, 登將臺以俟,
日且暮, 其人不來, 客曰: "何其來之遲也?" 君大笑曰: "欲與子爲戲."
盖甘休者釋字爲某人云.

君又得明尤桐祭詩文, 稱己作以示人, 一時傳誦, 膾炙人口. 已而有覺
之者, 往見君誚之, 君又笑曰: "世人無知文者, 莫辨眞贋, 吾爲此, 聊欲

一玩世弄人耳." 遂起, 酌酒以謝.

自是從之遊者, 多厭其虛誕, 稍稍散去. 然當世賢人君子深知君者, 皆謂此年少騷人偶失, 愈賢重而期待之不衰. 國子祭酒金公亮行, 其從父兄也, 特厚遇君. 久之, 君鬱鬱不得志, 欲西遊淇上, 將行爲畫〈樂志圖〉, 以獻祭酒公. 祭酒公每譙客, 出其圖, 指之曰: "此人奇士, 世無有知者, 此畫所以志也." 座客爲之動色.

初君遊京師, 一時之人皆知君爲落落可奇, 而學士大夫亦莫不交口稱譽, 皆欲出其門下. 然君終不肯俯仰以取容, 故終君之世, 世莫有盡其才者.

君爲人修潔, 又肫肫人倫, 家貧, 冬月衣敝褐, 汲汲具甘旨, 以養其父母, 鄕黨稱之. 其狀貌奇古, 恂恂然言, 若不出口, 人故欲試之, 飮之酒, 不醉, 益酒之, 隱隱見鋒刃, 稍與及天下事得失人物是非, 笑咤淋漓, 慨然有功名之志.

君以英宗三十年癸酉生, 今上二年戊戌遇疾卒, 年二十六. 君平生嗜詩, 詩如其畫, 所著有《零零瑣瑣集》幾卷, 藏于家. 君死時, 誦'魂兮歸來, 哀江南些', 意悲涼慷慨.

2 崔七七傳 광기의 화가 최북

崔北七七者, 世不知其族系貫縣, 破名爲字, 行于時. 工畫, 眇一目, 嘗帶靉靆半, 臨帖摹本. 嗜酒, 喜出遊, 入九龍淵, 樂之甚, 飮劇, 醉, 或哭或笑. 已又叫號曰: "天下名人崔北, 當死於天下名山." 遂翻身躍, 至淵旁, 有救者, 得不墮. 昇至山下盤石, 氣喘喘臥, 忽起, 劃然長嘯, 響動林木間, 棲鶻皆磔磔飛去.

七七飮酒, 常一日五六升, 市中諸沽兒携壺至, 七七輒傾其家書卷紙
幣, 盡與取之. 貲益窘, 遂客遊西京萊府賣畵, 二府人持綾綃踵門者相
續. 人有求爲山水, 畵山不畵水, 人怪詰之, 七七擲筆起曰: "噫! 紙以
外, 皆水也." 畵得意而得錢少, 則七七輒怒罵, 裂其幅, 不留, 或不得意
而過輸其直, 則呵呵笑, 拳其人, 還負出門, 復指而笑: "彼豎子, 不知
價." 於是自號毫生子.

七七性亢傲, 不循人. 一日與西平公子圍碁, 賭百金. 七七方勝, 而西
平請易一子, 七七遽散黑白, 斂手坐曰: "碁本於戱, 若易不已, 則終歲
不能了一局矣." 後不與西平碁. 嘗至貴人家, 閽者嫌擧姓名, 入告: "崔
直長至!" 七七怒曰: "胡不稱政丞而稱直長?" 閽者曰: "何時爲政丞?"
七七曰: "吾何時爲直長耶? 若欲借卿而顯稱我, 則豈可捨政丞而稱直
長耶?" 不見主人而歸.

七七畵日傳於世, 世稱崔山水. 然尤善花卉翎毛·怪石枯木狂草, 戱作
翛然超筆墨家意匠. 始余因李佃識七七, 嘗與七七遇山房, 剪燭寫澹墨
竹數幅. 七七爲余言: "國家置水軍幾萬人, 將以備倭, 倭固習水戰, 而
我俗不習水戰, 倭至而我不應, 則彼自澥死爾, 何苦三南赤子騷擾爲."
復取酒打話, 窓至曙. 世以七七爲酒客, 爲畵史, 甚者目以狂生. 然其言
時有妙悟實用者類此.

李佃言: "七七好讀《西廂記》·《水滸傳》諸書, 爲詩亦奇古, 可諷而秘不
出"云. 七七死於京師旅邸, 不記其年壽幾何.

3 眞樂先生墓誌銘 진락 선생 남유두

先生生而不仕, 歿無贈爵, 嘗放跡, 居林麓江湖之間, 自稱以樵夫, 人亦

以此稱之. 旣卒且葬, 鄉之弟子泣謂公轍曰: "古者賢士死, 則有以私諡之. 先生躬耕讀書五十年, 經濟之學雖未一施當世, 而吾黨之被其愛者厚矣. 沒而猶襲其嘗稱, 將謂鄉人何? 請易其號." 公轍曰: "諾."

先生爲人亢傲曠達, 不矯飾, 爲任眞. 家無産業, 麤衣糲飯, 人不堪其苦, 而能固窮以終其身. 無慕於外, 孔子所稱貧而樂者, 其庶幾矣. 遂以泥金, 就先生之柩而書之曰眞樂.

先生名有斗, 字子瞻, 系出宜寧. 曾祖諱龍翼, 吏曹判書, 諡文憲公. 祖諱聖重, 僉使. 考諱漢宗, 進士. 先生晚居芝山, 有石田數頃, 不能支一歲. 紙窓竹屋破折, 不蔽風雨. 入視其居, 則經史數十卷, 錯列在厂, 破硯一方, 禿毫數枚, 墨三寸餘在室中. 身自佩飮瓢以行, 他無長物. 妻子告乏, 則顧笑曰: "安之." 性懶且肥重, 冬月常坦腹而臥, 一月不梳頭, 一年不洗足, 令兒女搔背, 塵垢滿爪. 其或爲朋友招邀入城闉, 則强起巾服, 而亦不能久也. 盖先生之道平易坦直, 不以窮戚戚, 不以得欣欣, 翦撤厓幅, 于于施施, 與物無忤. 不知者或疑以傲世, 而徐察其內行, 則未嘗一日離於禮也.

少時詩名滿一世, 旣而盡屛之曰: "吾欲忘言矣." 好讀程朱諸書, 沈潛研究, 殆欲忘寢食. 嘗言欲做三代之治, 當自井田始, 著爲策論, 干公卿大夫. 公卿大夫見之者, 皆奇其說而已. 又善教授, 人自門徒起, 爲名士聞人者, 數十人. 所著有《樵夫言》幾卷, 《菊春秋》幾卷, 《續箕雅》幾卷, 《古今格言》幾卷. 先生娶延安金氏, 無子, 取族子公龜爲嗣. 女六人皆嫁人.

先生以英宗元年生, 當宁二十二年歿, 春秋七十四. 墓于某鄉某里, 用文集殉葬焉. 始先生負盛名, 趙大學士觀彬·兪丞相拓基, 欲薦於朝除官而未果. 兪忠文公彦鎬爲相, 問當世切務. 先生曰: "第益讀書, 然後問之." 公笑曰: "世言樵夫迂, 而聽其言, 簡而要. 吾雖老矣, 當勉之."

銘曰: "不義而富且貴, 於我如浮雲." "朝聞道, 夕死可矣." 先生嘗書諸紳, 而爲余誦之矣. 及其病之亟也, 猶微微吟誦而歿. 嗚呼! 先生謂不達兮, 士而知此, 斯可畢兮. 高山流水兮, 先生之心. 萬壑松聲兮, 先生之琴. 我歌招隱兮, 誰有知音.

4 朴山如墓誌銘 불우한 친구 박산여

亡友朴山如之祥祭, 余往與焉. 其親戚朋友來者言: "山如歿, 嗣子尙幼, 狀德之文未成, 然知山如者, 莫如子, 要一言識墓." 嗚呼! 余常樂道人之善, 且余自弱冠治文詞, 所與交多知名士, 而山如最傑, 又遇余篤厚, 以余文銘之, 逝者必且莞爾於九原.

山如諱南壽, 早孤, 奉母李淑人以至孝. 淑人生長忠節故家, 賢而有見識. 旣寡, 爲山如收泣以生, 鬻簪珥具幣, 延名宿以敎之. 稍長, 喜與文人韻士遊, 則又數具酒食甚設而無吝色. 由是山如詩文日進, 交遊益廣, 名聲遂大振. 世之忌山如者衆, 或相與爲謗言而枳之, 然山如性素剛, 欲一有爲於當世, 故終不自沮. 正宗七年, 奎章閣直學士沈公念祖掌國子試, 見山如文, 擢置高等. 公去而言於後至者, 竟得發解. 後二年成進士, 召見涵仁亭, 賜法醞, 爲太學掌議, 率諸生, 上疏討逆, 不報, 卽大成殿門外拜辭而去. 時有宰相當路者, 聞山如名, 擬除爲童蒙敎官, 有沮之者, 不果. 其後屢下第, 落拓不得志者, 久之.

余嘗從燕巖朴美仲, 會山如碧梧桐亭館, 靑莊李懋官 · 貞蕤朴次修皆在. 時夜月明, 燕巖曼聲讀其所自著《熱河記》, 懋官次修環坐聽之. 山如謂燕巖曰: "先生文章雖工, 好稗官奇書, 恐自此古文不興." 燕巖醉曰: "汝何知!" 復讀如故, 山如時亦醉, 欲執座傍燭, 焚其藁, 余急挽而止. 燕巖怒, 遂回身臥不起. 於是懋官畫蜘跌一幅, 次修就屏風, 草書作飲中八仙歌, 紙立盡. 余稱書畫極妙, 燕巖宜有一跋爲三絶, 欲以解其意, 而燕巖愈怒, 愈不起. 天且曙, 燕巖旣醒, 忽整衣跪坐曰:"山如! 來前. 吾窮於世久矣, 欲借文章, 一瀉出傀儡不平之氣, 恣其游戲爾, 豈樂爲哉! 山如·元平俱少年, 美姿質, 爲文愼勿學吾, 以興起正學爲己任, 爲他日王朝黼黻之臣也. 吾當爲諸君受罰."引一酌復飮, 又勸懋官·次修飮, 遂大醉, 讙呼. 余以是歎燕巖奇氣, 有虛己之量, 而益知山如議論之正也. 若使假之年而充其所學, 則必將有可觀者, 而不幸短命, 死矣. 雖然, 其可惜者, 豈獨此也哉!

山如世爲潘南大族, 其先有曰東亮, 封錦溪君, 祖諱道源, 司憲府大司憲, 考諱相冕, 司諫院正言. 山如娶韓山李氏叅判海重女, 再娶平山申氏士人大顯女, 三娶某郡某氏士人某女, 有一子, 幼. 山如以丁未八月甲子卒, 年三十, 葬于開城府魚化山之原, 所著有《寄所稿》若干卷, 藏于家.

前五年, 余自山陰來京師, 與山如飮, 烹河豚, 客言:"桃花已落, 服河豚者當忌."山如喫一碗, 且盡曰:"唉! 士旣不能伏節死, 則寧食河豚死, 豈不愈於碌碌而生耶."余至今思其言, 似戲而甚有理, 悲夫! 銘曰: 山如生而愛吾之文, 其死也銘以吾之文. 人或毁而擠之, 天亦阨而促之, 其竟使山如不止於所欲止, 而止於斯.

5 同知中樞府事安君墓誌 패가망신한 안명관

安君, 名命觀, 字君賓, 順興府人. 歿且葬之十年, 家人用地家言, 將遷于長湍之金谷. 余乃爲文, 而書馬肝破硯, 納之于隧. 君卽高麗名儒文成公諱裕之後也. 祖曰某, 訓鍊院奉事, 考曰瑞鵬, 五衛將. 英宗庚寅, 江漢黃公出鎭沁都, 召君爲幕府, 董城役. 陞通政, 拜昌德宮衛將. 後四年, 擢同知中樞府事. 君爲人恢蕩, 喜施與, 信人如己. 服飾鞍馬恥不豪侈. 由是, 家貲屢敗, 竟悒悒以終.

始成都設銀店, 人有告同事者, 君卽日發家裝, 出貂裘一襲, 髢髻二篋, 馬二匹. 又賣宅一區, 田二百頃, 得累千金. 仍請於監司, 差別將赴店. 其法, 於山谷中實礦穴, 採者腰絚而入. 篝火糗糧, 穿土石幾里, 往往形色如鬼魅. 其或不得銀, 而崖崩窟塞, 則遂葬于其中者, 十常八九. 君始至, 店人得君大喜, 四方無賴輩相聚, 而徼萬一之利者, 詭言店得銀最善, 故君入錢益多. 留三年, 鑿穴愈深, 而銀愈不可得. 得亦品下, 爐冶八石, 僅得一兩. 於是, 採者稍稍亡去. 君亦丐食而歸.

頃之, 關東吏來言:"麟蹄縣有田, 歲爲湖所浸, 築堰, 可得租五百斛. 須有京師關文乃可."君旣以店事敗意, 常無聊, 忽聞此言, 心若有得. 遂圖出和協主房圖署, 執戶曹稅布, 募傍郡富人. 事旣集, 有卞姓人, 告:"近民家塚墓, 當禁."官發校捕吏, 君亦直夜逃去. 後大水至, 堰亦壞.

自是, 君益窘困, 不復出遊. 每値秋風起, 見木落水涸, 則意想尤廓然自沮. 未幾, 遇疾沒距. 其生乙巳, 壽五十四, 有男女各一人.

世之稱浮浪破家子弟, 輒曰採礦而築堰, 相與勉止而從事者, 踵相不絶, 是可惑也已. 士農工商, 乃民之常業, 農又天下之大本, 而遊食者反曰:"地力漸耗, 而得利少." 皆棄而不居, 行險而僥倖冀得其末利, 則必奔走於堰礦. 及敗乃悔. 後至者又曰:"彼敗者, 不得其法. 我則不然." 此可以爲世誡也夫. 嗚呼! 不獨礦與堰然也.

李亶佃, 閭巷人也. 少學唐詩, 旣而盡焚其藁, 下學徐袁鍾譚, 曰:"詩莫盛於唐, 而旣不能得其情境之眞, 則爲一摹擬釘餖襞積, 纏離筆研, 已成陳言死句, 寧以明以後諸子爲師, 以洩其傀儡奇崛之氣." 夜輒買油燭, 兀坐作詩, 作已又自寫, 欲以示世所稱爲中原學者, 則書以粉牋太史紙, 其斥中原學者, 書以常紙, 竢天明出去, 遍謁諸文人名士, 受批評, 如是十餘年不怠. 於是君之名遍世間.

其詩有靈心慧識, 時又發之以困窮不平之言, 故如嗔如笑, 如寡婦之夜哭·羈人之寒起. 雖未成一家, 而亦自有可取焉. 君讀史, 見忠臣烈士抗節殉義, 蹈鋒刃冒矢石者, 則翻身跳躍於卷上, 或放聲哭不已. 及夫天下治安, 敦儒術, 興禮樂, 則嗒然慮散, 若白日而欲睡者.

余嘗謂求人於奇且異, 則患失人, 而往往得其長者, 亦在此可不誣. 君嗜酒, 酒後雖遇士大夫, 直言其失, 或侵侮而不自覺. 由是, 謗者甚衆, 目君以狂生妄子. 然吾輩皆愛其才, 山水詩畵之會, 君輒隨後而來也.

14 상처받은 인생 불편한 심기, 김려

1 賈秀才傳 고수재전

賈秀才者, 不知何許人. 常來往赤城縣淸源寺中, 賣乾魚爲業. 長八尺餘, 辮髮, 貌甚黑. 人或問其姓, 曰: "我姓天, 名地, 字玄黃." 聞者絶倒. 强之, 曰: "我賈也, 姓賈也." 故一寺中, 皆呼賈秀才云. 每晨起, 擔乾魚, 赴遠近虛, 日得銅錢五十, 沽酒飮, 平生未嘗啖飯也.

寺在縣南僻淨, 縣中諸生, 僦山房讀書. 一日天大雪新霽, 賈足淋漓陷泥濘中, 直上, 坐諸生間. 諸生怒叱之, 賈睨曰: "爾威過秦始皇, 我賈不及呂不韋, 怕也怕也!" 遂倒臥駒, 諸生益怒, 使僧牽出之, 堅不可扛. 翌日聞佛殿上有人讀李白〈遠別離〉詩, 音甚瀏亮, 諸生往視之, 乃賈也. 諸生始怪之, 問賈: "能詩乎" 曰: "能!" "能筆乎?" 曰: "能!" 諸生給筆札使賦, 賈就硯池上狂磨墨, 左手蘸禿毫, 向紙背亂草如飛, 題曰: '靑山好, 綠水好. 綠水靑山十里道, 賣魚沽酒歸去來, 百年長在山中老.' 擲筆, 笑吃吃不止. 字畫似孤山黃耆老, 諸生始敬重之. 復請, 輒怒訴, 終不肯.

嘗大醉, 持鰒魚, 供如來佛卓上, 合掌禮拜. 諸僧驚逐之, 賈曰: "爾不讀佛經! 經道如來啖鰒魚." 僧曰: "在甚經?" 曰: "在《菩提經》! 我能誦." 輒向佛卓下跏趺坐, 說道: "如是我聞. 一時佛在西洋海中. 爾時如來, 向大衆中, 啖婆娑國獻大鰒魚. 佛於頂上放千萬丈無畏光明, 惟時比丘及諸大衆, 拜佛頂禮, 欽聽慈旨. 佛告大衆: '惟是鰒魚, 居大海中, 飮淸淨水, 喫淸淨土, 是爲如來無上妙味.'" 聞者皆大笑. 賈住寺凡一年餘去.

異矣夫! 夫秀才之爲人也, 抱奇偉之才, 負卓犖之志, 何爲是猖狂自态,

使人憬然, 莫知其端倪也? 殆古所謂隱君子流耶! 駒城鄭叔訪余廬陵,
道其事甚詳, 余欲往見之, 及至寺, 去已三日矣.

2 索囊子傳 망태기 거지

索囊子, 姓洪, 甄城之丐者也. 結索爲囊, 行則荷之, 夜必寢其中, 自名
曰索囊子, 人亦呼之以索囊子也. 索囊子, 身長七尺, 美鬚髥, 貌如氷
玉. 問其年, 曰二十, 翌年問之, 亦如是, 後十年問之, 無不如是, 然索
囊子容彩不衰也. 常衣弊布單, 曳一大木屐, 往來都下乞米, 多得則分
諸丐者. 平生不喜與人言, 未嘗宿人舘舍. 索囊子甚大食量, 炊八斗米,
喫不飽, 飮酒數甕, 亦不亂, 然常不食月餘矣, 未嘗飢也.

索囊子碁品甚妙當世, 然不肯與人賭勝. 京中士大夫召之, 使圍, 與第
一手對着, 只嬴一子, 與最下者對着, 亦只嬴一子. 故當是時, 碁局嬴一
子者, 名爲索囊子碁法.

索囊子性最能寒, 大冬風雪凝沍, 鳥雀皆凍死, 索囊子輒裸軆立, 或僵
臥溪石間, 睡三五日, 起則汗流盈踵, 人與之衣, 不受, 強之, 則衣而如
市, 與他乞子.

元忠翼斗杓爲甄城尹, 招延之, 禮甚厚. 與之食則食, 與之言則辭不言,
已而失其所之. 有人數十年後, 遇之關西途中, 如故云.

余見野史, 至索囊子事, 未嘗不洒然駭也. 彼固有其中者耳, 顧人未之
知也. 然人之有道也, 何必如是而已也. 或言索囊子, 名家子, 善文章,
遭家禍避世云, 其言近之.

余幼時與宜春南拱辰善, 爲兄弟交. 嘗於其坐見一人者, 白皙微僂, 眉宇翩翩然輕率而疎蕩, 與之論文章書畫, 聲在脣舌間, 迎刃而解如破竹. 余心已奇之, 拱辰顧余曰: "是吾故人宋穉貫, 與某爲中表姻, 然其人君子也." 余素信拱辰如金石然, 故知穉貫爲君子人. 由是, 余與拱辰游, 穉貫未嘗不與, 與之相樂也.

未幾, 拱辰歿, 其翌年, 余坐飛語, 竄北塞, 辛酉逮繫錦衣, 幾死, 旋謫南溟, 十年始宥還. 平生親知零落離散, 殆無復存者. 一日穉貫攝弊布單, 昂然而入, 皮皺而癯, 髮星眼瞤, 非舊日容貌, 然擧止颯如, 不問可知爲穉貫也. 因相與話故, 慷慨, 穉貫曰: "吾已棄世矣. 世之人, 皆以我爲狂而棄之, 吾何必不自以爲狂而不棄世歟? 今吾居高山縣之翠蓮峰下, 是吾先人之所藏也. 吾畸人爾, 於一切世味, 皆忘之矣. 其所不能忘者, 但文史耳. 子盍爲吾記其居乎?"

余笑曰: "有是哉! 子之狂也. 夫記者, 記其實也. 古之人有記山水者矣, 有記樓觀者矣. 然非目遊而身涉, 未嘗記焉. 今余未嘗覩子之居焉, 烏得以記其實乎? 然余以子之故, 知其巖壑之必秀拔也, 溝沼之必泓渟也, 園巷之必齊整也, 庭宇之必蕭灑也, 風朝月宵, 彈琴理奕, 尋行數墨, 必足以自雛虞也. 如是則可以盡子居之美乎?" 穉貫曰: "然!"

噫! 余以拱辰而知穉貫, 以穉貫而知翠蓮之勝. 然拱辰已不在矣, 然則烏得無存歿之悲也? 嗟夫! 癸酉季冬臘朝記.

金龍行, 字舜弼, 古昌人. 父允謙, 丞相文忠公庶孫, 允謙以能畫名. 龍行爲人, 确犖不羈, 多慷慨. 龍行常出入帶穗條, 見尊行者過, 必越而前, 拱手曰: "某姓幾丈! 龍行在此." 龍行嘗渡水, 左手抉楚騷一卷, 坐亂流中, 而右手擊節吟誦, 水濊濊從肩上瀉, 同渡者呼之, 而龍行不知也, 而聲益淸越. 當是時, 人皆目之以狂生也, 而龍行不屑也. 然龍行沉湛有大節, 性又縝密, 而不喜齷齪也. 龍行喜讀楚騷·九歌·哀江南·招魂諸作, 每誦一篇, 輒悲慨, 泣數行下, 已而輒嘻笑不自止.

龍行與其宗直淳淸夫·驪興閔致福元履·德水李友信益之善, 三人者又與余篤好, 故余雖未及交龍行, 然其知龍行者, 與三人者無異也. 龍行嘗與丹丘李平子酒酣, 登淸心樓, 往來徘徊, 意忽忽不樂, 或時泣下霑頤, 傍觀者, 亦不知其志之所在也. 然龍行自以地微, 常鬱鬱不得志, 每飲酒, 輒引滿自暢. 酒半, 輒悲曰: "咄! 龍行不生中國, 故如此耳." 然龍行喜勸人爲善, 又好引進後學, 故同遊者, 久之, 益不厭也. 然異趣者亦多齮之.

龍行性滑稽, 嘗淨寫沈石田·唐六如, 及尤侗太史諸詩文, 雜置已集中以瞞人, 人詰之, 輒晏如也. 龍行家住楊州之石串, 而往來視淸夫. 戊戌得疾于旅舍, 歸死于驪, 卒主淸夫. 其臥病旅舍, 寄書及詩於淸夫·益之以告訣. 其詩曰: '擁爐兀兀坐成睡, 夢到家山人不知. 半夜酒醒還是客, 一庭黃葉雨來時.' 龍行自號曰石坡, 曰破篋居士, 曰六佛菴, 曰泡道人. 卒時年二十六.

15 무명의 불량 선비, 강이천

1 記滄海翁遊山事 창해옹의 산수 여행

滄海翁, 姓鄭, 名瀾, 嶺人也. 翁自嶺外來, 訪余于南城. 余見其廣額隆鼻, 眉宇潤而舒, 衣冠褒博, 非今世之制. 余已下而迎拜, 而延之座. 試與語, 奇情菀然, 似有以浩浩乎自得之者.

翁之言曰:"人之生, 所遊者神也; 所交者觀也. 神滯則痞, 觀狹則眇, 神觀俱跔, 而氣不宣矣. 老夫視居此人間世者, 特泥蟓醯螝耳."

余曰:"甚矣先生之言, 放矣不能約也."

翁曰:"子宜知之. 世以驪子爲無考原而譚猶然顧化. 夫推其虛, 不若遇其眞; 閡其語, 不若大其眼. 海東之國, 國雖小, 窮吾觀, 亦足以夷曠吾神. 老夫三十, 而以一驢一僮一櫜一襆被出, 南遊洛東, 上德裕, 探俗離, 陟月出, 窺方丈. 西臨浿江, 東覽大白小白, 歷斷髮, 再入金剛, 浮海而歸. 惟是北之白頭. 南之漢拏, 尙無滄海翁脚跡. 然老夫今猶未衰矣."

仍出示其遊山記一卷. 大抵破壁懸厓, 倦極而休, 燃燈剝皮, 率意薄記. 其文不事雕琢, 覺情思躍躍, 不可拘促. 又或雜以圖畫, 尋山經, 辨水脉, 測深摹遠, 劃然心開. 余乃起而復曰:"塵嚚凡夫, 不識先生, 始以先生爲崖異尙行之人, 幾失滄海翁矣. 吾今知先生, 其古之環奇倜儻飄然而遐擧者乎! 吾見先生, 不敢復以世之役役出沒見小利害輒遑汲然喪其生者以爲士也."

居歲餘, 有夜半而叩余門者, 迺滄海翁, 自白頭來矣. 仍爲余道其經歷

之艱. 遊覽之富, 山谿巖洞之奇. 雲烟草木之變, 娓娓不休. 燭跋屢見,
及曉而覺, 已不見滄海翁矣.

嗚呼! 往者列禦寇·莊周之倫, 所以弊吻焦舌, 稱說有道之人者, 不過
曰窮扶搖入窈冥以求其虛而遨遊者, 其事必吊詭, 其意必洸洋自恣, 聖
人之徒, 皆排擯焉. 曷不聞吾聖人之所以得於心而寓其樂乎! 苟以心之
樂爲樂, 則仲尼·顏淵所樂亦可知. 然其必曰: "道各不同, 從其所好."
滄海翁之樂, 其得之於山水之間歟! 其不可測歟!

近有自耽羅來者言, 有人拄藜杖被短褐, 立于南海上云. 噫! 其翁矣!

2 書村民婦事 시골 아낙의 사건

有村民婦將歸寧, 蒸鷄狗釃酒爲羞, 載之牛而婦乘之, 其夫鞭隨後. 道
遇盜, 殺其夫, 將劫其婦. 婦卽作笑眉婉辭, 道: "妾雖村女, 少也娉婷自
愛, 長與廝牧作伴, 居常悒悒不得志. 今遇賢豪大男子, 若蒙不棄, 固妾
之榮, 亦願也. 此有酒肉在, 郎且飮酒啗肉, 以畢今日歡."

盜欣然無劫之意, 仍解包裹下, 婦曰: "刀有殺人血, 不可以割肉. 前有
溪澗, 盍往洗之?" 盜持刀去, 婦乘其頃, 將酒壺注其半於地, 封塞依其
前. 盜旣至, 婦受其刀, 開籩盖, 切鷄狗肉. 盜將飮酒, 問: "槖中有盂
勺?" 婦曰: "顧倉卒無由得器, 盍以壺飮之?" 盜從之, 盖壺之酒已無半
矣, 必努力仰其面, 以求酒之入於口也. 如玆之際, 婦故作獻媚狀. 盜頤
下漸昻, 婦卽以手中刀刺其頸斃之, 載夫屍歸. 旣葬, 不食死.

嗚呼! 女之烈者, 際此變, 固有死者. 然婦於是時不爲遊辭以解之, 雖
欲死, 不可得, 而終將受其汚矣, 死亦汚之後矣. 汚而死, 顧何益於汚之
辱哉? 以婦之容之才, 身事盜, 而徐爲之計於報仇也, 何難? 而是幾不

爲豫讓之罪人乎? 婦能辦大功於急遽之頃, 全其節以歸, 不有其巧, 顧安得以濟其烈! 豫讓國士也, 報國士遇, 乃一誤於厠, 再誤於橋, 是盖有其烈而無其巧也. 記曰: "君父之讐, 不反兵而鬪." 婦蹈斯言矣. 太史氏採之, 與忠義智謀之士同傳可也. 婦在湖西堤川云.

3 書絅錦子南程十篇後 경금자의 《남정(南程)》 10편을 읽고서

匠石之作屋也, 登山而求之, 爰有衆木, 截之斲之, 輦之輪之, 爲屋之基于九達之逵. 乃審木而治之, 可柱者柱, 可梁者梁, 可極者極, 可棟者棟, 可榱者榱, 可棟者棟, 可枅者枅, 加樂者樂, 可杙者杙, 可梱者梱, 可欄者欄. 度之以心量, 整之以繩尺, 維之以鉅鑿, 屋窿然美也. 人皆曰: "匠石善爲屋."

燕人有欲學匠石術者, 往視諸其屋. 於是屋旣舊矣, 衡者倭, 立者歪, 支撑者鉏吾, 又毀而積土石材木于地. 燕人宿三日而退, 曰: "吾盡匠石術!" 治屋, 倭其倭者, 歪其歪者, 鉏吾其鉏吾者, 積土石材木于積土石材之方.

燕人方充然而喜, 卬然而足, 鄰之梓語燕人, 曰: "我始謂子學匠石術也, 今非匠石術也." 燕人與鄰之梓, 往視其匠石之屋, 鄰之梓啞爾而笑之, 曰: "吾固知子之學匠石之術也, 學於其蔽." 燕人憤然作色, 曰: "子何以知之?" 鄰之梓曰: "吾與子請試往觀于宋之郊!" 燕人與鄰之梓, 往觀于宋之郊, 是有匠石之新屋, 燕人始愧.

和陽子常臨水而坐, 歌歈而樂, 而已, 愀然而悲. 延丘子祈侍於側, 問曰: "吾聞悲樂不可以相幷, 夫子臨水而樂, 俄而悲, 夫子殆病矣乎!" 子常曰: "噫, 吾語女! 夫水美矣盛哉! 載天下之物而不可容, 極天下之

變而不可窮. 是物也, 或瀉于谷, 或注于壑, 或鋪于壤衍, 或入于海, 或
合爲匯, 或分爲沚, 或石相激而射, 或與風相媾, 平者, 竪者, 盪者, 瀁
者, 迤者, 屯者, 詭隨者. 夷夷乎其如喜而適也, 音音乎其有所益也, 宜
宜乎其矜其色也, 儇儇乎其如往而將復也, 必必乎其如有所不相獲也,
猶猶乎其徊而廓也, 粥粥乎其如有所怒而作也. 水之美盡之焉耳矣, 吾
視而樂之. 女獨不聞水之有源乎? 源而發之, 乃成衆妙, 渾渾溁溁, 不
見其睿. 夫水有源, 尙不可求, 況已遠乎. 吾是以悲也."

4 梨花館叢話 이화관총화

京師人家有魅妭, 家在器董衣服, 無不被其傷壞毀裂. 獨樻藏沈玄齋山
水畫數幅, 不敢害.

尹駱西不爲範而畫棊局十九行, 均正無差.

許眉相善篆書, 字畫勁正, 嘗書大字, 掛諸壁上, 頓可辨屋柱少傾歪.

曾見李最之印刻石方寸朱文刻宴桃李園序, 字畫遒活, 刻法蒼穆.

中古閭巷有金老翁者, 善種菊, 能使早開, 能使晩開, 能使短才數寸而花
小如爪, 色鮮姿嬌, 能使長過丈餘而花絶大. 又能花色有如柒者, 又於一
莖花雜開衆色. 公子貴宰爭買之, 老以此資生. 方秘, 後無有傳之者.

黃華子向余言: "曾過一村市, 有持諸鐵農器而賣者, 與人爭價, 高下不
平. 遂大怒, 將衆農器, 拔去木柄, 以手勻合成一鐵椎, 高叫而揮. 一市
驚走無人."

兪公集海東金石揭板搨本, 京兆門板, 金尙書鎭圭八分書, 門極高峻,
召崔天躍問之, 乃仰視移寫若臨帖狀, 還獻. 公怒以爲慢己, 遂爲懸梯
以搨視之, 字無毫絲差爽.

士夫家有一奴, 善馭馬. 嘗曰:"馬無駑駿, 在人馭之如何. 馬苟非蹇病者, 雖款段下劣, 奴一馭他, 逸蹄不能及."人問其術, 曰:"馬之於善走, 其性也. 其謀私者爲劣品, 知者制爲彎櫪, 所以不使違越. 吾唯嚴其馭, 使不得售其私耳."余聞之曰:"其意可推諸使民, 先王之設禮制刑法, 豈徒然哉!"

長老言:"京師舊有丐者, 能爲口唱, 大小觱栗奚琹笛, 衆音俱發, 奏〈靈山會相〉一闋, 瀏壯窅妙. 諦聽之, 音從喉間出. 問能歌, 曰不能, 使之吹管彈絲, 亦不能. 唯向人索錢而已."

李松谷少不能棋, 就善着者輸十六字, 凡三局, 不成一家, 憤而歸, 紙畫棋局, 懸之屋樑, 臥觀之者二日, 更往善着者, 反輸十六字.

聞湖上一士友, 曾見道尼, 偕其夫乞糧, 自言能詩, 以歸字命韻使賦, 卽成一絶以歌, 曰:"紅板官橋春水肥, 日烘烘處草菲菲. 此身偶似知時鴈, 千里南來又北歸."

趙豊原善飮酒, 常恨當世無對酌者, 聞惠廳吏一人能飮, 招之命坐廳上, 聖酒六七品調, 勻列七大甕於前, 以磁碗行酒. 至三十餘巡, 豊原已似不勝, 卽曰:"我用小杓, 汝用巨鍾以相酬."曰:"唯命!"如是者又十餘巡, 豊原頹然矣. 命使獨酌, 曰"唯命!"卽磬衆甕謝去, 顔不變, 步履無異.

京師有賣粉女, 本士夫家婢也. 女少有美色, 隣有冶遊郎, 慕其艶挑之. 女曰:"妾恥夫不以禮而從. 定不吾捨, 吾父母在, 必通媒且幣乃可."郎於是請于女父母, 不聽, 郎婉戀成疾死. 女聞之, 泣曰:"吾殺彼矣! 夫人慕悅我至死, 我不可以負之. 且我心已許之, 是何異於從."遂誓不嫁, 父母欲奪甚迫, 終不肯, 以老.

平壤之役, 倭人遁壘遺鏑櫃塗朱, 我師得之, 將啓之. 鼇城相國後至, 曰:"不可!"穿孔其上, 灌以熱湯, 乃啓之, 躶而持刃者淪死. 君子曰:

"李文忠公, 於是乎審敵矣."

高其佩指頭畵仙佛, 畵法踈宕奇屈. 有得之者, 俾庸工以畵筆補, 其畵若箸子然.

16 살아남은 자의 슬픔, 심노숭

1 枕上集序 머리말에서 글을 짓다

集以枕上名, 謂集於枕上. 自余憂慽, 所爲詩文, 多得於枕上, 仍而名者
也. 曾余善睡, 臥輒昏然. 人謂心煩無睡, 余獨以爲惟睡勝心煩. 近日以
來, 忽與相反. 分夜三停, 一猶不得, 燭下衾裏, 依依耿耿. 讀書患不存
心, 與人語, 爲人所苦, 觀棋無伴, 聽琴非禮, 繞壁獨語, 過於自傷, 攬
衣閒行, 殆乎如狂. 惟飮酒, 醉可以睡, 而醒尤難睡. 向所謂睡勝心煩
者, 以余曾未有大煩故謂然也. 小可勝之, 而若其大者, 睡初不得, 又何
勝之? 經旬閱月, 終無術可睡.

及居坡山, 又少接人, 空山亂蟬, 終日看天. 自顧吾身, 忽若非人. 晝而
猶多在枕上, 況其夜乎! 郊墟新涼, 百蟲皆鳴, 餘落月於西林, 闃空堂
而無人. 忽萬愁之都忘, 惟一念之在睡. 苟使得睡而夢, 彼死者之昧然,
余不願其復見, 無寧就北窓而謁義皇, 先問儷皮之禮, 何爲而創此禍
萌. 此猶不得, 徒咄咄而書空, 若有病於中心.

忽然自悟, 作爲詩文, 方其心與手運, 眼看而口讀. 詩文未嘗與睡相謀,
而爲詩文漸多, 睡亦漸加, 終自至於睡勝詩文, 無可以爲詩文之時. 思
之至此, 旣以自笑, 又復自喜, 遂日夜爲詩文於枕上. 始則若又添愁, 又
不能睡. 其後愁與睡半, 又其後睡多而愁少, 至今幾忘愁而睡矣. 於是
詩文將成卷, 出而示人. 或謂: "子之命與詩文窮, 何必强爲之不已, 益
其窮也?" 余曰: "惟命之窮, 豈其罪哉? 以此忘窮, 可謂功矣." 若其死
生之際, 情近婦人, 契闊之間, 跡似行旅, 或哀過而至傷, 亦悔極而如

怨, 皆集于此, 此鰥之情也. 雖鰥而非知鰥之情者, 不可與讀此集也. 壬子七月十日泰登書于坡山墳菴.

2 眉眼記序 《미안기(眉眼記)》를 엮고서

微之詩曰: "惟將終夜長開眼, 報答平生未展眉." 此眉眼記之所由作也. 旣不得措手展眉, 長開之眼, 何補於未展之眉? 眉未展而至死, 將願贖百身, 又奚至眼之長開乎? 謂此相報, 吾知其不足. 眉未展, 愁止於一時, 眼長開, 愁至於終身. 謂此相報, 吾又知其有餘也. 雖然, 以愁報愁, 又何論其有餘不足也! 古人云, 至哀無文, 誠哉言也!

余於今年哭女, 又哭君, 哀至矣. 非喪葬記告祭文, 未嘗有文, 況於詩乎! 旣而爲遣哀, 勉爲詩文, 文而有序記書跋銘誌雜文, 詩而有近體古體歌行, 集爲一編. 嗟呼! 豈文乎哉, 詩乎哉! 哀則有之, 皆得之於眼開之時, 合而名之曰眉眼記. 泰登書.

3 新山種樹記 아내의 무덤에 나무를 심으며

余南園之廬, 古多花樹, 日荒廢, 固余疎懶不經濟, 而亦以其廬之弊, 幷其花樹, 而厭修治也. 君嘗謂余曰: "吾見人家丈夫, 多癖花樹, 或有入室索釵釧買之. 子何反是, 以廬之弊, 花樹亦廢. 廬雖弊, 花樹不廢, 亦可以爲廬觀也." 余曰: "苟治其花樹, 廬亦可治. 但吾於此無久計, 何必費心爲他人觀也? 未老與君歸故山, 結廬, 植花樹, 取實而充籩豆·供甘脂, 看花而相與娛白首, 吾計在此." 君笑嬉嬉. 前年新構坡山小廬.

君喜曰: "此其成子志耶?" 排列園牆, 位置窓楹, 實與君議之. 待工訖, 種花樹. 工未訖而君已病矣. 余猶視君病, 間輒來相役. 幾垂成, 病劇且死, 謂余曰: "坡山之廬, 將葬其傍耶?" 相對泣下, 一室始歸廬, 君以柩來, 卜阡得廬傍無百步, 起居飲食若相通也. 吾山林木多拱抱, 鬱然爲西道諸山之望. 所卜在先祖考塋下, 樹不待種, 而旣葬, 伐其近塋者, 防蔓根蔽陰, 又芟除惡木, 只存松柏檜杉, 落落相疎. 於是, 謀更種樹, 其明年寒食, 種稚杉三十本. 始自今至余未死, 春秋視爲式.

嗚呼! 此眞久計也. 向余之捨南園而就坡山, 成言爲計者, 旣不得與君一日居, 後死而只益其悲, 則人之區區謀生, 自以爲久計者, 其亦惑矣! 顧余心氣孤弱, 忽忽不自恃, 念餘年不過數三十年, 而一死之後, 千百年無窮已也. 於斯而知所擇焉, 則又不啻南園之於坡山. 生不得於坡山之廬者, 死可以永相得於坡山之山, 而樂且未斁. 此余所以種樹於新山, 而約種於廬者, 按其品, 一移之於山, 償余之志, 寓余之悲, 又使余之子孫後人, 知余之心, 毋敢毁傷. 或曰: "子且不謀生, 而爲死後計, 死而無知, 何計之爲?" 余曰: "謂死無知, 是余所不忍也." 癸丑四月初三日, 泰登書于墳菴.

4 淚原 눈물의 근원

淚在眼乎? 在心乎? 謂在乎眼, 則有如水之在科乎? 謂在乎心, 則亦如血之從脈乎? 謂不在乎眼, 則淚之出, 無關乎他體, 唯眼獨司之, 可謂之不在眼乎? 謂不在乎心, 則未有心之不動, 眼獨淚者, 又可謂之不在心乎? 若又謂之自心而眼, 如溲溺之自小腸而腎, 則彼皆水類也, 不失潤下之性, 而獨淚不然? 心在下也, 眼在上也, 豈有水而自下而上之理乎?

嘗試思之, 心比則地也, 眼比則雲也, 淚於其間, 比則雨也. 雨未嘗在雲, 亦未嘗在地, 然而謂雨生於雲而地不與, 則天上常有雨乎? 生於地而雲不與, 則雨何以自天降乎? 是不過曰氣之感而已, 則淚之自心而眼, 亦如是矣.

夫所謂感之者, 人神之遠, 可以相通, 祭祀而祖考格. 古之人皆誠實篤厚, 雲仍之孫祭其遠祖, 方其優然蕭然之間, 固未嘗有淚, 而亦未嘗無淚之心, 若可見其泫然潸然者矣. 世降而人心薄, 或有臨喪而不淚, 又況於喪過而哀殺而祭乎? 祭而哭而無淚, 旣無感矣, 又何應之? 口號呼而心忸怩, 人之見者, 只見其不誠, 尚奚論其格神也?

余有憂慽, 自殯而墓而主, 或一哭而一淚, 千百哭而不一淚. 在位而哭, 豈其不哀而不淚? 不在位不哭, 而忽然淚籔籔下. 神人之際, 理固冥昧, 而未有不感而應者·感而不應者. 以此之感, 知彼之應, 則顧不啻若起居飮食之相通, 離而千里, 久而朞月, 娛心而琴瑟滿座, 應事而書疏堆案, 杯樽而爲忘形, 博奕而爲寓志, 凡此皆無事乎淚, 而有觸則感, 感未嘗與淚謀, 而淚隨感生. 其所以應之者, 不但止於焄蒿悽愴, 而無適不在. 又何論其在位不在位·哭不哭也? 余故當祭而哭而淚則曰, 其祭矣. 否則曰, 所謂如不祭矣. 有時乎感而淚則曰, 在左右矣. 否則曰, 泉路遠矣. 是作淚原.

17 마음의 열망, 정약용

1 游洗劍亭記 세검정 폭포

洗劍亭之勝, 唯急雨觀瀑布是已. 然方雨也, 人莫肯沾濕鞴馬而出郊關之外, 旣霽也, 山水亦已衰少. 是故亭在莽蒼之間, 而城中士大夫之能盡亭之勝者, 鮮矣.

辛亥之夏, 余與韓徯甫諸人, 小集于明禮坊. 酒旣行, 酷熱蒸鬱, 墨雲突然四起, 空雷隱隱作聲. 余蹴然擊壺而起曰: "此暴雨之象也. 諸君豈欲往洗劍亭乎? 有不肯者, 罰酒十壺, 以供具一番也." 僉曰: "可勝言哉!" 遂趣騎從以出, 出彰義門. 雨數三點已落落如拳大. 疾馳到亭下, 水門左右山谷之間, 已如鯨鯢噴矣, 而衣袖亦斑斑然. 登亭列席而坐, 檻前樹木, 已拂拂如顚狂, 而洒淅徹骨. 於是風雨大作, 山水暴至, 呼吸之頃, 塡谿咽谷, 澎湃砰訇, 淘沙轉石, 渤潏奔放, 水掠亭礎, 勢雄聲猛, 欀檻震動, 凜乎其不能安也. 余曰: "何如?" 僉曰: "可勝言哉!" 命酒進饌, 諧謔迭作.

少焉, 雨歇雲收, 山水漸平, 夕陽在樹, 紫綠萬狀, 相與枕藉吟弄而臥. 有頃, 沈華五得聞此事, 追至亭, 水已平矣. 始華五邀而不至, 諸人共嘲罵之, 與之飮一巡而還. 時洪約汝 · 李輝祖 · 尹无咎亦偕焉.

上下五千年, 必與之生竝一世者, 不適然也. 從橫三萬里, 必與之生竝
一邦者, 不適然也. 然其齒有長幼之懸, 而其居在遼遠之鄕, 則對之莊
然少歡而有沒世不相識者矣. 凡是數者之外, 又其窮達有不齊, 而趣向
有不同, 則雖年同庚而處比鄰, 莫肯與之游從讙敖. 此人生交結之所以
不廣, 而我邦其甚者也.

余嘗與蔡邇叔, 議結詩社, 與共歡樂. 邇叔之言曰: '吾與子同庚也. 多
我九年者與少我九年者, 吾與子皆得而友之. 然多我九年者與少我九
年者相値, 則爲之磬折, 爲之辟席, 而其會已紛紛矣.' 於是自多我四年
者起, 至少我四年者而止, 共得十五人. 李舟臣名儒修, 洪約汝名時
濟, 李聖勖名錫夏, 李子和名致薰, 李良臣名周奭, 韓徯父名致應,
柳振玉名遠鳴, 沈華五名奎魯, 尹无咎名持訥, 申景甫名星模, 韓元
禮名百源, 李輝祖名重蓮, 與余兄弟與邇叔是已. 玆十五人者, 以相若
之年, 處相望之地, 策名淸時, 齊登仕籍, 而其志趣所歸, 與之相類, 則
結社爲歡, 賁飾太平, 不亦可乎!

會旣成, 與之約曰: '杏始華一會, 桃始華一會, 盛夏蓏果旣熟一會, 新
凉西池賞蓮一會, 菊有華一會, 冬大雪一會, 歲暮盆梅放花一會, 每陳
酒殽筆硯, 以供觴詠. 少者先爲之辦具, 至于長者, 周而復之. 有擧男者
辦, 有出宰者辦, 有進秩者辦, 有子弟登科者辦.'

於是, 書名與約, 而題之曰竹欄詩社帖, 以其會多在余家也. 樊翁聞此
事而喟然曰: "盛矣哉! 斯會也. 吾少時何得有此? 此皆我聖上二十年
來休養生息陶鑄作成之效也. 每一會, 其歌詠聖澤, 思所以報答之, 無
徒酕醄呼吸爲也!" 邇叔屬余爲序, 竝記樊翁之誠以爲敍.

3 茗上烟波釣叟之家記 소내 낚시꾼의 뱃집

袁宏道欲以千金買一舟, 舟中置鼓吹細樂諸凡玩娛之物, 以窮心志之
所欲, 雖由此敗落而不悔. 此狂夫蕩子之所爲, 非余之志也. 余欲以一
金買一舟, 舟中置漁網四五張·釣竹一二竿, 備鼎鑪梧盤諸凡養生之
器, 爲屋一間而炕之. 令二兒守家, 挈老妻稚子及僮一人, 浮家汎宅, 往
來於鍾山茗水之間. 今日漁于粤溪之淵, 明日釣于石湖之曲, 又明日漁
于門巖之瀨, 風餐水宿, 汎汎若波中之鳧. 時爲短歌小詩, 以自抒其崎
嶇歷落之情, 是吾願也. 古人有行之者, 隱士張志和是也. 志和本亦館
閣學士, 晚年退而爲此, 自號煙波釣叟. 余顧聞其風而悅之, 書之曰茗
上煙波釣叟之家, 令工刻之爲牓而藏之者數年, 將以牓吾舟也. 家者,
浮家之謂也.

庚申孟夏, 率妻子至茗川之墅, 方將料理浮家, 聖主聞其去, 令內閣召
還. 嗟呼! 吾且奈何哉! 方其復歸于京也, 出其牓, 牓于酉山之亭而去,
以識余睠係遲徊不忍固守其志之所以然.

4 題黃裳幽人帖 유인(幽人)이 사는 곳

在《周易》履之无妄曰, 幽人貞吉. 余釋之曰, 艮山之下, 震林之間, 巽以
隱遯, 仰順天命, 或蒔艮菓, 或種震荣, 履大道而坦坦, 樂天爵以熙熙,
此碩人之寬也, 幽人之事, 不已吉乎. 顧天甚惜淸福, 王侯將相之貴. 陶
朱猗頓之富, 散之如糞土, 而履九二之吉, 世無聞焉.

昔人有記將就園者, 將就也者, 明未就也. 耽津黃裳, 請問其目. 余曰,
擇地須得佳山麗水. 然江山不如溪山, 洞門須有峻壁, 側石稍入, 開朗

悅眼, 方是福地. 就中央結局處, 構茆屋三四間, 正子午盤針, 匠治須極精巧, 用淳昌雪華紙, 塗飾. 楣上傅澹墨山水橫圖, 門旁畫槁木竹石, 或題小詩.

室中置書架二部, 挿架書一千三四百卷, 《周易集解》, 《毛詩疏》, 《三禮源委》及古書名畫, 山經地志, 星曆之法, 醫藥之詮, 陳練之制, 軍資之式及草木禽魚之譜, 農政水利之說, 以至棋譜琴譜之等, 無所不具. 案上展《論語》一卷. 旁有花梨几子, 安陶謝詩·杜韓蘇陸之詩及《中州樂府》·《列朝詩集》等數帙, 案底置烏銅香爐一口, 曉暮燒玉蕤香一瓣.

庭前起響墻一帶, 高可數尺, 墻內安百種花盆, 若石榴卮子孛陀之等, 各具品格, 而菊最備, 須有四十八般名色, 方是僅具也. 庭右鑿小池, 方數十武, 便止. 池中植芙蕖數十杍, 養鮒魚, 別劁筆竹作水筒, 引山泉注池, 其溢者從墻穴流于圃. 治圃須碾平, 如淳水然, 割之爲方畦, 蔡葵菘葱蒜之等. 別其族類, 無相混糅, 須用磲磚下種, 苗生視之, 有斑紬文, 纔名爲圃也. 稍遠種瓜種甘藷, 繞圃植玫瑰累千株成籬. 每當春夏之交, 巡圃者得香烈觸鼻也. 庭左立衡門, 編白竹爲扉, 扉外緣山坡, 行五十餘武, 臨石澗起草閣一間, 用竹爲檻, 繞閣皆茂林修竹, 枝條入簷, 不須折也.

沿溪行百餘武, 得良田數百畝. 每晩春, 曳杖至田畔, 見秧針齊綠, 翠色染人, 無一點塵土氣, 雖然勿躬治也. 又沿溪行數弓許, 得大隄一面, 周可五六里, 堤中皆芙蕖菱芡, 造艓子一枚泛之. 每月夜携詩豪墨客, 泛舟, 吹洞簫彈小琴, 繞隄行三四遍, 醉而歸. 自隄行數里得小蘭若一區, 中有名僧一個, 能參禪示法, 嗜詩縱酒, 不拘僧律. 時與往還, 忘情去留, 斯足歡也.

堂後有徂徠松數根, 作龍挐虎攫之勢, 松下立白鶴一雙, 自松而東, 開小圃一區, 種人蔘桔梗江蘺山蘄之等. 松北有小扉, 從此入, 得蠶室三間, 安薵箔七層, 每午茶旣歠, 至薵室中, 命妻行松葉酒數盞. 旣飮, 持方書授浴薵繅絲之法, 嫣然相笑. 旣已, 聞門外有徵書至, 哂之不就. 此卽履九二之吉也.

5 題藏上人屛風 혜장 스님의 병풍에 쓴다

避風如爰居, 避雨如穴螾, 避暑如吳牛, 亦是違吾所厭.
嗜書如甘蔗, 嗜琴如橄欖, 嗜詩如昌歜, 無非從吾所好.
月明池明, 月暗池暗, 明斯照影, 暗斯歸息, 自然與物無競.
潮來魚來, 潮去魚去, 來斯漁之, 去斯勿追, 亦足供此所樂.
吹竹彈絲, 哦詩描畫, 似宕不宕, 似莊不莊, 豈非澹泊生涯.
蒔花種茮, 洗竹焙茶, 道閒非閒, 道忙非忙, 眞是淸涼世界.
晴牎棐几, 燒篤𧃩香, 點小龍團, 好看陳眉公《福壽全書》.
淺雪筠菴, 戴烏角巾, 含金絲煙, 流觀酈道元《水經新注》.

6 張天慵傳 장천용

張天慵者, 海西人. 舊名天用, 觀察使李公義駿巡至谷山, 與之游, 改之曰天慵, 遂以天慵行. 余任谷山之明年, 鑿池爲亭, 嘗月夜淸坐, 思聽洞簫, 獨語獨歎. 有進于前者曰: "邑有張生者, 善吹簫鼓琴. 顧其人不喜入官府, 今急發吏卒, 至其家, 擁之可得也." 余曰: "否! 使其人而誠有執也, 可擁之使至, 又豈能擁之使吹哉! 汝其往, 喩吾意, 不肯, 毋相强也." 俄而使者復, 張生已至門矣. 至則脫網巾跣足, 衣而不帶, 方沈醉,眼光瀏瀏然. 手有簫不肯吹, 索燒酒不已. 與之三四杯, 益酩酊無所省, 左右扶而去, 宿之于外.

明日再召, 至池亭, 只予之一杯. 於是天倲斂容而言曰:“簫非吾所長, 長於畫.”令取絹本來, 作山水神仙胡僧怪鳥壽藤古木凡數十幅, 水墨凌亂, 不見痕跡, 皆蒼勁鬼怪, 出人意慮之表. 至摹狀物態, 毫毛纖巧, 發其神精, 令人駭愕叫呶而不自已. 旣而擲筆索酒, 又大醉, 扶而去. 明日又召之, 已肩一琴腰一簫, 東入金剛山矣.

越明年春, 燕使來, 有甞有德于天倲者, 掌修平山府館廨, 要天倲施丹碧, 而同事者持父服. 天倲見其杖奇竹有異音, 乃夜竊之, 鑿孔爲洞簫, 登太白山城中峯之頂, 吹之竟夜而還. 同事者恚甚叱之, 天倲遂去. 後數月, 余解任歸. 後數月, 天倲特畫岢嵐山水以寓之, 且言“今年當徙居嶺東”云.

天倲有妻, 貌甚惡, 夙抱癰瘓之疾, 不能績, 不能鍼, 不能爨, 不能生產. 性復不良, 常臥訕天倲, 而天倲眷係不少懈, 鄰人咸異之.

18 고담한 산문 미학, 유본학

1 游六角峰記 인왕산 육각봉의 봄나들이

癸亥春, 余有幽憂之疾, 不能治. 至三月暮春, 花事離披, 猶掩戶而臥,
未有若今春之不出游也. 三月十日, 往見韓大淵上舍, 大淵下第閑居,
亦如余之不出游也. 於是, 共登白門之郭觀焉. 至於北山之六角峰, 則
未期其到也. 時夜雨朝霽, 背郭人家桃杏正妍, 城底一路幽靜多芳艸,
和風悠然而來, 甚樂也. 遂相與涉谿澗, 穿松林, 誇步屧以嬉, 遽已至於
六角峰矣. 坐莎上少憩, 看北巷之花, 又飲于吳氏之園而歸.
同游諸子悉醉, 余以不飲故獨不醉, 爲大淵所勸, 强飲三鍾, 余以不飲
故又大醉. 是游也, 醉莫如余也. 夫自白門之郭, 至六角峰, 京城看花之
勝也, 而今盡訪焉. 然則春遊之遍, 又莫如今年矣. 同游者誰耶? 大淵
及姜仁伯酉敬, 大淵之侄也, 季行余之季也.

2 看上苑秋樹記 금원의 가을 단풍

摛文院去上苑數里許, 嘗至深秋, 樹色可觀焉. 甲戌九月十八日, 余就
直, 登樓而望. 時夕陽未滅, 天光瑟碧, 萬樹被霜, 世間之衆色可具. 綠
者, 淺綠者, 赤者, 淺赤者, 黃者, 淺黃者, 微黝而緬者, 乍揚而艶者, 間
之以秋柳之鬖髿, 高檜之挺秀, 欲落半落, 風凄烏啼, 極其沈寥. 有心
哉! 造物之渲梁, 庸洩天地之秘也. 雖使巧手繪畫, 紛難應接, 李營邱

之作〈秋樹圖〉, 良有以乎! 傍有問者曰:"天旣隕蘀, 設色之如此其繁, 何哉?"夫春與秋, 四時之終始, 榮與枯, 植物之終始. 故春侈其榮, 秋 侈其枯, 此天道善始善終之義也. 大而人工, 小而艸木, 無不然也."已 而夕陽漸下, 衆樹都入黃昏冥濛之中, 緩步登東二樓, 開畫廚, 覓李營 邱〈秋樹圖〉觀之.

3 過舊居靜勝艸堂記 옛집을 둘러보다

余昔居長興坊道傍之屋, 頗近市擾, 而門側有堂一楹, 茅覆而土砌, 幽 靚可居, 而偏東受日, 値夏頗熱, 故取靜勝熱之語, 扁楣以自遣. 夫靜道 有二, 曰心靜, 曰身靜, 身靜者, 坐臥起居隨適而已; 心靜者, 天下萬事 若燭照龜卜, 何有乎天時之薄熱哉! 故今所謂靜勝者, 心靜也.

居二十年而移去, 逾三年後過訪焉, 則已屢易主, 而屋猶舊也. 隱隱而 入簷者, 山光也; 激激而循牆者, 溪流也; 蠟塗而瑟如者, 窓牖也; 靛染 而穹然者, 承塵也. 芳草余所種植也, 圭庭余所掃除也, 題壁之舊字猶 記, 簾火之餘痕猶在, 爲之怊悵留連者, 久之. 或曰:"古人有以天地爲 逆旅, 而況所居屋廬乎? 此逆旅之逆旅也. 凡過逆旅者, 雖如床簟之鋪 設. 庸保之服役, 視非已有, 一宿而去不顧, 夫孰係戀哉?"

嗚呼! 余之居此, 盛時也. 先君供仕承明, 公退之夕, 小子兄弟侍坐, 或 談道藝, 或記古事, 或觀詩, 或聽琹, 竊比柳仲郢故事, 其樂不可忘, 而 不可更得矣. 書曰:"器維求新, 人維求舊."宮室亦器類, 而人非宮室, 無 依泊居, 多閱歷, 又莫如宮室, 故不可以器言, 而近乎人矣. 安得不思?

然人事已變, 觸物增悲, 吾不欲復居於斯, 當卜林園, 築室而揭以舊名, 識余不忘舊之義. 或曰:"林園旣靜矣, 今復曰靜勝, 不亦贅乎?"曰:"靜而又靜, 乃所以靜也."戊寅仲春三日本學記.

4 贈善棋者金錫信序 바둑을 잘 두는 김석신에게

棋雖小技, 苟能善此, 則亦可以行于世, 爲人所悅, 與他藝相埒焉. 夫爲
人所悅而所尙者, 藝莫如文詞書法. 然今有人於此, 能文章焉, 能筆法
焉, 未必爭慕聚觀如恐失之. 一有國師布奕, 招呼相集, 詑作異玩, 此所
謂小道有可觀不可廢者, 而至於國棋, 則尤難也.

金君錫信, 以國棋行于世五十餘年, 爲人灑脫, 有士人風. 素不營生, 圍
棋賭錢, 沽酒食, 與朋友共醉飽. 其對局, 注目端坐, 手不弄棋, 口不爭
道, 雍容如不欲棋. 及其應敵也, 鏗然下子, 如兎起鶻落. 嘗自言圍棋以
正範, 不以曲蹊欺人, 以此人亦稱之. 有一宰相, 以無文棋譜一卷, 令錫
信解之, 不錯一子, 愕然以爲神.

中國人嘗稱百濟人善棋, 百濟今湖南地也. 湖南之寶城人鄭運昌, 妙於
棋法, 錫信與運昌爲數千局後, 人莫能敵, 其說信不誣矣. 金君自歎兒
時聰悟絶人, 學書輒誦, 以善棋之故爲衆人所擾撼, 遂至失學云. 余不
能棋而好觀人棋, 尤好國棋, 又愛金君之有士人風, 爲序以贈之.

5 金光澤傳 검술가 김광택

金光澤者, 漢京人, 父體乾, 斥弛之士也. 肅廟朝, 益修鍊訓局武藝, 以
刀法莫如島夷, 使軍卒肄習, 而倭之所秘, 不可以學也. 體乾自願得其
法, 遂潛入倭館, 作雇奴. 倭有神劒術, 尤秘之, 隣國人不得見. 體乾瞰

其相較, 輒匿於地窖中窺倣, 至數年, 遂盡倭之技, 無復可學也. 常試於御前, 眩幻驚人, 莫知其端. 又布灰於地, 跣足用兩拇屨灰, 而舞劒如飛, 舞竟, 灰無足跡, 其體輕如此. 上奇之, 除訓局敎鍊之官. 今諸營兵之用倭刀, 自體乾始.

光澤生有異質, 從金神仙字無可者, 學服食輕身之術. 楓岳去京師四百里, 金神仙以一麻鞋, 三往而鞋不壞, 光澤亦以一麻鞋 再往而不壞. 能胎息, 冬月單衣. 七八歲, 體乾日携往空廨, 以筆蘸水, 寫板廳上學大字, 故又善書, 遒麗可愛. 舞劒入神, 作滿地落花勢, 藏身不見云. 年八十, 顏如童子, 死之日, 人以爲尸解也. 官至僉使. 東方多緇徒, 而少道流, 以修鍊得名, 惟有金神仙一人, 世皆稱之, 而猶不知有光澤也. 體乾能得劍技, 忠於國事, 若用當其才, 則是必立功邊徼之士. 光澤又能傳其父之奇術, 不亦異哉! 又卽劍仙之類乎!

尙判官得容, 好奇士也, 與光澤相識, 嘗言其事, 故錄之. 夫委巷人有奇才異節, 而泯沒無傳者, 又何限? 豈獨體乾·光澤也哉! 重爲之嗟惜焉.

19 여항문단의 편집자, 장혼

1 平生志 평생의 소망

玉流洞, 仁王山名區之一也. 洞之形, 驀然而隱西北, 呀然而坼東南, 其背則蒼厓古松, 望遼夐也; 其面則千門萬戶, 頎盤困也. 平原縮其右, 長岡揭其左, 一往一復, 如相衛焉. 中貫淸流, 尾蟠大溪, 首注絶壑, 淙淙琤琤, 環珮琴筑. 雨則奔瀑百折, 甚可觀焉, 闔流泉之會. 左右林木, 蔟攢森映, 鷄犬隱其上, 居人廬其間. 洞之闊, 不容方軌, 邃而不霪濕, 闠而益爽塏. 然而以其地介闤闠, 俗參市井, 過者不甚愛焉.

洞行盡, 薄山趾, 舊有某氏之敝舍, 挾隘仄陋, 然洞之美在斯. 芟其穢, 躅其壅, 方宅可十畝, 宅前有井, 徑尺半, 深如之, 圓三之. 劈石以鑿, 泉出其縫, 味甘冽, 旱不渴. 距井西五六步, 盤石平, 可衆坐. 宅西有阜, 修廣高平, 勢出屋簷, 草茸茸如鋪毯. 宅內怪石蒼巖, 往往碁置, 眞嘉遁者棲遟之所也.

問其直, 僅五十, 使買其地, 因其面勢, 畫數堵之宮, 而無瓦甓之飾·棟宇之傑, 綠槐一樹, 植門前以蔭, 碧梧一樹, 樹外軒, 西受月影. 葡萄架, 架其側以承陽; 柏屛一曲, 樹外舍之右以塞門; 芭蕉一本, 種其左以聽雨. 桑樹籬下, 間之木槿玫瑰以補缺, 拘杞薔薇靠牆角, 梅花藏外舍, 芍藥月桂四季置內庭. 若榴及菊, 分蓄內外舍, 石竹鷄冠, 散種內舍堦除, 杜鵑躑躅木筆, 交栽于園, 孩兒菊苦薏之屬, 紛披于岸, 慈竹占宜土而養, 含桃週內舍西南隅, 植桃杏其外. 其陽處林禽丹柰柏樹栗樹羅植之, 玉蜀黍播之間燥地, 苽一圃, 冬苽一圃, 蔥一區, 錯理東牆之東. 葵茉芥荼紫蘇, 區置舍南而橫從之, 萊菔菘荼種舍之西, 而畦隔一兩席. 茄子蒔圃畔, 其色紫白, 甘瓠南蓏, 延四籬援群木.

於是乎花焉而觀, 木焉而息, 果焉而摘, 蔬焉而烹, 信有優游自得者, 豈獨丘園林泉之美與? 獨居則撫破琴, 閱古書, 而偃仰乎其間而已; 意到則出步山樊而已; 賓至則命酒焉, 諷詩焉而已, 興劇則歗也歌也已, 飢則飯吾飯而已, 渴則飲吾井而已, 隨寒暑而衣吾衣而已, 日入則息吾廬而已. 其雨朝雪晝夕景曉月幽居神趣, 難可爲外人道也, 道之而人亦不解焉耳. 日以自樂, 餘以遺子孫, 則平生志願如斯則畢而已. 其屯亨也, 修短也, 聽吾天而已, 故扁吾广以而已.

吁! 買是土, 營吾廬, 其直不過三百貫, 而寤寐苦心者十數年, 尙不就焉. 嗚呼! 非輕世尙志者, 不可此有. 卒之, 其不能致也歟! 婚嫁之畢, 吾不待焉已, 終老之計, 定在斯乎! 洞在山之陰, 山在國都西.

【附 부록】

淸福 八品 깨끗한 행복 여덟 가지

一曰生太平, 二曰居京都, 三曰位列衣冠, 四曰粗解文字, 五曰泉壑一區, 六曰花木千株, 七曰得心交, 八曰蓄好書.

淸供 八十種 깨끗한 물건 팔십 종

古琴, 古劍, 古鏡, 古墨, 法書, 名畫, 端溪硯, 湖州筆, 名香, 名茶, 洋瓷缾, 癭木瓢, 花箋, 硯滴, 筆架, 研匣, 淸濁酒, 墨白碁, 竹壺, 楸枰, 書牀, 書庋, 藥臼, 丹爐, 茶鼎, 茶籯, 木枕, 竹榻, 葦簾, 紙帳, 蒲扇, 羽扇, 籜冠, 葛巾, 篛笠, 簑衣, 藜杖, 芒屩, 蠟屐, 蒲簟, 葫蘆, 鑾鞬, 詩筒, 字牌, 琴訣, 碁譜, 怪石, 靑氈, 古梅, 名菊, 梧桐, 芭蕉, 葡萄架, 桔柏屛, 參同契, 黃庭經, 金剛經, 楞嚴經, 漢魏詩, 唐宋詩, 養生書, 種樹書, 高士傳, 列仙傳, 輿地圖, 歷代圖, 木燭臺, 玉書鎭, 留客環, 竹夫人, 洋琴, 洞簫, 笙簧, 琵琶, 瘦鶴, 寒驢, 同調友, 知文僮, 玉章, 血標.

淸課 三十四事 청아한 일 서른네 가지

焚香, 煮茗, 午睡, 夜讀, 論文, 著書, 作詩, 作畫, 鐫籀, 射韻, 鼓琴, 圍碁, 射帿, 投壺, 觀劍, 覽鏡, 養魚, 調鶴, 聽瀑, 踏靑, 種花, 移竹, 汲泉, 撫松, 賞蓮, 掇菊, 挑蔬, 拾菓, 灌園, 掃雪, 濯熱, 就凉, 曬藥, 調丸.

淸寶 一百部 맑은 보물 백 부

周易, 尙書, 詩經, 論語, 孟子, 中庸, 大學, 禮記, 周禮, 春秋, 孝經, 家語, 十三經註疏, 二程全書, 朱子大全, 近思錄, 心經, 小學, 左傳, 國語, 戰國策, 史記, 漢書, 後漢書, 晋書, 資治通鑑, 網目, 唐鑑, 宋鑑, 元史, 明史, 二十四代史, 五代史, 三國史, 高麗史, 東史, 明一統志, 山海經, 道德經, 南華經, 晏子春秋, 列子, 管子, 荀子, 呂覽, 韓詩外傳, 揚子法言, 淮南子, 世說, 漢魏叢書, 名世文宗, 古文淵鑑, 百家類纂, 八大家, 唐文粹, 事文類聚, 淵鑑類函, 古今名喩, 鴻書, 說鈴, 說郛, 稗海, 佩文韻府, 五車韻瑞, 爾雅, 說文, 字彙, 字典, 楚辭, 文選, 古詩紀, 古詩所, 古詩歸, 漢魏詩乘, 全唐詩, 賦彙, 詩藪, 儷文程選, 靖節集, 靑蓮集, 小陵集, 昌黎集, 柳州集, 東坡集, 宋詩, 明詩, 孫武子, 素書, 三略, 將鑑, 素問, 銅人經, 本草綱目, 三國志, 太平廣記, 情史, 今古奇觀, 三才圖會, 福壽全書, 文苑楂橘.

淸景 十段 맑은 풍경 열 가지

小塢鷄犬, 半洞田圃. 人事

泉流晝夜, 山氣陰晴. 天時

絶巘輕嵐, 朝 孤峰返熙. 暮

美花濃香, 春 嘉木繁陰. 夏

一溪明月, 秋 數隣深雪. 冬

清燕 六般 맑은 모임에 필요한 여섯 가지

飮饌 和根野菜, 不讓侯鯖. 適口

處所 帶葉柴門, 奚輪甲第. 安居

鋪陳 落紅點苔, 可當錦褥. 便身

弄愛 草香花媚, 可當嬌姬. 怡心

玩好 夕陽山光, 新晴草色, 雨中花暈, 雪後瓊枝, 嶺頭閒雲, 林端晴月.

鼓吹 雲竇泉溜, 翠壑松濤, 清晝鶯歌, 晩熱蟬語, 兩部蛙鳴, 一群蛩吟.

清戒 四則 맑은 경계 네 가지

居蝸牛, 校蠹魚, 旣安其拙.

衣縕袍, 糝藜羹, 奚怨斯窮.

尺琴卷書, 箕裘之業, 莫敢廢焉.

山花溪鳥, 貧賤之知, 不可忘也.

20 비탄과 인고의 정서, 이학규

1 與某人 시 짓기밖에 할 일이 없다

吾曹何可一日不作詩? 若不作詩, 何以捱過此許多長日耶? 僕向在京洛, 每遇良辰美景, 雲物澄鮮, 鳴禽在樹, 則不覺忻㤜意動, 情與境會, 攤紙把筆, 必欲摹寫一番. 間遇一字未安, 一對未屬, 則竟是自詒伊苦, 反覺沒趣. 是以或未完句, 或未終篇, 輒復委棄巾衍. 紙墨漸多, 時時披閱, 惟自浩歎而已.

落南以後十季之間, 目前無可心人, 心中無可心事, 心目所在, 自無可心境界, 則何能作可心詩乎? 此鄉之人, 遇隣里喪死, 不論樵兒牧竪餠師酒媼, 動費一張紙本, 東西奔馳, 乞爲輓詩. 㤜輓詩何可易作? 或不道出死者名姓居址, 直請作大好詩句, 傍觀爲之失笑. 隣里情熟, 俛勉副急, 見其詩, 不知其人, 古或有之, 不知其人名姓居址, 而爲賦其詩, 必於吾始有也.

僕平生嗜酒, 酒至數醆, 則心中怦怦者稍覺消除, 可以安意作詩. 但此鄉酒價甚翔, 霑脣之費, 動至數十錢, 流人何處得許多常平元寶, 爲閒事務消糜耶?

近日見家書, 伯津時時寄詩, 數人者, 亦時時寄詩, 不覺情動神往, 或一日作數十詩, 或一詩易數三藁而不知止. 是猶飢者當食, 渴者當飮, 每每自不知其過量也. 過此以往, 則索肰無聊, 廢肰僵臥. 南中纔過立夏, 天氣暴熱, 南風大惡, 心懷轉自難抑. 此之時, 東西摸循, 力求詩料, 非爲作詩, 正爲作好, 聊以遣日也.

記昔者, 吾友蒲園子, 每言: "村女採山, 本非苦境, 而念百卉之生芽, 覩春天之遠色, 則至有哀音而隕涕者. 通衢見月, 本無異景, 而街兒市童, 掉臂群行, 歡然興發, 口自作吹, 彈聲旋唱旋和者, 何也? 由其有感於中, 自不覺其聲發於外也. 此吾人之常情而眞, 乃天地間不琢之詩, 不節之永言也." 此言深得十三國風歌謠巷歌之本旨也.

朕則詩不要勉强力作, 亦不要許多篇章, 要其感於中而達於外而已也. 以此思量, 僕之居南後詩, 非眞好詩, 正是作好詩, 聊以遣日者也. 第鈔呈數篇, 望吾兄矜而諒之, 非望吾兄評品而稱道之也.

2 答某人 망상에 빠진 사람

吾人之不可頓無者, 惟此妄想一段而已. 今世之無求於人, 無望於世者, 莫吾輩若也·而猶且有一條妄想, 忽而九天, 忽而九地, 大而四海之廣, 細而毫末之微, 其集密如牛毛, 其變速於空花, 遊而不定, 如蜻蜓之點水; 遣而復來, 如影燈之回復, 除却夜間倒頭睡著時侯, 更不一刻暫去.

蓋吾此心, 是至活底物, 譬猶燄火. 夫燄火之爲物也, 無所附著, 則不能自有, 不著於木頭, 則著於油燼耳. 纔去木頭油燼, 便無此燄火矣.

昔有一窮老措大, 每自言夜中若未著睡, 因想起所居室後穴地求泉, 忽然鋤頭不陷, 鏗然有聲, 視之, 則古鼎蓋頭耳. 儘力一揭, 見一甖白金, 磊落如新發鎔. 顧視適無傍人, 亟喚妻若子, 忙忙運至密室中, 摠計可重三四萬兩. 便於今日試賣一二錠, 明日又賣三四錠, 如是屢月. 今月還債已畢, 來月命子迎婦. 不踰季, 而田園樓臺臧獲牛馬服玩飲食無不畢備, 居然作一富家翁, 其樂無仵也.

聞之者, 無不失笑. 嗟乎! 此人不知所以跌卻妄想者, 可哀, 不可笑也. 且夫自身徇行妄想者, 狂夫也; 自口道出妄想者, 呆人也. 至人則不然, 纔有一條妄想, 卽便作一副正想跌卻之, 纔有二條妄想, 便又作二副正想跌卻之. 孟子曰: 雞鳴而起, 孳孳爲利者, 徇於妄想之謂也. 雞鳴而起, 孳孳爲善者, 跌卻妄想之聖者也. 今欲於此心中永無此一段妄想, 則正猶餤火之去所附著也, 枯木也, 死灰也, 定非吾胸中至活底物也. 足下試思之.

3 譬解 八則 고통을 푸는 방법

寒時思貧院乞兒. 向雪夜裏, 臥人矮簷下, 半絮半氈, 手腿皸裂, 波沱哀冤.

熱時思褦襶傭夫. 方午把鉏, 流汗如雨, 從草萊中, 傴僂匍匐, 盡晝力作.

飢時思沿門叫化人. 蟬腸龜腹, 力疾行走, 惟患粥糜猶未到口, 氣欠顙泚, 看看待盡.

渴時思仰漉人. 毒發喉燥, 無可形狀, 循衣摸床. 此時頓覺心悶欲爆, 眼脹不轉, 儘意胡叫.

愁時思禍家子. 骨肉已皆就殊, 家貲隨卽蕩散, 身復爲奴, 竄身荒徼, 追思曩時懽笑行樂, 心腸如刲, 有淚先從.

悶時思從殉人. 向地道裏, 仰見上頭, 黝黑如磬漆. 燈幽幽待炮, 此時雖復爲霹靂震死, 但復一聞人世聲響, 也是快心.

憂時思屬纊人. 舌卷喘急, 猶眼光未落, 情根不斷. 傍見老親呼喚, 如何應待, 良妻啜泣, 如何吩咐, 男女如何嫁娶, 家伙田地, 如何措置, 無那鬼符已到, 撒手抛卻.

病時思諸古人. 已向土饅頭中, 骨朽形銷, 長夜漫漫, 何時復朝.

4 遊南浦記 김해의 남쪽 포구

癸酉歲之秋九月. 天新雨, 日驟涼. 府人金杓踵門而告曰: "向之從鄕先
生遊南浦數矣. 其出皆盛酒食. 飭冠帶. 盛酒食, 則從者蟻附. 謹譚嗔怒
之所由起. 飭冠帶, 則爲篙工商客之所瞻視. 惟恐行坐未得當. 竟何所
得樂邪. 今復從執事者. 請一反向日之爲如何?" 余亟應曰: "諾."
晡飯訖. 假鄰之荻笠芒屬. 約泥雨毋避也. 同行凡四人. 其一擔大酒壺,
壺貯村醪可二斗, 一荷釣竿, 共三根, 替各人持也. 一射鴨者, 挾彈具.
由海西門, 直南行四五里, 抵河家港. 河家事漁釣, 且與杓熟, 假一艓子
乘之. 自此由水路, 港汊亟多, 傍皆沮洳, 生蘆葦. 舟從蘆葦中過, 水皆
汚濁, 有腥氣. 白花黃葉, 瑟瑟然振人衣笠間, 有隱隱咳而問誰歟者. 釣
人之坐, 曲港灣碕, 侯其伴爾, 水禽聞人咳, 皆礫礫群起. 稍前, 有艇子
從下流, 疾呼曰: "少點篙, 毋相牴觸!" 問之, 則邨人之之蒜山貿鹽者,
姓沈, 亦與杓熟. 遺松明, 曁引光數枚而去.
而已月出, 西風大作, 舟中皆瑟縮, 瞬息至浦口, 則天水大明, 驚心駭
目. 近者爲躍金爲閃鏡, 遠者爲玉田爲銀海. 摠之月遇水益澄, 水得風
益蕩. 同舟有釣徒, 皆言不數見此也. 大抵浦之勝宜秋, 秋宜夜宜曉, 夜
宜月, 曉宜霧, 第大霧不宜出爾. 水禽成陣, 徹夜叫噪, 聲高而亮者, 天
鵝也, 宜遠聞, 不讓橫吹也. 浦産魚, 褐色巨口, 霜降後, 宜夜釣. 善釣
者, 一夜致數百頭. 余與杓皆不獲一魚. 前夕於河家買一籃, 置船板下,
取斫鱠佐酒.
酒間語杓曰: "此間水闊而極漫, 最深不過一二丈. 就水心砌石爲方基,

高二丈餘, 上豎石礎, 視砌石高半之, 架樓廣輪各四欂, 四圍施鉤欄, 中
爲曲房櫺星窗, 皆貼雲母挂細簾, 極細如紋縠. 內儲法書名畵·茶鑪·
酒鎗·琴碁·隱囊曁古鼎彝·骨董之屬, 畜二女使·二書童, 皆嬌小, 解
聲詩, 善度曲. 樓下有兩蜻蛉, 有二蒼頭主之, 一通行墟市, 輸致酒脯,
一周流港汊, 日爲弋釣, 供朝晡. 吾生如是足矣." 朸躍曰: "樓當何名?"
曰: "謂水心, 可乎?" "費當幾何?" 曰: "費十萬不可." 同舟皆哂之.
向曉, 潮退風益厲, 舟逆風潮而返, 寸進尺退, 同舟皆力盡喘息. 前夕姓
沈之奴, 因收魚罶晨出, 見之駭歎, 合力盪艣, 抵河家港, 則日高三竿
矣. 急覓笠遮頭, 至海西門, 沿途多府中人, 皆駐立指笑之. 庚辰季夏,
余在東畜田舍, 朸適過余, 語次及昔年暮秋之遊, 迺信筆記之.

5 錦鷄巢記 금계의 둥지

權子相扁其寢處之室, 曰錦鷄巢. 余擧似曰: "按錦鷄, 山鷄也, 亦名鵔
鸃, 性耿介善鬪. 或以家鷄鬪之, 則可擒也." 子相曰: "我之處於世, 脂
韋爲德, 鴟夷爲則, 不與人立異, 矧與非其類鬪狠者邪?" 余曰: "鷄有美
毛自愛, 終日映水則溺也." 子相曰: "我之處于荒徼, 魚魯粗辨, 帝帛猶
疑, 矧又以文采炫耀者邪?" 余曰: "鷄有吐綬者, 嗉擺肉綬, 紅碧煥爛,
蹍時悉斂于嗉下. 雖披其毛, 不復見也." 子相曰: "我少也貧, 布褐不繼,
襤褸不羨, 烏有私儲之不令人知者邪?" 余曰: "鷄有不鳴舞者, 令以大
鏡著其前, 鷄鑑形而舞, 不知止也." 子相曰: "我生也, 貌寢而幹小, 豈
顧眄自愛, 翩翔自好者邪?"
余曰: "鷄雨雪, 則不下啄, 懼泥淖之見汚. 或至于餓死也." 子相曰:
"噫! 是其志也. 我向也潔身修己, 擇地而蹈, 惟懼夫元規之塵, 逸民之

波爲我累也. 間爲鄕人謀事, 不意其蹉跌也. 令長以變詐目之, 鄕人以
不廉疑之, 我所以寧閉關息交, 至餓死而不悔也!" 於是乎, 余悲其志而
欽其檗. 旣爲子相勗之, 亦以爲子相子若姪戒也.

6 舒嘯記 한숨을 내쉬는 집

荷于途者, 釋重則嗽, 策于坂者, 就坦則嗽, 積勞旣畢, 快然舒息, 自不
覺其聲發耆然也. 今之鄕俗所謂舒嘯者, 皆是已. 茂川徐生, 有田數畝
在郊外, 築舍田中, 八口爲農. 事間則種蒔花果, 攷校書史, 類非積勞者
也, 而命其廬曰舒嘯. 或有請其故.

生曰: "予少也貧, 奉慈親以居, 亦有諸姊妹子姪, 朝晡之需·寒暑之須,
皆仰予力庇也. 予且不樂囂嗷, 不嗜鮮華者也, 而今之爲老掌記, 飭衣
裳, 走闤闠, 日規規于絲穀委輸簿帳盈胸者, 豈予志也哉? 每予一至是
舍, 及于門, 則爽然若九折之就坦, 而偃于室, 則又翛然若萬鈞之釋重
也. 予亦自不知其一嗽耆然也. 至若披林之夕·據梧之晨, 激發瀏亮, 爲
古木鳶, 爲高柳蟬. 竢予得閑之日, 相忘於絲穀簿帳, 而後炊黃粱, 烹露
葵, 當與吾子一商確也."

7 記小池 작은 연못

啓小室西寮, 得胡瓜棚, 縱數丈, 高半之, 爲遮返照烘人也. 外鑿小池,
廣輪各三丈, 繚以香蒲, 被以浮萍, 養鮦魚其中, 爲供垂釣取適也. 每斜
日棲照, 水風淸美, 黿鼉之潛泳, 蜻蜓之上下, 草花之蘸影, 礓礫之呈

耀, 凝神靜觀, 洵可樂也. 有翠鳥, 大小類練鵲, 嘴類山啄木, 兩翅作瓜皮色, 夾脰爲蠟滓色, 背毛純碧, 時時掠水, 取魚踰寸者, 飛上瓜棚, 恣食飽訖乃去, 日爲常也.

21 가난한 서생의 고단한 삶, 남종현

1 敍盜 도둑과 가난

我家爲家適四世, 食貧亦四世. 居不過環堵, 食不過糠粃, 衣不蓋體, 門無尺童, 中無可欲, 無可以誨盜, 而家日敗, 亦未必非盜也. 祖曾時事, 吾所不及, 雖及其一二流傳也, 多未詳. 略據成童前後眼中所見者而筆之, 細小而無別異者, 悉刊去之不擧.

甲寅歲有以萬一千錢求占我舍, 而錢不入, 曰: "有待也." 歷七年, 未半輸而死. 有子四人, 治産業頗饒, 要諸其子. 子曰: "吾父恒言, 酬之殆盡矣." 是身不自盜而證父爲盜者也. 是歲盜入內庭, 取木綿十數斤與澣衣懸曝者八九領而去, 其多寒栗幾死. 乙卯盜入外廊, 取溲器及書籍若干卷而去. 丙辰歲盜入廚下, 抉二鼎而去. 其一有主者, 主索價高, 竭貲以酬, 猶不快. 丁巳盜入內東房, 取衣被及鍮造器皿匙箸各數十而去. 壬戌盜入內西房, 取婦人服飾及器皿十數而去. 是歲盜入內庭, 取器皿數四及鍋鋸鑹鉒等屬而去. 皆借人者, 悉以錢物謝之, 力大困. 庚午盜入廚下, 抉二鼎而去, 跡之, 隣人也. 乙亥盜入外廊, 取書籍四卷及錐刀革鳥等屬而去. 辛巳盜入內東房, 取食器溲器衣服而去. 是歲盜入下室, 抉素帳而去. 壬午盜入外廊, 取書籍十二卷而去, 太半借人者. 乙酉盜入廚下, 窮搜無所得, 只有一鼎, 抉之而去. 越五六日再至, 見覺而遁, 意鼎之改爲也.

丁亥有科擧, 族人鄕居者, 市傘避雨, 遠不能致, 寄余而行. 後數日, 盜入外廊, 負之而去. 己卯又有科擧, 畿邑相識, 又有以傘寄余者. 余有姓不同從父兄弟瞰余不在, 誑余家姪之騃者, 竊持而去. 比其主來索, 則乃曰佚之試庭矣. 主大拗怒詬詈. 我罔測爲盜被發, 替人受辱. 噫! 盜亦知占便耶?

有洪元健者, 素傾邪. 庚寅詐稱我先君有負於其家, 使其妻先作書, 淩脅逼辱之萬端, 又遣其弟無賴者, 搜括內外室. 內外室無一銖金, 乃攘一腰轡而去, 直千五百錢. 古所云白晝剽吏, 對面爲賊, 至是乃驗. 壬辰盜入外門, 抉其鐵鐶而去.

2 月巖序 월암(月巖)이란 호

國西門曰敦義門, 由敦義門出, 傅城轉而左里許, 背郭斗然而起, 穹然而黑者曰月巖. 高可丈許, 上可坐數十人, 以其地峻, 巖亦特立而高, 登其上, 頗有覞豁着眼處. 其傍人家, 皆茅茨繩樞, 且數十戶. 好事者就石面, 大刻月巖洞三字, 朱塡之以識焉.

宜寧南鍾玄玄汝家居其下, 自號曰月巖. 有詰之者, 曰: "子嘗非人自號曰: '人生而命之名, 名而又字之, 名與字行乎世優矣. 號無益且夸, 吾不願效也.' 今反其說, 太遽." 對曰: "何敢爾乎? 凡今訪我家者, 必曰月巖稱我, 居者必曰月巖, 我之對人問, 必曰月巖. 人之認我來, 亦曰月巖, 月巖者擧其實也, 非敢號也. 從其易也, 非敢號也."

3 去號序 호를 버린 이유

余嘗自號月巖, 有月巖自號序矣. 久, 思之, 不可, 乃作序而去之. 曰:

有身, 必有名. 名之曰天地, 天地亦然, 名之曰山川, 山川亦然, 名之曰草木, 草木亦然, 名之曰金石, 金石亦然. 質具矣, 可無文乎? 星離而風作, 天地文也, 薈蔚而漣漪, 山川之文也, 華而實, 草木之文也, 堅而白, 金石之文也. 名之, 又字之, 已文之矣. 名之字之而又號之, 文之又文也. 文勝而至於滅質, 雖有文, 安施乎哉?

余之號余也, 以余家月巖下, 爲月巖. 自度人生也, 浮萍之於水, 絮之於風樹, 花之於墻籬簾幌, 未始有鐵門限矣. 月巖, 豈余之倉庫氏乎? 無其實而有其名, 亦猶滅其質而施其文, 號則不可.

余有余名, 名不出里巷, 雖有號, 有識者安識而譏余. 然學爲己, 非爲人. 知不知在人, 愧不愧在我. 我欲我之修我而無愧者也, 豈若世之作奸作僞, 內愧於心而幸人之不知者耶? 有以遂事規余, 余以過勿憚改對之.

4 自敍 자전

南鍾玄, 字玄汝, 世出宜寧, 代有衣冠, 中微不振. 生而駿, 不曉事, 又多病. 垂就傅, 始學于家. 於書好講誦, 不質疑, 不覈隱, 不辨同異, 曰: "文章言也. 言出而聽者不達, 鳥言也." 於是雖九經六藝之文, 求之心, 不達, 輒擯棄不留難. 長治擧子業, 甚工. 然見者以爲迂闊不近情, 終不售有司. 兼治古詩古文, 言無不古, 而尤戾於人. 性疏蕩, 略見大體, 剛褊自用, 任情而行, 不自彫飾. 常以爲開闢以來竹帛所道, 丹靑所載, 與今眼中所有, 有全人也否耶? 不喜與人交, 視人甚簡, 而一見能鉤其情得之, 人益嚴而不附, 雖家人, 亦如之, 遂感激成心疾. 益治古文辭, 以自娛以自標揭者, 又十年, 乃喟然曰: "道有升降, 政由俗革. 人者樂與推移, 而吾不知, 落莫固當. 傳曰: 下壽六十, 又曰: 四十五十而無聞,不足畏也. 今年三十有一, 擧成數四十, 已無及乎聞矣. 縱曰朝聞夕死, 以往者之不敏, 視來者之甚短, 相懸矣. 況壽者不可知."

5 自墓誌 내 묘지에는 이렇게 써라

年月日, 宜寧南鍾玄病且死, 遺命不棺槨衣衾, 葬不擇兆, 不成墳, 不可以志, 乃自書片紙, 納于藏屍之穴.

曰, 南之始祖曰敏, 自中朝來新羅, 世食采英陽. 至諱君甫, 爲宜寧人. 及我朝, 有諱在, 佐太祖開國, 官議政. 有孫智, 亦議政, 三傳至諱世健, 生諱應雲, 俱參判. 又四傳, 至諱銑, 監司. 有七子, 南氏始大. 曾祖諱雲老, 輔德, 祖諱履簡, 考諱澈中, 妣延安李氏, 大護軍徵大女.

鍾玄字玄汝, 生以正宗癸卯二月二十二日. 幼甚駿, 且多疾, 長亦不能通人事. 二十而孤, 尤無教, 但知讀書屬文, 亦不知文之有道也. 如是又十年, 浸漬旣久, 心界頓曠, 若有開發者然, 始略通情性, 粗知問學之方. 然持其綱而不能細也. 自十五六治擧子文, 干有司, 不中. 治古文三十年, 文亦不成.

常有言曰: "每事盡善, 堯舜猶病, 良知良能, 顔跖同得, 時有邂逅, 聖賢所不免, 慮有得失, 愚智所同. 然膠於一, 則卒歸乎莊生然所然非所非之譏矣. 究其至, 則不可無嵇康非周公薄湯武之論." 又曰: "見惡則不與同國, 守義則矢死靡貳. 非先古, 未嘗發言, 非先古, 未嘗下辭. 勢而不知媚, 窮而不自渝, 天地間其可無我乎哉!"

言必觸諱, 行必詭俗, 任情而家人不附, 獨行而朋知相棄, 不事章句而不敢辭詖淫之目, 賤不事貴而不能逃疎慢之誅, 天地間其可有我乎哉!

噫! 有我者, 不過五十年, 而無我者, 將不至幾千萬年. 古之有道者,能以時月之頃, 却樹來許無窮之聲. 今吾以五十年所自有者, 不能使行於五十年後時月之頃, 竟減減而死, 悲夫! 妻許氏, 陽川人, 持平棟女, 無子.

銘曰: "言以人所無, 行以人所無, 葬以人所無, 人不道其賢, 吾自知其愚."

6 贈張童子序 작가를 지망하는 동자에게

童子以文見余, 余亦以文告童子可乎? 人於文, 有化者, 有樂者, 有好者, 有勉者, 有求者, 有志者. 體用旣成, 無不可者曰化, 規矩誠設, 居安資深曰樂, 溫故知新, 維日孳孳曰好, 識得大意, 思納榘矱曰勉, 愼思切問, 務循方嚮曰方, 毅然自立, 惟覺是師曰志, 志之所之, 有爲若是. 故韓歐諸家, 耐可爲好之樂之者, 及其大而化也, 莊馬後幾千年, 槩難其人矣.

余在卯角, 略有見聞於先生長者, 未弱冠而遭世變, 文未亡, 人志先亡, 亡志而爲文, 猶車無軏而行. 是以侍經幄, 長館閣者, 以銀爲根, 則上不識一丁則常. 在位如是, 無位則之, 州序不師生, 家塾不絃誦, 而髮種種而視貿貿. 或有有識者言, 輒悱然微反脣曰: "三公絳灌也, 六卿絳灌也, 百司庶司皆絳灌也. 不讀書, 不患不富貴, 何苦傷吻血指而至."

噫! 文之道, 豈敍事述志而止, 豈風雲月露之爲哉? 五常之性, 九德之行, 非文不載, 非文不著. 今人之憂, 豈曰文也? 國而不能忠君事長, 家而不識愛親敬兄, 手不知灑掃之節, 口不道忠信之言. 貪目外瞬, 毒螫內熾, 黃壤而文繡, 禽犢而冠裳. 伊川被髮不待百年, 童子獨何人哉?

居今不肯今, 與俗不拘俗, 深究六藝, 旁參百家, 略寢食而急筆硯, 爲詩爲文, 充溢篋笥, 旣先立其志矣. 志立以後, 求則獲, 勉則中, 極地一轉樞耳. 但滔滔者是, 而行無朋, 影無儔, 危矣! 況童子居下且少, 力不能易人心而挽世道. 然固不能禁其言也. 躬逮而言, 非恥也, 身教而言, 非訟也, 可言不言, 亦罪也. 行乎世, 如逢可與言者, 願童子以吾言言之.

1 讀燕巖集 《연암집》을 읽고

晨疊起盥頹, 施髮織帬坐巾于額, 取鏡以炤, 端其欹邪, 人人之所同然. 余始冠施巾, 加二指眉上, 爲之度, 無待乎鏡炤. 繇是或旬月不對鏡, 少壯之容, 今已忘之矣.

人有可與友者, 同閈居幾年, 未識面而去, 以爲恨. 我與我其近, 豈直同閈哉? 今余不識吾少時容, 不以爲恨, 何也? 千歲之前有人焉, 其道德可師, 其文章可法, 吾恨其不同時也. 百歲之前有人焉, 志氣言議可觀也, 吾恨其不同時也. 數十歲之前有人焉, 氣足以橫六合, 才足以駕千古, 文足以顚倒萬類, 其在世也, 余已通人事, 然而未及見也, 然而未及與之言也. 然而吾不以爲恨, 何也? 余旣不識數十年前之吾, 況於數十年前之他人乎?

今余取鏡而觀今之吾, 披卷而讀其人之文, 其人之文, 卽今之吾也. 明日又取鏡而觀之, 披卷而讀之, 其文卽明日之吾也. 明年又取鏡而觀之, 披卷而讀之, 其文卽明年之吾也. 吾之容老而益變, 變而忘其故. 其文則不變, 然亦愈讀而愈異, 隨吾之容而肖焉已矣.

2 偶書綠畵樓詩卷後 만남과 인연

欲泊翁不識沆瀣乎? 何不使之異代也? 欲泊翁識沆瀣乎? 何不使之相

近其年歲也? 泊翁生三十有七年, 而沆瀣生. 方沆瀣之少壯也, 泊翁猶未甚老, 何不早使之交而偕馳騁翰墨間也? 嗚呼! 其眞欲翁不識沆瀣耶? 泊翁今年八十有二, 沆瀣又作吏不在家, 何不遂使之不相遇而迺有綠畵樓之會也? 嗚呼! 其眞欲翁識沆瀣耶? 欲使之識而不肯使之蚤識, 欲使之不識而又不肯使之竟不識會也哉! 造物乎!

一歲三百六十夕皆有月不奇, 一歲三百六十夕皆無月不韻, 一月之中有月者十數夕而已, 此十數夕之中, 圓者厪數夕, 一歲三百六十夕皆有花不鮮, 一歲三百六十夕皆無花不情, 一歲之中有花者數十夕而已, 此數十夕之中與月遇又厪數夕. 數夕而無風雨陰霧朗然相會而莫爲之障, 蓋止一二夕耳. 使此夕而過一二不可, 使此夕而無一二亦不可.

翁之於沆瀣, 蓋猶是也. 月之遇花, 雖止乎一二夕, 然此一二夕者, 歲歲而有也. 翁雖老, 氣力猶強健, 飮酒賦詩不少衰, 自今以往, 其與沆瀣遇, 又不知有幾十度也. 俗士之文, 閱未半而知其全, 古人之雄詞鉅篇, 讀之幾竟, 愈不可測其後. 造物, 大文章也. 其未來者, 固非吾所敢度也.

3 一林園記 일림원기

園在南山下, 与山最近, 尙君若能實居而名之. 取山之亂石奇詭瑣碎者, 列植于四圍, 宅子中以課蒙爲務. 每春秋良時, 游賞于山者襁至, 一見君, 無不驩然如夙契. 君少嘗有經濟志, 繇武擧進, 出入行伍四十季, 不得志以老, 今其年六十餘矣. 窮居于衖, 蔬糲不克嗣, 未嘗設戚戚色, 邺然自得於林澤之臞如此. 噫! 其異哉!

余幼不通人事, 嘗讀書誤句讀, 尙君爲正之. 余大駭其武人而能知文. 及長而后, 始知君好學多識, 旁及乎百藝, 不厪辨童子句讀誤而已. 尙君固武人也, 嘗被余家兄辟赴燕, 請齎兵家書以從, 然屬西陲有事, 君時爲百夫長, 不能自奮于行陳, 又不能出一謨告人. 吾意尙君之短, 殆于武而不于文也.

君嘗勸余兄弟卜居林壑間, 問奚宜, 則曰: "其長興坊洞乎?" 長興坊, 蓋京城闤闠中去劇驂崇期不顓武也. 聞者皆大笑. 然由長興坊而上, 未幾, 得一林園焉. 聞者之笑, 蓋猶余幼時之大駭也. 戲書之爲一林園記, 實尙君之小傳云.

4 何退軒記 새우 넓적다리 집

有生于混沌而至今不死者, 曰寥虛君. 聞寥虛君之說, 彭祖爲乳孩, 寥虛君曰: "吾之居大山, 大山之下有大阜. 吾嘗朝起而頮之, 有歅如蟻臍, 有艸生焉, 其名曰鵲角. 得水爲魚, 足苗以長爲闐鬚, 其實爲蚓心, 剖之甚味, 如海中蜜. 入土爲沙毛, 化爲鳥, 其名曰氷蠅. 氷蠅之精爲雪雷, 雪雷生鷄鱗, 鷄鱗生猴卵, 猴卵生赤竹, 赤竹生焚水骨, 焚水骨生蝦腿, 有築室于其側者, 曰北山子, 名其軒蝦腿."

沆瀣先生聞而笑曰: "北山子, 其以目食乎? 其以頷踔乎? 其以乳聆乎? 其以拇息乎? 或曰: 蝦, 何訛也; 腿, 退旁也. 古人云: '我自不出, 何退之有.' 北山子志歟! 是說出北華經, 其事實見凡之橋杌, 其註說詳于人皇氏之辟廱圖."

5 吾老園記 오로원기

入沆瀣子之宅, 徧觀諸堂宇館院, 瞠然以爲有生之未始覯, 便可以夸於
人也. 居頃之, 携而入吾老園, 矚兩潭瀑壁之奇, 窺三光之洞, 謁太虛之
府, 又茫然悔昔日之夸也. 人有知昔之所未知, 悍然自以爲知者, 盖其
所知, 未嘗非知也. 抑不知所知之外又有未及知也. 知無止也. 自謂吾
知已至者, 不知者也.

不見吾老園者, 固未嘗不知園也, 及觀吾老園, 然後知昔之所知非盡知
也. 不見兩潭者, 固未嘗不知瀑壁潭瀨也, 及觀兩潭, 然後知昔之所知
非盡知也. 不見三光太虛者, 固未嘗不知洞壑臺榭也, 及觀三光太虛,
然後知昔之所知非盡知也.

然旣見吾老園兩潭三光太虛, 而曰今而後吾始盡矣, 是其不知又猶舊
也. 昔之自以爲知者旣非, 則安知今之盡知者他日又不爲非耶.

吾老之外有北山, 北山之外不知有何境, 何境之外又不知有何境, 綿綿
汗汗, 無終無極. 嗚呼! 學道者其可以遽言知耶? 吾老園, 主人翁之所
將終老也. 其槩畧已見於原識, 而識之所不及, 又非毫墨之所能寫也.
請其識者, 夸毋自以爲知是園也.

6 金泳傳 천문학자 김영

金泳者, 仁川人也. 賤而窮, 容貌寢陋, 言不能出口, 其於曆象算數之
學, 殆神授也. 其爲術也, 無師, 不識, 布縱橫算, 獨取幾何原本一部而
讀之, 旣而盡曉其理, 其於數無復可習也. 然世無因知之, 窮益甚, 遂客
游京師, 時當正廟中, 朝野無事, 上喜擢同人才, 凡以絶藝異等名者, 雖

至微賤, 靡有遺. 內閣臣徐浩修筭數爲一世冠, 常提擧雲觀, 雲觀者, 觀象監也. 聞泳名, 召與語, 大奇之, 自以爲不及. 上因浩修知泳有奇才, 甚異之. 故事觀象監, 以天文學設科取人, 匪緣科目進, 不獲與修曆官. 上特命泳修曆, 且曰: "非有超絶才如泳者, 不宜爲例."

當是時, 泳大聞名當世. 雲觀人咸嫉忌之, 又爭曰: "是壞毁吾官規." 然有上命, 終莫敢大言. 旣而正廟登遐, 徐浩修卒, 泳秩滿遷官, 歷司宰監主簿通禮院引儀. 然世遂無愛才者, 泳疎伉, 不能媚卿大夫, 以故不得調一郵丞. 竟罷去.

今上七年, 彗見, 十一年又大見. 每見, 命雲觀推步, 推步術無可泳比者, 乃復召泳. 雲觀人益嫉之, 又無所畏, 遂聚而歐捽之. 泳旣罷官, 益窮困, 不能自謀, 無室守. 爲人童子師, 在京師中, 不克衣食以自立, 人亦無道其名者, 竟鬱鬱以死.

泳旣精於數, 無以加. 嘗曰: "律曆, 理一也. 曆可治, 律獨不可能耶!" 遂潛心律呂, 確然自信其所得. 又篤好易, 所著易說·樂律說, 皆深有研究. 其於曆則有《漏籌通義》·《中星記》二書. 死時季六十餘, 有一子, 檉, 流落, 不知其所往云.

洪子曰: "余於金泳, 知衰世之不可有爲也. 雖伊尹·呂尙之才, 其止於如是而已, 況泳乎哉! 始泳之得與修曆也, 吾祖考孝安公領雲觀, 爲上力奏成之. 由是, 泳於吾家甚善. 余少嗜算術, 嘗從泳辨句股一二說. 旣余益致力斯術, 有所論述, 蓋將以示泳, 未果而泳死, 遂爲之著其事而悲之."

23 유쾌함과 위트의 문장, 조희룡

1 漢瓦軒題畫雜存跋 소꿉놀이 같은 글쓰기

此等汗漫無聊之語, 借此小題發之, 竊有所寄者在. 譬如嬰兒, 以塵爲飯, 以塗爲羹, 以木爲戴, 此可以戲, 自知不可食也. 然飯也羹也戴也之意存焉. 此卷當作是觀.

2 壺山外記序 천 년 이전의 사람을 떠올리다

家藏高麗秘色瓷斝, 苦窳不中用, 而猶能摩挲不寘者, 特爲古耳. 況三代秦漢以來器彛法物乎! 因是想來, 千載上人, 如可起也, 牛首蛇身可喜, 重瞳四乳可喜, 烏喙燕頷亦可喜, 圓首橫目編戶之氓亦可喜.《史記》劇孟·郭解·寡婦淸·白圭之徒, 是不過委巷游俠殖貨之倫, 無言行可傳, 而讀其書, 想其人, 曄曄欲生. 何則? 是千載人故也. 況言行可傳者乎! 余家居無聊, 以耳目所覩, 記得略干人, 爲之傳. 幸留天地之間, 使後之讀者, 猶今之於古也. 乃放膽疾書, 掀髥讀之, 如後人之讀古書. 已而思之, 愚且妄矣. 古人言行之可傳而傳, 與不必傳而傳, 皆借大人巨筆而後傳, 吾豈其人乎哉! 且將拉燒之不暇, 而竊有感焉. 雖有里巷略干人之可傳, 而何從而得之乎? 世有大人巨筆, 或從而訪之, 庶有徵於是卷, 姑存之. 壺山居士自題. 上之十年甲辰三月二日.

金檜, 英廟時人也. 家富, 性豪奢, 極聲色之娛. 東人衣白, 而獨衣色錦,
燦燦如也. 癖於刀, 皆飾以珠貝, 列挂房櫳. 日佩一刀, 周一歲不盡. 樂
院有二六肄樂式, 衆妓如雲, 檜縱觀之. 群少相謂曰: "金檜不出戶庭,
不接吾輩, 而籠國中女樂, 可憎, 試辱之." 以言挑之, 不答, 乃毆而毀
衣裳. 檜從間處, 易衣而觀之, 與向之服, 製色無參差. 羣少怒, 又撦之,
如是三, 而易衣者三. 觀又如故, 終無一言交, 羣少乃愧謝之.
有嬖妓八人, 令不相知. 一夕, 招八妓飮, 各自以爲吾一而已, 八嬖同席
而不省妬, 其權術, 蓋如是. 東方有洋琴, 而聲促無節歌者, 檜始和之,
瀏瀏可聽. 今鼓之者, 不知自檜始. 兼善功令之文, 中成均進士.

林熙之, 自號水月道人, 漢譯人也. 爲人慷慨, 有氣節. 圓面戟髥, 身長
八尺, 崢嶸如道人羽客. 嗜酒, 或廢食, 累日不醒. 善寫竹蘭, 竹與姜豹
庵幷名, 而蘭則過之. 寫輒書水月二字, 必連綴之, 或有題語, 如符籙難
解, 字畫奇古, 不類人間字. 善吹笙, 人多學之. 家貧無長物, 猶能蓄琴
劍鏡硏, 就中古玉筆架, 直七千, 比家直倍之. 又蓄一姬曰: "吾無園圃
養花, 此可當名花一朶." 所居不過數椽, 隙地不半畝, 而必鑿一池方數
尺, 不得泉, 集淅米水, 注之渾渾也. 每嘯歌池畔曰: "不負吾水月之意,
月豈擇水而照乎?" 不藏他書, 惟《晋書》一部. 嘗泛舟向喬桐行, 到中洋
大風雨, 幾不得渡. 舟人皆迷倒, 號呼佛菩薩僧, 而熙之忽大笑, 起舞於
雲黑浪白之間. 風定人問故, 曰: "死常也. 而海中風雨之奇壯, 不可得,
能不舞乎?" 從隣兒得鷺毛, 編而爲衣. 夜月明, 雙髻跣足, 被羽衣, 橫
吹笙, 行十字街上, 邏者見而爲鬼, 皆走. 其狂誕, 類如是. 嘗爲余畫一
石, 不數筆, 而具縐漏玲瓏之趣, 眞奇筆也.

壺山居士曰: 此皆太平一具之人, 滔滔一世, 能復見此等人否也. 熙之之海上起舞, 非魄力定者, 不能.

4 尺牘 七題 척독 7제(題)

(1)

一幀聊復爾爾. 頭童齒疎, 百事皆退, 何可責之手頭也? 有一最可憫者, 送此頹齡者, 惟看書一法, 而近日掩卷輒忘. 嘗聞一老人, 常看一書, 不易他書, 人問故, 曰: "我乃日看未見之書, 何謂一書?" 此言可入軒渠錄, 而善象今日之我也. 呵呵!

(2)

昨書, 文章欲溢于紙, 力疾擎讀, 未能細究. 然世間文字若煙瀛, 非人力之所可窮, 則毋論某樣文字, 得一讀之, 亦幸矣. 雖兎園襪稗, 皆自古人心血中出, 後人爲一展玩, 亦陰騭中一事. 凡此等文字, 不讀半篇, 輒呵叱之, 自高眼力, 是皆文人習氣, 尋常恨之. 此書未知何人所撰, 而蓋文人遊戱之筆. 第觀其性靈所在而已, 何須竭吻彈駁乃爾? 昔王弼註《易》, 刻木爲鄭康成像, 每至誤處, 輒叱之. 註《易》事亦大矣, 作此非常之事, 自詡千古眼力, 是則無怪. 兄則於汗漫無慘之書, 其谿刻如是, 窃不識其趣. 不備.

(3)

近日, 年少輩, 飽食暖衣, 不讀一行書, 輒學畵梅畵蘭. 余不呵止, 時復導之者, 竊有意焉. 此雖小技, 與筆硯相近, 博奕則遠矣, 必不至以二百金宋板《史記》, 易馴鴿一雙, 百餘金名窯之鼎, 博歌樓一笑. 且讀書之味, 有從此路可得之理, 所以許之. 一笑.

(4)

二年蕓魚之鄉, 閉戶作畫, 殆無暇日. 或有流出門外者, 亦復聽之. 從此漁翁牧豎, 能說梅花蘭蕙. 有詩云: "從此漁人說畫梅, 自笑開荒一遊戲."

(5)

詩畫豈易言哉. 書卷滿腔, 溢而爲詩, 宇氣入指, 發以爲畫, 而近來年少輩, 不解《少微通鑑》半部, 而輒作七律, 不能作楷一行, 而輒畫蘭竹, 自以爲雅人深致. 七字押韻, 詩云乎哉? 墨瀋縱橫, 畫云乎哉? 又有可笑事. 雙眸炯炯, 夜辨秋毫, 而常掛鞋靸, 終日捫腹而坐, 不作一事一業. 世間一切事, 輒證之以《西遊記》·《水滸傳》等書, 自詡博古, 余嘗笑之. 是說吐之, 則逆人, 茹之則逆我, 寧逆人, 卒吐之. 須各努力, 以免此病, 則幸矣.

(6)

余近得癬疥, 未知何祟. 竊念性不食魚, 惟好食雞, 入島二歲之中, 可至累百, 以此致發風歟! 大珠小珠, 瑟瑟全身, 痒痒難定, 十指之爪, 爲之磨鈍. 細究痒意, 微理存焉. 一身之上, 各自不同, 淺深緩急, 輕重疎密, 聚散浮沈之外, 有淺處深深處淺, 有深復深淺又淺, 有一處二意, 有數處同意, 有意外之意, 有意內之意, 有意盡而意不盡者, 有意不盡而意盡者, 有散漫不收者, 有閃忽不定者, 有深之極處卽欲鑽入地者, 有揚到極頂卽欲高擧者. 或東或西, 或上或下. 脊骨盡處, 曰尻曰脽, 痒至是

處, 意止矣. 此非言語文字之可詮, 其不可詮處得禪理焉. 此可爲鐵篴
道人癬疥三昧. 呵呵.

(7)

魚雁時至, 開緘一笑. 人到意中, 何以報之? 窓角春星, 摘之如瓜, 直欲
納之書中去耳. 從諦侍候迓新增禧, 慰溸. 每念君坎壈, 不覺一欷, 豈有
美如陳平而終窮者乎? 記末客狀, 無他可報. 七尺冗長之軀, 蟠蟄蝸殼
之內, 昏壁欹檻, 格格欲崩於欠伸之際.

조선의 명문장가들

품격 있는 문장의 정수, 조선 최고의 문장가 23인을 만나다

1판 1쇄 발행일 2008년 9월 8일
개정판 1쇄 발행일 2016년 6월 27일
개정판 3쇄 발행일 2022년 3월 28일

지은이 안대회

발행인 김학원
발행처 (주)휴머니스트출판그룹
출판등록 제313-2007-000007호(2007년 1월 5일)
주소 (03991) 서울시 마포구 동교로23길 76(연남동)
전화 02-335-4422 **팩스** 02-334-3427
저자·독자 서비스 humanist@humanistbooks.com
홈페이지 www.humanistbooks.com
유튜브 youtube.com/user/humanistma **포스트** post.naver.com/hmcv
페이스북 facebook.com/hmcv2001 **인스타그램** @humanist_insta

편집주간 황서현 **편집** 정다이 박상경 전두현 임미영 **디자인** 김태형 유주현
용지 화인페이퍼 **인쇄** 청아디앤피 **제본** 경일제책

ⓒ 안대회, 2008

ISBN 978-89-5862-333-5 03810